T0179544

BESTSELLER

Vanessa Montfort (Barcelona, 1975) es novelista y dramaturga. Considerada una de las voces destacadas de la reciente literatura española, cuenta con seis novelas: *El ingrediente secreto* (Premio Ateneo Joven de Sevilla, 2006), *Mitología de Nueva York* (Premio Ateneo de Sevilla, 2010), *La leyenda de la isla sin voz* (Premio Ciudad de Zaragoza a la mejor novela histórica de 2014), *Mujeres que compran flores* (2016), que ha sido un éxito de crítica y público aquí y en países como Argentina, Italia o Alemania, *El sueño de la crisálida* (2019) y *La mujer sin nombre* (2020). Dentro de su obra teatral destacan *Flashback*, *La cortesía de los ciegos* y *Tierra de tiza*, escritas para el Royal Court Theatre de Londres; *La Regenta* (Teatros del Canal, 2012), o *Sirena negra*, llevada al cine por Elio Quiroga (Festival de Sitges, 2015). Desde 2015 dirige la compañía teatral Hijos de Mary Shelley, la primera en España dedicada al teatro fantástico que se estrena con *El hogar del monstruo* (Centro Dramático Nacional, 2016) y en 2016 funda BEMYBABY Films con la que produce *Nuestros amantes* de Miguel Ángel Lamata. Su obra está siendo traducida, estrenada y publicada en estudios críticos de Europa, Estados Unidos, América Latina y Asia, y cuenta con reconocimientos como La Orden de los Descubridores (St. John's University, Nueva York). La humanización de los paisajes, el lirismo, la teatralidad de los diálogos y un gran mosaico de personajes y tramas —espejo de la actualidad con un pie en lo extraordinario— son algunas de las señas de identidad de su obra.

Para más información, visita la página web de la autora: www.vanessamontfort.com

También puedes seguir a Vanessa Montfort en Facebook, Twitter e Instagram:

[f] Vanessa Montfort
[t] @vanessamontfort
[i] @vanessamontfort_oficial

Biblioteca
VANESSA MONTFORT

La mujer sin nombre

DEBOLS!LLO

Papel certificado por el Forest Stewardship Council®

Primera edición en Debolsillo: octubre de 2021

© 2020, Vanessa Montfort Écija
© De los textos de las cartas de Juan Ramón Jiménez:
herederos de Juan Ramón Jiménez.
© De los textos de las cartas de Manuel de Falla: herederos de Manuel de Falla.
© 2020, 2021, Penguin Random House Grupo Editorial, S. A. U.
Travessera de Gràcia, 47-49. 08021 Barcelona
Diseño de la cubierta: Penguin Random House Grupo Editorial
Imagen de la cubierta: © Luciano Lozano

Printed in Spain – Impreso en España

ISBN: 978-84-663-5592-6
Depósito legal: B-10.674-2021

Compuesto en Pleca Digital, S. L. U.
Impreso en Black Print CPI Ibérica
Sant Andreu de la Barca (Barcelona)

P 3 5 5 9 2 6

A mis dos abuelas, Agustina y Goya,
para que nunca olvidemos sus nombres

A María Lejárraga, in memoriam

No ando lejos de pensar que la muerte es un descanso temporal del espíritu. Pero ahí está el enigma: ¿cuánto tiempo necesitará el alma para descansar de una vida?

MARÍA LEJÁRRAGA,
Gregorio y yo, 1949

REPARTO POR ORDEN DE APARICIÓN EN EL PASADO

María Lejárraga
La mujer sin nombre que sin embargo tuvo demasiados. El mayor misterio de la literatura española.

Gregorio Martínez Sierra
El exitoso director de escena que anhelaba ser autor. Marido de la protagonista.

Juan Ramón Jiménez
El melancólico premio Nobel de Literatura y «amigo perfecto» de María.

Jacinto Benavente
El gran dramaturgo de lengua afilada como un rejón y mentor de Gregorio Martínez Sierra.

El Caballero Audaz (José María Carretero)
El prolífico y temido periodista, tan peligroso con la pluma como con la espada.

Ramón María del Valle-Inclán
El polémico escritor de personajes deformados por los espejos del viejo Madrid con forma de ciprés y voz de tormenta.

María Guerrero

La primera empresaria teatral española y gran actriz, apodada «la Brava», entre otras cosas, por su genio durante los ensayos.

Fernando Díaz de Mendoza

El conde que soñó con ser actor, a cuyos hijos daba su nombre y no siempre su apellido. Marido de María «la Brava».

Benito Pérez Galdós

«El escritor de las mujeres», enamorado de Madrid y padrino literario de la protagonista.

Manuel de Falla

El compositor sísmico capaz de embrujar al fuego y amigo «imperfecto» de la protagonista.

Joaquín Turina

El único hombre que fue capaz de convertir en sonata la risa de la protagonista.

Catalina Bárcena

La gran diva que elevó la ingenuidad a la categoría de arte, el tercer vértice del triángulo y segunda pareja de Gregorio Martínez Sierra.

Zenobia Camprubí

La brillante traductora que dedicó su vida a transcribir la tristeza de su marido, Juan Ramón Jiménez.

José María Usandizaga

El Mozart español que echó a volar como sus «golondrinas». Colaborador de la protagonista.

Federico García Lorca

Estrella fugaz y poeta del amor oscuro con alma de dramaturgo. Colaborador de Gregorio Martínez Sierra y María Lejárraga.

George Portnoff
El agente de María en Nueva York, además de su profesor de ruso y en el noble arte de beber vodka.

Collice Portnoff
La perspicaz traductora de María Lejárraga y esposa de George Portnoff.

Katia Martínez Bárcena «Catalinita»
La devota única hija de Catalina Bárcena y Gregorio Martínez Sierra.

Fernando de los Ríos
El catedrático amigo de los campesinos, azote de los caciques y «padre del socialismo de guante blanco». Mentor político de María.

Patricia O'Connor
La primera y tenaz investigadora que halló el rastro de la mujer sin nombre.

Margarita Gil Roësset, «Marga Gil»
La joven y prodigiosa escultora que destruyó su obra por amor.

María Lacrampe
La ahijada política de la protagonista, con una lealtad a prueba de fronteras.

Matilde de la Torre
La política íntegra con voz de violonchelo que nunca se daba por vencida. Amiga más fiel de María.

REPARTO POR ORDEN DE APARICIÓN
EN EL PRESENTE

Alda Blanco
La investigadora capaz de seguir los pasos de las mujeres atrapadas en el exilio de la memoria.

Noelia Cid
La apasionada directora de escena y actriz, metida a Sherlock Holmes.

Lola
La entregada e impresionable ayudante de dirección de Noelia. Su «Watson».

Augusto
El vehemente y atractivo actor que admira a Gregorio Martínez Sierra.

Francisco
El escrupuloso músico vocacional reconvertido en actor y amante de los folletines.

Leonardo
El joven talento de la interpretación y ardiente defensor de María Lejárraga.

Cecilia
La actriz e impulsiva twittera de causas feministas.

Regino Vals
El siempre enigmático maestro y padrino teatral de Noelia Cid.

Celso Rivera
El productor al que le gusta empezar las conversaciones *in medias res* e insultar en el desenlace.

Imanol Yanes
El desgarbado periodista con opacas intenciones que siempre va dos pasos por delante.

Antonio González Lejárraga
El sobrino nieto de María, guardián de su legado y adorador de Tintín.

Margarita Lejárraga
La bella centenaria, ahijada de María y cómplice de su secreto.

Leandro Lejárraga
El médico de los pobres y padre de la protagonista.

Natividad García-Garay
La madre de María. Su maestra intelectual y en poner los sueños un poquito por encima de las realidades.

María Teresa Lejárraga
La madre de Antonio y sobrina de María. Cronista de la familia con voz de hada.

Alejandro Lejárraga
El hermano de la protagonista y sus ojos durante el exilio.

Y COMO ESTRELLAS INVITADAS

Pablo Picasso, José Echegaray, Isaac Albéniz, Victor Hugo, Eduardo Marquina, Claude Debussy, Maurice Ravel, Colette, Isadora Duncan, Sarah Bernhardt, José María Pemán, Francisco Franco, Adolf Hitler, Margaretha Zelle «Mata Hari», Pastora Imperio, Salvador Dalí, Luis Buñuel, Rafael Alberti, Ígor Stravinski, Serguéi Diághilev, Léonide Massine, Carmen de Burgos «Colombine», Victoria Kent, Margarita Nelken, María Teresa León, Clara Campoamor, Elena Fortún, María de Maeztu, Dolores Ibárruri «Pasionaria», Charles Chaplin, Maurice Chevalier, Charles Laughton, Martha Gellhorn, Ernest Hemingway, Robert Capa, Gerda Taro, John Dos Passos, Malraux, Saint-Exupéry, el coronel Perón, Eva Perón «Evita» y Walt Disney.

BANDA SONORA

LA MUJER SIN NOMBRE (disponible en Spotify) es la lista en la que aparecen todas las obras musicales mencionadas en la novela, además de aquellos temas que han servido a la autora de inspiración durante su escritura.

PRIMER ACTO

1

Sólo marco las horas serenas.

Hasta donde pudo leer en latín eso decía el reloj de sol en la inscripción tallada sobre la piedra: *Nisi serenas.*

Se protegió los ojos con la mano y sacó una foto. Alda Blanco no investigaba lenguas muertas sino personas o más bien sus rastros a través del tiempo, y el de aquella mujer le había llevado hasta el barrio de San Telmo, esta vez, para despedirse. Porque sabía que ese siempre fue su lema. Así lo había dejado escrito en sus memorias: «Una vez, en un olvidado jardín del mundo, vi un reloj de sol que decía: sólo marco las horas serenas, esa ha sido la divisa de mi vida». Por eso, cuando Alda encontró ese reloj casi escondido en un parque olvidado de Buenos Aires se le aceleró el pulso y supo que tuvo que ser ese reloj. Porque a «ella» le gustaban los jardines, porque vivió sus últimos años muy cerca de allí y porque ya la conocía demasiado.

Lo observó detenidamente: la escultura de Diana, diosa de la luna y la naturaleza, se rendía ahora a ella dejando que un vestido de hiedras pudorosas cubriera su desnudo. Con una mano, como su observadora, se protegía del sol los ojos pétreos, y con la sombra de su dedo índice señalaba perezosa la hora que marcaba el astro macho.

Un rayo intransigente cayó sobre las doce del mediodía.

Hora de despedirse.

Alda cazó con su móvil la estampa de nuevo, aunque no recogió el griterío de los niños en los columpios oxidados, ni el tibio olor a lavanda de la tarde, y se dispuso a continuar su ritual. Dejó atrás el oasis del parque y se perdió por el laberinto de calles de San Telmo con su naturaleza opuesta a la serenidad, imaginando que caminaba junto a su investigada a través del tiempo.

Este es nuestro último paseo juntas, le anunció. Y por eso contempló nostálgica los mismos edificios que ella pasaría de largo tantas veces de camino a su hotel, claro que cuando los conociera, en los sesenta, conservarían todo su esplendor: las Galerías Pacífico, los almacenes Harrods, la plaza de Dorrego donde ya gemía un tango madrugador, destemplado, y olía a jugo de carne. Allí tomó un taxi.

—Al Cementerio de la Chacarita, si es tan amable —pronunció con una mezcla de erres yanquis y leve cantinela mexicana al fondo.

—A la orden —exclamó el conductor, delgado y eléctrico, al tiempo que soltaba una edición sobada de Amos Oz sobre el asiento del copiloto.

El hombre se ofreció a esperarla hasta que saliera, aquel no era lugar seguro para una extranjera, dijo, se quedaba todo desangelado y a esas horas no había más que chusma buscando robarle la guita a cualquiera. Luego improvisó un editorial sobre la situación política según pasaban de largo la Casa Rosada. Para él que la primera dama ya la habría hipotecado como el resto del país. Ya no había laburo ni para los barrenderos.

Los ojos irónicos de Alda buscaron los del taxista en el retrovisor.

—Se lo agradezco, pero prefiero que no me espere. Quizá tarde un rato. Aún tengo que consultar la ubicación de una lápida en el registro.

—¿En el registro? —resopló ajustándose el cinturón—. Allí no va a haber nadie, señora. Hay recortes. Y aquello es como otra Buenos Aires pero con habitantes menos habladores, qué se *sho*... es muy fácil perderse. ¿No habrá venido desde Nueva York sólo para visitar la tumba de Gardel?

—No. —Rió.

—¡Obvio! —Dio un volantazo—. Tiene usted cara de mujer inteligente... Pero sí busca a alguien importante, ¿no es cierto?

Alda apoyó la frente sobre el cristal frío y salpicado de la ventanilla.

—Sí..., a un fantasma.

Se detuvo un momento ante el pequeño y arrogante partenón que le daba la bienvenida a esa ciudad de los muertos. Según pisó con sus zapatillas de deporte la arena sagrada intuyó que le esperaba una buena caminata entre las tumbas. No le vendría mal para bajar los alfajores que era incapaz de evitar en los desayunos, pensó la profesora, y se prometió que al volver a San Diego retomaría su dieta.

Pasó de largo la oficina del registro candada por fuera y se adentró por un primer pasillo al azar, donde las tumbas le parecieron más destartaladas y antiguas. Una larga avenida de sepulturas se perdió en el horizonte de luz de la tarde. Suspiró. Bueno, vamos allá... Con el bolso cruzado sobre la chaqueta verde comenzó la búsqueda. Un soplo inesperado de vida le sacudió el pelo cada vez más rubio con el que ocultaba sus canas. El sol de primavera se filtraba a través de las hojas de los árboles y describía curiosos mosaicos de luz sobre las avenidas de la muerte. Giró a la derecha. Un ejército de esculturas le dio la bienvenida con aire solemne. Esa debía de ser la zona de los mausoleos, pensó, pero tú no habrías buscado algo tan ostentoso, ¿verdad? Al fin y al cabo, les dejabas el muerto a tus sobrinos, nunca mejor dicho. Sonrió y, al hacerlo, saludó a Gardel, de pie sobre su tumba: el pelo rígido para siempre engomado, pose chulesca, la mano al bolsillo y un clavel rojo que alguien había incrustado entre sus dedos de mármol. No, definitivamente tú no habrías querido algo así, querida, siempre fuiste una mujer tan discreta..., murmuró Alda retomando su marcha, en todo caso una lápida sencilla con alguna cita de Goethe o de Shakespeare, al fin y al cabo eran tus dioses.

Llegó a un cruce de caminos y se quedó en jarras. Pensándolo bien, podría haber pagado algo más que digno porque vivió en el hotel Lancaster mientras se valió por sí misma, reflexionó la investigadora..., pero estaría descuidada, porque sus sobrinos nietos vivían todos ya en España, así que desde 1974 no tendría flores y quizá le faltara alguna letra a su nombre.

Su nombre...

Pero ¿con cuál de ellos quisiste ser enterrada, querida?, la voz de Alda rebotó contra el silencio de las piedras. Con los dedos anillados del meñique hasta el pulgar como una de sus libretas, extrajo del bolso un film transparente con dos hojas de periódico a punto de desintegrarse. Se puso las gafas como pudo:

**EN BUENOS AIRES, DONDE RESIDÍA,
HA MUERTO MARÍA LEJÁRRAGA.**
La esposa del gran comediógrafo Don Gregorio Martínez Sierra cumpliría cien años el próximo 28 de diciembre.
(*La Nación*)

Luego le dio la vuelta con cuidado y leyó la noticia de *ABC* fechada el mismo día del mismo año, en el apartado de informaciones teatrales:

**MUERE EN BUENOS AIRES
MARÍA MARTÍNEZ SIERRA**
Sus restos recibirán hoy cristiana sepultura
en el Cementerio de la Chacarita.

Alda levantó los ojos al cielo y se retiró el flequillo latoso y húmedo de la frente: ya ves, María, ni siquiera el día que te fuiste se pusieron de acuerdo a uno y otro lado del charco en cómo llamarte. Se sentó sobre la piedra caliente y sintió una punzadita entre las costillas que le era conocida. Aspiró una bocanada de aire y comenzó su ritual:

—Bueno, querida mía, he creído importante venir hasta aquí para decírtelo. —Una pausa emocionada—. Yo no puedo hacer más de lo que he hecho por ti, María, tienes que entenderlo. Tengo otras mujeres a las que investigar que me están esperando, pero cada vez que decido bajar tu caja al archivo me llama alguien encargándome un prólogo sobre uno de tus discursos o un análisis de tus cuentos... y lo peor, ¿sabes qué es lo más frustrante? Que da igual los estudios que te dedique. ¿No ves que apenas tienen trascendencia? Se quedan en ediciones chiquitas universitarias que... ¿a quién le importan? A mis alumnos, espero. Yo no puedo proporcionarte la visibilidad que necesitas. Ya quisiera, pero llego hasta aquí. —Apretó un poco sus lagrimales con los dedos, no lograba acostumbrarse a este momento—. Sólo he venido para decirte que a mí sí. Que yo siempre te he creído. Pero, querida, me tienes que liberar. Eso sí, te aseguro que aunque nos separe el tiempo y no hayamos podido conocernos en vida, he disfrutado muchísimo de tu compañía después de muerta.

Se levantó con cansancio, sacudió su falda plisada y el polvo de las zapatillas de a saber cuántas almas, y colocó sobre la piedra las esquelas. Luego extrajo una rosa lacia del bolso y la dejó encima con una caricia.

—Ha sido un honor... Hasta siempre, María.

Once horas después, con el cansancio del vuelo aún pegado a los huesos y la maleta sin abrir en su despacho de la Universidad de San Diego, escribía con un rotulador grueso en una caja gigantesca: «María de la O Lejárraga», descendió con esfuerzo las escaleras del archivo cargando con ella y caminó haciendo eses y breves paradas por los pasillos interminables hasta encontrar un hueco. La profesora contempló cómo se perdían en el frío infinito de neón los cientos de cajas, cada una con un nombre y una fecha escritos a rotulador, y le recordó a las avenidas de nichos de la Chacarita.

Cada caja encerraba una historia de papel.

Cada nombre, un exilio, el de la memoria.

Dobló las rodillas como le habían enseñado en pilates cuando iba a levantar mucho peso y, congestionada, subió el cajón a la estantería. Sacudió sus manos, satisfecha. No había empezado a darse la vuelta cuando sonó su móvil. Contempló el número que se dibujaba en la pantalla con prefijo de España. La voz joven y modulada de una mujer salió por ella:

—¿Con la doctora Alda Blanco, por favor?

—Sí, soy yo.

—Por fin la encuentro. —La voz pareció alborozarse—. No estaba segura de si usted estaba...

—¿Muerta?

—No, jubilada.

La profesora se sopló el flequillo.

—Trabajo con personas de principios del siglo xx, pero eso no quiere decir que sean mis contemporáneos.

La voz hizo una pausa apurada y luego cogió carrerilla:

—Mire, me ha dado su teléfono mi mentor, Regino Vals. Me llamo Noelia Cid, soy directora teatral y actriz, y me han encargado poner en pie por primera vez una obra perdida llamada *Sortilegio* del famoso autor del siglo pasado...

—Gregorio Martínez Sierra —la interrumpió Alda—. Sí, lo conozco muy bien. Siga.

Durante un momento sólo se escuchó de fondo el estruendo del tráfico madrileño. Luego la voz continuó:

—Verá, me surgen muchas preguntas, y al no quedar descendientes directos del autor me han sugerido buscar a la familia de su mujer, quien probablemente conserve algunas de sus notas originales. Me han dicho que usted estudia las memorias de mujeres en el exilio. Su nombre era...

—María Lejárraga, por supuesto —volvió a interrumpirla.

—Perdone, pero ¿alguien más la ha llamado preguntando por ella?

—No, últimamente no, pero estaba esperando a que alguien lo hiciera.

Alda levantó la vista hacia la caja. «Pero qué lista eres...», murmuró guiñando sus ojillos cómplices para enfocar a ese nombre que encerraba tantos otros.

—¿Profesora?

—Sí —se apoyó fatigada en la estantería llena de polvo—, mire... ¿Noelia, se llamaba? Creo que tengo algo para usted. ¿Podemos hablar mañana con más tranquilidad?

La voz pareció patalear de felicidad dentro del móvil y se despidió hasta el día siguiente. La profesora tiró con esfuerzo de la caja y se dispuso a desandar su camino. Luego subió como pudo los escalones hasta que quedó convertida en una foto mal revelada sobre la oscuridad de la escalera.

En la plaza de Oriente de Madrid, Noelia Cid —melena castaña desteñida hacia la mitad, peto vaquero que no rellenaba y cierta languidez— colgó el móvil, aspiró con ansia su cigarrillo electrónico y soltó una estela de humo antes de anunciarle a su ayudante:

—La he encontrado.

—¿A quién? —preguntó Lola masticando un chicle de clorofila desde su metro cincuenta totalmente vestido de rojo que acentuaba aún más su habitual aspecto de duende navideño.

—A la investigadora de San Diego.

—¿Y quedan descendientes?

—No me ha dado tiempo a preguntárselo, Lola. Me he puesto taquicárdica. Pero me ha dicho... —escarbó en su bolsa—, ¿tienes para escribir?, me ha dicho que tiene algo para mí.

La otra arrancó una página de su libreta.

—Entonces, ¿seguimos con el plan o esperamos?

—¿Esperar? ¿A qué? —Noelia le dio unas sacudidas nerviosas al cigarrillo electrónico—. No tenemos tiempo. Los ensayos empiezan mañana. ¿A cuánto estamos del estreno?

—A dos meses justos a partir de mañana, pero...

—¡Dos meses para el estreno! Y sólo tenemos un borrador al que le faltan páginas de una obra que nunca se ha estrenado.

Lola se colocó unas gafas en forma de corazón y miró hacia arriba hasta encontrar los ojos de la directora, quien le sacaba una cabeza.

—Muy bien, Noe. Pues ¿por dónde empezamos?

La otra vapeó su cigarrillo, pensativa. Echaron una mirada rápida alrededor.

—Según tus averiguaciones, hay dos Lejárraga que vivieron en esta plaza, ¿no? —repasó Noelia, aspirando la pipa. Pero ellos no tuvieron hijos.

Lola se subió las gafas de sol y se colocó otras de ver sobre el puente chato de su nariz para consultar sus notas.

—Sí, aparecen en la guía —confirmó—, pero no me salen las cuentas. Si son las sobrinas de ella, calculo que deben de tener por lo menos cien años cada una.

A lo que Noelia contestó que la tal María había vivido al parecer otros cien, así que si estaban vivas, antes de preguntarles por la obra deberían sonsacarles qué comía esa familia.

—Vamos, empecemos por ese portal.

Y así fueron preguntando arbitrariamente a todos los porteros y, uno a uno, fueron descartándose hasta que sólo les quedó un portal lúgubre y señorial en el extremo de la plaza. Estaba cerrado a cal y canto, así que decidieron esperar sentadas en el escalón.

—¿En serio estamos haciendo esto? —Noelia le robó un chicle.

—Tienes una intuición. Y las intuiciones hay que seguirlas.

—No, Lola, lo que yo tengo es un padrino que sabe intrigarme. Martínez Sierra fue al parecer un autor de muchísimo éxito que ha sido olvidado, ¿por qué? ¿Y cómo iba a representarse *Sortilegio* durante la dictadura? Una obra protagonizada por... ¿un trío gay?

—¡Un *Brokeback Mountain* escrito en los años treinta! —tiritó Lola, entusiasta—. ¡Es maravilloso!

La otra se apoyó sobre la puerta.

—Por eso tenemos que encontrar sus notas. Para saber más. ¿A qué hora son los ensayos esta semana?

En ese momento se abrió la puerta y ambas se levantaron disculpándose. Apareció una mujer con chándal gris y un perro furioso protestando dentro de un trasportín.

—Hola, buenos días —se adelantó Noelia sujetándole la puerta—. Disculpe, mire..., esto le va a sonar un poco raro, pero estamos montando una obra perdida de un autor que se llamaba..., bueno, eso da igual, parece que los descendientes de su mujer viven en esta plaza. Querríamos...

—¡Avisarles del estreno! —la interrumpió Lola justo a tiempo—, pero deben de ser muy ancianos.

La mujer mandó callar al perro varias veces.

—¡Qué emocionante! —dijo por fin y soltó al animal en la acera—. ¿Cómo se llaman?

—Lejárraga —se adelantó la ayudante.

La vecina titubeó unos segundos.

—Lejárraga..., no estoy segura... Creo..., sí, ¿o no?

Y así, tras consultar sin éxito los nombres de los buzones intercambiaron sus contactos por si se enteraba de algo.

Cuando Noelia y Lola ya cruzaban la Puerta del Sol siguiendo el rastro fosforescente de caracol que había pintado el astro, sonó el teléfono.

La directora descolgó.

—¿Sí?

—¿Noelia?

—Sí.

—¡Tengo su teléfono! ¡Margarita, su sobrina, está viva! —anunció la vecina como si ya fueran íntimas.

Lola observaba a Noelia con los ojos fuera de las órbitas.

—¿Y? ¿Vas a llamar o no?

Varios tonos de llamada, y al décimo, una voz como llegada de otro siglo contestó imperativa:

—Diga.

—Buenos días, ¿es usted Margarita Lejárraga?

Una pausa cauta. Una respiración apagada.

—¿Quién la llama?

—¿Es usted? —Noelia hizo un gesto de advertencia a Lola para que dejara de dar saltos a su alrededor.

Otra pausa digna de una maestra de la intriga.

—La señora ahora mismo no se puede poner —anunció solemne—. Tendrían que hablar con su sobrino, que llega en una hora.

—Pero ¿sabe si la señora es la sobrina de María Lejárraga?

Otra pausa aún mayor.

—Sí..., esa historia me suena.

Cuando Noelia colgó el teléfono y ambas volvieron acelerando el paso por la calle Mayor hasta la plaza de nuevo, no imaginaron que empezaban a desandar también un pasado mucho menos luminoso que la mañana a esas horas. Incluso Noelia dirigió una mirada fugaz a la discoteca Joy Eslava al pasarla de largo sin sospechar que la pareja que se disponían a conocer encendió en ese mismo lugar la llama de la escena más vanguardista de Madrid.

Una hora más tarde se encontraban frente a una puerta antigua de madera barnizada durante siglos. Tras llamar varias veces se abrió. Era delgado, de mediana edad y con un gracioso remolino de pelo negro sobre la frente. El hombre las observó con sus ojos rasgados alzando el mentón, no por altivez, sino para soportar el peso de las gafas. En realidad, un gesto heredado aunque de eso no era consciente. Parecía haber sido dibujado a lápiz por el creador de Tintín.

—Sentimos este atraco —se disculpó Noelia.

—Pues no venís a un buen lugar —ironizó con una voz que de pronto anunciaba más años de los que aparentaba—. Aquí no hay más que libros viejos y papeles.

El que se presentó como Antonio González Lejárraga las invitó a pasar galantemente hasta el salón. Al entrar proyectó una voz más actoral.

—¡Tía!, ¡han venido estas chicas a preguntar por María y Gregorio!

Sentada frente a un balcón que se abría a la plaza se recortaba la figura larga de una anciana perlada leyendo el periódico: pelo arreglado y blanquísimo, pequeños pendientes, camisa blanca entallada del mismo color. Se despegó hueso a hueso de la butaca con suavidad. A Noelia le sorprendió la altura para su edad. Toda ella parecía hecha del mismo papel.

—Ay, la tía... —suspiró la anciana con voz juvenil—, era una mujer tan culta y se reía tanto...

La mujer les tendió su mano larga de piel traslúcida. Antonio les ofreció sentarse y ella regresó a la butaca a observar la plaza desde su palco.

—Mi tía Margarita era su ahijada —aclaró el sobrino nieto—, convivió mucho con ella de niña, también mi madre, sobre todo durante la Guerra Civil cuando las refugió en su casa de Niza, pero ahora conecta con nuestro siglo sólo a ratos.

Lola se sentó a su lado.

—Bueno, a nosotras nos viene casi mejor que conecte con el siglo pasado —dijo.

No se celebró el chiste. Así que excavó en la bolsa gigante en busca de su inseparable libreta.

—Vamos a molestarles lo menos posible —aseguró Noelia—, sólo queríamos informales, como descendientes que son, de alguna manera, de que vamos a montar por primera vez *Sortilegio*, de Gregorio...

—¿*Sortilegio*? —Antonio arqueó las cejas dejando la boca entreabierta—. ¡Hombre!, la obra maldita.

—¿Maldita? —se interesó Lola.

Él asintió con naturalidad.

—Eso significa *Sortilegio* entre otras cosas, ¿verdad? —aclaró—. Maleficio. Por cierto que ese fue también su primer título.

Lola garabateó con fuerza algo indescifrable. Noelia, sin embargo, seguía absorta en la anciana atravesada por la luz del balcón. Luego añadió que también significaba leer las señales, y clavó la mirada en el descendiente: *Sortis-legere*. Leer la suerte, el futuro y el pasado.

—Cómo se reía la tía... —intervino de pronto la anciana como si retomara la escena anterior y se llevó una mano a la oreja flácida—. La risa de la tía era música... —y se deleitó escuchando detenidamente el silencio.

Todos quedaron en pausa. Un timbre afónico sonó en la casa vecina. Unos pasos cruzaron crujientes sobre sus cabezas.

—También hemos pensado —continuó Lola titubeando— que quizá María, como muchas mujeres de escritores, podría, no sé, conservar algún material que nos fuera útil. Incluso algún manuscrito.

—Bueno —el hombre se subió las gafas—, la verdad es que son obras que con la dictadura no corrieron la mejor de las suertes... y mis tíos vivieron separados los últimos años de su vida. A veces nos han llamado para escarbar en otras cosas, por morbo, ya sabéis —pero no, ellas no supieron a qué se refería—, aunque, en este caso, os confieso que para mí es una sorpresa que vaya a producirse una de sus obras de teatro.

—Eso, el teatro, Antonio, el teatro —revivió la anciana con una sonrisa hueca—, enséñales el teatrillo.

El hombre volvió a sumirse en uno de sus misteriosos silencios y luego les pidió que le acompañaran.

Le siguieron por un pasillo angosto cuyas paredes parecían las de una galería: figurines y decorados en acuarela, carteles antiguos de teatro, portadas de libros ilustradas de principios de siglo, hasta que llegaron a un despacho. La habitación estaba forrada de arriba abajo con estanterías de madera de roble en las que asomaban cientos de volúmenes encuadernados en piel y archivadores dispares. Los vestigios de los cien años de vida de su dueña habían sido acumulados en ese lugar y sin duda la ayudarían a conocer mejor a su fascinante autor perdido, se ilusionó Noelia acercándose al sifonier alto y estrecho con persiana de los años treinta. A su lado, un escritorio con retratos enmarcados, una pluma con tintero *art déco* y porcelanas, muchas —en su mayoría recuerdos de viajes, de París, de Valencia, de Londres...— y una extraña máquina antigua de hierro con dos teclados. Qué maravilla de armatoste, pensó, pero entonces al alzar la vista lo vio. Aquel curioso retrato a lápiz cuya cabeza en escorzo parecía querer escapar de su secuestro de papel.

—Sí, ese era Gregorio —les anunció el sobrino.

Lola empezó a fotografiarlo compulsivamente desde distintos ángulos con ansiedad de paparazzi. La directora se acercó todo lo que pudo, imantada: los ojos urgentes, tan vivos y fijos en un objetivo que sólo él parecía ver. Una mirada visionaria y valiente, sin duda, si se había atrevido a escribir sobre un tema tabú y escandaloso en aquella época. En el extremo opuesto reconoció extrañada otro retrato del circunspecto premio Nobel Juan Ramón Jiménez y, en el centro, una mujer al óleo peinada con un moño alto y decimonónico.

—Y esa era mi madrina, María.

El retrato se lo había hecho Sala, añadió. Noelia lo observó con cierto interés: pelo moreno y abundante, ojos profundos y seguros en forma de media luna en los que intuyó una tristeza que contradecía la sonrisa relajada, y una rosa blanca a punto de deshojarse en su mano cerca del pecho. No era un retrato muy bonito a pesar de ser de Sala, pensó ella, y volvió a quedar fascinada por el hombre al que había ido a interrogar. ¿Qué había tras esa mirada apremiante? ¿Por qué habría decidido escribir aquella historia?

—¿Se conocieron? —preguntó Noelia señalando los retratos de los dos hombres.

—Íntimamente —contestó Antonio y se subió las gafas—, sobre todo María y Juan Ramón. Este retrato y todo lo que veis aquí son las cosas que mi tía abuela se llevó al exilio.

Noelia caminó entre los muebles auscultándolos con los dedos, no podía evitar esa pequeña manía. ¿Qué vais a contarnos?, les preguntó, y de nuevo se sintió vigilada por aquella mirada femenina al óleo que parecía seguirla con curiosidad mientras Lola disparaba preguntas como una ametralladora al amable sobrino: si se conservaban cartas de la época en que se escribió *Sortilegio*, si conservaba algún manuscrito, si acaso le constaba que tuvieran amigos homosexuales.

Entonces Antonio empezó a seleccionar algunos archivadores de las estanterías.

Abrieron una primera carpeta al azar y aparecieron todo tipo de cuadernos, programas, notas minúsculas y fotos antiguas que guardaban una dedicatoria en el dorso. Para la absoluta sorpresa de ambas, empezaron a desfilar ante sus ojos los rostros de toda una era: premios Nobel, Juan Ramón Jiménez o Benavente, maestros de la música como Manuel de Falla, Stravinski, auténticos mitos, el poeta Federico García Lorca, Pablo Picasso, todas autografiadas para Gregorio y María, pero sobre todo para María... con afecto, con devoción, con ese código que rara vez se dirigiría a una mujer de esa época.

Antonio dejó un cuaderno de hojas amarilleadas por el tiempo sobre las manos de Noelia donde pudo leer mecanografiado, con las oes casi perforadas: «*SORTILEGIO* de Gregorio Martínez Sierra».

—¿Es el original?

Antonio asintió, pero no estaba completo. Noelia soltó el aire de los pulmones en varios tiempos. Vaya por Dios, tampoco estaba completo, se desesperó volviéndose hacia su ayudante.

—¿Y estas notas a lápiz son de su puño y letra? —Lola tosía sin parar.

—Sí, de María. Ella siempre corregía a lápiz.

—¿Ayudaba a Gregorio a corregir?

Él hizo una pausa larga.

—Eso dicen... —y salió por el pasillo tras sus puntos suspensivos para dejarlas un rato tranquilas mientras le preparaba a su tía un té.

Fueron un par de horas las que pasaron rastreando documentos y más documentos, demasiados —de identidad, pasaportes, dibujos de vestuarios, fotos, cartas—, y durante ese tiempo Noelia se sintió siempre vigilada por la sonriente dueña de todo aquello, sin tensión, como si no le molestara que revolvieran entre sus cosas.

—Y esta era la máquina de escribir de Gregorio, claro —comentó Lola con rastros de saturación en la voz, aproximándose a esa curiosa Yost de doble teclado.

—No —respondió Antonio con una taza de té vaporeando en su mano—, era la de ella.

Noelia soltó la carpeta de fotografías sobre el sillón y caminó hacia el viejo artefacto. Repasó con los dedos la tecla gastada donde hubo una «o» y alguna otra vocal en que asomaba el hierro.

—¿Y esto qué es? —exclamó una sobrexcitada Lola ante un pequeño estuche de piel que acababa de encontrar, y se dispuso a abrirlo con fetichismo.

—Esto son mis gafas —espetó Antonio, recogiéndolas.

Noelia reprimió una carcajada.

—Lola, creo que ha llegado el momento de dejar a esta familia que descanse —dijo, y empezó a recoger sus cosas.

Entonces él les hizo un gesto para que aguardasen un momento. Había algo que su tía Margarita insistía en que les enseñara, a saber por qué se le metían algunas cosas en la cabeza a la buena mujer. Estiró los brazos y cogió de lo alto del sifonier lo que parecía un cajón de madera. Le dio la vuelta.

Las dos mujeres se acercaron intrigadas: era una réplica preciosa de un escenario decimonónico en miniatura rematado con telones de terciopelo rojo. Al interior no le faltaba detalle: las lámparas de cristal, los muebles, todo a escala de unos actores de cartón que podían ser manejados desde arriba con alambres.

—Era el juguete favorito de mi tía cuando era pequeña.

—No me extraña, también habría sido el mío —aseguró Noelia, contemplándolo, fascinada.

—Entonces a María también le gustaba el teatro —concluyó Lola.

—Claro..., a los dos —murmuró Noelia, casi para sí—. Tiene lógica, igual por eso se enamoraron.

—Bueno, al parecer fue en la verbena de Carabanchel —relató Antonio—. Mi tía no bailaba bien. O no sé, no le gustaría y aunque tenía veinticuatro años se sentaba a aburrirse entre las señoras mayores. Gregorio tenía dieciocho y hacía lo mismo porque era algo enfermizo y tímido.

¿Enfermizo?, ¿tímido?, a Noelia no le cuadró aquella descripción con el Gregorio vigoroso y decidido del retrato. Antonio siguió contándoles que una noche se pusieron a hablar y al tiempo que estallaban los fuegos artificiales, prendió su amor por el teatro, por proximidad. ¿No era acaso eso lo que nos enamoraba?, pensó Noelia, ¿los sueños compartidos?

—Antonio, ¿podríamos volver para seguir investigando estos documentos? Hay demasiado y sospecho que puede aparecer información muy valiosa para entender la obra de Gregorio.

—Por mí no hay problema, pero... —Hizo una pausa y sonrió de medio lado—. No sé si sabéis que abrir el despacho de un escritor es como abrir una tumba, nunca se sabe lo que puede liberarse.

Noelia recorrió la estancia con la mirada. Siempre había pensado que los objetos tenían memoria. La de sus dueños. O eso creía ella aunque no se lo confesara a su ayudante, mucho más esotérica, por si dejaba de pisar suelo. Quedaba impresa como una huella dactilar en aquellos utensilios o recuerdos que nos acompañaban a lo largo de la vida.

¿Y cuántos sueños habrían sido soñados allí dentro? Las manos flojas de Noelia tiraron de los alambres e hizo caminar por el proscenio a aquellos actores bidimensionales. También lo hicieron en otro siglo, manejados por otras manos algo más pequeñas y finas que las suyas, y luego, tras un simpático saludo, cerraron el diminuto telón. El eco de los aplausos de Gregorio, que reía divertido, rebotó en las paredes desnudas de su nueva casa, y María saludó con la misma gracia que sus muñecos.

Se acercó a ella. La abrazó por la espalda.

—Bienvenida a casa, señora de Martínez Sierra.

—Bienvenido a casa, señor Martínez Sierra.

2

Madrid, invierno de 1900

La estufa raquítica ardía en una esquina con la boca abierta de par en par como un pequeño y hambriento diablo que María alimentaba, maternal, empuñando la pala llena de carbón a modo de enorme cuchara.

Era un apartamento modesto en la parte alta de la escuela, pero habían podido comprar en el Rastro aquella pequeña estufa que apenas calentaba: su primera pertenencia como matrimonio. María le echó más carbón y se sacudió las manos antes de retomar el segundo acto de la obrita. Gregorio la esperaba impaciente pegado a la estufa. El crepitar de las brasas les sonaba a música celestial, aunque no era la única. Madrid vivía a ritmo de copla, pero uno de sus vecinos tenía gramófono y balcón, y le hacían extravagantes peticiones a gritos desde la ventana de su buhardilla. Por eso ahora sonaba *Maple leaf rag* de Scott Joplin, mientras en el exterior bullía la plaza del Dos de Mayo, no por una revolución precisamente, lo que rugía eran las tripas de la España del hambre. La misma que sentía, aunque no le importara a nadie, un joven de veintiún años bajo una gorra jaspeada, que colgaba su primera muestra de dibujos en el café Els Quatre Gats de Barcelona lanzando su nombre a la cara como un guante, «soy Pablo Picasso», a quien le quiso escuchar. Él también cruzaría su camino con las manos que alimentaban esa estufa, igual que el bebé que acababa de nacer reclamando cinematográficamente su alimento como su país, y que ya se llamaba Luis Buñuel, sin que el matrimonio Martínez Sierra se preocupara de otra cosa que de alimentar su estufa.

Gregorio tiró de ella y la abrazó de nuevo.

—Por fin nadie va a decirnos nunca más lo que hacer.

—Sobre todo tu madre —se burló ella con malicia y él le dio un pellizco en el culo. Luego buscó sus ojos.

—Somos libres, señora Martínez Sierra.

—Somos libres, señor Martínez Sierra.

La mañana de su boda Gregorio y María habían pasado tanto frío que soñaron al unísono con una chimenea. La novia tuvo que envolver su carne de gallina en dos camisetas y un chaleco de punto, además de dos enaguas y un refajo de lana. Como era un alfiler, su madre la animó diciendo que todo aquel relleno la favorecía y salieron hacia la iglesia. Aun así, como ambos eran enemigos de los retratos, no hubo pruebas gráficas de aquellos novios flacos cuyos dientes tocaban las castañuelas como única marcha nupcial, y que ahora observaban el teatrillo de juguete en las manos de veintiséis años de María.

—¿Ves, niña?, aquí me escondía cuando era pequeño —Gregorio señaló el proscenio—, en la concha del apuntador del Teatro de la Comedia, mientras mi abuelo instalaba la electricidad. ¡Así vi el mejor teatro de Madrid! —Sus ojos se desplomaron nostálgicos—. Es muy bonito. ¿Dónde lo ponemos?

—Ahí mismo. —Ella observó su juguete con ojos infantiles—. Cómo me gustaba...

Y era cierto, pensó mientras lo colocaba en un lugar privilegiado de su única estantería tratando de olvidar el enfado que traía de casa de sus padres. Nunca le gustó jugar con muñecas si no era para comprobar lo que llevaban dentro. Nunca le encontró el chiste a acunar, vestir y desnudar a esos muñecos quejicosos. Era más divertido contemplar cómo se escapaba el serrín por el agujero de un brazo al arrancárselo a esos morbosos simulacros de niños vivos, que a ella siempre le parecieron muertos.

Quizá por eso Leandro y Natividad, sus padres, llegaron a la conclusión de que su primogénita carecía por completo de instinto maternal. Qué diferente fue su reacción al recibir por Reyes aquel teatrillo: con sus bambalinas, los actores de cartón empalados en alambre para hacerlos desfilar por el escenario... Según su madre, la culpa de todo la había tenido aquella representación en el Español, *Pata de Cabra*. A partir de ese día observó a su hija idear en su teatrillo cientos de representaciones e hizo a sus actores dialogar sin descanso: a veces eran obras mitológicas, otras eran versiones de los cuentos de Andersen, o del *Quijote*... Ante tantas aventuras interminables, amores y traiciones, ¿qué podía hacer una pobre muñeca, aunque hubiera venido expresamente de París, si sólo sabía decir mamá y papá o hacerse pis al tirarle de un cordel?

María echó un último vistazo a su juguete antes de volver a la cocina. Sí, la culpa definitivamente la había tenido su madre, pensó con una media sonrisa, por haberla pervertido tan niña llevándola a aquella comedia de magia.

¿Cómo no maravillarse? Tenía sólo cuatro años, pero recordaba vívidamente cómo los actores traspasaban espejos, viajaban en el tiempo o volaban colgados de hilos invisibles soltando una nube de purpurina. Cómo no maravillarse... Faltaban casi veinte años para que llegara el cinematógrafo y la luz eléctrica se exponía en los museos como un prodigio. Una niña de 1880 sentía que el teatro era un universo mágico.

Recibió un salvoconducto para soñar.

Desapareció lo imposible. Lo paradójico era que a los padres les divertía la inocencia con la que sus niños se creían la función y, sin embargo, cuando abandonaban el teatro y soñaban despiertos, de pronto ya no lo llamaban imaginación, lo llamaban mentira. Toda una contradicción considerando que Natividad, mientras leía al lado de la chimenea cada tarde, invitaba a su hija a escribir precisamente aquello que nunca había visto: «María, descríbeme el Carnaval de Venecia», a lo que la pequeña protestaba: «¡Pero, mamá, si no lo he visto!». «¿Y qué gracia tendría poder contarlo, María, si lo hubieras visto?»

La María recién casada apartó de un empujoncito a su yo niña, ¿y qué era un escritor sino un mentiroso con conocimiento de causa?, se dijo, y cogió el libro. Ese libro que no merecía llamarse «el libro» sino con un posesivo rotundo: «Su libro». Su único libro. Una nube que amenazaba tormenta se instaló sobre su ceño. Fue a colocarlo en la estantería, pero antes lo sujetó unos segundos entre sus brazos como si fuera un recién nacido. Repasó el troquel de las letras impresas en la portada una por una.

—Firmado: María Lejárraga —susurró.

Entonces escuchó a Gregorio a su espalda, sí, sí..., y la imitó leyendo el suyo con impaciencia:

—Firmado: Gregorio Martínez Sierra. —Suspiró eufórico—. ¿Sabes una cosa? Jamás imaginé que les haría tanta ilusión. ¡Un libro!, ha dicho mi madre. ¡De mi hijo! Hasta ha dejado de rezar para brindar con champán. —Hizo una pausa—. Pero... ¿qué te pasa, niña? ¿Es que en tu casa no lo habéis celebrado?

María lo ojeó sin ganas.

—En mi casa no, si hay algo que sobra son libros.

¿Celebrarlo?..., se lamentó María concentrada en buscarle un lugar a sus porcelanas sobre el aparador. No, no habían valorado el esfuerzo de que lo hubieran publicado con sus escasos ahorros. No les importó que el interior guardara en letra impresa la primera creación de su hija mayor. Sólo se limitaron a pasárselo de mano en mano y luego lo colocaron en la estantería junto a otros cientos más.

—Celebrarlo... Te digo una cosa: antes de irme les he jurado por todos mis dioses mayores y menores: ¡no volveréis jamás a ver mi nombre impreso en la portada de un libro!, y me he ido dando un portazo.

Gregorio le hizo una caricia en el pelo y tosió con ganas, algo que alarmó a su compañera.

—No te entristezcas, niña mía. Mira, a nuestros amigos no les ha gustado mi obra. Tus cuentos sin embargo sí, mucho.

Lo vio caminar agarrado a su bastón, tan joven y tan viejo, y fue a sentarse en la butaca. Ella le siguió con ambos volúmenes en la mano, le acomodó un cojín polvoriento en la cabeza y se sentó en sus rodillas con cuidado.

—No digas eso, Gregorio. Tú eres un gran poeta.

—En realidad, qué importa lo que opines tú o mi familia —se lamentó de nuevo entre toses.

Pero claro que importaba, pensó María. Cómo no iba a estar triste. Cómo no iba a valorar su opinión. Ni siquiera enfadada podía dejar de adorarlos, pensó María: siempre vio a sus padres como un par de enamorados de la tierra y, sin embargo, capaces de andar por las nubes. Cómo no iba a importarle si le habían regalado los tesoros más valiosos que poseían, su inteligencia y su libertad, si eran ellos quienes le habían enseñado a leer a los tres años y a hablar francés a los seis. Había querido corresponderles con algo que les hiciera sentirse orgullosos, a ellos que eran lectores irredentos. Y, mientras enjabonaba los cacharros, María recordó con una sonrisa el día en que, aún siendo una adolescente en su Rioja verde, decidió que abandonaba el hogar «para siempre» por un terrible —o así lo recordaba— desacuerdo familiar.

¡Buscaría en el ancho mundo una comprensión mayor! Así se lo anunció la púber a su madre. ¿Y qué hizo Natividad? La abrigó para el viaje con chaquetón, jersey y gorro, le hizo un bocadillo y le abrió la puerta. Fuera nevaba tanto que se había borrado San

Millán. No recordaba más que esa crujiente alfombra blanca bajo sus pies, los pinos de cristal y el corazón galopándole liberado como un cabritillo. Tampoco recordaba ya cómo volvió a casa puesto que se había borrado el valle, ni lo que duró aquella aventura que a ella le parecieron días pero seguramente fueron horas. Sólo recordaba que al regresar no hubo reproches. María siempre agradeció a sus padres que hubieran respetado aquel arranque de rebeldía. Que no arrancaran de raíz esa ilusión de expedicionaria que iba a brotarle como un árbol en las entrañas y que permanecería con ella el resto de su vida.

María se aclaró las manos con el agua helada. Cómo le aburría arreglar una casa. Lo único que le gustaba era guisar. Escuchó a Gregorio toser de nuevo en el salón. De alguna forma aquella era su segunda gran salida al mundo. Sabía que su padre no quería que se casara con Gregorio: era seis años menor que ella, ¡qué extravagancia!, y aunque eran amigos de su familia desde los tiempos en que vivían en Carabanchel, los conocía también como pacientes. ¿Estaba segura de querer unirse a esa familia de tuberculosos?

Y es que la tuberculosis era voluntariosa como una araña. Una vez que anidaba en una casa era cuestión de tiempo que todos sus habitantes cayeran en su tela. Leandro Lejárraga la conocía bien. Era médico cirujano. El médico de los pobres, llamaba Natividad a su marido, porque sus pacientes lo eran tanto que a veces sólo podían pagarle en especies, miel y carbón. E incluso, algún día, vio cómo su padre colaba sigilosamente unas monedas bajo la almohada de un enfermo.

La familia vivía en uno de los orfanatos de Carabanchel Bajo en el que Leandro asistía como médico, de modo que aquellos huérfanos llenos de piojos fueron los primeros amigos de María y sus hermanos. Con ellos compartían su merienda, un pan duro con chocolate, y una primera lección de lo que era la vida. A los pacientes les alegraba el corazón ver llegar al médico montado en su caballo y, de cuando en cuando, se llevaba a su hija en la grupa como ayudanta.

¿Y qué Madrid vio ella desde aquel rocinante flaco?

Traperías harapientas, tabernas de vigas apuntaladas con carcoma y fábricas de mendigos.

Lo más extraño es que no recordaba que todo aquello le provocara tristeza, pensó María, acercándose un poco más al fogón para calentarse las manos resecas por el frío en su hogar austero pero ahora cálido. Ahora sí se la provocaba. Entonces no.

En la infancia todo se naturaliza, hasta la pobreza.

El hambre sólo «era».

Y por eso era también normal que los padres de Gregorio hubieran valorado tanto el primer libro de su hijo, pensó. Después de todo, en su familia eran industriales y los libros serían para ellos objetos más novedosos. Su suegra, eso sí, era una experta detectora de pecados. Rezaba día y noche, quizá por eso y sin querer había vacunado a Gregorio y ahora era tan positivista y anticlerical, ¿quién sabe? María retiró el agua hirviendo de la lumbre y recibió una agradable bocanada de vapor; sin embargo, pensó, sí que había conseguido plantar en su hijo la semilla del miedo, porque anda que no tenía que despertarlo veces, pobre criatura, soñando que se hundía en las lavas del infierno.

Regresó al dormitorio y encontró a Gregorio abriendo su última maleta. En el suelo había dejado caer una prenda oscura. Ella la recogió sacudiéndola.

—No te molestes —dijo él, secamente, y volvió a tirarla—. Voy a llevarla a la beneficencia.

—¡Pero si te la dejó tu abuelo en herencia! —Extendió la capa sobre la cama—. No entiendo por qué le has cogido esa manía.

Sentada sobre el colchón duro como una piedra lo observó con ternura. En el futuro recordaría que ese fue el instante en que vio por primera vez a un Gregorio que, si tuviera que definirlo, lo haría como «el anhelante».

Siempre anhelaría algo mejor.

Fama, éxitos, estrenos, formidables derechos de autor..., ese sería su anhelo grande. Y aquella capa era sólo la punta del iceberg: su anhelo pequeño. Uno casi pueril. Era cierto. Aún eran pobres. Y por eso su abuelo, después de instalar la electricidad en medio Madrid, les había dejado a sus hijos al morir casi un millón y a su nieto Gregorio una capa que parecía de potentado: comprada donde el gran Urrutia, sí, con embozo de terciopelo y que a un estudiante le daría prestancia, claro, pero... no era nueva. Gregorio anhelaba una suya y le humillaba pensar que era una sobra.

—Bueno —resopló, echándosela sobre los hombros—, la utilizaremos de manta dentro de casa. Porque abrigar, abriga.

Ella le siguió hasta la estufa.

—Alguna vez tendrás una capa de estreno, elegantísima y tuya. Y será un regalo mío.

Él asintió con impaciencia y deshizo el lazo de sus brazos, porque sabía que pese a las buenas intenciones una capa valía treinta duros. Y el sueldo del que dependían era de siete pesetas y media. Aun así, ella se prometió que a partir de ese día colaría en su hucha de barro parte de su sueldo, para la capa de mi muñeco, se dijo, para su capa, y colocó la hucha en su mesa de trabajo.

Era muy consciente de que su luz era la nota discordante y no descartaba que algunos pensaran que su optimismo radical era más bien falta de luces. La melancolía de Gregorio, sin embargo, estaba mucho mejor vista porque encajaba con el estado anímico predominante de los nacidos en medio de esa gran decepción. Sobre todo si eras artista. Pero ¿de qué servía recrearse en la realidad cuando era tan oscura?

María recordaría siempre el día del desastre. Las horas en que se perdieron las últimas colonias al otro lado del Atlántico brillaba en el cielo madrileño un sol frívolo y alegre. Sin embargo, como cualquier domingo, la Plaza de Toros de Las Ventas se llenó hasta los topes. Qué peligrosa era la indiferencia, pensó entonces. Porque tras «el año del desastre», futuro parecía que no había. O al menos eso seguían sintiendo los que comenzaban a escribir o a soñar, que es lo mismo. La gloria de España que les habían hecho recitar como papagayos en la escuela no es que se hubiera perdido, sino que nunca había existido en realidad. Otra ilusión con la que desilusionarse.

—¿Qué hacemos? —preguntó Gregorio con su libro en la mano, sacándola de sus cavilaciones—. ¿Lo tiramos al fuego?

Ella se lo arrebató y amenazó con darle con él en el cráneo si se atrevía.

—¡Ni hablar! Son hijos nuestros y los querremos como tales. Cuando tengamos un buen editor saldrán textos más pulidos, ya verás. Y mientras, no te preocupes. Los corregiremos juntos.

Él fue a decir algo pero empezó a toser compulsivamente y cuando se calmó, le cogió la barbilla buscando una respuesta en sus ojos.

—¿Qué? —Su mujer sonrió, casi maternal.

—Que algún día me abandonarás por alguien más guapo, más sano y mejor escritor.

—¿Qué dices? Anda, acércate a la estufa..., no te enfríes. —Le arropó con la capa de la discordia y devolvió el calor a sus manos frotándolas con fuerza—. Tú eres un gran escritor, Gregorio. Y no, yo nunca te abandonaré, ¿me escuchas?

—Qué suerte haberte encontrado —murmuró al soltarla, y añadió, anhelante—: ¿Tú crees que algún día lo conseguiré?

—¿El qué, muñeco?

—Ser un gran dramaturgo y tener mi propia editorial y...

—Claro que sí. ¡Escribirás un drama! ¡Eso harás algún día!

—¿Serás siempre mi editora?

—Siempre. Tu editora y tu mujer.

Los dos celebraron ese nuevo pacto acompañados de la música de Scott Joplin que volvía a sonar por el patio, y tararearon *Easy Winners* como si fuera la banda sonora de un vaticinio. Aún no sospechaban cómo escocía el drama cuando era real, qué mal iluminado estaba por la vida, qué triste era su escenografía. Porque cuando aún no se ha vivido suficiente, el drama atrae, la tragedia fascina.

—¿Te he dicho ya que tengo mi nuevo contrato de maestra? —Sacó un papel del bolsillo de su falda—. Se acabaron los problemas de dinero, muñeco.

Le tendió el contrato muy ufana y él se sentó para leerlo en voz alta con una voz de pronto enérgica:

—«Uno, no andar en compañía de hombres; dos, no ausentarse de la ciudad sin permiso... Este contrato quedará anulado y sin efecto si la maestra se ausenta de la ciudad sin autorización del consejo.» —Levantó un dedo acusador parodiando a la autoridad—. «Tres, no viajar en coche o en automóvil con ningún hombre excepto su hermano o su padre...»

Y mientras escuchaba cada vez más lejana la voz de su marido, María hizo cálculos mentales de cuántas pesetas tendría que meter en la hucha de las siete y media que ganaría con su trabajo, a la vez que se sintió culpable porque sus alumnas llegaban esos días de nieve y lluvia con agujeros en los zapatos y cara de hambre. También tomó una decisión: mientras tuvieran que vivir de ese contrato, de ninguna manera podía empañar su nombre con la dudosa fama de una mujer escritora. No podía arriesgarse a perder su único pan. Así que, de momento, los hijos literarios que tuvieran en común llevarían el nombre del padre. Total, a su progenitor, el doctor Lejárraga, no parecía haberle hecho especial ilusión que su apellido estuviera troquelado en libro alguno.

La voz de Gregorio seguía declamando aquel documento como si fuera un Shakespeare: «Cuatro, no andar en compañía de hombres; cinco, no fumar cigarrillos». Y repitieron a coro: «Este contrato quedará anulado y sin efecto si la maestra se ausenta de la ciudad sin permiso; seis, no viajar en coche o en automóvil con ningún hombre excepto su hermano o su padre...». Y sus voces viajaron a la velocidad de la luz hasta que casi pudieron ser escuchadas por otras que, impregnadas de la indignación propia de su siglo, leían en alto aquel mismo papel ciento veinte años más tarde en la sala de ensayos del Teatro María Guerrero.

3

Madrid, invierno de 2018

—«Siete, no beber cerveza, vino ni whisky» —continuó Lola, triturando su chicle, nerviosa—. «Ocho, no pasarse por las heladerías del centro de la ciudad...»

—No, espera, ¿es que los helados llevaban éxtasis o qué? —Noelia le arrebató el papel—. Eso te lo estás inventando.

—Ojalá.

La directora se frotó los ojos irritados y continuó:

—«No vestir ropa de colores brillantes, no teñirse el pelo» —hizo una pausa boquiabierta—, «usar al menos dos enaguas, no usar polvos faciales ni pintarse los labios...».

Lola se acercó, indignada.

—Pero ¿esto es un contrato de maestra o de monja de clausura?

—No, es una prueba de por qué María quizá no quiso seguir su verdadera vocación y ser también escritora. —Consultó la hora en el móvil—. Vamos, nos estarán esperando.

Primer día de ensayo.

Noelia entró en el escenario y Lola salió con la excusa de ir a por agua. Sabía que la directora necesitaba ese momento a solas antes de empezar. Para Noelia un teatro vacío con esas luces de trabajo insolentes que dejaban el alma al descubierto tenía algo de templo y de oración. Por eso, quizá, se construían unos sobre otros durante milenios, igual que los templos. Sobre el suelo de linóleo negro, su ayudante había colocado cinco sillas en forma de media luna. Sabía que le gustaba así los primeros días porque favorecía el diálogo y la lectura. Sólo que —pequeño e insignificante detalle— aún no tenían un texto definitivo que leer. A ver cómo se lo contaba a la compañía para no añadir más nervios a los habituales.

Tomó asiento en el eje central de la escena y se dejó sentir el vacío. A partir de esa mañana tendría que empezar a llenar esa caja de voces, movimiento, luz, objetos... Su página en blanco, aunque fuera más negra que el mar de noche.

Luego avanzó la mirada un poco más hasta la última fila del último anfiteatro de ese patio presuntuoso, ahora tan desierto, que parecía sacarle una gran lengua de butacas rojas. No, no había silencio mayor ni más impactante que el de un teatro vacío... Era tanto que ahora era capaz de escucharse por dentro. Quizá sería porque eran porosos y se filtraban en ellos los deseos y las ensoñaciones de quienes los dejaron sobre el escenario o los recibieron. Igual que no había mayor electricidad que la de un teatro lleno. Una vez leyó un artículo científico que aseguraba que con la energía liberada durante un orgasmo podría iluminarse un edificio de seis plantas. Desde entonces estaba convencida de que si pudiera acumularse la electricidad durante una función, podría iluminarse la Tierra. Eso sí que era una energía renovable y no la eólica. La energía escénica. Tendría que patentarla.

El Teatro María Guerrero siempre había sido de sus favoritos.

Recordaba el día en que se enamoró de él. Fue después de una representación del *Calígula* de Camus. La inductora también fue su madre. La pequeña Noelia contempló a ese césar neurótico y magnicida volver a la vida en el cuerpo de Luis Merlo, que no sabiendo qué querer, gritaba enloquecido que quería la luna, y arrojaba, por pura frustración, una jarra de vino a su reflejo tras un «¡a la Historia, Calígula!» que precipitaba el oscuro. Desde sus once años, Noelia ya nunca quiso otra cosa que formar parte de ese milagro. Y allí estaba sentada, a sus cuarenta y tres, a punto de obrarlo de nuevo. Claro que en aquel entonces no sabía que la mayoría de las veces era una y otra vez, indefectiblemente eso, un milagro.

De pronto irrumpieron en el escenario un técnico forzudo vestido de negro y un utilero somnoliento con mono y casco empujando un piano vertical.

—Ah, perdón. ¿Estáis ensayando ya? —se disculpó el segundo—. Pensábamos que teníais pruebas en camerinos. ¿Sabes dónde quiere el director que dejemos esto?

—Tranquilo. —Noelia siguió mirando al vacío—. Podéis dejarlo ahí mismo.

—Maquillaje está por ese pasillo —dijo el forzudo intentando ser amable.

—Sí, ya lo sé, gracias. —La silla emitió un crujido cuando se levantaba a saludar—. ¿Es que me veis mala cara?

El técnico la observaba encogido de hombros.

—Soy Noelia Cid, la directora. Vamos a trabajar juntos, creo.

Ambos se apresuraron a presentarse e hicieron mutis por el foro.

Se estiró con pereza. No había una sola vez. Si los hubiera escuchado Cecilia les habría soltado una de sus broncas feministas, pero a estas alturas de la función ya se estaba resignando a los prejuicios.

Cuando sonaron las doce en punto empezaron a colarse sus voces. No podía evitarlo. Estaba nerviosa. El reservarse el papel protagonista le había producido cierta incomodidad. Seguro que ya le habría costado alguna crítica por parte de la segunda actriz del elenco. A Noelia tampoco le gustaba la bicefalia de tener que dirigir la obra y actuar, pero Celso lo había querido así, y hacía tiempo que le daba pereza discutir con los productores. Además, seguro que la había contratado porque le salía mejor ese dos por uno. Si no, habría llamado como siempre a su admirado Pascual Serra —por quien perdía el culo y que le daría más empaque al cartel— y la habría nombrado su ayudante. Ella terminaría haciendo todo el curro y él llevándose los laureles. Así eran las cosas. Así había sido siempre. Pero por primera vez podía tomar sus propias decisiones y reivindicarlas en un montaje tan importante, así que hacer doblete merecía la pena, se autoconvenció.

—Dire, ya estoy en boxes —gritó Lola parapetada tras la mesa de dirección, armada ya con sus tablas de ensayos, subrayadores de cuatro colores y grosores. También había abierto la caja con los primeros documentos que Antonio les dejó llevarse al teatro «para inspirarse» y trabajar con ellos. Desde luego había sido muy generoso.

Por fin entraron sus cuatro actores en medio de un apasionado debate y cargando más cafés. Les había anunciado que, siguiendo su costumbre, los rebautizaría con los nombres de los personajes de la obra hasta el día del estreno. Sólo entonces les devolvería sus verdaderas identidades. Cada uno tenía sus manías.

El primero en entrar fue Augusto, con él coprotagonizaría esa tragedia de matrimonio infeliz y de conveniencia. La verdad es que no había cambiado nada desde que se conocieron en la Escuela de Arte Dramático. Seguía vistiendo como un profesor, sin estridencias, aunque cuando lo iluminabas sobre el escenario, brotaba en él una inesperada presencia animal que lo ocupaba todo, como en ese momento. Caminó hacia la boca del escenario, territorial, como si le estuviera tomando la medida, y luego emitió su primera queja de muchas: «Supongo que subirán la calefacción, ¿no?». Detrás de él venía Francisco cargando unos cuadernos, «qué guapa te veo, cariño», le estampó dos besos carnosos, ¿se había hecho algo en el pelo? Estaba monísima. Pero fue detectar el piano vertical que habían dejado en el rincón y precipitarse a quitarle la funda, ¿y esto?, pero la directora sólo le respondió que a su debido tiempo. Se sentó a su derecha intrigado y cargó el cartucho de su pluma como si fuera un revólver. No podía evitarlo, Fran era un músico reciclado en actor. Él interpretaría al amigo enamorado y no correspondido de la protagonista, es decir, de ella. Un casting algo cruel, según Lola, y que ya había desatado las primeras bromitas de camerino: todos sospechaban que era cierto. Noelia, por su parte, seguía pensando que Fran era gay y que sentía por ella la misma clase de devoción grupi que por su amada Madonna, pero en fin. Detrás de él, apresurado y llegando tarde como siempre, venía Leonardo, lo sentía mucho, le había llamado su «repre» para un casting. Era el más joven de los tres y lo más parecido a un querubín que hubiera llegado a adulto. Se sacó su inseparable cazadora de cuero y la lanzó a una butaca. Él encarnaría al amante de Augusto. Es decir, la tercera pata del trío que se interponía entre el aburguesadísimo matrimonio protagonista. El disparador de la tragedia. Por último, dando voces por el móvil —un registro perfecto para su papel—, llegó Cecilia, quien interpretaría a la amiga del alma y cómplice de Noelia, la protagonista. Ahí sí que tendría oportunidad de probar su talento, pensó la directora observándola con cautela, dado que complicidad nunca tuvieron, pero le constaba que era una actriz de lo más solvente. Sin molestarse en colgar la llamada, chocó los puños con todos sus compañeros menos con ella, mientras seguía explicándole a alguien algo sobre una campaña en Twitter: tenían que frenar que esas azafatas de Fórmula 1 siguieran expuestas como trozos de carne con rímel en un mercado. En *Sortilegio*, su rol consistía en darle a la protagonista lecciones sobre cómo dominar a los hombres o, más bien, cómo vivir sin ellos, siempre con cierto aire de superioridad. Ese papel sí que le iba como anillo al dedo. Su mayor reto sería meterse en la piel de una mujer femenina en grado superlativo ya que prefería las mochilas a los bolsos, las botas militares a los tacones, el whisky al vino, y se jactaba de haber sido la que más zurraba a los chicos en el colegio. Esperaba, eso sí, que no llegara a las manos si la obligaba a ponerse tacones.

Como había vaticinado, Augusto ya venía enfrentado con el otro macho alfa presente, Leonardo.

—Eso ya lo hemos discutido durante casi una hora —protestó sorbiendo el café.

—Pues, como es el primer día, aprovechamos para discutirlo otra vez —y subió al escenario con un salto atlético.

Augusto se le encaró con cierta chulería:

—No voy a besarte en la boca a no ser que le dé especial morbo a la dirección, ¿estamos? —e hizo una reverencia a Noelia antes de sentarse—. ¿Cuál es mi sitio?

Leonardo se sacudió el flequillo e introdujo las manos en los bolsillos traseros de sus vaqueros con aire de James Dean.

—Primero, no tengo especial interés en besarte en los morros, tío, no me pones, pero soy actor y no va a traumatizarme —le explicó con la insolencia de la juventud—. Y dos, me refería a eso que ha dicho Noelia antes de investigar más la obra, el «cómo se hizo», al autor...

Francisco estornudó ruidosamente y perdió por momentos su tradicional compostura minimalista. Buscó algo en el interior de su chaqueta de lana. Ese día venía de gris claro de pies a cabeza con un jersey de cuello alto. Tenía gracia; a él, sin embargo, siempre le confundían con el director. Sacó un kleenex.

—Es entrar aquí y me pongo malísimo. —Barritó como un elefante apurado, y luego, dirigiéndose a Lola—: Yo creo que son todas estas cajas que habéis traído con tanto papel y tanto libro y tanta cosa...

Augusto se bajó las gafas de ver, único detalle que denunciaba su verdadera edad.

—Yo no tengo inconveniente en trabajar con materiales extra —comentó—. Lo único que digo es que... a ver, no vamos sobrados de tiempo como para andar investigando, ya no sólo a Gregorio, sino a su mujer..., ¿cómo se llamaba?

—María Lejárraga —respondió Lola apareciendo como un guiñol tras la mesa de dirección.

—No, María Martínez Sierra —la contradijo Augusto impostando aún más su tono docente—. ¿No habéis dicho antes que siempre conservó su apellido de casada?

—Eso. ¿En qué quedamos? —Cecilia cruzó el escenario con andares ruidosos y equinos—. A ver si por lo menos nos ponemos de acuerdo en cómo llamar a la buena mujer. —Luego, dirigiéndose a Noelia—: Y dicho sea de paso, estoy con Augusto en que deberíamos ir al turrón y dejarnos de líos. —Se sentó al lado de Leonardo, quien le dio un masculino empujón de bienvenida que casi la tira de la silla.

—Pues yo estoy deseando cotillear lo que os habéis encontrado —añadió el rubio.

Se escuchó un «pelota...» por lo bajini de Cecilia. «Silencio», chistó Lola llevándose el dedo a los labios. «¿En serio tenemos que llamarnos por los nombres de los personajes?», cuchicheó Augusto dejando los ojos en blanco, y Noelia agradeció con una sonrisa el cable que acababa de echarle su protegido.

—Bueno, compañía... —comenzó, sentada en la silla, toda de negro, piernas separadas, codos apoyados en las rodillas mostrando relax—. Antes de nada, gracias a todos por volver puntuales, sobre todo tú, Leonardo... —Hubo algunas risas—. Y gracias, ahora en serio, por tu confianza. Porque como directora es lo que voy a pediros en este trabajo. Confianza. —Hizo una pausa teatral y se incorporó en la silla—. Todos conocéis ya mis métodos. Algunos seréis escépticos con ellos. Pero parto de una certeza: creo que un texto teatral es un organismo vivo y que puede contarnos, o no, mucho más que lo que está escrito si le dejamos. También creo que vosotros no sois sólo títeres que yo manejo con un alambre desde el peine —le dirigió a Lola una mirada cómplice—, quiero decir... para mí, cada uno de vosotros sois creadores de vuestro personaje, de vuestro propio milagro. Por eso os he pedido que investi-

guemos este texto juntos según lo vayamos construyendo sobre el escenario.

»Sí, se trata de una obra insólita —continuó ya de pie, mientras se dirigía a ellos por turnos—: la historia de Paulina, enamorada y casada con un hombre, Augusto —y señaló a su
compañero, quien saludó a la concurrencia—, que no terminaba de corresponderle porque él tenía un secreto, uno inconfesable en la España de los años treinta. Pero empezaría a ser un
conflicto cuando comenzara una relación con un hombre joven, Leonardo, más que un amigo. Una amistad que escocía.
Una amistad prohibida —y el actor le tiró un beso provocativo
a su compañero que hizo reír a todos.

A su espalda escuchaba el molesto clic clic del bolígrafo de
su ayudante y los golpes del ensayo coreográfico de la sala
de arriba, pero luchó por no perder el hilo:

—La protagonista de esa historia, Paulina, tenía la complicidad de otro hombre, su amigo de juventud, Francisco, quien
no tragaba a Augusto, reticencia que era percibida como celos
porque ella sabía que en secreto la amaba...

Se detuvo a observar sus reacciones. Todos seguían expectantes aquel enredo salvo Cecilia, a la que vio mirar con disimulo su móvil. Francisco levantó la mano para decir algo, pero
la directora decidió continuar:

—Y luego estaba Cecilia —sobresaltó a la actriz, quien soltó
el aparatito—, que no comprendía por qué su amiga sufría por
la indiferencia de Augusto si en el fondo, según ella, y cito textualmente, «la indiferencia es parte de la naturaleza misma de los
maridos», y lo más importante, él seguía a su lado. ¡Ahí queda
eso! —Noelia sonrió—. Motivo por el que la empujaba a ser
independiente, a no anhelarle, y a no sufrir por amor, vaya.

Cecilia guardó el móvil por fin.

—Pero qué buena amiga soy —dijo irónicamente, y se echó
hacia atrás en su silla guardando el equilibrio.

—Como ya os habréis dado cuenta, esta historia no podemos contarla desde nuestro siglo —matizó Noelia ya en la

frontera misma de la cuarta pared, como si estuviera entre dos tiempos—, tenemos que contarla desde el momento en que se escribió, no sé si me explico: un siglo en cuyo comienzo los médicos aún no se ponían de acuerdo sobre cómo «tratar» a estos enfermos.

—¿A cuáles? —preguntó Francisco.

—A los homosexuales, hijo —respondió Cecilia.

Augusto se frotó las manos para entrar en calor, y comentó:

—Vale, lo que dices es que Gregorio Martínez Sierra fue un adelantado o un inconsciente, no sé, y por eso supongo que esta obra no se estrenó. Pero ¿por qué tenemos que investigar a su mujer?

Noelia se volvió hacia Lola que aún custodiaba la caja para darle la palabra.

—Porque sólo se conservan manuscritos y notas entre las cosas que guardan los descendientes de María —contestó su ayudante.

—Y porque al revisar algunos de ellos nos hemos enterado de que ella corregía las obras —reveló Noelia.

Hubo un silencio. Uno sólo roto por el zumbido de los focos que iluminaban sus preguntas. Fue Lola quien recogió el relevo:

—A ver, chicos, resumiendo: lo que os propone Noelia es que hagamos un trabajo de fondo entre todos. Yo, como me licencié en documentación, me ofrezco a ir catalogando y describiendo todo el material que vaya saliendo, para que sepáis con lo que contamos.

Hubo cierto revuelo. Noelia se colocó en el centro de esa media luna y buscó su foco.

—Chicos, chicos..., un momento, por favor. Este tipo no es cualquiera. Estamos hablando del autor de cuarenta comedias, entre las cuales hay algunas tan conocidas como *Canción de cuna*, que se llevó cinco veces al cine, incluso en Hollywood. Del autor de los libretos de *El amor brujo* de Falla, de *El sombrero de tres picos*, amigo de Juan Ramón Jiménez, de Galdós y de Benavente. Cuarenta comedias... y una tragedia, esta: *Sortilegio*. ¿De verdad no tenéis curiosidad por saber por qué es la única y la que nunca se estrenó? Pues no lo sé... Francamente, ni idea. Pero creo que deberíamos averiguarlo y no limitarnos a recitar este texto en escena como la guía telefónica, porque esto no es como montar un *Hamlet*. No sabemos nada de él. Tenemos que saber por qué lo hizo. —Tomó aire—. Ahora, os pregunto: ¿sentís esa responsabilidad también? ¿La aceptáis conmigo? ¿O preferís que me limite a moveros por el escenario como mis muñecos?

Otro silencio. Esta vez tan compacto que parecía que el Teatro María Guerrero los hubiera envasado al vacío. Por un momento Noelia sintió que todos, ella incluida, eran ahora esos recortables empalados dentro de su teatrillo, pero ¿quién movía los hilos? Se le aceleró el pulso como cuando se abría el telón y el regidor leía en la primera página: «Luces». Y se encendieron. Más bien, alguien las encendió y apagó las de la sala. Bajo los cálidos focos ámbar, parecieron perder por un momento su categoría de personas para empezar a ser personajes. Entonces Leonardo rompió el silencio con un «yo te sigo, dire», compromiso al que se unieron los otros con más o menos entusiasmo, incluso Cecilia, quien por supuesto se dejó a sí misma para el final y soltó un «por mí vale» con gesto de resignación.

Así, y tras un aplauso laxo, sellaron su pacto y Lola fue repartiendo tareas extra y horarios: Augusto, por ser profesor de literatura, se encargaría de establecer conexiones con otras obras del autor; Francisco aprovecharía sus conocimientos musicales cuando aparecieran partituras o correspondencia entre los músicos que colaboraron con el autor; Cecilia pareció sorprendida de poder dedicarse a los discursos feministas, no tenía ni idea de esa faceta tan extravagante para un hombre de su época; Leonardo se ofreció para leer el resto de las obras de teatro anteriores a la que les ocupaba, y Noelia se dedicaría en cuerpo y alma a rastrear las notas y cartas de María Lejárraga o María Martínez Sierra o como demonios quisieran llamarla.

Una hora más tarde, cada miembro de la compañía había encontrado algo en esa caja con lo que entretenerse. Augusto leía una edición antigua de *Canción de cuna*, su obra más conocida; Francisco repasaba un listado de programas de zarzuela y ópera para comprobar sorprendido que muchas fueron escritas y dirigidas por Gregorio. Ese tipo era una máquina, repetía entre estornudos. Y Cecilia hasta parecía divertirse curioseando entre las fotografías de la época. De momento había encontrado a María rodeada de unos cuantos políticos y activistas de la República, y por eso Noelia dedujo que la feminista que hervía dentro de la actriz empezaba a mirar a María con algo más de interés.

—Aquí hay una foto de esta mujer con Juan Ramón Jiménez —se sorprendió Cecilia— y está dedicada por detrás con su firma y el dibujo de una rosa.

—¿A ver? —se interesó Augusto—. ¿Es la letra de Juan Ramón?

—Esa no sé —escucharon sobre sus cabezas—, pero tenéis que ver esto. —La voz de Noelia se descolgó como una araña transparente desde uno de los palcos. Llevaba unos minutos enfrascada en una pequeña libreta de piel que ahora temblaba entre sus manos.

Los demás aguardaron expectantes sobre el escenario.

—Lola —exclamó mientras subía las escaleras—, ¿te acuerdas del retrato de María con la rosa que había en su despacho?

La otra asintió y abrió la libreta como un misal por una página llena de tachones.

—Pero ¿qué es? —preguntó la ayudante sin poder contenerse.

—El diario de María.

—¡Mi diario! —protestó su dueña desde el siglo pasado, arrebatándoselo de las manos a su amigo perfecto.

4

Madrid, 1903

—Devuélvamelo, Juan Ramón..., ¡fiera!, ¡poeta del demonio! ¡Esto es privado!

—Pero si no voy a leerlo, María. ¡Sólo necesito un papel con urgencia!

Ella pasó una página y se lo devolvió entornando los ojos con desconfianza fingida. La casa de María y Gregorio tenía ahora un coqueto despacho envuelto en un plástico atardecer de primavera. Juan Ramón, porte impecable, macferlán gris y bombín negro que encestó con garbo en el perchero, paseó sus veintiún años por la estancia acariciándose la barba incipiente que se trajo del hospital de Burdeos. Hasta allí había ido a curarse la melancolía por la muerte repentina de su padre un año atrás. Pero ni la barba ni la melancolía le abandonarían ya nunca. Tampoco ese sobresalto crónico de ir a morirse en cada instante.

Tras deambular por la estancia con aire de felino aburrido a la caza de un verso, se detuvo frente al nuevo retrato que le había hecho a su amiga el pintor Emilio Sala. Aún olía a aguarrás. Qué horror... desde luego no le hacía justicia, aunque el motivo era más que inspirador. Le lanzó a la María de carne y hueso una mirada furtiva. No pudo reprimir esos celos incontenibles en forma de congoja al imaginarla posando para aquel hombre de mirada siniestra durante horas: moño grande y victoriano de ensaimada, sonrisa de ojos directa a la diana del iris del espectador, piel clara y sonrosada en contraste con el vestido negro hasta el cuello que encerraba el misterio de su cuerpo y, en lugar de un camafeo, una rosa tan erguida y blanca como ella en el centro de su pecho. Juan Ramón lo investigó hechizado, casi degustando el óleo, ¿quién era más femenina, María o su rosa?, hasta que empezó a escribir.

—Y María, tres veces amapola —recitó—. María, agua y lira tres veces...

—Lo sabía —refunfuñó ella, divertida, intentando concentrarse en sus notas.

—...la que llevó al poeta como un niño a través de estos parques de llanto tendrá una rosa en vez de aquel violeta del corazón florido que la quería tanto. —Se le acercó por la espalda, cazador, y deslizó el cuaderno sobre la mesa—. ¿Y Gregorio?

Ella giró su silla de despacho, colgó la toquilla de lana en el respaldo y aprovechó para atarse el lazo del cuello de su camisa.

—Anda por ahí, corriendo imprentas, amasando a algún empresario teatral para que se lea una comedia; como siempre, luchando.

—Y usted, escribiendo, como siempre también... ¿El qué? —Asomado a su mesa con curiosidad, le arrebató el cuaderno de nuevo. Lo hojeó con descaro—. ¿Su diario?

—Sí. —Lo recuperó, nerviosa, y lo echó al cajón del escritorio—. ¿Algún problema? Me gusta hacerlo aprovechando las últimas luces de la tarde.

—¿A lápiz? ¡Sacrilegio! —Frunció el ceño, burlón.

—Los que escribimos prosa no necesitamos hacerlo con elegancia, mi querido y fiero poeta.

—Eso no parecía prosa... ¿Es que escribe su diario en forma de teatro?

Levantó su dedo de maestra.

—¡Basta!

Su amigo simuló enfurruñarse y se castigó de cara a la pared, pero al hacerlo se reencontró con el retrato de María. Como si le hubiera sorprendido por primera vez, ensayó su mejor pose de poeta maldito e improvisó:

—Riendo, tu boca alegra en rosas, blancos y rojos... la melancolía negra de tu seda y de tus ojos...

Ella los dejó en blanco y se fue a cerrar la ventana mientras era perseguida por el apasionado recitante:

—Es una risa que olvida todos los daños que ha hecho.

—¿Yo? —Hizo un puchero coqueto—. ¿A quién?

El otro se señaló cómicamente el corazón y fingió que clavaba en él el dardo envenenado de su pluma.

—En una rosa dolida que se mustia sobre el pecho.

Quedó unos segundos suspendido en el silencio, cazando rimas, puliendo estrofas. Cuando regresó al mundo de los mortales se había acercado a María peligrosamente hasta quedarse casi nariz con nariz. Ella respiraba agitada.

—Ya apenas se ve —comentó el poeta volviendo en sí—. ¿Hablamos? —Avanzó sus labios hacia los de su amiga.

—¿De qué? —preguntó ella esquivándole hábilmente—. ¿De su inalterable melancolía?

—No, mejor de su agotadora risa, con esa veladura... «violenta».

—Vaya, ¡eso me gusta aún más que el «violeta» de la primera versión!

—Me lo temía.

—Mi querido Juan Ramoncín, el problema de ser tan brillante es que hasta cuando me hace rabiar lo hace con un bello verso.

Qué chico tan escandalosamente enamoradizo, pensó María con guasa, y volvió a sentarse. Le había conocido cuando llegó a Madrid dos años atrás. Aunque al principio le pareció algo estirado con su bigote fino y su porte de señorito andaluz, se convirtió rápidamente en lo que ella llamó su «amigo perfecto». Nunca existieron recelos ni envidias entre ellos. Él poeta en verso y ella en prosa, pocas veces hablaban completamente en serio, pero él sabía traducir sus burlas alegres y ella comprendía su ironía melancólica.

—¿Y se puede saber qué hace usted aquí recitándome poemas románticos llenos de tristezas teniendo ahí afuera los alegres cafés de Madrid? A estas horas ya estará alborotándose el Comercial y demás tertulias de sus amigos.

—La tristeza es lo único que merece la pena vivir.

—Pues yo no quiero llorar de pena hasta los cincuenta años.

El poeta se acercó a la ventana. Enlazó los brazos a la espalda y lanzó una mirada circunspecta a la humanidad.

—La alegría es un sentimiento tan vulgar..., ¿no le parece?

—Yo debo de serlo bastante, entonces —y le sacó la lengua.

—No, sólo a las musas se les permite estar alegres. —Se sentó en el banco de la ventana y observó la calle—. Prefiero venir aquí. ¿Le confieso algo divertido y triste a la vez? —Ella levantó la vista, intrigada—. Me aburren mis compañeros de tertulia. Prefiero gente que me hable de otras cosas. Además, María, ¡yo no sirvo como madrileño! Figúrese: no me gusta el café, detesto el vino, me fastidia el tabaco, no leo diarios, no sé de toros, ni de militares... ¡Lo mejor de España se puede hacer dentro de casa! Es usted una privilegiada, créame. —Adoptó un tono cínicamente melodramático para citarse a sí mismo—. ¡Con materiales de sangre y fuego, en el silencio pleno y con corazón cargado!

—Y en el silencio de un convento también, por lo visto... —añadió ella acentuando los puntos suspensivos—. Empieza a correrse la voz, mi fiero poeta, de que en el del Rosario no ha dejado usted títere con cabeza, o más bien monja con toca.

Él no pudo disimular su sorpresa. No conseguía acostumbrarse a que una mujer le lanzara un tema escabroso con tal inteligencia y frescura. Tras tensarse como un lobo acorralado buscó en la mirada de su amiga un rastro de juicio, pero sólo encontró preocupación. Así que volvió a fugarse por la ventana en su búsqueda incansable de versos, como siempre hacía cuando alguien le enfrentaba a la realidad.

Estaba preocupada por él, sí. María apoyó la barbilla en su mano. Sabía por Gregorio que el doctor Simarro, al volver de Burdeos, le había conseguido alojamiento en el convento del Rosario de la calle Príncipe de Vergara, ¡nada menos!, donde disfrutaba de todo tipo de «privilegios». Seguramente conmovido por la muerte del padre, de quien fue amigo, al buen doctor le pareció la mejor opción para que viviera según su ambiente siendo poeta sin blanca. El problema fue «el método» con el que el joven hipocondriaco había decidido engancharse a la vida. Pobre hombre, se sonrió María, ¡si él supiera!

Juan Ramón siguió garabateando versos en el papel robado y de pronto le asfixió ese Madrid que también amaba como sólo puede amarse a una mujer que sabes que no te conviene. ¿Por qué un alma bucólica como la suya había llegado a la gran ciudad? Lo cierto es que si no hubiera sido por la postal de su compañero de pupitre Emiliano y porque en ella firmaba también, ¡no daba crédito!, ¡Rubén Darío!, ni se hubiera subido al tren.

Qué locura de meses aquellos primeros en Madrid, recordó el poeta. Entonces sí que no salía de los cafés. Iba de uno en otro hasta las cuatro de la madrugada como en un enloquecido juego de la oca, pero aquel Madrid que se desperezaba de la crisis del 98 pronto empezó a darle mucha pereza. Sí, le daba pereza, pensó, tanta..., y escribió en la condensación del cristal un mensaje de amor que borró enseguida con la manga de su chaqueta. No podía decir que no admirara a algunos de sus tristes y extravagantes tertulianos, pero lo que se le atragantaba era su insistente devoción por la fealdad.

Suspiró aburrido y al hacerlo entró en su cabeza Valle-Inclán con sus andares de vagabundo y tan vertical como una catedral gótica: los pantalones de cuadros colgados de tirantes, la sonrisa intermitente y mellada, la levita de enterrador y el bombín desteñido. O el propio Rubén Darío, que ahora for-

maba parte de su círculo. Al principio hasta se le pegó su cadencia nicaragüense, pero ahora empezaba a cargarle su forma
excesiva de admirarse por todo con los ojos miopes y perdidos: ¡admirable le parecía hasta el whisky con soda con el que
alimentaba la cirrosis que se lo llevaría el día menos pensado!

Desde luego los Machado, Gregorio, y algún otro poeta de
su grupo de edad, todos querían escribir como Darío, «para
abrirse con libertad hacia la belleza». Se asomó con disgusto a
la ventana, ese sí que era todo un ejercicio de abstracción en
aquel Madrid que contemplaba desde la casa de su amiga. Una
auténtica oda a la fealdad.

¿Salir, decía ella? ¿Para qué?, pensó el poeta. Le horroriza-
ban sus calles sin árboles, estrechas, sucias y mal empedradas;
la sordidez de sus tiendas; de hecho, si no fuera por los jardines
de Sabatini y la Castellana se pegaría un tiro. Sólo seguía respirando gracias a la literatura que flotaba en los cafés y, eso no
podía negarlo, por la luz dorada de aquella ciudad. Una propia
que le manaba de dentro como la de una estrella. Ese cielo rosa
a las cinco de la tarde cuando, como ahora, la calle se transfor-
maba en una alfombra de sombreros y todo el mundo parecía
acarrear algo esquivando los raíles de los tranvías.

Juan Ramón suspiró cómicamente mientras permitía que su
amiga terminara con su tarea y que el sol de la tarde se colara
por sus pestañas tupidas y morenas.

—¿No echa de menos el campo, María?

—Me vine muy pequeña de La Rioja. Creo que ya se me ha
olvidado el color verde —respondió distraída.

—Yo sí lo echo mucho de menos... Mucho —suspiró—. Por
la tarde el campo tiene algo de mirada de madre, ¿no le parece?
Cuando vivía en San Millán, ¿no se ha encontrado usted nunca
rimas entre la hierba? Yo he hallado tantas y sin buscarlas...

—Y venga a estar triste... —Ella sonrió y él le devolvió otra
mucho más mustia.

No, sabía que su amiga no le juzgaba. Sólo le había hecho
una advertencia. Ya se imaginaba las habladurías que provoca-

ban las visitas de sus amigotes al convento. Pero le divertía tanto comprobar la estampida de las novicias al ver llegar a Valle cruzando el jardín «con esas barbas demoniacas de macho cabrío», comentaban santiguándose, ceceando a gritos con su risa huracanada y esa costumbre de llamar «imbécil» a todo el que se lo merecía, que últimamente, y según él, eran muchos.

Y luego estaba, claro, lo otro...

El doctor Simarro había tenido la deferencia de informar a las Hermanas de la Caridad de que la enfermedad del poeta residía en su alma. Y él no pudo evitar pasearse por el sanatorio con esa pose de dandi que sabía que acentuaba su tristeza exterior. De modo que por eso, por caridad cristiana, se volcaron en atenderlo y malcriarlo. Le conmovía tanto...

Fue como soltar a un lobo en un gallinero.

De pronto el Madrid que observaba desde la ventana de María le pareció mucho más bello. ¿A quién le importaba la ciudad si vivía en un oasis? Un retiro de sensualidad religiosa, de paz de clausura con olor a incienso y a flores, garabateó sobre el papel. El poeta sintió un pequeño incendio que amenazaba con estallar en el interior de sus pantalones. Su amiga se encargó de enfriarlo:

—Entonces, ¿no va a contarme lo de las monjitas?

—Mis novias blancas... —susurró, intentando aplacarse.

—Dicen que la superiora, Susana López, ha ordenado el traslado de una tal Amalia a Barcelona para evitar males mayores. —María dio un sorbito inocente a su té.

—Vaya..., eso ya no es un rumor, querida amiga, es una información muy detallada.

Lo que también se rumoreaba por si le interesaba saberlo, siguió ella con malicia, era que la superiora había actuado en su comunidad más por celos que por decencia. Juan Ramón protestó porque Amalia, según él, había sido sólo un amor tan fugaz como un cometa. Lo que no le confesó a María en ese momento fue que la hermana Pilar era quien ocupaba de verdad su corazón y su cama todas las noches. Dentro de una hora, sin ir más lejos. Cuando saliera de casa de María se encontrarían sus cuerpos con fiebre en uno de los balcones del sanatorio, furtivos, vestidos sólo de oscuridad y acariciándose bajo la ropa. Luego contemplarían juntos los fuegos artificiales de la Guindalera y la salida de la luna. «Pilar... —recitó mentalmente—, mi Venus de Milo, un mármol de museo ablandado y calentado por mí.» Tendré que componerle un poema, decidió el joven inflamado de deseo, mientras se sujetaba la cabeza entre las manos.

—Le aseguro que no hay nada emocionante que contarle, María —mintió—. Con la hermana Amalia y la hermana Filomena sólo hacemos travesuras.

—¿Filomena? Pero ¿cuántas más hay? —Se quedó en jarras—. ¿Travesuras?

—Sí, travesuras. ¡Somos de la misma edad! —Sus ojos de lobo inocente se encendieron en una protesta—. Yo les traigo golosinas que ellas se comen conmigo alrededor de mi estufa porque a las pobres no les está permitido. Cuando hay tormenta, vienen gritando a mi cuarto. —Sonrió de medio lado—. Cuando vienen a limpiar, visten una escoba de monja y me la dejan sentada en el sofá o me esconden cartas y flores bajo mi almohada. Me apena mucho la noticia de que trasladen a la hermana Amalia, la verdad, lo pasábamos tan bien los tres...

María le contempló con el mismo gesto pasmado con el que, en el presente, cinco actores bebían café y leían las *Arias tristes* del descarado poeta, dedicadas sin tapujos a aquella religiosa.

«Hermana Pilar», escribió apoyado en el alféizar de la ventana, «¿tendrás mañana tan negros tus ojos? Y tus pechos..., ¿cómo tendrás los pechos? Ay, ¿recordarás siempre cuando me llamabas como una madre, cuando me reñías como a un niño?». Empuñó la pluma erecta y cerró los ojos mientras escribía: «Dime, hermana, ¿recordarás aquella primera vez en que deshojamos nuestros cuerpos ardientes en una profusión sin fin y sin sentido? Era otoño y hacía sol, ¿te acuerdas? Cuando huías en un vuelo de tocas trastornadas de la impetuosa voluntad de mi deseo y te refugiabas en un rincón como una gata... pero tus uñas eran más dulces que mis besos».

Juan Ramón evocó el olor dulzón de su sexo. Qué prodigio de la naturaleza. Le recordó a su infancia cuando introducía en su boca la flor madura de un membrillo y su madre le reñía porque se iba a empachar. Dulce empacho de placer. Qué forma de temblarle aquellos pétalos entre los labios, qué manantial de jugos tan puros...

—Va a meterse en líos como siga así, querido amigo —escuchó decir a María.

Pero el lío ya lo tenía en su corazón y arrastraba hacia él a la hermana Pilar hasta un lugar donde no hacía pie. Qué le iba a hacer él, pensó, si las mujeres lo requerían desde tan joven. En ese momento le vino a la cabeza Roussié, la mujer del doctor Jean-Gaston Lalanne, cuando le acogió en su casa para tratarlo. Él tenía sólo diecinueve y ella diez años más, los justos para que la buena señora le dejara claro que su relación sería exclusivamente sexual. Sólo necesitaba saciarse, le argumentó una noche mientras cocía un poco de leche en la cocina, porque la vida no le proporcionaba «el goce honrado». Acto seguido se abrió la bata y derramó la leche tibia desde el sujetador hasta las bragas, bajó por sus muslos en nerviosos manantiales y empezó a gotear en el suelo de baldosas blancas y negras que invitaban a jugar a las damas. Juan Ramón aprendió a jugar cuando esta le indicó que siguiera con su lengua el mismo recorrido.

Tras ese silencio cómodo en el que los dos amigos estaban acostumbrados a acompañarse cuando él no quería hablar y ella trabajaba, por fin el poeta consiguió levantarse y dijo:

—Le he traído un regalo.

—¿Además de su compañía?

—Además.

Sacó intrigante una funda de cartón del bolsillo de su chaqueta y extrajo con delicadeza algo que no quiso mostrarle. Se acercó a María, tiró de sus manos hasta que la levantó y luego le colgó del cuello una corbata.

—Están de moda entre las señoras más elegantes. ¿No lo sabía?

—Cuántas cosas sabe usted que yo ignoro...

—Sé que tiene talentos ocultos... y que le sentaría así de bien.

María le dio un beso rápido en la mejilla cuyo fantasma él intentó retener inútilmente con la yema de los dedos. La contempló con la distancia con la que no contemplaba a ninguna otra mujer, la de una musa, pero no se daba fácilmente por vencido así que volvió a la carga:

—Cuando el poeta que llora venza a la mujer que ríe, su nostalgia melodiosa se irá, a tu reír deshecho, a las hojas de la rosa que se mustia sobre el pecho...

Ella contempló aquellos versos flotar suspendidos por los últimos rayos de sol y quiso cazarlos entre sus pestañas. Qué felicidad..., se dijo. ¿Por qué? ¿Quién sabe? Poco dinero, mucho trabajo y esperanza infinita... y los versos de su amigo perfecto escribiéndose solos en el aire.

5

Madrid, 1904

—¿Te das cuenta, María? Cada vez nos invitan a más estrenos. —Gregorio cubrió su boca con un pañuelo, se abotonó el gabán, le ofreció su brazo y cruzaron la plaza de Santa Ana a paso rápido hacia el teatro.

Tanto ese evento como el autor exigían etiqueta. Por fin María Guerrero conseguía estrenar *El abuelo* de Galdós no sin ciertos sobresaltos. Hasta los caballos parecían guardar la fila para entrar en la función mientras el público desembarcaba de los coches formando un remolino de sombreros y tocados en la entrada del Español.

El portero cortó sus entradas y María le pidió a Gregorio que pasearan un rato por el teatro. Le gustaba llegar pronto para hacerlo sin prisas como si fuera un parque. «Licencia para soñar», le dijo a su marido mientras señalaba el palco del rey situado en la boca del escenario. Apretó su mano, ¿a que no sabía que sólo se llegaba a él por el ascensor real? Luego recorrieron los de la clá donde ya se acomodaban los más ruidosos. «¿Y ese saloncito?», preguntó Gregorio ya en el tercer piso. María empujó con cautela la puerta entelada en azul.

—Ahí estarás tú algún día —le ilusionó ella—. Es el famoso Parnasillo, donde se reúnen los dramaturgos con la compañía para hacer la primera lectura de la obra.

De nuevo ese fulgor impaciente en los ojos de su amado:

«¿Te imaginas?». Gregorio secó su boca con el pañuelo y luego, asomándose desde el primer anfiteatro:

—¡Mira, ya han llegado los popes!

Lo vio correr escaleras abajo. Qué barbaridad, sólo le ha faltado lanzarse de cabeza, sonrió divertida. Ella, sin embargo, prefería contemplar la escena desde fuera y desde arriba. Aquí tienes mejores vistas, se dijo, como si también pudiera verse a sí misma dentro de aquella comedia. Eso la relajaba. No servía para rendir ese tipo de culto a salto de mata, aunque admirara de veras a alguno de los caballeros que Gregorio saludaba ya en el vestíbulo. Se acodó en la barandilla: ahí estaba Jacinto Benavente. Qué ironía que el considerado más grande dramaturgo fuera aquella miniatura delgadísima. Reprimió una risilla. Además, desde allí y en escorzo, el pobre era todo cabeza: el bigote encerado y rizadísimo en las puntas, los ojos punzantes como dos rejones y esas manos tan afeminadas que nunca podía dejar de mirarle, como si dialogaran en un aparte, y que él no se esforzaba en disimular, como tampoco lo hacía con su devoción por Oscar Wilde.

Levantó la vista y la saludó con un toquecito de sombrero. Ella le devolvió el gesto. Se nota que estima a Gregorio, se dijo, eso le gustaba mucho. Se conocieron en los cafés como casi todos. A ambos les unía el amor por Shakespeare, y estaba segura de que también el secreto de ser actores frustrados. A sus treinta y ocho Benavente era todo lo que Gregorio quería ser. Incluso ahora que los veía juntos, qué gracia, empezaban a tener un gran parecido físico. Quizá también, de no ser tan frágil de salud, a Gregorio le habría gustado ser un aventurero como Benavente. ¿Sería verdad esa leyenda de que lo había dejado todo para recorrer el mundo cuando recibió prematuramente la herencia de su padre? ¿Y lo de que, trabajando en un circo, descubrió su pasión por los escenarios? Alguna otra más inconfesable descubrió, seguramente, especuló María, pero de eso no se atrevía a hablar con sus amigos. De eso no hablaba nadie. Lo que sí acababa de revelar Benavente con una mirada de esas que destierran fue su antipatía. Ella siguió la dirección que marcaban sus ojos de escopeta y se encontró a Valle-Inclán. Este se les cruzó deslizándose con andares de peregrino viejo, la levita arrugada y la barba que ya parecía ir a arrastrarle por la alfombra. Vio cómo hacía ademán de saludar a Gregorio, pero, al comprobar su compañía, se lo pensó mejor. Luego lanzó una mano al aire que igual servía para saludar a uno como para mandar al otro a la mierda, y se perdió entre el tumulto de sombreros.

De pronto a María se le animó el corazón. ¡Oh, por fin había llegado su triste poeta! Lo vio entrar, todo él tan vertical y sombrío como si lo hubiera pintado el Greco. Él sí que estaba elegante con su traje gris perla impecable y triste como la barbita triangular que se había empeñado en dejarse crecer. Gregorio le indicó que mirara hacia arriba y, al verla, el poeta lanzó a volar un par de besos sobreactuados y dolientes hasta ella, quien seguía la escena desde su mirador. Esta sí que es una comedia entretenida, María, y le hizo un gesto para que la esperara al terminar la función. Por un momento fantaseó con que era una titiritera y unos hilos transparentes de araña se descolgaron de sus dedos para manejarlos como guiñoles. Incluso podría ponerles voces porque sabía cuál era la comidilla del día: el Premio Nobel del viejo Echegaray.

Y, como en toda buena historia, María..., aquí llega tu villano. Lo vio avanzar directo hacia ellos a empujones como hacía siempre.

—Vaya..., cuánto escritor junto. —Dentro de su corpachón de metro noventa les dedicó una mirada despreciativa por turnos—. Aunque usted, Gregorio, todavía no merece ese título —y le soltó el humo pestilente de su cigarro en la cara.

—Al lado de estos señores —tosió Gregorio—, seguro que no —y tosió de nuevo.

La comedia había dado un giro hacia la tragedia. María lo observó con un nudo en el intestino. Por tipos como aquel no le gustaba la farándula, qué grosero, irrumpir en la charla así, sin más. Claramente a José María Carretero se lo había tragado su pseudónimo «El Caballero Audaz» y le entusiasmaba que consideraran tan peligrosa su pluma como su espada. María empezó a inquietarse. ¿Y Gregorio? Le hizo un gesto para que subiera que él ignoró. Ya le tenía dicho que lo evitara porque era muy aficionado a los duelos.

Carretero observó al pequeño Benavente desde su cumbre como si le costara enfocarlo, soltó la ceniza del cigarro en la alfombra mullida y comenzó a afilar el cuchillo: quién se iba a imaginar algo tan extravagante, comenzó generando algo de complicidad para despistar, ¿se habían enterado? ¡Una manifestación de mujeres!, derramó una carcajada que los otros no celebraron. ¿Dónde había sido?, preguntó Juan Ramón por decir algo, y el periodista le contestó que en Valladolid, ¡encima! Volvió a soltar una bocanada de humo, ¡en la cuna del Castellano! «¿No le duele a usted, don Jacinto, siendo académico?» El interpelado arqueó las cejas en una interrogación mientras calibraba adónde querría llegar aquel cretino en realidad. El periodista continuó: «No imagina qué pancartas. ¡Qué faltas de ortografía! *Pan i trabajo*, con "i" latina...», a lo que Benavente contestó con esa sonrisa encantadoramente benévola que a él le ofuscaban más las faltas de algunos periodistas, lanzada que el interesado no acusó porque en ese momento le distrajo ver pasar a Valle-Inclán, quien volvió a hacerlo de largo dedicándole también a él un manotazo desairado.

—Ya es bastante con que sea manco... —opinó el periodista—, pero ¿por qué se empeñará este hombre en vestir como un mendigo?

—¿Quizá porque es uno de los escritores más valiosos que tiene España y se lo puede permitir? —disparó Benavente abotonándose los gemelos.

—Pues don Ramón no opina lo mismo de usted —contraatacó el periodista.

—Entonces a lo mejor estamos equivocados los dos.

A María le recordaron a dos gatos contendientes midiéndose en silencio con los ojos fijos y territoriales en el adversario. Ten cuidado, querido amigo, murmuró cuando vio cómo Juan Ramón daba un pasito para decir algo. Al tener el poeta olfato para la tragedia, sacó el único tema que podía despistar a aquel depredador.

—¡Parece que hoy estamos de doble enhorabuena!, ¿verdad, señores? Un estreno y un p-premio Nobel —tartamudeó el joven.

—¡Cierto! Y aún no le he podido felicitar, ¿ha llegado? —confesó Gregorio siguiéndole el hilo.

Justo cuando parecía que el depredador iba a seguir la carnaza como un perro hambriento se le puso a tiro el primer actor de la obra, Fernando Díaz de Mendoza, aun faltándole media hora para salir al escenario y sabiendo que su mujer se lo tenía prohibido, añadió el periodista con sorna. ¡Mírale qué pichi andaba dando la bienvenida a todo el mundo!

—¡Don Fernando! —le aulló atrayendo casi todas las miradas—. ¡Mucha suerte! ¡La va a necesitar! —El actor, sin perder ni por un instante su porte de pavo real, le hizo una reverencia de cabeza. El periodista se volvió hacia sus contertulios—: A ver cómo le va al «Conde» haciendo un Galdós, que es tan descarnado. Lo opuesto al melodramático de Echegaray en el que está acomodado. ¡Ah!, en eso nos habíamos quedado. Echegaray.

Volvió a centrar el tiro en el premiado por aquello de ser el tema del día. Pues, en su opinión, Echegaray estaba absurdamente sobrevalorado, sentenció soltando unas desmesuradas volutas de humo. Por una vez estaba de acuerdo con el desarrapado de Valle-Inclán cuando llamaba a sus obras «estupendos mamarrachos» y a él un «imitador insustancial de Calderón de la Barca». Se echó a reír con desdén. Tenía que reconocerle a Valle que tenía verdadera gracia para insultar... Porque era verdad que Echegaray le debía mucho —muchísimo, demasiado, todo— a María Guerrero. Menudo ojo había tenido el viejo, ¡menudo chollo! Si no fuera por ella —tanto como actriz o como empresaria—, desde luego no habría estrenado tanto ni el pavisoso de su marido el «Conde» se habría comido un rosco, y señaló con el mentón al primer actor que ya huía como liebre que ve a cazador hasta la seguridad de su camerino.

Quizá fue por pura ansiedad, pero, contra todo pronóstico, fue Juan Ramón quien se sumó con inconsciencia al cotilleo opinando que también le debía a su mujer el usufructo de su derecho de pernada en la compañía... y le echó una miradita furtiva a una de las nuevas actrices en la reserva. Esa con los ojitos color manzana que al parecer había amadrinado la Guerrero.

El inexperto poeta no debió de interpretar los gestos de alarma de Gregorio para que cerrara la boca y el rictus congelado de Benavente, porque prosiguió:

—¿Qué mayor fantasía puede haber para un hombre que el que tu propia mujer busque bellezas para ingresar en tu harén?

El periodista se volvió hacia él abriendo una sonrisa lenta que le mostró una panorámica de sus dientes.

—Bueno, Juan Ramón..., usted de harenes sabe lo suyo, sólo que a usted le gustan vírgenes, ¿no es cierto?

El Caballero Audaz soltó una risotada con tal proyección que María pensó que habría sido la envidia de cualquier actor; Juan Ramón decidió cerrar el pico, y Gregorio y Benavente preguntaron a coro un «¿no es ya la hora?», tras consultar sus relojes.

—¿Y a ustedes qué les pasa? —se mofó el periodista—. ¡Parece que Gregorio ha salido de un calco! Tenga cuidado, don Jacinto, que pronto escribirá también sus obras.

—¡Me encantaría! —respondió con su sonrisa peculiar y tajante—. Bienaventurados nuestros imitadores porque de ellos serán nuestros defectos... —y zanjó así esa tentativa de insulto. Gregorio, sin embargo, se sintió hervir por dentro y desde entonces soñó con vengarse de aquel desgraciado plumilla.

Unos aplausos estallaron oportunamente en el vestíbulo del teatro. El viejo Echegaray había entrado por fin: barba y bigotes largos, blancos y dickensianos, sombrero de copa y gafitas sin patillas guardando un equilibrio funambulista sobre su nariz. El pobre hombre, pensó María al verlo, seguramente lento de reflejos por la edad, había visto los brazos abiertos de su amigo Benavente, y se acercaba a ellos aturullado por las felicitaciones de los desconocidos sin reparar en quiénes formaban el resto del grupo. Al audaz periodista le faltó relamerse al contemplar cómo su más preciada presa de la noche venía directa e inocente a la boca del lobo sin imaginar ni por lo más remoto que estaba a punto de conversar con tres futuros premios Nobel.

—Don Echegaray, mi enhorabuena. —El periodista le hizo una historiada reverencia—. ¿Le parecerá bonito venir a robarle protagonismo con su premio al pobre Galdós sabiendo que a él no se lo darán nunca gracias al boicot de esos conservadores que no soportan su talento?

El viejo dramaturgo sólo replicó con la voz fina y aguda:

—Yo vengo a ver cualquier cosa que estrene María Guerrero, como usted sabe, sea mío o no.

Y era verdad. El viejo Echegaray no solía asistir a los estrenos hasta que un día, haciendo una excepción, descubrió sobre el escenario a una joven María Guerrero y quedó tan magnetizado por la actriz que quiso ir a felicitarla. Llamó débilmente a la puerta, «¿permiso?». Él tenía ya sesenta y ella veintitantos. Para su sorpresa, se la encontró llorando delante del tocador, escribiendo con carmín sobre su reflejo «no sirves para esto». El hombre, enternecido por aquella criatura indefensa y genial, le ofreció con los dedos temblones su pañuelo: «Querida, te voy a dar un consejo que a mí me ha servido mucho. A partir de hoy no leas las críticas. Sólo trabaja, estudia y fórmate». Y desde aquel momento decidió que sólo escribiría para ella: sería su padre, su mentor, su dramaturgo de cabecera y las malas lenguas decían que algo más si ella hubiera querido. El caso es que esa noche, según soportaba las insolencias de aquel periodista y a pesar del consejo que le diera a su protegida, Echegaray salió del Teatro Español tomando la firme decisión de no escribir nunca más.

Y la cumplió.

Una vez obtenido el Nobel, no podría soportar exponerse a la crítica cainita que sentía con la misma antelación en sus huesos con la que predecía la lluvia... y ya habían empezado a despedazarle.

—Señores, si me disculpan... —El premiado continuó su marcha hacia la sala a pasitos rápidos, abrumado por las felicitaciones.

Gregorio y Juan Ramón le dedicaron una respetuosa despedida de sombrero y Benavente le dio una palmadita de colega soñando que se le pegara algo de su fortuna.

—Por cierto, don Jacinto —volvió a la carga el periodista—, ahora que ha ganado usted tanto dinero, ¿cuándo va a atreverse a dejar de hacer comedias para el público como Galdós?

—Mire, le contestaré como Lope de Vega: yo no escribo comedias para el público sino que hago público para mis comedias.

—¿Ahora se compara usted con Lope?

—No, sólo utilizo sus citas —e hizo un gesto de abrirse paso entre la multitud aburrido de aquella astracanada—, si me permite...

El periodista quedó sin respuesta por primera vez y, rojo como un cangrejo escaldado, le lanzó una mirada retadora.

—Yo no cedo el paso a maricones.

—Pues yo sí —replicó el pequeño gran dramaturgo con su sonrisa de aguijón y, tras un gesto galante con la mano, hizo mutis y le dejó el camino libre en dirección a la sala.

Tras aquel emocionante desenlace, los dos jóvenes escritores le siguieron como un séquito, admirados y con el corazón en la boca, pero no El Caballero Audaz, quien se quedó plantado en el centro de la alfombra como una estaca.

—¡Ha estado usted increíble, don Jacinto! —Gregorio disimuló su risa—, pero tiene que tener cuidado...

Una suerte de campanillas celestiales. Primera llamada para el público. Benavente le cogió del brazo.

—Hablemos de cosas más interesantes... Tengo que preguntarle algo.

Sacó del bolsillo de su abrigo una especie de fascículo en cuya portada podía leerse «Instantáneas». «¿Lo conoce?», le preguntó agitando el minúsculo semanario. El otro asintió. Les habían encargado a una serie de escritores un relato sobre una fotografía. «Una lata», resopló. Le mostró una de un tren, algo turbia, ¿a que era insulsa?, el otro asintió otra vez, y después de contemplarla con desgana, le susurró:

—¿Usted podría escribirlo por mí? El relato.

Su admirador se atragantó de pura emoción. Sujetó la fotografía y la guardó en el bolsillo interior de la chaqueta, pegada a su corazón. Porque aquello era un gran honor, pensó ilusionado, el maestro le estimaba literariamente hasta el punto de firmar como propia una página engendrada en su imaginación. No podía creerlo.

Un piso más arriba, su mujer asistía a todo aquello como si fuera una pantomima, intrigada por tantos corrillos simultáneos.

—¡María! —escuchó una voz grave y querida—, ¡María de la O Lejárraga!

Al otro lado de la balconada desde la que seguía la tensión dramática del piso de abajo, encontró a la culpable de todo aquel sarao. María Guerrero se abrió paso con sus caderas pendencieras arrastrando con la falda de su vestido de encaje miel todas las miradas. Se abrazó a su tocaya.

—Qué alegría lo de don José, ¿te has enterado?

—Sí —respondió María—, pero me alegra aún más todo esto.

La Guerrero también contempló como una madre orgullosa su teatro lleno hasta la bandera. Sí, era toda una proeza,

¿verdad? Se apoyó en la barandilla como si fuera la barra de un bar contemplando a los mortales desde su olimpo.

—Te confieso, querida, que estaría mucho más emocionada si hubiera un papel principal para mí, pero cuando la leí era tan buena... que, aunque casi lloré de rabia, también pensé que era una gran oportunidad para el lucimiento de Fernando.

Le guiñó un ojo. Por algo la llamaban María «la Brava». Además de por su costumbre de entrar gritando en los ensayos y llevar la gerencia de ese teatro con mano de hierro. Le gustaba escucharla parlotear sobre todos los proyectos que tenía entre manos: aquel edificio era una máquina de comer dinero, querida. Ya no sabía qué inventarse. Ahora programaba según su público: tenía los lunes clásicos, los miércoles de moda, las sesiones de vermut... Pero lo que más popularidad había tenido, ¿sabía lo que era?

—Déjame adivinar —María hizo memoria—, *Los sábados blancos* o, dicho de otro modo, ¿cómo conseguir marido yendo al teatro?

—¡Y anda que no te reíste de mí cuando te lo conté! —Ambas compartieron una carcajada.

Hacía varios meses que le había hablado de esas sesiones pensadas para que acudiesen los jóvenes en edad casadera. Crearía un abono de diez funciones, comedias blandas y «adecuadas», le explicó.

—¿Sabes cómo los llaman ahora en lugar de los sábados blancos? —La Guerrero se asfixiaba de la risa—. ¡Los sábados milagrosos! Porque dicen que entran solteras en el teatro y salen con un pretendiente al final de la función.

Qué mujer..., pensaba María mientras la escuchaba, y qué traje de bordados tan exquisitos. Desde luego, la Brava no escatimaba en los estrenos. Sabía que no le gustaba que la llamaran «La hija del tapicero». Aunque un día le confesó que su padre, Ramón Guerrero, lo había sido, pero en Francia, y así labró su fortuna. Al volver a España compró un edificio donde alquilaba la parte de arriba a artistas, y así fue como su familia acabó muy relacionada con la intelectualidad del momento. La última pieza del puzle, aunque eso no se lo había dicho, fue casarse con la nobleza: precisamente el muy atildado Fernando Díaz de Mendoza acababa de entrar en su ángulo de visión de nuevo despidiéndose de su público camino del escenario. Lo cierto es que era alto, distinguido, viudo y conde; aun sin un duro, para muchas mujeres casaderas de la corte madrileña era un auténtico partido. A saber por qué, se preguntó María. Aunque tenía su gracia. Se había encaprichado con ser actor a pesar del escándalo entre sus compañeros de cuna a quienes les pareciera inadmisible su chocante vocación. El caso es que tras compartir escenario por primera vez con la Guerrero, tal como había escuchado en los mentideros, se convirtió en asiduo visitante de su camerino. Es decir, se aliaron dinero y posición. Desde que se casaron, su rutina diaria estaba dedicada a la escena. Madrugaban mucho, desayunaban sólo un café sin azúcar, estudiaban los papeles, ensayaban, representaban dos funciones diarias y regentaban la compañía.

—¡Mucho trabajo, querida María! —se quejó la actriz sin quejarse—. Os invitaría un día a casa a Gregorio y a ti, pero, si queréis comer de verdad, venid mejor a la hora que comen los niños. Nosotros apenas picamos algo entre ensayo y estudio. ¡Que el exceso de gordura es uno de los grandes enemigos de los actores!

En ese momento se dio cuenta de que su amiga había dejado de escucharla y tenía los ojos como platos fijos en el hombre que se dirigía hacia ellas con sus andares modestos.

—¿Cómo está nuestro actor? ¿Hay nervios? —preguntó este con su deje socarrón y canario.

La Guerrero le dio un abrazo de colegas y luego se volvió hacia su amiga.

—Mi querido don Benito, la que está ahora nerviosa es esta mujer. María, te presento al gran Benito Pérez Galdós —anunció como una domadora a punto de presentar a su fiera favorita.

La otra sin respirar, rígida como una muñeca de porcelana, sólo se repetía que era él y no un retrato y que le estaba hablando: las manos relajadas en los bolsillos, el chaleco a punto de quedarle pequeño a su cuerpo robusto, la mirada limpia de segundas intenciones, la misma con la que contemplaba a toda mujer y a las heroínas de sus novelas, con curiosidad.

—¿María... qué más? —se interesó Galdós.

—María Lejárraga, querido —aclaró la empresaria—. Además, es una buenísima escritora. No sabe las cartas que...

—María Martínez Sierra, maestro —corrigió, apurada por la efusiva presentación de su amiga.

—Conque Martínez Sierra, ¿eh?

Galdós hizo una pausa pensativa y se volvió hacia su productora con una chispa de diversión en los ojos.

—Querida, ¿le importaría dejarnos a solas un segundo? Tengo que comentarle a su amiga un asunto.

La Guerrero no disimuló su sorpresa y tras advertirle: «Don Benito, ya sabe usted que está casada», los dejó charlando en el pasillo de los palcos. Conocía de sobra lo caballeroso que era con las damas.

El maestro se aclaró la voz.

—María, quiero hacerle una pregunta que usted sólo contestará con un sí o un no y, en función de la respuesta, le contaré algo que siempre negaré haberle contado. —Ella asintió sin hablar—. ¿Su marido o usted han presentado una obra en tres actos llamada *Mamá* al concurso de dramaturgia de este teatro? —Ella volvió a asentir—. Bien, pues escúcheme con atención: resulta que soy jurado del premio y la he leído. En mi opinión, la protagonista tiene el carácter de mujer más realmente mujer que yo haya visto en el teatro contemporáneo español.

Empezaron a hormiguearle las yemas de los dedos y a secársele la boca. ¿De verdad estás escuchando esto, María, o es una ensoñación de las tuyas? Alucinación o realidad, don Benito siguió diciendo que creía que merecía el premio, se peinó el bigote canoso, pero que también sabía que no iba a ser del gusto de varios compañeros de tribunal, unos carcas, pero esa era otra historia. Así que los invitaba a modificar algunas de las situaciones de la comedia dándoles de plazo veinticuatro horas. Era invierno. Esa noche sería larga, se iba diciendo María mentalmente, cargarían la estufa hasta ponerla al rojo y pasarían la noche trabajando. Verás cuando se entere Gregorio, María, verás.

—Pero ¿cómo ha podido saber los nombres si están bajo plica? —preguntó ella cuando recuperó la serenidad.

Galdós sonrió sabio, tierno.

—El teatro tiene sus misterios, querida, pero eso seguramente usted ya lo sabe.

A continuación se dirigió hacia las escaleras tras darle la enhorabuena. Cuando Gregorio se reunió con ella en el anfiteatro estaban ambos exaltados por igual.

—¡No imaginas lo que me ha pedido Benavente, María! —Y bajando la voz—: Quiere que escribamos un relato para este semanario, como se llama..., ¡para firmarlo él!

—Pues espérate a que te cuente lo que nos pide que hagamos Galdós —anunció ella con los ojos brillantes.

¿Galdós?, repetía Gregorio, ¿había hablado con Galdós? ¿Cuándo? ¿Cómo? Y ya no pudo contarle más hasta después del espectáculo porque les chistaron desde la fila de atrás y bajaron las luces.

El dramaturgo salía ya a presentar su obra. Lo contempló obnubilada. ¡Y ella había estado hablando con él! Desde luego, Galdós sabía llevar su genialidad sin estridencias, como un traje a medida. No pudo evitarlo. Sacó un lápiz y le dio la vuelta al programa de mano. Si no dejas escrito lo que sientes ahora, María, no vas a poder concentrarte. Y es que sintió que acababa de encontrar a su maestro. «He encontrado a mi maestro», escribió en un margen. «Aunque el maestro no se elige. Más bien te encuentra a ti. Es como si anduviera haciéndonos señales con la antorcha encendida en medio de nuestra propia oscuridad gritándonos "por aquí..."» Porque lo que vio y sintió al ver *El abuelo* no lo olvidaría nunca y cuando terminó se quedó como ausente de su propia vida. Por fin un escritor capaz de derribar de un pedestal a la mujer y que sus peripecias no fueran imaginarias o histéricas, sino reales, como las de un hombre.

Antes de conocerle ya sabía mucho de él: sabía de su amor por Madrid, que le gustaba escribir en los cafés como La Fontana de Oro, tertuliar en el Comercial y tomar notas en los tranvías —le había leído en una entrevista que era donde se juntaban los pobres y los señores—. Incluso sabía que era adicto a Lhardy y a sus bollos de tahona, hasta el punto de que le había escuchado decir a Valle-Inclán que sus novelas olían demasiado a cocido; el muy cabrito lo llamaba «el garbancero». María guardó el programa garabateado a lápiz tratando de no hacer ruido. En ocasiones le daban ganas de arrancarle a Valle su larga barba pelo a pelo. Tantas veces había caminado ella por aquellos lugares para hacerse la encontradiza y compartir unos segundos de charla con don Benito... Suspiró tan exageradamente que Gregorio le cogió la mano en la oscuridad. ¡Y encima le había gustado la protagonista femenina de *Mamá*!, un escalofrío subió serpenteándole la espina dorsal, ¡qué maravilla!, se dijo apretando la mano de Gregorio en silencio. Si ella precisamente le admiraba por ser el primer escritor español que había tenido piedad de las mujeres, el primero en comprender que una mujer no era sólo un instrumento para los deseos de un hombre, sino que sentía y sufría y gozaba por sí misma, el primero en crear mujeres protagonistas tan de verdad..., viejas y feas, pobres y altaneras, traicionadas y traicioneras. Iba a estallarle el cerebro. Claramente era un genio porque tenía el don para escribir sin juzgar la imperfección humana.

Al encenderse las luces se produjo ese milagro cuando una obra es maestra. María sintió que la había modificado para siempre un poco. Antes de salir consiguió resumirle a Gregorio la buena nueva. Luego le dio un beso y le dijo que les esperaría una noche larga reescribiendo la obra. Aun así, él quiso quedarse un rato «haciendo relaciones» y ella decidió que volvería caminando para calentar la estufa. Bajaba ya la Carrera de San Jerónimo guiándose por la sombra de la catedral cuando la alcanzó la Guerrero.

—¡Figúrate nuestros maridos qué faranduleros! Yo me voy también a casa, que estoy rota —y las dos, agarradas del brazo, siguieron su camino—. Fernando está como loco. Ya hay algún crítico que le ha dicho lo que va a publicar mañana.

Entonces la Guerrero frenó en seco.

—¿Si te cuento un secreto me acompañarías a un lugar?

—¿Qué estás tramando?

—Ya lo verás...

Paró a un cochero para desviar la ruta desde el parque del Retiro hacia el oeste.

—¿Te he contado alguna vez cómo fue mi primer estreno?

Y entre las sombras de ese coche cerca de la madrugada, viajó atrás en el tiempo hasta 1885 en el Teatro de la Princesa.

—Fue aquí. —Se bajaron. El edificio estaba silencioso como una bestia dormida—. Mi debut como actriz.

La Guerrero sacó unas enormes llaves oxidadas y empujó la puerta de artistas. María la siguió en silencio por los pasillos vacíos preguntándose si acaso esa mujer tenía entrada en todos los teatros de Madrid. La vio prender una vela que encontró en la mesa del conserje. Hacía un frío que helaba las ideas, tanto que al entrar en el patio de butacas se escapaban pequeños fantasmas de vaho de sus bocas.

—Espérame aquí —y subió al escenario alumbrando las escaleras con la vela.

Sentada en la primera fila de butacas, María se frotó las manos para entrar en calor. La vio desaparecer un momento entre bambalinas y volvió con cuatro palmatorias más que fue colocando en el proscenio. Cuando se le acostumbraron los ojos a la oscuridad, qué prodigio, fueron dibujándose como a carboncillo los apliques de los palcos, la lámpara de cristal donde trabajaban las arañas y un telón medio desprendido del que la actriz tiró con firmeza hasta que cayó con un ruido sordo levantando una nube de polvo. Todo aquel retablo a la luz de las velas le dio a la escena un aire de fantasmagoría.

—Yo tenía dieciocho años y tanto miedo. —Su voz se abrió paso entre el polvo denso. La vela temblaba suspendida entre sus manos.

La Guerrero alzó su mano convocando su recuerdo y desde el foso les llegó el rumor lejano de una melodía. Esa noche la sala de la Princesa estaba repleta del público más selecto y aristocrático. La orquesta empezó a tocar los compases del cuplé principal. Ella debía cantar *Mam'zelle Nitouche*.

—Y aquí en medio del escenario, sola como recién parida, va y se me olvida la letra —recordó sonriendo—. El apuntador no podía ayudarme porque no hablaba francés. Tras la cortina de luces apenas distinguía los rostros expectantes de las primeras filas. Contuve las ganas de llorar, pero, qué horror, María, mis pucheros hicieron reír al público. Se partían de la risa. Estuve a punto de salir corriendo, te lo juro, pero en ese momento, como si me la dictara un duendecillo, la canción volvió a mi cabeza y salió por mis labios con fuerza. ¡Canté! —La voz de la actriz se propagó en la oscuridad de la sala como un pequeño tornado entonando ese estribillo que nunca volvió a olvidar—. ¿Y sabes lo que pensaba mientras cantaba, María? Pensaba: reíd, vosotros reíd, pero algún día yo compraré este teatro.

Las risas del público, poco a poco, se convirtieron en una gran ovación cuyo eco casi podía escucharse aún rebotando en la oscuridad del teatro mientras la Guerrero saludaba veinte años más tarde arrastrando el polvo del escenario con la cola de su vestido.

—¿Cómo habría sido mi vida de haber abandonado este teatro aquella noche? —le preguntó a María.

Se lo había preguntado tantas veces... Cada vez que sentía miedo. Ahora también tenía ganas de salir corriendo, le confesó. Por eso había querido venir a verlo. La gestión del Español estaba siendo muy complicada. Aun yendo de éxito en éxito, terminaría siendo deficitaria. Y si no, el tiempo. Luego buscó a María en la oscuridad de la platea y le lanzó su voz.

—Algunas veces, querida, y escúchame bien, sólo tienes una oportunidad para reclamar tu lugar en el mundo. —Sopló una a una las velas del escenario como si fuera su cumpleaños—. Las mujeres tememos más al éxito que al fracaso por los conflictos que conlleva. Ya me entiendes...

Bajó los escalones alumbrándose con la última y débil llama, muy consciente de que había dejado a María perdida en sus reflexiones.

—¿Vas a comprarlo? —Su voz húmeda se despegó de la oscuridad como toda aquella pintura.

—Algún día... —respondió la Brava, echándole un último vistazo, y la misma llama ardió dentro de sus ojos.

Quedaba muy lejos del centro, le explicó mientras salían, era una empresa arriesgada y para colmo había cogido fama de que en él se pasaba mucho frío. Sabía cómo lo llamaban, ¿no? El «teatro de la pulmonía». María estornudó ruidosamente. Ahora que habían pescado una bien gorda ya sabían por qué, y se frotó las manos para entrar en calor.

En definitiva, no atraía público, concluyó la empresaria. Pero pensaría en la mejor forma de inaugurarlo. Ah..., suspiró. Los sueños siempre le devolvían el calor: lo llenaría de estufas y, como símbolo de una nueva época, estrenaría por primera vez a algún joven prometedor. ¿Qué le parecía?

Mientras salían de la sala esa gélida noche de 1904 abrigadas por sus ilusiones, tampoco sospechaban que otras dos mujeres en vaqueros las seguían a muy corta distancia. Habían entrado

84

por la misma puerta, y agradeciendo la calefacción cruzaron sus ahora mullidas alfombras hasta el saloncito de damasco rojo, que pronto se conocería como «saloncito de la Princesa» entre los intelectuales. Aún colgaba en él, el retrato de María Guerrero.

6

Madrid, febrero de 2018

Regino Vals permaneció observándola impasible después de soltarle aquella bomba. Noelia, sentada bajo el retrato de María Guerrero, se limitó a contemplarla en un silencio respetuoso como si le fuera a rezar. De pronto, su pequeña investigación había dado un giro.

Su mentor se la había encontrado en esa misma posición tan sólo media hora antes, haciéndole un escáner con la mirada a la dueña del teatro donde iba a estrenar. Hasta ese momento su anfitriona había sido poco más que un nombre que se alzaba sobre la marquesina, una entrada en la Wikipedia, le reconoció algo avergonzada antes de saludarle. Con la mejilla apoyada en su mano y aire de matriarca, ella también la contemplaba, algo condescendiente, desde su último refugio de óleo: el gesto de águila desdeñosa, imperativa, libre y cazadora, como su nariz; el mentón robusto y las comisuras labiales algo desplomadas, realistas sin llegar a la melancolía. El pelo rizado y negrísimo como las cejas tupidas y severas.

—Dicen que su voz era profunda y enérgica, con destellos metálicos, capaces de expresar toda la paleta de sentimientos humanos —comentó Regino Vals interrumpiendo sus pensamientos.

Ahora entendía por qué la había citado allí. Había preparado la puesta en escena perfecta para hacer su revelación. Lo contempló como si fuera otro retrato: su cuerpo menudo vestido de negro de arriba abajo con su inseparable jersey de cuello alto, el cráneo bello y pelado... De pronto le divirtió pensar que era un Benavente en el siglo XXI —maestro de maestros— con una inteligencia igual de deslenguada y la mirada bondadosa de las almas viejas. Además empezaba a sospechar que había sido él en gran medida el responsable del encargo de montar *Sortilegio*. Y por eso, por tener la conciencia tranquila, acababa de informarle de que se proponía utilizar parte del tiempo de los ensayos para investigar un poco al autor y a su mujer. Sabía que era un riesgo y que a Celso no le gustaría cuando se enterara, le anticipó. Pensaría que estaba malgastando su dinero.

Regino la escuchó como siempre hacía, con interés, comprensivo, y luego dijo:

—Me parece bien... —Cruzó las piernas y pareció sujetar entre los dedos el fantasma de ese cigarrillo que ya no le dejaban fumarse. Su compañero durante ochenta años de vida—: Aunque tendrás poco tiempo para demostrarlo.

—No entiendo. —Noelia sacudió la cabeza—. Demostrar ¿qué?

—La posible coautoría de María Lejárraga en la obra de su marido. ¿No es eso lo que estás buscando?

—Un momento —succionó su cigarrillo electrónico con ansia—, ¿crees que ella escribía con él? ¿Hasta el punto de ser su... coautora?

—No es que lo crea yo, es que en la época había más que rumores. —Entornó sus ojos de sabio—. ¿De verdad te gusta chupar esa cosa?

La directora alzó la vista de nuevo hacia la Guerrero, que los observaba desde la severidad de su retrato.

—Pero tener un negro literario, aunque sea responsable de la mitad del trabajo, es la acusación más grave que se le puede hacer a un escritor.

—Sí, junto al plagio. —Descruzó las piernas, muy ufano—.

La dificultad principal para tu investigación es que todos los implicados han muerto.

Un inesperado sol de invierno traspasó los visillos de las largas ventanas del saloncito que daba al balcón del teatro hasta convertirlos en una escena de principios de siglo.

Lo que Regino le contó durante esa media hora era tan increíble que cambiaría la perspectiva de sus averiguaciones totalmente: hasta ahora en el mundo académico, al parecer sólo algunos admitían la teoría de que María Lejárraga podía haber intervenido en las correcciones de las obras de su marido o, como mucho, algunos elucubraban que podría haber diseñado los personajes femeninos, esos que tanto le impresionaron a Galdós. Por otro lado, advirtió Regino alzando su mano nudosa, no había que olvidarse de que eran la principal seña de identidad de Gregorio. Noelia tomaba notas sin parar y él continuó ralentizando la voz: sin embargo, había dos investigadoras que, a pesar de las cortapisas, habían llegado a «otras conclusiones». Y enfatizó «otras» antes de ponerles nombres: Alda Blanco, gran estudiosa de biografías de mujeres, y una tal Patricia O'Connor, también norteamericana, investigadora teatral, traductora y muy amiga de Buero Vallejo.

—Una mujer bellísima y muy inteligente —recordó Regino—. Ella podría proporcionarte muchas claves porque fue la primera en dar con María.

—¿La conoció? —Noelia consultó la hora. Tenía poco tiempo.

Él se encogió de hombros. «Quizá.» El problema era que le había perdido la pista hacía años. Es posible que ya estuviera jubilada. Lo que sí sabía era que su gran obsesión fue conseguir los derechos para traducir y montar precisamente *Sortilegio*, y que había estudiado ese texto en concreto hasta la saciedad.

Desde luego, Regino sabía cómo intrigarla. Su pasión era contagiosa. Luego, ya incorporado en el asiento e ilusionado como un niño, quiso saber cómo habían estado investigando.

Entonces Noelia le explicó su visita a la casa de los descendientes, cómo habían tenido acceso a documentos, manuscritos y objetos. Mientras, la escuchaba frotándose la barbilla meticulosamente apurada.

—Es muy importante que busquéis cartas —la interrumpió—. Cartas de la época en que Gregorio fue más activo como escritor. Ten en cuenta que viajaron mucho y se escribían auténticos epistolarios. Los escritores se esconden tras las palabras que publican, pero esa es sólo la tinta de calamar. Sin embargo, en sus cartas están desnudos. —Hizo una pausa en la que buscó sus ojos castaños.

»No sé si eres consciente de lo que tienes entre manos, Noelia. Imagina a un autor capaz de vivir cien años y de publicar noventa obras entre poesía, prosa, ensayo político, guion y teatro. Imagina que ha escrito *Canción de cuna*, uno de los textos más representados de su época, llevado al cine en más de una ocasión. Imagina que se enamora de la música y da a luz los libretos de *El amor brujo*, *El sombrero de tres picos*, *Margot* o *Las golondrinas*. —Noelia ni siquiera escuchó las voces de los técnicos que volvían para el turno de tarde. Regino prosiguió al trasluz de esa ventana decimonónica—: Imagínalo escribiendo mano a mano con Marquina, Arniches, Turina y Falla, convirtiéndose en parlamentario, alzando su voz por la igualdad, fundando una revista con Juan Ramón Jiménez. ¿No sería uno de los autores españoles más importantes del siglo XX? Ahora imagina que también fue capaz de mantener su nombre siempre oculto, pero que sí dejó un esmerado rastro de migas de pan para que llegara hasta nuestros días..., hasta ti. Ahora imagina que uno de sus nombres es de mujer. Una mujer rodeada de los nombres célebres que aparecen con letras de oro en las enciclopedias, que protagonizaron su vida, y a saber qué más... —Hizo una elipsis—. La mujer que investigas podría ser la primera dramaturga española. Está en juego la coautoría de cinco novelas, cuarenta obras de teatro, libretos de ópera y ballet, traducciones...

—Y también está en juego el nombre de otro gran autor, que encima es su marido —matizó Noelia con el pulso acelerado.

—Por eso no te lo van a poner fácil. —Se ajustó el cuello del jersey—. Ten en cuenta que hay en juego derechos de autor que siguen vigentes, que hay investigadores que han dedicado su vida entera a estudiar a Gregorio Martínez Sierra..., ¿comprendes?

—Aun así, si escribió con él y renunció a su autoría —Noelia intentaba asimilar a toda prisa sus advertencias—, ¿por qué lo hizo? Parece que en algún momento se separaron. ¿Y todos sus amigos? ¿Los tenían engañados?

—Eso, querida, es parte del misterio que debes resolver.

Ambos volvieron a pedir respuestas al retrato de la empresaria que continuaba silente, aunque su gesto era de querer hablar, y Regino aprovechó para preguntarle a su protegida si sabía que la planta de arriba de ese teatro acabó siendo casi el hogar de la empresaria. Incluso tenía su propia leyenda sobrenatural: contaban que el último gerente había retirado su retrato porque, las cosas como son, a todo su equipo le parecía horrible. El caso es que según fue descolgada la empresaria se desplomaron las taquillas de todas las producciones, unos focos casi aplastan a un técnico durante un montaje y tuvieron que cerrar dos semanas por una repentina inundación de aguas fecales. Incluso sofocar un incendio por un cortocircuito en los sótanos. De modo que el gerente, que hasta entonces no había sido supersticioso, decidió devolver el óleo de la furibunda empresaria a su teatro como medida cautelar y, según reconocían los que trabajaban en él, frenaron en seco sus desgracias.

Una hora más tarde, Noelia le reproducía a su *troupe* la conversación con Regino, salvo la anécdota del *poltergeist*. Sabía que aquellos a los que no les bastara la opinión de su directora sí se cuadrarían ante la del maestro, aunque los encontró de lo más dispersos: Lola se despellejaba las uñas en un rincón, Leonardo escuchaba sentado en el suelo en una rocambolesca postura de yoga, Francisco engullía una ensalada triste en un táper —le habían puesto una dieta cetónica para «entrar» en el personaje— y Augusto bebía café y se quejaba ahora de que hacía calor, iban a pillar un buen resfriado al salir. Cecilia ni siquiera estaba. Había llamado para avisar de que Celso la necesitaba para firmar el contrato y que llegaba tarde.

Vaya panorama, pensó Noelia con las manos escondidas en los bolsillos de los vaqueros, aunque casi mejor que hubiera ido a reunirse con el productor antes de escuchar lo que tenía que contarles y no después.

—Veréis, el escenario, nunca mejor dicho, ha cambiado radicalmente —comenzó mientras se acercaba al corcho donde Lola había ido colgando ya algunos nombres, fotografías, recortes y fechas.

Desgrapó el nombre de María Lejárraga y el de María Martínez Sierra y los colocó muy simbólicamente en la parte superior.

—Ahora la investigación gira en torno a esta mujer, sea cual sea su nombre. —A su espalda percibió cierto estupor entre el que pudo escuchar un previsible «acabáramos» de Augusto, pero la directora continuó sin inmutarse—: Existen indicios como para pensar que pudo ser la coautora en la sombra de su marido. Así que antes de estrenar, creo yo que por justicia deberíamos averiguar en qué obras participó, si es que lo hizo, y en qué porcentaje, especialmente en *Sortilegio*. Compañeros, ahora más que nunca tenemos una gran responsabilidad —concluyó ante un equipo ya estupefacto.

Todos permanecieron en silencio unos instantes. El primero en romperlo fue, como siempre, Augusto.

—La verdad, Noelia, es que esto me deja muy preocupado. No sé qué opinarán mis compañeros, pero mi postura es la misma que antes de que nos contaras esta paranoia que os ha entrado a Regino y, al parecer, a ti. —Se pasó los dedos por el pelo tupido de profesor bohemio—. Es decir, si encontráis una evidencia real os pago una ronda.

—Que sean dos —apuntó Leonardo. El querube estiró su cuerpo un poco más en su silla—. Aunque sería un historión.

—Y si no la encontramos pronto —continuó Augusto—, votaré por no remover más el asunto. Te confieso, Noelia, y hablo por mí, que si acepté hacer esta obra por menos pasta que mi caché habitual fue precisamente porque siempre me interesó mucho Gregorio Martínez Sierra como renovador del teatro. Y siempre pensé también que era muy injusto que siendo el dramaturgo más exitoso de su generación fuera sepultado así por la censura. Pero, claro, ahora me sales con esta... y la verdad es que me pregunto si debería dejar el montaje.

Hubo una oleada de protestas por parte de sus compañeros.

—Sólo os pido un mes —suplicó Noelia tratando de contener esa tormenta.

—Sí, un mes pero currando durante las horas de ensayo y exponiéndonos a cagarla en el estreno —protestó Cecilia, que había estado escuchando desde la puerta—. Yo también me lo estoy pensando, Noelia, si te digo la verdad. Sobre todo después de ver en mi contrato que yo estoy citada tres horas antes en maquillaje y que a mis compañeros les basta una hora. ¿Es que sólo por ser una tía se da por hecho que necesito a un restaurador del Museo del Prado antes de salir a escena? —Caminó hacia su silla mientras atornillaba el *piercing* de su nariz.

Lola dio unas palmadas en el aire, venga chicos, no podían arrugarse ahora, y no había tiempo que perder, los animó como si fuera una *cheerleader* mientras se dejaba las segundas gafas en la cabeza.

—¡Vamos! Id diciéndome qué documentos necesitáis para tenerlos listos —y se parapetó tras los archivadores.

—A todo esto... —Cecilia se volvió hacia la directora—. ¿Qué opina Celso de esta movida?

Hubo un silencio incómodo. Noelia y Lola se alertaron con la mirada.

—Celso será informado a su debido tiempo —respondió la directora, quien no pasó por alto la advertencia.

Cuando Cecilia se aburría era peligrosa, pensó. Tenía que incentivar su interés por aquel proyecto como fuera. La actriz tenía línea directa con el productor. Sólo esperaba que fuera lo suficientemente profesional como para no puentearla.

Unos minutos después se había diluido la tensión y estaban de nuevo manos a la obra.

—Por aquí vamos a necesitar tus conocimientos musicales, Fran. —La ayudante levantó unos papeles—. Han empezado a salir cartas de algunos de los compositores de su entorno: Manuel de Falla, Joaquín Turina, Ravel, Stravinski...

Al músico se le abrieron los ojos como dos faros y estornudó varias veces.

—¿Estás de coña? ¿Falla? ¿Ravel? ¿Cartas?

Leonardo le dio un codazo.

—Eh, Fran, ¿te sabes este?: ¿*Stra Vinski*? No, está *Mahler* porque el estómago le *Falla*. Pero *Schubert*, *Schubert*.

Se carcajearon como dos adolescentes y fueron amonestados por Augusto, «dejemos de largar», dijo, que tenía una entrada para el Bernabéu.

—¿Para hoy? —preguntó Leonardo casi salivando.

—Sí, y no pienso perdérmela.

Sentada en la mesa con pose de pequeño Buda, Lola empezó a repartir el material mientras advertía que por favor no pusieran los cafés cerca de los documentos. Noelia caminó por el escenario observando la escena: cuatro monólogos cruzados que formaban un diálogo de sordos. Quizá todo aquello era una pérdida de tiempo, pero... ¿y si había un tesoro escondido dentro de aquellas cajas? La última en llegar fue la enviada por Alda Blanco desde Estados Unidos. Sólo incluía una nota de lo más misteriosa:

Querida Noelia:

Espero que te sirva para continuar el camino.

Sólo recuerda: lo que a María le das, María te lo devuelve.

Un abrazo fuerte y mucho ánimo,

Alda

Pasaron un par de horas buscando, leyendo, contrastando fechas que Lola iba grapando meticulosamente en su panel de acuerdo con un curioso código de colores hasta que escucharon la voz de Augusto:

—Mirad la joya que he encontrado.

Dejó sobre la mesa una pila de ejemplares de revistas. Eran doce números de la revista *Helios*. Había sido fundada por Gregorio y colaboraban todos los grandes de la época: Unamuno, Pardo Bazán, Benavente...

—¿Y qué? —preguntó Lola con su cara de duende inquisitivo—. Ya hemos visto por las cartas que leímos ayer que se conocían de sobra.

—Pues que no eran una panda de lerdos, precisamente —continuó él.

Su razonamiento era el siguiente: si Emilia Pardo Bazán firmaba con su nombre en esa revista sin que hubiera ningún inconveniente, ¿por qué no lo hizo María?, ¿no fue la coautora de su marido? A Cecilia, que hasta entonces dormitaba en un palco, le pareció un argumento de lo más lógico. Además, continuó Augusto, el entorno de la pareja no era precisamente conservador. ¿Cómo iba a haber visto con buenos ojos que Gregorio usurpara parte del trabajo de su mujer? ¿Y por qué ella iba a renunciar a su firma? No tenía ningún sentido.

—Eso es verdad —dijo Francisco—. ¿Y los iba a tener engañados a todos? A Juan Ramón Jiménez, por ejemplo.

Noelia los escuchaba en silencio mientras curioseaba en una pila de documentos desde los que María la observaba ahora con diferentes edades. Quizá no los tenías engañados, ¿verdad, María?

—¿Y eso que tienes ahí? —Leonardo le revolvió el pelo a la directora.

—Sus pasaportes.

—¿Todos? —se asombró—. Escritora no sé, ¡pero igual era espía!

Los empezó a repartir como si fueran una baraja. María con sombrerito negro en su visado por Europa, María con unos kilos más en un visado de Francia durante la guerra mundial, María en misión diplomática en el consulado de Bélgica, María canosa bajo el sello rojo «asilo político», María anciana en su tarjeta de residencia en Argentina. En este caso fue Lola quien, contradiciendo su naturaleza conspiranoica, les reventó aquel argumento de Le Carré: en realidad eran pasaportes de su beca por Europa y otros visados diplomáticos expedidos por la Segunda República porque se metió en política, según les contaba Alda en su carta.

—«Estado civil: casada» —leyó Noelia en alto—. Nació en Logroño el 28 de diciembre de 1874. Mira, el día de los Inocentes.

—¿Veis? Pues más a mi favor —contraatacó Augusto—. Si estaba estudiando como maestra y dando vueltas por el mundo, ¿de dónde sacaba el tiempo para escribir con Gregorio?, ¿eh?

De fondo Lola seguía explicando que Alda en sus investigaciones había reconstruido los itinerarios de sus viajes por el mundo, pero casi ninguno de ellos fue sólo por placer. El último periplo fue consecuencia del exilio y su primer gran viaje lo provocó una enfermedad.

—¿Una enfermedad? —preguntó Noelia.

Y sin previo aviso, su voz se solapó con otra que hacía la misma pregunta en otro siglo. Una voz a la que empezaba a faltarle el aliento, enfrentada a la pandemia más destructiva del siglo pasado.

7

Madrid, 1905

—¿Una enfermedad? —María se llevó la mano al pecho. Ahora era a ella a quien le faltaba el aire—. Yo creía que estaba controlada. ¿Es tanto el peligro, doctor?

En el dormitorio escuchó a Gregorio toser como si su cuerpo intentara expulsar de cuajo los pulmones.

—Pero ¿no oye usted cómo tose? —El médico recogió sus fonendos—. Gregorio no resistirá. Ya el haber salido de su casa casándose joven le ha librado de morir antes de los veinte como sus hermanos. ¡Y ya van cinco! —Secó el sudor de su frente—. ¿Qué más pruebas necesita? Lléveselo lo más lejos posible de Madrid.

María se restregó los ojos cansados intentando despertar de esa pesadilla. Ay, Dios mío, murmuró. Ay, Dios santo. Se cumplían los vaticinios de su padre. «La tuberculosis es una depredadora despiadada», parece que le escuchaba decir.

—Llevármelo, pero ¿cómo?, ¿adónde? —Caminó desesperada por la habitación—. ¡Si es más difícil sacarle de Madrid que de su propia piel! Y con su terror a la muerte no puedo decirle el porqué. —Se detuvo en seco—. Ya sé. Utilizaré un tipo de argumentación femenina que siempre acaba por rendir a un varón.

—¿El sentido común? —El médico recogió su maletín.

—No —respondió ella—. El capricho.

Un mes después, una María ojerosa y con la piel adherida a los huesos por las horas extra de estudio y de trabajo en la escuela, casi se derrumbó en las rodillas de su compañero, más delgado que nunca y convertido en un boceto triste del que era.

—¿Irnos? —se alarmó Gregorio, y un pitido asmático salió de su pecho como si se desinflara un globo.

—Por favor, *diquesí*, *diquesí*, *diquesí*... —Ella hizo el puchero frívolo que llevaba tiempo ensayando.

—¿Ahora? Imposible, María. —Se secó los labios agrietados con su pañuelo y a ella le llegó el hedor que salía de ellos, que parecía venir de otro mundo. Gregorio aclaró su voz—. Pero ¿qué te ha dado?

—Por favor... —insistió, aguantando la respiración con disimulo—. Quiero viajar. Conocer Europa ahora que somos independientes.

—¿Y de qué viviremos?

—He ganado una beca.

La observó atónito.

—¿Una beca? Pero ¿cuándo? —Tosió.

—En mis ratos libres. No te agites...

Gregorio abrió aún más los ojos, ¿de qué le estaba hablando?

—Por favor, muñeco... —continuó sin puntos ni comas—, me haría tanta ilusión... Qué desperdicio ser el planeta tan grande y conocer sólo un pedacito. Anda...

— Pero ¿dónde?

La luz.

Cómo narrar el impacto que sufrió esa pareja nacida en el siglo XIX al llegar a su destino. París se podía resumir en esa palabra. Hasta entonces sólo la habían podido soñar porque los Lumière apenas habían alcanzado a exhibir su prodigio en el Grand Café; el hombre no sabía volar y aún no tomaba fotografías desde las nubes, y los periódicos sólo ilustraban las noticias con dibujos.

María descendió de ese tren tan asmático como su compañero y se encontró dentro del luminoso hormiguero que era la estación de Orsay. Nunca podría olvidar su rostro deslumbrado al atravesar el Sena flotando sobre el reflejo líquido de la Torre Eiffel y los palacios del Louvre que iluminados por esas farolas eléctricas nunca vistas les daban a las calles un fulgor dorado.

Descubrieron París acurrucados en el interior de un carruaje para vencer el frío húmedo y acuchillado de la noche que guiaba un cochero bretón y colorado con chistera de hule blanco. Aterrizaron en un primer hotel cuyo nombre María decidió olvidar. Olía a moho, las paredes gemían de forma grotesca y hasta las sábanas estaban húmedas. Gregorio tosía sin parar por el esfuerzo del viaje, así que le obligó a acostarse.

En cuanto el primer destello destemplado de luz se coló por la ventana, María se lavó la cara y las axilas, se echó un poco de perfume y, caminando de puntillas, se lanzó por las calles grises para buscar otro alojamiento. No podía ser mucho más caro, pensó mientras caminaba perseguida por el eco de su propio taconeo rebotando contra la piedra oscura. Una becaria no estaba pagada como un diplomático, precisamente.

Al final de la mañana sus plegarias fueron escuchadas y se mudaron al hotel Saint-Jean: modesto pero limpio y seco, con una cama maravillosa. Ante la ausencia de escritorio, cogió dos sillas y colocó sobre ellas el cajón de la cómoda. Esto servirá, se dijo satisfecha ante su pintoresca instalación.

Esa madrugada siguieron sin pegar ojo, la tos no les daba tregua a ninguno de los dos. Se dio la enésima vuelta en la cama: ay, María, ¿y si ha sido un error arrastrarle a esta aventura? Aun así, la noche siguiente salieron a caminar por la Rive Gauche, atravesaron el Barrio Latino, donde se confundieron con los parisinos que caminaban a paso corto y rápido como codornices, luego hicieron cola para comprar castañas asadas y acabaron subiendo a Montmartre, previa parada en un mesón donde se templaron gracias a una sopa gratinada de cebolla que podía cortarse con un cuchillo. Fue al doblegar el último escalón del Sacré-Coeur, cuando vio cómo Gregorio se volvía para mirar atrás como quien corona una montaña. París se desplegó a sus pies con toda su rotundidad y, de golpe, lo sintió enamorado.

A partir de ese momento le cambió el humor. Hasta en Madrid era más melancólico y pesimista. Le observaba caminar a buen paso, sonriente, apoyado en su bastón. Es un milagro, se decía ella, optimista, una y otra vez. París le había conquistado sin esfuerzo como una seductora experta y Madrid había encontrado una rival para su corazón. Quizá, reflexionaba a menudo, el París brumoso se había aliado con su pesimismo y, gris con gris, por efecto de una alquimia desconocida, había dado como resultado su bienestar interior. Ella también empezó a respirar con alivio la bruma fría de esa nueva ciudad por primera vez desde su llegada.

A veces se produce un milagro y somos conscientes de que estamos viviendo uno de los momentos más felices de una vida. Qué día tan bello, se decía nada más abrir los ojos cada mañana, los más bellos de su matrimonio. Así los recordaría en el futuro: secuestrados al lado de la estufa con un café humeante entre sus manos, esbozaban futuras comedias... Y se sentía feliz, porque ese siempre había sido su sueño, poder trabajar con alguien a quien amaba. ¿No quería decir eso que la respetaba intelectualmente? ¿No era eso la igualdad?

Poco a poco, María fue inaugurando todo un catálogo de pequeñas felicidades: despertar ambos a un tiempo, remolonear en la cama, incluso hacerse servir el desayuno antes de levantarse.

Se dejó caer entre los almohadones como una chiquilla.

—¿Te das cuenta de que esto no lo habíamos hecho desde la mañana siguiente a nuestra noche de bodas?

—¡Y entonces no teníamos esta mantequilla con sabor a

avellana, ni panecillos bordeleses! —dijo concentrado en untar los dulces.

Otros días decidían huir de la humedad y refugiarse en un rincón del Café de la Paix, lo más cerquita posible de una de sus imponentes estufas, para contemplar el edificio de la Ópera. Ese era un espectáculo en sí mismo, decía ella, calentándose las manos en la taza de porcelana. Allí se encontraban esa noche, pidiendo un café tras otro porque no podían permitirse sus famosas ostras que desfilaban ante sus ojos sobre bandejas de plata, cuando cruzó la plaza sin cruzarse con ellos el que sería uno de sus grandes amigos. Iba distraído, envuelto en un abrigo negro que le quedaba grande, fumando cigarrillos negros Ideales bajo un bombín. Se plantó delante del gran teatro como si fuera un hongo espigado que hubiera brotado en la plaza. Hipnotizado por la misma luz cimbreante de una de las farolas que parecía luchar por mantenerse encendida, se dejó empapar por la espesa llovizna sin atreverse a soñar, porque su humildad no se lo permitía, que su música también haría vibrar ese teatro con pasiones de sangre y fuego. Por eso de momento sólo dejó que un prolongado suspiro de humo flácido se le escapara de la boca.

Claro que la llegada a París del joven músico no le había dejado una estampa tan idílica como a la pareja que observaba la misma farola estropeada tras la condensación de los cristales del Café de la Paix. Le había animado al viaje su colega Joaquín Turina, quien había conseguido estudiar composición nada menos que en la Schola Cantorum. Él no podía permitírselo. Por eso, las mañanas las dedicaba a componer; las noches a trabajar tocando en el cabaret, y las tardes a satisfacer su espíritu de explorador. Así pudo asombrarse con una de las primeras filmaciones de los hermanos Lumière e incluso conocer en persona a Debussy. La tarde que se decidió a visitarlo estuvo ensayando frente al espejo cómo se presentaría. ¿Por qué esta-

ba tan nervioso? A fin de cuentas, había tenido correspondencia con él.

El criado le hizo pasar a un gabinete en penumbra porque
monsieur, le anunció requiriéndole abrigo y sombrero, había
salido a dar un paseo. En aquella semioscuridad sólo acertó a
vislumbrar con horror un ejército de máscaras chinas y japo-
nesas boquiabiertas descolgándose de las paredes. Colocó su
viejo maletín de cuero sobre sus rodillas: en él llevaba las partituras de su primera ópera *La vida breve* porque contenía la
nostalgia de un amor imposible al que por falta de recursos no
podía optar. Pero hay momentos, incluso accidentes, que pueden cambiar el curso de una vida.

Voces en la sala contigua.

Luego, el tintineo de los cubiertos, la percusión alegre de las
copas al brindar. Dos horas después, muerto de hambre como
aquellas máscaras, decidió asomarse al pasillo con la esperanza
de que pasara alguien. Un grito estremecedor. La señora de la
casa, Lilly Debussy, al encontrarse con aquel delgado espectro
con bombín en la puerta del baño, creyó enloquecer. «*Je suis
désolé, monsieur*», dijo el criado. Se había olvidado por completo de ese señor tan extraño que los esperaba en la salita.
Falla estaba tan apurado que ni reconoció a Debussy cuando
este le saludó.

—*C'est moi, mon ami, c'est moi* —se apresuró a aclarar Debussy cuando vio que el pobre hombre le tendía una mano
emocionada y temblorosa a uno de sus invitados.

Y por decir algo, el aún más angustiado Falla continuó:

—Estoy muy emocionado de estar aquí, *monsieur*. Siempre
me ha gustado la música francesa.

—Pues a mí no. —El maestro seguía empeñado en arrancarle una sonrisa.

Finalmente, y como disculpa por el mal rato que le habían
hecho pasar, le invitó a sentarse a su piano, qué menos. Con los
dedos torpes impropios de un pianista, Falla sacó las partituras
manoseadas de su maletín, y tocó para él. Debussy no le inte-

rrumpió hasta que sonó la última corchea que se deshizo en una cadencia final.

Unos días después, Debussy le diría a Albéniz: «Ha venido a verme un *petit espagnol tout noir*, que conseguía que brotaran instrumentos en llamas de las teclas». El propio Albéniz quiso escuchar su partitura también y lo hizo sin respiración. Al terminar sólo pudo decir: «Mi querido don Manuel de Falla: ¿usted sabe lo que significa que un hombre como Debussy haya escuchado toda su ópera y que hable de ella como lo ha hecho?».

Así nació la complicidad entre ese grupo de músicos que se acompañaban a estrenos, cafés y cabarets, como esa noche en la que su amigo y nuevo compañero de habitación en el hotel Kleber, Joaquín Turina, los había convencido para ver el espectáculo nuevo del Moulin Rouge. El hotel era el mejor alojamiento soñado tras un penoso periplo de habitaciones alquiladas en las que había salido huyendo de un violinista que tocaba en el cuarto vecino, de una cantante que desafinaba como una gata en celo, y de un niño pianista sin talento que no paraba de hacer escalas. ¿Por qué demonios habría tantos músicos en París?

Esa noche, el Moulin Rouge parecía el interior de un pequeño y terrenal infierno con más humo, más calor y más rojo de lo habitual. La gran boca escarlata del escenario abierta de par en par. Los frescos de sus paredes, habitados por personajes histriónicos entregados a la fiesta, amenazaban con cobrar vida, y se respiraba olor a polvo y a polémica por los rumores que se habían extendido por París sobre el nuevo número.

El primero en llegar al cabaret fue Turina, siempre tan pendiente de la moda, con su planta de dandi y la punta de su bigote encerada en forma de astado. Falla juraría que hasta se había depilado las cejas.

—Querido compañero —le apretó un hombro al sentarse—, mucho me temo que vamos a tener que replantearnos lo de compartir habitación.

—No me dé hoy ese disgusto, por Dios. —Falla soltó su bombín encima de la mesa y se masajeó las sienes.

—Es un hecho, los dos nos molestamos tocando el piano. —Arrugó el ceño con preocupación—. Pero es cierto. Ahora bebamos una botella de champán y disfrutemos del espectáculo. Me han dicho que es lo nunca visto.

Dio dos graciosas palmadas y una camarera esquelética con el pecho alto, el corsé medio desatado y falda de volantes rojos que olía a talco se acodó con descaro en la mesa para tomarles nota.

—¿Qué van a pedir estos chicos malos?

Falla ni la escuchó porque seguía dándole vueltas a su inminente drama. Sabía que aquello no podía durar. Dos compositores eran demasiados para tan pocos metros cuadrados y se molestaban tocando el piano, se lamentó con Debussy cuando este se sentó —levita entallada, chaleco, lazada negra y ancha al cuello un poco floja y guantes blancos con los que protagonizó el primer estriptis de la noche al liberarse de ellos con lentitud.

—*Mon Dieu, mon ami*, ¡se muda usted más que Beethoven! —le consoló—. ¡Anímese! Estoy convencido de que es un claro síntoma de su genio.

Siempre se las apañaba para hacerle reír. Los últimos en unirse fueron Ravel y Albéniz. En aquel momento, según sabían unos pocos, Ravel vivía muy pobremente en una fúnebre habitación que parecía más un trastero de muebles recogidos en la calle donde lo único que merecía la pena era un piano Steinbeck de pared. Aunque llevaba sin afinarlo desde los tiempos de Napoleón, en él había logrado terminar los últimos compases de su *L'heure espagnole*. Sería un antes y un después. Tras su estreno pasaría a vestir como un modelo y a instalarse en los Champs-Élysées. Pero esa noche aún le tocaría pedirle unos francos prestados a Debussy para terminar la velada. Como siempre, el último en aparecer fue Albéniz y lo hizo en su línea, divertido, gritador, lanzándoles piropos a las camareras que desfilaban como oníricas avestruces soltando plumas de colores. Era cierto que estaba algo sobrado de peso y no era muy atildado en la vestimenta, aun así había conseguido novia en esos días, algo que todos consideraban una misión imposible por la que esa noche tenían que brindar.

Falla le estrechó la mano con afecto y le cedió su sitio. Desde allí se veía mejor. Le quería y le cuidaba, ¿cómo no hacerlo? Él ya había llegado. Su música era valorada en París y en su hogar se comía y se tocaba el piano, veladas en las que invitaba a personalidades de la cultura parisina para ayudar a relacionarse a los músicos españoles recién llegados. Por eso la primera copa se la dedicaron a su reciente compromiso. «¡Por la bella Rosina!», corearon a su salud, a lo que Turina no pudo evitar preguntarle si era cierta esa leyenda romántica sobre cómo se habían conocido.

—Muy cierta —contestó Albéniz a gritos para ser escuchado por encima de la orquestilla—. Hay cientos de testigos. Rosina se desmayó de emoción durante uno de mis conciertos.

—¿Es que puede haber algo más romántico? —Ravel entornó los ojos irritados por el humo.

—*Vive l'amour!* —aplaudió Debussy y, al hacerlo, le vino a la cabeza el cuerpo blanco y generoso de su Emma. Ay, ¿cómo podía haberse enamorado así de la madre de su pupilo?, se reprochó en silencio, sin imaginar que ese mismo fin de semana su mujer Lilly intentaría suicidarse de un tiro en el corazón.

Falla se volvió hacia Albéniz.

—¡Qué desconcierto, querido amigo! ¿Y usted qué hizo cuando la vio desmayarse?

—Qué iba a hacer... ¡seguí tocando! —contestó el otro con obviedad.

Falla alzó las manos admirado, ¡qué lección de profesionalidad, maestro!, qué temple... al contrario de un horrorizado Turina que se preguntaba cómo había podido seguir tocando con aquella frágil flor agonizando en el vestíbulo. Pidieron más champán. Una camarera trotó hacia ellos y arrojó sus enormes pechos semidesnudos sobre la cabeza de Falla. Este pescó una pluma de su copa con aprensión. Luego dobló su abrigo en cuatro sobre el respaldo del asiento intentando ignorar los pies, muslos y brazos desnudos que le rodeaban asomando tras los tules traslúcidos. Esto no es para mí, se dijo. Empezaba a marearse con aquel delirio de camareras que cruzaban de acá para allá perdiendo plumas rojas y pestañas postizas, exhibiendo aquellas bocas vulgares pintadas por encima de su tamaño y provocando a los clientes con gestos procaces.

Tras el relato romántico de Albéniz y como ya era tradición, Turina y Falla se enfrascaron en una de sus discusiones musicales. Como casi siempre, Turina, achispado por su tercera copa, encendió un cigarrillo y, haciendo gala de su afrancesamiento, se metió con Falla porque, según él, llevaba prendida de cada corchea un clavel de folclore andaluz.

—No estoy de acuerdo. Yo soy lo opuesto al folclore —se defendió su amigo—. Pero lo que no entiendes, querido Joaquín, es que mi música se inspira en los pueblos. Sólo utilizo las sonoridades de nuestra Andalucía yendo muy al fondo para no caricaturizarla.

—¿Y usted qué opina, maestro Albéniz? ¿No cree que así derrocha su gran talento?

Albéniz se desabrochó un botón, el champán le daba gases, y sentenció:

—Yo creo que Falla es único y su personalidad deslumbrará al mundo.

Ante anuncio tan tajante, Turina pensó que quizá a la sofisticación natural de sus partituras no le haría daño un poco de sol del sur.

Por fin, al ritmo endiablado y alegre de unos violines y un piano, salieron de estampida la veintena de vedetes más famosa del mundo chillando y agitando sus faldas como claveles gigantes de colores. «Qué gran ejército de furcias maravillosas», escucharon decir en la mesa de atrás. Y es que sí, estaban entrenadas para provocar, dijo Turina admirado. En perfecta formación desfilaron chocando sus botas de cordones contra el suelo, abriéndose de piernas, mostrando sus enaguas, girando hasta que sus faldas quedaron suspendidas en el aire, una sobredosis de feromonas tal que a punto estuvo de provocar un orgasmo colectivo. También corrió ese riesgo Falla cuando una de ellas se le sentó sobre las rodillas y rubricó su frente con el sello rojo de sus labios. Luego cogió su mano y le invitó a subírsela por el muslo ante el jolgorio de sus amigos. El músico sin embargo se quedó rígido como si lo hubiera convertido en sal. Esa noche, al asearse, cuando aún sentía el calor palpitante del sexo de aquella chica que tuvo la desgracia de comprobar que no gastaba ropa interior, decidió no tener más relaciones carnales en el futuro, convencido de que había contraído la sífilis. Aun así, ese no fue el plato fuerte de la noche.

Al finalizar ese número y para contrarrestar tanta femineidad, se abrió paso entre ellas la estrella de la *soirée* como si fuera una domadora en el centro de la pista: Colette —corbata, chaleco y el pelo corto y peinado con raya—. La escritora se pavoneó entre las mesas dejando un rastro de volutas de humo con su largo cigarrillo, mientras escuchaba a su paso: «¡Lleva pantalones!», y otros: «¿Va fumando?».

Les sonrió desafiante.

Sabía que ni siquiera la inmunidad que le otorgaba su fama le permitiría salir ilesa de algo como lo que planeaba aquella noche. Era cierto que su serie de novelas protagonizadas por Claudine tenía tanto éxito como críticas. Algunos decían que era el reflejo de la nueva mujer francesa e incluso se pintaban tazas con las portadas de sus libros. Otros acusaban a su marido de recomendarle incluir esas notas eróticas en sus obras. Un eco de aquella polémica le estaba llegando a María, sentada casi en la penumbra unas mesas más allá junto a Gregorio.

«Qué indignidad que un caballero la explote así», oyó que una mujer le decía a su marido a su espalda. María bebió un sorbo de champán y las burbujas le chisporrotearon dentro de los ojos como bengalas. Qué manía tenían algunas mujeres «liberales» de criticar a otras.

Colette debió de intuir el comentario porque le arrojó a la mujer el dardo despreciativo de su mirada y un beso. Cómo detestaba a ese tipo de feministas, pensó girando sobre sus zapatos masculinos de charol. Que la criticaran, le daba igual, si con eso le daban contenido a su vida. Lo cierto es que en ese momento ni siquiera vivía con su marido, sino con su bella Mathilde de Morny. Con ella, precisamente, estaba a punto de coprotagonizar su pantomima *El sueño de Egipto* que pasaría a la historia.

Las vedetes fueron llenando el Moulin de velas, y en el escenario, como por arte de magia, apareció una momia. Tras algunos espasmos, se levantó torpemente y caminó hacia Colette, que interpretaba a un sorprendido arqueólogo. Entonces comenzaron a danzar. Según avanzaba la coreografía, la momia fue desovillándose y perdiendo sus vendas hasta que, en el frenesí de la danza, cuando ya estaba prácticamente desnuda, su descubridor repasó con las manos ansiosas sus pechos antes de que ambas mujeres se fundieran en un apasionado e interminable beso en la boca.

Nadie recordaría ni antes ni después un revuelo mayor en el Moulin.

Ante los gritos de «inmorales» de la primera fila y de «guarras» en las mesas de atrás, tuvieron que irrumpir los gendarmes para poner orden. Así evitaron que las artistas fueran linchadas y siguieron montándose la fiesta en su camerino excitadas por tanta polémica. Los músicos también salieron del cabaret felices y borrachos a continuar su propia fiesta en Le Chat Noir, que estaría, según Ravel, muy animado a esas horas.

—Desde luego, *monsieur* —se maravilló Debussy abrazando por los hombros al aterrorizado Falla mientras caminaban—, su compatriota Turina es único eligiendo espectáculos. ¡Qué inspirador!

Y se alejaron calle abajo, igual que María y Gregorio, sólo que estos en dirección contraria. Regresaban a su hotel del brazo, riendo como locos y encantados de haber presenciado aquella tan parisina extravagancia.

Hacía ya dos meses que disfrutaban París.

María trabajaba sin descanso para sufragar los gastos con su beca, pero dejaba algo de tiempo para acompañar a Gregorio al teatro. Qué feliz está mi muñeco, se decía satisfecha al verle salir hasta tres veces en un día, pero no para disfrutar, sino, como aclaraba él, «para doctorarse en el arte escénico». París era sin duda la mejor maestra que había tenido, solía explicarle. Así, una noche y tras sus primeras ostras, tuvieron la suerte de tropezar con los Ballets Rusos de Diághilev, y otra descubrieron por casualidad a una joven turbulenta con su danza descalza de pelo suelto que dejaba uno de sus pequeños pechos al descubierto y proyectaba en su túnica todos aquellos colores. A María le pareció una Victoria de Samotracia de carne y hueso a punto de echar a volar. Era fantástica aquella Isabela Duncan, se maravilló aún excitada por el espectáculo. Isadora, la corrigió Gregorio. ¿Y si tomaban algo en aquel bistró?

En aquel París nunca les parecía un buen momento irse a la cama. Sin embargo duró poco el encanto. Esa misma madrugada, al volver del teatro, María se detuvo congelada antes de entrar en el hotel Saint-Jean sin poder creerse lo que acababa de escuchar.

—Niña mía, ¿es que no lo entiendes? —protestó, caprichoso—. ¡Benavente me lo ha asegurado! ¡Podría ser un proyecto con el Teatro de la Comedia! ¡Es una obra de Rusiñol y quiere que le ayude! Pensé que te alegrarías.

—Pero sólo llevas aquí dos meses, Gregorio —y tuvo que

morderse la lengua para no confesarle el verdadero motivo de que hubiera pedido esa beca.

—Volveré en cuanto pueda, niña mía.

Le observó bajo aquel cielo tan negro que amenazaba con romperse. Allí estaba de nuevo bajo una lluvia de promesas, Gregorio «el anhelante», el que quería su capa de estreno y no otra. Qué otra opción tienes, María. La lluvia golpeaba los cubos de chapa de la basura de forma dramática. Los edificios se cerraron sobre su cabeza como los muros infranqueables de una cárcel. Ahora estás atrapada en París, y tienes que cumplir con tu beca. «¿Subimos, niña?», le escuchó decir temblando de frío. «Ahora voy», respondió ella, con un hilo de voz, «ahora voy...», y supo que no tenía sentido hablar más.

París le devolvió un suspiro helado. Se envolvió en el abrigo. Apoyada en la puerta del hotel Saint-Jean optó una vez más por el silencio. Si le hablas como aquel médico, ay no, ni en sueños, su hipocondría se lo llevará a la tumba mucho antes que la tuberculosis. Por eso dejó que París llorara por ella aquella lluvia y le enjugara los ojos. Quiso confiar en que la vuelta a Madrid de Gregorio sería corta y no fatal. Pero ¿cómo resistiría tenerlo lejos sin poder protegerle de sí mismo?

8

La mujer se asomaba al escaparate con la compra en una mano y un ramo de gerberas de colores en la otra. Parecía haberse quedado prendada de esos historiados pendientes con el rostro de una mujer en nácar. Sí, le divertían mucho esas estampas de París, aunque lo que más te gusta, María, no disimules, es que los camareros te llamen *madame*, ¡y aún más *petite dame*!

Dicen que París es el corazón del mundo, iba pensando mientras taconeaba de camino al mercado d'Aligre, pues yo la bautizaría como la feria del mundo. Cruzó la calle. Le llamaban la atención muchas cosas, por ejemplo, que hasta las mujeres pobres llevaran corsé —había escuchado decir al portero que desde que los comerciantes idearon la venta a plazos incluso lo llevaba su señora—; también le resultaban cómicos los gendarmes, mira ese qué elegante, sonrió al verlo abotonado hasta el alma, apostado en esa esquina en la que se cruzaban y descruzaban los ómnibus tirados por caballos con los tranvías eléctricos. Aún no se había acostumbrado a ellos, tampoco los parisinos al parecer, porque casi todos los días veía algún atropello.

Corrió como una liebre en un coto de caza hasta la seguridad de la acera de enfrente. Echaba tanto de menos a Gregorio..., a veces de una forma desaforada, como le gustaba escribirle, aunque a decir verdad, París era una ciudad en la que una mujer podía arreglárselas bastante bien sola, por lo menos ella, como también le había comentado a su madre por carta:

Mamá, ¿tú sabes lo agradable que es para mí que ni en la calle, en los teatros, en los cafés los hombres ni te miren a no ser que sea para algo en concreto? Acostumbrada a la insistencia con que en España los varones de toda clase, edad y condición siguen con la mirada a toda hembra como si le estuviesen tomando la medida, esta suprema indiferencia de los franceses me es gratísima. Siento de pronto una gran libertad.

Te envío un abrazo monstruoso,
María

A Natividad, las ocurrencias de su hija viajera le divertían muchísimo. Según lo contaba cualquiera podría pensar que París era la patria perfecta para cualquier mujer decente, ironizaba en su carta, porque sabía de buena tinta que no era así. Los franceses más conservadores culpaban a la Ciudad de la Luz de estar destruyendo la sociedad tradicional con aquellas muy perversas palabras que surgían cada vez con más fuerza: «homosexualidad» y «feminismo». Allí las escuchó María en la calle por primera vez. Pero en francés sonaban diferentes. El feminismo español no solía tener femineidad. «¡Es mucho hombre esta mujer!», decía admirado Hartzenbusch sobre la novelista Gertrudis Gómez de Avellaneda.

A pesar de todo, pensó María mientras se dirigía con paso firme a la plaza del Châtelet en el Distrito IV, París nunca lograría robarle el corazón. En esta tierra de juerga aún no he tenido la ocasión de reírme, se dijo. Pero ya me desquitaré. Quizá fuera porque ahora no podía compartirla con Gregorio, podía ser, pero lo cierto era que sus mañanas heladas le producían dolor de muelas y sus crepúsculos plomizos, melancolía. Eso sí, incitaban a trabajar, y eso hacía. Sin descanso. En la beca por la mañana; por las tardes y las noches escribía hasta caerse redonda. Pero hoy, querida, hoy no, se ordenó. Por insistencia de su querida María Guerrero iba a darse un premio. Se detuvo admirada bajo el cartel del Théâtre Sarah-Bernhardt. Sobre su propio nombre, la diva, vestida con un atuendo adamascado —qué magnífica se la veía a sus sesenta— y la melena larga y rizada con la que interpretaba a Tisbe en *Angelo, tirano de Padua* de Victor Hugo. Precisamente había sido este quien un día, a sus setenta, desnudo y tendido como un buda en una *chaise longe*, al escucharla recitar mientras le rascaba la espalda la apodó «su voz de oro». Una voz que entonces sólo tenía veinte años.

María se acercó a la taquilla y retiró la invitación que le había dejado, pero en el sobre había también una nota:

> *Chère* María:
> Venga a verme a mi camerino, estaré pasando texto.
> Una amiga de mi otra María tiene que ser amiga mía.
> Sarah

La taquillera rubia y escuálida le pidió al portero que la acompañara a la puerta de artistas. Era una huésped de *madame*, advirtió solemne. El magnífico teatro se abrió ante sus ojos como un cuadrado y gigantesco joyero. Qué prodigio... Lo siguió como si fuera una moderna Alicia por las tripas cada vez más profundas de su país de las maravillas, esquivando percheros que aguardaban en formación como planos soldados vestidos con telas imposibles, capas de lentejuelas, faldas bordadas en terciopelos, hasta llegar al camerino de la reina de corazones.

Allí, unas letras góticas y doradas anunciaban su nombre. María contuvo la respiración. En el interior flotó el oro de su voz: «¿Sí?». La puerta se abrió y tras el olor dulzón de un jardín de ramos de rosas blancas, sus favoritas, y un tocador con una exposición de perfumes y maquillajes, un ataúd. ¿Me habré colado en otra escena y voy a asistir a un velatorio?, se preguntó asombrada, ¿o su majestad me habrá traído hasta aquí para que pinte todas estas rosas de rojo?

Desde el interior del féretro se alzó una mano desmayada

sujetando un papel. Entre los dedos de la otra tenía prendido un cigarrillo a medio consumir.

—Pase, pase, *chérie*. No tema —dijo con la misma pose que si estuviera en la bañera—. Me relaja estudiar mis papeles en el que será mi último lecho. Así me voy acostumbrando.

Dio unos pasos tímidos hasta el ataúd y allí la encontró, cómodamente acostada sobre el raso blanco y mullido. Soltó el guion en una banqueta. Le ofreció la mano. Tenía la Bernhardt los ojos más sensuales que había visto jamás: unas finísimas arrugas los hacían desmayarse levemente en las comisuras con la serenidad de quien sabe seducir; la nariz larga y fina rematada por una boca maquillada en rojo caramelo y un moño al trote que dejaba caer una estudiada cascada de bucles sobre el cojín.

Se incorporó un poco. El vestido de encaje blanco, los collares de perlas y el forro del ataúd le daban a esa aparición una pátina satinada.

—Y, dígame, ¿cómo está mi querida y guerrera amiga? ¿Es verdad que va a comprar un teatro?

—Eso pretende. —Se sentó al lado del féretro como si fuera a velar.

La actriz abrió tanto los ojos que se le despegó un poco una pestaña postiza.

—*Mon Dieu*, ¡pues prevéngala si la estima! Dígale que nunca más tendrá paz para estudiar sus papeles.

—Conociéndola, lo conseguirá —aseguró la otra.

La Bernhardt soltó una risa extrañamente grave y giró el rostro. María comprobó divertida que le gustaba dar ese perfil, mirar de reojo y sonreír de medio lado, como si confiara más en la mitad izquierda de su cuerpo, y fantaseó con la idea de que quizá la actriz en realidad era bidimensional como sus carteles.

La diva aspiró con deleite su cigarrillo.

—¿Y sigue casada con ese atractivo actor..., cómo se llamaba?

—Fernando.

La Bernhardt expulsó una finísima culebra de humo que fue a enroscarse en la lámpara Tiffany que disparaba colores sobre su rostro plateado.

—Qué vicio tan extraño el de querer seguir casada, ¿no es cierto? —se lamentó—, quiero decir, siendo una mujer poderosa. Espero que al menos tenga muchos amantes —afirmó en tono de pregunta.

—No creo que tenga tiempo. —María sonrió.

—Ah, ¡qué joven es usted!, para eso siempre hay tiempo, *chérie*.

Luego recordó admirada el momento en que conoció a la Guerrero, ¿no se lo había contado ella? Organizó en su honor una velada en el Español y juntas se subieron al escenario para aquella única e irrepetible función de *La esfinge*.

—Oh... —suspiró exageradamente y pareció irradiar una luz interior—. Al terminar, tuve que abrazarla. Qué maravillosa actriz... ¡Salimos a saludar quince veces! —Quedó suspendida en la última sílaba—. Dígame, ya que está aquí, ¿cree que debería probar ese nuevo invento del cinematógrafo? Mi amante norteamericano me ha propuesto hacer *La dama de las camelias*, pero me marea tan terriblemente viajar en barco...

A María le ilusionó esa idea. Era cierto que nunca nada podría sustituir al teatro, reflexionó en alto, pero sí le parecía maravilloso que pudiera atraparse su talento en un trozo de celuloide o lo que fuera eso.

—Quizá sea lo más cercano a la inmortalidad, ¿no le parece? —remató.

Ese razonamiento pareció encender una hoguera inesperada en los ojos de la diva que sofocó casi de inmediato como si repentinamente se hubiera cansado de ella porque, de forma muy cordial, le indicó a su *chère* María, que quizá tendría cosas que hacer antes de la función. Que la disfrutara mucho. Que le diera diez mil abrazos a su Guerrera. Como señal de despedida le estrechó la mano y, al hacerlo, se la sujetó unos segundos con fuerza.

—María, recuerde este consejo de una señora mayor: si usted ha cometido el mismo error de casarse, hágame caso, toda mujer para mantenerse bella debería sembrar un jardín de flores muy diversas. Y regarlas. Y cuidarlas. La mantendrá a usted relajada, feliz y muy entretenida.

Dicho esto, volvió a dejarse caer lánguidamente en su ataúd.

Esa noche María escribió en su diario que había presenciado una de esas interpretaciones míticas. La Bernhardt elevó a la categoría de drama épico la que, a su juicio, nunca fue la mejor obra de su amante. «Qué gran regalo le ha hecho», escribió, porque la diva se sometió con generosidad absoluta a su extremado y celoso personaje dejándolo galopar sin resuello por sus venas como una fiera salvaje, tanto que cuando salió a saludar sufrió un amago de desvanecimiento, que enseguida superó, reanimada por la lluvia de rosas blancas que caían sobre el escenario.

Nada más despertarse al día siguiente, María escribió a la Guerrero: «Ayer conocí a una diosa», porque supo que ya era inmortal. También se tomó un rato para escribir al triste y melancólico Juan Ramón. En ausencia de Gregorio, se inició así una correspondencia intensa entre dos amigos que estaba siendo leída desde el futuro, cruzando sus preguntas y respuestas, como si fuera un diálogo:

Querido Juan Ramón:

No esté usted triste, fiera, poeta, ingratísimo amigo: que yo estoy sola en París porque Gregorio se marchó anoche llamado por urgencia para no sé qué negocio fantástico. Además, estoy enfadada con usted porque no haya venido a decirnos adiós; Gregorio me dio no sé qué explicaciones melancólicas, pero sé que no vino usted porque en Carabanchel hay mucho polvo y huele mal.

Queridísima María:

Yo no soy tan ingrato como usted se figura y tengo motivos para estar triste, créalo...

Juan Ramón apoyó el plumín en el tintero y observó cómo se desangraba dramáticamente su tinta roja. Ese día no pudo continuar.

María apretó los labios. Siempre acababa perdonándole. Le diría unas cuantas cosas más, pero ¿para qué? Luego tendré que animarle. Introdujo en el sobre la carta y un libro que aún olía a imprenta y corrió escaleras abajo antes de que se fuera el correo.

Al otro lado de los Pirineos, el poeta se sentó a la mesa de la cocina y desgarró el paquete. Preso de una inesperada euforia, entró en su dormitorio y escribió:

Querida María:

Hoy estoy un poco alegre porque me han llegado su carta y su libro. Gracias por la dedicatoria de «Motivos».

Querido Juan Ramón:

¿A que le consuela que le quieran un poquito? Pero además dice que está ¡un poco alegre! Eso hay que pregonarlo... Por favor, Juan Ramón, por la santa majestad del otoño, por Verlaine, por la luna que ahora está dormida sobre el agua del Sena y por el buen recuerdo de tantas horas amigas, no esté usted triste, no esté usted enfermo... y viva con alegría estas horas de juventud.

Y así, casi por alegrarle a ratitos la vida, le dedicó su primera traducción en francés y fue haciéndole una crónica de sus andanzas durante esos meses. Una de las más ilusionantes había sido conocer al gran Garnier, el viejo fundador de la casa editorial que llevaba su nombre. A sus más de noventa años se jactaba de poseer la misma cantidad de millones. «¡Todo a golpe de libro, María! —solía relatarle—, porque empecé como usted, *madame*, joven y sin dinero.»

Garnier le había encargado a María la traducción de *El rojo y el negro* de Stendhal, y cada vez que se reunían abría un borgoña blanco y su cocinera preparaba volovanes de pollo con bechamel. Cómo no iba a cogerle cariño: era tan bromista, tan galante con las damas y tan parisino que hasta las palabras le salían perfumadas de la boca. No le extrañaría nada que hiciera gárgaras de colonia. A la moda francesa nunca se había casado, le contaba a su madre en sus cartas. Qué largas aquellas noches traduciendo sin descanso y bebiendo café. Pero ya te queda poco tiempo en París, María. Un mes menos para reunirte con Gregorio. ¡Ánimo!

Y llegó el momento de cambiar de ciudad. La beca la llevaba ahora a Bélgica, donde aprendería de su sistema de enseñanza. Por primera vez viajarás sola. Cerró su maleta y colgó de su brazo el paraguas que le había dejado Gregorio. De pronto se sintió tan emocionada y perdida como aquel día en que su madre le abrió la puerta. No se imaginaba cuánto habría de viajar después. Dejó atrás París en un tren de hierro sobre el que llovía desesperadamente y con frío en el corazón: primero se fugó la luz purpurosa de la ciudad, luego las praderas encharcadas como una acuarela hasta que los tejados fueron haciéndose más y más puntiagudos. Al llegar a la estación de Bruselas se detuvo bajo el cartel de madera que anunciaba:

BÉLGICA, EL PAÍS FELIZ

Como aquella ciudad en la que seguía lloviendo, sintió ganas de llorar. Para mí no lo es, pensó. No lo será. Y se dispuso a buscar su hotel arrastrando el agua de los charcos con su vestido como una mariposa empapada bajo la lluvia. Pero Bélgica la calmó y empezó a sentir que le brotaba por dentro una extraña raíz que surgía de un lugar demasiado profundo.

Había días que no le apetecía escribir a Gregorio o a Juan

Ramón. ¿Te estarás volviendo una egoísta?, se preguntaba con preocupación mientras rompía sin darse cuenta las invisibles y resistentes telarañas de prejuicios y reglas tejidas por la familia y la costumbre de que, empezó a ser consciente, sólo se aplicaban a las mujeres.

Sin embargo, no le fue difícil acostumbrarse a su nueva ciudad anfitriona: en Bruselas se acostaba más temprano que en España y, al menos en su barrio, tenían el curioso hábito de pasar por la calle cantando. ¿Adónde irán?, se preguntó asomada a su buhardilla la tarde en que decidió seguirlos. Esa fue la primera vez que entró en una Casa del Pueblo. Ese fue su primer contacto con el socialismo. El segundo fueron las condiciones de la escuela pública donde impartía clase por las mañanas: no dejaba de asombrarle que los niños tuvieran educación física y que cuando nevaba no faltaran a clase. ¿Qué le dirían en el ministerio cuando volviera a Madrid y presentara sus informes de su beca? Casi podía escuchar a uno de esos funcionarios con gesto despreciativo diciéndole algo como: «¡Supongo que no vendrá usted a corrompernos las oraciones con los adelantos del extranjero!».

En Madrid pocos cambios había. Gregorio trabajaba en aquella obra de Rusiñol para montarla en el Teatro de la Comedia y Juan Ramón seguía triste. Mientras que su marido, ¡qué delicia!, le escribía cartas que más parecían partes médicos de sus constantes achaques —jaquecas, dolores gástricos e insomnios—, Juan Ramón estaba resuelto a dejarse morir. Así que ella tenía una misión más en la vida, ¡paciencia!, la de alegrarlos.

Querido Juan Ramón:
Bruselas está hecha para usted. Las flores están baratas y los bombones de chocolate, también. Tengo en el comedor un retrato de Victor Hugo y pago sólo seis francos.
No me olvide usted, me tiene enfadadísima.
María

Cerró el sobre y dejó caer en él unas gotitas de perfume de violetas. Luego se quedó absorta en el paisaje que enmarcaba su ventana y le pareció estar contemplando uno de esos cuadros flamencos del Museo del Prado. Nunca imaginó que fueran verdad y ahora vives dentro de uno, María. No dirás que no tienes suerte. Alzó sus ojos oscuros: qué belleza... Abrió su diario y empuñó su lápiz: «Es verdad que el sol y la luna coinciden en el cielo y que la niebla es rosa entre los árboles. Contemplar cómo llegan los tranvías desde lejos con los faros encendidos en pleno día, rasgando veladuras como si surgieran de las profundidades de óleo, me provoca el deseo de saber pintar». Desdobló de nuevo la última carta de Juan Ramón que, un poco intencionadamente, estaba haciendo esperar en el interior de su diario. Luego imaginó con ternura a su amigo perfecto vagar por su habitación perseguido por sus tristezas y cómo con los ojos encharcados había dejado caer estratégicamente un par de lágrimas para que deshicieran su nombre.

Querida María:
Encuentro entre mis papeles esta carta comenzada. No quiero añadirle más cosas. Ni tengo el alma para nada. Crea usted que mi estado es algo más fúnebre de lo que se figura, riéndose de mí: unas manos inútiles, una cabeza llena de contracturas... El menor recuerdo me llena de lágrimas. Llanto de viejo y de enfermo; temblón nublado sin esperanza.
No me olvide usted.
Juan Ramón

Querido Juan Ramón:
¡Ríase usted, hombre! ¡No ponga esa cara de conejo de Indias! ¡Ay, Señor, qué poeta más fúnebre me has enviado al mundo!

Querida María:

Ya sé que tiene usted un calambre de escritores, pero eso es cosa de poca importancia, si estuviera todo el día con crisis epilépticas y amenazas interiores... Pues deje de escribir a lápiz y cómprese una máquina de escribir. Además, pero ¿qué escribe usted como para tener un calambre? Dice Gregorio que tiene proyectado un diario. ¡Hágalo!

Aunque en el futuro me olvide, recuerde siempre este consejo de un amigo que la admira: si no escribe usted un libro es una española inofensiva.

Y si no me escribiera, me quitaría una ilusión.

La quiero muchísimo,

Juan Ramón

P.D.: Una triste noticia de Rubén Darío: el alcohol acabó su obra definitivamente. Me cuenta Gregorio que al ir a embarcarse a Buenos Aires se quedó de pronto absolutamente paralítico.

María estiró su mano derecha. El cosquilleo le subía por el dedo pulgar convirtiéndose en ardor y dolor en el índice y el anular, que le temblaba ahora con pequeños espasmos.

Querido Juan Ramón:

Lo sé, pero es que a veces hasta lloro de pura lástima que me doy si me pongo a escribir con este calambre... Qué triste noticia la de su mentor y amigo.

Luego cambiaba la tinta. Se le había caído la pluma. Esa noche ni siquiera podía hacer fuerza para sujetarla ni consiguió abotonarse el camisón. El calambre le subía por el antebrazo. La culpa la tiene Stendhal, protestó, rabiosa. Trabajaba día y noche escribiendo a lápiz hasta que se le quedó inútil la mano derecha: que horror, ya no me sirve ni para sujetarme los vuelos de la falda. A Juan Ramón le escribía sus cartas resignada a garrapatearlas con la izquierda hasta que el médico le hizo la misma pregunta que su amigo perfecto: «Pero, criatura, ¿es que no sabe que existen las máquinas de escribir?». Sí, claro que lo sabía, pero las conocía sólo de vista. Así que alquiló esa vieja Yost de hierro tan pesada que, cuando salió de la tienda, casi no podía con ella.

Acarició su teclado... ¿Qué manos habrán escrito en ella antes de las tuyas?, ¿qué historias?, ¿qué libros? ¿Guardaba aquella máquina en su memoria el fantasma de todo lo que se había tecleado en ella?

Desde entonces recorrerían el mundo juntas.

Querido Juan Ramón:
Siento la demora esta vez. No pude seguir escribiendo hasta recuperarme un poco. Ya tengo mi primera máquina. Es una Yost.
¡Y escribo a dos dedos y sin el malo!

Poco después le escribiría que aquella máquina y ella eran tan afines que su ritmo le ayudaba a discurrir: «Mi Yost escupe lo superfluo y lo retórico y se queda con lo bueno, ¿qué le parece? ¿A que ahora me tiene usted un poquitito de envidia?».

Queridísima María:
Celebro que se encuentre mejor. Me es tan necesaria su alegría y sus últimas cartas apenas eran legibles, aunque no me atrevía a decírselo. Hoy, entre el frío de la tarde cruda y rosa, he pasado por la calle de su casa y he pensado en la tristeza de un invierno sin amigos.

Ya ve usted qué destino: caerse en la calle sin conocimiento, tener convulsiones de todo el cuerpo —con peligro del corazón—, asfixiarse en unos segundos... ¡Es tan triste perder el conocimiento frente al sol y entre las flores!

En fin, ni creo ni espero.
Ya sabe cuánto la quiero.
Juan Ramón

Querido Juan Ramón:

Usted cree, aunque no sea más que en sí mismo. Usted espera en sus versos, y sabe que su destino es hacerlos tan buenos que a los demás hagan llorar por muchas ganas de reír que tengamos...

Con la misma ceremonia con la que se botaría un barco, María terminó de teclear con sus dedos índices su primera carta. Sacó el papel del rodillo con cuidado y contempló sus palabras en tinta prensada como si fuera una obra de arte. Luego añadió a lápiz:

Envíeme versos si no tiene fuerzas para escribir cartas.
Se le quiere.
María

Últimamente no salía.

Había decidido no ver los museos ni monumentos hasta que llegara Gregorio. Así que a la semana siguiente, cuando llegó el ansiado sobre, esa fue la única novedad. Se tiró en la cama como una chiquilla. Enseguida reconoció que la misiva venía en forma de poema.

Querida María:
Por usted, estos versos:

Las flores huelen a ella;
son de un rosa triste y frívolo,
como aquel rosa con grises
de su cuerpo florecido.

¡Dios mío,
sólo el olor de unas flores!...
este olor que va conmigo,
que huele a ella y no es ella,

que es mudo, que está sombrío...
¡Y cómo huelen las flores,
cuando una mujer se ha ido,
cuando todo, alma, jardín,
casa, se queda vacío!...

Creo que las cosas no pueden ser de otra manera y sé que los versos se quedarán en esta carta únicamente.

Tras leerlos varias veces como si quisiera quedarse a vivir en ellos, María encendió una vela y se sentó ante su máquina. Dejó las manos suspendidas sobre el teclado durante un segundo concentrado, como si fuera a dar un gran concierto.

Querido Juan Ramón:
Hoy he sabido que me llegaría carta suya y va llena de palabras románticas. Ay, chiquillo mimoso y orgulloso..., ¿por qué no viene a dar un paseíto por Bruselas? Aquí tiene usted nieblas para llorarlas en ochenta libros.
Ya sabe lo mucho que se le quiere,
María

Queridísima María:
Si yo estuviera bien me iría a Bruselas con usted, seguramente. Pero los Reyes Magos me han traído una lesión de aorta y la idea del suicidio. Ya ve usted qué bonitos juguetes. Le aseguro que si tuviera publicados todos los libros escritos, me daría un tiro. Le escribo a usted a trozos, sentándome y levantándome con una amenaza dentro de la cabeza. Además, no puedo unir dos ideas.
Le quiere muchísimo,
Juan Ramón

Querido Juan Ramón:

Como usted seguramente se morirá este año, ya no nos volveremos a ver ni en este mundo ni en el otro, porque usted irá al infierno de los poetas y yo al cielo de las buenas amas de casa.

Querida María:

Creo que no podré hacer lo de suicidarme hasta el otoño próximo —si vivo—. Tengo que sacar adelante dos nuevas publicaciones. Si escribo es porque estoy cada día peor.

Querido Juan Ramón:

Celebro que haya dejado usted el suicidarse para el otoño próximo. Para entonces estaré ya de vuelta y podremos tomar unas tacitas de té.

Querida María:

Por favor, no deje de escribirme. Aunque creo que vienen sus cartas muy llenas de rellenos por falta de sinceridad.
Juan Ramón

Querido, aunque hoy algo menos, Juan Ramón:

Bicho infame, poeta del demonio... ¿Qué cartas hay que escribirle a usted, grandísima fiera, para que le agraden? ¿Quiere que le hable de suspiros y de lágrimas? Le quiero a usted demasiado de veras para gastar literatura en decírselo..., es decir, le «quería» a usted. Entonces: ¿qué voy a decir de las cartas de usted, en las que ni una vez se le ocurre decirme, fiera, que me echa de menos? Lleva usted razón cuando dice que Juan Ramón Jiménez no sabe ni quiere querer.

Alarmado, el poeta fue hacia el espejo y se miró angustiado, eres idiota, idiota, idiota..., se dijo, sujetando el abrecartas y preguntándose si era el momento de abrir ese sobre o tomar la trascedente decisión que llevaba tanto aplazando. ¿Por qué le has escrito tal cosa?, y se arreó una bofetada con tantas ganas que se le saltaron las lágrimas. Ya nunca te querrá como antes, idiota... volvió a insultarse antes de caminar hasta su máquina. ¿Por qué no podría llegarle su respuesta esa misma noche con una paloma mensajera? ¿Por qué se habían abandonado esos métodos que nos ponía en bandeja la naturaleza? Eran mucho más seguros y desde luego más románticos. Tendría que averiguar si aún las criaban y si el pobre animal llegaría sano y salvo hasta París.

Querida María...
He decidido incluir algunos de los poemas que le he dedicado en mi libro «Olvidanzas» y dedicárselo con su permiso.
Ya sabe cuánto la quiero,
Juan Ramón

Querido Juanramoncín:
Gracias, gracias, gracias..., figúrese. Me ha entrado una impaciencia horrible de que se publique para ser inmortal. Siquiera por eso, no se puede usted morir este año.
Le echo de menos,
María

Londres.
Por fin con su compañero.
Después de aquella horrible travesía en barco, Gregorio se mareó tanto que le juró que no volvería a embarcarse de vuelta. Ella no le prestó atención. No podía apartar la vista del paisaje. Dios mío..., se me había olvidado el verde, y volvió a dejar los ojos perdidos en la campiña inglesa. Llegaron a Londres en uno de esos curiosos cochecillos mosca a los que llamaban *cabs*. Una especie de tílburi montado sobre dos ruedas que

parecía remontar el vuelo por los estrechos callejones del centro. El cochero iba casi flotando sobre un pescante en la parte trasera y guiaba a su caballo agitando el látigo entre la niebla mientras sujetaba las riendas larguísimas peligrosamente por encima de sus cabezas. Gregorio intentaba asomarse por si veía algunos de sus famosos Music Halls y ella guardaba el equilibrio agarrada con una mano a la puerta y con la otra a dos tomos de Dickens. Sí, también quería ir al Music Hall, pensó, pero tú, María, no te irás de Londres sin conocer los barrios de los que habla tu escritor favorito y sin beber whisky en una taberna como Mister Pickwick. Asomó la cabeza por la ventanilla y respiró la niebla tan densa y opaca a esas horas que parecía algodón de azúcar. Al contrario que en París y sin saber por qué, se sintió extrañamente en casa.

—*Here we are, sir* —anunció el cochero.

Antes de despedirse aprovechó para preguntarle al conductor si podría acompañarla al barrio que estaba detrás de la City y él le respondió serenamente que no. Tampoco conocía a ningún compañero que fuera a hacerlo. Enseguida se dio cuenta de que el aire de la isla provocaba que la moneda corriente fuera «la verdad». Está claro, María, que aquí nadie te obsequiará con una grata mentira sólo por halagarte. Tuvieron la oportunidad de comprobarlo en algunas de las fiestas donde se sentían la novedad pintoresca para los amigos de sus amigos que los invitaban a diario. Como Gregorio no conocía apenas el idioma no le afectaba esa tan británica sinceridad. Eso sí, era un gran conversador en francés aunque pocos le entendieran. También pudo comprobar que su marido era muy popular entre las damas. Sólo por el hecho de ser español parecía traer de fábrica la etiqueta de apasionado don Juan, pensó esa noche, en la que un militar de ojos saltones y azules con el que charlaba en un grupo se percató de cómo observaba a Gregorio parlotear en el centro de un corro de féminas. No sin cierta malicia, le preguntó:

—¿Y usted no hace nada para divertir a la compañía?

—Sí, señores, yo hablo inglés.

Aquella respuesta fue celebrada por los que la rodeaban con un aplauso casi mímico.

—Y además lo habla usted, señora, ¡como en los tiempos de Shakespeare! —exclamó su admirador, tan entretenido como si estuviera en una función.

A los dos les dio la risa.

—No puedo negar cómo he aprendido su idioma, pero es que, además, no me siento capaz de destrozar una lengua tan admirada.

Pronto empezó a aburrirse en esas reuniones tan endogámicas y en los sofisticados clubes privados en los que siempre se encontraban a la misma gente, así que tras algunas pesquisas, consiguió poner en marcha su plan de conseguir un cochero que la acompañara en sus aventuras diurnas. Así se adentró en el Londres dickensiano y de pronto las palabras del inglés se hicieron carne y mugre, niebla y arrabales.

Las nieblas de Londres no eran rosas como en Bruselas, sino grises y tupidas. Entre ellas asomaba de la nada una mano que le ofrecía un ramillete de flores mustias o una cara desdentada bajo un sombrero abollado. «Tras la niebla de Londres», escribió en su diario a trompicones en aquellos viajes de vuelta en coche, «suena un organillo cascado, o aparece un pintor que embadurna las aceras con sus fantasías; tras la niebla del Támesis, lentamente surge la escoria de la civilización; no son barrios sino vertederos de seres humanos sobrantes». Los del abismo, los había llamado el escritor inglés. Y ella, recogiendo su testigo, certificaba que seguían existiendo: «Allí existen pegados al suelo por su propia mugre sin que se les ocurra imaginar por qué. No están resignados a su miseria, están conglomerados en ella, connaturalizados con ella. Puesto que así se vive, seguiremos viviendo. Y a cien metros del Banco de Inglaterra. Porque el emporio de la pobreza irredenta empieza donde termina la City y, desde las cinco de la tarde, la región de los bancos queda silenciosa y sin más defensa para las cajas fuertes que unos pocos pacíficos vigilantes. Me sorprende que los naturales del horrendo reino no se desborden en la noche para asaltar fortaleza tan poco defendida». Cerró su diario y lo dejó en la mesilla con sigilo para no despertar a Gregorio. Qué distinto era el Londres que habían vivido aunque durmieran en la misma cama.

A pesar de la impresión que todo aquello le produjo, al salir de Inglaterra iba triste. ¿Volverás algún día a esta isla donde el alma te ha dicho: también es tu patria? Respiró por última vez el perfume del moho que crecía entre los adoquines e hizo un pacto con la tierra de Shakespeare. Sí..., se prometió, claro que volveré. Pero no era lo único que la tenía algo revuelta. Acodada en la cubierta mientras el barco descruzaba el canal de la Mancha como si fuera una gigante cremallera, iba rumiando la última carta que le había enviado Juan Ramón:

> Querida María:
> Me afirmo en la idea de desaparecer y cuento los días para su regreso. Estoy preocupado por su ausencia. También por las de Gregorio. Ahora anda en otras compañías... y sale demasiado. Se va a resfriar.
> Le he dedicado a usted mi nochebuena y si no escribo más es porque la mano no puede. Yo sí que no le engaño a usted.
> Suyo,
> Juan Ramón

María releyó esa carta varias veces antes de que se la arrancara el viento marino. La vio alejarse como una gaviota de papel. Conocía a su amigo perfecto y nunca escribía entre líneas. Muy al contrario, su tristeza era a veces tan explícita que aterrizaba en la comedia. ¿Qué has querido escribirme, poeta del demonio, que no has podido? Pero ya era tarde para intentar leer en los huecos de las palabras. Desde esa cubierta en medio del mar, sujetando con el codo otro papel, le escribió su respuesta:

Querido amigo:
Ya he reñido a Gregorio y me ha dicho que hizo usted grandes esfuerzos, como le pedí, para ir a buscarle alguna vez al teatro y darle algún mimo que le faltaba. Se lo agradezco de verdad. Pero le escribo ahora para hacerle una consulta. Como le comenté en mi carta anterior, Gregorio está escribiendo una novela que se llamará «Tú eres la paz»... en la cual hay un poeta que se parece un poquito a usted, muy poco, y publica un libro de versos pensando en Beatriz. El caso es que yo le he regalado a la novela (y al poeta) los que usted me envió a Bruselas. Espero que no le importe. Sólo necesito que me confirme que puedo hacerlo.

María observó a Gregorio sentado con la mirada enérgica perdida en la frontera azul. Nunca antes lo había visto en la cubierta de un barco. Es cierto que el mar se lo estaba poniendo fácil, pero parecía haber recuperado unos años de juventud de golpe. Entonces, ¿por qué te preocupas, María? Tiene muy buen aspecto. No tose apenas, camina casi sin bastón e incluso necesita un agujero más en los cinturones. Qué distintos han sido para ti, sin embargo, los meses de separación, qué duros: perdías peso sin parar y al cepillarte se te quedaba media melena en el cepillo. Era normal, se tranquilizó, no estaban acostumbrados a perderse episodios importantes de la vida del otro. «Ahora anda en otras compañías... Se va a resfriar», releyó en su memoria con la voz de Juan Ramón, menos sobreactuada que de costumbre. «Sale mucho...»
No podía evitarlo, ambos conocían demasiado bien el poder de las palabras, por eso, aunque aún sólo podía intuirlo, sospechaba que uno de esos episodios perdidos se estaba encajando en el puzle de sus vidas. Una pieza que ella no había pe-

dido, pero que se encontraba ya revuelta con otras muchas en el complejo tablero de su destino. También, curiosamente, en el de la Guerrero.

Fue esta precisamente quien, contestándole a la carta sobre Sarah Bernhardt, le mencionó algo intrascendente, trivial, tan minúsculo que el cerebro de María no lo registró. Le contaba que había tomado a otra protegida, una jovencita llegada de Santander, menuda, con unos grandes ojos verdes, que se presentó diciendo que quería ser actriz aunque su único currículum consistía en hacer funciones para las Hermanas de San Vicente de Paúl, ¿podía creerse una ingenuidad tan deliciosa? Esto hizo reír a la empresaria, pero, atraída por su voz deslumbrante y su candor, le recomendó que estudiara un monólogo de los hermanos Quintero. Y una tarde de ensayos de lo más mediocres en que se aburría mortalmente se acordó de ella y la citó en el Teatro Español. Cuando llegó la novata estaban acabando un pase con público delante de colegas —autores, literatos varios y críticos de confianza— y la Guerrero, que la vio entrar, exclamó:

—¡Niña! —y luego a su marido cortándole un bostezo—, ¿cómo se llamaba? —El otro se encogió de hombros—. Bueno, ¿te importaría recitarnos ese monólogo? A ver si así consigo que se despierte nuestra respetable compañía.

Algunas risas de los colegas. Ninguna entre los actores. Fernando se incorporó en el asiento. Ella subió al escenario con pasos de patito —vestido, guantes y zapatos blancos, sombrero coqueto haciendo de marco a su rostro de avellana—, hasta que se detuvo en el centro de ese escenario que sabía que era el primero de España. Luchó para detener el terremoto de sus rodillas. Sintió el calor de las luces y el olor a polvo del telón rojo y grueso. No quiso reconocer algunas de las cabezas apoyadas en las butacas: quizá aquel de la derecha con las puntas de su bigote erectas era Benavente; ese otro del centro, más atrás, con la barba blanca, puede que Echegaray; al otro lado, el repeinado era Fernando Díaz de Mendoza, pero quien más la aterrorizaba en ese momento era «ella», sentada entre los dos anteriores, con los brazos relajados en la butaca como un césar en su coliseo.

De ella dependía si trabajaba o no. De ella dependía si se quedaría en Madrid, si comería mañana, si su sueño de ser actriz sería o no un sueño. Tras un silencio que se le hizo eterno, de aquel cuerpo menudo surgió una voz desconocida. A la Guerrero no le pasó por alto cómo, uno por uno, los asistentes fueron despegándose de los respaldos, incluyendo Gregorio, quien se apoyó boquiabierto en la butaca de Benavente, que estaba delante. Este llevaba un buen rato escribiendo con disimulo un diálogo en el reverso de su programa, pero también se detuvo para admirar a la espontánea: «Maravillosa, ¿no es cierto? —susurró—, la gente cree que tener talento es cuestión de suerte, pero nadie piensa que la suerte puede ser cuestión de talento». Ante el silencio de Gregorio, se volvió hacia él: «Y cierre usted la boca o empezará a salivar de forma inconveniente».

La César también quedó un buen rato en silencio enmascarando su sonrisa de satisfacción tras otra más desdeñosa, sabiéndose observada por los romanos, hasta que no pudieron esperar ni un segundo más y empezaron a aplaudir. Ella ya sabía lo que tenía delante, pero quería que la aprobación fuera de quien verdaderamente tenía que aprobarla.

—Vaya, vaya, vaya... —dijo por fin acercándose por el pasillo hasta el escenario—. Le aseguro que es usted lo mejor que me ha ocurrido en todo el ensayo. Si llega a ser por estos, hoy me suicido —y perforó con la mirada a sus actores—. Dinos, criatura, ¿cómo te llamas?

Ella avanzó por el escenario protegiéndose de la luz de los focos.

—Me llamo Catalina Bárcena.

Un nombre que resonó diáfano como un disparo en ese teatro y que nadie volvería a olvidar. También resonaban al mismo tiempo las teclas de la vieja Yost bajo los dedos de María, de momento sólo dos, con tosquedad y determinación, aunque pronto parecerían los de una pianista. Sus martillazos insomnes fueron filtrándose como una gotera, de año en año, 1906, 1907, 1920... 1962, cruzaron guerras mundiales y civiles, confinamientos y continentes hasta atravesar la luminosa barrera del siglo y ser escuchados por otros dedos que se posaban sobre dos teclas desgastadas por tantas obras, éxitos, fracasos y silencio.

9

Madrid, 2018

Los dedos de Noelia acariciaron la tecla descascarillada de la «a» y aquella en la que alguna vez estuvo la «o» como dos huesos de hierro que hubieran quedado al descubierto al desaparecer su antigua piel. De fondo continuaban con el debate que habían causado las cartas de Juan Ramón entre esa compañía que a Noelia le parecía cada vez más una versión adulta de Los Cinco.

—... «risa, que, al nacer de la luna, sonará su pandereta» —recitó Francisco con cierto morbo—, mas, dicho está, ¡con una veladura violeta! —Cerró la libretita, eufórico—. ¡Es el original!, ¡de su puño y letra!, ¡con tachones y en el diario de ella! Va-ya-te-la.

Se lo lanzó a Cecilia, quien lo recogió con precisión de jugadora de béisbol, algo que provocó un acceso de ira en Lola «¡no lo tratéis así, que vale más que todas nuestras vidas juntas!», y volvió a sumergirse entre sus papeles. Cecilia abrió el diario para interpretar una versión edulcorada de Juan Ramón: «A María, que se ríe sobre una rosa mustia».

—Uy..., estos tenían algo, ¿eh? —concluyó.

Noelia hizo una mueca; ¿y en qué momento habían pasado de una investigación a la prensa del corazón?

—Eso digo yo —intervino Augusto, que parecía erigirse ya sin disimulo en abogado de Gregorio—. Si Juan Ramón y María eran tan cómplices como parece y la quería tanto..., ¿habría seguido siendo amigo de Gregorio si sospechaba que ella le hacía parte del trabajo?

Se apoyó en la balaustrada de piedra blanca del balcón. Pidió un mechero.

—Yo no lo creo. —Cecilia se alborotó el pelo.

—A lo mejor al principio no lo sabía —sugirió Francisco. Y después ella, por algún motivo, le pidió silencio.

A continuación y como siempre, buscó la complicidad de Leonardo, pero este permanecía callado, cosa extraña en él; sentado sobre la alfombra con las piernas cruzadas, leía absorto un tomo antiguo mientras despeluchaba los rotos de sus pantalones.

—Para mí esas cartas son una prueba. —Noelia vapeó su cigarrillo electrónico tres veces.

—¿De qué? ¿Una prueba de qué? —se escuchó decir a Augusto desde la terraza.

—Pues de que las cartas de ella están al mismo nivel que las de él, todo un premio Nobel de Literatura —resolvió la directora alzando la voz.

—Sí que son maravillosas, sí —se escuchó a Lola suspirar romántica.

En ese momento Leonardo cerró por fin su tomo con un ruido pesado.

—Perdonadme, pero creo haber encontrado una prueba mucho más importante de que María era también escritora. Llevo desde anoche sin pegar ojo dándole vueltas.

—A ver, que va a hablar el niño... —se pitorreó Cecilia.

—Sí, descojónate, pero ¿alguno de vosotros se ha molestado en leerse esta novela? —Zarandeó en el aire un ejemplar pesado y antiguo de *Tú eres la paz*—. Pues yo sí. Acabo de terminarla ahora.

Y de esa forma, siguió el rubio con seguridad de fiscal, había descubierto que el argumento tenía tela: un triángulo amoroso en el que unos prometidos veían su felicidad, ojo al dato, truncada por una bailarina... ¡que se ligaba al protagonista! La novia «oficial» le esperaba manteniendo las apariencias de una pareja perfecta e ignorando, por otro lado, el amor de un poeta que le escribía versos...

—Curiosamente, los mismos que Juan Ramón le envió a María y que ella le pidió por carta. —Leonardo cerró el tomo de nuevo dando un portazo definitivo a su argumento.

—Espera... a ver si me entero —le interrumpió Augusto a contraluz desde el balcón—. ¿Quieres decir que Gregorio se inspira en Juan Ramón para un personaje de su novela?

—Eso sería verosímil..., es muy común entre escritores —opinó Noelia.

Leonardo se frotó el rostro pecoso con incredulidad.

—Pero ¿es que no lo veis? —se impacientó—. Si la novela la estaba escribiendo Gregorio y este se había vuelto a Madrid, ¿por qué no le pidió directamente a Juan Ramón el poema? ¿Por qué hacerlo a través de María, que vivía en Bruselas y por carta? No tiene sentido.

El sol débil y frío trazó dibujos cubistas por las paredes.

—A no ser que María estuviera escribiendo *Tú eres la paz* con Gregorio. —Noelia siguió acariciando la vieja Yost e invocó a su genio—. Si pudiera averiguar qué salió de esta máquina... ¿Qué escribiste, eh? ¿Qué?

—Por otro lado, ahora sabemos que en ese momento Gregorio había conocido ya, o al menos fantaseaba con Catalina Bárcena... —Augusto se quedó pensativo.

—Por eso mismo —continuó Leonardo—. ¿Iba a acusarse escribiendo una novela sobre ese tema?

Noelia, que seguía absorta en su invocación, como si hubiera recibido una respuesta del más allá, dijo de pronto:

—Claro, María, eso explicaría tu calambre de escritor...

Augusto se volvió hacia los demás, perplejo, ¿ahora hablaba con ella?, y continuó:

—Claro, es muy lógico, Noelia..., ¿cómo no nos hemos dado cuenta? El famoso calambre prueba que fue María quien lo escribió todo, pero no sólo lo que firmó Gregorio, no..., ¡sino todo! El *Quijote*, *Macbeth*..., ¡hasta el Génesis! —y se dejó caer con hartazgo en un sillón.

—No, no, no... —le rebatió Francisco—, que no le da a uno un calambre de escribir sólo un diario, ¿eh?

Augusto le respondió tirándose al suelo melodramáticamente de rodillas.

—Por favor, que alguien me diga que tiene una prueba mejor que un calambre...

Desde su nueva mesa, que ya era una muralla de documentos y cajas, Lola empezaba a soltar también datos como una ametralladora: según su cronología —explicó la que ahora parecía más que nunca un gnomo—, ese año Gregorio había escrito la novela en cuestión, otras dos novelas cortas, una larga, el *Teatro del ensueño*, la traducción de Stendhal... Este último dato hizo a Leonardo levantarse de un brinco y se abrazó a ella.

—¡Un momento! Stendhal..., ¿os consta que Gregorio hablara alemán?

—No, tarugo, hablaba francés —Augusto imitó su saltito como un batracio—, y resulta que Stendhal era francés.

El rubio le lanzó una mirada sólida como un puñetazo.

—Concretamente, tradujo *El rojo y el negro* —matizó Lola.

—Entonces ¡seguro que lo tradujo ella, hijo! —aplaudió Augusto—. ¡Porque era roja política y negro literario! Hombre, por Dios, ¡esto es casi mejor que lo del calambre!

Francisco seguía negando con la cabeza: desde luego, si todo eso lo escribió en un año era como para que le diera un buen calambrazo.

—Sí, pero os recuerdo que el calambre le dio a ella y no a él. —Noelia buscó los ojos de Augusto—. Para mí sí es una primera prueba.

A continuación chocó los cinco con Leonardo y este con Lola y Francisco. Cecilia les dedicó un gesto laxo desde su sillón y Augusto sólo siguió refunfuñando: la prueba del calambre... Anda que como todos los investigadores tuvieran su rigor científico..., pero en ese momento fue Lola quien arrojó otro dato que a Noelia le pareció aún más importante explorar: nada más volver María de su viaje europeo y de reinstalarse en Madrid, también se estrenó por fin en el Teatro Lara la primera comedia de Gregorio Martínez Sierra, *El ama de la casa*..., esa obra que Noelia había leído que se estrenó, al parecer, gracias a la intervención de la pareja de dramaturgos más famosa de entonces, los hermanos Quintero: «Si quiere usted nuestra próxima comedia, antes tiene que estrenar a Martínez Sierra».

En ese momento a Noelia le pareció escuchar un teléfono que luego se dio cuenta de que sonaba dentro de su cabeza. Sin embargo imaginó perfectamente ese timbre antiguo y bronco que venía de otro siglo. Incluso de otro milenio.

María también lo escuchó, pero se limitó a observarlo sin decidirse a cogerlo. Tan sólo unas calles más allá, el teatro empezaba a bajar el telón y estallaba en aplausos.

10

Madrid, 1907

Finalmente se armó de valor y se precipitó hacia el aparato antes de que colgaran.

—¿Cómo ha ido? —preguntó nada más descolgarlo.

—¿Se puede saber por qué no ha venido hoy al estreno? —La voz de Juan Ramón revoloteaba sobre el barullo del vestíbulo del teatro.

—Porque me daba terror. Pero, dígame, ¡¿cómo ha ido?!

Caminó nerviosa sobre la alfombra del salón todo lo que le daba el cable de sí.

—Ha finalizado el primer acto. No lo va a creer, ¡pero me ha tocado sentarme entre Serafín Quintero y el crítico!

—¿Y? —Tropezó con esa esquina de la alfombra que siempre se levantaba y soltó un improperio impropio de ella.

A Juan Ramón se le escapó risilla discreta.

—¡Pues salía el hombre como si le hubieran puesto un par de banderillas! Hasta se ha olvidado en la butaca esa agotadora bufanda roja que no se quita ni a tiros.

—¿En serio?

De fondo el campanilleo de aviso al público.

—Veremos por dónde sale... —y colgó.

A la mañana siguiente, Gregorio y María desayunaban sobre una mesa camilla pegados a la radio como polillas a la luz. Desde el estudio de la Gran Vía, el periodista, casi besando el micrófono redondo con los labios carnosos, sobó su perenne estola roja hasta que su voz cascada salió por el altavoz: «El éxito de *El ama de la casa*, primera comedia de Martínez Sierra, ha sido indiscutible, ¿verdad?, aunque tiene dentro de su espíritu naturalista una tendencia que, en sana moral, no puede sustentarse y quizá el autor es..., cómo decirlo, demasiado "habilidoso"».

—¿Demasiado habilidoso? —gruñó Gregorio apoyado en su bastón—. ¿Qué quiere decir esa lagartija con demasiado habilidoso?

—¡Pues vaya reproche! —María apagó la radio y se envolvió en su bata de encaje—. ¿Es que no se trata de escribir lo mejor posible?

Él se quedó concentrado dando golpecitos en el suelo con su bastón como siempre que buscaba una salida.

—En cualquier caso, niña mía..., ¡hay que celebrar! Y se me ocurre cómo. ¿Dónde guardas tu contrato de maestra?

—¿Mi contrato?

—Sí, dámelo.

María caminó extrañada hacia el sifonier, «creo que lo guardé aquí». Subió la persiana con dificultad y se lo entregó preguntándose qué tenía en la cabeza. Entonces él, sin previo aviso, lo rompió en pedazos grandes y luego cada vez más pequeñitos y lo arrojó a la papelera ante su alarmada mujer.

—Se acabó la escuela —soltó el bastón en la butaca súbitamente animado—, es el momento de que nos centremos en nuestro negocio.

—¿Tú crees? —se emocionó y alarmó a un tiempo, intuyendo lo que eso suponía—. Bueno, después de todo, el don para dominar a medio centenar de chiquillos en una clase es muy similar al que logra sujetar a medio millar de espectadores en un teatro.

Ella se echó a reír. Él la abrazó al mismo tiempo que abrazaba su sueño y sintió ese cosquilleo de cuando se le erizaba el bigote. Meneó la nariz como un roedor. Podía olerlo. Su sueño. Tanto que pensó que si alargaba la mano podría tocarlo.

Sueños. Anhelos. ¿Por qué siempre venían tejidos con decisiones? Perder para ganar. ¿Por qué no se podía tenerlo todo?, se preguntó Gregorio mientras agradecía el roce de la brisa sedosa que entraba por el balcón. Ganar para ganar más... Su mente era de pronto un bombardeo constante de emociones encontradas. Mientras la abrazaba, le robó la concentración un insecto que se empeñaba en darse contra el cristal, aunque tenía la ventana abierta. Detrás, la calle se preñaba de pasos y voces.

Su voz. Huir y quedarse, pensó sin querer hacerlo.

El zumbido de la avispa volvió a distraerle. Soltó a su mujer, dobló un periódico y de un golpe seco la dejó reventada contra el cristal. Pero ¿por qué había hecho eso?, se sobresaltó ella. Era una abeja, pobrecilla, le amonestó. ¡Bien que le gustaba tomar su miel por las mañanas! Gregorio se encogió de hombros. María sintió un escalofrío y le pidió que la recogiera. Pero él no la escuchaba. Necesitaba salir a contar sus planes. Necesitaba ir al León de Oro esa noche.

—Tienes razón —reconoció sujetándole las manos sin saber bien qué le había dicho—. Qué contento estoy de que hayas vuelto... ¿Sabes qué? Deberíamos regalarnos un viaje.

—¿Un viaje? —volvió a sorprenderse mientras despegaba del cristal con aprensión el pobre cadáver—. Pero, muñeco, si acabo de volver.

—Ya, pero, mujer, los dos juntos. —Su voz sonaba histriónica—. Para marcar este nuevo comienzo.

—¿Y adónde? —Envolvió el insecto en el pequeño sudario de su pañuelo.

—A Italia. ¿Te gustaría?

—Pero ¿cuándo?

—Ya.

De pronto se sintió incapaz de moverse. No supo dónde arrojar el insecto muerto que yacía entre sus manos como si aquel acto fuera de una trascendencia vital. ¿Por qué no das saltos de alegría?, pensó mientras sacudía con aprensión el pañuelo en la pila. Viajaremos y escribiremos juntos como en París. Como antes. Somos inteligencias gemelas. ¿Por qué no había sido capaz de tirarlo sin más?, se dijo angustiada mientras un remolino de agua se tragaba aquel pequeño cadáver. En el fondo, abeja o avispa, se lo había buscado. Quién le mandaba meterse en líos. Cuando volvió al salón, Gregorio seguía absorto en sus luminosos pensamientos contemplando con desagrado la salpicadura de sangre que había dejado el animal en la ventana.

Desde el futuro, los cinco actores observaban la escena con ternura porque habían seguido leyendo su diario y ya sabían mucho más que ella. Sabían que *Tú eres la paz* llegaría a tener cincuenta ediciones. Sabían que *El ama de la casa* sería su primer éxito teatral y que se mudarían a la calle Velázquez esquina con Diego de León, «a una casa bañada por el sol», le diría a Juan Ramón en una carta en la que le pedía consejos para decorarla; sabían que, aunque ahorró en su hucha de barro durante cinco años, María la haría añicos para juntar esos pellizcos de su sueldo con los derechos de autor, y le compraría por fin a su marido la deseada capa, nueva y suya, de flamante paño negro.

Leonardo siguió leyendo en alto lo que había escrito ese día cuando se marchó Gregorio, interpretando su caligrafía honesta de trazos altos e ilusionados: «Apartaré un dinero, compraré billetes de trenes y hoteles, haré un recuento detallado de las maravillas que vamos a ver...», y alzó el mentón como siempre que se guardaba algo para ella porque eso no lo escribió: Ay, María..., siempre encendiendo hogueras de ilusión. Cuidado no te quemes las alas. Nunca lo tuve. No lo tengo.

Leonardo pasó la página del diario como quien sujeta una mariposa por las alas:

—Pero no os lo perdáis, un día antes del viaje escribe aquí que Gregorio al final la mandó sola con la promesa de que la alcanzaría.

«¿Sola?», dijo alguien mientras los demás seguían expectantes esperando el final de ese episodio. Fue Francisco quien de pronto relacionó algo, se fue a la mesa y después de revolver un poco, les mostró la foto de una mujer menuda, vestido negro de lunares blancos, coqueta lazada en el escote y sombrerito a juego.

—En ese preciso momento es cuando yo creo que entra en escena..., ¡tachán!, Catalina Bárcena —y simuló un redoble de tambores circense.

El retrato fue pasando de mano en mano hasta detenerse en las de Augusto.

—¿Y quién no lo entendería? —Se encogió de hombros.

—¿Perdona? —Cecilia saltó como una hidra.

A ver, se justificó Augusto contemplando la foto y sazonando su voz con testosterona, lo que quería decir era que Catalina ya era primera actriz en la Compañía de María Guerrero, veintidós añitos..., a lo que Francisco, robándole la foto, añadió que María tenía ya cuarenta, era seis años mayor que él. Augusto hizo un gesto de obviedad, por eso, y continuó:

—... brutalmente atractiva, pero es que, además, dicen que su voz en escena era de otro mundo y...

Se escuchó un fuerte portazo que provocó que todos volvieran la cabeza. Posiblemente algún técnico en la cabina, pensó Noelia, pero por algún motivo le sonó a final de un acto, de capítulo, a grito que ordenaba desde el pasado silencio o que todo se detuviera por un momento. ¿El qué? Pasado, presente y futuro. La directora dejó sus ojos perderse en la oscuridad del tiempo para imaginarse aquella escena.

El sonido de las olas en invierno. La protagonista sola en la orilla de una pequeña playa que nunca volvería a encontrar. Quizá ni exista. No importa, se mintió mientras su vestido dejaba un rastro triste sobre la arena, si en el fondo te encanta viajar. No importa, María, volvió a mentirse, ya verás como él te alcanzará en cuanto pueda. Se secó la nariz con la manga del abrigo. Consultó la hora. Aún faltaban tres horas para que saliera el tren desde Barcelona, así que decidió seguir vagando por aquella playa que parecía haber surgido de otro mundo. Uno en el que ya no te es fácil engañarte, ¿verdad, María? Porque en sus realistas arenas con escombros hay una extraña desolación. Escuchando el ruido manso de las olas siento, de pronto, un insoportable tedio de vivir, como si se hubiera perdido toda la esperanza, no ya para ti, María, sino para el universo entero: es como si ellas, las olas, dijeran al deshacerse en la sucia orilla: ¿para qué? ¿Para qué, María? Ni espuma hacen, ¿las escuchas? ¿para qué?... Camino hacia ellas lentamente hasta que piso el agua, y empiezan a tirar de mi vestido...

Una piedra que cayó a sus pies la sobresaltó.

Se frotó los ojos, que le lloraban de frío. ¿Qué era eso? ¿Un hombre o su espectro? ¿Qué hacía allí mirando? En la orilla. Se acercó a ella como quien camina hacia un gato para no asustarlo mientras María luchaba por volver de su trance igual que cuando salía del teatro de ver un drama que por momentos se había creído.

—Buenas. ¿Deseaba usted algo?

—No, señora.

—Entonces... —Ella dio un paso cauto alejándose de él y del mar.

—¿Se va usted ya? —insistió.

—¿Es que le molesto? —Recogió los bajos de su falda y se apuró al comprobar que estaba empapada—. Me voy, sí, a tomar el tren a Italia.

—¿De verdad?

—De verdad —respondió ella, mucho más seca, al impertinente.

De pronto le sorprendió ver que en la arena, más atrás, había abandonado su maleta y la funda de la máquina, que ahora parecían los restos de un naufragio.

—Usted perdone..., es que cuando se acercaba usted al mar tenía un aire que pensé...

—¿Sí?

—Temí que quisiera ahogarse.

— ¿Yo? —Se recolocó el alfiler del sombrero.

—Usted perdone.

—Pues gracias por la intención, buenas tardes.

—Buenas tardes.

Hincada en la arena de esa playa como una bandera sin patria, aún tardó unos segundos en reaccionar y salió de ella, salgo de esa playa deprisa, como si saliera de un mal sueño. «¿Yo? —escribió en el tren en cuanto pudo serenarse—, ¿yo? no, no, no, no..., qué sandez. ¿Cómo iba a tener yo la intención consciente de...?» Pero entonces descubrió su reflejo en la ventanilla. No se reconoció. ¿A quién pertenecían esos ojos atrapados en el cristal?, ¿esas dos heridas sobre las que se fugaba el paisaje? Eran tan profundos y doloridos que le dio miedo llegar a verse el alma. Levantó de nuevo la pluma que de pronto pesaba toneladas: «Por otro lado, pienso, que si ese buen hombre no llega a tirar la piedra, seguro que me habría ahogado».

Y así, escribiendo durante toda la noche, sacó fuerzas de donde pudo para continuar su viaje como lo haría tantas otras veces en el futuro cuando estaba a punto de ahogarse: con una maleta en la mano, su vieja Yost en la otra y un pasaje de ida hacia el futuro.

11

Madrid, 2018

—Necesito fumar. —Augusto caminaba en círculos por el escenario como un león de circo.

—Ya sabes que en la sala no se puede. —La voz de Lola salió reptando de su boca por enésima vez mientras se concentraba en arrancarse un pelo del entrecejo ante un espejito.

—No sé por qué no nos hemos quedado en el salón de arriba. Por lo menos en la terraza podemos airearnos —siguió protestando el otro.

—Porque entraba el humo y la ceniza —continuó Lola en el mismo tono de madre—, y luego me dejáis los ceniceros encima de los documentos.

Francisco, que repasaba partituras en una esquina, estornudó ruidosamente.

—Sobre todo, ojo que no salga el polvo, ¿eh? Que se quede todo aquí bien concentradito. Debemos de estar criando varias generaciones de ácaros. —Se sonó en tres tiempos—. Que sepamos, ¡se remontan al siglo XIX!

Noelia siguió con la mirada a Augusto, que continuó merodeando en silencio hasta que se sentó en el borde del escenario con la cabeza entre las manos. Cuando no fumaba se ponía de lo más irritante. Todos estaban irritados. No le había quedado más remedio que tomar la decisión de encerrarlos en la sala de ensayos para hacer el paripé. De fondo, Francisco continuaba con su letanía: los padres de los ácaros, los abuelos de los ácaros, los bisabuelos... mientras se balanceaba en su silla.

Era inútil negarlo. Empezaba a notarlos cansados, aunque las últimas averiguaciones parecían haberlos posicionado, obsesionado, incluso, algo que no era necesariamente perjudicial, o eso creía Noelia, quien acababa de sugerir que se dieran el descanso del café un poco antes de lo habitual al comprobar con horror que tenía cuatro llamadas perdidas de Celso. Sintió que se le encajaban las mandíbulas. Ya no era posible darle esquinazo ni un día más. Si no le respondía, podría plantarse allí y no había nada peor que un productor en la sala.

Sentada en los escalones de la puerta de artistas donde tantas veces esperó en el pasado para entrar en un casting, le daba vueltas nerviosas al macillo de la tecla «m» que se había desprendido de la máquina de escribir. Se armó de valor y buscó el número entre sus contactos. «Coñazo del productor», pulsó en su pantalla.

—Dime que no es verdad —su voz obesa la saludó a su estilo.

—Vale. No es verdad. ¿El qué, Celso?

Apoyó la espalda en la pared. No soportaba esa manía suya de empezar a hablar *in medias res*.

—Que no han empezado aún los ensayos.

La directora hizo crujir su cuello a derecha e izquierda como si fuera un púgil preparándose para el primer asalto.

—Depende de a lo que te refieras con ensayos, Celso, ya sabes que yo...

—Un ensayo, Noelia, un ensayo. No me torees que ya llevo unas cuantas corridas encima. —Carraspeó ruidosamente—. Un ensayo es cuando un actor empieza a pasar el texto que ya se ha aprendido y el director le da indicaciones.

—A ver, Celso, si me dejas explicarte...

—... un ensayo es cuando el director marca las posiciones en el escenario. ¡Lo que viene a ser un ensayo, joder! Repito, Noelia: ¿han empezado los ensayos? ¿Sí o no?

—No, ese tipo de ensayos aún no, Celso. Estamos haciendo un trabajo de campo...

—¿Un trabajo de campo? —Una falsa carcajada—. ¿Qué coño quieres decir con un trabajo de campo? ¡Han pasado quince días!

Ella apartó unos centímetros el móvil de su oreja y lo escuchó enredarse en una madeja de vaticinios apocalípticos: de qué coño les servía un trabajo de campo si luego no iban a llegar a tiempo de saberse el puto texto el día del puto estreno. ¿Es que había perdido la cabeza? ¡Mes y medio! ¿Mes y medio para el estreno y estaban haciendo un puto trabajo de campo?

—Celso... —el otro seguía a lo suyo—, ¿por qué me contrataste?

El otro frenó de pronto.

—Me has quitado la pregunta de la boca. Respóndeme tú, anda.

Noelia sintió que se le desbocaba el pulso. ¿Y si se lo pensaba mejor y la echaba? No, ahora no podía apartarla del proyecto y ella no podía permitírselo. Y por eso respiró hondo y respondió:

—Supongo que porque confías en mí.

—Sí, Noelia, confianza. ¿Y qué recibo a cambio? Al final voy a tener que darles la razón a los que dicen que las directoras sois muy raritas. Y que os ponéis muy intensas. Yo necesito un director resolutivo. Sin embargo, ya ves, me decanté por ti y nunca he ido con tanto retraso. Mi obligación...

Mientras, Noelia jugueteaba con el dedo de hierro de la Yost entre sus manos con aquella inicial que seguía siendo un misterio, hasta que no pudo más.

—Tu obligación, Celso —le interrumpió—, es echarme la bronca cuando veas que el resultado no te gusta. Y la mía, como directora, es tratar por todos los medios de que tú tengas la obra que te mereces y el público también. Y para eso he decidido investigar a un autor cuya obra lleva casi cincuenta años sin representarse. —Se acercó el móvil y sintió la condensación de su aliento agitado—. Además, sé que yo no era tu primera opción, pero sí la más barata. Aun así, por supuesto te agradezco muchísimo tu confianza. Y te diré más: de momento soy la directora y mientras me suba a ese escenario, desde los ensayos hasta el estreno, se hará todo como yo crea que debe hacerse. ¡Y si quieres, después, me despides! ¡O hazlo ya y llamas a tu querido Pascual Serra, que aparecerá por aquí el día antes del estreno, pero, eso sí, no sueñes con que vaya a regalarle otra vez todo el curro que llevo hecho para figurar como su segunda!

Hubo un silencio jadeante al otro lado del satélite y Noelia sintió esa forma de indignación que se pega a la garganta y no te permite llorar. ¿Qué acabas de hacer, Noelia?, se preguntó, ¿te has vuelto loca? Te estás jugando tu pan y el de tu compañía.

—¿Sigues ahí? —le escuchó decir, algo más calmado.

—Sí. —Cogió aire.

—Sólo quiero que te queden dos cosas claras: no quiero sorpresas, y no la jodas.

Y colgó.

Volvió por el largo pasillo hacia el escenario pegando patadas a las puertas. «¡Mierda!», gritó. El dedo esquelético de la Yost estaba casi soldado a su puño sudoroso. Se lo debía a María. Se lo debía a sí misma. Cruzó ese *backstage* que parecía cada vez más un mercadillo, ¿y todos aquellos trastos?, se desesperó. Los embalajes, las sábanas sobre los muebles como gordos fantasmas, las luces blancas de las bambalinas hacían brillar millones de partículas de polvo suspendidas, y le daban a aquel hangar un aire de casa encantada. Observó con disgusto aquel desván: ¡qué desastre! Habían traído algunos de los muebles, esculturas y cuadros que encargó para ensayar, pero no se habían molestado en retirar los de la producción anterior.

Una sombra que cruzó repentinamente a su espalda la sobresaltó. Un técnico tiraba una manguera de cables de un extremo a otro.

—Hola, buenas —la saludó—, ¿puedo ayudarte? Maquillaje está por allí.

—No, gracias. —Dejó los ojos en blanco—. Y si quieres ayudarme, por favor, avísame a los utileros para que se lleven todo lo que no es nuestro. ¡Esto es un rastro! —Luego le entregó el macillo de la máquina—. También me harían un favor si me reparan esto. Que tengan cuidado, es muy valiosa y es un préstamo.

Entró en la sala con el mismo brío que un miura en la plaza.

—Bueno —dio una serie de irritantes palmadas—, ¿seguimos?

Recogió el café que se le había quedado frío y se lo bebió de un trago. Todos se fueron sentando en su habitual media luna de sillas mirándose de reojo.

—¿Ocurre algo? —preguntó Augusto.

Noelia le enfrentó apretando las mandíbulas como un bóxer.

—¿Tengo cara de que me pase algo?

El actor hizo el gesto de cerrarse una invisible cremallera en los labios y sacó su libreta.

—A ver —comenzó Noelia tratando de calmarse—, nos habíamos quedado en el apasionante momento en que Gregorio quizá se encaprichó de una actriz jovencita, que eso está muy mal, pero aquí hay quien se empeña en justificarlo o en demonizarlo... ¡A este paso vais a decir que la indujo al suicidio!

—¡Yo no he dicho eso! —protestó Francisco incorporándose en la silla.

—Lola lo ha insinuado —señaló Augusto y consultó su móvil.

«¿Yo?», se defendió la otra, y añadió que sólo había dicho que le parecía muy fuerte que la mandara sola a Italia para quitársela de en medio. Le alcanzó unos documentos a Noelia.

¿Pasaba algo?, le susurró con disimulo. La directora negó con la cabeza y le hizo un gesto de que luego hablaban.

—Pero aunque fuera así —continuó Augusto—, eso no es lo que estamos intentando dilucidar aquí. Además, ¿por qué ella no se divorció?

Cecilia estaba de acuerdo, la ley del divorcio se aprobaría con la Segunda República, y recogió sus piernas encima de la silla. Lola consultó su tablón. Entonces aún quedaban unos añitos, dijo.

—Pues yo tengo una teoría. —El profesor se levantó y empezó a proyectar algunos programas de funciones—. Mirad lo que he encontrado: todos estos son sólo de la obra *Canción de cuna*.

Sobre la pared del fondo del escenario, y para sorpresa de todos, fueron desfilando programas antiguos desde el estreno del Teatro Lara, hasta el Times Square Theater o el Théâtre des Champs-Elysées... mientras Lola se desesperaba por momentos y les pedía, por favor, que los programas fueran todos dentro de sus fundas, por favor... Leonardo lanzaba todo un catálogo de expresiones de asombro ante los estrenos en Broadway mientras se frotaba su barba rubia de ya dos semanas. ¿Había llegado a ser obra de repertorio en Nueva York?

—Debieron de ganar muchísimo dinero —escucharon decir a Francisco en la oscuridad.

—Sobre todo Gregorio, «el abajo firmante» —ironizó Leonardo.

—O el matrimonio mientras estuvieron casados. —Augusto siguió pasando más proyecciones—. Ahí es adonde iba yo.

—¿Insinúas que María quiso seguir con él por dinero? —preguntó Francisco.

—Por favor..., no seáis tan obvios. —Noelia sonaba desesperada.

Meneó la cabeza con disgusto. No, no la conocían en absoluto, se dijo, no te conocen como yo, María: si algo le quedaba claro al leer las cartas de aquella mujer es lo desinteresada que era. El poco apego que le tenía a la fama y a «figurar», como decía ella, esa ausencia total de ego cuando un ego trabajado y controlado era tan fundamental para la supervivencia de cualquier artista..., pero entonces hubo algo que le hizo saltar de su asiento.

—Eh, eh..., un momento... —le gritó a Augusto—, vuelve para atrás, por favor. ¿Os habéis fijado en este?

—Sí, «Civic Repertory de Nueva York» —leyó—. ¿Y?

—¡No, no es eso! Sigue leyendo, joder —insistió la otra, y se acercó a la proyección para señalar la línea siguiente.

—«Autores: ¿Gregorio y María Martínez Sierra?» —Lola leyó con la voz encogida.

—Déjame verlo.

Noelia se acercó hasta que la proyección de aquel programa quedó estampada sobre su cuerpo y el resto se arremolinaron a su alrededor con excitación. Pidió que dieran las luces. ¿Por qué firmaría este estreno con ella?, se preguntaba Augusto, ¿por qué? Y luego empezaron a flotar suspendidas por las luces de ensayo decenas de preguntas: ¿era tan descabellado que escribiera *Canción de cuna* con María?, dijo uno, pero ¿y por qué sólo constaba así en un programa en Nueva York y no en el estreno en España?, preguntó otro.

—Mirad —Noelia apagó de un manotazo la proyección—, no sé si María escribió el Génesis, pero si esto no es una prueba de su colaboración, ¡que venga Dios y lo vea!

Hubo un silencio.

—Para mí sí lo es —se anticipó Lola.

—Muy bien —contraatacó Augusto con la vista perdida en el haz de luz ámbar que cruzaba el escenario—. Pero recuerda que es ella misma quien cuenta en sus memorias cómo se le ocurre a Gregorio *Canción de cuna*. ¿También vamos a contradecirla?

Noelia se quedó igualmente pensativa siguiendo esa luz cálida bajo la que se imaginó a María leyendo el periódico una tarde soleada de 1911.

—Qué increíble... —dijo sacudiendo las hojas para poder pasarlas.

—¿El qué, niña?

Gregorio se sentó en la cama destemplado y ella le echó la manta por encima. De fondo un tocadiscos carraspeaba las *Goyescas* de Granados. Había dejado las cortinas abiertas para que el sol templara la habitación y un té caliente con tomillo y miel sobre la mesilla. Le observó con preocupación. No, no estaba pasando un buen invierno. María fue a mostrarle la noticia en el tabloide, pero él hizo un gesto agotado con la mano para que se lo relatara.

—Dentro de una iglesia cerca de aquí el sacristán ha encontrado a una recién nacida junto a la pila del agua bendita.

—Podría servir para un cuadro dramático. —Gregorio se incorporó un poco. Ella le ahuecó el almohadón.

—Sí... Serían curiosas las reacciones de las monjas... —Una pausa de ensoñación—. ¿Qué pasaría si decidieran criar a la niña? Con ese instinto maternal reprimido que tienen las desestabilizaría, ¿no crees?

Le observó. Esas ojeras me dan pavor, se dijo, ojalá no empezara a toser de nuevo.

—Pero es sólo un acto y este año necesitamos una comedia entera para estrenarla en el Lara —le recordó él acomodándose con torpeza. Luego dejó el marcapáginas en la mesilla y se dispuso a sorber su té plácidamente sin sospechar que estaban siendo observados desde el futuro a través de esa puerta que eran las memorias de María.

Augusto las tenía abiertas de par en par sobre sus rodillas y se detuvo en esa página concreta, el momento en el que se les ocurrió, según ella, *Canción de cuna*, porque, tal y como era relatado por María, estaba teñido de ambigüedad.

—¿Y esto qué prueba? —Leonardo avanzó hacia él con zancadas retadoras.

—Pues que las ideas partían de él —replicó el otro sin moverse de su silla.

—Vale, pero eso en mi pueblo se llama encargo, como haría cualquier productor..., y encargar un texto no te convierte en autor —aclaró Noelia.

Augusto hizo un gesto enigmático, muy bien, dijo, pues a ver qué opinaban de lo que ocurría después. Y siguió leyéndoles.

Ajena a tanta polémica, María seguía soñando. Cruzó los pies desnudos bajo la manta.

—Tendría que ser un convento de verdad. Sin romanticismos.

—¿Y qué pasaría en el segundo acto? —preguntó Gregorio levantando la mirada de su libro.

—La niña crece en el convento y, al final, de alguna forma... se marcha.

—¿En serio? —los interrumpió Francisco, quien los observaba casi desde los pies de la cama—. Yo estoy con Leonardo. ¡Para mí esto es claramente una colaboración!

—¡Pero, míralo, si es ella quien se está inventando la historia! —El rubio señaló la libreta en la que María estaba tomando notas.

—¿Y cómo lo sabes? ¿Estabas tú allí con ellos? —protestó Augusto.

Sí, pensó Noelia, claro que lo estaban. De alguna forma lo estaban: leían sus cartas, hasta las notas irreflexivas que habían dejado garabateadas en servilletas, fotos o posavasos. Estaban tan dentro de su intimidad que pudo observarlos sentada con ellos en su cama como una *voyeur*. Analizó sus gestos, sus reacciones, hasta le llegó el olor a lavanda con la que María había perfumado delicadamente las almohadas, y por primera vez sintió un inmenso pudor. ¿Estaban autorizados a inmiscuirse hasta ese punto? Por otro lado: ¿de qué otra forma podían llegar a la verdad si no era a través de aquella terrible indiscreción?

—¡A mí dejadme en paz! Yo sólo sé lo que pone en ese programa —se defendió Francisco, y dirigiéndose a Augusto—: y que ella no lo deja nada claro en sus memorias.

Lanzó una mano al aire con hartazgo, tenía que ir al baño —siempre anunciaba sus micciones como si fueran un acontecimiento—, y salió del escenario enfatizando su disgusto con cada paso.

Lo que sí contaba María en sus memorias, recordó Lola mientras buscaba una marca, era que el parto de *Canción de cuna* fue con dolor porque, como decía ella con mucha gracia, «las señoras dominicas protagonistas estaban muy encariñadas con el silencio monástico». La lucha por el estreno fue otra lucha, para empezar, con el despiadado empresario del Teatro Lara.

Teatro Lara, 1911

El empresario lo descolgó y bufó un «¡ahora no!» que sobresaltó a su cita de las once: dos atónitos Gregorio y María a quienes ni siquiera había invitado a sentarse.

—Sí, en efecto, la he leído. —El empresario bizqueó por encima de sus gafas sucias.

María no pudo evitar analizarlo como personaje: los tirantes que sujetaban con esfuerzo sus pantalones de pinzas debajo de esa panza dilatada por el cocido, la camisa con las mangas eternamente remangadas, y esa curiosa verruga, como un tercer ojo, el único que los observaba de frente, entre los otros dos.

—¿Y? —preguntó María.

—Y estoy aterrado —sentenció.

—¿Aterrado? —Gregorio se apoyó un poco más en su bastón.

—¿Y por qué? —se angustió María.

El empresario abrió su caja de puros con desdén, sacó uno, le pegó un mordisco violento a la punta y lo encendió con ansiedad de pirómano después de probar a chispazos con tres mecheros a cuál más historiado.

—A ver..., por dónde empezar para no herir demasiado a su marido, querida María: ¿cómo estrenar tres actos de asunto tan extravagante, por no decir aburrido e irreverente?: trama escasa, ningún papel principal... —María sintió que un sudor frío le subía por la espalda y el empresario, al comprobar que perdía color, continuó sin piedad—: ¿Un convento de monjas enclaustradas que se encuentran una niña y que mordisquean bollitos y se sacan la lengua unas a otras? Sin claustros góticos, sin amores sacrílegos y, peor aún, ¡sin intervenciones sobrenaturales! El público español necesita acción y no un convento detrás de cuyas rejas no pasa ¡nada!

Ella le escuchó sin respiración como si la hubiera lanzado a una alberca helada. No se atrevió ni a mirar a Gregorio; esto va a afectarle sin duda, sí, va a afectarle. Sólo vio de reojo que agarraba la empuñadura de su bastón como si quisiera dejársela tatuada en la mano. En realidad, más que disgustado, Gregorio estaba iracundo y fantaseaba con matarlo a bastonazos allí mismo emulando a Mr. Hyde. Nada hacía presagiar en aquel momento que el empresario fuera a cambiar de opinión. Y sin embargo estaba a punto de hacerlo, quizá no por mérito de la obra sino de, precisamente, una intervención divina de esas que reclamaba.

Sonó el teléfono de nuevo. Descolgó aún más airado.

—¡He dicho que ahora no! —Frenazo—. ¿Ah, sí?..., sí, sí... Pásemelo. —Cambio radical de registro, mirada sumisa. De haber sido actor, pensó María, habría triunfado con esa escena. Hasta su voz temblaba como una gelatina—. ¡Don Jacinto Benavente, qué alegría oírle! ¿Canción de cuna? ¿Ah, sí? Vaya... Ahora mismo estaba con ellos. ¿No me diga? Bien...,

bien... Eso mismo les estaba yo diciendo... Bueno, se pasará por aquí pronto para «lo nuestro», ¿verdad?... Muy bien. De acuerdo. Hasta pronto.

Colgó despacio. Les dirigió una mirada incrédula.

—Ha dicho que esa comedia querría haberla escrito él.

Punto de giro. Hay momentos en una vida que son una frontera invisible. Una orilla. Una encrucijada de caminos que llevan a lugares desconocidos y opuestos. Abismo o redención. Éxito o fracaso.

Noche de estreno.

Gregorio entre bastidores animando a los intérpretes sin poder parar quieto. María junto a su amigo perfecto sentada en un palco esperando el alumbramiento. Bajo sus pies, el rumor del público. Se asomó para contemplarlo como quien espera a que suba la marea en un embarcadero.

—María..., por última vez —le rogó Juan Ramón arrimando su silla—, ¿por qué no asume su papel y sale hoy a saludar con Gregorio?

Ella frotaba sus manos entre sí, frías y sudorosas, y le hizo un gesto para que bajara la voz.

—Porque estoy en mi papel, Juan Ramón. —Sonó la última llamada. El público se apresuró a ocupar sus butacas—. Siempre he asistido como espectadora a mis propios conflictos, y gracias a eso, es curioso, pero todo lo que hago me parece ejecutado por otra persona.

Juan Ramón buscó la mirada de su amiga para comprobar si aquello lo sentía de corazón. Si de verdad era su deseo o no le quedaba otro remedio. Pero ella lo rehuyó. Por eso, a diferencia de otras veces, en esa ocasión no pudo callarse. Tomó su mano entre las suyas como si fuera a declararse.

—Es que tengo la certeza, María, de que esta noche nacerá un autor. Y si no reclama su lugar hoy, mañana será tarde, ¿entiende?

Empezaron a bajar las luces de la sala.

—Chisss..., va a empezar la función —susurró.

Entonces sí, los ojos de María brillaron en la oscuridad como dos topacios. Esos ojos dulces y duros cargados de genio y contradicción, optimismo y tristeza.

Juan Ramón se dio por vencido.

—La obra es magnífica. Como usted, amiga mía —y besó furtivamente su mejilla.

Ella sintió cómo el calor de ese beso se extinguía junto al de las luces de la sala.

Una hora después, el público enmudecía ante Leocadia Alba, que atrapaba en su hábito la luz blanca y cenital, como una aparición, con su voz rota inigualable, arropada por el resto del elenco de religiosas.

—Hija, me das miedo. De que quieras así. —La actriz alzó una mano temblorosa hacia el público—. Porque el cariño humano... es una limosna que nos da Dios para ayudarnos a pasar la vida porque tenemos el corazón flaco, y que debemos recibir, pero temblando, hija. Porque pasa...

Los labios de María se movieron al unísono con los de la actriz durante todo el parlamento y una lágrima redonda como una uva brilló cuesta abajo por su rostro. Luego le pasó su pañuelo a Juan Ramón, quien sollozaba inconsolable a su lado desde hacía ya un buen rato.

Un remolino de aplausos se levantó desde la platea hasta las lámparas. Su amigo perfecto estrechó la mano de su acompañante, no con galantería sino como lo haría con un colega, y sólo dijo:

—Enhorabuena.

María le agradeció el gesto con la cabeza y se llevó las manos a las mejillas. Le ardían. Se asomó al palco como si fuera un bello acantilado desde donde aplaudió eufórica hasta que las manos se le quedaron dormidas y volvió a tener cuatro años, cuando asistió a aquella comedia de magia con su madre. El teatro se venía abajo. Suspiró largamente, ay, María, qué increíble, pensó, no me habría extrañado que las damas dejasen correr las lágrimas olvidando el desastre del maquillaje, pero ¿los caballeros? Nunca olvidaría el instante único e irrepetible en que empezaron a sacar sus pañuelos para enjugar aquellas lágrimas inoportunas e impropias de su sexo, y sobre el patio de butacas pareció que se posaba una bandada de palomas.

En el vestíbulo no cesaron las felicitaciones. Consiguió ver a Gregorio, que la saludó desde lejos. Míralo, cómo disfruta atrincherado por las decenas de personas que esperan su turno para felicitar al autor. La que sí se le abrazó de inmediato fue la Guerrero, estrujándola contra su pecho mullido y generoso.

—Querida, mil enhorabuenas por la parte que te toca... —Sombrero gigante con pluma de pavo real, chaqueta entallada a juego.

Su registro permanentemente irónico hacía imposible averiguar si había una doble lectura en sus palabras. Lo que ahora mismo, María, resulta una ventaja, pensó, porque llevaba detrás a un joven delgado y sonriente que le pareció un paje a juego con su señora.

—No te he presentado a mi protegido, Eduardo Marquina. Es mi nuevo descubrimiento.

—No personalmente —María le tendió la mano—, pero disfruté mucho de su obra.

Él se la besó caballeroso y simpático. En los mentideros se decía que ahora acompañaba a la empresaria a todas partes, el relevo del viejo Echegaray, desde que lo lanzó al estrellato inaugurando el Teatro de la Princesa.

El joven mofletudo con cierto aire a Oscar Wilde sobó el programa con aturdimiento.

—Tras haber visto la obra de su marido hoy, tengo que decir que no soy autor dramático —confesó con sincera autocrítica—. Cuando veo representar una comedia como esta o de los Quintero o de Benavente... Dígame, ¿cómo se las arreglan para hacer que el público sepa inmediatamente quién y cómo es cada uno de los personajes y para encauzar la acción de forma tan clara? Yo me pierdo en un laberinto de palabras para hacer comprender... si es que me comprenden.

—No lo sé. —María lanzó una mirada cauta al chico—. Pregúnteles usted a ellos.

Los tres intercambiaron una sonrisa social.

—Pero le aplauden —protestó la Guerrero sacudiéndole en la pechera—. ¡Ya lo vio en su estreno!

—Sí, ya lo sé... Aplauden —repitió el otro encogiéndose de hombros.

—Y frenéticamente. ¿Qué más quiere usted? —se sorprendió María.

De pronto, en la calle escucharon un «¡bravo!» generalizado que indicó que empezaban a salir los actores por la puerta de artistas.

La Guerrero se puso en jarras y enfrentó a su protegido:

—Pero vamos a ver, alma de cántaro, ¿cree entonces que yo me habría arriesgado con una obra suya para inaugurar mi teatro? —y luego a María, guasona—: ¿O crees que este joven está insinuando que puedo tener otras razones?

Marquina se puso del color de la alfombra y la Guerrero soltó una de sus incontenibles carcajadas que al otro, lejos de amilanarlo, le contagió.

No estaba mal, pensó María observando a aquella extraña pareja. A pesar de su juventud, este es un maestro de la mímesis. Le irá bien. Es lisonjero sin excesos con aquellos de los que espera protección. Un alma líquida y talentosa, pensó, adaptable a la forma de cualquier vaso. Justo lo que necesita María la Brava.

—Aplauden..., no digo que no —admitió él—, pero sólo digo que aplauden mis versos, no aplauden mi comedia. No, no soy autor dramático.

Y en el fondo tenía razón, pensó María. Le caía bien aquel chico y llegaría más lejos que cualquiera de su entorno porque ya conocía sus limitaciones y explotaba sus capacidades. Sabía que sus ruidosos triunfos los provocaba ser un rimador brujo.

—Recite, querido, recite para nosotras ese párrafo de la última obra que está escribiendo para mí y que ha leído usted tan prodigiosamente hace un rato.

Él sacó un papelito arrugado de su levita dispuesto a leer un par de parlamentos en verso:

> *Si no lo hacéis, vuestro nombre*
> *quede en prenda a los nacidos,*
> *de cómo un amor impuro*
> *corrompe linajes limpios;*
> *Si no lo hacéis, estas canas,*
> *este horror, este mendigo,*
> *os hablen, en mí, de aquel*
> *que va por esos caminos...*

La Guerrero se volvió hacia María, tan maravillada como si hubiera asistido a un milagro, y señaló una línea en el papel.

—¡Eso lo digo yo! ¿A que es bellísimo?

—Pero, Mariíta... —protestó el otro—, ya lo hemos discutido..., estas estrofas son las que tienen más importancia en el papel del primer actor.

—E-so-lo-di-go-yo —silabeó la actriz, imperturbable.

—Pero ¿no se da cuenta de que eso no es capaz de sentirlo más que un hombre?

—Perdóneme, querido, pero... ¿no es usted el autor? Le digo que esos versos son para mí. ¡Arrégleselas! Ya me ocuparé yo de sentirlos. Y ya oirá el aplauso cuando yo los diga.

María se aguantó la risa y no le hizo falta imaginar lo que ocurriría. Lo había visto otras veces: el joven autor «se las arreglaría», claro que sí, y mágicamente y sin que se notara, los versos pasarían de labios del amante a los de la amada. Del protagonista a la protagonista. Llegaría el estreno y sucedería el milagro. Porque la sala se vendría abajo al sonar, cinceladas por la voz prodigiosa de la comedianta, aquellas musicales rimas. Luego el autor saldría a saludar de la mano de la diva palpitante de orgullo, y cuando esta fuera a darle un beso en la mejilla escucharía al oído un irónico «te lo dije...».

«¡Bravo!, ¡bravísimo!», volvieron a escuchar al fondo. Los tres se volvieron para unirse a los aplausos, pero algo hizo que a la empresaria se le agriara el gesto. Al principio María supuso que era porque en ese momento pasaba Valle-Inclán, aún más delgado y cabizbajo de lo acostumbrado, con su barba de Merlín y sus gafitas torcidas sobre la nariz. Fue a acercarse, pero entonces descubrió con disgusto a la empresaria al lado de su nuevo juguete, ese autorzucho..., y lanzó su mano despreciativa al aire, como siempre. Al parecer, sus últimas obras habían sido ruinosas y, como ya no le estrenaban, según la Guerrero se había despachado en un artículo con la siguiente lindeza: «No sé a qué atribuir lo bien que se está en Madrid los sábados por la noche, pero he caído en la cuenta de que se debe a que todos los imbéciles están a esa hora en la Princesa».

Lo cierto era que la Guerrero lo ignoró porque no era rencorosa. Además, tenía sus ojos de rapaz clavados más al fondo, donde Gregorio, esponjado, saludaba a esa chica con los labios rojos bajo un pequeño sombrero. Le pedía una firma en el programa con una ingenuidad amenazante. ¿Qué la tenía tan entretenida a la Brava? María siguió sus ojos con curiosidad y la otra, sin mirarla, susurró:

—¿Te ha dicho tu marido que ha reclamado a Catalina Bárcena para el estreno de *El pobrecito Juan*? —Se recolocó distraída la perla del pendiente.

—¿No es esa tu protegida? —Ambas se volvieron hacia el lugar en el que aquellos dos hablaban animadamente—. No, no me lo ha comentado, pero es la nueva obra de Gregorio, ella es una de tus primeras actrices y la produces tú, me parece lógico.

La Guerrero suspiró con pereza como cuando no conseguía hacerse entender del todo en un ensayo, la sujetó del codo y se la llevó un poco aparte. El muy avispado Marquina pareció entender el mensaje porque caminó hacia el vestíbulo.

—No, pronto va a dejar de ser mi protegida. Voy a echarla. Después del estreno.

—¿A echarla? ¿De la compañía? ¿Por qué?

La Guerrero abrió los labios como si fuera a decir algo que no dijo.

—Me ha decepcionado —resumió.

Y entonces le contó que se había quedado embarazada, ¿podía creerlo?, con lo que había hecho por aquella chica, ¡si prácticamente la recogió cuando vino del pueblo! ¿Así se lo pagaba? Y, claro, había tenido que buscarle un marido, uno de paja, ¿quién?, daba igual, uno de sus compañeros actores que estaba perdidamente enamorado de ella, como tantos otros.

—Por eso ahora he decidido amadrinar autores —la empresaria sonrió con desdén colocándose la pluma del sombrero—, por lo menos sus desliices son menos evidentes. —Hizo una pausa dramática y, antes de despedirse, le susurró al oído—: Ten cuidado, querida, tú eres más buena persona que yo. Y a veces una sola manzana es suficiente para pudrir un cesto. Ahora tienes una en tu camerino.

Como si hubiera declamado la última línea de su parlamento, la vio alejarse tras lanzarle una mirada de advertencia que luego sustituyó por su sonrisa más poderosa. No hacía falta conocerla mucho para adivinar que aquello no era sólo una cuestión de empresa. María también caminó hacia el exterior con una nueva inquietud hurgándole el pecho. No, aquella no era una riña de madrina y ahijada. No lo era.

No se equivocaba.

Lo que la Guerrero nunca le confesó a nadie fue la conversación que tuvo lugar en su salón con su muy aristocrático marido, una semana atrás, el día que abrieron su anhelado teatro. Aquellos dos imbéciles le habían arruinado el que tendría que haber sido uno de los días más felices de su vida, iba diciéndose la encolerizada empresaria mientras salía del teatro arrastrando la falda, imponente, y el público que seguía apiñado a la salida se abría a su paso como las aguas a Moisés. Aquella tarde crucial se sirvió una copa de cava y le dijo: «Fernando, escúchame bien porque no lo diré más que una vez: no reconocerás a ese niño, volverás a casa con "eso" que tienes entre las piernas bien guardadito, anunciarás a la vez su boda y que se marcha de la compañía... o me perderás. Y perderme a mí es perder esta casa, el teatro y no volver a trabajar en este país».

La Guerrero apartó de un manotazo un insecto y, con él, ese recuerdo. Subió a su coche, cuyo caballo la esperaba relinchando contagiado del estado anímico de su ama, y al hacerlo, apartó la mirada de la de Catalina, que caminó por la calle en sentido contrario por miedo a cruzarse con ella.

Esa noche la fiesta terminó tarde en la casa de Velázquez de los Martínez Sierra y lo hizo con una anécdota memorable: cuando todas las actrices que interpretaban a las dulces dominicas habían recuperado su forma habitual y brindaban en el salón, apareció la criada atónita y anunció a María:

—Señora, un monje desea saludar a las actrices.

Todos se quedaron en silencio y María, sin salir de su asombro, lo mandó pasar. ¿A qué cura podría interesarle merendar con las actrices?

Cuando entró el religioso encapuchado con su hábito de tela de saco, hasta que no levantó la cabeza no cayeron en que tenía la cara del pequeño gran Jacinto Benavente. «Yo las bendigo, hijas mías», y fue santiguándolas por turnos, lo que desató la fiesta de verdad. Había decidido asistir «en personaje» a darles la enhorabuena a todas esas preciosuras, aclaró guasón. Qué hombre, pensó María, viéndole en su salsa de comediante. No podía evitar que le delatara su vocación frustrada de actor.

Sin embargo, una de las grandes réplicas de la noche, recordarían María y Gregorio muertos de risa al acostarse, se la apropió la madre de Estrellita Castro, una gitana de armas tomar y seca como una mojama, a la que apodaban «la Sebastiana».

—¿Es usted de verdad el *maehtro* Benavente? —le preguntó a voces.

—Así es, señora mía —respondió sorprendido de que aquella mujer le conociera.

—*Pueh*... sabe, don Jacinto, que casualmente tengo en mi prole un hijo como usted.

—¿Dramaturgo? —Arqueó las cejas.

—No —respondió con ternura—. Maricón.

María acudió al rescate y la cogió afectuosamente por los hombros, «querida, por allí preguntan por tu receta de las empanadillas, que están para chuparse los dedos», y se la llevó discretamente.

Ay, qué hartito le tenían las folclóricas..., resopló el dramaturgo, casi tanto como ese estúpido de Gómez de la Serna, que, como no era capaz de escribir a su altura, tenía que vivir de hacerle esas coplas ridículas y mal paridas que publicaba después de cada estreno. Para su desgracia, la última que le dedicó había sido tan celebrada que algunos en la fiesta se la sabían de memoria: «El ilustre Benavente ha estrenado "Una señora", y a coro dice la gente: ¡ya era hora!». Qué le iba a hacer él, pensó el dramaturgo, si la envidia fuera tiña... y ese país estaba lleno de tiñosos. Luego, metiéndose de nuevo en su papel, fabricó una sonrisa benefactora y se dedicó a dar la comunión repartiendo *marrons glacés* envueltos en nubes blancas de chantillí. Un invento de su golosísima imaginación para terminar de hacer la noche de sus amigos inolvidable.

12

Madrid, 2018

—Y al final, la obra dedicada a Jacinto Benavente por su aportación a la causa gana el premio de la Real Academia... —ironizó Francisco mientras consultaba un periódico de la época.

—No, lo gana Gregorio. ¡Ese gran conocedor del alma femenina! —Leonardo se echó a reír y ambos se dirigieron una mirada cómplice.

Lola hizo sitio en la mesa y abrió dos cajas de donuts variados.

—Es la leche —meneó la cabeza apesadumbrada—, y ahora sabemos casi seguro que la mitad del mérito era de María —y luego a Cecilia—, pásame uno de chocolate, *please*.

¿Qué sería un ensayo sin todas aquellas golosinas cuyos envases se iban acumulando en el escenario a lo largo de los días?, pensó Noelia. Todos se fueron incorporando a la mesa de dirección según llegaban los dulces. Tras el último episodio les hacía falta azúcar. No lograban entender por qué María renunció a la maternidad de sus obras cuando empezaron a tener éxito. ¿Seguiría traumatizada por aquella anécdota juvenil en la que su padre no le dio cancha a su libro? Noelia dejó que sus dientes se hundieran en la masa del bollo. No, María, yo creo que tú eso ya lo tenías superado. Pero ¿entonces? La tesis de Cecilia era el amor. Por eso no la tragaba. La sumisión, ese había sido su problema. Como el de tantas mujeres idiotizadas por el amor romántico que era en sí una invención, había dicho. Pero no, ni a Noelia ni a Leonardo les cuadraba ese argumento. Sobre todo ahora que empezaban a desmadejar una vida emocional de todo menos sencilla.

—¡Vaya cruce de triángulos amorosos! ¡Madre mía..., esto sí que es una comedia de enredos y no *Sortilegio*! —Cecilia sujetaba un rosco en cada mano.

—Todo un folletín, sí. A ver si me entero —repasó Francisco, cada vez más apasionado con la crónica social del siglo pasado—. Resulta que el picha floja de Fernando, marido de la Guerrero, deja embarazada a Catalina y cuando la casan con otro para disimular y la echan, va a parar a la compañía que está formando Gregorio, quien la «apadrina», ¿es eso?

—Tal cual —confirmó Lola—, aunque «apadrinar» es un buen eufemismo, sí.

Noelia se sumó al banquete y Francisco decidió que hablaría con ellos desde el otro extremo del escenario; había empezado una dieta cetónica y sólo con mirar los dulces le engordaban. Estuvieron comentando la anécdota de que a Gregorio le hubieran dado el premio por *Canción de cuna*. Francisco había descubierto que en la prensa de la época se insinuaba que se lo dieron porque corrió el rumor de que el autor había muerto de una pulmonía. Algo que indignó a Augusto, «venga, por favor...» —ya le llamaban para pitorrearse «el abogado de oficio de Gregorio»—. Todo lo contrario que Leonardo, quien creía firmemente en la suerte y opinaba que Gregorio había nacido con una estrella en el culo.

—Desde luego, porque al final no palmó —Lola se chupó con avidez el azúcar del dedo índice y del pulgar—, pero para entonces ya se lo habían concedido. —Leyó el recorte—. Tiene gracia, dice: «¿Es que habría estado bien negarle a un autor muerto una rama de verde laurel?».

Francisco soltó una risa irónica, Leonardo se palmeó las mejillas como siempre hacía para despertarse y Cecilia se volvió hacia Leonardo.

—Pues al hilo de lo que has dicho antes, rubio, yo creo que

Gregorio mal no conocía el alma femenina —opinó sorprendiendo a todos.

—No lo dirás por los discursos. —Noelia no salía de su asombro—. ¿De verdad, siendo tú tan feminista, te tragas que un tío de esa época escribió lo que me has leído antes?

—Pues sí, precisamente. —Estiró su brazo de nadadora—. Lola, ¿me los alcanzas?

La ayudante le pasó un librito de portada discreta que anunciaba rotunda: *Feminismo, femineidad y españolismo*, de Gregorio Martínez Sierra. A Leonardo le divirtió mucho el título, pero Cecilia, seria por una vez, lo ignoró y buscó una página. Le habían emocionado de verdad. Eran tan modernos para la época, encima en boca de un hombre, una pasada... Dejó sus botas militares descansar encima de una silla y empezó a leer:

—«Las mujeres callan...».

Y mientras la escuchaba, Noelia no pudo evitar que aquellas letras impresas recuperaran dentro de su cabeza su sonido de insomnes martillazos. Un yunque en miniatura en el que se fraguaban historias y más historias. Se imaginaba a María tecleando en su vieja y contestataria Yost mientras declamaba en alto para auscultar el ritmo del discurso, y a Gregorio sentado a su lado escuchándola con atención desmedida y golosa.

Sin esperar siquiera a que terminara el párrafo, él tiró del papel y el rodillo cedió molesto, como se queja un árbol cuando le arrancan una hoja.

—Callan por miedo a la violencia de un hombre —declamó Gregorio con convicción como si lo hiciera al público—, callan por costumbre de sumisión...

En el futuro en el que habitaban aquellos cinco actores ese texto no había aplacado los ánimos. Más bien hacía surgir una nueva polémica: Francisco, que no encontraba postura en la silla, opinaba que Gregorio muy feminista no parecía e incluso ponía en duda que fueran sus palabras, algo de lo que Lola y Leonardo estaban seguros también; Noelia esperaba con interés los argumentos que esgrimirían Augusto y Cecilia en defensa de Gregorio, pero fue él, Augusto, quien ofreció un planteamiento inesperado:

—Pues mira, hablando de ser feministas..., os voy a hacer una pregunta: si hubierais escrito esto y tuvieseis cerca a alguien tan influyente como Gregorio, ¿no lo usaríais para que difundiese mejor vuestro mensaje?

—Interesante teoría —le apoyó Cecilia.

—Dios... —Leonardo se abrazó a Francisco, en plena catarsis—, ¿nos está dando la razón?

—Yo diría que sí —dijo Noelia sonriente.

—¿Admites que Lejárraga pudo escribir este libro? —continuó el querube.

—Pudo...

Hubo un gran estallido de júbilo en el grupo pro-María que les fue reventado como un globo en la cara cuando Augusto continuó explicando que, de todas formas y en su opinión, una feminista que dejaba sus discursos en boca de su marido era una feminista un poco lamentable, ¿o no?

—¿Perdona? —Lola, indignada, le tiró una bola de papel.

—Ya me parecía a mí... —Francisco le dio una palmada de ánimo a Leonardo.

—No, ahora en serio —continuó Augusto desde ese podio invisible en el que se encaramaba a veces—, esta es una mujer a la que se le llena la boca hablando de igualdad, pero que consiente, ¡durante quince años!, que su marido tenga una doble vida sin reclamar lo que, según tú, Noelia, es de su autoría. ¡Pues vaya feminista!

—¡Precisamente! —Lola se encendía por momentos como un rescoldo—. María estaba viviendo algo muy doloroso y advertía a otras para que no les sucediera lo mismo.

—No cuela. —Augusto le dio la espalda.

—Esto es el colmo... —protestó la otra.

Pero a Noelia, polémicas aparte, lo que más le interesaba de aquella tarde era sentir a Cecilia por primera vez enganchada a, como lo llamaban ya, «el caso Lejárraga».

—¿Por qué no dejáis a Cecilia terminar de leer y luego seguís discutiendo? —les sugirió la directora, algo que pareció halagar a la actriz.

Por fin había encontrado un papel para ella en esa obra paralela en la que estaban inmersos, pensó Noelia. Cecilia se puso en pie, dejó su móvil sobre la mesa bocabajo por primera vez y retomó el discurso:

—«Las mujeres callan...».

Su voz grave y cóncava resonó en el escenario, pero poco a poco fue adelgazándose hasta adquirir matices musicales y una textura mucho más líquida: «...callan, por costumbre de sumisión; callan por miedo a la violencia de un hombre...», y de alguna forma las palabras fueron escapando de sus labios, atravesaron los muros del teatro según eran pronunciadas, y se propagaron caldeando las calles de ese Madrid escarchado hasta aterrizarlo en una primavera, bajo los chopos tupidos de la Residencia de Estudiantes:

—...las mujeres callan, en una palabra, porque a fuerza de siglos de esclavitud, han llegado a tener alma de esclavas.

De un rápido vistazo, María diagnosticó a su audiencia como lo habría hecho su padre con sus pacientes: un grupo de estudiantes extranjeros quemados por el sol y algunas espontáneas de la Residencia de Señoritas la escuchaban sin parpadear como si los hubieran pintado. Posó el abanico en el atril para liberar sus manos, que por fin habían dejado de temblarle, y empezó a alegrarse de que Juan Ramón la hubiera arrastrado hasta allí para dar la conferencia. En el fondo, y lo sabía bien, una estrategia amorosa para impresionar a su nueva musa, una bella e inteligente catalana, italo-neoyorquina con nombre de personaje de novela romántica: Zenobia Camprubí.

Se preparó para seguir su discurso. Qué sensación tan nueva, María. Por primera vez tus palabras saldrán de tus labios fuera de los muros de una escuela. Levantó la cabeza del atril y espantó con suavidad a una abeja que volaba con torpeza sobre sus papeles. Los dobló por la mitad. Ya no los necesitas. Había preparado un discurso sobre la obra de Galdós, pero no, no estaba en ese momento para historias. Sentía la necesidad vital de improvisar otro que iba a salirle de las tripas:

—La fidelidad de la mujer española a su voto matrimonial se debe sólo a razones económicas que la obligan a comportarse con su marido del mismo modo que, de forma natural y sin condicionantes, se comportaría con su amante.

Poco a poco empezó a calentársele el tono de voz hasta que empezó a hervir como una olla sin reparar en que, bajo un ciprés que se le parecía, Juan Ramón le hacía gestos desesperados para que cambiara de tercio. Sin embargo, la dureza de su discurso fue en aumento como un terremoto que anunciaba fuertes réplicas:

—Y luego está el problema de la incultura de la mujer española y el deplorable estado de la educación pública... —continuó.

En ese momento, una mujer que llevaba un rato removiéndose incómoda en su silla de madera saltó:

—Se olvida usted, señora, de que las españolas se sacrifican obrando por sus hijos y manteniendo su hogar, así que un respeto.

Fue entonces cuando reparó en el rostro palidecido de un Juan Ramón que salió tras ella cuando se levantó para irse.

—¡Tenemos que hacer algo para arreglar esto, María! —se desesperó al terminar la conferencia, secándose el rostro congestionado con un pañuelo.

María le daba aire con su abanico, refugiándose del sol bajo su sombrero malva.

—Pensé que había dicho que la de Zenobia era una familia liberal de Nueva York... —protestó.

—¡Ella sí! ¡Pero no sabía que vendría su madre!

Los ojos del poeta eran ahora dos ciénagas oscuras que retenían océanos de lágrimas. Por una vez no le culpaba. La estrategia había sido desastrosa. Resulta que en el último momento Zenobia se encontró indispuesta y en su lugar fue su madre, Isabel Aymar, quien por mucho que se las diera de independiente en lo económico, había soportado, heroica como todas, los deslices conyugales y era declaradamente fiel a su marido. Así que se sintió gravemente ofendida.

Juan Ramón se secó el sudor de la frente, se estaba mareando, anunció apoyándose en un banco del jardín. Y pensar que él había querido impresionar a su Zenobia con sus interesantes amistades...

—Pero ¿por qué no habló usted de las mujeres en las obras de Galdós, como me había dicho?

—No lo sé... —mintió María y se sentó a su lado.

Pero sí, claro que lo sabía.

Una pequeña e inesperada chispa había hecho estallar ese incendio. Minutos antes de la conferencia, María había entrado en el baño. Siempre le pasaba cuando tenía que hablar en público. Estaba dentro cuando oyó al otro lado de la ventana a dos jóvenes que habían acudido a escucharla.

—Es una pena —le decía una a la otra—. Ahí tiene usted a Gregorio Martínez Sierra, sin ir más lejos. Con una mujer como la que tiene, ¡que vale un tesoro!, y va y se enreda con la Bárcena. Claro que él dice que sólo es una «amistad artística» porque como es la intérprete de sus obras...

—Ya —le cortó la otra con retintín—, y con quien se le ve en el teatro y en los restaurantes caros y con sus amigos.

—La actriz de la voz «ingenua».

—Sí, pues de ingenua tendrá sólo la voz. —Rieron—. Pero doña María es otra cosa, una intelectual.

—Para lo que le sirve... —dijo una de las dos.

—Ya...

Se separó de la ventana sin hacer ruido, con el alma seca. De pie frente a un espejo medio roto, se observó largamente. No vas a llorar, María, le ordenó a su reflejo rajado por la mitad, no vas a hacerlo, ¿estamos? Esperó un poco hasta que dejó de escucharlas. Al salir vio que se habían olvidado un ejemplar de la revista humorística *El Duende* en el alféizar. Estaba abierto por una página en la que había una viñeta. Vaya..., qué divertida, pensó María con una sonrisa que era una catástrofe. Sí, sensacional... ¿No te hace gracia, María? Anda, ríete un poco, se dijo imperativa, pero no lo consiguió, porque en ella aparecía una enorme Catalina con su típico sombrero de pluma y manguito de piel, del brazo de un canijo Martínez Sierra vestido de época. En el pie detallaba: «Catalina Bárcena paseando por la Castellana con el niño Gregorito Martínez Sierra, de Tenorio».

Recogió la revista con asco y la arrojó a la papelera. Fue en ese momento cuando recordó aquel discurso que llevaba encima sólo para corregirlo, porque su destino nunca fue leerlo sino publicarlo dentro de una colección que les habían encargado. Al fondo, el público iba ocupando sus asientos bajo los árboles. Parecía una boda. Sólo que Gregorio no estaba. Como siempre, tenía que ensayar o eso dijo. Sin embargo, su amigo perfecto, ahora tan enamorado, la esperaba en el altar para presentarla, el mismo que tantos versos le había dedicado en el pasado. Quiso decirle: no, amigo, huye, no la mires, no le escribas, no sueñes con casarte con tu Zenobia, no la sufras..., pero lo conocía, y por muy enamoradizo que fuera, nunca lo había visto tan perdido de sí mismo. En el fondo los envidias, se dijo mientras caminaba hacia él. A ambos. Ella, que apenas reconocía ese sentimiento. Porque serían inmensamente felices hasta que dejaran de serlo. Pero aún vivían en su país de las maravillas.

«Es usted esa mujer que siempre me sonrió desde las estrellas», le había contado el poeta que le dijo a Zenobia, con toda la intensidad de que fue capaz cuando la conoció. «Yo la he soñado a usted muchas veces.»

Pero esa joven rubia y esbelta como su voz —cara cuadrada, boca grande diseñada para sonreír con franqueza— se mostraba esquiva a su forma de cortejo —lo cierto es que era un tanto anticuada y demasiado formal para una chica tan internacional y brillante—, le había advertido María, a quien Zenobia también le había gustado inmediatamente para él. Sobre todo porque era un gran contrapeso al cenizo de su amigo. Ella era dicharachera, vitalista, práctica, dinámica. Y él tenía los pies en las nubes, era circunspecto, introvertido e hipocondriaco. El problema era que, a las dudas de Zenobia, según le había averiguado María, se sumaba la oposición frontal de su madre, entre otras cosas porque le habían llegado los amoríos del poeta con sus «novias blancas» del Rosario —ya le advirtió que le pasarían factura— y, para rematarlo, desde ese día le recomendó a su hija que dejara de asistir a las conferencias de la Residencia de Estudiantes. Después de las necedades que le había escuchado a una de esas insufribles feministas exaltadas, le parecía inapropiado.

Así que, ante aquel panorama, las semanas que siguieron el poeta decidió peregrinar como un alma en pena hasta un banco de la Castellana, y se sentaba frente al piso de Zenobia sólo para atisbar su sombra tras los visillos del balcón. Allí lo encontraban, perenne, María y Gregorio, quienes empezaban a preocuparse seriamente por su salud mental. Él, sin embargo, no estaba preocupado, le confesó una de esas tardes en su banco vigía. Ya había asumido que su mente se le quebró en la infancia al mismo tiempo que la quiebra cuando tuvieron que alquilar esa casita humilde en Moguer. Allí empezó Juan Ramón a darle nombre a la soledad. Los niños se burlaban de él y lo llamaban «el Loco». Allí encontró su único refugio en los versos. Allí aprendió a aislarse en ellos, como haría ahora, y los escribió sin descanso. ¿Qué diferencia existía entre la incomprensión y el rechazo que le mostraba Zenobia y aquella tan antigua? Sólo que la amaba. Por eso merecía la pena. Por eso le escribía versos y cartas que conseguía que le pasara el portero previo soborno de unas cuantas pesetas:

Esta tarde iré a la Castellana y me sentaré frente a tu casa, ¡como tantas veces!, a ver si te veo sin que tú me veas. Escríbeme, dame luz y ve sosteniéndome, hermana risa, arbusto débil, friolera (¿cuántas mantas te echaste anoche?), ángel de la guarda, virgen de Italia, hermana, madre, hija, chiquilla, pájaro, ¡maravilla de mi vida!

Según pudo enterarse María por un conocido común, a Zenobia estos excesos le daban un poco de risa y otro poco de pereza. Había sido educada de una forma liberal por una adinerada dama, mitad italiana mitad estadounidense, e instruida por tutores particulares hasta que su madre, recién divorciada del ludópata de su marido, se la llevó a Nueva York. Allí estudió en la Universidad de Columbia, hacía traducciones de clásicos y publicaba cuentos para la revista *Vogue*. De vuelta en España se hizo asidua a las conferencias en la Residencia de Estudiantes. Quizá por eso, Juan Ramón le decía a su amiga que el espíritu que intuía en sus cartas le recordaba tanto al de ella... Sólo que las de Zenobia contenían una dulce crueldad que encendía sus sueños y su cuerpo, como la de esa tarde. La joven empapó el plumín en tinta rosa y perfumada y se retiró los rizos rubios que cayeron sin peso sobre su camisón de puntillas blancas.

Querido amigo Juan Ramón:
Como me esté un momento más callada estallo, y como no tengo ganas de estallar, aquí va esto que usted llamará carta, pero que yo llamo un rompimiento colosal del dique de mi paciencia, mi ira, indignación, furor, etc. (etcetorum). Yo me he de reír hasta cuando rabio.
¿Por qué está usted siempre con esa cara de alma en pena? ¡Es usted un egoísta de primera! ¡Caramba! No me da la gana de ver más que lástimas en el mundo. Hasta yo me pongo triste... Si a usted lo que le pasa es que necesita salirse de la dichosa rutina cariacontecida de su interior, que yo le voy a usted a curar de raíz, pero de raíz.

¿Para qué le sirven a usted sus benditos versos? Si fuera verdad que encima de ellos le floreciera el corazón... pase... Pero si a usted no le florece el corazón nunca. Es usted un ciprés, más parado y sombrío que los del Generalife. Déjese de tristezas una temporada.

Y se enfada porque le digo que quiero que se enamore de una de mis amigas. ¿Y quién le ha dicho a usted que yo me voy a casar con nadie, pájaro de mal agüero? ¡En eso estoy yo pensando! ¡Y aquí en España! ¡Enseguida!

Póngase a escribir seguidillas, vístase de torero y plántese en la calle de las Sierpes a echarles piropos a todas las inglesas feas que desfilan por allí. ¡Alegrémonos de haber nacido! Frater Sol.

Juan Ramón siguió su ritual anímico de siempre al recibir carta de su amada: primero subía al cielo como un ave fénix y, según iba llegando al final, se precipitaba al vacío como un Ícaro de alas derretidas y se daba un trastazo contra el pavimento. Comenzó a escribir con el pulso tembloroso:

Hermanita Zenobia:

(Los hermanos no pueden llamarse de usted; y yo lo suprimo ya para siempre.)

Llena la frente de estrellas, después de haber estado cerca de ti dos horas, cuando has cerrado el balcón rojo, me he venido hacia casa despacio y triste, triste aunque te parezca mal, ¡reina de la risa! Muy alegre estabas hoy cuando me escribiste tu carta. Te lo agradecí con toda mi alma, pero cuando la terminé me eché a llorar. No es una carta tierna y dulce. No, Zenobia, no es que yo sea fúnebre siempre.

¡Perdóname!, ¡Te quiero tanto, que querría que tu luz lo inflamara todo y que a ti nada te oscureciese!

Aun cuando todo esto sea una broma, aunque lo hayas escrito con la mejor de las intenciones, Zenobia, en serio te digo ¿no te ha dolido nada al escribirlo?

De todos modos, no me dejes sin ti.

Te necesito como seas, como quieras ser, y yo seré lo que tú quieras, sólo porque seas feliz. Si ahora mismo me dijeran que con mi muerte se conseguiría tu felicidad, la muerte me parecería tan dulce como tú misma. Y, antes de concluir: puesto que hemos convenido en ser hermanos, no te alejes así de mí.

Ve a la Residencia, que nada haré que esté mal.

¡Y escribe a este hermano tuyo que sólo desea tu verdadera dicha!

Devotamente tuyo,

Juan Ramón

Unos días después de la conferencia y ante la insistencia de su amigo y el miedo muy fundado a que cayera en uno de sus interminables pozos de melancolía, María volvió a acceder a echarle una mano. Su plan esta vez era el siguiente: para poder reencontrarse con Zenobia —aunque fuera adherida a ella su ceñuda carabina—, le rogó a su amiga que invitara a merendar a madre e hija y que los recibiera con Gregorio como una pareja ejemplar. María accedió a regañadientes. Eres todo generosidad, se dijo ella. Sólo esperaba que la buena señora no leyera *El Duende*.

Pero el encuentro no resultó mucho mejor. Allí estaban sentados: Juan Ramón al lado de Zenobia, la madre frente a él sin quitarle ojo, y Gregorio y María a su izquierda ejerciendo de perfectos anfitriones. Vaya panorama... María levantó un platito de porcelana, «¿más medianoches?», mientras observaba a su amigo cada vez más desmadejado en la butaca como si no tuviera huesos. Su desolación parecía crecer proporcional a la indiferencia de su amada, quien no soltaba su taza visiblemente incómoda. Quizá, reflexionó María, ante la mirada de juez de su progenitora querría mostrar abiertamente su desinterés por él, o puede que estuviera realmente desinteresada, el caso es que llegado un momento, Gregorio, a quien no le adornaba la virtud de la paciencia, se la llevó aparte con la excusa de enseñarle el jardín y le pidió algo que nadie sabría nunca:

—Por favor, señorita, corte toda relación con él o no le convencerá de que no tiene posibilidades. —Introdujo las manos en los bolsillos—. Está actuando como un niño de seis años. Ya no cumple ni con sus compromisos literarios.

Nunca se sabría si fue por egoísmo de editor o fue, como malpensó la madre, una estrategia para victimizar al poeta aún más y provocar un acercamiento, pero lo cierto es que madre e hija decidieron cortar toda relación al salir de aquella casa. Juan Ramón, desesperado, comenzaría a acosarla de nuevo con versos cada vez más encendidos y Zenobia finalmente sería enviada por su madre a Nueva York un tiempo como último recurso para quitarse de encima a aquella pesadilla de juglar. Ahora que conocía el visceral miedo a la muerte del poeta, y que el mundo entero seguía conmocionado por el hundimiento del *Titanic*, calculó la buena mujer que sería incapaz de ir tras ellas.

Cuando se disponían a marcharse con un ambiente más gélido que Siberia, se encontraron en la puerta a un joven pálido con una maleta que se esforzaba en recuperar el aliento.

—Oh, Dios mío, ¿es usted quien creo que es? —El chico se tambaleó un poco—. ¿Es Juan Ramón Jiménez? ¿De carne y hueso?

—¡José Mari, qué alegría!, ¡ya has llegado! —María le estrechó las manos, y luego le dijo a Gregorio—: Querido, por favor, ayúdale con el equipaje.

El joven, que parecía haber sido contratado para tan sentida aparición, se quitó el sombrero precipitadamente y se presentó:

—Es un honor..., señor. No sabe cuánto le admiro. Mi nombre es José María Usandizaga —y luego al resto—: Señoras...

María sonrió con disimulo. Qué bien te ha salido esta entrada en escena, se felicitó. Había querido hacer coincidir la llegada de su nuevo huésped con el poeta, ya que le había confesado su fervor por él y este interpretó sin mentir en nada a la perfección su papel.

—Este jovenzuelo —explicó María— es un compositor brillante y va a ser nuestro huésped mientras dure nuestra colaboración.

El chico, tez blanca, elegancia vampírica, ojeras moradas que le llegaban hasta un bigote recortado con afición, seguía extasiado mirando a Juan Ramón como si fuera la Virgen de Fátima.

—María me ha dicho que los versos que recita la protagonista de *Teatro del ensueño* de Gregorio Martínez Sierra son suyos. Quiero que sepa que por ellos he decidido ponerle música. ¡Qué digo, ponérsela! —exclamó devoto—. ¡Si ya la llevan dentro! Sólo hay que extraérsela, igual que el perfume se extrae de una flor.

Con el rabillo del ojo, el poeta observaba las reacciones de madre e hija, que asistían a la tan oportuna conversación.

—¡Oh! —Juan Ramón fabricó un gesto de sorpresa fingida, y dirigiéndose a María y Gregorio—: ¿Vamos a estrenar una ópera?

—No, una zarzuela —matizó Martínez Sierra, y María le dio un codazo por devaluar la proeza.

¿Una zarzuela?, preguntó Zenobia a su madre, a lo que la otra contestó despreciativa que «eso» era a lo que llamaban opereta en Berlín, dicho con todo el cariño, un género menor. Y luego se dirigió a su anfitriona:

—Pero ¿las zarzuelas no eran siempre comedias, doña María? —y sin dejarla contestar, a Juan Ramón—: Me resulta difícil de imaginar que los poemas del señor Jiménez hagan reír a nadie, la verdad.

Le pareció que su amigo perfecto inhibía un sollozo, así que lo agarró del brazo con orgullo de hermana: lo mejor sería que lo comprobaran en el estreno, las retó, algo por lo que la madre de Zenobia, que no daba puntada sin hilo, se interesó también: por cierto, ¿y el estreno? ¿No se había quemado el Teatro de la Zarzuela? ¿Dónde se representaría ahora?

—Hemos tenido que buscar un espacio alternativo —salió al paso María sin querer entrar en detalles.

—El Circo Price —soltó Gregorio, distraído, apoyado en el quicio de la puerta. Le agotaban tanto aquellas despedidas eternas...

«¿En un circo?», preguntaron madre e hija a coro; «¿un circo?», se alarmó Juan Ramón espantado; «¡un circo!», se emocionó el joven y entusiasta compositor novel. Y aquel dato decidió a madre e hija a despedirse apresuradamente dejando al poeta más pisoteado que una suela.

Usandizaga entró en el cuarto de invitados y se sentó en la cama con una sonrisa que no le cabía en la boca. Botó un poco en ella comprobando su tensión y respiró con dificultad. A María la conmovió desde un principio. Cuánta seguridad y juventud a un tiempo. Podría ser tu hijo. Sin embargo, su encuentro había sido extrañamente generacional. Recordaron juntos cómo se habían conocido. Se les acercó tras el estreno de *Canción de cuna*, llevaba debajo del brazo una edición antigua de *Teatro del ensueño*, aquel primer libro escrito a una edad parecida a la suya y que, por arte de magia, volvía a sus vidas. El joven músico la tenía ya toda marcada con notas musicales. Había elegido la obra *Saltimbanquis*, a la que María tenía especial cariño, porque la hacía reír acordarse de cuando Juan Ramón se enamoró de la protagonista, y le componía versos como si existiera y no fuera un personaje. Este poeta loco...

María observó al joven músico allí sentado a los pies de la cama con su bombín sobre las rodillas. Sus veinticuatro años parecían quince. Quizá por eso le recordó un poco a Gregorio cuando lo conoció. También podría ser hijo suyo, en realidad de ambos, fantaseó: era pequeño, escuálido, enfermizo, y tenía una cojera que disimulaba con una curiosa cadencia que podía confundirse con un poco de chulería. A Gregorio también le recordó a sí mismo al ser tuberculoso desde la infancia. Lo único que le iba salvando era la obsesión de su madre, gran pianista también, por mantenerle a flote en medio de aquel océano tan negro. A los dos años le compró un pianito de juguete, y aquel bebé, sin que nadie le enseñara, en lugar de hacer ruido con las teclas de vidrio, empezó a hacer música. Desde ese día, había estudiado sin descanso con la única y leal compañía de la fiebre. Pero a partir de un punto ya no aprendió más. Como todos los genios, se limitó a extraer una ciencia oculta de su interior que siempre había sido suya. En su caso, y como solía decir María, no era posible hablar de vocación sino de «encarnación». Por eso, después de mucho insistirle a su madre, esta consintió que se alojara en la casa de sus productores mientras durara la colaboración porque era necesario ajustar la música y la letra.

Pasaron las semanas y María nunca había visto a nadie tan diáfanamente feliz. El pequeño genio había creado su propio ritual: María escuchaba la puerta a eso de las dos de la tarde, después del ensayo, y luego unos pasos desiguales se arrastraban hasta el salón. Antes de quitarse el sombrero y el abrigo, solía precipitarse al piano para probar sobre el teclado la idea que traía en la cabeza. ¡Cómo tocaba esa tarde! María pegó la oreja a la puerta. Qué barbaridad de chiquillo, incluso con la enfermedad mordiéndole los huesos, conseguía que aquellas notas sonaran con vértigo, románticas, apasionadas, burlonas, con lentitud, caricaturescas... Qué irónica es la tragedia, pensó, volviendo de puntillas hasta la cocina: le había impresionado saber que cuando su madre supo que la tuberculosis deshacía los huesos de sus manos y sentenciaba su carrera de pianista, le llevó a estudiar a París. Allí encontró su camino de compositor. Cuánto tenemos que agradecerle a la tuberculosis entonces, pensó María mientras le preparaba una infusión de tomillo, y luego se reprochó aterrada aquel pensamiento tan macabro.

Pero lo más grandioso de aquel pequeño y flaco Mozart era

que esa enfermedad corrosiva capaz de deshacer sus huesos no lograba descomponer su ilusión. Ni siquiera conseguía preocuparle por un instante. Simplemente, no la dejaba entrar. ¿Cómo lo hacía? Su fe en sí mismo y en su música era tan monolítica como lo era la consciencia de su destino. María lo notaba en su vivir apresurado, en que se comía la vida a bocados de un modo goloso e infantil y en momentos como el de esa tarde, cuando entraron por primera vez en el apestoso y deprimente Circo Price.

—¡Ni hablar! ¡Me desdigo! —exclamó Gregorio, y un vaho gélido salió de su boca—. No podemos estrenar aquí.

María y Jose Mari, tras él, contemplaron la imagen que tenían delante: en efecto, era un local infecto, viejo, destartalado y maloliente. María dio un par de palmadas en el aire para comprobar las condiciones acústicas. También eran pésimas. Y era normal, pensó. ¿Qué querían? Habían transformado la pista de caballos y acróbatas en una sala de teatro lírico dramático sólo como medida de emergencia.

—¿Y ese olor? —Ella se tapó la nariz con la bufanda.

Gregorio la imitó y señaló dos estufas inmensas que parecían dos hornos crematorios dando más tufo que calor.

¿Qué les haría cambiar de idea?: el rostro de Jose Mari iluminado como el de un niño en Navidad.

—¡Es perfecto! —y arrojó la bufanda a la primera fila de la grada.

Recorrió la pista arrastrando su cojera: allí situaría al coro, se aflojó la pajarita burdeos, y la procesión de actores podría salir de entre el público. El piano allí, en el centro, para dejar espacio a los timbales, se ilusionó envuelto en su abrigo de lana marrón. Porque habría muchos timbales... Y como la ilusión es el virus más contagioso que existe, aún más si es de un autor novel impaciente por estrenar sea como sea, Gregorio buscó la aprobación de María con la mirada y fueron a decir algo que sustituyeron por un suspiro lleno de vaho. Ambos se sonrieron. Sí, ellos también habían sido alguna vez Usandizaga.

Dos días después, el mismo precoz compositor, partitura en ristre, ya se crecía en su primera pista como un domador.

—Maestro, yo me quito el sombrero delante de su genio musical —el director de escena se explicaba en tono de veterana soberbia; luego le dio un buen trago a la petaca de whisky para templar la voz y aguantar la temperatura del lugar—, pero usted no conoce al público... ¡y yo sí! ¡Con esa cadencia final, la obra termina baja y el público no aplaude! Y si no aplaude..., ¡estamos reventados!

Su lógica parecía aplastante. Pero el genio seguía la suya propia. Se cruzó de brazos.

—No digo que no. Usted entenderá mucho de latiguillos, pero de música el que entiende soy yo, y en una obra mía sólo se canta lo que yo he escrito. Y pienso cada corchea muchísimo, se lo aseguro.

El joven echó una miradita de desagrado a la petaca, que fue percibida por su contendiente. Fue en ese instante cuando Sergi Barba empezó a vociferar exigiendo ver al productor, es decir, a Gregorio, porque si le había contratado era por sus éxitos, aclaró, y se subió el cuello de astracán de su abrigo. ¿Había visto su última romanza?, ¿eh? ¡Pues se caía el teatro aplaudiendo! ¿Y sabe lo que hacía?, le señaló con su dedo gordo y rígido: les hacía cantar a los actores cada noche un final distinto. ¡Para que vea! Y el autor se callaba. Y el público se volvía loco. ¿Qué le parece?

Desde la grada, María contemplaba la escena divertida. Ese pulso que la Guerrero le habría ganado de inmediato al autor, a Usandizaga el director no le movió un músculo de la cara.

—Pues «este autor» le asegura que si *La canción de primavera* no se canta como es, nota por nota, no daré mi autorización para que se estrene.

Tras una reverencia exagerada, salió de la sala. A su espalda, el otro imitó su cojera de forma grotesca.

Como María vaticinó, Usandizaga se salió con la suya, pero el ensayo general fue el más desastroso que recordaría nunca. Era como un puzle diabólico en el que no encajaba ninguna pieza: los coros no sabían por dónde andaban y entraban todos a destiempo; la mitad de los cantantes estaban acatarrados; las luces no funcionaban; ni siquiera los trajes estaban bien terminados y habían venido con los colores cambiados. Sin embargo, aunque espantada ante aquel desaguisado, se sentó en una esquina, muy pendiente del compositor Amadeo Vives, un veterano famoso por piarlo todo que se les había colado en el ensayo ansioso por saber si aquel chiquillo tenía algo que decir. Un rato después lo vio trepar por las gradas como una barbuda cabra montesa arrastrando su bufanda hacia la salida. No pudo esperar al final del disgusto que llevaba. Cuando pasó al lado de Gregorio, le escuchó decir: «Bonita pieza de recambio... ¿Y a los demás?, ¡a los que llevamos aquí toda la vida!, ¿cuándo nos estrena?». Luego le dio la enhorabuena y se sonó como una trompeta. «Cien representaciones seguras», auguró. Y salió hecho una fiera.

Acertó.

Porque la noche del estreno de lo que al final se llamó *Las golondrinas*, el coro, como si hubiera sido poseído, cantó con afinación; las luces se encendían y apagaban cuando tocaba como si las manejara un mago; hasta los trajes lucían fastuosos y ni siquiera se notaba que estaban a medio hilvanar. Sólo se le deshizo la falda a la soprano en su último do sobreagudo, pero el barítono le hizo una verónica para cubrirla con su capa tan graciosamente que pareció que iba a torearla. ¡Casi había sido peor el remedio que la enfermedad!, gruñó Gregorio. Según él, los españoles éramos poco aficionados a los preparativos, pero sí expertos improvisadores. O, como decía María riéndose esa noche, maestros en levantar castillos en el aire, en sacar equilibrio de la incoherencia. Lo que ambos tenían claro era que un director de escena alemán se habría suicidado después de un ensayo general de lo que María bautizó como «la catástrofe golondrínica», y lo habrían enterrado el mismo día del estreno.

Llegó el último acto.

Cuando el tenor lanzó desde su garganta abierta como un cráter aquella apagada, temida y polémica cadencia final, «cuando muere, ríííííííííe...», los aplausos retumbaron en el Circo Price como pocas veces han sonado en un estreno. «El joven Mozart español», como le bautizaría la prensa al día siguiente, pudo beber hasta embriagarse de esa medicina mágica, pura ambrosía, por primera y última vez.

«El triunfo delirante, frenético y brutal con que anoche fue consagrado en Madrid el joven compositor Usandizaga, que en los comienzos de su carrera se coloca tan brillantemente en primera línea de nuestros compositores, aportando a la escena lírica española una obra maestra», leyó María en el *ABC* a unos emocionados Gregorio y Jose Mari mientras preparaba otra cafetera. Gregorio desdobló *La Correspondencia*: «Cuando se publiquen hoy los periódicos, sabrá España entera con alegría que tiene desde anoche un gran músico más, digno de continuar la gloria de Barbieri, de Chapí y de Vives». Brindaron con café con miel y el compositor bebió su taza de un trago como se bebería su fama.

Noche tras noche la bebió.

También vivió los pormenores de la misma con naturalidad y con prisa: los parásitos que surgían a su alrededor, los intérpretes que se hacían los encontradizos entre bastidores, las tiples a medio vestir anhelando salir del coro, los libretistas anónimos cargando con unas cuantas páginas sobadas y con manchas de café en busca de compositor, los directores expertos en la hipérbole que le lanzaban flores que él aceptaba con emoción, sin pararse a pensar si eran de papel. ¿En qué se le notaba su enfermedad?, reflexionaba María, en la prisa con la que aspiraba todo aquel frenesí: el granizo de los aplausos, la noche turbia e incendiaria de Madrid que hasta entonces había sido para él un misterio: las fiestas, los cafés, las reuniones...

Su triunfo ya sonaba a gloria.

Por eso cada noche, María, aunque disfrutara imaginándolo disfrutar, también se sentía culpable. Qué dilema cada vez que le llamaba su madre. «Que no salga de noche, María, y por Dios..., ¡que no beba!» Al fin y al cabo, le había confiado al chico. Un adulto con forma de niño, pero un adulto. Sabía, porque había tenido que proteger a Gregorio del mismo monstruo, que cada copa de alcohol era para él una de veneno, pero ¿cómo impedirle a un adulto en su momento de gloria que saliera de casa? Estaba viviendo algo extraordinario, un sueño; ¿cuántas personas los ven solidificarse ante sus ojos durante el tiempo suficiente como para vivir en ellos? Incluso Gregorio la presionaba y había que darle esquinazo. Las primeras noches después del estreno volvía con él a casa y podía vigilarle, pero, pasada la primera semana, Gregorio regresaba cada vez más tarde, algo que la ponía triste por muchos motivos. Cada noche lluviosa, le advertía: «Niña mía, procura que no salga». Pero cuando llegaba la hora de la representación, Jose Mari entraba como un gato meloso en su cuarto: «Sólo será un momento, María, se lo prometo..., hasta que termine el primer acto». La otra levantaba la vista de sus obras de Goethe: «Ay, chiquillo..., mira que Gregorio se va a disgustar», sabiendo que aquello era un salvoconducto de complicidades.

Pasaban las horas escurridizas como el jabón y por fin escuchaba el choque de las llaves contra el bombín: «¿Ha vuelto Gregorio?», asomaba una nariz roja moqueando más de la cuenta. Y cuando María, entre bostezos, le decía que aún no, él corría como un ratón hasta su dormitorio. Alguna vez tuvo que acostarse vestido porque el otro llegó justo detrás, también oliendo más de la cuenta a alcohol y a un perfume que no era el suyo. ¿Por qué serás un maldito sabueso?, se decía ella, dándose la vuelta en la cama y tapándose la nariz. Aquel olor empezaba a darle arcadas.

No aquella noche, porque Jose Mari había llegado pronto y entonces aprovechaba como ahora para sentarse a los pies de su cama y hacerse un poco el remolón. Así le contaba todo lo que había vivido como hacía con su madre, sobre todo ahora que por fin tenía algo que contar.

Apoyada en el cabecero, le escuchó parlotear un buen rato. Lo hacía con mucha gracia, como si la función estuviera después del verdadero teatro. Poseía un gran olfato para captar el ridículo, incluso cuando hacía una caricatura de sí mismo. María le echó su toquilla sobre los hombros y él puso cara de pillo bajo sus ojeras de vampiro inexperto.

—Se lo confieso, hoy he bebido una copa «de lo fuerte».

Ella se incorporó en la cama.

—¡Pero Jose Mari! ¿No habíamos quedado en que...?

—Ha sido sólo para demostrar que era tan hombre como el que más, porque... quería besar a una chica.

Si hubiera tenido sangre suficiente se habría sonrojado. En su lugar, se mordió un labio amoratado. Ella disimuló la ternura que le provocaba.

—¿Y lo has conseguido?

Él se llevó los dedos temblorosos a la boca.

Esa noche María no necesitó ponerle el termómetro para saber que le había subido la fiebre, hasta ese momento, su novia más fiel. Pero sin duda había merecido la pena.

Estuvo con ellos casi todo el invierno. Uno especialmente crudo, aunque gracias a él, María lo recordaría cálido y luminoso. Parecían una familia. Por primera vez fantasó con que fuera en verdad su hijo. Se hubiera sentido tan orgullosa si lo fuera. Los libretistas no paraban de acosarle y cada vez que lo hacían él, inquebrantable, respondía con orgullo que ya tenía colaborador. Eso sí, la reclamaba a cualquier hora del día y de la noche, cada vez más ansioso. Incluso acuciante. Se sentaba con María al piano de madrugada, como si le ardiera un fuego en las vísceras y sólo pudiera sofocarlo regalándole al mundo todo lo que llevaba dentro. A veces ya se lo encontraba probando acordes con su pijama de mil rayas, vomitando notas y silencios, y escribían juntos sobre el mismo pentagrama todo lo que le pedía, que era... todo: quería que el libreto tuviera amor contrariado e imposible, ilusión juvenil, fragancia bucólica, crueldad, guerra, calabozos, angustia, esperanza, desolación... y muerte.

Cada mañana, su ansiedad creadora despertaba con una nueva necesidad. Era como una fuerza de la naturaleza tan creadora como destructiva. De ahí el incendiario título de la obra: *La llama*. Pero a María no le pesaba el trabajo, sólo temía por él. Si Usandizaga había logrado mostrar algo con *Las golondrinas* era que los personajes podían contener algo de humanidad sin espantar al público, no limitarse a ser títeres en una trama hueca, y eso para un libretista era un disfrute. Sin duda, ha nacido un dramaturgo como Verdi, como Wagner, le decía a Gregorio por las noches, y por eso todo él resonaba como un océano atrapado dentro de una caracola, una ola brava chocando contra las rocas del conflicto que provocaba bellos paisajes musicales abrasados por el viento de la fatalidad. Y es que, aunque no quisiera mirarla a la cara, María escuchaba a la segadora junto a él afilando la guadaña invisible. Hasta días antes de su muerte trabajaría sin aliento en esa partitura nacida por autocombustión.

No había cumplido los veintisiete el autor de *Las golondrinas* cuando se fugó como una que iba de paso hacia un lugar más cálido.

La noche que remontaba el vuelo, su madre abrazó su cuerpecillo agonizante, tan liviano y frágil como cuando era niño, y lo sentó en sus rodillas. «¿Te acuerdas, Jose Mari? —le susurró deshecha mientras lo besaba—, ¿te acuerdas cómo hacía cuando empezaste a tocar el piano porque eras tan chiquitín que no alcanzabas al teclado desde el taburete?»

En un frío coche cama en el que María regresaba de Barcelona se enteró de la terrible noticia y escribió sin parar de llorar:

La popularidad que ganó en una noche no fue para él un fuego de bengala. Porque nunca la vio agotarse. No tuvo tiempo de sufrir penas de amor, ni tradiciones de amistad; no tuvo tiempo de la crítica envidiosa, ni siquiera de sentir el roer del buitre prometeico que se ceba en la entraña de todo creador haciéndole dudar de sí mismo y de su obra; a todas sus ilusionadas preguntas la vida dijo, ¡sí! Rotundamente. Horas antes de morir trabajaba con afán y saboreaba, poniendo las notas sobre un pentagrama, el aplauso futuro. Duerme en Paz..., puñado de días hecho de eternidad, misterio de injusticia o de misericordia, ¿cómo comprenderlo? No hay quien comprenda esto: bástenos con llorarlo.

Al día siguiente en su San Sebastián, toda la ciudad recibió con un aplauso el cuerpo de aquel niño, hombre y genio, y al paso del cortejo sonaba, mágica y eterna, su propia marcha fúnebre. También se escuchó la fantasía de sus chelos, cosa extraña, desde un siglo en el que ya casi nadie se acordaba de su nombre. Conmovidos por su historia, la oleada febril de la orquestación levantó el vello de seis personas, su nuevo público, en un teatro que no le dio tiempo a conocer, como si fuera un estreno a destiempo.

13

Madrid, 2018

Francisco se sonó ruidosamente e intentó disimular el sofocón que tenía. Otra vez la alergia, vino a disculparse.

—Qué historia tan triste y tan bonita...

Sentado en todo su centro, sólo quedaba él en el escenario, todo vestido de negro. Su rostro bonachón y las manos blancas de pianista parecían flotar en la oscuridad del universo. La última y mastodóntica obra del que llamó un joven Mozart español inundaba toda la sala y los seis la escuchaban en un respetuoso silencio desde distintos rincones del teatro como si convocara sus soledades. Noelia había vuelto a su palco del escenario, Lola en el proscenio, con los pies colgando como si fuera un embarcadero, Augusto en la fila siete de la platea, la de la crítica, cómo no, apoyado sobre el respaldo de la fila delantera, desde allí se veía asomar a Cecilia en el primer anfiteatro y Leonardo tumbado sobre la alfombra del pasillo como si descansara sobre la hierba. En esos días se recuperaba de una luxación de espalda. Hasta el yoga tenía sus peligros.

Cuando pudo recuperar la voz, Francisco les explicó que *La llama* pudo estrenarse por fin en el Gran Teatro de Madrid pocos meses después de la muerte de su autor. La crítica lo tuvo claro: demasiado larga, demasiado intensa, un vómito de genialidades que dejó al público entre maravillado y exhausto. Pero nadie se atrevió a tocar una corchea. En sus partituras quedó impresa una mente brillante en fase de extinción, con toda su urgencia y su delirio de grandeza. Retocarla habría sido un sacrilegio.

—Lo que me ha impresionado es lo que ocurrió en el estreno —siguió Francisco. Los demás preguntaron intrigados—. Parece que a una de las actrices que entraba en escena llevando una antorcha encendida se le prendió la falda y salió ardiendo a lo bonzo.

—¿Y qué le pasó? —Lola le pidió una mano para levantarse.

—Que sofocaron el fuego justo a tiempo para salvarle la vida y que no se incendiara el teatro con todo el público dentro.

Fueron acercándose al escenario. Desde luego que su música era pura fiebre, se maravillaba Noelia, y antes de sentarse le hizo una carantoña a Francisco en el pelo. Se notaba que la música era su punto débil y era tan sensible para la tragedia...

—Es increíble, sí, pero más allá de eso —Francisco repasaba unas partituras—, aquí hay una clave. ¿Os habéis preguntado cómo se escribe un libreto?

—¿Qué quieres decir? —Augusto proyectó la voz desde las butacas.

—Sí, que cómo se escribe. —Francisco hacía clics nerviosos con su bolígrafo—. El libretista se sienta a trabajar con el compositor, porque hay que encajar el libreto a la música también después. —Hizo un gesto de obviedad.

Noelia le escuchaba atentamente preguntándose adónde quería llegar.

—Quieres decir que los músicos que colaboraron con ellos sabrían sí o sí quién era el autor del libreto.

Francisco asintió lentamente.

—Centrémonos en los músicos, entonces —resolvió la directora.

Y en ese instante fue cuando Lola, oportuna como siempre, alzó la mano agitando unos papeles. Francisco se hizo una mascarilla con la mano, ¿podía dejar de hacer eso, por favor?, ¡ya estaba medio asmático! Pero la otra se le acercó dando brinquitos y le aseguró que se le iban a pasar todos los males cuando supiera lo que tenía para él. Además de un chute de ventolín, si lo necesitaba.

—Más que ventolín, prefiero que lo proyectes desde allí, sea lo que sea —y juntó las manos en un ruego desesperado. Luego, incorporándose en el asiento, preguntó—: ¿Es una partitura?

—Sí... La proyectaré, pero que conste que la luz no es nada buena para su conservación.

—Ni los ácaros para mi sistema respiratorio —tosió el otro.

Sin embargo, lo que iluminó la pared del fondo del escenario funcionó para el músico como un suero mágico. Francisco empezó a leer y a tararear esa partitura por la que correteaban notas menudas, rojas y negras, que parecían trepar por los pentagramas como termitas.

—Madre mía... —silabeó lentamente—. ¿Es lo que creo que es?

—«*Noches en los jardines de España*, 1915» —leyó Lola.

—¿Manuel de Falla? —se escuchó a una Noelia en la oscuridad.

—Sin duda —afirmó el otro casi sin respiración.

—¡Pero lee lo que pone debajo! —Augusto había subido al escenario—. «Basado en una obra de Gregorio Martínez Sierra», y está manuscrito por Falla. ¿Contesta eso a tu pregunta de antes?

—No te entiendo —dijo Francisco.

Augusto se levantó y la partitura se proyectó sobre su cuerpo.

—Sí, a ver..., en tu opinión, ¿era Falla un hombre conocido por ser rígido en sus valores? —Francisco asintió—. ¿Y crees que un hombre así habría consentido firmar con un autor que no fuera el verdadero?

—Eso es verdad —opinó Francisco—. Muy bien. Pero, aun así, hay algo que me dice que sigamos la pista de estas partituras.

Se acercó al panel de fechas y acontecimientos de Lola. Los pósits de colores se habían ido acumulando unos sobre otros según hacían un hallazgo y ahora parecía un festivo retablo de papel.

—Es muy sencillo. Echadle un vistazo a la cronología —siguió Francisco ante la expectación de sus compañeros—. Me ha intrigado mucho que justo en el momento en que Falla está escribiendo *El amor brujo*, Gregorio esté de gira con la compañía por América.

—Muy buen dato —afirmó Noelia. El otro se inflamó de orgullo—. Sigue.

—Yo creo que la clave está... —les dirigió una mirada intrigante—, la clave está en cómo se hizo *El amor brujo*...

Francisco empezó a medir la partitura proyectada. Luego se acercó al piano y la reprodujo torpemente. Pero de pronto sus dedos empezaron a trepar veloces por esa escalera blanca y negra hasta los agudos, un crujir de estrellas sobre un jardín, y entonces dejaron de verle: su espalda estaba cubierta por un gabán bohemio y se tocaba, como un tic, el pelo ralo y desaliñado.

París, 1911

En un brevísimo paréntesis, limpió concienzudamente las teclas con un algodón y siguió tocando *El pájaro de fuego*. Gregorio y María le escuchaban sentados tomando el té en dos tazas desiguales, pero idénticamente descascarilladas.

Desde luego que «don Manué» hacía honor a su apellido, pensó María. A ese hombre no le consumía la fiebre como al pobre Usandizaga, más bien le corría lava por las venas en vez de sangre y parecía apagar sus ascuas musitando rezos por lo bajo cada vez que se equivocaba, como si así frenara intrincados sentimientos de culpa, fantaseó.

—¿Y esto qué es? —le susurró Gregorio a María.

—Stravinski —respondió el músico sin detenerse, demostrando que tenía un oído perfecto.

Siguió, afanoso, durante un rato largo, paseando sus ya casi cuarenta años por aquel teclado como si ignorara su presencia.

Gregorio cogió a María del brazo.

—Llevamos aquí dos horas y no ha tocado nada suyo. ¿Para qué hemos venido?

Ella le hizo un gesto divertido para que guardara silencio. Chisss... era como un murciélago, lo escuchaba todo. Su amigo Joaquín Turina y Usandizaga decían que era un genio. También lo opinaban Albéniz, Debussy y un largo etcétera. Todos no iban a equivocarse. Gregorio hizo una mueca: ya, un genio que había conseguido ser incomprendido en España y en Francia, eso sí que tenía mérito, se burló entre dientes.

Un buen rato después el pianista decidió que ya era suficiente y giró en su taburete. Los observó con atención desmedida y se le hundieron aún más los pómulos.

—Tengo que hacerles una confesión. —Tenía un curioso deje gaditano mezclado con la cantinela parisina—. Sin saberlo ustedes, son ya mis colaboradores.

Gregorio y María se miraron de reojo sin comprender.

—¿Y cómo es eso, maestro Falla? —Gregorio sonaba inquisitivo.

El compositor pareció buscar algo entre el caos de papeles que tenía sobre la tapa del piano.

—Llevaba yo un año con la angustiosa sensación de que nunca se me ocurriría *rien de digne* de ser anotado en un pentagrama. Ya sabe: ¡horror!, ¡terror! —Seguía escarbando mientras hablaba para ganar tiempo—. Iba de acá para allá dando tumbos con el alma desorientada hasta que en uno de mis vagabundeos por París me detuve en la calle Richelieu ante el escaparate, y allí estaba acechándome... este libro. —Por fin lo encontró y lo empuñó dramáticamente—. ¿Lo reconoce?: *Granada, guía emocional*, de don Gregorio Martínez Sierra.

—Oh, vaya, qué sorpresa —se ilusionó María.

—Y qué honor. —Gregorio por fin empezaba a relajarse—. No sabía que me hubiera leído, maestro Falla.

Entonces les relató cómo había gastado los pocos francos que le quedaban y pasó la noche entera leyendo, *je lis à voix haute*, dijo emocionado, para escuchar su ritmo... Falla alzó la mano en el aire como si dirigiera a una orquesta invisible. A la mañana siguiente despertó a la vez que su inspiración. *Quel miracle!*

—Maestro Falla, ¿ha estado alguna vez en Granada? —María acababa de tener una idea.

—¡No! —exclamó de pronto—, pero la he visto a través de los ojos de su marido, que se nota cómo la siente. —Abrazó el libro contra su pecho—. Gregorio, ¿me la enseñará algún día?

—En realidad... —el otro divagó un poco—, me basé en los recuerdos de María sobre sus vacaciones infantiles.

El compositor escribió un silencio entre ellos.

—Yo se la enseñaré, maestro Falla —se arriesgó María.

Otro silencio, esta vez incómodo, en el que Falla pareció calibrar la reacción del marido ante promesa tan inapropiada viniendo de una dama casada y española. ¿Y si era una de esas modernas que habían proliferado como hongos en París? Pero bueno, considerando que Gregorio parecía bendecir con una sonrisa aquel proyecto, podía asumir el riesgo.

—Pues muy bien. ¿Y cuánto tiempo necesitaremos? —dijo, y empezó a sudar.

—Un viaje a Granada puede durar un día o toda una vida. —Alzó su tacita de té, casi romántica, a modo de brindis.

—¡Pues empezaré a ahorrar hoy mismo! —y brindó con ambos antes de volver a tocar, esta vez una música dicharachera sin duda aprendida cuando acompañaba números de cabaret. Momento que aprovechó ella, sin quitarle ojo, para acercarse a su marido.

—Hay algo que me inquieta en él. —Se agarró de su brazo.

—¿Por qué? —se extrañó el otro—, ya le has oído, ¡adora mi obra!

No, insistió mientras caminaba por el minúsculo estudio del músico observándole desde ángulos distintos, no, pensó, en este hombre hay algo falso... hasta que un rayo de luz mortecina se coló por la ventana e iluminó su cabeza.

—¡Ya sé! —Le señaló—. El cabello. Fíjate bien. Tiene la textura de una cosa muerta. ¡Es calvo!

—¡María! —Gregorio le hizo un gesto para que bajara la voz—. ¿No habíamos quedado en que tenía oído de murciélago?

Aguantaron la risa.

—Vamos a colaborar juntos. —Le hizo una mueca burlona—. ¿No te produce alivio saber que la falsedad de Falla no está en su alma sino en su bisoñé?

«¿Cómo se hizo *El amor brujo*?»..., retumbó la voz de Francisco en el abismo del tiempo. *El amor brujo* se hizo como siempre se hace el amor, por necesidad. María le pidió a Gregorio que se inventara algo para que a don Manué, como empezó a llamarlo imitando su acento, pudiera darle algunas pesetas. Le escribiría unas coplas para que las cantara una cupletista que fuera popular en ese momento. Pero antes habría que convencerle. A él y a su orgullo. El pobre, desde que había vuelto a España huyendo de la guerra mundial, no tenía ni para hacer la compra y a ella le conmovía la dignidad ascética con la que soportaba su pobreza.

—Gregorio lo ha titulado «Gitanería». —María entornó sus ojos soñadores mientras Falla la observaba asomando la cabeza tras la trinchera de su piano, rígido, como si fuera su propio y futuro busto de compositor.

El argumento era sencillo: una gitana enamorada y acosada por un fantasma del pasado, acudía a sus artes de magia para ablandar el corazón de su nuevo amor... ¡y lo lograba! tras una noche de conjuros.

—¿Qué le parece? ¡Podría ser un éxito! —Se sintió presa de una extraña emoción hasta que escuchó un rotundo:

—No lo veo.

—¿No lo ve? —Se quedó en jarras—. Normal que no lo

vea..., no ha comido y se le debe de estar nublando la vista. —Luego se le acercó, provocadora, irónica—. ¿Y no será que sus escrúpulos le impiden componer para el pecaminoso antro de un teatro?

—*Mais oui...*, de alguna manera.

María, rápido, se dijo, cambia de estrategia o se te va todo al traste, y continuó con la voz más melosa: qué pena, don Manué, y qué tonta se sentía de pronto, porque la verdad es que se había ilusionado con escuchar su música cosida a esas coplillas que le había escrito.

—Pero si no lo ve, ¡no lo ve! —concluyó ella su ñoño alegato.

A continuación hizo un amago de recoger sus cosas mientras le vigilaba con el rabillo del ojo y se echó la chaqueta azul de terciopelo sobre los hombros, segundos en los que Falla pareció salir de su enroque, lentamente, como un animal al que habían puesto un cebo.

—¿Unas coplillas? —Ella asintió—. ¿Suyas?... —Volvió a asentir—. *Bon*, no se pierde nada por escucharlas. Si así lo quiere Gregorio... *Alors*, ¿cuándo empezaré a trabajar con él?

María dejó sus cosas sobre la tapa del piano y comenzó a hablarle con precaución. Cuidado, María, mucho cuidado. Ahora entras en la parte más espinosa de la conversación. Se mordió un labio. De eso también quería hablarle... Como sabía, Gregorio estaba muy ocupado montando la compañía, así que le había pedido que le tomara ella sus notas y luego le transmitiría sus ideas dramáticas.

—Estudié música y nos será más fácil —terminó su argumento.

—*Mon Dieu* —la interrumpió.

Luego se santiguó e imitó a María cogiendo el abrigo como si se dispusiera a marcharse desairado, hasta que se percató de que estaban en su casa, de modo que volvió a sentarse.

—Pero si tiene algún inconveniente en trabajar conmigo... —probó a victimizarse un poco.

Silencio enfurecido. Cuando logró aplacarse sólo dijo con brusquedad:

—*Bien sûr*, pero tengo una condición que me temo que es innegociable.

Caminó hacia ella y se quedaron frente a frente. Al adelgazar parecía haber menguado y ahora le llegaba por la barbilla. Incluso pudo oler tabaco negro en su abrigo.

—¿Y es...? —Le aguantó la mirada.

—¡Me enseñará usted Granada!

Ella sonrió satisfecha y se dio mentalmente la enhorabuena.

—Fue una promesa y yo siempre las mantengo.

Granada, 1915

La luz de la primavera se coló por una celosía de la Alhambra dibujando complicados motivos florales en todas partes. Era por la mañana. Era abril. Y se alojaron en un pequeño hotel en la entrada del parque donde sólo los recibió un rústico piano de pared en el salón común que, ante la ausencia de más huéspedes, habían puesto a su disposición. Esa misma mañana, subieron jadeantes la Cuesta de los Mártires y así comprobó María por demostración empírica el porqué del nombre. Sin embargo, don Manué iba delante de ella ligero como cervatillo, ¿de dónde sacaba la energía ese hombre?, hasta que el camino fue transformándose en más frondoso e irreal, y los acompañó la música del agua que caía a ambos lados del paseo.

Allí estaba. Como si fuera un cuento de hadas muy antiguo, apareció ante ellos la gran alcazaba custodiada por un ejército milenario de cipreses. A su alrededor volaba un confeti de coloridas mariposas. La temperatura se desplomó tres grados. Los pájaros comenzaron su concierto a diez voces. Estaba aún más bella de como la recordaba.

—Vamos a entrar. —Falla caminaba nervioso y emocionado.

—No —le cortó el paso—. Antes cierre los ojos y deme la mano, don Manué. Y no vuelva a abrirlos hasta que yo le avise.

Se soltó, apuradísimo, y echó unas miraditas a derecha e izquierda por si alguien había visto un gesto tan...

—*Madame!* Eso es inapropiado.

—Déjese de escrúpulos, don Manué —protestó riéndose—. ¿Confía en mí?

Finalmente, al compositor le pudo la ansiedad artística por descubrir lo que esa fortaleza le ocultaba y consintió. María le hizo cruzar a tientas y de su mano el Patio de los Leones, luego el de los Arrayanes, esquivando sus fuentes de piedra y el delicado sistema venoso de canales de agua, hasta que llegaron a una habitación con un cielo de estrellas talladas. Unos grandes ventanales de piedra calada en forma de herradura se abrían al paisaje como los ojos de un dios desconocido.

—Inspire... ¿Lo huele? —escuchó a María, a su espalda—. El aire es de cristal, el cielo de esmalte... Ahora escuche, ¿lo escucha usted? Bajo las aguas del estanque duerme un corazón. —Posó las manos frías como un antifaz sobre los párpados del músico, que tiritaban de deseo contenido—. No, no los abra aún, me lo ha prometido. ¿Siente la luz?, ¿y la brisa de esta ventana? —Él asintió varias veces—. Ahora, mire usted.

Falla abrió los ojos y le llegó el deslumbramiento.

Todos los colores se filtraron por su retina, todos. El verde, la arcilla, la cal, el azul despejado y su mente fue traduciéndolos en notas musicales.

—Dios santo —sólo alcanzó a decir como un cadáver vuelto a la vida.

A María nunca se le olvidaría ese suspiro que salió de su boca. Uno de los pocos éxtasis de felicidad total que le recordaría.

Ambos se asomaron por la ventana.

—¿Lo reconoce? —María apuntó con su dedo delgado el paisaje—. «El valle sobre el cual se abre la ventana soberbia, las chumberas que ocultan y defienden las cuevas de los gitanos y cuyas palabras bruñidas como espejos de metal reflejan»...

Pero para el músico, el paisaje había cambiado de lugar y ahora, ante sus ojos pequeños y maravillados, sólo estaba ella.

—Me sigue admirando y me sorprende que se sepa *par coeur* el texto de su marido. —Ella guardó silencio sin mirarle—. *Merci* por esto, *madame*..., gracias —y besó sus manos aparatosamente.

—No me lo agradezca tanto, don Manué. —Se echó a reír—. ¡Vamos a tener dos semanas de mucho trabajo!

Caminaron, ahora sí, del brazo entre las rosaledas de los jardines mientras ella iba poniéndole nombre a cada especie. Él, que hasta ese momento no le habían interesado nada las flores, disfrutaba de su parloteo feliz mientras iba dándole vueltas a un pensamiento.

—María —la interrumpió de pronto—, voy a tener que orquestar la *pièce*, y me gustaría hacerlo también aquí.

—Me parece muy bien, mi don Manué —le dio unas palmaditas en el brazo—, quédese usted más tiempo. Le inspirará mucho.

Él se detuvo y la observó. El sol ámbar jugaba a teñir su pelo de ese color.

—No, no lo entiende —se impacientó—. No me inspirará sin usted.

Ella le observaba confundida.

—¿Quiere que me quede hasta que termine? Pero si en la orquestación yo ya no tengo nada que hacer.

Un pavo real les cortó el paso y comenzó su inoportuna exhibición.

—¿Qué le queda a usted por hacer, dice? —se indignó el músico, y la sujetó de las manos con fuerza—. Algo para mí de crucial importancia: que se siente a mi lado en el piano, yo con papel y lápiz, y usted con sus fantasías y... que me hable. *Constamment*. Sin descanso. Quiero, necesito escuchar su voz.

—¿Que le hable? Pero, mi don Manué...

—Sí, que me hable. Que me hable, que me hable, que me hable...

Sin decir ni media palabra más, la arrastró de la mano Cuesta de los Mártires abajo hasta el hotel La Alhambra. Una vez allí, buscó filtros suficientes para hacerse cigarrillos durante horas, dejó uno sobre el atril, que no llegó a encenderse, se sentó al piano sin quitarse el sombrero y la sentó a ella, literalmente, en el banco a su lado.

—Verá, se lo explicaré. —Le indicó un pasaje en la partitura—. Dígame, *dis-moi ici*, por ejemplo: ¿cómo llora ella?

Quedó unos segundos pensativa y jugueteó con el alfiler de su sombrero.

—No sé..., quizá con angustiada esperanza.

Falla garabateó con su letra minúscula algo ininteligible sobre la partitura.

—¿Arpegios rotos? —murmuró, y asintió muchas veces—. *Écoute...*, ¿así? —Sus dedos provocaron el oleaje de un arpegio—. ¿O así?

Los acordes de la futura *Danza del aparecido* se deshicieron en el aire.

—¿Y cómo grita? —Le clavó sus ojos irritados de ansiedad. Ella se encogió de hombros.

—Es... un alarido desgarrador.

—¿Clarinete? —Aquellos dedos huesudos sujetaban ahora el lápiz como si fuera un cigarrillo más, colgaron unas rápidas corcheas en el pentagrama como diminutas perchas—. ¿Así?

—Un poco más ronco —propuso ella con más confianza—, porque dentro del grito quiero que se sientan las lágrimas que esa mujer se traga...

Él la observaba de reojo con un recelo que ella no supo interpretar.

—¿Y por qué se las traga, María? —Posó una sola mano sobre los graves—. ¿Así?

Pulsó un acorde misterioso y embrujado.

—No sé...

—¡Sí sabe, María! —se impacientó de pronto—. Vamos... ¿Qué embrujo necesitaría para que dejara de llorar? —Se miraron con tensión. ¿Qué quería de ella?, se preguntaron ambos. Luego hizo sonar otro acorde—. Le pondremos un oboe grave y desgarrado a ese grito, ¿le parece? *Alors...*, ¿así?

Sonaron más y más notas que luchaban por encontrar un orden según ella se sentía parir de sus mismas entrañas palabras de dolor, con esfuerzo.

—Sí, así —respondió ella, y empezó a sentir un extraño ahogo.

—No, no, no... —Meneó la cabeza desesperado y buscó su cigarrillo, aunque luego se arrepintió—. No es suficiente para el grito que usted ha escrito, ¿verdad?

—No... —Sintió un leve mareo, las fuerzas la abandonaban—, no lo sé.

—¡Sea sincera conmigo, María! —gritó ya fuera de sí—. ¡Sea *sincère*!

Hizo trizas la partitura.

Luego, al ver su propia angustia asomarse a los ojos de ella, le besuqueó la mano precipitadamente en busca de disculpas y, temeroso de que se le escaparan las notas que seguían brotando del manantial de su cabeza, arrojó sobre el atril del piano otra partichela.

María dejó su mirada aturdida vagar por la habitación para intentar relajarse. El sol proyectaba los muebles en las paredes. El mundo se había reducido a sombras chinescas. Ellos mismos tenían su propio doble, plano y negro que parecía invitarlos a vivir en un universo mágico. La misteriosa escritura de Falla lo inundaba todo. Por un instante el mundo le pareció un lugar distinto. Surgía otra realidad que ponía la realidad en entredicho. Pasaron las horas como víctimas de un hechizo, quizá los días, no supo cuántos, y empezaron a sentirse exhaustos y felices.

—Vamos con la pantomima —se animó, apoyado sobre el atril—. ¿Está mejor así? ¿O así? —Sonaron unos acordes apasionados y luminosos—. *Alors,* vamos a la copla... Usted ha escrito en la acotación: «Con sentimiento popular». Dígame, ¿se refería a esto? ¿Cómo le suena?

Ella se frotó la nuca como si algo le hubiera arañado la piel. Un escalofrío o el roce de un ascua invisible. Retendría esa sensación toda la vida porque fue el anuncio, el instante mágico en el que empezó a brotar de ese piano la *Danza del fuego*.

—Prodigioso... —susurró casi al borde de las lágrimas—. Pero ¿podría ser que en esa palabra el ritmo se quebrara un cuarto de segundo? Como si se dijese a sí misma: «No puedo más».

—¿Así? —probó él, extenuado, conteniéndose.

—Así —jadeó su voz.

—Cántemelo, María, *s'il vous plaît*...

—No, no... —Se protegió y se contrajo con timidez de erizo—. Pero si yo no canto bien.

—¡Cántemelo, *madame*! —dijo de nuevo, tiránico—. Por favor, necesito escucharlo.

Sobre la voz de María, Falla empezó a escribir en el aire y compulsivamente la orquestación de *El amor brujo*. Los gemidos de cientos de instrumentos se fugaron de esas teclas como si hasta entonces hubieran estado presos en un infierno demasiado pequeño. Y es que María comprobó que Manuel de Falla tenía un ejército de diablos danzándole dentro del cuerpo, a los que sólo escuchaba cuando le hablaban en su lengua vernácula, la de la música. Caminando medio sonámbula por el salón de aquel hotel se vio rodeada por el abrazo del hechizo mientras Falla tocaba ya en trance, sin escribir, y de cuando en cuando le gritaba si seguía allí, o le preguntaba sobre los personajes. Su temperamento era como su música, chispisaltante. Le espió trabajar durante horas insomnes en las que tampoco la dejaba dormir, hasta que brotaba una bilis de melodías flamencomoras desgarradas, desgarrantes. «Su inspiración es como sangre fresca, su genialidad da terror —escribió esa noche en su diario— a modo de comunicación divina, inmediata y certera. Es una música que no hace brotar dulces lágrimas de ternura, no... Habla de sangre y muerte, de fuego en las entrañas, de pasión exclusiva y celosa, de anhelo reprimido...» Y ese era también el elemento dramático del que bautizó como su «amigo imperfecto»: Manuel de Falla ardía por los cuatro costados en el fuego del infierno, porque tanto como creía en Dios creía en el diablo y luchaba contra él a brazo partido.

Y llegó el día en que, inesperadamente como todo en él, tras un estruendo de acordes que sonaba a final de un acto, se derrumbó sobre el teclado.

Había terminado *El amor brujo*.

Se deshizo en carcajadas de satisfacción, éxtasis y locura que arrastraron como una inundación la risa mucho más fácil de María. No lo pudo evitar y la abrazó sin pensarlo. Sintió su cuerpo caliente y mullido entre sus brazos. Hacía tantos años que no abrazaba a un ser vivo, que no sentía el cuerpo de una mujer... desde aquella dama, por llamarla con respeto, del Moulin. Pero en su recuerdo no tenía el olor a lavanda de ese pelo. Ni un corazón que percutía como un timbal.

La soltó como si quemara.

—¿Le parece que descansemos un rato? —solicitó, apuradísimo.

—Sí..., a los dos nos hace falta coger aire. —Se recolocó el pelo—. Subamos a la azotea.

Con aquella maqueta de casitas blancas a sus pies y la Alhambra recogiendo la luz del sol al otro lado, él la contemplaba con disimulo.

—No me acostumbro a la belleza de este paisaje —comentó olfateándolo con su nariz aguileña.

—¿Le ocurre algo, don Manué? —Ella le observaba con curiosidad.

—No, *oui*... —cambió el peso de una pierna a la otra—, bueno, María, es que quería decirle...

—¿Sí? —Le sonrió como lo hacía el sol, cegadora.

—Que... —comenzó, pero luego pareció arrepentirse—, que creo que voy a irme a dormir —resolvió, tajante.

—¿A las siete de la tarde? —se extrañó ella.

—¡Sí! —afirmó muy convencido—, y es que acabo de recordar que mañana debo ir a misa muy temprano y también acabo de decidir que lo haré *tous les jours* a partir de ahora. Es Semana Santa. Puede acompañarme si lo desea.

—Acompañarle sí, pero hasta la puerta. —Cerró los ojos con relax para que los bañara el sol de la tarde—. A imitación de Moisés, prefiero hacer mis devociones al aire libre.

El devoto pareció escandalizarse como ella esperaba en el fondo.

—¿Al aire libre?

—Sí, y si es posible, en lo alto de un monte —siguió provocándole, y señaló al paisaje—. ¿Lo ve? Iré por los olivares hasta el cementerio. Siento confesarle que comprendo más lo sobrenatural debajo de un árbol que dentro de una iglesia. Practico ese panteísmo que a usted tanto le asombra, hombre atormentado y pascaliano. —Y selló su discurso con una sonrisa irónica.

Otro silencio aturdido. Se encendió un cigarrillo que luego apagó a las dos caladas en el muro de la azotea. Se adelantó unos pasos hacia ella hasta sentarse a su lado en la silla de enea.

—María... —se lanzó de nuevo—, no es eso lo que quería decirle.

—¿Ah, no?

—Yo... quería decirle cuánto... —volvió a arrepentirse—, ¡cuánto me maravillan sus capacidades musicales!

Ella abrió los ojos, no pudo más y se echó a reír.

—¿Mis qué? O no, no..., ni mucho menos. Sólo leo bien solfeo.

—¿Por qué insiste en reírse de mí? —se indignó levantándose—. *C'est incroyable*...

—¡Porque es usted muy gracioso! —Ella seguía su caminar protestón con la mirada.

—¡No lo soy! ¡Sólo usted lo opina! ¡Hasta mi madre me decía de niño que era un cardo! —Volvió a sentarse y empezó a arrancarle unos pétalos a un geranio con aire distraído.

Ella no podía parar de reír.

—Y si hubiera vivido en la Edad Media habría llevado cilicio.

En ese momento pareció impacientarse de verdad como si un insecto le corriera por dentro.

—Usted no lo comprende..., desde que toqué para usted *à Paris*, supe que entendería mi música.

Entonces fue ella quien se levantó y, recogiéndose un poco la falda, caminó hacia las escaleras de la azotea.

—Vaya, ¡ahora es usted quien se ríe sin reírse de mí!

Él se envalentonó y le cortó el paso, ya estaba harto de marear la perdiz, pensó, pero sin embargo dijo:

—¡Nunca entenderé su obstinada humildad, *chère* María! ¡Y no me refería ahora a sus capacidades musicales! Cuando volvamos, me gustaría enseñarle el arte de la composición —anunció autoritario, pero luego se amilanó un poco—. Aunque entiendo que debe consultárselo antes a Gregorio.

Ella no pudo disimularlo. Aquel era un halago inmenso que la ilusionaba de verdad, verdad, pensó. ¿En serio querría convertirla en su pupila?

—A Gregorio no va a importarle, se lo aseguro. —Una sombra de resignada tristeza le cruzó el rostro—. No, no va a importarle nada.

Un mes más tarde, María dejaba en manos de su marido el libreto de la que sería la obra española más interpretada por orquestas de todo el mundo. Cuando este terminó de leer la última página y lo cerró despacio sobre su nuevo escritorio de caoba, levantó sus ojos urgentes y negros.

—Esto... ¡esto es magnífico! —Besó con devoción la mano de su esposa—. Y *El amor brujo*... ¡es mucho mejor título, sí! Voy a llamar a Pastora Imperio.

Agarró el teléfono.

—¿A la Imperio? —María se llevó la mano al pecho—. ¿Estás seguro?

—¿Es que no te gusta? —se extrañó y colgó el aparato.

—¡Cómo no va a gustarme! ¡Es una escultura viviente!

Gregorio, el anhelante, seguía soñando castillos en el aire.

—Los figurines tienen que ser de un color imposible y la luz..., ¡fantasmagórica! Llamaré a Néstor. —Apuntó en su agenda y luego repasó una esquirla en su dedo índice de manicura perfecta—. El guitarrista estará en escena rodeado de lindas gitanillas...

—Espera —le interrumpió ella con cautela gatuna—, lo que ocurre es que al final no es sólo un guitarrista.

Él salió de su ensoñación por un instante.

—¿Cómo? ¿Son más?

—En realidad... son diecisiete instrumentos de cuerda y madera.

—¿Cómo?

Ella se mordió los labios, traviesa. Ay, María, reconoces esa mirada en Gregorio, ¿verdad? Sí, claro que la reconocía y le gustaba. O mucho se equivocaba o ese cordón luminoso y umbilical volvía a unirlos, como en París, como al principio. Se sentía orgulloso de ella, sí. La necesitaba a su lado y empezaban de nuevo a soñar juntos.

—Madre mía... —exclamó Gregorio con sus ojos rasgados e inquietos—. ¡Sí que has entusiasmado a don Manuel! —Le dio un toquecillo en la nariz—. ¿Algo más?

—Un piano. —Ella juntó las manos en un ruego—. ¡Pero será maravilloso! Creo que esta obra nos ha arrollado.

—Ya veo, ya... —murmuró concentrado sin verla, porque en su cabeza ya estaba iluminando el escenario con los colores del fuego—. Aun así..., merece la pena. Será una de mis mejores obras.

Hizo otra larga pausa durante la que incluso escuchó los futuros aplausos y luego le recomendó que se centraran en sacar adelante más obras como esa. Ah, y que se dejara de clases de armonía y de distracciones. Por otro lado, con lo que iba a pagarle, que se buscara ya una casa propia su don Manué,

¿no? Acarició el libreto engolosinado, con deseo, tanto que María envidió cada una de sus páginas.

Esperanzada por esa nueva aventura juntos, María y Falla se pusieron a trabajar en lo que sería *El sombrero de tres picos*, sin que ni el uno ni la otra sospecharan que iba a aparecer entre ellos un impedimento, para él, que no para ella: su amigo Joaquín Turina.

14

Madrid, 1914

Desde el 28 de julio, Europa entera estallaba por los aires.

La Ciudad de la Luz era ahora la de las sombras. Se apagó la alegría de los cabarets, se apuntalaron las puertas de los Music Halls en Londres y la Belle Époque pasó a ser la época de la catástrofe. Entre tanto caos, un joven llamado Francisco Franco se contemplaba en el espejo con orgullo, ajustándose al uniforme su nuevo fajín, le sacó brillo con la manga a la cruz del mérito militar y volvió a su tarea. Había mucho por hacer, se ordenó, considerablemente más ufano de lo que estaba su futuro aliado, Adolf Hitler, contemplando su propia cruz de segunda clase por la recién estrenada guerra a la que había ido voluntario. La soltó con desprecio en un cajón de su escritorio entre bocetos a lápiz sin terminar y se tiró en su camastro.

Por qué la Historia tiende a ser cíclica es un misterio. Quizá porque el hombre tiene el vicio o la necesidad de olvidar para seguir viviendo. El caso es que de aquella Ciudad de la Luz, en la que ahora se exhibía el solo y tremendista espectáculo de las llamas, habían salido huyendo Falla y Turina y ahora estaban ambos instalados definitivamente en Madrid. El primero en casa de los Martínez Sierra con la excusa de su colaboración con ellos, y el segundo en la suya propia, casado y con cuatro niños.

Mientras la vieja Europa agonizaba, España asistía a aquella representación de terror como espectador y el jardín del Ritz se convertía en el punto de encuentro del espionaje internacional. Por eso, esa tarde muchos asistían al concierto.

—Enhorabuena, maestro Turina, soy un gran admirador suyo. —El espía francés algo despeinado y cejijunto, cuya tapadera era ser fotógrafo de prensa, le dio un apretón de manos a Falla con su mejor intención.

—¿Ha leído usted el cartel? —el maestro gaditano parecía iracundo—, ¿es periodista y no sabe ni a quién viene a ver? —y siguió a María al salón pasando frente al anuncio del evento que mostraba su retrato, mismo sombrero e idéntico traje.

Ella cambió su abanico de mano y le cogió del brazo. Su amigo imperfecto era como la lámpara de Aladino: imposible imaginar que en algo tan frágil y pequeño cupiera un genio de tal tamaño. Sin embargo, era todo humildad. Sabía que no le importaba lo más mínimo que al entrar no lo reconocieran, pero también cómo le irritaba que lo confundieran con Turina a pesar de que lo quería como a un hermano.

—¡Es que ahora, encima, a esos plumillas absurdos les ha dado por llamarnos «los andaluces de París»! ¡Como si fuéramos un dos por uno! —se quejó con hartazgo cuando se sentaron.

María intentaba sin éxito frenar tanto la ira de su amigo como una carcajada. Era un día muy importante. Que no fuera cenizo. ¿Por qué no dejaba su enfado para mañana por la mañana? Falla se caló el sombrero hasta las cejas como si quisiera desaparecer y María se deleitó respirando aquel ambiente: el rumor del público se entretejía con la afinación de la violinista y un buen número de divinidades griegas se asomaban a sus palcos de nubes desde ese olimpo de frescos que decoraban el techo entre molduras doradas.

Iba a empezar ya. Encajada en una sillita Luis XV de la primera fila junto al compositor, le dio unos toquecitos expectantes en el brazo. Música y letra se miraron con emoción a los ojos cuando sonaron esos primeros acordes desconsolados que surgían de la guerra. La voz afligida de la soprano dio vida por primera vez a una canción sobre la muerte, su *Oración de las mujeres con los niños en brazos*:

> *Dulce Jesús que estás dormido:*
> *por el santo pecho que te ha amamantado,*
> *te pido que este hijo mío*
> *no sea soldado.*

El público oró con ellas en silencio. Se fijó en que algunos no podían reprimir unas lágrimas que escocían tanto dentro de los ojos azules, que vivían ese dolor desde el silencio cruel de sus falsas identidades.

> *Se lo llevarán, y era carne mía;*
> *me lo matarán, y era mi alegría.*
> *Cuando esté muriendo,*
> *dirá: «¡Madre mía!»*
> *y yo no sabré la hora ni el día.*

Las voces suplicantes de esas madres habían llegado hasta María y Falla en París. Habían visto cientos de cordones umbilicales mutilados por la metralla. Habían presenciado demasiados crespones negros colgando de los balcones donde ya no sonarían unos nudillos golpeando la puerta con el deseado: «Mamá, he vuelto». Qué desgarro. Nadie del entorno de María entendió que viajara hasta allí para contemplar aquel horror con sus propios ojos. A través de Falla había conseguido contactos y algún permiso. Pero desde el principio sintió que la embajada de España no le daba la bienvenida. Aun así, caminó entre aquellos soldados a los que les faltaban unas veces las piernas, otras el rostro o las manos, como si el autor de aquel cuento de terror se hubiera olvidado de terminarlos.

Al público del Ritz le llevó un minuto de silencio reaccionar, luto improvisado y necesario antes de comenzar a aplaudir. María se volvió. Aplausos entre lágrimas. Como cuando llueve bajo el sol y es mágico.

Ya en la salida se encontraron con Juan Ramón, quien, después de felicitarlos a ambos efusivamente y, aún congestionado, dejó en las manos de María un manuscrito.

—¿Un nuevo libro de poemas? —le preguntó Falla, deseoso de murmurar.

—No..., esta vez es prosa, maestro. O algo así. —Sonrió halagado por su interés, y luego a María—: Es un cuento tierno y luminoso sin importancia.

—Claramente, está usted enamorado —María guiñó un ojo a Falla—, ¿qué habrá sido del triste Juan Ramón, don Manué? Hace tiempo que no lo vemos, ¿verdad? Hasta me sorprende que haya tenido tiempo de escribir. Últimamente no hace otra cosa que dejarse pasear por Zenobia en su nuevo Chevrolet —acentuó su ironía y exageró su acento—. ¿Sabía usted, don Manué, que es la primera mujer en España que tiene carnet de conducir?

Falla aplaudió con cursilería, qué bárbara, qué mujer..., y Juan Ramón se sonrojó un poco. No estaba acostumbrado a dejar sus sentimientos a la intemperie o, lo que era lo mismo, fuera de un poema. Desde luego era mucho mejor pasear con su novia por Madrid que acudir a los cafés, les confesó. Últimamente echaban más humo del habitual: no sabían la que se había montado el martes pasado en El León de Oro, no, no, no..., ¡no los soportaba más! Juan Ramón se metió las manos en los bolsillos de la chaqueta. María enfundó las suyas en unos guantes verde guisante a juego con el sombrero. Sí, algo le había contado Gregorio, recordó ella, decía que ahora para discutir tenías que ser germanófilo o aliadófilo. Juan Ramón se peinó la barba cada vez más larga y triangular con la edad mientras asentía lentamente. Así era. Agotador. Y se dispuso a relatarles con pelos y señales. María entornó los ojos, anda que no se le notaba a su amigo perfecto cuando venía con ganas de murmurar.

En realidad, comenzó, el lío lo había montado como siempre Valle cuando no se le ocurrió otra cosa que llevar a la tertulia el manifiesto ese de adhesión a las Naciones Aliadas para que lo firmaran todos. Y el tema fueron las formas —Juan Ramón levantó las manos—, ¡ya conocían a Valle!, si él se lo habría firmado sin problema, pero, claro, allí estaba Galdós, el hombre, todo compasión y clarividencia —y ya medio ciego el pobre—, y el otro venga a insistirle como si le fuera la vida en ello, que firmara y que firmara, casi metiéndole la barba como un churro en el café, esa que no se cortaba desde principios de siglo. Vale que Galdós fuera la firma más codiciada de cuantos estaban allí, pero acosar así al viejo para que estampara su nombre aunque fuera a tientas... —porque leerlo no lo podía leer—, le pareció hasta grotesco. También lo había firmado Unamuno, le insistía Valle una y otra vez. Ya ves, como si un intelectual como Galdós fuera de tendencias ovinas. En fin, que en esas estaba cuando le salió Benavente al paso, que como sabían tampoco le gustaba la polémica, ironizó, rizándose el bigote como siempre hacía cuando iba a arremeter —creía Juan Ramón que por indignación ante el acoso a Galdós—, ¡pero no!, vino a decir que él no tenía tan claro que Alemania no tuviera «sus razones». Y que Baroja opinaba lo mismo que él. Bueno, bueno, bueno..., continuó Juan Ramón, pidiéndole a María un poco de aire de su abanico. «¿Sus razones?», empezó a tronar Valle. «¿Sus razones?», relampagueó varias veces más como un loco. Pensaban que le daba un pasmo. Hasta se le cayeron las gafas con una patilla dentro de la bebida del pobre don Benito que intentaba retirarse de aquel improvisado campo de batalla. ¿Qué razones podía haber para un genocidio?, le gritaba a don Jacinto, ¿había estado allí?, ¿en el frente? ¡Pues él sí! Y el otro, ya se lo podían imaginar, pleno de cinismo con esa peculiar sonrisita suya, entre alegre y tajante, que era todo un tratado de sapiencia y malignidad, seguía provocándolo.

María le sacudió con el abanico en el hombro. «¡Al grano,

Juan Ramón!, que esto no es un poema.» Falla se frotó las manos impaciente.

El poeta volvió a concentrarse en la historia y siguió relatándoles que, hablando de poemas, en lugar de poemas, ¿sabían lo que hizo Valle? Empezó a declamar en la tertulia, con esa memoria suya que hacía temblar las enciclopedias, todas las atrocidades sobre la guerra que había ido publicando como corresponsal de *El Imparcial* durante esas semanas, pero a grito pelado, hasta que Benavente no pudo más, se levantó y se fue.

—¿Y Gregorio y tú? —preguntó María—, ¿lo firmasteis?

Juan Ramón asintió, él sí, pero bueno... Gregorio tampoco es que se dejara ver mucho por allí últimamente, a decir verdad... «¿Ah, no?», preguntó ella. Su amigo entonces hizo una intencionada elipsis que los tres interpretaron inmediatamente y que a María le dibujó ese dolor en los ojos que ya reconocían sus amigos. Claro que no, se dijo ella, ¿qué esperabas, idiota? ¿Que sólo por parir otro hijo, otra obra en común, se renovarían los votos del amor? Levantó los ojos suplicantes hacia su amigo perfecto. Qué bien escribes entre líneas, amigo mío, le dijo mentalmente, pero no sigas, ya lo he entendido. No sigas, por lo que más quieras, cuánto dolor... El poeta recibió la súplica de aquellos ojos que tanto amaba y cuyo sufrimiento sentía como suyo, se ladeó el sombrero y esquivó el tema hábilmente: ya no se leía poesía en los cafés, no, queridos amigos, ya no se podía hablar de casi nada, la verdad, se quejó con amargura. No sabía qué le había horrorizado más: si las consignas proalemanas de Benavente o la virulencia con la que le había contestado Valle. Como siguiera así, cualquier día perdía la otra mano. Según decía su mujer, cuando estaba en casa se pasaba el día escribiendo en la cama, y cuando salía sólo lo hacía para liarla.

Al fondo volvió a sonar el piano, esta vez una melodía que hacía juego con el rumor de la fuente. Claro que se podía hablar, intervino María de pronto con otro espíritu, y se debía pero de cosas importantes:

—Tenemos a la mitad de la población analfabeta, los obreros trabajan hasta caerse muertos, las mujeres dan a luz más de cinco hijos cada una... ¿Por qué no habláis de eso en los cafés en lugar de decir tantas sandeces? Hablémosle al pueblo de esto, que es lo que les toca de cerca. Hablémosles a los políticos, ¡hagamos algo útil por una vez, concho!

Los otros dos escucharon su arenga con admiración.

—Tendría que estar en el Parlamento, querida María —dijo Juan Ramón.

Falla se santiguó como si hubiera escuchado uno de los nombres del diablo, eso que ni lo mencionara, le rogó, y a continuación se indignó porque Gregorio no hubiera asistido al evento. María lo disculpó como tantas veces. Cada uno tenía sus prioridades... Estaba muy liado intentando montar la compañía teatral ahora que había ganado 300.000 pesetas en derechos de autor. El músico abrió mucho los ojos y se espantó una mosca que le había cogido cariño. «¿Trescientas mil?», repitió como un eco asombrado. Esa era una cifra que ni le cabía en la boca.

—¡Pues entonces ya puede terminar de pagarme el encargo que me debe el nuevo presidente de la SGAE! —se crispó aún más.

—Oiga, maestro —le amonestó con su abanico—, que entre otras cosas está poniendo en pie su *Amor brujo*, así que deje su «amor propio» para un poquito más adelante.

Juan Ramón frenó una risa maliciosa y el interesado apretó los labios para sujetar el improperio, posiblemente en francés, que estaba ya en la recámara de su boca cuando vio que caminaba hacia ellos Joaquín Turina «con su muy acreditada sonrisa de conejo», comentario que hizo a todos reír. María sin embargo lo vio venir tan elegante, todo vestido de lino blanco y sombrero de primavera del mismo color con banda negra.

Estrechó la mano de su amigo con fervor.

—Fabuloso, maestro... —Luego besó la de María, discretamente—. ¿Dónde está su esposo? Querría felicitarle. La letra es bellísima, tremenda. ¿Y para cuándo *El amor brujo*?

Había estado ayudando a su querido Falla a pasar a limpio las partituras y estaban llenas de notas a mano del libretista de lo más interesantes... Hizo un intencionado silencio. No, reiteró, ¡ya no podía esperar al estreno!

Unos pájaros alborotaron el aligustre frondoso que los separaba del ajetreo del centro. Turina estiró las mangas de su traje, «hay que ver cómo se arruga el lino», y buscó con disimulo algún signo de complicidad o reacción en los ojos de aquellos otros dos hombres, los más estrechos colaboradores de Gregorio y, curiosamente, los más íntimos amigos de María.

Cuando salieron del Ritz se ofreció a acompañarla a casa ya que Falla, que aún vivía con ellos, tenía que quedarse atendiendo a algunos invitados. Al fondo quedó el piano, ofreciendo una melodía trivial, alrededor del cual se habían convocado los espías y sus tapaderas: un cirujano, dos fotógrafos, un intérprete, un periodista y un representante de una famosa marca alcohólica; en realidad, los topos de Italia, Francia, Rusia, Estados Unidos e Inglaterra. Toda una representación en miniatura de la Gran Guerra cantando jovial *I love the ladies*. Sólo faltaba en la improvisada fiesta el confidente alemán que estaba a punto de hacer su aparición estelar.

Sin percatarse de tanta intriga, Juan Ramón decidió que también se quedaría un poco más, pero su deseo no lo motivó el coro de confidentes que ahora entonaba canciones de la guerra, ni el frescor de oasis de ese jardín lleno de encantos, sino otro mucho más enigmático. El de la mujer que acababa de entrar. La verdadera estrella de esa función.

Iba envuelta en un abrigo de pieles de zorro blanco bajo el que fantaseó que sólo lucía su piel desnuda o, como mucho, un sinfín de sedas translúcidas cosidas con diminutas perlas. Sobre su pelo recogido, una tiara de princesa india. Aquella Mata Hari era en verdad una oda a la sensualidad. A su lado las bailarinas del Moulin Rouge que tanto habían humedecido sus noches juveniles le parecían ahora tiernas ovejitas que contar antes de dormir. La observó caminar hacia el salón dejando un rastro de cadáveres masculinos tras de sí y se unió al piano. Más tarde se enteró de que estaba alojada allí. En esos días todo el mundo hablaba de ella. En Europa, con sus actuaciones, se había convertido en todo un mito, pero al estallar la guerra tuvo que reinventarse, como todos. Por un lado, no estaba ella como para andar animando a los soldados en el frente, aunque lo había hecho, y por otro, los hombres con sombrero de copa que habían sido su público ahora querían algo más que sexo. Querían información.

Tampoco podía continuar con sus espectáculos, tal y como estaban las cosas. Así que se había establecido en Madrid hasta que se calmara el ambiente, y hacía algunas actuaciones estelares de cuando en cuando. Por su indumentaria, Juan Ramón dedujo que esa noche tendría alguna. Ojalá pudiera verla actuar de nuevo. La observó en la distancia como si la fuera a rezar: era Tara, o Krishna, o cualquier otra diosa de un panteón oriental. Sólo había tenido la suerte de ver actuar una vez a la diva de la Belle Époque. ¡Por fin alguien que elevaba desnudarse a categoría de arte! Su rostro de nariz y labios gruesos no era bonito por separado, pero junto a ese cuerpo de caderas serpenteantes y esos ojos capaces de desarropar a quien contemplaba, no había escapatoria posible. Pocos imaginaban que la inventora del estriptis conseguía con ellos un limpio salvoconducto al interior de los centros de decisión de la sociedad europea. Y ahora los tenía fijos en su próxima presa.

Juan Ramón se azoró. Ella le devolvía una mirada explícita y despreocupada. Pero cuando fue hacia ella hipnotizado se le adelantó su verdadero objetivo, el fornido Arnold von Kalle, agregado militar alemán, quien ya le traía una copa. Ella se abrió un poco el abrigo y deslizó una de sus piernas perfectas y musculadas como raíces hasta rozar una de las suyas. Mata Hari reía, reía mucho, sin imaginarse lo poco que le duraría la vida.

Tan sólo hacían falta dos años para que el hombre que tenía delante la traicionara.

Juan Ramón leería la noticia conmocionado en *ABC* durante un desayuno. ¿La agente H21? Dirían que su habitación en el Ritz había sido el escenario de sus citas amorosas con presidentes, militares... Entonces le tocó a ella protagonizar las tertulias de los cafés. El mundo del espectáculo en Madrid era un pueblo de cien habitantes y muchos fanfarroneaban de haberla conocido como colega de profesión, los más fantasiosos, de haberse metido en su cama; sexo aparte, los germanófilos como Benavente opinaban que Mata Hari había sido sacrificada porque los franceses necesitaban encontrar un espía que explicara su ineptitud durante la guerra; para las feministas, incluida María, había sido sin duda el chivo expiatorio perfecto porque el «libertinaje» ponía muy fácil etiquetarla como una enemiga de Francia; los amantes de la conspiración como Valle creían que los alemanes, conscientes de que los franceses habían descifrado su código, enviaron un mensaje a través de Von Kalle para dejarla más desnuda que nunca. Lo cierto es que seguiría sin saberse para quién trabajaba Mata Hari en realidad, si era una agente doble o quién la traicionó. Sólo trascendió que después de ser condenada a muerte, escogió para tan señalada ocasión unos zapatos altos, un elegantísimo abrigo anudado a la cintura y su sombrero favorito de ala ancha. No llevaba su corona de princesa india, tampoco una de espinas, pero sí estaba preparada para cargar no sólo con los pecados de Francia sino con los de todos los hombres. Uno de sus doce apóstoles se acercó para vendarle los ojos, pero ella lo paralizó con el dardo de su mirada y negó con la cabeza. «Ramera sí, traidora jamás», dijo antes de que el comandante diera la orden. Ella fue más rápida. Les disparó un último beso antes de que abrieran fuego y se desplomara. Los periódicos sensacionalistas la hicieron responsable de la muerte de miles de soldados aliados.

Pero esa tarde, en el salón del hotel Ritz, Mata Hari reía y brindaba con su judas entre cóctel y cóctel. Irónicamente, nadie reclamaría ese cuerpo tan deseado. Por eso lo entregaron a la Escuela de Medicina de París donde se recosió mil veces durante las clases de disección. Eso sí, a María le llegó a través de un contacto la macabra noticia de que su cabeza se preservó en el Museo de Anatomía durante años con la esperanza, quizá, de que en el futuro alguien consiguiera desencriptar ese magnífico cerebro lleno de enigmas. Cien años después, durante un inventario, un funcionario reportó que había desaparecido a saber cuándo. Algún coleccionista la contemplaría ahora con fetichismo en su vitrina.

Ajena al nido de espías en el que había pasado la tarde, María iba acompañada de Turina con una tristeza atravesada en la garganta como la espina dolorosa de un pescado. Quizá había sido la música de aquella oración lo que se le había atragantado. Continuaron caminando en silencio. «¿Cruzamos el parque del Retiro?», propuso él. Sí, seguro que sería agradable sentir la arena crujiendo bajo sus pies, le contestó ella, escoltados por las altivas estatuas de la entrada de Alcalá. Continuaron paseando hasta que, cuando pasaban por el lago, por fin se atrevió:

—María, quería decirle algo sobre esas anotaciones que he encontrado en el pentagrama... —titubeó y movió un poco su bigotillo—. Don Manué me ha confesado que viajaron juntos a Granada.

Ella tensó el cuello y alzó la barbilla.

—Don Manué no debería haber hablado de los detalles de nuestra colaboración —soltó molesta, apartándose las moscas con los guantes en una mano.

—No, por favor, no le culpe. —Se detuvo mirando el lago verde y sólido como una gema—. Fui yo quien sacó conclusiones.

—¿Conclusiones? No estará sugiriendo que...

—En sus circunstancias conyugales, María, yo nunca me atrevería a juzgarla si ustedes... —la interrumpió.

—Nosotros... ¿qué? —Guiñó los ojos algo más seria de lo habitual—. ¿De qué está hablando?

—¿Es así? ¿Tienen sentimientos el uno hacia el otro?

María rompió a reír, aliviada. ¿Don Manué y ella? ¿Ella con don Manué? Y el cristal de su voz hecha añicos excitó los tímpanos del fascinado músico como si fueran piedras de un río brindando entre sí.

Luego, algo apurado por sus propias conjeturas, Turina le explicó que era algo tan inusual que una mujer casada viajara con otro hombre, que claro...

A ella se le cortó la risa.

—Supongo que lo que intentaba decirme antes es que Gregorio no tendría argumentos con demasiada fuerza para oponerse, ¿es eso? —le interrumpió intentando disimular su disgusto—. Vaya, últimamente todo el mundo parece empeñado en hacerme saber lo que creen que saben. Pero, ya que le interesa tanto, que sepa usted que sólo fui a Granada para comunicarle al maestro Falla las notas de Gregorio, y luego...

—María, he leído esas notas atentamente —la cortó sin más preámbulos—. Y las he comparado con la letra de algunas de las cartas que ustedes nos dirigieron a mí y a mi esposa durante el verano pasado. Por eso le quiero hacer una proposición.

Ahora sí que la había dejado sin palabras. Desvió la mirada. Ten cuidado, María, pisas arenas movedizas, pero él, sin embargo, le buscaba los ojos, apoyado en la barandilla del lago sobre el que se iban acercando algunos patos cotillas.

—Quiero escribir algo con una letra que sea capaz de llegarme al corazón como la de esta tarde —le anunció—, y llevo tiempo con ganas de inspirarme en melodías árabes. ¿Vendría conmigo a Tánger?

Ella se quedó rígida como una de las estatuas del paseo.

—Pero... ¿cuándo?

—Esta primavera.

—¿Y Obdulia?, quiero decir, ¿estará de acuerdo? ¿Y el estreno de *El amor brujo*?

—Llegaremos a tiempo para el estreno, se lo prometo, y de Obdulia... ya me encargo yo.

Cuando llegaron a la calle Velázquez ambos llevaban una sonrisa tonta prendida del rostro. Él se encargaría de todo, anunció pletórico: los billetes, los horarios, todo, y se despidió besándole la mano con galantería.

Al llegar a su casa, en el edificio contiguo, Obdulia, sentada en su pequeño tocador parisino recién encerado y sin dejar de cepillarse metódicamente el pelo, recibió un beso frío de su marido en la frente. Buscó su mirada en el espejo: «¿Y cómo es ella?», le sorprendió de pronto, «la mujer de Martínez Sierra», aclaró. Él se sentó en el descalzador de raso recién tapizado y cambió sus zapatos por unas chinelas adamascadas que acababa de comprarle. «No lo sé... —respondió—, sosa.» Obdulia pareció satisfecha. Luego meneó la cabeza: aun así, no se merecía lo que le estaba haciendo su marido, y comenzó a cepillarle con parsimonia la chaqueta que había colgado en su nuevo galán. Turina la observó dentro de su pequeño mundo. ¿Cómo era posible que gastara tanto dinero sin salir de casa?

María abrió la puerta y hasta se olvidó de echar la llave. Ni siquiera le entristeció su tradicional quejido al abrirse. Últimamente era lo único que la recibía en su hogar ahora que la doncella estaba de permiso. Llegó hasta el dormitorio, abrió el manuscrito de su amigo perfecto y leyó las primeras líneas: «Platero es pequeño, peludo, suave; tan blanco por fuera [había tachado esto último], tan blando por fuera, que se diría todo de algodón, que no lleva huesos. Sólo los espejos de azabache de sus ojos son duros cual dos cucarachas [otro tachón para cambiarlo por otro bicho más poético], cual dos escarabajos de cristal negro».

Vaya, vaya..., sonrió, ¿quién es este poeta en prosa que escribe por fin sobre la belleza sin sombras? ¿Te das cuenta,

María? Tantos años intentando alegrarle un poquitito el alma a este poeta del demonio y llega el amor... ¡y le hace escribir sobre un hermoso burrito de algodón! El amor, suspiró con amargura, qué arma tan poderosa, ¿verdad? Le dio un ataque de tos. Algo que escocía cada vez más volvió a su garganta. Caminó hacia la cocina cruzándose la bata. El amor..., sí, capaz de volver a la vida a los muertos y de arrebatársela a los vivos. Se calentó un vaso de leche y, sentada en la cama, abrió el libro. Quizá debería hacer ese viaje a Tánger.

¿Se podía crear belleza sin desasosiego?, se preguntó en la cubierta resbaladiza de aquel barco que zarandeaba las aguas fronterizas del Estrecho como una niñera violenta. Ojalá el suelo parara bajo sus pies o lograra encontrar un punto en el cielo sin movimiento, pero el planeta entero le llevaba la contraria a su estómago. Respiró todo lo profundo que pudo. Sí, claro que se podía, se respondió al contemplar la figura de Joaquín acercándose sonriente hasta la hamaca en la que se hallaba desfallecida. Lo encontraba comiquísimo y elegante con sus chinelas y una botella en la mano. Qué gusto de hombre..., todo en él parecía calma sonriente y aceptación de las cosas. También aquel vals frenético de las olas, como lo llamó.

—¿Cómo se encuentra, querida? No queda una rata sobre la cubierta.

—Ya lo sé —su voz sonó entrecortada—, pero en mi experiencia, prefiero volarme de la cubierta que bajar a ese infierno maloliente donde todos los pasajeros habrán echado ya hasta el alma.

—Venga —la ayudó a incorporarse, caballeroso—, dele un traguito a esto.

Le sirvió en el tapón un poquito de aguardiente, era un truco de marinero, calmaba las náuseas, dijo, y se lo acercó a los labios. Luego recostó la cabeza de María contra su pecho. Qué bien se estaba allí..., pudo respirar su colonia de especias y la loción de afeitado. Observó su barbilla en escorzo y el hoyito encantador que la partía en dos. Fue entonces cuando le ocurrió algo insólito que recordaría siempre. Volvió a sentirse protegida por primera vez en muchos años, quizá siglos. ¿O es que nunca te has sentido así antes, María?

—Voy a por un poco de agua «no tan ardiente», ¿le parece? —Le hizo una mueca simpática.

Lo vio alejarse sobre aquel barco tumbada con el mismo relax que si estuviese paseando por la Castellana. Ella aprovechó para llevarse la mano al bolsillo. Haría otro intento. Sacó la carta.

> Mi ilustrísima amiga:
> Me propuse escribirle anoche mismo, pero los ensayos van algo atrasadillos... ¡Horror, terror, etc.!
> En fin, hablemos de la obra «Amanecer». Ya sabrá Vd. por Gregorio, mucho mejor que por mí, detalles del estreno. Sin embargo, se levantó el telón cuatro veces al final sin que se oyese la menor protesta a pesar de la mala intención que llevaban unos cuantos estúpidos. Perdón por la malísima letra, pero la culpa es del indino tiempo que marcha *trop vite*.
> Con toda mi admiración y amistad,
> D. Manué
> (*er* de las músicas)

María se incorporó como pudo y, agarrada al respaldo de su hamaca, sacó un lápiz de su bolso:

> Mi querido don Manué:
> Dice usted «unos cuantos estúpidos», y eso me hace reír, porque veo que se le ha contagiado a usted un poquito de mi modo de hablar.

Tuvo que dejar de escribir. El lápiz cayó al suelo y rodó por la cubierta. No pensaba recuperarlo. Cerró los ojos y se recostó de nuevo. Ojalá regresara pronto su salvador con el agua. Se quitó el sombrero y dejó que la brisa la despeinara. Desde luego Joaquín era el compañero de viaje ideal. Se había ocupado de todos los billetes, los alojamientos, los itinerarios, las horas de salida y llegada: qué malas son las comparaciones, ¿eh, María?, porque le vino a la cabeza bruscamente el autor de aquella carta para quien todo era conflicto, incomodidad, dificultad, tortura... O el mismo Gregorio, no nos engañemos, que lo tienes que encañonar para que salga de Madrid desde que te casaste y que te pregunta, calcetín por calcetín, qué se lleva. Sin embargo, Joaquín no, Joaquín hacía su maleta... y al final del viaje terminaría organizando la suya. A ti sólo te queda la despreocupación feliz de marearte sobre la cubierta, ¿de qué te quejas? Era feliz, sí. Feliz hasta que abrió un ojo y pudo ver cómo una sirena con forma humana había surgido por arte de magia sobre la cubierta y le había cortado el paso a su solícito acompañante aprovechando que él se había retirado un poco para fumar. El barco dio un brinco y la sirena se le vino encima. Él la sujetó caballeroso. La espuma rabiosa y salada del mar salpicó el suelo. Escuchó sus risas. Luego la voz joven e intrépida de la viajera informándole, casualmente, de que viajaba sola. Se volvieron hacia donde estaba con los ojos entornados. «Oh... —la escuchó lamentarse con preocupación fingida—, hay que ver cómo se marea su señora.» ¡Pobrecilla! María supuso que la dedicación con que la trataba su músico le había hecho deducir que era su marido, pero no deseaba su compasión despreciativa, no. Lo que sí le hizo sentir algo parecido al orgullo fue que Turina no la sacara de su error. Y luego volvió a la carga, más melosa: «Usted, en cambio..., no se ha mareado», e hizo una caída de pestañas. «Ya ve usted», respondió él mordiendo su cigarrillo. Ella acentuó su coquetería: «Yo tampoco, no me mareo nunca». Turina cazó su sombrero al vuelo cuando se lo arrebató una bofetada de viento, «¿nunca?, ¿de veras?», y le dedicó una sonrisa picarona, «¿ni siquiera ante una emoción fuerte?». Y ella, «nunca..., se lo puedo asegurar».

«Eso habría que verlo», le escuchó decir a él, y supuso que detrás le había sonreído con malicia.

María cerró los ojos para darles intimidad, pero algo conocido le hervía en las venas como una cafetera. Sus voces se fueron alejando un poco y afinó el oído. Le pareció que hablaban de Andalucía y de que irían a la próxima feria de Sevilla. Entonces allí se encontrarían seguramente, supuso él, y después de un «si me disculpa», volvió hacia donde agonizaba su nueva esposa.

—Le felicito por su nueva conquista —balbuceó María sin abrir los ojos.

Él se apoyó en las rodillas y la analizó con curiosidad. ¿Aquello eran celos?, se preguntó, halagado. Y se limitó a disiparlos:

—No lo creo. —Le guiñó un ojo a su esposa en la ficción—. A la Feria iré con Obdulia y con mis hijos. Dudo que sea un buen plan para esa jovencita.

Ella abrió los párpados despacio y se encontró con su rostro más cerca de lo que esperaba haciéndole un eclipse perfecto al sol. En ese momento subieron los marineros dando voces para anunciar que el barco no podía acercarse a puerto debido al mal tiempo, así que tuvieron que desembarcar en unas salvavidas donde iban hacinados como si fueran los supervivientes del *Titanic*.

Qué días y, sobre todo, qué noches. Extraviados en los laberintos de la ciudad mora, dejándose guiar por unos cuantos músicos que los colaban en las trastiendas de los cafetines, les organizaban sesiones de música para que pudiera entrar María aun siendo mujer y el maestro a documentarse. Mientras, ella iba escribiendo en forma de verso todo lo que se le ocurría para proporcionarle un punto de partida a su inspiración musical. Aunque su inspiración era ya otra y no necesitaba palabras.

Qué gusto de hombre..., se decía una y otra vez, y es que

todo le entusiasmaba: los músicos sentados sobre un tapiz andrajoso, descolorido, la percusión de las darbukas entre sus rodillas y los bombos bereberes que les hacían entrar en trance el corazón, el laúd árabe y las guitarrillas de tres cuerdas, los cantos monótonos que venían de tan lejos y los danzantes sobre alfombras que parecían ir a echar a volar. Por las mañanas se perdían por el zoco, aspirando su olor a hierbas, a regaliz y a sebo frito, y si había aglomeraciones, la tomaba de la mano para que no se perdieran. Eso le encantaba. Gregorio nunca lo había hecho porque no le iba bien de altura y parecía más bien que ella le llevaba de la mano a él. Por eso a María se le aceleraba el corazón cada vez que se la tendía extendida entre las chilabas, pidiendo la suya. «¿Te das cuenta? —le dijo una tarde él de forma distraída—, hay manos que encajan como las piezas de un puzle y otras que no.» Y las suyas lo hacían igual que las palabras de María encajaban con sus corcheas.

Mi admirable amiga:
En el momento de poner estos dos puntos tengo la alegría de recibir su postal, que tanto bien me hace... Por las que he recibido de Turina sé que también trabaja como una fiera porque cada vez son más escuetas. ¡Qué hombre!
Tengo que hacer un esfuerzo para no enorgullecerme demasiado al ver la bondad con que usted no olvida al triste peregrino que la acompañó en el viaje inolvidable a Granada. Procuro seguir sus admirables consejos... ¡Pienso mucho en las ventanas del Salón de Embajadores y en el Albaicín y en el Jardín venenoso y en tantas cosas más!
En toute affection,
D. Manué

Ella lo leía sorbiendo un té con hierbabuena a una temperatura que no creía posible y recibiendo el sol a través de una de esas celosías que tanto le recordaban a la Alhambra.

Mi don Manué:

Puede usted ponerse todo lo orgulloso que guste, porque estoy decidida a acordarme de usted lo menos cuatro veces al día. Pero no se las dé usted de peregrino triste, porque eso no le pega. Se ha reído usted demasiado en nuestro viaje para que yo pueda creer en su tristeza. No sé cómo volverá de musical el maestro Turina. Pero ahí va «El pan de Ronda» que me pedía usted.

Gregorio me dice en su conferencia de esta mañana: Don Manuel trabaja mucho. ¡Así se hace! Y eso mismo pienso hacer yo en cuanto llegue a Madrid.

No escribo más, porque no quiero quitarle a usted un tiempo precioso.

Salud e inspiración.

Con todo cariño,

María

Siempre hay una noche de las mil y una.

Y esa la recordarían siempre.

Se detuvieron hechizados a escuchar sin comprender a un recitador de cuentos que relataba recreándose en cada sílaba las otras mil. Turina evitaba a toda costa mirarla, pero su risa era un imán demasiado poderoso y no sólo para él. La escuchaba comunicarse gracias a cuatro palabras en árabe con aquellos cuentacuentos, «yo también recito», les bromeaba, y enseguida tenía un corrillo alrededor. Nunca la había visto tan feliz: le regalaron flores y pulseras, le enrollaron seductoras serpientes al cuello, las ancianas le dibujaron con jena misteriosos mensajes en las palmas de sus manos, «para su boda», le decían, y luego los hombres pujaban por ella llegando a los cien camellos. Aquella mujer tenía la capacidad de convocar con sus palabras a la multitud, pensó, como un profeta. ¿Cómo podía estar tan eclipsada? En cambio, si estuviera a su lado... Pero Turina trató de espantar aquel pensamiento tramposo justo cuando ella lo agarró del brazo, curiosa como una gata, para preguntarle qué eran esas bolitas repugnantes que todo el mundo hacía cola para comprar.

—Son filtros de amor, señora. —El vendedor se las mostró con una sonrisa desdentada—. Se las hace tragar al marido o a la mujer para asegurar su fidelidad eterna. ¿Quieren ustedes unos cuantos? —y se echó a reír.

Ambos se dirigieron una mirada cómplice como si fueran otros, redescubriéndose, unos desconocidos que se encontraban de pronto.

—¿Tú qué crees, Joaquín?, ¿deberíamos tomarlos?

—No —respondió él, muy sereno y muy despacio—. Yo creo que no.

Y decidieron, sin decirlo, tomar la ruta más rápida hacia el hotel, en la que las calles parecían hacerse más cuesta arriba y el empedrado más intransitable para los pies de una mujer. Por eso, bajo la luz de un único farol lleno de polillas, de pronto la cogió en brazos. Ella rodeó su cuello con los suyos. ¿Por qué te sientes así?, se preguntó sin querer hacerlo, ¿por qué te sientes en casa? La noche olía a flor de azahar como su Granada. Ya no se escuchaba el rumor apagado de los rezos en las mezquitas ni el clamor ancestral de los almuecines. Sólo la percusión bereber de dos corazones en trance. El resto del trayecto lo hicieron en silencio hasta que ya en la entrada del hotel María le dijo: «Ya me puedes soltar». Y él sólo respondió:

—No, aún no.

Mi admirable amiga:

«El pan de Ronda» me ha gustado de un modo extraordinario. Creo que la música brotará como por magia de sus palabras de usted. ¡Cuánto deseo poder trabajarla juntos! Gregorio está muy contento de la marcha de los ensayos de «El amor brujo». Yo estoy contento también, pero tal vez algo menos. Es verdad que con esto de no dormir apenas estoy absolutamente estúpido y casi inconsciente,

¡y la pieza se estrena pasado mañana! ¡Horror, terror, etc., etc.!

Ya queda menos.

A sus pies,

Don Manué

(*er* de las músicas)

Sí, ya quedaba menos, suspiró María al cerrar el sobre.

Por eso, todas las noches que les quedaban juntos a partir de aquella regresaron al pueblo estirando el paseo para respirar a pleno pulmón ese aire de libertad salada que venía del mar. Joaquín compraba un cucurucho de langostinos por unos dírhams y se los comían paseando por la playa. La luna iluminaba la escenografía perfecta de las barcas ancladas cerca de la orilla y las sombras en el muro de la playa los invitaban a pararse cada poco, refugiados en la oscuridad. Sabían que llegaban al jardín del hotel cuando empezaban a oler a tomillo, romero, espliego y menta. A veces aún estaba sonando la orquesta —un solo violín tartamudo acompañado por un pianista de mil años—, que improvisaba valses melancólicos en el vacío, y como eran los únicos clientes, los músicos acababan charlando y tocando para ellos casi hasta medianoche. Si no estaban, subían las escaleras apresurados y felices a la habitación. Y cada vez que ella se deshacía en una de sus carcajadas de río, él, como un retratista, le decía: «Sigue, María…, sigue riéndote un poco más, por favor, no pares», y sacaba su libreta de pentagramas para tomar notas del natural.

Mi admirable amiga:

Me dijo ayer Gregorio que llegará usted a Madrid casi en el momento de empezar el estreno. No tengo que decirle cuánto me he alegrado.

¡Ah!, ya sabrá usted que «Amanecer» sigue su carrera triunfal…

Hasta muy pronto, *n'est-ce pas?*

¡Con toda mi amistad!
¡Con toda mi gratitud!
D. Manué

Aún despeinada, se sentó a la mesita donde el servicio de habitaciones había dejado el desayuno: dátiles, nueces, piñones, café o pastelitos de miel. Esto parece un cuento, y se llevó uno a la boca. Luego chupó su dedo índice para no marcar el papel.

Don Manué:
Sabrá usted que estamos en Gibraltar dentro del propio nido de las estrellas. Es de día, hace sol, pasan por la calle inglesas muy feas, niños muy bonitos, judíos, monos, indios... ¿No se le ponen a usted los dientes largos? Le echo a usted de menos una porción de veces al día.
Salud,
María

Pero llegaron a las mil y una de todas sus noches.
Había que volver.
Antes le comprarían a don Manuel cigarrillos de contrabando, así se le pasaría el enfado por no llegar a tiempo, propuso Turina, y chucherías indias para sus niños. Aun así, al final decidieron pasar un día más en Algeciras observando el Peñón iluminado por el fulgor de los proyectores que vigilaban el Estrecho. La noche parecía un tul cosido de estrellas sobre sus cabezas.

Y llegó el gran estreno. El Teatro Lara estaba hasta la bandera. En su interior, Catalina Bárcena ocupó su palco y no necesitó que la siguiera un reflector porque ella era en sí frontera y protectorado, y sabía que atrapaba toda la luz sin proponérselo, aunque en algo ayudaba su atuendo. Vestida de satén con una pluma de avestruz albina atravesando su cabello dorado, su aparición desató un intenso rumor entre el público. A su lado se sentaría Gregorio justo antes de que se apagaran las luces, tras las últimas indicaciones entre bambalinas. En el camerino principal, Pastora Imperio, vestida de rojo llamarada, calentaba los tobillos y los brazos describiendo círculos en el aire, y Falla, en la puerta de artistas, consumía un cigarrillo tras otro hasta que un acomodador le entregó un telegrama.

—Es para el señor Martínez Sierra y para usted, maestro —anunció.

Leyó el título: «Éxito *Amor brujo*», decía, y luego un mensaje breve como un escopetazo:

> *16 de abril de 1915,*
> *Teatro Lara*
>
> Enhorabuena. Abrazos. Viva la vida. Llegamos mañana en el exprés. No espere en la estación. María y Joaquín.

Don Manuel tiró el cigarrillo a la acera donde corría el agua de una tubería rota, y quiso ahogarse con él. Al abrir la puerta de hierro el teatro bostezó la oleada de la afinación que se extinguió con un portazo. Podían empezar, le anunció al concertino, ya no esperaban a nadie más..., a nadie, y caminó por los pasillos solitarios y alfombrados con las manos enlazadas a su espalda como si lo llevaran preso hasta su butaca. De hecho y contra todo pronóstico, iba a quedar preso, pero de amor, en el instante en que vio aparecer su silueta recortada sobre la luz roja e intensa del escenario, caminando despacio sobre el pentagrama de su *Danza del fuego*, hasta que alzó los brazos que se retorcieron como hipnotizadas cobras. Incluso Benavente, sentado a su lado, ya escribía en la oscuridad sobre su programa, sin poder dejar de admirarla, lo que publicaría en *El Imparcial* al día siguiente: «¿Es tan hermosa? —garabateó conmocionado—, peor que hermosa. Es mármol y es fuego. Yo diría que es la escultura de una hoguera. Ve uno a Pastora Imperio y la vida se intensifica: van pasando amores y celos de otras vidas y se siente uno héroe y bandido. ¡Bendito sea Dios! Porque cuando ve uno a Pastora Imperio cree uno en Dios lo mismo que cuando lee a Shakespeare».

Ajena al momento en que *El amor brujo* se convertía en leyenda, al otro lado del Estrecho y anchísimo brazo de agua en el que se besaban dos mares, María escuchaba por primera vez tararear la pieza inspirada en su risa mientras subía de nuevo, irremediablemente, la marea.

15

Madrid, 2018

De fondo, la sonata a piano que Turina le dedicó a María, y que ahora sólo se llamaba escuetamente *Retrato*. En el escenario, Francisco en la penumbra tocando el piano en una esquina. Una luz tímida y minúscula como de luciérnaga alumbraba la partitura. El resto estaban desperdigados por las butacas como si hubieran encontrado la suya entre cientos de espectadores invisibles.

—Qué bonito... —suspiró Lola con su cabeza de pelo azul apoyada en el hombro de Leonardo—. Pues qué queréis que os diga, yo me alegro de que se diera una alegría *pa'l* cuerpo.

La reunión de esa tarde no había sido del todo insatisfactoria, según le comentaría Lola a Noelia al final del día. El hecho de no tener a la directora en la sala provocó, en palabras de la ayudante, «que se desinflara un poco el suflé de los egos» y por fin habían tomado la iniciativa en el trabajo. Parecían haberse convencido de la importancia de averiguar antes del estreno a quién atribuirle la obra. Además, como había apuntado Francisco con mucha gracia, había algo de pirandélico en aquella gesta que estaban protagonizando: eran cinco actores en busca de autor.

Según Lola, como en la Gran Guerra, se habían formado en la compañía dos bandos: Cecilia y Augusto estuvieron toda la tarde empeñados en desprestigiar el comportamiento contradictorio de Lejárraga por ser una abanderada del feminismo, y Leonardo y Francisco en defenderla, aunque este último empezaba a tener, al menos en el campo de lo musical, algunas certezas. Por otro lado, Lola le comentó algo que la dejó pensando porque no era consciente. Según su ayudante, Noelia había empezado a alzarse como portavoz de su investigada. Excusa perfecta para que el cerebro de Lola, que últimamente razonaba a medio camino entre el budismo y lo esotérico, empezara a buscar todo tipo de sincronicidades entre la directora y Lejárraga —«señales», solía llamar a cualquier coincidencia— que apuntaban a que Noelia había sido escogida para esta «misión», como dejó caer Alda, o bien existía algún tipo de misterioso vínculo entre ellas.

Cuando se cansó de tocar, Francisco se levantó del piano, cogió su caja de kleenex y soltó encima de la mesa tres manuscritos con una letra que, tras haber leído tantas cartas, ya sabía reconocer. Ya imaginaba la reacción que iban a tener sus conclusiones. Luego le pidió a Lola que proyectara una página concreta del libreto original escrito a lápiz y el motor del proyector retumbó en la sala vacía como si fuera a despegar un avión.

—A mí no me queda ninguna duda —soltó tras darle mil vueltas—. Son los originales de *El amor brujo* y *Noches en los jardines de España* de Falla y la ópera *Margot* de Turina —prosiguió y estornudó en tres tiempos—. Esto es... para un músico, simplemente es..., creo que me va a dar un ictus.

Tras esta drástica afirmación se armó el esperado revuelo.

Leonardo se levantó repentinamente de la butaca que se cerró como un cepo, entonces, ¿era la letra de María?, y caminó hacia el escenario haciendo crujir sus pantalones de cuero. Esa tarde parecía la versión rubia de Danny Zuko de *Grease*. A lo que Lola, detrás de la potente luz del proyector, le replicó que aún no se podía confirmar, y luego se escuchó la voz perezosa de Augusto desde algún lugar del primer anfiteatro sugiriendo que llamaran a un grafólogo.

—Pues llama también a un ufólogo, a ver de qué planeta viene este —dijo Leonardo, proyectando la voz—. A ver, miradlo bien. Yo creo que Francisco tiene razón. Está a lápiz, ¡y ella solía escribir a lápiz!

Lola le dio un manotazo para que no las arrugara y, de nuevo, desde la oscuridad de las butacas se abrió paso la ironía de Augusto: «Claro, como están a lápiz... ¡Otra prueba tan científica como la del calambre!». Desde el escenario Francisco levantó su dedo índice y atrapó su atención.

—Para mí la investigación ha dado un giro —sentenció, pomposo.

Augusto venía protestando por el pasillo central: «Ah..., ¿y por qué? —decía—, pero vamos a ver..., ¿quién le dio la idea de *El amor brujo*?». Argumento que provocó que el querube vestido de motero se enzarzara con el profesor en una de sus famosas polémicas:

—A ver si lo entiendo... —alzó sus ojos azules e incrédulos—, ¿le llamas «dar la idea» a decir: oye, nena, escríbete con don Manuel una de gitanos, anda, que está de moda. —Todos se echaron a reír—. ¡Que eso es un encargo, hijo! ¡Y encargar no es escribir!

El otro caminaba por el escenario en círculos con las manos en los bolsillos, y seguía refunfuñando que no, no podía estar de acuerdo, las obras musicales pase, podían ser una excepción, admitió con la boca pequeña, y el Rubio, sin dejarle terminar: ¡entonces ya eran dos excepciones!, antes los discursos..., ahora los libretos... Oye, oye, oye, se escuchó a Cecilia que entraba en ese momento haciendo equilibrios con los enésimos cafés, que lo de los discursos feministas aún no lo tenía tan claro. Por cierto: hablando de feminismo, les había enviado un link para que votaran la retirada de los museos de las obras más machistas de la Historia. ¿El número 1 de su ranking? *Los sátiros y las ninfas* de Rubens. ¡Una clara apología a la violación! Y, dicho esto, la actriz se echó dos azucarillos al café y fue a sentarse al lado de Lola, que la observaba perpleja deseando que lo de los cuadros fuera broma..., pero no lo era. Aún recordaba el momento en el que le devolvió aquella preciosa edición de *Alicia en el país de las maravillas* que le regaló por su cumpleaños: nunca entraría en su casa la obra de un pederasta, le dijo muy seria.

El rubio tomó asiento de mala gana en una butaca de la primera fila, pero Augusto, deseoso de no abandonar el pulso, se enfrentó a él desde el escenario:

—A ver, Leonardito, majo, que para escribir un libreto tampoco hace falta mucha literatura, aunque parece que para ti son un Shakespeare. Mira, te lo voy a explicar: es un argumento muy sencillito al que luego se le encajan unas cuantas coplillas, ¡y olé y olé! —Dio unas palmas flamencas e hizo una verónica.

Pero con esto no estaba nada de acuerdo Francisco, muy admirador de ese género, nada de eso, que encajar la letra en la música era un trabajo de chinos.

—Te querría haber visto a ti trabajando con Falla —opinó, abriendo de nuevo la tapa del piano que le enseñó su dentadura perfecta.

Leonardo no quiso seguir polemizando con Augusto, quien seguía frente a él buscando gresca, sólo se llevó las manos a la cabeza y se estiró exageradamente. El otro también fue a decirle algo, pero se contuvo, prefirió enviarle un beso con la mano y salió del escenario. Iba a airearse un poco, dijo como excusa, a ver si pasaba algún borracho y le contaba cómo había quedado el Madrid, en ese búnker la cobertura era una mierda, momento que aprovechó el querube para acercarse donde Lola y Francisco ordenaban las nuevas pruebas.

—No puedo con él —les confesó. Apretó sus mandíbulas cuadradas—. Además de que va a por mí, aunque eso me da igual, ¿os parece normal que este tío ni siquiera se pregunte cómo pudo escribir tantísimo un productor y director que gestionaba un teatro y una editorial... —«respira», le decía Francisco, pero su ira iba en aumento—, que andaba viajando siempre con la compañía, que no sabía música y escribía libretos, que sólo se sabe que hablaba francés y firmó traducciones del alemán, del italiano, del inglés, y que tiene una doble vida y escribe discursos feministas...? ¡Hombre, no me jodas!

—¿Puedo hablarte ya?

—¡Sí, coño! ¿Por qué no vas a poder hablarme?

Francisco le entregó un periódico y buscó la complicidad de Lola.

—Pues súmale a tu indignación esta entrevista.

Madrid, 1915, Teatro Eslava

Gregorio se sentó frente a la nueva mesa de su nuevo despacho de su nuevo teatro. Todo olía fuertemente a nuevo y a barniz. Hasta su ropa cuando se la quitaba en casa, como si también a él le hubieran dado brillo. Y era cierto que todo el mundo advertía en el empresario un nuevo fulgor. Habían abierto todos los balcones que daban a la calle del Arenal y entraba por ellos un sol de mediodía y las primeras avispas aturdidas de la estación. Malditos bichos. Eso era lo único que le asqueaba. Sobre la mesa, un tintero de cobre esmaltado con pluma de pavo real, regalo de su amigo Benavente, gran parte de los libros firmados todos por Martínez Sierra y una máquina de escribir nueva que mordía un papel con el membrete: «Presidente de la Sociedad de Autores Españoles».

Delante de él, un joven periodista con más pecas que piel colocando sin atinar una aparatosa máquina de fotos que apenas lograba sujetar el trípode.

—Insisto en no querer hacer recuento de mis logros —comenzó Gregorio— porque en España no se conocen —y se apoyó con relax en el respaldo de su silla.

—Por eso le insisto yo. —El periodista pasaba con rapidez las páginas de su libreta.

—Mire, yo he sido estudiado en *Le Temps* por mi obra

Canción de cuna, he sido invitado por la Sorbona a dar disertaciones de teatro español... —El otro escribía a toda prisa—. Mis obras están traducidas al inglés, al francés, al italiano y al alemán..., pero eso no lo escriba usted.

El joven levantó la vista.

—¿Por qué no?

—Porque repito que parecería vanidoso por mi parte...

—Que parezca lo que parezca. ¡No faltaba más!

—Es que cuento con antipatías injustificadas...

—¿Usted cree? —El periodista estiró el pescuezo como una gallina.

—Son visibles. —Gregorio juntó las manos—. Yo no me quejo de la opinión sobre mis obras, sino de esa crítica ilegítima y libelista que entra a saco en mi vida privada.

El otro arqueó una ceja.

—Y, diga, ¿a qué atribuye usted esa maledicencia? —preguntó inocentemente el novato.

En ese momento se abrió la puerta y entró María cargando una gran cantidad de papeles, «oh, perdón», se excusó apurada, pero ambos la invitaron a quedarse.

—Indudablemente, a ociosos con alma de comadre.

Gregorio dio así por zanjado el tema, pero el periodista quiso seguir tirando del hilo:

—Imagino que se refiere a mi compañero El Caballero Audaz, por eso de llamarle «mercachifle de la literatura».

—Centrémonos en mi obra, si le parece —sugirió Gregorio con voz castrense.

El solícito periodista tartamudeó que sí, que por supuesto, y pasó la hoja de su libreta con tanto ahínco que casi la arranca de cuajo. María seguía ordenando los libros en la estantería con parsimonia.

—¿Y qué puede adelantarnos del esperadísimo estreno de *Margot* de Turina?

Gregorio sonrió con más ganas y se acodó en la mesa.

—Joaquín Turina y yo ya trabajamos juntos en su composición *Álbum de viaje*, un recorrido musical por el norte de África que tuvimos la suerte de hacer juntos. *Margot* es mi primera ópera como libretista: consta de tres actos con seis cuadros cada uno...

—Disculpa, querido —le interrumpió María a su espalda—. Son cuatro cuadros...

—¿Perdona? —Gregorio se tensó sin mirarla.

—Cuatro —ella se le acercó y posó una mano sobre su hombro—, son cuatro al final —sonrió relajadamente—, recuerda que recortaste la duración de cada acto —y le dio unas palmaditas cariñosas en el hombro.

—Ah, sí, muy cierto. —Se peinó las cejas—. ¿Dónde tendré la cabeza? Gracias, querida, qué haría yo sin ti.

Él le besó la mano. Ella sonrió irónica.

—Es evidente que el apoyo de su encantadora esposa es muy importante —dijo el periodista mientras observaba enternecido aquella estampa.

Gregorio sujetaba la mano a su mujer y se la llevó a la mejilla.

—Desde luego, le debo la vida —optó por un registro casi melodramático—. Cuando nos conocimos yo tosía desaforadamente y veía la vida gris. Pero la tenacidad de esta mujer desvió la rueda del destino y dejé de toser y aprendí a reír.

La punta del lápiz del entrevistador se partió de pura emoción. Gregorio le acercó un sacapuntas con forma de máscara.

—Déjeme transcribir literalmente esas palabras tan bellas. ¿Me dejarán también tomarles una foto tal cual están?

—Por supuesto.

Gregorio sujetó el libreto de *El amor brujo* abierto de par en par y posó cual demiurgo contemplando su propia obra. María, de pie, apoyada en su hombro, recogiendo en su abrazo a obra y autor. Sonríe, María..., se ordenó, sonríe porque el día que dejes de hacerlo, igual te caes muerta.

—Ya verá... —se emocionó el periodista—, contra esta imagen no va a haber lengua viperina que se alce.

Un potente fogonazo los sobreimpresionó en la pared de un escenario en 2018 ante las miradas atónitas de sus espectadores.

—¡En esta entrevista ha mentido! —Leonardo se sentó de un brinco en la mesa de dirección.

—¡Ya lo sé! —exclamaron a coro Lola y Francisco—. ¡Y la foto es de traca! Meta-autoría en estado puro.

El rubio volvió a leer la entrevista buscando la luz del proscenio aún indignado. En las cartas que habían leído estaba clarísimo: ¡no viajó ni con Turina ni con Falla ni con San Pito Pato! Ni, por supuesto, escribió esos libretos.

—Qué barbaridad, ¡este chico es el rey de la anáfora! —Augusto hacía entrada en el escenario con energías renovadas—. ¿Y qué queréis? ¡Es normal que Gregorio no le cayera bien a la prensa!

Echó las manos al cielo, ¿qué iban a tenerle?, ¿cariño? ¿En España?, sonrió, y su dentadura fluorada brilló en la semioscuridad como el gato de Alicia. ¿A alguien que iba de éxito en éxito y encima se liga a la sex symbol de la época?

—¿Y María qué hacía mientras? —le preguntó a Cecilia buscándole las cosquillas—. Pues «mientras», tu «feminista», siempre entre comillas, vivía en un triángulo amoroso ¡sin decir ni pío! Lo que decíamos antes, Ceci. ¡Que era una pringada!

El metro cincuenta de Lola cruzó entonces el escenario en línea recta, brava como un becerro; ya estaba harta, no estaban allí para juzgarla a ella sino para descubrir quién o quiénes estaban detrás de esa firma llamada Gregorio Martínez Sierra.

—No, pimpollo —Cecilia le cortó el paso—, estamos aquí para ensayar una obra cuyo libreto aún no hemos abierto, la directora hoy aún no ha venido y tenemos un productor que está perdiendo la paciencia y la cabeza. Celso ha llamado ya dos veces —y luego añadió con extrañeza—: ¿Tienes el pelo más azul?

Lola sacó pecho porque supo que aquello podía convertirse en un motín de un momento a otro. Por eso la enfrentó como haría cualquier animal pequeño, alzando la voz y poniéndose en jarras para parecer más grande. Noelia había ido a una entrevista muy importante y llegaría por la tarde. ¡Y sí, se le había ido la mano con el tinte! ¿Algún problema? Al otro lado del escenario, Francisco movía el pie nerviosamente. Madre mía..., iban a despedirlos a todos, luego escarbó en su bolsa, ¿alguien tenía diazepam?, pero Augusto y Leonardo ya no escuchaban a nadie porque habían vuelto a enzarzarse como dos gallos de pelea:

—¡A ver si te enteras del percal! —el profesor levantó la voz—: que ella escribía los papeles que la amante de su marido representaba, ¡y hasta se iban juntos de gira!

El otro subió aún más el tono:

—¿Y por qué te llevarías a tu mujer y a tu querida juntas de gira, listillo? ¿Eh?

Francisco levantó la mano como si estuviera en clase:

—¿Para que hablen del hombre tan maravilloso que tienen en común?

Todos estallaron en carcajadas.

—No... —siguió Leonardo más tranquilo—, ¿de verdad no lo veis? —Sonrió convencido—. Porque Gregorio siguió necesitándola. Para reescribir durante los ensayos. ¡Es de cajón!

Se escuchó a Cecilia murmurar de fondo: «Ay, los ensayos, qué bonita palabra, quién tuviera un ensayo», y encestó su café en la papelera.

—Vale, eso él, pero ¿y por qué ella lo aceptó? ¡No me cuadra! ¡Es una cuestión de dignidad, hombre!

La dignidad, pensó Noelia en la puerta de la discoteca Joy Eslava, reflexionando precisamente sobre cómo se la arrebataban a los teatros. Habían sido edificados con tanto mimo para ser instrumentos con cajas acústicas perfectas que hicieran resonar todas las artes emulsionadas a la vez, y los 150.000 vatios de sonido que disparaban en aquella pista cada noche no necesitaban un lugar como ese. Tampoco la manada de sudorosos noctámbulos que aguantaban que su portero los seleccionara como si tuvieran la lepra.

De pronto se sintió carca y mayor.

Repasó con los dedos las puertas blancas y palaciegas rematadas en pan de oro, y observó el coqueto tejadillo de cristal y hierro forjado suspendido sobre su cabeza. Era lo único que hacía recordar que tuvo un pasado más digno. Cuando entró, olía a sudor de la noche anterior y las suelas se le pegaron al parquet por el alcohol derramado entre empujones.

—¿Noelia? —exclamó una voz desde la gran pista que ahora sustituía al patio de butacas—. Parece mentira que aquí se cocinara el teatro más vanguardista de Madrid, ¿verdad?

En el centro, un hombre alto con el pelo prematuramente blanco y cierto aire a George Bush padre, con los ojos considerablemente más amables.

—Hola —se protegió con la mano de los potentes focos—, debes de ser Imanol. Muchas gracias por haber venido hasta aquí.

El que se acercó con andares despreocupados de jirafa era el periodista que le había escrito de parte de su mentor.

—Si el maestro Regino Vals habla de ti con tanto aprecio, seguro que merece la pena.

Ambos pasearon por el local. En su email decía sentirse conmovido porque alguien fuera a poner en pie *Sortilegio* y aún más de que estuviera haciendo una investigación tan seria sobre Gregorio Martínez Sierra.

—Y sobre María, ¿es así? —Frunció el ceño.

—Sí, ella está siendo la gran sorpresa, la verdad.

—Mmm..., interesante. —Se quedó pensativo y luego le indicó que le siguiera al vestíbulo—. Estoy deseando que me cuentes tus averiguaciones.

De su hombro colgaba la típica cartera de hule que te regalan en un congreso y se fijó que llevaba los zapatos llenos de polvo. Caminaron por ese vestíbulo del que se descolgaban banderolas de los patrocinadores desde los palcos. Aún conservaba sus antiguas molduras de hojas de acanto en el techo y las escaleras señoriales que daban acceso al piso de arriba.

—Imanol, en tu email decías que habías estudiado mucho la Edad de Plata y, sobre todo, las figuras del exilio.

El otro empujó el quitamiedos de una puerta de incendios. Ante ellos, un pasillo atravesado de tuberías forradas de aislante que le daba el aspecto de un intestino cienciaficcionario. Así era, reptó su voz sosegada. Entonces, dijo Noelia apartando algunas telarañas, entonces conocería a Alda Blanco... Él se detuvo un momento, ¿Alda?, repitió con una sonrisa. Sí, bueno, se conocieron años atrás, fugazmente, una mujer encantadora, aunque no coincidieran en algunos planteamientos. Hizo una elipsis. Y empezó a bajar unas escaleras de cemento, tan sucias e intransitadas que fueron dejando impresas sus huellas como las del hombre sobre la Luna.

—¿Y en qué no coincidís, si puedo preguntar? —retomó ella.

—Bueno..., no coincidimos en que yo sostengo que hubo una colaboración literaria entre el matrimonio antes y después de separarse.

—¡Eso mismo opino yo! —y luego, desconcertada—: ¿Es que Alda no opina lo mismo?

El otro pareció querer eludir el tema. No quería desdecir a nadie, se disculpó, pero ante la insistencia de Noelia, al final dijo:

—No estamos de acuerdo en, cómo decirlo, la naturaleza de esa colaboración. Yo creo que hubo un acuerdo con el que las dos partes estaban a gusto y del que ambas se beneficiaron. De hecho, hay algún documento que lo prueba.

Noelia frenó en seco.

—¿Qué tipo de documento? Hasta ahora todo lo que hemos encontrado apunta sólo en la dirección de Gregorio.

—Querida Noelia —sonrió con cansancio como si ya hubieran tenido aquella conversación muchas otras veces—, llevo muchos años investigando esta historia, y es apasionante, precisamente, porque no es todo blanco o negro. En primer lugar, Gregorio sí reconoció la coautoría de su mujer en más de una ocasión. No al principio, porque así lo decidieron los dos. —Noelia se percató de que tenía una forma curiosa de hacer silbar las eses como si se desinflara un poco—. En la época hubo otras mujeres que firmaron sus obras y que llegaron a ser académicas, como Emilia Pardo Bazán. Es muy complejo. María y Gregorio fueron un gran tándem, entre otras cosas, por su forma de trabajar. Eran un complemento perfecto. Ella nunca quiso aparecer por los motivos que fuera, pero tuvieron una buenísima relación hasta que él murió. Fin de la historia.

Noelia hizo mutis. Sintió que su intestino se hacía un nudo marinero y algo parecido a la decepción. ¿Era eso verdad, María? Respiró el olor frío del yeso húmedo que se desconchaba de las paredes. El moho trepaba casi hasta el techo como la enfermedad del olvido. Estaba cada vez más confundida. Tampoco la ayudaba a aclararse la sólida oscuridad de cripta en la que se adentraban, hasta que el periodista abrió un cajetín y subió con esfuerzo unos interruptores. Un sótano inmenso con forma de pasillo ovalado daba la vuelta al teatro. No podía creer lo que estaba viendo. Aquello sí que parecían los restos del *Titanic*: allí seguían las butacas del antiguo teatro en grupos de seis como dentaduras postizas de un gigante, sus respaldos de terciopelo gastado y verde del que habían disfrutado las ratas, las taquillas de madera con el cristal biselado, los percheros antiguos, incluso algunos espejos descascarillados de camerino con las bombillas fundidas y oxidadas, apoyados contra la pared, metros y metros de soga gruesa que en su día sujetarían decorados, telones y tramoyas...

—Quería que vieras esto. —Parecía satisfecho con su reacción.

Le dio la vuelta a un cartel invadido de humedades enmarcado en madera.

Una ilustración cuidada estilo Art Nouveau anunciaba *El reino de Dios* de Gregorio Martínez Sierra. Y eso era lo que tenía delante: el reino de ese dios pequeño. ¿Qué habría sido de ese teatro? ¿Hasta cuándo funcionó? Aún estuvieron casi una hora escarbando hasta que el frío le caló los huesos y Noelia empezó a sentir temblores.

—Gracias por esto, Imanol. —Se sacudió el polvo de los vaqueros—. Ahora tengo que irme al ensayo o se me van a sublevar, pero me vendrá muy bien poder llamarte cuando me surjan preguntas, y me van a surgir muchas.

Él se echó un poco de desinfectante de manos.

—Desde luego. Lo que necesites —le ofreció—. También me gustará mucho que me mantengas al tanto de lo que averigües. —Escondió las manos grandes en los bolsillos—. Aunque mi especialidad no es el teatro sino el exilio, y muchas veces no habrá respuestas.

Ambos subieron aquellas escaleras por las que tantas veces habrían corrido los técnicos, cruzaron hacia el vestíbulo en el que le pareció escuchar el eco de algunas felicitaciones y aplausos, y salió a través de una de las cinco puertas blancas y doradas a la calle Arenal, donde ya no vio cruzar el tranvía que pasaba por delante ni pudo escuchar el taconeo de los caballos que chocaba, rítmico, contra los adoquines.

—Mira, mamá —una joven somnolienta bajo un sombrero de lunares y tul hizo detenerse a la anciana que llevaba del brazo—, ¡ya ha abierto el Eslava! Y mira quién actúa. Tenemos que venir.

Sobre la marquesina, un pintor delgaducho daba los últimos retoques con un pincel al rubor de la actriz como si la estuviera maquillando. Bajo el logo de un espigado pierrot tocando el violín decía:

Compañía Cómico Dramática G. Martínez Sierra
Temporada 1916 a 1917
PRIMERA ACTRIZ
CATALINA BÁRCENA

A continuación, una lista muy nutrida de integrantes en letra mucho más modesta: primero las actrices, en otro párrafo y por separado la de actores —era más decoroso—, seguidos de pintores, escenógrafos, apuntadores, representantes, maquinistas, sastrería y mobiliario. Entre las puertas, los carteles alargados ya anunciaban la programación con obras clásicas españolas, desde Tirso de Molina hasta Cervantes; obras extranjeras, desde Shakespeare a Goethe o Tolstói, y una larguísima lista de estrenos de autores españoles, desde Marquina o Benavente hasta Galdós.

Mientras Noelia e Imanol se despedían bajo el tejadillo *art déco* porque había empezado a chispear, Gregorio se resguardaba del sol bajo el mismo tejado y contemplaba eufórico la fachada de su sueño, «el más anhelado de todos sus anhelos», y siguió explicándole al periodista: «Desde luego, cuando lo vi por primera vez, no se imagina usted lo que era: para empezar, me disgustó muchísimo que la parte de atrás diera a ese pasadizo tan estrecho (aunque al menos el respetable puede tomarse un chocolate en San Ginés antes de la función), los telones eran de papel y la maquinaria apenas existía, pero ahora..., ahora es otra historia, ¿verdad?», y siguió explicándose cascabeleado por tanta novedad. Su sueño tenía ya la forma de tres pisos y un paraíso, el anfiteatro amplio al estilo de los teatros ingleses, todo estaba pensado hasta el último detalle, ¡todo!, hasta sus palcos especiales para las familias que se encontraran de luto o no les gustara exhibirse. Había creado para la orquesta una magnífica caja armónica dispuesta como en los teatros alemanes. ¿Y la capacidad de todo el teatro era de...?, preguntó el periodista, subiéndose la gorra.

—La capacidad exacta es de mil seiscientos cincuenta y

siete espectadores —dijo el gerente, orgulloso—. ¡Ahí es nada!

Además, siguió recreándose, había escogido para la tonalidad de la sala blanca un ligero y agradable tinte verdoso, sobre la cual se destacaba el rojo vivo del interior de los palcos y la caoba de las butacas, ¿se había fijado? ¿Y en los cortinajes verdes de terciopelo a juego? Y el escenario..., ¡lo que era ahora ese escenario!, exclamó Gregorio haciendo un galante saludo de sombrero a los curiosos que se paraban a mirar: seis reflectores le había encargado a una casa de Milán, cuatro linternas y aparatos para vapor —amaneceres, relámpagos, rayos, truenos..., ¡todo era posible!—, pero, según le estaba hablando al emocionado entrevistador, se detuvo disgustado y el poco pelo que le quedaba en la coronilla se le erizó un poco. Alzó su bastón y le gritó al pintor:

—¡Paco! ¡Repasa más esos labios, hombre, que esta solanera se va a comer el color enseguida y va a tener que aguantar muchas representaciones!

—¡A la orden, don Martínez Sierra! —y hundió la brocha en un rojo sangre.

En ese momento la taquillera, una mujer rellena y prieta como una aceituna con peluca, corrió el cristal de su ventanuco.

—¡Don Gregorio! —El otro bajó la vista—. Doña Catalina salió hace un rato con el niño y ha dicho que le esperaba a usted en el Café de Oriente y doña María se ha ido a casa.

El gerente asintió, muy bien, Puri, mientras daba distraídos golpecitos en la acera con el bastón como si fuera un metrónomo. Luego consultó la hora. El periodista guardó la libreta, quizá ya le estaba robando demasiado tiempo, se disculpó. Cuando se despidieron, aún esperó unos segundos hasta que lo vio torcer en la esquina para ir, a paso ligero, en dirección a la plaza de Oriente.

María, sin embargo, había salido con mal cuerpo del encuentro con el periodista, y estaba ya sentada en su comedor donde había instalado su máquina de escribir. Quién te iba a decir a ti que tu endiablado don Manué podría ser un bálsamo en algún momento de tu vida. A pesar del éxito de *El amor brujo*, el pobre aún no había cobrado sus derechos de autor, así que seguía hospedado con ellos, y lo cierto era que la alegraba. Además, le admiraba que, como todos los músicos con personalidad, hubiera preferido el hambre a la claudicación en París, y le enternecía su forma estoica de soportar la pobreza —tan parte de él como lo era su sombrero, pensó colgándoselo en el perchero—, o quizá ya se había resignado a pasar por la vida incomprendido y a morir decepcionado y abrazado a su música como a una ingrata amante. «¡Triste es el destino de los músicos que componen una canción nueva!», dijo en alto.

En ese momento escuchó unos pasos hasta la mitad del largo pasillo.

—¿María? *C'est vous?*

Ella sonrió. Le encantaba reclamarla desde sus dominios donde le había organizado su estudio de trabajo. Mientras trabajaban, en los momentos de duda se hacían breves visitas: ella le leía unas cuartillas y él le comunicaba sus angustias musicales. María caminó por el pasillo oscuro y se encontró con su pulida calva inclinada sobre la mesa y las partichelas desplegadas, tan grandes como manteles. Sobre ellas los «restos» de la noche: un cenicero con al menos diez filtros, el contenido de un sacapuntas y una copita de Málaga dulce casi vacía sobre el piano.

—¿Sabe qué? Hoy me tomaré una con usted —le anunció, sacando la botella de la vitrina.

—¿Qué celebramos? —preguntó, concentrado en la escritura, pero cuando alzó la vista le vio el alma agotada. Le acercó su copa—. Respire, querida, y concentrémonos en el trabajo esta tarde, ¿le parece?

María bebió la copita de un trago y sí, respiró tan hondo que le dolieron los pulmones. Sí, sería lo mejor, don Manué, y se sentó en la banqueta del piano. Luego leyó por encima la partitura.

—Por cierto, dígame que no: ¿Durmió usted otra vez aquí anoche?

Falla escribía de nuevo frenéticamente sus notas menudas como insectos. Ella detectó con fastidio un enganchón en el encaje de su falda, vaya día llevaba, y luego siguió interrogándole: pero por qué no se iba a la cama, hombre de Dios, que ya no eran unos críos y esos excesos pasaban factura. Gregorio le había dicho que se lo encontraba noche sí y noche también dormido como un tronco sobre sus papeles con la botella de Málaga dulce y las migas de unas galletas en un plato.

Se levantó con esfuerzo.

—Mañana iré al mercado tempranito, se lo digo ya, para que luego no diga que no les espero.

—Déjeme acompañarla, por Dios. —Dejó de escribir, alarmado—. ¿Sabe usted la cantidad de robos que hay en estos días? ¿Y los atropellos?

Ella sonrió. Aquel afán de protección le hacía verdadera gracia. Y quiso decirle no, don Manué, porque es usted muy poco madrugador y lentísimo en arreglarse, además de que hace con devoción y a escondidas esa sesión de gimnasia con pesas. Y al final me aburriré de esperarle, saldré sigilosamente y usted correrá detrás a mi encuentro cuando me vea volver sola e indefensa.

—Usted avíseme, se lo ruego —volvió a insistirle antes de enfrascarse de nuevo en la escritura.

Ella asintió para dejarle tranquilo. Pobre don Manué..., pensó observándole escatimar la última luz del día para seguir trabajando y hacer todo tipo de angustiosos rituales: primero colocó una lamparita en la mesa, luego trasladó como pudo todos los papeles al atril del piano, pero se arrepintió, se quitó la chaqueta de lana, cerró la puerta, la volvió a abrir, se puso la chaqueta de nuevo...

—En fin... —recogió el cenicero y las copas—, sólo venía a decirle que hoy no nos dará mucho tiempo a trabajar juntos porque vendrá a merendar su amigo Joaquín Turina.

Falla se despegó de su partitura.

—Su «muy amigo», también —matizó con retintín—. Si no es porque viene a verla a usted empezaría a desdibujárseme su muy acreditada cara de conejo. ¿Y estará Gregorio?

Ella le devolvió una miradita retorcida recogiendo toda la intención de aquella pregunta.

—Por supuesto —espetó—. De hecho, lo ha citado él para hablar de los detalles del estreno de *Margot*.

¿Será impertinente? Recogió la bandeja y cerró la puerta empujándola con el trasero.

Una hora después, Turina se hacía sitio en la banqueta junto a Falla para tocar a cuatro manos, algo que al segundo le sacaba de quicio ya que era mucho mejor pianista que él y estaba seguro de que lo hacía para lucirse. Para rematarlo, María se sentó en la banqueta junto a ellos, por supuesto al lado de Turina. Por eso, irritado por la situación, Falla aceleró el tempo de la obra hasta que el teclado casi salió ardiendo con tal de llegar a los últimos acordes lo más rápido posible. Codo con codo, pulsaron por fin el grave acorde final.

—¡Soberbio, amigos! —Gregorio cumplidamente aplaudió desde la puerta de la terraza.

—Yo no opino igual. —Falla se levantó del piano sacudiendo su levita.

—No conseguiré convencerle nunca, ¿verdad? —Turina reía con ganas.

—¿Qué era? —preguntó María abanicándose con una partitura, y por dentro se dijo, María, ¿qué haces?, levántate de la banqueta, vamos.

—Tchaikovsky —se apresuró a contestar Turina, dejando a Falla con la palabra en la boca, y luego le dio aire con galantería—, ¡aunque el maestro nos ha obligado a llevarlo con tempo de fox trot!

María aprovechó para levantarse. Turina la siguió con disimulo con la mirada. Falla se secaba la nuca con un pañuelo. Siempre le daba por sudar cuando estaba agitado y, últimamente, aquellos dos no le provocaban más que zozobra.

Todos zozobraban.

—No dudo del genio de ese ruso, pero tiene demasiada influencia alemana. —Falla encendió uno de sus cigarros y les dio la espalda.

—Entonces ¡pare de contar! —exclamó burlona María—. Don Manué ha decidido aborrecer todo lo germano desde que, huyendo de ellos, perdió algo muy importante que llevaba en la cabeza ¡y que sin ello está mucho mejor!

Su amigo imperfecto le lanzó una mirada asesina y luego una bocanada de humo. Le tenían muy harto. No, era sólo que su música le parecía arrogante y repetitiva.

—¿Ha visto don Manué esta escultura? —María apuntó a un busto de marfil que siempre amenazaba con precipitarse al suelo cuando tocaba con su pasión habitual.

—*Mais oui*, María. Muchas veces. ¿No se trata de san Francisco de Asís?

—Tengo que confesarle que esta superficie craneana me recuerda muchas veces a usted. ¡Cuando se vaya será como tenerle en casa!

Gregorio y Turina aguantaron la risa y a Falla, aunque se hizo el ofendido, incluso pareció agradarle la comparación. Ella parecía estar con el chiste en la boca, así que continuó:

—De verdad que aún no acierto a comprender qué le hizo llevar en París aquella cosa muerta en la cabeza.

—No sé de qué me habla... —se defendió el interesado con una mirada de advertencia.

—María... —Gregorio le hizo un gesto con la mano.

—¡Del bisoñé!

—*Mon Dieu!* ¡Es que lo sabía! —estalló el otro—. ¡Ya estamos otra vez con el endemoniado bisoñé!

Pero su amiga no frenó, muy al contrario, siguió añadiendo leña al fuego: porque lo que él no sabía era lo cerca que habían estado de no colaborar con él sólo por aquel bisoñé, ¿a que sí, Gregorio?, y aprovechó el tono festivo para guiñarle un ojo a Turina. Además, con toda franqueza, ese espacioso cráneo acentuaba su carácter ascético.

—A usted, aprendiz de santo, le queda muy bien —concluyó apoyándose en el teclado que sonó como un estruendo de cristales rotos.

El santo en cuestión parecía ahora más bien poseído por un enjambre de demonios bailando el can can, así que Gregorio tomó la iniciativa:

—No le hará rabiar más, amigo mío. —Le sirvió una copa—. ¿Le parece que bebamos un poco al aire libre?

—*Bien sûr* —aceptó el otro, enfurruñado.

Salieron al jardín. Por fin podían quedarse a solas, pensaron ambos, sentados al piano. Turina se aproximó a María hasta que esta sintió la electricidad de su cuerpo rozando el suyo.

—Qué lástima que no conozcas un poco más la música francesa. La disfrutarías mucho.

—Muéstramela, entonces.

Él suspendió sus manos a un milímetro del teclado con un ligero desplome de muñecas y le dedicó una de sus divertidas y animalescas sonrisas, con los bigotes afrancesados continuándola, literalmente, de oreja a oreja.

—Escucha, María.

Los dedos ágiles y expertos del pianista hicieron emerger una Atlántida cristalina de las profundidades del mar. *La catedral sumergida* de Debussy, dijo. Ella frunció el ceño.

—¿Te desconcierta?

—No, me encanta..., pero confusamente.

—Ya te irás acostumbrando. Lo que te extraña son las disonancias... Pero cierra los ojos y escúchala otra vez. —Posó sus dedos sobre los temblorosos párpados de ella—. La verdadera música no se siente de golpe.

Él también los cerró y sólo quedaron en el aire sus respiraciones, hasta que emergió de las aguas también el recuerdo de esa noche en que le pidió que los cerrara por primera vez, el bombardeo feliz de tantos recuerdos de Tánger, el olor a su loción de afeitado, el roce de su cuerpo grande y protector. Tan entretenidos estaban en su oasis de palmeras y regaliz que no vieron entrar a Falla, quien había escuchado desde la puerta a su amigo tocar desenfrenadamente.

—Es verdad..., es emoción pura —musitó ella—, sin frases, caudalosa y silenciosa. —Entornó los ojos—. Y eso es también tu música, Joaquín..., tan distinta a la sensualidad desaforada, tumultuosa y mal domada de Falla.

Sus rostros de perfil estaban ya muy cerca cuando se percataron de que los escuchaba.

—¡Querido mío! —se sorprendió ella, intentando relajar un poco el ambiente—. Siéntese con nosotros y deléitenos con algo suyo.

Falla hizo un ademán de recoger su cartera vieja de cuero.

—No, muchas gracias, yo creo que aquí sobramos yo y mi música..., ¿cómo era?, «desaforada, tumultuosa y mal domada».

—No diga bobadas, don Manué. ¡Siéntese! Ya sabe cómo le admiro. —Ella se levantó y le cogió del brazo.

—¡No! ¡A usted no le gusta mi música!, ¡le gusta a usted la de Turina!

Y tras ese rifirrafe de comedia benaventina se soltó como un niño que no quiere que le den la mano para cruzar.

Turina se echó a reír sin malicia.

—Manuel, no diga sinsentidos. ¿Con quién ha colaborado más María? ¡Con usted!, ¿no?

Ella parecía disfrutar mucho con aquella comedia de enredos en la que de pronto se encontraba envuelta, así que decidió improvisar sus contrarréplicas:

—Me gustan ambos, caballeros —y luego a Falla—: Me gusta la de usted para inquietarme y la de Turina para aquietarme.

—¡Pues no sé qué más puede usted pedir! —intervino Gregorio, divertido, que acababa de entrar para servirse otra copa.

Falla no pudo más y abandonó enfurecido el salón. Gregorio dejó su vaso y salió tras él. Ella se levantó resoplando.

—¡Es terrible este hombre! ¡Necesita la exclusiva en todo!

Turina, experto en caminar sobre barcos que se tambaleaban, se acercó a ella con su equilibrio de siempre.

—Creo que aún no nos ha perdonado que nos perdiéramos el estreno de *El amor brujo*.

—¿Y qué podíamos hacer? —le preguntó, pero luego cambió el registro y su voz fue de puntillas—: Además, habríamos llegado si no hubiera sido por el temporal...

—Y si no nos hubiéramos quedado un día más con la excusa del trabajo, pero ese será siempre...

—... nuestro secreto.

Él le dio un toque en la barbilla y ella le colocó el nudo de la corbata.

—Joaquín...

—¿Sí, María?

—Acabo de leer tu dedicatoria en «Álbum de viaje», yo... no me lo esperaba. «A mi compañera de viaje», no lo merezco.

—Tú... lo mereces todo, mi María. Ese viaje lo guardo aquí —se tocó el pecho—, en el mismo lugar donde guardo mi música, donde te guardo a ti. Pero ahora me surge un conflicto.

—¿Un conflicto?

—Como sabes, he corregido las pruebas de la partitura con don Manuel y me ha hecho ver algo que no me había parado a pensar.

—¿Y es?

—Opina que esta dedicatoria te compromete «horrorosamente».

—¿A mí? ¿Por qué? —Soltó los brazos y apretó los puños.

Falla irrumpió de nuevo como un astado en un encierro.

—Sí, horrorosamente.

Turina le susurró a María: «¿Ves?, además insiste en la palabrita».

—Ay, Dios..., ¡aquí viene otro de los ataques de escrúpulo sobreagudo del maestro Falla! Pero ¿usted no se había ido? —dijo tratando de quitarle hierro al asunto.

—En esto quizá lleve razón, María —dijo Turina inesperadamente, llevándose la mano a la nuca. «¿Cómo?», se indignó ella—. Ambos somos casados y como viajamos juntos...

—Y sí —concluyó tajante el gaditano, cruzado de brazos—, su ausencia en mi estreno fue muy visible, dicho sea de paso.

María le miró furiosa. ¿Serás demonio?, pensó. Seguro que llevaba tiempo queriendo soltar eso.

—El caso es que, de muy mala gana —siguió Turina—, pero he cambiado el título de tu pieza por «Retrato».

—Lo que demuestra que es, *mon ami*, un caballero —añadió el otro, más calmado.

Ella le disparó una mirada mortífera a aquel metomentodo y otra muy decepcionada a Turina.

—Vaya..., bueno... Si lo cree necesario el maestro Falla, ¡pues qué le vamos a hacer!

—Aunque tampoco crea que le ha dejado muy satisfecho. —Turina se metió las manos en los bolsillos.

—¿Y ahora qué le molesta al objetante? —María no podía creerse lo que estaba escuchando.

—¡Es evidente! —Señaló la partitura como un fiscal—. ¡Que el tema melódico se parece demasiado a usted!

—¿El tema melódico? —repitió ella, estupefacta.

—*Oui!, la mélodie!* —gritó ya fuera de sí—, sobre todo una serie, no sé ya si de arpegios o de escalas cromáticas, porque estoy muy sofocado, ¡pero son la fotografía exacta de su risa!

Entonces, como si quisiera hacer una demostración empírica, María rompió a reír como sólo ella podía hacerlo, y Turina volvió a escuchar esa música de arroyo y cantos rodados que tanto sonaba dentro de su cabeza.

—¿Ve lo que le digo? —se indignó Falla.

—Quizá es cierto... —admitió Turina, nostálgico, con el rostro de María brillando encarcelado dentro de sus pupilas—, pero nunca alcanzaría a reproducirla con total justicia.

Ajeno a todo este romanticismo decimonónico, Falla seguía inmerso en su propio melodrama contemporáneo.

—*Madame*, ¿se ríe usted de mí? —La miró muy tieso.

—Ya le he dicho muchas veces que es muy gracioso.

—¿Ah, sí? Conque gracioso... Pues dígame, *madame*, dígame: ¿es esta la partitura del *Pan de Ronda* que con tanta devoción le dediqué? —Sujetaba un pergamino atado con un lazo rojo que estaba expuesto sobre el piano al lado del busto famoso.

—Sí, mi don Manué, la luzco siempre en ese lugar privilegiado.

El músico, furibundo, la hizo pedazos antes de que ella pudiera terminar la frase.

—¡Y que sepa usted que no guardo una copia!

Ahí sí, salió como elefante por cacharrería. Al hacerlo se cruzó con Gregorio, «pero ¿adónde va otra vez, hombre?», quien se había quedado hablando con el portero de un asunto. Esta vez sólo consiguió que le bufara, ya desde la escalera, que se iba a buscar piso. Gregorio abrochó la puerta alzando las cejas, entre sorprendido y... aliviado: «Pues ya era hora».

16

Madrid, 2018

—Hoy haremos una primera lectura de la obra —anunció Noelia al entrar por todo saludo.

La cabeza le daba vueltas. Estaba congestionada por la fiebre. No había pegado ojo después de su visita al antiguo Teatro Eslava, dándole vueltas a si comunicarles o no las dudas que le había creado el tal Imanol. También le habían asaltado todo tipo de sueños extravagantes, en su mayoría secuencias de los episodios vividos por María, versionados por su subconsciente; sin embargo, el más absurdo de todos fue el que se encontró al llegar a la sala: por primera vez no había debates, ni malas caras, ni nervios, ni preguntas. Los encontró sentados serenamente alrededor de su ayudante, tan sumergidos en el trabajo que parecían estar leyendo historias de campamento alrededor del fuego. Ni siquiera reaccionaron a un anuncio, creía ella, tan esperado.

—¿Habéis escuchado lo que acabo de decir? —insistió.

—¿Y tiene que ser justo ahora? —protestó Francisco dentro de una larga levita de lana negra como si hubiera cambiado de siglo—. Después de un mes de espera, justo ahora que estamos en lo más interesante...

—Es verdad —se sumó Cecilia—. Ya vamos a ir con la lengua fuera, así que por una tarde más o una menos... —Hizo crujir sus nudillos.

Hasta Augusto parecía estar de acuerdo por primera vez, y

Lola lo remató informándolos de que había conseguido localizar en Cincinnati a la tal Patricia O'Connor, la investigadora y que..., ¡tacháááán!, ¡aún tenía una edición revisada de *Sortilegio* e iba a enviarla! Se volvió hacia Noelia, ¿no sería mejor trabajar desde esa versión?, preguntó retóricamente su avispada ayudante, vestida de rayas amarillas.

Noelia los observó atónita bajo las luces frías de ensayo preguntándose qué tipo de virus habían contraído en su ausencia. Uno que, sin duda, se transmitía a través de todos aquellos libros y papeles, como el veneno en *El nombre de la rosa*. ¿O quizá que se hubiera ido «mamá» un rato les había dado aire, como decía Lola, para asumir su propio papel dentro de aquella aventura? Por eso decidió no contarles de momento esa teoría de Imanol que la había dejado tan revuelta: la posibilidad de que María siempre se hubiera sentido feliz con aquel acuerdo conyugal que afectaba a sus obras. Que nunca se arrepintiera de la renuncia a «su maternidad literaria» y a «figurar» en la prensa y los carteles.

—Muy bien, como queráis —ocupó su puesto—, pero en cuanto llegue la versión que nos manda la O'Connor, haré un Skype con ella para ver qué tiene que contarnos y empezaremos a ensayar o acabarán denunciándome por incumplimiento de contrato.

Hubo un cruce de miradas cómplices, e incluso se diría que alegres, entre ellos que aún la sorprendieron más y, después de un entusiasta «manos a la obra, chicos» de Lola, esta volvió con un cuidado dossier de láminas plastificadas. Según le habían confirmado, eran cartas entre Falla y María cuando él estaba en Madrid y ella de gira con la compañía teatral.

> Mi ilustrísima amiga:
> Con *grande joie* recibí ayer noticias suyas. ¿Cómo va la gira? Ayer, el indino trabajo no me dejó libre para escribirle hasta cerca de las cuatro de la madrugada... ¡Horror, terror, etc.!
> Atentamente, su Manué
> (*er* de las músicas)

P.D.: Después de enviarle mi telegrama, luego pensé que mi firma —D. Manué, *er* de las músicas— vaya usted a saber cómo ha sido interpretada por los telegrafistas al comunicarla. Pero cuénteme... qué tal va todo «con quien usted ya sabe». ¿Me escribe usted sin contarme nada?

Melilla, hotel Reina Victoria

¡Ay, maestro Falla!:

Tengo que hacerle a usted confidencias estupendas sobre Madame... Mañana le escribiré más largo, porque tengo muchos deseos de faltar un poquito a la caridad. De cuando en cuando, se cansa uno de ser ángel.

Melilla es muy fea, pero «Madama» está enferma en cama y no puede trabajar, ¡una delicia! Nos va a hacer perder no sé cuántas pesetas. Tiene fiebre, anginas, ronquera y melancolía de lo más interesante.

A mí casi me da vergüenza estar contenta ante sus nostalgias de amor tan artísticamente ostentadas para que todo el mundo se pregunte: ¿por qué estará tan triste esta mujer? Lo cual viste mucho.

Por otro lado, pensé que nos habría tocado hoy la lotería pero se me olvidó echar, así que seguimos siendo pobres. No me podré comprar uno de esos seductores sombreritos con los que había soñado. De todas formas es una línea demasiado juvenil para una española que empieza a estar obesa. ¿No le parece?

No me olvide. Cuénteme infinitas cosas. Ya sabe que se le quiere.

María

Mi admirable amiga:

Hoy he estado en los toros con Stravinski y hemos presenciado la cogida de Pacomio. Me ha descompuesto horrorosamente.

Lo de «Madama» me ha hecho reír no poco... Qué actitud tan *pathétique* y vergonzosa. Intente concentrarse en el trabajo, amiga mía, y olvídese de ella.

Cómo voy a olvidarla a usted. Ya sabe que se la quiere un poquillo.

Su don Manué

Sentada en el alféizar de la habitación de su hotel, María se quedó absorta en esa luna árabe. Parece querer reafirmar la supremacía del islam, se dijo, recordando esa broma que le hacía a Joaquín, y se retiró una lágrima imprudente que ya le cruzaba el rostro. Comenzó su carta:

Mi don Manué:

No le he escrito a usted porque he estado un poquitillo demasiado triste. Estos días he querido, no ahogarme, sino morirme definitivamente lo menos tres veces. Estoy muy bien de humor por el día, pero en cuanto me duermo, me da por soñar que no me quiere nadie... Estas cosas de noche son terribles, pero el sol lo arregla todo. Nos marchamos de aquí el lunes. Escríbame cuanto más largo, mejor.

Salud e inspiración,

María

No, no estaba acostumbrado a ver a María, la luminosa, la de la risa que inspiraba sonatas, presa de tal tristeza, pensó el compositor, fuera de sí, mientras tendía toda su ropa al sol y la fumigaba con cloro, horrorizado ante las noticias de esa dichosa gripe. Ya por la noche sólo pudo escribir:

Cómicos del demonio... ¡absurdos y deleznables! Usted, amiga mía, está por encima de todo eso.

Mi don Manué:

Como he pensado que usted tendrá el antipatiquísimo pesar de no tener dinero, me he tomado la libertad de hacerle un giro postal de cien pesetas.

No se enfade usted: son mis ahorros, es decir, mi sueldo de veinte días. Cosa exclusivamente mía, para darme el gusto de tener un secreto con usted. ¡Ah!, y cuando vea usted a mi madre, no le diga usted que los cómicos son repugnantes ni otras cosas por el estilo ¡porque no faltaría más sino que la familia se figurase algo! En esta historia, lo único esencial es el silencio; lo único eficaz, la paciencia; lo único tranquilizador, el poquitillo de esperanza que tiene uno a días. Se va el correo.

No me olvide usted, señor Falla o mister Falla o monsieur de Fallà. Suya, absolutamente devota-laica,

María

Mi admirable amiga:

Mille fois merci por su última carta de usted, recibida anteayer, no tendría usted que haberme enviado ese giro que le agradezco desde un corazón mucho más pequeño que el suyo.

Aunque eso de señor, mister y monsieur *ne me va pas du tout...*

Se hará como usted quiera. Yo no diré nada más a nadie. Pero su carta me deja preocupado. ¿Qué está pasando? ¡Me horrorizo al pensar en ese dichoso viaje!

Al otro lado del Estrecho, donde había vivido las mil y una noches en sólo un puñado de días escurridizos como peces, María se sentó frente al tocador para contemplarse largamente en el espejo. Una versión líquida de sí misma le devolvió la mirada. ¿Qué había cambiado?, le preguntó, ¿qué ha cambiado, María? Sólo le vino a la cabeza una palabra: deterioro.

Deterioro en general.

Algunas canas habían empezado a brotar como malas hierbas entre su pelo negro. Se estiró la piel cada vez más flácida del cuello, ¿te acuerdas cuando eras un alfiler y Juan Ramón te daba de comer como un pajarito con anemia porque te asqueaba comerte la carne medio cruda?, ¿y ese viaje a tu París sempiterno cuando aún era la Ciudad de la Luz?, ¿y cuando Gregorio y tú os pegabais a la estufa como dos gatos con frío? ¿Y cuando robabais unas cuartillas en la recepción del hotel para imaginaros puestas en escena y personajes? Su rostro en el espejo se negaba a sostenerle la sonrisa, aunque ella seguía intentando obligarla. Escribió en el polvo acumulado en el espejo un enorme signo de interrogación sobre su reflejo. ¿Qué habría pasado si no te hubieras quedado en París? ¿O si no le hubieras dejado en Madrid un año tan solo? Tomó aire y esa noche decidió darle la mano a la María madura para escribir uno de los episodios más crueles de su vida.

Mi don Manué:
Pasó que, después de veinte días de lluvia constante, ha salido el sol... Pasó que por un desprendimiento de tierras quedamos diecinueve horas de viaje encerrados los tres en el mismo vagón, horas que Madama empleó en demostrar que era la «esposa», la «elegida», la «única», y yo poco menos que una maleta, a quien se lleva en el viaje por caridad. Llegamos a Ronda: yo venía con una jaqueca horrible y me fui a mi cuarto. Entonces escuché estallar la bomba; Gregorio le dijo a ella que cada uno debía estar en su sitio y se vino a acostar. Se le notaba espantado de verla tan furiosa, rabiosa, ofensiva; corría por el pasillo como una leona, usted conoce a las señoras de teatro cuando pierden la corrección. ¡Cuántas cosas comprendo ahora!, me decía Gregorio. ¡Ah! De todo tuvieron la culpa unas cuantas copitas de Málaga dulce que se echó al cuerpo en el viaje, él no la deja beber por la garganta, pero ayer ella bebió como en sus buenos tiempos.

In vino, veritas!, dice el adagio. Mañana le escribiré a usted «oficialmente». Ya sabe que se le quiere.

María

P.D.: Llego a Madrid mañana. «El ser superior» llegará hoy para adelantárseme 24 horas; Dios le dé en ellas la indigestión de amor que le deseo.

Esa noche Falla no pudo dormir. Sólo pensaba en qué se le podía decir a una amiga a la que se le resquebrajaba el corazón. Cómo podía parar su hemorragia. Y no supo. Antes de irse a la cama a velarla, sólo fue capaz de escribir:

Gregorio debe terminar ya con esta situación horrenda.

¿Con qué cara miraría Manuel de Falla, ese hombre de inquebrantables valores, a su hasta entonces amigo, Gregorio?, se preguntaban un puñado de actores exactamente cien años más tarde. Porque mientras María asistía a cómo se escurrían sus últimas esperanzas como estrellas fugaces en el cielo marroquí, mientras contemplaba resquebrajarse ese tándem en el que había invertido tanto, Gregorio aprovechaba para escribir a su amigo y ganar puntos con él, consciente de su obsesión con cierta bailaora:

Muy querido D. Manuel:
Pastora y Catalina tienen un palco esta noche en el Español y me encargan que le diga que tendrían mucho gusto en que las acompañase: es entresuelo 19. Le envío adjunta una butaca por si llegase al teatro antes que ellas. Hasta luego.
Salud,
Gregorio

No pudo resistirse. Esa era la realidad. Cuando el compositor llegó al palco, descorrió con sigilo la pesada cortina. *Fantastique!* No había llegado aquella endiablada mujerzuela.

Sólo estaba la diosa.

Se llevó la mano a la boca y se echó el aliento. ¿Por qué diablos habría comido sardinas precisamente hoy? Dios bendito, ojalá que esos caramelos de hierbabuena hicieran su efecto. Sacudió la lluvia de su sombrero y se secó la cara, maldito tiempo caprichoso de Madrid, ojalá tuviera reuma para predecir aquellas tormentas. Seguro que ahora, de la condensación, le brillaba la calva. Volvió a descorrer la cortina un poco. Allí estaba, una guitarra española vestida de encaje rojo y negro recortada sobre el abismo de cabezas. La raya al medio, muy gitana, el pelo larguísimo recogido en un moño trenzado y el cuello insolente y regio. No le extrañaba que Benavente hubiera dicho la primera vez que la vio bailar eso de: «Esta Pastora vale un Imperio», sin saber que la estaba bautizando para siempre.

Madrid, 2018

Lola fue reclamando las cartas para archivarlas, pero sus compañeros se resistían a soltarlas.

—Os veo muy entretenidos con la crónica social —se burló Noelia de su *troupe*, consciente de que algunos estaban más atrapados por el *gossip* que por resolver la autoría de la obra.

—Yo no sé qué me parece más fuerte, la tragedia de enredos que tenían montada o que un genio como Falla firmara como ¡Don Manué «er de las músicas»! —soltó Francisco con su lápiz en la boca.

Leonardo y Lola se echaron a reír como dos gremlins.

—Pues os confieso que yo sí tengo ganas de seguir el culebrón. —Cecilia consultó sus notas, y añadió dirigiéndose a sus compañeras—: Aunque también os digo que todo esto me revuelve tanto... Somos todas gilipollas.

—¿Y si hablas por ti? —no pudo evitar responderle la directora—. Juzgas con demasiada ligereza, ¿no te parece?

Hubo un silencio que se podía cortar con un serrucho. Las dos mujeres se miraron fríamente.

—Si hablamos de juzgar, Noelia —intervino Augusto—, deberías predicar con el ejemplo. Porque todos, tú incluida, estáis juzgando a Gregorio más por sus líos de faldas que por su labor como renovador del teatro. Sinceramente, me parece una frivolidad.

Entonces fue Leonardo quien se levantó airado, esto era el colmo, ¿a quién estaba llamando frívolo? No estaban juzgando a Gregorio por su infidelidad, sino porque era un tipo que iba de feminista y publicaba discursos apoyando a la mujer, así que era un hipócrita, y esa contradicción podía ser una prueba. De nuevo Augusto le salió al paso, ¿y su mujercita no era contradictoria?

—Que sí, que vale... —siguió despotricando—, que Gregorio era un cabrón, ¿contento?, pero también fue quien descubrió a este —y proyectó la foto de un joven de medio perfil: pajarita, pelo negrísimo y ondulado. Un Lord Byron dulcificado en andaluz.

—¿Sabes? —dijo Leonardo, despreciativo—. Me cabrea que utilices a Lorca para defender a Gregorio.

—Pues lo siento —contraatacó el otro reclamándole a Lola el mando del proyector—, pero es que fue Gregorio el único que tuvo los huevos de estrenar esto —y proyectó una nueva e insólita imagen.

Todos fueron aproximándose con interés. «¿Qué demonios...?», dijo Leonardo. En la foto, nueve actrices vestidas de raso negro con un casco a juego del que brotaban unas pintorescas antenas formando un cortejo fúnebre alrededor de otra, tendida y cubierta de raso blanco, con las alas extendidas sobre un universo cubista diseñado, según Lola, por Mignoni. De la fotografía también se escapó la música de Grieg, que empujó a aquella mariposa de vuelta a 1920 y se coló entre los labios carnosos del joven del que estaba a punto de nacer.

—Mi poema cuenta cómo una mariposa con un ala rota cae sobre un nido de cucarachas. —Sonrisa chispeante. Un azucarado acento del sur—. Estas la cuidan y la sanan. Y cuando recobra el vuelo, deja herido de amor a un pequeño cucaracho. Al final, mariposa y cucaracho mueren.

María observó al joven repeinado con raya al medio y le pareció un actor de cine: traje de mil rayas, chaleco, pajarita grande y sonrisa esperanzada. Delante de él, unos perplejos Juan Ramón y Gregorio.

—¡Es maravilloso! —María rompió el hielo—. ¡Aterrorizaría a cualquier empresario teatral!

—Pero no a Gregorio —observó Juan Ramón, orgulloso de su protegido—. Si él cree que es teatro, es teatro.

Federico se volvió hacia el empresario con esos ojos oscuros como pozas de los deseos.

—Lo afirmo —decretó Gregorio—. Mire, leámoslo así, en crudo. ¿Qué papeles nos daría?

—Pues..., Juan Ramón y usted pueden ser dos gusanos, con perdón, y María, por supuesto, mi mariposa. —Le besó la mano.

Y allí, en el gran salón rectangular escoltados por los enormes ventanales que daban al jardín envuelto en sombras, la luz débil del atril iluminó a los lectores.

—Muy bien, leamos —ordenó Gregorio alzándose como director, y luego a María—: «¿Eres acaso un hada?».

—«Yo no sé lo que he sido» —leyó ella—, «me saqué el corazón y ahora mi pobre cuerpo está muerto y vacío».

Juan Ramón aclaró su voz.

—«Pues goza del amor, que la mañana viene. ¡Bebe con alegría las gotas de rocío!»

María le miró con fragilidad.

—«Tengo las alas rotas y mi cuerpo está frío.»

Juan Ramón se volvió dramático hacia Gregorio.

—«¿Será un hada?»

—«Su cuerpo está todo dormido» —susurró el otro.

—«Me da miedo de verla tan blanca.» —Juan Ramón se llevó la mano al pecho.

—«Es una mariposa... medio muerta de frío.» —Gregorio silabeó despacio la frase final y apagó la luz del atril.

Federico aplaudió entusiasmado y María se frotó los brazos, escalofriada. Cuántas veces había asistido a ese milagro sin acostumbrarse. Nunca ocurría inmediatamente: el instante único e impreciso en que, durante un ensayo, el autor asistía a cómo su palabra plana sobre el papel, al ser pronunciada por el actor, empezaba a tomar cuerpo, y de pronto se levantaba sólida, viva, para respirar dentro de él. Y la mirada del actor ya no era su mirada, sino otra poseída por el personaje. Y el texto ya no era texto, era vivencia y, como tal, olía, sudaba, se agitaba y se quebraba. A veces el personaje sólo asomaba un brevísimo instante para recogerse veloz como un caracol dentro del actor de nuevo hasta que estuviera preparado para salir de su cáscara definitivamente. Qué envidia le daba Federico, que acababa de asistir a ese milagro por primera vez, pensó María. Querría vivir cien años sólo para vivir ese momento al menos cien veces más.

—Conviértalo en teatro de verdad y yo le doy mi palabra de que se lo estrenaré en el Eslava —aseguró Gregorio.

Al joven se le cortó la risa, el aplauso y la respiración. Se acercó a Juan Ramón, maravillado.

—¿En el Eslava? ¡Pero si es el teatro más vanguardista de Madrid! —dijo, y luego se le abrazó.

El otro se echó a reír algo sorprendido por la espontánea efusividad del muchacho.

—Y su mariposa será nuestra mejor actriz, Catalina Bárcena. Volveré con ella para que le escuche.

—¿Catalina Bárcena? —repitió el aún más incrédulo Lorca de nuevo a Juan Ramón.

—Eso he escuchado yo —corroboró el otro, y le dio unas palmaditas en la espalda.

—Enhorabuena, poeta —murmuró María con una sonrisa muerta temblándole en los labios como esa mariposa—. Y pronto podremos decir «dramaturgo».

—Dramaturgo... —repitió con los ojos brillantes el soñador.

Nadie más que su amigo perfecto podía haber caído en la cuenta del dolor de corazón que en ese momento sufría. Por eso, mientras los otros hablaban de su futuro proyecto, se la llevó suavemente del brazo.

—Le he pedido a su Zenobia que se case conmigo.

—Será «su» Zenobia y no la mía. —Le abrazó fuerte—. ¡Por fin se atrevió! ¿Y qué dijo?

El poeta se frotó las manos.

—Ay, aún no me ha contestado, María, pero no paraba de reírse. —Se aflojó la corbata y agravó el gesto—. Creo que a sus padres no les gusto. Quieren pedir un informe psiquiátrico de mi persona.

—Yo también lo haría —se burló, luego le dio unas palmaditas en el hombro—. Pero merece la pena, poeta. Ella es tan inteligente, escribe, habla idiomas, es una gran viajera...

—Como usted... —María le dedicó una mirada sorprendida y tierna—. Quiero decir que es normal que sean tan amigas.

Nunca lo había visto tan feliz. Ni siquiera podía esperar a que su amada volviera de Nueva York. Desde luego, su futura suegra lo había subestimado y mucho. Ni la distancia de un océano había logrado aplacar su pasión por ella, ni el desastre del *Titanic* amedrentarlo. Estaba decidido a ir a buscarla, le dijo a su amiga sin parar de sonreírle al destino, no dormiría hasta desembarcar, prefería morir por falta de sueño que por falta de amor. Y ella le escuchó con orgullo de amiga: ya ves, María, se dijo, el amor por fin había vencido a su miedo a la muerte. Cómo deseaba que la bella y brillante Zenobia fuera el antídoto a su veneno.

—Dirá que sí, poeta.

—Si no lo hace, me dejaré morir —anunció dramático.

—Muy bien —sonrió irónica—, pero que sea después del estreno de su pupilo.

En el teatro no cabía un alfiler. Los que entonces lo llenaron no sabían que ese joven romántico que salía a escena para leer el prólogo del autor, excitado como un niño el día de Reyes, iba a convertirse en un mito. Tampoco él sospechaba que, sin querer, estaba a punto de leerle una carta a su destino. Irradió una sonrisa capaz de cruzar océanos y siglos que compitió con la única luz cenital que caía sobre su cabeza.

Señores: esta es una comedia rota del que quiere arañar la luna y se araña el corazón. El amor pasa en esta ocasión por una escondida pradera poblada de insectos en la que se amaban por costumbre y sin preocupaciones. Pero un día... hubo un insecto que quiso ir más allá del amor, quizá leyó con mucha dificultad algún libro de versos que dejó abandonado sobre el musgo un poeta, y se envenenó con aquello de «yo te amo, imposible». Por eso, yo os suplico a todos que no dejéis nunca libros de versos en las praderas, porque podéis causar mucha desolación entre los insectos. Inútil es deciros que el enamorado bichito... se murió. ¡Y es que la Muerte se disfraza de Amor! Y yo os pregunto: ¿por qué a vosotros los hombres, llenos de pecados y de vicios incurables, os causan repugnancia algunos insectos limpios y brillantes que se mueven graciosamente entre las hierbas? ¿Qué motivo tenéis para despreciar lo ínfimo de la Naturaleza?

El telón rojo del Eslava se abrió para dejar entrar en la historia del teatro al Lorca dramaturgo y, antes de que cerrara, ya habían comenzado los abucheos. Sentada a su lado, María observó cómo los recibía fascinado, sin que se le cayera la sonrisa de la cara. Ella posó una mano sobre la suya.

—Es un escándalo inevitable como una tormenta de verano —le animó, maternal.

—¡Y eso que he conseguido arrastrar hasta aquí a una buena clá de la Residencia de Estudiantes! —Hizo una mueca graciosa—. Supongo que no comen lo suficiente.

—Ay, querido... —siguió María mientras salían los actores entre el pateo estruendoso que venía del anfiteatro—, yo no sé si, como dijo Lope de Vega, el vulgo es necio; de lo que sí estoy segura es de que el público es niño y un poquitito salvaje. Lo que quería decir es enhorabuena, dramaturgo —y le hizo un gesto para que saliera a saludar.

Él subió las escaleras enérgico e hizo una reverencia sincera a ese público que seguía gritando. A continuación, estrechó las manos de los aterrados actores con el rostro más feliz que María había visto jamás.

—Valiente, Federico —dijo Juan Ramón sentado al lado de María.

—Nos superará a todos —vaticinó ella sin dejar de aplaudir.

—Lo sé.

«La vida no es trágica ni cómica —había escrito María en su diario años atrás—, la vida es irónica.» Últimamente tenía la sensación de que el destino se empeñaba en hacerle una demostración de sus reflexiones. Los momentos de mayor éxito y efervescencia creativa se iban solapando con la más aguda tristeza y temió que esa montaña rusa de emociones le hiciera descarrilar el corazón. María, sin saberlo, era una metáfora del mundo, de una época que vivía en esa constante contradicción: mientras Einstein formulaba la Teoría de la Relatividad con la que ganaría el Nobel, otros fabricarían con ella la bomba atómica; el cine enamoraba a un tiempo a Buñuel y a Himmler; unos mitos llegaban para quedarse —como el joven Lorca— y otros preparaban su maleta hacia la posteridad.

Por eso, al sentir el entusiasmo con el que Juan Ramón hablaba de ese grupo de jóvenes que ahora tenía bajo su ala desde que era director de publicaciones en la Residencia, sintió una repentina nostalgia de su mentor. Juan Ramón había perdido a su propia antorcha, Rubén Darío, y ahora le llegaba el momento de iluminar el camino de otros. Pero ¿qué había en ese grupo de jóvenes que le habían escogido como referente?: su libertad para crear sin dolor hacia el pasado, respondió Juan Ramón. No como les había sucedido a ellos: el propio Lorca y ese Dalí que le seguía a todas partes con el pelo lleno de pintura, o el hosco Buñuel con su cabeza llena de insectos, se comunicaban en un idioma nuevo y refrescante.

De alguna manera, María supo que ese viaje a Santander sería la última vez que vería la luz que le alumbró generosamente el camino. Se lo encontró casi ciego dictándole a un escribano, por eso había disminuido considerablemente su producción literaria. Para evitar que cayera en la miseria se había organizado una colecta en toda España orquestada por amigos como Benavente o Unamuno para que al final de su vida no pasara penalidades. Allí estaba, en su jardín silvestre. Sentado en una butaca de mimbre a la que le habían encajado un atril para leer sin cansarse esos tomos que ya le pesaban demasiado entre las manos. Seguía llevando el pelo rapado y ahora todo él era blanco como si le hubiera nevado encima durante años.

—Hija, qué alegría... —murmuró nada más escuchar su voz. Y se levantó con esfuerzo.

—Don Benito, no se esfuerce, ya voy yo.

Ella le dio un beso y él le devolvió unas palmaditas en la mejilla. Se sentó a su lado.

—¡Don Benito! ¿Tomarán té? —gritó el escribano.

Él le dijo que no, mejor una copita, y luego le susurró a María: «¿No sé por qué este chico me habla tan alto si no estoy sordo?, lo que estoy es ciego». Ella le sujetó su mano gordita y repasó el callo de escritor de su dedo corazón, el diestro, como lo era con la pluma. A lo mejor el sordo era él, bromeó ella. Esto hizo al maestro reír. ¡Pues vaya pareja se habían ido a juntar!

Una gaviota cruzó el cielo gris.

María respiró el aire del mar que traía en sus alas y luego el de los fresnos, los tilos y los eucaliptos azules. ¿Por qué le echas de menos si aún está aquí?, se reprochó mientras lo escuchaba hablar con el mismo eco de un recuerdo de que en realidad estaba bastante acompañado, porque venían de cuando en cuando estudiantes y pasaban el rato haciéndole preguntas. Qué suerte tienen y ni siquiera lo saben. A él le gustaba rodearse de jóvenes. Cómo lo estarían disfrutando ellos también, porque no los trataría con condescendencia. Hablaba de ellos como si fueran plantas nacidas en su huerto, con la alegría natural de verlos crecer.

—Aunque últimamente vivo como si Gutenberg no hubiera existido, hija. Me tienen que leer los periódicos, eso sí. Por cierto, ¿es verdad esa noticia que he leído sobre ti?

A ella le sorprendió que se hubiera enterado y asintió con timidez.

—Sí, fui a Ginebra y fue muy emocionante. Aunque en el camino viera los destrozos terribles que ha dejado la guerra.

Él apretó su mano.

—Sí, os tocará a vosotros reconstruir el mundo, pero hoy no te permito que te aflijas... ¡porque hoy tenemos que brindar!

El escribano llegó con una botella de whisky y dos copas.

—¿Sabe, Gerardo, por qué brindamos?

—No, don Benito. ¿Yo también?

—¡Claro, hombre! —El chico fue a por otra y alzaron sus copas—. Brindamos porque mi querida amiga y sus compañeras han conseguido que se apruebe hoy el sufragio femenino en Estados Unidos. María ha sido delegada de España en el Congreso Internacional para el Sufragio Femenino —anunció con orgullo.

A ella se le empañaron los ojos. Ningún otro hombre de su entorno se había enterado. O no lo habrían considerado reseñable.

—Pero no creo que lleguemos a votar aquí en las elecciones de diciembre... —se lamentó dando un traguito, y arrugó la cara como si hubiera mordido un limón.

Él suspiró largamente y la miró con dulzura.

—María, te quedan muchas guerras por librar. A mí ya, afortunadamente, no. —La cogió de ambas manos—. Intentarán valerse de tu talento para llegar a los corazones, pero escúchame bien y luego harás lo que quieras: los dos partidos que se han concordado para turnarse «pacíficamente» en el poder son dos manadas de hombres sin ideales. Que no te engañen, ningún fin elevado los mueve. Cree a este viejo: no mejorarán en lo más mínimo las condiciones de vida de esta infeliz raza pobrísima y analfabeta. —Los chillidos de las gaviotas cruzaron sobre sus cabezas—. Pasarán unos tras otros dejando todo tal cual está y llevarán a España a un estado de consunción tal que acabará irremediablemente en muerte.

Ella alzó la vista y buscó a aquellos pájaros que, como un pequeño escuadrón, se perseguían violentamente por el cielo.

—Pero tú sigue escribiendo. —Alzó los ojos irritados y perrunos—. No la abandones nunca y ella no te abandonará a ti. La literatura es lo único que te hará sobrevivir a aquello que venga.

En ese momento un gorrión cayó del cielo en picado y un par de gaviotas hambrientas se abalanzaron sobre él sacándole las vísceras y los ojos en pocos segundos cuando aún palpitaban en un último y angustioso remedo de vida. El escribano corrió a espantarlas, bichos asquerosos, se lo comían todo. María tuvo que apartar la vista de aquella imagen que le había dado tanto frío como sus palabras y que volvería a su cabeza muchas veces en momentos oscuros.

La última fotografía que guardaría de Galdós, sin embargo, sería otra. Cuando salió a despedirla a la puerta del jardín y, gracioso y cortés como era siempre con las damas, se agachó con esfuerzo y buscó a tientas una mata de hierba luisa de la que le había llegado el olor. Conservaría durante muchos años el ramo inmenso de hojas fragantes que cortó para ella hasta que se convirtieron en polvo. Luego cerró la verjita que emitió un quejido oxidado y le vio alejarse: al genio, al político tímido que no quería ser político, al periodista que no preguntaba sino que observaba, al canario al que le gustaba el frío, al novelista autodidacta al que enseñó a escribir la vida, al que hizo hablar al pueblo como nadie, al cronista hiperrealista de adulterios, abusos eclesiásticos y submundos obreros, al discípulo de Dickens, al amigo de Tolstói, al creador de heroínas de papel que parecían de carne y hueso —de Fortunatas y desheredadas, de prostitutas y obreras—, al que siempre andaba con deudas y se sacaba del bolsillo esos papelitos para él sin valor ante cualquiera que fuera a visitarle con hambre, al académico al que el Vaticano impidió ser premio Nobel. Vio cómo esa memoria histórica del siglo XIX se retiraba a pasitos cautos hacia su enciclopedia, con su puro a medio fumar y seguido de su perro alsaciano.

Pocos meses después, tras su entierro, María encontró un artículo de Unamuno en el que decía que, leyendo su obra, «nos daremos cuenta del bochorno que pesa sobre la España en que él ha muerto». Porque al Patio de Cristales del Ayuntamiento de Madrid acudieron cientos de miles de ciudadanos y apenas políticos, salvo el jefe de Gobierno y cinco representantes más, ante las protestas de los cientos de miles de madrileños que fueron a despedirle. Lo que nadie esperaba fue que, aunque no estaba bien visto que acudieran las mujeres a los entierros, no se pudo impedir que fueran acercándose hasta la Puerta de Alcalá, espontáneamente y de riguroso negro, las madres, las prostitutas, las obreras, las actrices..., todas aquellas a las que aquel hombre había dado voz. El escritor que contaba historias reales que ellas podían sentir, el que las había hecho inmortales y les dio por fin un nombre. Esa noche fría de invierno en la que emprendió su último viaje se cerraron todos los teatros de Madrid con el cartel de NO HAY FUNCIÓN.

17

Madrid, 2018

Mientras que en el teatro sus actores seguían velando al viejo Galdós, Noelia estaba sentada dentro de una reproducción exacta de la habitación de Federico en la Residencia de Estudiantes que ahora se mostraba como museo. Ese habitáculo era todo un altar al sincretismo. De forma inexplicable convivían los estilos más variopintos como lo habían hecho sus estudiantes, pensó levantándose de aquella cama convertida en sofá con unos sencillos cojines y un tapiz moruno que hacía de respaldo. Sujetó entre las manos uno de los muchos ceniceros de cerámica en el que se habrían apagado tantas tertulias, repasó con los dedos el escritorio encerado y sencillo de madera de pino y un historiado flexo con el pie de plata, ¿habría alumbrado el *Maleficio de la mariposa*? Pero lo que más le llamó la atención fue ese juego de tacitas de porcelana tan fino, casi transparente, colocadas frente al sillón. Abrió un libro de memorias de Pepín Bello por una página al azar cuyo curioso título le llamó la atención. Había sido compañero de Lorca en la Residencia y contaba algunas anécdotas. Empezó a leer y entonces lo vio cruzar muy decidido hasta la puerta en una tarde de sus famosas «reuniones de la desesperación del té». Se lo imaginó entrando en el baño y colocándose un turbante improvisado con una toalla y la cortina que le servía de capa —sacó pecho e hizo una divertida mueca en el espejo para empoderarse—, y así, como un rajá, abrió.

Desfilaron unos quince jóvenes entre risas y comentarios a su atuendo, «siempre tan elegante», dijo el más bajito al entrar, «yo he traído café», advirtió Buñuel, «¿por qué?, por llevar la contraria, y vino malo de dos pesetas la botella». Al momento uno ya había empezado a tocar la guitarra, otros, como Dalí, preferían dibujar al resto al estilo de la escuela *simultaneísta* que hacía furor en Londres, balbuceó concentrado con la cabeza apoyada en las rodillas de Federico. Cada cierto tiempo, el poeta hacía intervenir a los novatos para integrarlos. Para eso, entre otras cosas, se había inventado esas reunioncillas.

Noelia había leído tanto sobre aquellas reuniones..., aspiró el olor a tabaco rubio y el jolgorio con mucha envidia. Cómo le habría gustado vivirlas: recostados en el diván-cama o sentados en grupos por el suelo, hablaban con claves, sobreentendidos y bromas en las que nadie salvo ellos podía participar, típicas de esos grupos que se dan sólo una vez en la vida. La reunión duraría unas cinco o seis horas, beberían cantidades colosales de té, triunfarían el humor y las ocurrencias más absurdas y se silbaría a lo pánfilo y la cursilería. El momento estelar de la noche se lo dejaron a Federico, quien, como siempre, escogería un libro de poemas, un clásico, para declamarlo entero. Sólo había una norma. La declamación no podía atentar contra el verso. Así que, cada vez que el lector leía una estrofa sin gracia, Federico tenía potestad para rescatarlo, a veces de memoria, y curarlo con su voz adiestrada para recitar. La sobredosis de té, el fumar sin medida, las risas y lecturas producían una extraña embriaguez, contaba su amigo, uno de los últimos compañeros de esa época en verle con vida.

Noelia devolvió el libro a la estantería. Sin él parecía mellada. Luego cerró la puerta con sigilo para no despertar el recuerdo del joven Lorca tendido en un sueño plácido con el pelo negro revuelto y una mariposa derretida en la frente que le había dibujado Dalí cuando ya estaba dormido.

Poco podían imaginarse los que soñaban el mundo con mente de artistas que en ese año extrañamente tranquilo, tras tanto ajetreo electoral y cambios de signo, el rey Alfonso XIII también tomaba el té, pero con un dictador que le prometía devolverle el trono, y Víctor Manuel III brindaba con otro, un tal Benito Mussolini, que alzaba un vino de Sicilia por la gran Italia, *salute!*, aunque en realidad brindaba por él. En unos meses se alzaría en el poder con el beneplácito real. La libertad también era un sueño que producía monstruos.

Falla y María también seguían trabajando ajenos a los terremotos políticos que se avecinaban porque el propio compositor era ya sísmico. Esta tarde ella estaba desplomada sobre sus papeles y el músico encorvado sobre su piano un par de metros más allá entre la niebla del humo de su enésimo cigarrillo. Le observó entre preocupada y harta. La culpa de todo la tiene el pecado mortal, se desesperó María con los ojos irritados de cansancio. Su fervor religioso estaba degenerando ya en pasión maniática. Incluso cada vez era más antisemita, hasta el punto de que últimamente le sacaba de quicio la idea de que Cristo pudiera ser judío.

A pesar de todo tenía que reconocer que, desde su primera colaboración en la Alhambra, el indómito don Manué le había proporcionado algunos momentos inolvidables y en ellos se refugiaba ahora, como los que habían vivido con su admirado Stravinski, ¿qué sería de él? María se fugó un instante tras ese recuerdo. Estaban en su casa de la calle Velázquez. Ígor y don Manué fantaseaban sobre la alfombra blanca y negra de un teclado cómo convertir *El amor brujo* y *El sombrero de tres picos* en ballet y acabaron, ambos genios y hombres de fe extrema —uno en versión ortodoxa y el otro en católica—, haciendo música a cuatro manos que, como decía Ígor, era el instrumento más poderoso para alabar a Dios.

Esa fue la noche en que María llegó definitivamente a la conclusión de que la mentalidad de los músicos era desconcertante. Quizá por eso los franceses decían «loco como un músico», y es que sí, su razón vibraba en otra frecuencia. Esas sesiones de trabajo sí que eran divertidas... Los rusos solían llegar a su casa cargados de vodka para calentar las ideas: Diághilev con sus eternas bolsas bajo los ojos de empresario, la estola de piel con olor a naftalina siempre al cuello y su efebo —como lo llamaba Falla— del brazo. Pero Massine era mucho más, era su coreógrafo de más talento y su bailarín estrella. El muchacho alegre y nervudo que había sustituido a Nijinsky en la compañía y en su corazón tras estrellarse nada más despegar *El pájaro de fuego*.

Era muy divertido comprobar cómo Stravinski no podía consentir que un piano estuviera mudo en una habitación sin sentarse a jugar con él, qué prodigio, porque a veces les avanzaba por impulso, como aquella tarde, una idea musical que venía madurando. Luego se volvía en la banqueta y hablaba animadamente en francés con Gregorio y María sobre cómo sería esa metamorfosis de sus libretos en ballets que seguían este guion: Diághilev sugería siempre modificaciones despóticas, Falla estaba siempre decidido a ampliar la orquesta y Stravinski prestaba con generosidad su talento inagotable a quien se lo pidiera, mientras que Gregorio..., él sólo podía pensar en que Picasso haría los decorados y los figurines, ¡y hasta un telón inspirado en su libreto!

Era muy curioso contemplar cómo dialogaban musicalmente Ígor y don Manué. Se admiraban sinceramente e incluso se parecían en las gafitas minúsculas y ovaladas que pendían de sus insignes narices, pero eran, sin embargo, tan opuestos como los dos polos de un imán. El ruso por entonces era un joven repeinado de un optimismo inalterable y muy cariñoso, que volcaba toda su complejidad en su música. No como don Manué, que era todo pesimismo orgánico y suspicaz; y sus complejidades mentales, tan inútiles para su arte como para su vida, acababan empapando su música como una esponja. Hasta el día del estreno en Londres parecía atormentado por todo tipo de imponderables. Pero nada ocurrió. ¿Qué podía salir mal? *El sombrero de tres picos* veía la luz con los Ballets Rusos de Diághilev, la crítica se admiró ante los bellos movimientos de torero de Massine, los decorados y los figurines los firmó Picasso y, como era normal ante esa suma de talentos, en pocos meses la obra adquirió la categoría de «clásica».

Qué bellos momentos, se dijo María, nostálgica. No como aquella tarde tan estéril. Levantó un poco la cabeza. Le pesaba toneladas. Allí seguía, garabateando furioso las partituras de ese nuevo tormento que compartían: el *Don Juan*.

—Le juro que no he conocido tarea más frustrante para un escritor que la de incrustar palabras en una melodía. —Bostezó largamente—. Le cito a usted: ¡Horror! ¡Terror! ¡Etcétera! Veo doble. No puedo más.

Los dedos agotados del músico hicieron sonar un acorde sordo.

—Pues no siga. Debería dejarlo. ¡Dejarme! —Aquello sonó tan shakespeariano que a ella casi le dio la risa—. Y yo debería dedicarme a componer exclusivamente música religiosa.

Las carcajadas de María le hicieron girarse en la banqueta.

—¿El autor de la *Danza del fuego*? —María estiró la espalda contra el respaldo—. Sí, sí..., escriba usted misas y oratorios, don Manué, con eso le dará usted al diablo el gustazo de condenar a los fieles dentro del mismo templo.

—*Blasphème* —murmuró rabioso—, ah..., si no fuera por la música, la mordería —y volvió a la carga, irritado—: Entonces, ¿no va a replantearse el argumento?

Ella pareció indignarse.

—¿Otra vez con la misma canción? —protestó con hartazgo—. ¿Cómo puedo metérselo en su brillante y pulida cabezota? ¡El conflicto siempre es el amor!

—Mire, en eso, *madame*, es en lo único que vamos a estar de acuerdo.

—¡Sí! ¡Sólo que yo lo he imaginado entre dos mujeres que se disputan el amor de un hombre! ¿Cuál es el problema?

Un relámpago parpadeó en el exterior de la habitación añadiéndole muy oportunos matices dramáticos a la escena. María se levantó y le dejó en el atril unas cuartillas. ¡A ver! ¿Qué tenía eso de malo? Una de las actrices encarnaría al típico ángel del hogar que al parecer tanto le gustaba, pero la otra...

—La otra..., la otra es una... —el compositor apretó los labios finos—, ¡diré «frívola», por no decir *prostituée*, para no ofender a nadie!

María alzó sus manos al cielo y sonó un trueno.

—¡Ay, Dios mío, que matan a este hombre! ¿Y?

—¡Que esa *mademoiselle* va a tener que comportarse de una manera muy poco decorosa!

Su colega no podía creerse lo que estaba escuchando. ¡Ah, estos católicos! Pero ¿es que no veía que una riña entre ángeles no tenía ninguna gracia?

—¿Tanto le nubla esa hipocresía jesuítica que le distingue?

María caminó por la estrecha habitación dándose con los muebles, pero ¡por Dios!, el respetable público se aburrirá de muerte, ¿es que no lo veía? Le limpió sus gafas e hizo el gesto de ir a ponérselas. Él se las arrebató.

—Tenga claro, María, que ni yo ni mi música vamos a servir para poner en escena a una mujer que tiene... ¡esos «aires»!

—¡Lo siento! —exclamó ella—. Siento mucho haber descalabrado su imagen del «eterno femenino», ¡pero resulta que existen mujeres así!

—¡Lo sé! Y lo sufro con usted, no lo olvide. —Le sostuvo la mirada—. ¡Pero no vamos a darle encima promoción al pecado!

Ella se desinfló de pronto. Ese había sido un golpe bajo. Se derrumbó de nuevo delante de su máquina de escribir. Luego, con un hilo de voz, terminó su argumento:

—Y también hombres, don Manué..., también hombres. Y resulta que la obra se llama *Don Juan*, así que a ver cómo nos las apañamos para redimir a un pecador si no le dejamos pecar antes. —Un viento tormentoso alborotó sus papeles—. ¡Como sigamos así será otra obra que se quedará sin terminar como su *Atlántida!*, con la que lleva... ¿cuántos años?

—Me trae sin cuidado —rugió el otro—. Terminaré *La Atlántida* cuando la descubran. ¡Aunque sea después de muerto!

Y dicho esto, recogió los papeles, se encendió otro cigarro y empezó a hojear el periódico del día para relajarse, pero no iba a conseguirlo, precisamente porque al llegar a cierta página María le escuchó decir «*mon Dieu*», primero incrédulo, «*mon Dieu...*», luego en shock, y después cada vez más airado, «*mon Dieu, mon Dieu...*», hasta que, sin previo aviso, descolgó su gabán y su sombrero, agarró un paraguas y salió en estampida. Ella lo siguió corriendo. Pero ¿qué ocurría?, le gritó ya en la calle. El otro frenó un segundo, le dio un manotazo al diario, la miró de arriba abajo con el rostro encendido: «¿Usted sabía algo de esto, *madame*?», preguntó fuera de sí. María, fatigada, leyó la noticia. Luego, en medio de una gran turbación, negó con la cabeza. No podía ser cierto... Gregorio se lo habría dicho. Él se lo arrebató y la cara le tembló de ira. Abrió el paraguas y siguió caminando a zancadas sin esperarla hacia el Teatro Eslava.

Cuando llegó, irrumpió sin llamar en el despacho forrado de caoba de Gregorio con el periódico empapado dentro del puño y se lo tiró encima de la mesa. El gerente levantó la vista sin alterarse y acarició con ambas manos el tapete de piel de su escritorio para secarlo.

—Siento presentarme sin avisar, *cher ami* —dijo el músico hiperventilando—, pero necesito que me diga si esto se trata de un error.

El otro le miró imperturbable a los ojos.

—No, don Manuel. La fecha de estreno y el cambio en el compositor lo he anunciado yo mismo a la prensa esta mañana.

El músico apretó los párpados como si tratara de despertar de ese mal sueño.

—*Alors...* —asintió con la tristeza pegada a la garganta—, entonces sólo me queda rogarle que reconozca mi autoría musical de la parte que me corresponde.

—Muy bien —respondió el empresario—, le pediré a su sustituto que borre de su memoria todo lo compuesto por usted hasta la fecha —y siguió firmando unos documentos, rítmico, como un metrónomo.

El compositor dio un golpe seco sobre la mesa justo cuando María entró en el despacho y se agarró al quicio de la puerta para recuperar el aire.

—Gregorio, por favor, vamos a hablar esto tranquilamente.

Su marido le hizo un gesto tajante con la mano para que callara.

—¡No pueden hacerme eso! —gritó el compositor con los dedos agarrotados—. ¡Tengo el derecho exclusivo a musicalizar la obra!

—¿Ah, sí? —Gregorio continuó sin alzar la voz—. ¿Y en qué papel aparece firmado?

—*Mon Dieu!* ¿Es que vamos a andarnos ahora con firmas después de tantos años?

El otro se incorporó lentamente apoyado sobre su mesa con ambas manos.

—Parece que será necesario, sí. Y no, querido amigo, no creo que tenga derecho exclusivo a musicalizar el *Don Juan* porque lleva un retraso intolerable sin dar motivos de por qué y, de hecho, espero que esta obra maestra que me ha salido...

—Falla soltó una risotada cruel y luego se dirigió a María, «que le ha salido, dice, *mon Dieu*»..., pero Gregorio continuó sin escucharle—: ¡Sí!, ¡que me ha salido, y que van a disputarse músicos del mundo entero! —Hizo una pausa—. Como le decía, le ruego que me haga usted una lista de todos los motivos musicales que son suyos para no caer en la tentación de aprovecharnos del ingenio ajeno.

Falla le observó desorientado sin poder creerse lo que estaba escuchando.

—¿No aprovecharse del ingenio ajeno, dice? Un poco tarde para eso, *sincèrement*. ¿No le parece, María?

—No le cojas el tono, Gregorio, está alterado —intervino ella con la voz rota.

Gregorio ni la miró.

—Lo siento, pero hay ofensas que no pueden soportarse, aunque se sospeche que el ofensor tiene la razón perdida. —Y siguió enfrentado al que había sido su amigo.

Entonces Falla entró en erupción.

—¿Ofensas? —siguió cada vez más frenético—. Oh, *pardonne moi...* ¿Acaso le ha molestado que le reproche el trato que le da a su mujer, quien, por cierto, es también mi única colaboradora, además de, ahora lo veo, mi única amiga?

—¡Se acabó! —gritó Gregorio dando un bastonazo en el suelo.

María cerró los ojos. No, no, no... Don Manué, por qué ha dicho eso. No, por Dios... Se hizo un silencio duro. El más largo que Falla nunca escribió, y cuando recuperó la compostura, los miró a ambos, sus colaboradores, sus amigos, y como último recurso de su esperanza, susurró:

—¿Iba a decir algo, *madame*? —Su voz sonaba vencida.

Ella abrió los labios, di algo, María, Gregorio le enfrentó la mirada, ¿qué puedes decir, María? No, no se vaya, don Manué, pídanse disculpas. Gregorio, ¿cómo has sido capaz? ¿Dónde está ese reloj que marcaba las horas serenas? Que borre esta última hora, que vuelva el tiempo atrás y que esas palabras regresen a sus bocas..., y tras intentar articular aquellas palabras que no terminaban de salir, con lágrimas en los ojos, María negó con la cabeza.

El músico se colocó su perenne sombrero e hizo un saludo protocolario.

—*Bien sûr*. Entonces, *adieu...*, María —y salió dejando la puerta cerrada tras él.

Nunca más volvería a verle.

Poco después, María supo que suprimió la dedicatoria en su *Noches en los jardines de España*. Esa noche, con el alma rota, escribió en su diario aquello que no fue capaz de decirle a Gregorio cuando le pidió que no tomara en cuenta sus palabras, que no siguiera, que no la dejara también sin él: «He perdido a mi gran cómplice, a mi don Manué, cuando más lo necesitaba. He perdido la música de sus pasos vacilantes por el pasillo cuando venía a preguntarme si podía escuchar unos compases. He perdido sus ataques de neurastenia, su temor a que me atropellase la vida. He perdido su olor a tabaco negro y sus discusiones cerriles e interminables sobre esa fe en la que no nos encontrábamos o personajes a los que luchaba por censurar. He perdido su baremo sobre la amistad, a mi amigo imperfecto, a mi don Manué, y con él a aquella Granada misteriosa y mágica que sólo vivía en nosotros».

Esa noche la pasó en vela y Gregorio no llegó hasta la madrugada. No hablaron, ¿para qué?, se dijo, si no iba a entenderlo. Sólo contempló esa tormenta eléctrica que había llegado para quedarse.

Falla no era el único que iba a crear tensiones a Gregorio en esos días. Los rumores sobre él empezaban a ser cada vez más molestos, carnaza que no pasó desapercibida para El Caballero Audaz, quien le pidió una entrevista. Tanto Juan Ramón como la propia María le previnieron para que le diera largas, pero ¿qué podía hacer? Si no se la concedía, soltaría pestes de todas formas. Por otro lado, si no te entrevistaba aquel mamarracho, les dijo a uno y a otra, no existías.

Y allí tenía ya a su corpachón enorme y cada vez más gordo encajado en una silla de su despacho. Gregorio abrió los alerones de la nariz. Olía siempre a cerveza agria y a puro. Escogió para entrevistarle el día que a Benavente le habían concedido el Nobel. Había entrado dejando caer la ceniza de su cigarrillo al suelo como si marcara el territorio. Gregorio se sentó delante de la pared en la que colgaban los carteles de sus éxitos más sonados en el extranjero. Una puesta en escena meditada. Toda una declaración de intenciones. Cruzó una pierna aparentando tranquilidad.

El otro le apuntó con su pluma como si fuera un florete y lanzó la primera estocada:

—¿Sabe, don Gregorio, que por ahí se dice que su esposa tiene una gran responsabilidad en los éxitos teatrales de usted?

El empresario le sonrió y sus pómulos se hundieron un poco.

—Lo sé porque yo lo he declarado públicamente hace año y medio. —Juntó las manos—. Sí, señor, mi mujer es mi colaboradora y tiene más talento que yo. Es más: mientras luché sin éxito, no he querido decir nada; pero ya que hemos triunfado, me gusta que se sepa.

—Claro... —Levantó una ceja canosa y se recostó en el respaldo—. ¿Y cómo es que en las obras no figura el nombre de su esposa si toma alguna colaboración, sea pequeña o grande?

—Porque le disgusta enormemente que se hable de ella. Esta confesión mía, por ejemplo, le desagradará sin duda, así que quizá debería omitirla.

El otro escribió un buen párrafo y de vez en cuando levantaba la mirada inquisitiva.

—¿Y qué labor, qué parte es la que hace en las...?

—Eso no se ha dicho nunca entre colaboradores.

—¿Va a los ensayos, por ejemplo, le aconseja, le...?

—Sí, señor —volvió a interrumpirle—, a los dos o tres últimos. Mire, mi mujer y yo nos queremos tanto y nos llevamos tan bien... que en este caso puede decirse que somos uno solo.

—Claro..., ¡claro! Ahora me explico... —El otro volvió a encenderse el puro y lo succionó exageradamente—. Ahora me explico la gran cantidad de teatro que ha producido en pocos años.

Gregorio negó con la cabeza lentamente y se encogió de hombros.

—Pues no creo que ningún año yo haya estrenado más que cualquier autor de los que más producen; por ejemplo, Benavente.

El periodista se echó a reír de forma grotesca.

—Claro, claro..., así que Benavente, ¿eh? Y, dígame, con una producción tan notable, ¿sueña usted, como el propio Benavente, con el Nobel?

Gregorio le miró con una mezcla de asco y desprecio.

—Soñar es gratis, ¿no le parece?

El periodista empezó a aplaudir con sus manazas torpes y a reírse como si hubiera asistido al chiste final de una comedia que de verdad le divertía, hasta que el eco de su aplauso se fue confundiendo con otro idénticamente sarcástico de alguien que acababa de leer esa entrevista delante de sus compañeros.

Madrid, 2018

—Qué tío... Primero admite la colaboración de María con la boca pequeña y luego da un volantazo al final. En fin...

—¡Y sueña con el Nobel! —resaltó Francisco uniéndose al jolgorio.

—Sí que se merecía el Nobel, sí, pero al cinismo.

En el Madrid del siglo XXI también esa tarde tenían tormenta, pero una de esas de invierno con proyectiles de hielo que hacían retumbar la techumbre del teatro. Algunas marcas blancas en el suelo con cinta aislante delimitaban el lugar donde se colocarían los muebles o la escenografía, y anunciaban que el momento de ensayar estaba cerca. La luz ámbar y lateral del escenario se parecía a la de las farolas de la calle.

Cecilia estaba con fiebre tosiendo como una tuberculosa. Lola, envuelta en lana y sin quitarse sus mitones morados, colocaba más cartelitos de colores en el cronograma con aires de detective privado. Leonardo había llegado tarde como siempre. Y Francisco estaba más chispeso que de costumbre, ordenando sus pastillas de vitaminas por colores encima de la mesa.

—¿Y por qué os hace tanta gracia que soñara con el Nobel? —preguntó Augusto, repasando el cronograma de la pared—. ¿Quién estrenaba en Broadway en esa época? ¿Quién era invitado a Hollywood?

Los otros dos seguían riendo.

Noelia dio un par de palmadas para poner orden.

—Compañeros, llegados a este bucle obsesivo en el que llevamos un mes, creo que es el momento de exponer en qué punto estamos cada uno, qué conclusiones vamos sacando, porque tenemos que empezar los ensayos mañana o se me va a caer el pelo.

Ahora fue Cecilia la que rompió a aplaudir.

—¿Tendrá fiebre también? —dijo irónica.

El primero en pedir la palabra fue Leonardo.

—Muy bien. —Buscó su foco y se retiró el flequillo rubio con una sacudida de cabeza—. En primer lugar, decir que yo parto de la perspectiva de concretar quién es el autor de una obra. ¿Qué quiero decir con esto? Que tengo muy claro quién debe firmar y cobrar derechos, algo que parece que los académicos —señaló a Augusto— veis de una forma... más ambigua. Y autor es quien se sienta y escribe. Punto.

—¿Adónde vas a parar con esto? —se impacientó Augusto.

—Déjale terminar... —ordenó Noelia.

—Gracias. Voy a la segunda parte de mi argumentación: la mala fe, la premeditación y la alevosía. —Hubo un murmullo en la sala—. Porque Gregorio fue presidente de la Sociedad de Autores, así que de derechos de autor sabía mucho.

Lola zarandeó un papel en el aire como si fuera una prueba.

—Es verdad. Sus cartas llevan el membrete, podéis verlo.

Noelia se giró hacia Francisco.

— ¿Y tú, Fran? Desde el punto de vista de sus obras musicales, ¿qué opinas?

El músico se abrió un poco el largo abrigo para sentarse en la banqueta frente al piano.

—Pues que a no ser que encuentre algo que me haga cambiar de opinión —dijo creando suspense mientras sujetaba unas partituras—, yo escribiría una carta al Ministerio de Cultura para informar de que la correspondencia y los libretos originales que hemos leído son prueba suficiente para que en los futuros estrenos de *El amor brujo*, *Las golondrinas*, *El sombrero de tres picos* y *Margot* figure el nombre de María.

—¡Toma! —exclamó Leonardo, tan ilusionado que corrió hacia él y le besó la frente.

—Vulnerando la voluntad de la difunta —soltó Augusto.

—¿Cómo? —se indignó Lola arrancándose el gorro, y el querube hizo un gesto de interrogación.

—Que ella no quiso constar como autora de esas obras —se explicó Augusto.

Leonardo se levantó con tal furia que la silla cayó de espaldas arrastrada por el peso de su mochila y le dijo que no le saliera ahora con eso, ¡tenían derecho a saber!

Cecilia apuntó a Leonardo con una linterna.

—Pero es verdad que ella no quiso constar como autora de las obras —dijo, poniendo el dedo en la llaga.

Lola dio un golpe en la mesa.

—¿En serio, Cecilia? Anda que... Mucho feminismo, pero siendo mujer y que precisamente tú no te pongas de su parte, manda narices... alucino contigo.

—Precisamente —se defendió la otra—. Como feminista que soy, creo que tenemos que ser críticas con las mujeres que no luchan por sus derechos.

En ese instante, Noelia no pudo más.

—¡Un momento! Pero... ¿de verdad no os dais cuenta? María vivió cien años y no murió de un accidente, que yo sepa. —Sus ojos brillaban con una luz distinta y vapeó con ansiedad—. Así que pudo deshacerse de muchas cosas, pero no lo hizo, ¿verdad? ¡Nos ha dejado un rastro de migas de pan!

—Sí, Pulgarcita Lejárraga, no te jode... —se burló Augusto.

—¿Sabes una cosa? Me das bastante lástima —se le encaró el rubio—, tú y toda tu mierda de intelectual frustrado.

Augusto se le acercó. Ambos hombres, que en la ficción deberían ser amantes, enfrentados de perfil en el proscenio.

—No me digas —respondió el otro alzando el mentón—. ¿Y tú?, ¿por qué no tienes más respeto?

—Calma... —Francisco se fue hacia ellos—, que estáis los dos un poco gallitos hoy.

—¿Queréis que os dé una buena noticia? —se escuchó decir a Lola al fondo.

Leonardo la ignoró y dio otro paso peligroso hacia su contrincante.

—Por fin entiendo lo que tanto le molesta..., claro..., es una pena haber dedicado taaantos esfuerzos a analizar la vida y milagros de un mito que se tambalea: el gran autor Gregorio Martínez Sierra..., ¿a que sí?

Augusto apretó la mandíbula y los puños.

—¿Sabes lo que es una pena? ¿Lo que de verdad me enerva? Tener que aguantar que se intente convertir a un gran autor en una especie de fraude sólo porque se empeñe un actorzucho con ínfulas de investigador...

—Bravo... —empezó a aplaudir el otro—, por fin te has retratado.

—Vamos, chicos... —Francisco los separó con manos de manicura perfecta—, no nos han traído aquí para pelearnos.

—¡Pues igual sí! ¡Igual hay que pelearse!

Fue el momento en que Leonardo empujó a Augusto y el otro se fue hacia él. Dos gallos de pelea desbordados de testosterona como había vaticinado Francisco, quien se metió en medio: «¡Eh!, ¡eh!». «¡¿Estáis tontos?!», gritó Noelia sujetando a Leonardo. «¡Basta!», siguió dando alaridos Francisco, quien se fue hacia Augusto hasta que consiguieron separarlos, congestionados y aturdidos.

—¡Ya está bien los dos! —Francisco estornudó ruidosamente—. ¡Sois un coñazo! —Le dio un empujón a Augusto—.

Tú tienes un ego que no cabe en este despacho —y luego al otro—: ¡Y a ti hay que hablarte con carnet de baile!

—Vamos, chicos..., ¡que tengo una buena noticia! —repitió Lola en medio de aquel lío.

—¡Y tú qué dices ahora de una buena noticia!, ¿es que no has visto que casi se dan de hostias? —le gritó Francisco, sobresaltándola.

Ella dio un respingo y, con su voz de grulla, le chilló también:

—¡Quería contaros que ya tenemos el texto completo de *Sortilegio*, joder! ¡Lo acaba de enviar la profesora Patricia O'Connor! ¡Y no me gritéis, que estoy sensible! —Luego a Noelia, intentando calmarse—: Igual habría que echarle un vistazo..., digo yo.

Le soltó el texto en las manos a la directora y se fue al baño a llorar un poco, dijo, para soportar la tensión emocional.

«*Sortilegio*», leyó Noelia en la grafía de la vieja Yost.

La obra completa, por fin en sus manos, su única tragedia. Todos se quedaron en silencio esperando su reacción.

—Pues vamos a empezar a leerla, ¿no?

Y abrió una página al azar. En esa escena sólo intervenían Paulina, la protagonista, y su marido infiel. Le pidió a Augusto que la leyeran juntos, a pelo. El otro se quitó la chaqueta y sacudió los brazos para calmarse. Las luces iluminaron un salón penumbroso de los años treinta en Madrid. Era de madrugada. Y según comenzaron a leer, Noelia sintió ese suero de la verdad que sólo un actor entrenado percibe: la sospecha de que en boca de sus personajes, María había dejado la escena más difícil de su vida.

Lola, ya de vuelta, leyó la primera acotación:

—«Luces. Madrid, 1930. Ella, en camisón, se echa perfume.»

Noelia se levantó de su silla y mimó la acción.

—«Se escucha el ruido de unas llaves —siguió Lola—. Él entra despacio sin encender la luz, abatido.»

Augusto caminó hacia ella con el texto colgándole en la mano. Ella miró a su compañero y tuvo sentimientos encontrados. Quiso abrazarle y olerle. Quiso que se marchara y huir. La luz ámbar de los focos, poco a poco, se transformó en la de las farolas de la calle Zurbano que se colaban por los visillos, y los ojos de Noelia se fueron tiñendo de negro, sus vaqueros se desplegaron hasta transformarse en un camisón largo, y una pesa le oprimió el corazón.

María le dirigió una mirada extraña al que aún sentía como su compañero de vida y de sueños literarios:

MARÍA. ¿Gregorio?
GREGORIO. ¿Por qué sigues despierta?
MARÍA. Te esperaba.

> MARÍA *intenta hacerle una caricia que* GREGORIO *rechaza.*

GREGORIO. No sé por qué te empeñas. Siempre te digo que te acuestes.
MARÍA. Vienes frío. ¿Quieres un poco de leche caliente?
GREGORIO. No, gracias.
MARÍA. Ven, coge un poco de calor, estás pálido, échate a mi lado. ¿Qué tal ha ido hoy la función?
GREGORIO. Bien..., como siempre.

> GREGORIO, *en lugar de echarse a su lado, se aparta y se mira en el espejo.*

MARÍA. Tienes cara de cansado.
GREGORIO. No, tengo cara de imbécil.

> *Silencio.*

María. ¿Qué es lo que pasa? *(Pausa.)* ¿Qué es lo que hago mal?

Gregorio. Nada. Sólo tienes un ligerísimo defecto: exigir un poco demasiado de este... matrimonio.

María. ¿Eso crees? Eso crees. Es cierto..., quizá te quiero, cómo decirlo..., desatinadamente..., con toda mi alma y con todo mi cuerpo. No, no me da vergüenza confesarlo, ¿sabes por qué?, porque en mi deseo está lo mejor de mí misma, mi alegría, mi salud, mi anhelo de vivir y de darte vida..., es verdad, para mí es un remedio tenerte a mi lado. ¿Despierto? ¡Está bien! ¿Dormido? ¿Qué importa? Con sólo sentirte a mi lado me olvido de que puede haber penas en el mundo. *(Pausa.)* ¿Es mucho exigir a este matrimonio que durmamos al mismo tiempo? Puede ser..., pero es que aquí, en el silencio, en la oscuridad, si te oigo respirar junto a mí, ¡no le pido a la suerte otra corona! Te miro dormir... y pareces mi hijo. Me pareces yo misma...

    Gregorio se echa por fin a su lado.

Gregorio. María, tengo que decirte algo...

María *(De pronto, como intuyendo algo).* No, no, no, no... ¿Quién eres? ¿Quién? ¡Tú!, ¡Tú! ¡Estás muerto! No, no, no... *(Llora.)* ¿Qué has hecho con él? Con el hombre que conocí. Tú le has matado... y has venido a morirte en su sitio.

Gregorio. Basta ya, María. Estás hablando como una loca.

María. ¡Ojalá! ¿Tú sabes lo que pesa la cordura? ¡Irresponsabilidad, qué supremo privilegio! ¡Los niños, los locos, los reyes y los mendigos son irresponsables! Sólo el hombre, vulgar, razonable y mediocre, está condenado a soportar la carga de escuchar cuerdo algo como lo que tú me vas a decir... No, no soy una enferma, Gregorio, ni una loca, sino un ser humano que tiene conciencia e inteligencia para saber que me vas a dejar... ¡Y eso no lo consiento! ¡Así! Así no. No, no lo consiento. ¿Sin súplicas, sin llantos, sin mimos ni caricias? Esta vez vas a tener que escucharme llorar... porque por primera vez no te voy a proteger de esto. Sé cuál es mi derecho de mujer ¡y lo exijo!

GREGORIO. Lo lamento, pero no lo puedo remediar. Renuncio a esta comedia de matrimonio perfecto y sonriente...

MARÍA. ¿Comedia?

GREGORIO. ¡Tragedia para mí!

MARÍA. ¿Así que es eso lo que hemos representado desde que empezamos a jugar con aquel teatrillo en realidad?

GREGORIO. De sobra sabes que si tú no quieres, no me puedo marchar. Soy tu esclavo... puesto que me he vendido. Me he casado contigo. Hemos trabajado juntos. Todo lo has decidido tú y yo soy un miserable.

MARÍA. Tienes razón. Tienes razón..., ¡pero se acabó! No más quejas, no más suspiros..., ¡no más comedia suave, ignorante y atormentada también yo! Dejémoslo si quieres, pero no quiero que sufras por otra mujer. Ella, ella... no es buena.

GREGORIO se echa a llorar y ella le recoge la cabeza y la aprieta contra su cintura.

MARÍA. Está bien..., está bien..., tranquilo. Si es lo que deseas, seguiremos cada uno nuestro camino, yo también tengo algunas amistades que podrían querer ser algo más. *(Silencio. Le mira desesperada.)* ¡Ni los celos te mueven!, ¿verdad? ¡Ni el amor propio, ya que no el amor! *(Pausa.)* ¿Tan despreciable soy?, ¿tan poca cosa? ¿Qué tengo? ¿Qué me falta? ¿Qué hechizo malo llevo encima?

GREGORIO: No eres tú..., no te angusties. Eres mejor que

casi todas... Pero no puede ser. *(Sordamente.)* Créeme, que no puedo hacer otra cosa. *(Lo dice con desolación, pero sin humillarse.)* Tienes razón: ódiame, insúltame por lo que has sufrido. Cada uno es como es y siente como siente y tiene que cargar con lo que hace.

MARÍA. Pues intentemos hablar sinceramente, solucionarlo...

GREGORIO. Catalina está embarazada.

Silencio.

MARÍA. Bueno, pues ya está..., ¿verdad? Es un final obvio, facilón, que habría escrito y, de hecho, escribí cuando era una autora inexperta. Tú y yo nos merecíamos otro, no sé si más bonito pero sí más maduro. *(Pausa.)* Eres más joven que yo: tendrás el amor que necesitas... en cuanto yo no estorbe. Los errores se pagan, tienes razón. *(Pausa.)* Yo no te he querido como tú soñabas, pero los que te quieren como sueñas no harán por ti lo que yo hice. *(Al público.)*

Oscuro.

SEGUNDO ACTO

18

Niza, 1923

Sentada en una mecedora entre sol y sombra en el jardín de esa
casa que era un sueño antiguo, intentó vencer la pereza que le
provocaba escribir. A su lado, su inseparable Yost sobre una
mesita de mimbre coja y un café en el que acababa de descubrir
flotando trágicamente un mosquito. Dejó que su mano derecha se desplomara hasta que rozó el pelaje verde de la pradera
y arrancó a tientas una espiga de lavanda. Se lo llevó a la nariz.
Siempre soñó con tener su propio refugio en el mar con un
terrenito invadido de flores silvestres. Casi consiguió sonreír.
Ay, María, si tú, en el fondo, siempre has sido una pueblerina.
Que te pusieron tu nombre en la misma pila que a Gonzalo de
Berceo..., y decidió seguir meciéndose perezosamente un poco
más.

¿Cómo no iba a enamorarse de Cagnes-sur-Mer, si era un
pueblo de su tamaño y estaba tendido en la colina donde pintó Renoir? Cuando traspasó aquel portón blanco sufrió un
flechazo certero en su corazón infantil. Era un caserón nada
suntuoso pero holgado y sin otro sonido que el vals rítmico
de las olas que espoleaban suavemente una playa cercana. En
la entrada había pegado un azulejo, *Helios*, en recuerdo a
aquella revista tan querida. Aquella época de mi vida en que
siempre fue primavera, pensó mientras recibía la medicina en
forma de bocanada de mar. Y aquí te refugiarás hasta nueva

orden. De pronto le pareció mentira que hubiera pasado un año y medio.

Hizo las maletas de un día para otro. No tenía nada que pensarse, le respondió a su madre antes de subirse al tren, porque no tenía la más mínima intención de esperar sentada las reacciones a su separación como el que aguarda las críticas de un espectáculo que ya consideraba mediocre. Tampoco soportaba el papel de víctima que le habían largado. Nunca soportó dar pena a nadie, ni a las mujeres que ponían una lupa sobre sus pequeñas miserias para ser socorridas. Para eso ya estaba Catalina.

La acompañaron su asistenta y el bebé de esta, huérfano de padre al nacer. Pero Francia aumentaría su prole nada más llegar: en unos días había recogido a Pierre, el hijo de tres años de la madre soltera que cuidaba la casa, y un poco después llegó la familia gatuna. Al principio sólo era una gatita delgada color bizcocho que tomaba el sol recostada en la ventana de la cocina. Lo que nunca imaginó fue que llevara otros cinco dentro.

Cookie, la tercera madre soltera de la casa, aterrizó sobre su falda de un salto digno de una acróbata y, tras mullirla concienzudamente, se hizo una rosca. Había tenido cinco hijos y se habían quedado una gatita negra y malísima con una estrella en el pecho como la de su madre. Le había puesto Free, en honor a la fecha en la que nació, y las tenía de lo más entretenidas. En ese momento cruzó delante de ellas perseguida por el niño de la asistenta gritando como un muñeco de ventrílocuo sin dueño —hay que ver lo que hablaba esa criatura siendo tan pequeño—. Free trepó al ciruelo desde donde lo contempló erizada. María abrió un ojo: «Bueno, Cookie, ya tenemos donde hacer observaciones de inteligencia comparada entre humanos y felinos. Hasta ahora yo creo que sois más inteligentes los gatos..., ¿tú qué opinas?». La gata respondió entornando los ojos en una clara afirmación y se rascó el hocico con la espiga de lavanda.

Unos minutos después, María por fin había conseguido enderezarse para escribir a su nuevo confidente. Dejó caer las manos sobre su vieja Yost, cada vez más oxidada.

Todo se resquebraja, querido amigo. ¿Te das cuenta? Mi vida anterior lo hace al mismo ritmo que lo hace España. ¿Que cómo estoy? Así, resquebrajada. Desorientada. Cansada. Necesito descansar. Soy como los gatos, que cuando están enfermos se van a un rincón donde nadie los vea. Por el momento lo que más me ilusiona del mundo es no hacer nada y alejarme de esa vida en Madrid que se ha convertido en una especie de vértigo de visitas, cosas que corren prisa y que acaban por volverle a uno loco. Estoy segura de que de no haberme decidido a venirme a vivir al campo, ya me hubiera muerto: los últimos dos años, sobre todo estando allí Gregorio, sentía que se me iba terminando el resorte de vivir: la sonrisa perpetua, el disimular las penas, los alfilerazos constantes llegaron a envenenarme de tal forma la sangre y a alterarme los nervios hasta el punto de que cuando llegué aquí, tenía un temblor nervioso en todo el cuerpo que ha tardado casi año y medio en curárseme y aún ahora me vuelve a la menor emoción..., en vista de lo cual, procuro evitarlas todo lo que puedo.

Esta casita de Cagnes-sur-Mer, aislada de todo y de todos, es mi único refugio. Es una casita tonta..., pero como es el reflejo de mi vida, no se le puede pedir más. Ni siquiera tengo ganas de ir este año a la asamblea del Sufragio Femenino de Berlín. Sólo las tengo para esta vida de Robinson Crusoe. Además, estoy ya un poco enloquecida de hablar tantas lenguas. Me agota el trabajo intelectual, cada vez me interesa menos el teatro, quizá debería cambiar de oficio y escribir argumentos para películas, no sé...

Aunque no escribo mucho, pienso bastante. Sí, mis pensamientos son como los pájaros, que vienen a alborotar entre las ramas.

¿Volver a ser feliz? Feliz, por mí, casi pudiera llegar a serlo con el tiempo, pero no puedo porque ninguna de las personas que verdaderamente quiero tenéis ni felicidad ni tranquilidad. Europa está rota, el miedo a la crisis y al comunismo hace que se alcen voces que dan aún más miedo. Así que, a lo más que aspiro es a intentar sentirme despreocupada. Alegre no, porque a mi edad las alegrías son algo exótico, ¿no crees?, pero triste ya ni siquiera, voy enfriándome poco a poco.

Parece que a Gregorio y a Catalina les está haciendo Fontanals una casa preciosa en Madrid, según dicen... Sin embargo, de las reformas de mi casa en Cagnes no sé nada. Yo no tengo importancia, pero si se trata de Catalina, Fontanals corre como un loco... Hablando de Gregorio, sospecho que las conferencias que me has buscado en la Universidad de Columbia me las ha desarreglado él cuando estuvo allí. Claro..., no quiere que vaya a New York para que no me conozcan y le admiren sólo a él, y le conozcan sólo con Madama. De todas formas tampoco creo que Gregorio sea horriblemente feliz, pero ese tiene otras compensaciones: ahora creo que está en Madrid y digo creo porque hace dos meses que no me escribe. No me preocupa gran cosa, la verdad.

Por otro lado, la vida cambia poco en España, a mí, personalmente, cada vez me interesa menos mi aburridísimo país. La dictadura de Primo de Rivera lo ha dejado en tal desorden financiero que se necesitarán muchos años para volver a ordenarlo. Gregorio ha disuelto la compañía porque los negocios teatrales se han puesto imposibles, y yo ya le he dicho que, de momento, no tengo ganas de escribir. Como ves, todo se encuentra en estado de transición e inseguridad.

Introdujo en el sobre la carta y la espiga para no romper su tradición de enviarle una flor, lo cerró y escribió en él: «George Portnoff, Department of Comparative Literature, Columbia University. 560 Riverside Drive. 10027 New York». Quién iba a decirle que aquel hombre desgarbado de labios gruesos y blancos iba a ser su profesor de ruso y en el muy noble arte de beber vodka. Cuando lo conoció en la sala de la cacharrería del Ateneo leyendo a Chéjov, ella tenía el corazón descosido y él remendaba el suyo impartiendo clases. Desde el principio sospechó que era un personaje que se creía humano o que existía sólo en su pirandélica imaginación, porque su trama vital no podía ser más novelesca: el mismo día en que se conocieron, mientras mordisqueaban pepinillos en vinagre como dos conejos para acompañar el aguardiente moscovita, le relató cómo la Gran Guerra le había sorprendido estudiando ingeniería en París, y al ser reclamado por la Armada del zar, intentaba volver desde Barcelona cuando el barco fue apresado y se quedó atrapado en España. Por eso, además de dar clases, traducía planos de ingenieros rusos para un tal barón Meyendorff.

Ella lo escuchó con la atención desmedida de un forense. Pegó un largo trago a su vodka. Sólo de Portnoff podría obtener información para crear diez personajes.

Poco a poco, descubrieron que eran los perfectos compañeros de viaje. Cómo le encantaba conducir mientras ella, en su ruso vacilante, leía en alto a Dostoievski, y de vez en cuando pasaban al francés sin previo aviso, para comentar el paisaje. Una noche de vodka y confesiones en varios idiomas, fue él quien comentó que sería una perfecta espía. Según el ruso, era lo único que le faltaba a su vida. Por lo demás, también ella le pareció, desde el principio, salida de una novela.

Pues vaya dos se habían ido a juntar, y María se echó a reír, algo apurada, porque nunca se había visto de esa manera. Qué lástima que no hubiera podido disfrutar un poco más de su nuevo cómplice intelectual y viajero. Ahora, desde que él se había mudado a Nueva York y ella a Niza, sólo le escribía sus penas. Con lo mucho que se habían divertido juntos... Un intento, y en eso no se engañaba, de llenar el hueco que habían dejado don Manué y Gregorio en su vida.

María respiró el aire que venía del mar y dejó que el sol se filtrara a través de sus párpados. Confiaba en él. Y eso no era cualquier cosa, puesto que ahora mismo le costaba incluso confiar en sí misma. Ella había llegado a revelarle su actividad secreta y él se había empeñado en erigirse como su agente en Nueva York. El bueno de George..., pensó.

Creía en ella.

María, cree en ti, se repitió, ya ves, precisamente ahora que no eres capaz de escribir. ¡A buenas horas, mangas verdes! Escribir... Y pensar que mi único combustible ha llegado a quemarme viva. El solo planteamiento de enviar una carta me da tanta vagancia...

Cookie olfateó el aire con hambre. María la imitó y le llegó el olor a mantequilla caliente de la casa vecina. ¿Será ya la hora del almuerzo? A saber. Hacía tiempo que evitaba los relojes y los espejos.

Se abanicó con la carta y soltó a la gata en el suelo. «Este calor nos va a derretir por completo, Cookie. Quién sabe, quizá toda mi grasa se funda y al volver a España luzca la distinguida flaquez de mis veinte años.»

Arrastró sus pies perezosos hasta la cocina seguida del felino, quien se cruzaba y descruzaba en su camino, rabo en alto, como un ebrio y pequeño tranvía. Comunicarse con el mundo, ¿para qué? La mareaba la sola idea de que siguiera girando. Y sí, giraba sin ella, sólo que no al mismo ritmo.

A esas horas, en Madrid, Gregorio estaba sentado en su despacho del Eslava, escribiéndole una carta que había comenzado y arrojado a la papelera varias veces. Si no lo hubiera precipitado todo el nacimiento de Catalinita..., se lamentó por enésima vez, no sin cierta rabia contenida. Porque, durante el primer año de separados, sí habían seguido manteniendo un vínculo. Iba a casa los viernes. María incluso hacía cocido, como habían hecho siempre, y planeaban las nuevas obras que se estrenarían en la temporada.

Pero Catalina le había puesto contra las cuerdas. Primero fue la amenaza de dejarle y luego de dejar la compañía: si no podía escribir solito es que era sólo medio hombre, a María no la necesitaban para nada, le provocó con sus ojos más verdes y ofensivos que nunca, como si se los hubiera pintado para esa escena estelar.

Y entonces llegó el bebé.

Y María se mudó a Niza.

A partir de ese momento se había abierto el abismo. ¿Cómo iban a trabajar ahora? No sólo complicaba las cosas que tuviera que escribirle a escondidas. Es que además ella ahora parecía haberse declarado en huelga. Incluso había intentado trabajar con otros autores, pero no, no estaba funcionando.

Gregorio volvió a empapar la pluma y la empuñó durante un buen rato como si fuera un escalpelo, meditando por dónde comenzar operación tan delicada:

> Querida María:
> Me parece muy bien que no escribas si no te encuentras bien, o si deseas descansar después de haber trabajado tanto.

Releyó esa línea y prosiguió con gran cautela:

> Repito que me parece muy bien que no hayas hecho nada si estás enferma o fatigada; hemos representado y seguimos representando, en todas partes y con éxito, «Torre de marfil». He planificado mal «La hora del diablo»: te ro-

gué que la retocaras en París, pero tú me dijiste rotundamente que no querías tocarla y que preferías escribir otra nueva. De modo que no insistí.

Te aconsejo que escribas porque, después de todo, esa es nuestra profesión.

Las compañías teatrales tropiezan con más dificultades cada día y, con objeto de continuar con la mía, necesito nuevas comedias, porque ya te he dicho que lo hemos representado todo. Como tú no podías o no querías escribir nada, sigo trabajando con Marquina para nutrir nuestro repertorio.

También pensó mucho en cómo despedirse. Un «te echo de menos» sería excesivo, podría molestarla, quizá; sólo cariños... Se llevó la mano a los pulmones y trató de coger aire, pero los sentía encogidos como si tuvieran miedo a respirar. Quizá debería ser sincero y confesarle que con los otros autores no era lo mismo, que estaba acostumbrado a su capacidad de resolución y, encima, ese cretino de Maura, después de haberle ayudado a planificar personajes, había querido figurar como único autor en la cartelera.

Por si fuera poco, la prensa también comenzaba a murmurar.

Especialmente ese cerdo de El Caballero Audaz, que si por qué Martínez Sierra no estrenaba nada nuevo desde que se había separado de su mujer, que si qué casualidad... No, no podía permitírselo. Gregorio firmó la carta con tanto ímpetu que dobló el plumín. Luego llamó a su secretaria para que se la llevara al correo lo antes posible. Al leer la dirección, a esta se le escapó un gesto de reproche.

No era Gregorio el único que sentía la ausencia de María. El propio Falla caminaba por la ciudad los primeros días de su llegada como una fiera sonámbula que intentaba trazar su nuevo territorio. También él había encontrado su oasis, pero era uno que le pertenecía a medias. Ella se lo descubrió y por fin había decidido convertirlo en su residencia. Esa tarde, muy concretamente, mientras bajaba la Cuesta de los Mártires, le llegó el recuerdo de su voz fatigada acompasándose con el agua de los canales que regaban el camino. No conseguía borrar el recuerdo de todo aquel día mágico, prodigioso, en que le mostró la Alhambra por primera vez. Desde entonces soñó con tener una casa en ese lugar. «Granada es otro París», había sentenciado en una entrevista cuando alquiló la casa.

Falla entró en el local y dejó el cuaderno sobre la mesa delante de su dueño. El Café del Rinconcillo había dado nombre a la tertulia cuya última incorporación había sido Federico. Últimamente pasaba más tiempo en Granada que en Madrid, y concretamente en el salón de Falla: solía quedarse un rato a escucharle componer y, como en trance, empezaba a escribir. Allí se había dejado olvidada la tarde anterior aquella libreta con un argumento que decía *Mariana Pineda*.

Federico alzó la vista y se llevó la mano a la frente, agradecido. Qué cabeza. A su lado, sonriente, su maestro.

—Querido amigo... —sonó la voz de Falla en su acorde más grave.

—Ahora entiendo que cada vez os interese menos Madrid... —comentó Juan Ramón y le estrechó ambas manos, gratamente sorprendido de su aspecto tan saludable. La gorra y la garrota le daban un aire muy campestre, observó, y se sentó de nuevo.

Los tres hombres colgaron sus sombreros blancos de ala corta que ya anunciaban el verano.

—Es que en Madrid ya sólo nos han dejado el Rector's Club —suspiró Federico—, aunque últimamente sólo sirva para los líos sexuales de los diputados, que lo tienen enfrente. Era más simpático cuando tocaba ese grupo de negros de Harlem, ¿cómo se llamaban? —y levantó un dedo para que le sirvieran un vino.

—¿Tres copas de Málaga dulce? —preguntó un camarero ceñudo.

—¡Cuatro! —rogó otra voz enérgica a su espalda.

A todos se les alegraron los ojos.

—¡Viva don Fernando de los Ríos! —declamó Federico—. ¡Barbas de santo, padre del socialismo de guante blanco!

El otro se sentó riendo y le hizo un gesto para que bajara la voz.

—Que no está la cosa como para proclamarlo, Federico. Déjalo en lo de «santo». En estos días eso sí me hace sumar puntos.

—Qué alegría que por fin coincidamos los cuatro. —Juan Ramón los cogió por los hombros, afectuoso.

Don Fernando asintió con su cara de mastín ovejero que tan útil le era cuando ejercía como abogado: era imposible no creérselo. Había sido profesor de derecho de Federico en Granada y casi se consideraban familia. A su alumno le gustaba relatar cómo llegaba a dar clase, siempre tan distinguido, con su chistera y su capote.

Falla se volvió hacia el profesor, admirado.

—¿Y es verdad lo que se dice? —Se subió sus gafas minúsculas y redondas—. ¿Que ha renunciado a su cátedra en la universidad al llegar la dictadura?

Don Fernando tiró un poco del pañuelito rojo que le asomaba en el bolsillo del traje jaspeado.

—¿Qué valor tiene una cátedra cuando no hay libertad de cátedra, querido amigo? —respondió con seguridad, y rejoneó una aceituna que se llevó con delicadeza a la boca.

—Admirable... —Falla asintió con la cabeza lentamente.

A continuación, don Fernando siguió comentándoles que ahora daba cursos y conferencias en la Universidad de Columbia de Nueva York y, aunque eso no lo reveló, apoyaba a las fuerzas republicanas en España.

—¿Por qué no te vienes conmigo a Nueva York en mi próximo viaje? —le propuso a Federico—, creo que es una ciudad que debería conocerte.

—Pues no me vendría mal. —El poeta se quedó ensimismado.

Falla observó a su joven amigo intentando descifrar la tristeza negra, como llamaba María a ese tipo de tormento, que le bullía en el interior. Por alguna razón, se identificaba con ella sin conocer su naturaleza. La decepción. Eso era. Ambos habían salido huyendo de Madrid por una decepción. ¿Con qué? Con la amistad. Con el amor. Con los afectos en general, seguramente. Y no andaba desencaminado.

—Don Manuel, antes de que se me olvide, María le envía recuerdos. Recibí carta suya ayer. —El disparo de Juan Ramón fue inesperado, y se quedó esperando su reacción.

El músico recibió aquello como un muñeco de cera. No sangró. Ni siquiera parpadeó. Sólo dio un sorbito a su vino, silencio casi vociferado que el otro entendió perfectamente. Todos se habían puesto un poco serios de pronto.

—¿Por qué no visitamos el Generalife a las cinco de la tarde, que es cuando empiezan a sufrir los jardines? —El comentario de Juan Ramón, casi en verso, fue muy celebrado por sus amigos.

Durante aquel paseo ya no hablaron mucho más. Sólo intercambiaron música tarareada a ratos y versos que luego se enviaron por carta. Juan Ramón tituló a su romance *Generalife*: «En agua el alma se pierde y el cuerpo baja sin alma»… Un romance por otro, le respondió Federico unos días más tarde, y con su letra pequeña y pulcra, continuaba a mano: «Verde que te quiero verde / Grandes estrellas de escarcha».

Aquella estancia en Granada le había servido a Juan Ramón de un muy necesario oasis porque le esperaba al llegar a Madrid una pequeña complicación con nombre de mujer: Marga Gil. Era una joven escultora admiradora de Zenobia, que se les había presentado en un concierto porque admiraba sus traducciones de Tagore. ¡Qué feliz casualidad! Esa misma noche, la joven fan le rogó que le permitiera realizarle un busto, sería para ella un honor, y desde entonces su mujer posaba para ella tres veces a la semana.

No podría negarlo ante un juez. No había podido dejar de mirarla durante todo el concierto. Era de una belleza turbadora: los brazos musculosos, morenos y heridos de golpear la piedra y, al mismo tiempo, tan frágil, como si llevara el alma fuera y el cuerpo dentro. Como sus esculturas.

Y así pasó un mes. Se presentaba en la casa después de comer y trabajaba durante horas insomnes, de pie, hasta que le dolía todo el cuerpo. A veces con Zenobia posando, otras mientras Juan Ramón escribía en un rincón del salón. Y al llegar la noche, se iba corriendo, toda manchada de yeso, como una cenicienta.

El poeta no tardó en corroborar que se encontraba ante un genio. No, no se trataba de una artista. Era de esa otra especie única y no sólo como mujer, le había escrito a María, aunque sabía que iba a bromearle sobre ella largo tiempo. Sólo había visto ese resplandor una vez a lo largo de su vida: en el joven Usandizaga cuando cruzó la puerta de los Martínez Sierra con su maleta.

¿Qué los hacía únicos? Que no aprendían. El arte les manaba del interior como un manantial. En ellos, más que una vocación, había una misión que estaba por encima de todo, incluso de su instinto de supervivencia. Más tarde supo por su madre cómo Victorio Macho, quizá el escultor más prestigioso del momento, se había negado a darle clase «porque no se perdonaría adulterar su talento».

Juan Ramón la observó golpear con fuerza. Al parecer, muchos artistas se habían reído de ella al principio..., ¿una chiquilla, una mujer, esculpiendo en piedra? Imposible tener esa habilidad y esa fortaleza. Pero sería la primera en demostrar que se equivocaban.

Marga golpeó con fuerza el cuello de esa Zenobia de mármol y levantó su mirada turbulenta.

—¿Te gusta, Juan Ramón?

Él asintió, admirado.

—Es natural y sobrenatural a un tiempo —aseguró—. Zenobia dice que la estás haciendo brotar como una fuente de la tierra.

La artista le dedicó una sonrisa de volcán que amenazaba estallar de puro gozo. Pero, en realidad, Juan Ramón sabía que Zenobia sólo estaba siendo amable. Esa noche al acostarse le confesó a su marido que, porque se había empeñado la pobre chica, pero habría preferido que le hiciera un gato de escayola. Aquello hizo al poeta reír. No cambiaría nunca..., ay, ella y sus pequeñas crueldades...

En ese momento descubrió a la chica observándole embobada con el martillo en la mano. Al sentirse descubierta, se sacudió unas esquirlas de piedra del pelo, apurada.

—Cuando termine con el de Zenobia empezaré con el tuyo —anunció, y sus ojos azules chispearon plenos de fatalidad.

No, pensó Juan Ramón, no me mires así, chiquilla..., y sintió que le despojaba, ya no de la ropa, sino del alma.

—Creo que deberías formarte en París —soltó de pronto—. Me parece indispensable para alguien de tu talento.

—¿Eso crees? —y ese relámpago esperado apareció de nuevo en la mirada del genio que anunciaba que comenzaba su proceso.

Marga continuó golpeando su obra hasta que se hizo daño.

De procesos autodestructivos María sabía un rato. Por eso le había pedido asilo político a su corazón en Niza. Pero no fue hasta casi un año después cuando se dio cuenta de dónde estaba. Esa noche se levantó al baño a oscuras y mientras llenaba un vaso de agua, se atrevió a volver a mirarse en el espejo negro y, oh, Dios santo, vio el rostro de Gregorio en lugar del suyo. Estrelló el vaso contra su reflejo aterrada. ¡Qué horror! ¿Qué horror es este? El cristal impactó contra el cristal haciendo añicos a aquella contrafigura que había llegado a sentir como una prolongación de su persona. «Está tu imagen, que admiro, tan pegada a mi deseo, que si al espejo me miro, en vez de verme, te veo», murmuró María, febril, mientras recogía los cristales, citando aquel verso de Campoamor que de pronto le parecía el más horrendo que había escuchado jamás. Quiso olvidarlo y no supo cómo. Sácatelo de la cabeza, sácatelo, por Dios, María. Sintió un pinchazo en la yema de uno de sus dedos que la despertó y la sangre brotó, como no sabían hacerlo sus lágrimas. Ojalá fuera por la dureza de tu corazón, se dijo mientras se lo llevaba a la boca, pero no..., es sencillamente, María, que las emociones se te esconden cuando saben que las esperas, pero están ahí, detrás de las cortinas, debajo de un mueble, como tus gatos. Y la noche que menos te lo esperas..., ¡zas!, se te echa encima y te araña hasta el alma como una estúpida.

No tengo ánimo ni para soportarme a mí misma, se dijo mientras regresaba a la cama sin curarse el dedo. No tengo ánimo siquiera para curarte, María, lo siento. Y ya, bajo la colcha fría y solitaria, se preguntó por primera vez si aquella perfecta comunidad intelectual de bienes en la que tanto había creído había sido real, «nuestra entrañable comunidad espiritual», murmuró, y siguió haciéndole preguntas a la oscuridad: ¿acaso aquella compenetración inconfesable no había sido como ella creía? O quizá es sólo, María, que hasta cuando se sueña, la meta del soñar es diferente. Quizá tú ibas soñando leche y miel y el otro sólo anhelaba oro y laureles... La relación de amor es una lucha en la cual no cabe compasión por el adversario. Y prendida de ese anzuelo que le lanzaba al océano de lo onírico, se quedó dormida.

A partir de ese día volver a escribir fue una necesidad vital. Tras dos años que habían sido como cruzar un desierto, de pronto empezó a hacerlo compulsivamente. ¿Para sobrevivir?

En todos los sentidos. ¿Para encontrarse? Ser, existir..., por primera vez no importaban las palabras sino el acto de teclear sin descanso. Le agotaba que Juan Ramón y otros amigos la presionaran tanto para que le pidiera a Gregorio un reconocimiento. Según ellos, eso le permitiría al menos empezar a cobrar la mitad de sus derechos de autor. Y sabía que tenían razón: ¿de qué vas a vivir, María?, se dijo. No podrás vivir de las traducciones. Cada vez estaban peor pagadas.

Era un hecho. Desde que Gregorio tenía descendencia, se quedaba desprotegida. Por otro lado, Portnoff también quería convencerla para que asistiera a los ensayos de los montajes internacionales de sus obras comunes. Como su agente, le advirtió medio en serio medio en broma, debía insistirle en que se dejara ver cuanto más, mejor. «Reinventarse, María, salir a la luz.»

Y se lo estaba pensando..., pero a su debido tiempo. Por el momento había escrito una comedia para Marquina, *El pavo real*, que él luego versificó y firmó como suya, porque, según Gregorio, le debían algunos favores. Esto ni se lo quiso contar a Portnoff y mucho menos a Juan Ramón, o tendrían tema para rato. «Pero de eso me ocuparé más tarde, no te preocupes», dijo mientras terminaba de picar un poco de carne y la muy melosa de Free, la única cachorra que se había quedado, describía infinitos alrededor de sus piernas con su cuerpo peludo. Dejó el plato en el suelo. «Si no me pongo a escribir, minina, también se nos acabará la carne.» Por otro lado, en Madrid había una tercera pata de aquel trípode que extrañamente lo mantenía en pie, pero que estaba perdiendo el equilibrio y la paciencia.

Catalina siempre pensó que el nacimiento de su hija alejaría para siempre a María. Y lo había hecho, pero sólo físicamente. La actriz llamó a la mucama para que le diera el pecho. Ya llevaba un mes y no podía permitirse que se le descolgara. Leyó con desprecio el remite de la carta que llegaba de Niza, gruesa como aquella maldita... Perversa, la situación en que se encontraban era simplemente perversa. Ya le había costado admitir que Gregorio no podía continuar escribiendo sin su todavía mujer, pero nunca llegaría a saber que este no terminaba de divorciarse legalmente por miedo a que María dejara de hacerlo. En la cabeza de Catalina era más un maleficio que, sin duda, le había echado esa bruja: ¿es que no se daba cuenta de que le había convencido de que no podía escribir sin ella? Lo que Catalina desconocía era que durante esos ataques de celos enfermizos en los que quemaba en la chimenea las cartas que llegaban de Niza, también ardían fragmentos de las obras que iban a representar. Estaba convencida de que en algún momento Gregorio se daría cuenta de que podía crear grandes obras sin ella. Aunque, poco a poco, se le fue haciendo más dolorosa la evidencia de que compartían algo que Catalina no podía alcanzar, y que los mantenía atrapados. Algo aún más poderoso que la creación. Ella sólo podía reproducir lo ya existente. Y lo que existía partía de ellos. De los dos. Dio un alarido animal y estrelló el cenicero contra la pared. Al hacerlo, la ceniza quedó esparcida sobre ese retrato que nunca sería de boda. El bebé rompió a llorar en el otro extremo de la casa y la mucama asomó por la puerta. Le ordenó que lo limpiara. «Algún día serán tus cenizas, María de la O», murmuró, hirviendo de odio. Total, era ya prácticamente una vieja. Y sacó con los dedos histéricos otro cigarrillo de su pitillera de plata.

Afortunadamente para ella, nunca supo que un mes más tarde de la ruptura, Gregorio volvió al domicilio conyugal para suplicarle a María que siguiera escribiendo con él. No supo que para ello le juró amor eterno. No supo que fue María quien, rota de dolor, le presionó para que reconociera a ese niño. Esa pobre criatura, ¿qué culpa tenía? Pero ella, desde luego, no pensaba continuar con aquella farsa tan manida y tan española de la doble vida y la doble moral. Ya no había vuelta atrás.

Ajena a cómo estaba alimentando la tragedia de la diva, María había decidido volver a escribir con dos años de retraso. Por supervivencia, sí, pero por la de su alma también. Sólo pretendía hacerle caso a Goethe cuando dijo eso de: «Si tienes un monstruo, escríbele». Y por eso lanzó aquel argumento, que era en realidad un traje a la medida de la actriz. Estaría en «su papel»: *La mujer*.

Un juego perverso, sí, repetía una y otra vez Catalina al leerlo, con el que aquella bruja estaría disfrutando de lo lindo. Pero, cuando ya estaba a punto de romperlo en mil pedazos, algo en su instinto de actriz le hizo vislumbrarse luciéndose sobre el escenario. Lo cierto es que a su registro le iba al pelo. *La mujer*, en cuestión, era una joven esposa traicionada, que descubría que su marido la engañaba con otra. ¿Qué quería?, rugió de nuevo en alto, tan impostada y dramática que pareció que estaba ensayando, ¿que se metiera en sus zapatos de ortopedia? ¿Que tuviera que sugestionarse y sentir lo que ella misma había vivido? Y que todo el mundo lo viera, claro... Catalina arrojó el guion al suelo con todas sus fuerzas y lo pisoteó. Después, no fue ella sino su ego quien decidió estirarlo como pudo sobre la mesa y volver a leer aquellas líneas que se le habían quedado a vivir dentro. Eran tan bellas... Hasta llegó a sentir el calor del aplauso que iban a provocar cuando salieran de su boca. Ya estaba perdida.

Cuando volvió Gregorio hizo lo mismo que la haría famosa sobre el escenario: aparentar una fragilidad aún mayor que la que tenía y, con su rostro angelical y aniñado, gimió que aquella situación la hacía sufrir tanto... ¿por qué no podían librarse de ella? Y sus ojos misteriosos pasaron por toda una gama de verdes, antes de afirmar, ingenua pero firme, que interpretaría ese papel sólo porque le amaba, pero siempre que no se encontrara con María físicamente.

Si *La mujer* hubiera sido el único caso en que Catalina tuvo que representar su propio drama... Pero María escribía perseguida por demonios faustianos. Ni el argumento de las comedias teatrales ni los títulos —*Triángulo*, *Cada uno con su vida*— dejaban lugar a dudas. Surgían de su máquina Yost, cada vez más reivindicativos, primero en forma de argumento y, poco a poco, como diálogos que enviaba a Gregorio troceados, quien los aplaudía con cada vez más entusiasmo.

Mientras, él se entrenaba en caminar como un funambulista por un cable entre las dos mujeres, mostrándoles adoración a ambas. Porque sabía que si cualquiera de las dos cortaba ese cable, se precipitaría estrepitosamente al vacío: una era la mejor dramaturga de España. La otra, la primera dama del teatro. Y ambas trabajaban para él. Argumento vital que María, de forma consciente o no, habría reproducido en la siguiente obra que le envió, *Triángulo*.

Gregorio terminó de leer la obra con sentimientos contradictorios. Como hombre estaba aterrado; como empresario, eufórico. Necesitaba leerla del nuevo tranquilamente tomando notas, pero por culpa de esa escena, Catalina le había hecho otra escena: «¡Es repulsiva!», chilló, antes de que el empresario saliera dando un portazo a refugiarse en su teatro.

19

Madrid, 1925

Pasaron los felices años veinte como estrellas fugaces y nerviosas, presos de cada vez más agitación. O esa sensación tenían las fundadoras del Lyceum Club. Se habían convocado como cada miércoles en su selecta biblioteca de la Casa de las Siete Chimeneas para recopilar la prensa que había salido sobre ellas y cerrar el calendario de actividades del trimestre. Hasta ese momento María no había sido muy asociacionista, pero a esto dijo que sí inmediatamente: ¿el primer club de mujeres para su desarrollo intelectual y su participación en la vida política? Si sonaba así al oído, cómo no embarcarse. Por primera vez desde hacía años le apeteció volver a Madrid con más frecuencia. De repente su paisaje era femenino y soñaban con cambiar el mundo.

El edificio era una escenografía perfecta: un caserón de ladrillo y piedra en el centro de Madrid conocido por su leyenda de extrañas apariciones y por haber sido prostíbulo de lujo en el siglo XVII. Ideal para el encuentro de ese grupo de mujeres que habrían sido quemadas por la Inquisición si aún hubiera existido, porque cada una arrastraba su propio escándalo y su propio y muy intelectual marido o amante.

Por ejemplo, Carmen de Burgos, a la que se conocía por Colombine en el *Diario Universal* y quien estaba leyéndoles las últimas lindezas que le dedicaban a su club: «Serán *cabri-*

toh, María», comentó con las aes abiertas de almeriense. María observó su cuerpo redondo encajado en una butaca de piel recortando los artículos en los que más las insultaban.

—Este es buenísimo —siguió diciendo, y desató su risa fatigada. Cara esférica y jugosa, moño ensortijado, casquete negro—. Nos llaman «el club de las maridas».

Hubo risas y algún abucheo. María les pidió silencio a sus compañeras con un gesto divertido.

—Vamos, queridas, a mí me parece naturalísimo que nos llamen así —enfatizó su ironía—. No vamos a dejar que unos cuantos antipáticos nos amarguen la velada.

La periodista hinchó los carrillos de aire por turnos y resopló.

—Está claro, pero qué agotamiento, hijas, tener que lidiar con tantos dimes y diretes... —y le hizo un gesto cómplice a María porque sabía que en ese asunto nadie podría entenderla mejor.

La otra le devolvió un guiño de solidaridad. Cómo no vas a entenderla, María, se dijo mientras terminaba de firmar un documento. Bastante tenía la pobre mujer con haber parido a esa hijita a quien no se le había ocurrido otra idea mejor que tener un romance con la pareja de su madre. Claro, se habría idiotizado ante el nombre del gran autor, Ramón Gómez de la Serna, como tantas otras: cría cuervos... Otra biempensante como yo, se reprochó María. ¿A quién se le ocurría pedirle a su compañero que la incluyera en el elenco de su obra...? A una buena madre, por supuesto. «Anda, Ramoncito —le había dicho—, la pobre... que no termina de tener éxito...» Si le hubiera pedido consejo ahora que podía darlos, sólo le habría dicho una frase: «Mucho ojo, querida amiga, los cómicos son cómicos».

—En todo caso, María, deberían llamarnos el club de las amantas..., ¿no creéis? —la bella Teresa León la sacó de sus pensamientos—, que yo no he pasado por el registro ni pienso pasar.

Esa sí que era genio y figura. Le gustaba apoyarse en la puerta de «su balcón» y ese día parecía haberse descolgado de un cartel de la Belle Époque: labios rojos, cejas perfiladas, pestañas felinas y un largo collar de perlas que acariciaba como si fuera un rosario. Pero lo que más respetaba María de ella era que lo suyo no era postura. Era verdad. Acababa de dejar a su marido oficial por el poeta Alberti, con todo el escándalo resultante, y no tenía intención de firmar nada que no fueran sus obras de teatro, le aseguró a una María que seguía escribiendo en la mesa de al lado, y quien se preguntó si aquello iba con segundas. Pero no. Porque añadió:

—Ahora mi amante quiere que escribamos unos cuentos juntos.

María levantó la vista y sintió el impulso incontenible de darle un bofetón. El que ella debería haber recibido a tiempo. Pero en lugar de eso, sólo le preguntó:

—¿Estás segura? Tú ya escribes teatro y novela, ¿para qué necesitas escribir con él? —Se percató de que algunas se miraban de reojo—. Bueno, no es asunto mío, pero por lo menos asegúrate de firmar tú delante.

Dicho esto, volvió a su tarea en la que estaba inmersa, cerrar el programa con Zenobia, quien, enfundada en un coqueto vestido estampado, ordenaba las cartas de compromiso de los conferenciantes bajo una pantalla verde de biblioteca.

—La verdad es que no tenemos más espacio en el salón de actos —anunció María para cambiar de tema y se subió las gafas—, ¡parece que de pronto todo el mundo quiere dar conferencias en esta sede del mal!

¿Quiénes estaban ya confirmados?, preguntó Colombine levantando los ojos pequeños sobre las gafas, y María comenzó a hacer recuento: Unamuno, que leería su último drama, Federico García Lorca, sus nuevos poemas de Nueva York, Cipriano Rivas Cherif hablaría de la danza española..., y el curso de derecho de Victoria, que se repetía porque había sido un éxito.

—Hablando del curso —intervino la aludida, fumando como un carretero—, vamos a lanzar ya la propuesta de la supresión del artículo 57 del Código Civil: «El marido debe proteger a la mujer y esta obedecer al marido», sustituyéndolo por este otro, a ver qué os parece. —Leyó—: «El marido y la mujer se deben protección y consideraciones mutuas».

El resto aplaudió la propuesta con entusiasmo.

Para todas se había convertido en un ejemplo: Victoria Kent era el terror de los juzgados desde que su diploma de colegiada colgaba de su despacho. ¡Era la primera!, se dirían algunos con preocupación, pero ¿cuántas vendrían detrás?

La abogada sonrió orgullosa recordando a su grupo de trabajo; tenía unas discípulas estupendas, dijo.

—¿Y lo de Benavente? —continuó, encorbatada, con sus ojos tranquilos e irónicos. Y luego dirigiéndose a María—: Pensé que era amigo tuyo.

—Sí, aunque desde mi humilde mortalidad, he de decir que cada vez me cuesta más tratar con «los grandes de este mundo».

Algunas se echaron a reír.

—Ya estamos, Victoria, ¿por qué no hablamos de los que han dicho sí y no de los que han dicho una mamarrachada? —se quejó Clara con gesto grave bajo sus tupidas cejas, apartándose el humo.

Zenobia levantó los ojos claros y cansados en su dirección; ¿qué había pasado con Benavente?, le preguntó a la Campoamor. Y María, a su lado, le contestó que desgraciadamente no sólo lo había dicho, sino que lo había publicado. Desde que le habían dado el Nobel era otro que se había idiotizado. Aunque tampoco lo veía horriblemente feliz, la verdad. Y luego a Colombine:

—Querida, ¿tienes ahí el periódico para deleitarnos?

—Por decirlo suavemente... —comenzó esta sacando un poco de papada—, digamos que ha declinado nuestra invitación para venir a hablar a nuestro club. Leo textualmente: «Yo no voy a ir a hablar a tontas y a locas».

La Kent se aflojó la corbata y le acercó una copa a la periodista, «bebe, hija, bebe», y luego, levantándose, ¿le servía a alguien más? En ese momento entró Margarita Nelken: «¡A mí! —chilló—. Y lléname el vaso». María la siguió con la mirada según iba desprendiéndose de cosas: boina de lana roja, piel de zorro al cuello y guantes del mismo color. No conocía a nadie con más tesón. A María le fascinaba su capacidad para conseguir todo aquello que se proponía. Con su cara de garbanzo, ojos tristes y claros de judío-alemana se las había apañado para ser musa de Julio Romero de Torres y era, además, la tercera política del grupo, junto a Victoria y Clara, pero también la más extrema. Siempre llegaba tarde, a pesar de que su abuelo fue el relojero alemán a quien trajeron expresamente para arreglar el también eternamente retrasado reloj de la Puerta del Sol.

—¡Ya podría haber arreglado también el tuyo! —se burló Colombine—. ¿Sabes qué hora es? ¡Habíamos quedado a las siete!

La Nelken se disculpó muchas veces, últimamente iba deslomada de pueblo en pueblo. Le susurró a María: «Tengo que contarte, vas a estar muy orgullosa de mí». Y era verdad que lo estaba. Había revisado con ella sus discursos en los que hablaba a las masas campesinas de sus derechos. Estaba segura de que gracias a que era una oradora brillante, conseguiría diluir la incomprensión que les causaría su aspecto de primeras: ¿qué haría semejante señora en ese ambiente?, se preguntarían al ver entrar a aquella especie de actriz de cine en un corral para hablarles de cómo podían luchar contra sus caciques.

Zenobia se apartó los rizos dorados de la cara aún en estado de shock, «¿a tontas y a locas?, ¿y eso lo ha dicho don Jacinto?», a lo que Colombine replicó que ya se le había caído el «don», algo con lo que la Kent estuvo de acuerdo. María meneó la cabeza con resignación.

—De verdad que es una pena grande, grande, que intelectuales de cierta talla sirvan de bufones así a los periódicos: insultando para ganar espectadores sólo porque el teatro no da ahora tanto dinero.

Margarita aplaudió admirada, «¡muy bien dicho, María!», porque además sabía que le tenía cariño. Zenobia lo tachó del plan de conferencias, «adiós, Jacinto», le despidió, desde luego, ni ella ni Juan Ramón irían más a ninguno de sus estrenos.

—Yo creo que lo que pasa es que no se atreve a venir —opinó Colombine volviéndose hacia la bella León—, y si lo piensas es normal..., porque la intervención de tu Alberti ha dejado el listón muy alto.

A todas les divirtió recordar aquella conferencia única, ¿cómo se llamaba? «Paloma y galápago, no más artríticos», añadió su amante, y también recordaron, muertas de risa, al poeta llegando con esa levita inmensa, el pantalón de fuelle, el cuello ancho de pajarita y un pequeño sombrero hongo. En una mano la paloma enjaulada y un galápago en la otra. ¿Cómo no iba a fugarse con él?, suspiró la León mientras parecía rezar el rosario de sus perlas y, haciendo honor a su apellido, entornaba sus ojos fieros.

La risa contagiosa de María también volvió a sonar como un eco de la que inspiró a Turina. Observó ese espacio suyo, porque lo era, con aquellas pequeñas pantallas que parecían candilejas verdes que alumbraban cientos de libros. Las paredes forradas de madera y tela de rombos, el silencio del estudio que se alternaba con el combustible de las tertulias. Respiró aquella nueva complicidad tan desconocida, porque no nacía de sus similitudes sino de sus diferencias: escritoras como ella o la muy femenina María Teresa León, quien ya podía llamarse dramaturga, y su forma de vivir el amor; la aguerrida periodista Colombine con su larga lista de amantes; la apasionada Clara Campoamor y su firme vocación política a la que no le pesaba la toga, en eterno debate con Victoria Kent, mujer reposada pero firme, quien, como no le costaba mandar, enseguida asumía la organización dentro del grupo con pocas y contundentes palabras. Todas las que no decía, las disparaba con incontinencia y perspicacia Margarita. Y luego estaba Elena Fortún, quien acababa de entrar como una sopa: tez clara y ojos profundos; últimamente María había observado cierta mímesis con su ídolo, Victoria, y no sólo porque llevara pantalones. Caminó sacudiéndose el pelo rubio y lacio recién cortado de forma radical. «¡Vaya cambio!», observó Margarita, y le ofreció un vino.

—Y vaya tormenta inesperada, compañeras —respondió Elena aceptando la copa. Besó a María en la frente, y luego dijo en un susurro—: Creo que Eusebio definitivamente me ha empezado a odiar. A mí y a mi corte de pelo —y se sentó a su lado.

María se quitó las gafas, creo que veo mejor sin ellas, pensó, y luego le dio ánimos a su amiga, serían celillos, ahora que empezaba a ser famosa no todos los hombres lo llevaban bien. Ay, María, suspiró, cuándo aprenderás a no ayudar, que la terminas liando.

En el fondo se sentía un poco culpable de la crisis conyugal de Elena. Después de todo, había sido ella quien la animó a publicar sus relatos en lugar de vender aspiradoras Electrolux. ¿Ese era su plan para independizarse económicamente de su marido? ¿Alguien de su talento? Hasta que ese día, tomando café en El Comercial, se cruzaron con don Torcuato. Lo cierto es que fue el director de *ABC* quien enseguida vio el filón. Si no, de qué iba a haberle propuesto tan rápido una sección infantil en el dominical. Pero Elena siempre le decía a María que era la tía de su personaje Celia, porque era inofensiva pero sólo en apariencia, algo que halagaba a María, aunque sentía que ella no se viera así. El caso es que de pronto tenía miles de seguidores y ya se sabía que el triunfo de una mujer no era buen amigo del matrimonio.

Pero Elena mantenía en secreto el verdadero drama que amenazaba el suyo: se acercó al espejo y se tocó la nuca pelada y rubia: acababa de acceder a ser puesta en tratamiento después de confesarle a su marido que empezaban a atraerle las mujeres, algo de lo que él culpaba a ese maldito club, a sus publicaciones y, por supuesto, a María.

—¡He conseguido a la Curie! —La Maeztu entró dando gritos con su rostro aniñado y su acento vasco.

Colombine levantó su cara redonda, «¿a la premio Nobel?», y Margarita, rápida con el verbo, se abanicó dentro del escote: «No, mujer, a la folclórica. ¡Pues claro!».

A la Maeztu la apodaban entre sus alumnas «la Maeztra», no sin falta de admiración, no porque tuviera algo de frenillo, sino por afecto. Era directa como buena norteña, tenía la cara traviesa, la mirada translúcida y la experiencia de dirigir la Residencia de Señoritas. Por eso le había caído la cruz, bromeaba, de ser presidenta de su Lyceum.

—Mira, Maeztu —dijo Colombine—, aquí tengo la entrevista que te hicieron el otro día, ¿puedo leerla?

La otra se quitó el sombrerito rojo que llevaba encajado como la chapa de una botella, que la leyera, sí, pero era un poco larga, advirtió. Colombine alzó la voz e imitó al entrevistador: «Señorita María de Maeztu, ¿se considera usted feminista?», y María alzó los brazos al cielo, «oh, Dios, cuidado, Maeztu, ¡es una trampa!, que eso quiere decir que eres fachosa, solterona y luciferina...». El resto se echó a reír y Colombine se quitó los pesados pendientes, los dejó sobre el escritorio y continuó citando: «Sí, soy feminista; me avergonzaría no serlo, porque creo que toda mujer que piensa debe sentir deseo de colaborar como persona en la obra total de la cultura humana».

—¡Culpable! —las sobresaltó la Kent dando un porrazo en la mesa con un mazo de juez que había encontrado en el Rastro.

Zenobia se echó las manos a la cabeza, «qué cosas más extravagantes dices, Maeztu, querida», y las demás continuaron la broma, mientras la homenajeada les dedicaba una graciosa reverencia y se sentó en el reposabrazos de Colombine: a lo importante..., ¿no era increíble lo de la Curie? ¡Les hablaría a sus residentes también!

—¿Sois conscientes de la inspiración que será para ellas conocer a una mujer científica y dos veces Premio Nobel?

Desembocaron en un silencio cómplice.

María se imaginó de pronto que aquel edificio forrado de madera era en realidad un arca de Noé. Parecía que hubieran escogido una mujer de cada especie por si acaso se extinguían: tres escritoras de distinta edad y pelaje: la bella León, con su teatro; ella misma o Elena, con sus cuentos; Colombine, la primera corresponsal de guerra; tres abogadas con vocación política, la Kent y su moderación, la Nelken y su agitación verbal, la Campoamor y su determinación, y la Maeztu y su obsesión por formar a las mujeres del futuro.

¿Qué tenían en común? Un pensamiento extravagante: en algún momento de sus vidas llegaron a la conclusión de que eran iguales al hombre. Y eso se resumía en una primera lucha por una sola, pequeña y gran palabra: voto.

Claro que preparándose como estaban para el diluvio universal aún no podían ser conscientes del eco estruendoso que tendrían sus voces, de la magnitud de la tormenta a la que se enfrentaban, ni de la labor quirúrgica que se aplicaría para extirparlas de la memoria de todos. Tampoco de las consecuencias que les traerían en tan corto plazo. ¿Habrían cambiado sus opiniones y sus actos de haberlo sabido?, se preguntaría María con los años. Llegó a la conclusión de que no. No cambiaría ni una sola de las palabras que pronunció en aquella época vibrante.

Colombine desdobló el último periódico.

—¿Y no tenéis curiosidad por saber lo que opina de nosotras la Archicofradía del Inmaculado Corazón de Jesús?

Hubo algunas risas. «¡Alabado sea Dios! —exclamó María—, deléitanos, por favor.» Colombine aclaró la voz: «Pues veréis... califican a este, nuestro club, como "lugar funesto, al mismo tiempo que exótico"...». «¡Cuánta poesía!», exclamó la León. Colombine prosiguió: «Y proponen el confinamiento en hospitales mentales de sus integrantes». Maeztu rompió a reír: «¡Pero si ya estamos confinadas!». La periodista continuó: «Son ruinas humanas que ponen en peligro los hogares españoles». Eso era un poco verdad, opinó la Fortún, que se lo dijeran a su Eusebio. «¿Qué podían encontrar las aspirantes a ese antro, salvo la humareda pestífera de tabaco, tazas de mal café y discusiones estúpidas?» Al hilo de lo cual, la Kent se encendió otro cigarrillo y exclamó: «¡Pero si esta es la parte positiva del club!».

—Esto es lo mejor —concluyó la periodista—, afirma que nuestras fiestas y reuniones son una tapadera para orgías y conspiraciones.

«Ojalá...», sonrió Maeztu, y Zenobia añadió que les dieran tiempo y lo contemplaban en la programación de octubre: «orgía», escribió en los jueves, y María le dio un manotazo para que lo borrara, a ver si al final tenían que convocar una y ese mes iban mal de tiempo y de dinero.

Llegados a ese punto y después de brindar por aquellas buenas señoras y sus grandes propuestas, se pusieron a trabajar, hasta que un rumor, como el de una ola que no rompe, les hizo asomarse a los balcones que daban a la plaza. Una muchedumbre se deslizaba como un caracol gigante por la calle Barquillo, cargando velas.

En el interior sonó el teléfono. Zenobia lo descolgó. Era Juan Ramón con la voz rota.

María, asomada al balcón, preguntó a una pareja que llevaba un cirio, abrigados con una manta.

Zenobia se echó a llorar.

—Ha muerto María la Brava —contestó el hombre—. Han dicho en la radio que llevan el féretro al Teatro de la Princesa.

María dejó caer sus brazos y se sintió traicionada. Había estado con ella hacía dos semanas escasas hablando de un proyecto nuevo de Marquina. Sujetó esa emoción que se revolvía como un gato en su garganta por liberarse. Qué bien has representado tu papel hasta tu último suspiro..., le dijo mirando hacia ese lugar indeterminado en el que se habla a los muertos. Hasta a mí has conseguido engañarme, diabla. Luego se agarró a los barrotes del balcón y contempló al público peregrinar para asistir a su última comedia.

Una hora después, esperaban en el patio de butacas a que llegara la diva a ocupar por última vez el escenario de su teatro. Sus hijos y su marido, sentados en un discreto segundo plano, le dejaron su foco, para que representara ese monólogo final, silencioso, estático y eterno. El patio de butacas, los anfiteatros y los palcos se habían llenado de pañuelos, de flores, de mensajes y de máscaras.

A todo el mundo le extrañaba no haber advertido su enfermedad. Pero a María no. Sabía que era una maestra del fingimiento. Unos días antes del estreno de *La diabla* se desmayó en un ensayo. Ella, que ni sabía dormir. Su marido le contó que, para animarla, cuando esta empezó a dar instrucciones para el futuro, le advirtió con ternura que si seguía hablando así empezarían a alarmarse. «Que se alarmen, que me muero de veras», anunció entonces, y es que le quedaba ya sólo un suspiro y medio.

Durante esa madrugada, María vio desfilar delante del cuerpo expuesto en el escenario a dramaturgos, directores, aristócratas, políticos, espectadores. Y allí la estuvo velando ella también, hasta que la carroza fúnebre, con tantas flores como se acumulaban en su camerino un día de estreno, se la llevó para siempre. Cuando María se acercó al coche, tuvo que contener las lágrimas ante la corona de plumas y flores negras que los obreros madrileños habían colgado al cuello de los caballos, «A la primera trabajadora de España», rezaba, y en el libro de firmas que repasó con los dedos temblorosos leyó la del duque de Jaina al lado de la del presidente del gremio de limpiabotas.

Decidió que sería la última en salir de ese teatro vacío porque estaba segura de que, como aficionada a los trucos escenográficos, no se habría ido en aquel coche. Quiso esperar a que apagaran las luces hasta verlo como aquella primera vez. Cuando se lo descubrió su futura dueña. Su sueño. Era también enero y sólo iluminaba el escenario la tiritona de unos cirios. Volvió a sentir el frío de panteón de aquella noche, y entonces, cuando entrecerró los párpados, le pareció verla avanzar arrogante por el escenario arrastrando la cola de su vestido de estreno, alumbrada por la débil llama de una vela. Desde el proscenio, la Brava se inclinó con las manos cruzadas sobre el pecho generoso en un saludo final y se hizo el oscuro.

Tan sólo unos días después, de camino al Lyceum Club, María se encontró a unos operarios del ayuntamiento descolgando las letras de «Teatro de la Princesa» y se le arrugó el corazón. ¿Tan rápido seguía la vida? ¿Tan rápido se esfuma tu sueño? Pero se equivocaba. Unos días más tarde vio sobre la marquesina blanca su nuevo nombre: Teatro María Guerrero. El mismo que leía en el futuro una directora que llegaba tarde y se preguntaba cuántos otros lo contemplaban como un nombre vacío. Noelia fue directa al despacho de producción con el corazón bombeándole en la garganta. Era casi la hora.

Madrid, 2018

Algo le hacía sospechar que cuando conectara el Skype, el nombre de Patricia O'Connor también se abriría ante ella como una ventana a un paisaje desconocido. A fin de cuentas era, según Regino, quien más sabía de María Lejárraga. Él la había visto sólo una vez durante aquellos descarados años sesenta en Madrid. La recordaba como la exquisita y elegante norteamericana que apareció una noche de tertulia teatral del brazo de su autor preferido, Buero Vallejo: era delgada y pequeña, iba vestida muy a la moda, con una camisa de tweed, un vestido negro entallado, la melena planchada y negra, rostro bello de gato y ojos separados y serenos. Buero iba con su traje claro del que siempre asomaban sus gafas sin montura del bolsillo de su chaqueta, peinado hacia atrás, con el caminar relajado, como el cigarrillo que colgaba invariablemente entre sus dedos. Formaban una bonita pareja de amigos que se miraban con tal admiración que quien no los conociera podría pensar que estaban enamorados.

Cuando se sentaron la presentó como la directora de la revista *Estrenos* y su traductora al inglés —según él, quien mejor conocía su obra—. Que era lo mismo, aseguró ella con su castellano casi perfecto, que conocerle a él, comentario que hizo reír a la mesa. En pocos segundos se incorporó a la tertulia como si fuera una más, con su acento levemente apoyado en unas oes sorprendidas y unas erres sin vibración. Durante años, ella volvía a Madrid para seguir traduciéndole, a él y a otros autores, y para disfrutar de su amistad. Ella se sentaba a su lado a escucharle hablar durante horas y él le buscaba un lugar donde su Pat pudiera tocar el piano mientras estuviera en Madrid. Sabía que no tocar sería para ella como estar sin comer durante todas las vacaciones. Leían en alto lo último que había escrito. Fumaban juntos, aunque ella no fumaba, y cuando a él se lo prohibieron, fumaba por él.

Lo que a Noelia la tenía perpleja era por qué a una joven norteamericana en los años sesenta se le había ocurrido hacer su tesis doctoral de María Lejárraga.

—Un autor deja huellas en sus obras mucho más definitivas que las grafológicas —contestó la mujer pequeñita y delgada, de cabello corto y claro que se asomaba a su ordenador con curiosidad—. Pero yo debería preguntarte lo mismo, Noelia: ¿cómo diste tú con *Sortilegio* y por qué te interesaste por María? Ha sido para mí una sorpresa maravillosa.

La mujer a la que estaba a punto de entrevistar era una de las máximas estudiosas en teatro español contemporáneo y, sin embargo, parecía ansiosa por hacerle preguntas. Por eso Noelia empezó a disparar. Quedaba demasiado por saber y el tiempo corría en su contra. Lo primero que Patricia le contó fue cómo dio con María. Aún era una estudiante de literatura cuando, al ir a escoger el tema de su tesis, le pidió a su director referencias sobre alguna dramaturga española de la Edad de Plata. Su sorpresa fue mayúscula cuando este le reveló que eso era imposible porque no había. Entonces Patricia decidió escoger a Gregorio, precisamente por la forma en que había tratado la figura de la mujer en sus obras.

—Pero según leía las obras de Martínez Sierra había algo que no podía explicar, una intuición que me hacía subrayar frases aparentemente triviales, detalles, discursos, reflexiones, algunas descripciones. Por ejemplo..., ¿cómo podía describir con tanto realismo lo que ocurría en el interior de un convento y de las cabezas de las religiosas?, y cada vez me era más difícil entender que hubiera sido escrito por un hombre de esa época. —Se encogió de hombros—. Al principio pensé que tenía que tener una confidente, alguna mujer que le compartiera toda esa información.

—¿Y por qué no varias confidentes? —Noelia empezó a tomar notas.

—Porque el tono de las reflexiones, los temas tratados y el tipo de anécdotas parecían provenir de una misma persona.

—¿Y conocías la existencia de María?

—No, pero mi profesor sí. —Sonrió de medio lado—. Una tarde, nunca la olvidaré, cuando le confesé mis dudas durante una de nuestras tutorías de doctorado, me reveló que en la época había muchos rumores de que la mujer de Martínez Sierra hubiera participado en sus obras, de alguna forma. —La cabeza de Patricia se agrandó en la pantalla como si quisiera contarle un secreto—. Y en ese momento decidí que investigaría sus vidas y leería toda la obra de Martínez Sierra buscando las huellas de María.

—¿Y las encontraste? —A Noelia le retumbaba el corazón en las costillas.

—Vas a juzgarlo tú misma —y sonrió con seguridad.

Según O'Connor —«llámame Pat», sugirió simpática—, María había sufrido un bautismo de fuego en los años veinte cuando Gregorio se desgajó de su vida. E insistió en el término, «se desgajó», que dejó a Noelia pensativa: claro, María..., lo habías apostado todo a la misma carta: tu vocación, tu carrera literaria, tu vida emocional... Esa carta se llamaba Gregorio Martínez Sierra y, cuando se desgajó de su vida, perdió su otra mitad. Algo que, según Patricia, podía haber dado un tiro de gracia definitivo a la escritora que era.

—Pero María no se dejó vencer, muy al contrario —opinó la profesora—. Tras una grave crisis consiguió, como ella misma me dijo una vez, crearse una diversión interior.

—Un momento —la interrumpió Noelia, dejando de escribir en su cuaderno—. ¿Te lo dijo? ¿Llegaste a conocerla?

La otra asintió, sonriendo. Y ahora fue Noelia quien se acercó a la pantalla con los ojos como dos compuertas.

—Sólo la entrevisté una vez en Buenos Aires —añadió sin darle importancia—. Ya tengo unos añitos, querida, y entonces yo era muy joven y ella muy mayor. Pero a eso llegaré más tarde.

La directora la observó con la respiración entrecortada. ¿Más tarde? ¿Aquella mujer pequeña y amable conservaba en su memoria la voz de María y quería contárselo más tarde? ¡Habría podido preguntarle tantas cosas! ¿Qué respuestas atesoraría en su cabeza?

El caso es que, en opinión de Patricia, en las circunstancias en las que María se quedó tras aquella ruptura amorosa y profesional, volver a escribir no fue sólo trabajo, la ayudó a renacer y le sirvió, no sólo de válvula de escape, sino de razón de ser.

—Y por eso a partir de 1924 comienza a escribir compulsivamente —le explicó Patricia—. ¡Completó ocho libros en seis años! Auténticos psicodramas. ¿Has leído *Triángulo*?

Negó con la cabeza. Sólo sabía que puso a Catalina como una hidra, pero que, a pesar de todo, la representaron con éxito. Normal, Patricia se echó a reír, Catalina tonta no era, sólo se lo hacía, y sabía muy bien detectar cuándo un texto podía hacerla brillar, por incómodo que fuera.

—Lee *Triángulo* y me dices qué opinas...

Como aperitivo, le resumiría el argumento: dos mujeres se peleaban por el amor de un hombre hasta que, en un momento dado de la obra, el personaje cruzaba la cuarta pared a lo Pirandello para sentarse entre el público y observar su propio conflicto, riéndose de ellas, burlándose, mientras se despellejaban, atrapadas en la jaula de ese escenario y del amor.

—Tiene algo de mala leche..., ¿verdad? —Volvió a soltar su risa en tres tiempos.

Sí que la tenía, sí..., se maravilló Noelia. Porque era algo que, sin duda, les ocurría a las víctimas de aquella trama. Según Patricia, Gregorio se las había arreglado para estar «casado» con estas dos «mujeres trofeo» e ir esquivando el conflicto, dijo abriendo mucho los ojos.

—Porque Gregorio necesitaba a las dos... —Noelia dejó la vista perdida en la pared.

Patricia asintió: María, la feminista, contradecía la imagen de Catalina; era la compañera sosegada, intelectualmente compatible y maternalmente indulgente. Por su parte, la bella Catalina contradecía en su comportamiento el ideal femenino de la autora que encarnaba sobre los escenarios. Volátil y exaltada, era celosa, nada intelectual y dependía de Gregorio para las decisiones más mínimas, desde qué papel hacer hasta qué ropa ponerse.

—Si tienes un monstruo..., escríbele —murmuró Noelia citando a Goethe, el autor favorito de María—. Claro, le escribía a su monstruo personal: «la traición».

—Y al amor perdido —añadió Patricia—. No lo olvides. Aunque fuera un amor que era en parte de su invención y que quizá ella misma escribiera en su cabeza.

O un amor más maternal, pensó Noelia. El que conoce la mezquindad de sus hijos pero es capaz de perdonarlos y seguir protegiéndolos... El caso es que siguiendo las huellas de María de obra en obra, sobre todo las de esa época tras la separación en que escribía «a remoto» con Gregorio, Patricia llegó hasta otra bien curiosa: *No le sirven las virtudes de su madre.*

Noelia apuntó el título sabiendo que no la encontraría.

—Te la pasaré porque por desgracia no han sido reeditadas. ¡Qué lástima me dan estas cosas! —se lamentó—. A ver qué opinas tú cuando la leas —y volvió a dejarle a Noelia la pelota en su tejado.

En este caso se trataba de un interesantísimo diálogo entre generaciones: una abuela defendía a la nieta de su propio padre, porque a este no le parecía bien que la niña estudiara algo tan poco femenino como arquitectura. La abuela, mucho más moderna, le recriminaba a su yerno que los tiempos habían cambiado y que ahora había igualdad entre hombres y mujeres. Mientras que el padre en cuestión le argumentaba que la verdadera carrera de una mujer era el matrimonio y se acabó.

—Entonces la suegra va y le suelta un discurso que lo deja despeinado, verás... —Patricia buscó algo sobre su mesa—. Me he permitido buscarlo porque merece la pena que escuches este párrafo.

La profesora empezó a leer lentamente como si una palabra le pidiera permiso a la otra:

Era otro tiempo. ¡Tiempo bien triste para la mujer! Fue tu compañera, y no fue tu igual... Pensó contigo, luchó contigo, trabajó contigo... ¡Tú sólo triunfaste! ¡Cuántas noches la he visto, rendido tú, repasando sus notas, poniendo en orden tus papeles, rectificando tus errores, preparando el discurso en que habías de brillar... ¿Quién se ha retirado, a la hora del triunfo, para dejarte a ti toda la vanagloria? ¿Quién ha hecho el silencio en torno suyo para que no se oyera más que tu voz?

Patricia levantó la vista y ambas se miraron a los ojos como si no hubiera pantalla ni océano capaces de difuminar ese momento cómplice.

—Y ahora dime, Noelia. ¿No parece que ese discurso se lo pudiera estar dedicando el autor... a alguien? —Patricia cerró el libro—. O en otras palabras: ¿sigues creyendo que la idea o el tema de esta obra partió de Gregorio?

La observó sin atreverse a preguntarle lo que estaba pensando: ¿era posible que María pusiera en boca de sus personajes aquellas emociones que no era capaz de hacer salir por su propia boca? ¿Que hubiera llegado a la conclusión de que llegarían antes y más libremente al pueblo espectador y lector desprevenido a través de una historia de triángulos amorosos que a través de un mitin o de la página de un periódico? Entonces...

—Entonces ¿qué papel tuvo Gregorio en esas obras? —dijo ya en alto.

—Antes de que me preguntes más, Noelia, déjame que lleguemos a la obra por la que estoy hablando contigo hoy —anunció con voz misteriosa—. Mi obra favorita. La que tanto he luchado por traducir, por que se vuelva a publicar y por que se estrene: *Sortilegio*.

No lo había conseguido. Pero ese era otro capítulo de la historia. Para Patricia era especial por muchos motivos. En primer lugar por ser la única tragedia clásica de Martínez Sierra. En ella quedaba clara la cultura literaria y filosófica del autor, porque se citaba a Shakespeare, Cervantes, Carducci, Dante, Molière, l'Abbé Prévost, Paul Morand, Gustave Fouillet, ¡nada menos!, todos ellos, como ya sabría Noelia, autores favoritos de María.

En una carta a su amiga Collice Portnoff, la mujer de George, quien terminaría convirtiéndose en su traductora, María escribió: «Ahora hemos estrenado en Buenos Aires una obra nueva, *Sortilegio*, en la cual, por lo visto, gasté toda la sustancia gris que me quedaba y que afortunadamente parece haber tenido grandísimo éxito».

—Vamos a buscar las huellas y los paralelismos en esta última obra de la que, si te parece bien, podemos llamar a partir de ahora «la firma Martínez Sierra». Ese nombre de pluma que tenemos que desentrañar —sugirió Patricia entornando los ojos con aire detectivesco mientras Noelia sentía un escalofrío.

Comenzaba la acción en un florido jardín de la luminosa costa valenciana, escenario parecido a la casa mediterránea de María, por otra parte. Augusto, señorito refinado e hijo del antiguo socio del padre de Paulina, al estar su familia arruinada, opta por un matrimonio por interés. Tras unos pocos años, Augusto se encuentra preso entre dos naturalezas, dos personas muy diferentes que compiten por él. Se van a vivir a un París sombrío —que Patricia sostenía que reflejaba el estado anímico de María cuando Gregorio se va de la Ciudad de la Luz— y empieza a sentir su frialdad y su ausencia. Entonces, pone en boca de la amiga de la protagonista, Cecilia, frases tan duras como: «Pareces una solterona de cincuenta y cinco años...», la edad que tenía María entonces, o «Se te pone esa cara de mendiga con hambre cada vez que se aparta de tu lado...», «¿Tú has llegado a figurarte que el matrimonio es la repetición mañana, tarde y noche de la escenita del balcón en *Romeo y Julieta*?».

—El resto ya lo conoces —concluyó Patricia—. Esa escena de la ruptura que me contaste que ensayasteis el primer día... Tremenda, ¿verdad?

Y entonces la profesora citó de memoria: «Te quiero desatinadamente... con toda mi alma... y con todo mi cuerpo...», según Patricia, evocando aquella identificación extraña que tenía con Gregorio: «Te miro dormir... pareces mi hijo. Me pareces yo misma...». Y Noelia le dio la réplica del marido: «De sobra sabes que si tú no quieres, no me puedo marchar. Soy tu esclavo... puesto que me he vendido».

—Pero entonces, Patricia..., ¿quién escribió qué? —la interrumpió—. ¿Me parece entender que tu teoría es que, a partir de la separación, ella escribe más activamente?

La otra sonrió.

—Ese, querida, es el enigma que me propuse desvelar en mi tesis. Desgajar la firma Martínez Sierra y, sobre todo, devolverle a María lo que era suyo. Y eso es lo que tú necesitas ahora que por fin vas a estrenar *Sortilegio*. Pero, desgraciadamente, hoy no tengo más tiempo.

Noelia se tensó.

—¿Cómo?, pero... ¡un momento, Patricia! ¡Pat! Sólo dime qué te contó María durante aquella entrevista.

—Ay, querida, es largo de contar... y tengo una cita médica que mucho me temo no puedo perder. Pero hablaremos pronto, te lo prometo.

Noelia no daba crédito, ¿pronto?, ¿cuándo? Por lo menos que le contara por qué no había podido traducir *Sortilegio*. ¿Y cómo había dado con la obra? Patricia no parecía escucharla porque entonces le dijo adiós con la mano y le recomendó que, mientras tanto, buscara todas las cartas del exilio, todas, enfatizó, y que las leyera con atención. Y que estuviera muy en contacto con Margarita... Y que le enviara recuerdos.

—Ánimo, valiente, y gracias por tu interés en María —fue su despedida—. Me has dado una de las grandes alegrías que ya no pensé que iba a ver. —Y de un pequeño y blando fundido, se cortó la conexión.

Noelia se quedó rígida frente a su reflejo estampado con los iconos en la pantalla. Dejó las manos temblorosas sobre el metal frío de la mesa y pensó en *Sortilegio*. Parecía que Pat daba por hecho que María era la coautora de las obras de esa etapa, que incluso podría haber parido los argumentos de las últimas, y que Gregorio tuvo que seguir el hilo de esos argumentos cuando escribiera su parte, a pesar de que dejaban su adulterio al desnudo e indignaban a Catalina. Una especie de diálogo enrevesado y expuesto sobre un escenario en el que María era capaz de expresarle abiertamente todo lo que había sufrido, o aquello que no pudo verbalizarle como su esposa. A la vez era autocrítica, porque tanto Paulina como Augusto se erigían como figuras trágicas atrapadas por sus respectivos «defectos» igual que sus autores estaban atrapados por esa firma demasiado poderosa que ya tenía vida propia: «Martínez Sierra». Noelia empezó a tomar notas con velocidad: los defectos de Paulina podrían ser los que María consideraba como suyos, su optimismo ciego, su ingenuidad y el haber inventado a su «príncipe azul». Los de Augusto, su cobardía, su egoísmo, su pereza, el venderse y el aprovecharse de otra persona, siguió escribiendo Noelia en su cuaderno de dirección, «¡es de cajón!», gritó, y la secretaria que trabajaba al trasluz al otro lado del cristal levantó un poco la cabeza. Noelia pasó la página con tal ansiedad que a punto estuvo de arrancarla: eso sí, Augusto, a diferencia de Gregorio, reconocía su error e intentaba rectificarlo. ¿Y tú, María? ¿Intentabas decirle a Gregorio que se arrepintiera a través de tus personajes? ¿O era un ansia de justicia que sólo eras capaz de enunciar en voz ajena y envuelta en la fantasía? ¿Estabas ejecutando la única venganza que estaba en tu poder?

Iba a estallarle la cabeza. Pero ahora tenía en sus manos un material más que jugoso que trabajar con los actores. Consultó la hora. Ya estarían esperándola abajo. Por primera vez desde que habían comenzado aquella aventura sentía la ansiedad ciega de seguir ensayando para drenar la humanidad que alimenta cualquier texto, casi tanto como de continuar esa conversación con Patricia que aún no sabía adónde podía llevarla.

20

Madrid, 1931

—Casi mejor que la Guerrero se haya ido antes de contemplar la ruina en la que se ha convertido el teatro de este país.
—Gregorio le echó el candado a la puerta de su teatro.
Había querido hacerlo él mismo como un acto simbólico. Lo contempló como a una mujer que ya es pasado antes de descruzar el umbral de ese hogar que nunca será ya. Tras él, Juan Ramón le aguantaba el bastón y el catálogo de sus penas: ya no se mantenía aquello, no, y además había dejado de ser ilusionante, no se estrenaba a los nuevos, el público prefería trotar como un rebaño a ver obras escritas a lo rápido... —las comedietas burguesas de Benavente, las historietas rurales de los Quintero, los rollos religiosos de Pemán...—, todo le olía a moho, se lamentó Gregorio, santificando cada palabra con un suspiro de cansancio, y a él se le habían quitado las ganas de escribir.
—Por lo menos a nuestro Lorca le estrenaron su *Zapatera prodigiosa* —recordó el otro, buscando otro meandro de la conversación.
Gregorio echó a andar, «sí, por lo menos», dijo apretando el paso como si le hubieran dado cuerda. Lo más divertido de los últimos meses había sido eso y lo de Alberti en su estreno en la Zarzuela..., recordó el poeta: «¡Muera la podredumbre de la escena española!».

«Qué desvergüenza tan sana», dijo uno. «Qué cinismo», añadió el otro. «Qué descaro tan fresco», concluyó Gregorio. Ambos se echaron a reír. La cara del pequeño Benavente y la de los Quintero habían sido todo un poema cuando les gritó desde el escenario aquello de «¡viva el exterminio!». «Sí, eso dijo, ¿verdad?», recordó Gregorio. Le gustaría habérselo estrenado él. Aquel engendro de autosacramental sin sacramento del *El hombre deshabitado* tuvo verdadera gracia.

—Al fin y al cabo, Alberti es un poco hijo de Valle-Inclán y se le nota en lo deslenguado —opinó Juan Ramón, a quien tanto le divertía ese revoltoso grupo de su Residencia.

El poeta se sobó la barba, ¿le había escuchado lo último? Gregorio se encajó el sombrero, ¿de quién?, ¿del viejo Valle?, preguntó el otro, no, ¿qué había dicho? Juan Ramón sonrió con los ojos, pues había escrito en *El Imparcial* que «toda reforma del teatro tenía que comenzar por fusilar a los gloriosos hermanos Álvarez Quintero».

—Definitivamente, Alberti es un poco hijo de Valle, sí —sonrió Gregorio—, ya sabemos que cuando abre la boca, sube el pan. Pero no podemos negar que tiene la virtud de decir todo lo que los demás pensamos.

Ambos se detuvieron en medio de la Puerta del Sol, que ya entraba por ella como todas las tardes, y le imitaron, con su voz tormentosa y las erres aliteradas y violentas:

—«¡Levántate, corazón, que estás muerto! ¡Esqueleto del león en el desierto!»

Madre mía..., recordó Juan Ramón enlazándose las manos a la espalda, parecía que había pasado un siglo desde que lo veía llegar arrastrando barba y bajos de los pantalones por los jardines del Sanatorio del Rosario, recitando aquellos versos y aterrorizando a sus monjitas. «Qué tiempos aquellos», suspiró Juan Ramón preso de una melancolía contagiosa. «Sí, qué tiempos...», repitió el otro como un eco aún más nostálgico.

—Entonces... ¡América! ¿A qué hora salís? —preguntó el poeta.

A Gregorio se le agrió el gesto. Eso querría saber él. No ganaba para sustos. Con lo complicado que había sido conseguir los fondos para movilizar a toda la compañía en aquella gira..., con la pesadilla que había sido cerrar fechas con todos los teatros desde Nueva York hasta Buenos Aires, ¡y ahora estaba a punto de quedárseles la primera actriz en tierra!

—¿Catalina? ¿Qué le ha pasado?

Gregorio cogió aire. Apretó las mandíbulas. Se tomó el pulso.

—A ella no, le ha pasado al anormal de su marido, que se niega a concederle la autorización para salir de España. Sin ese papel estamos maniatados.

Juan Ramón abrió mucho los ojos. El otro apoyó el bastón sobre su propia sombra como si quisiera trincharla y siguió despotricando: sin duda era una venganza de ese analfabeto porque podía arruinar a la compañía, y lo sabía.

—Así que nos quedan dos horas para coger el tren a Barcelona. Mañana sale el barco y aún no sabemos nada. ¿Qué te parece, amigo? Es desesperante.

El otro, convirtiéndole en objeto de su hipocondría, le pidió que se calmara, lo notaba muy fatigado, seguro que ese hombre entraba en razón. Luego se llevó la mano al bolsillo y fue a darle un saquito de sus sales, eran de lavanda, muy relajantes, pero Gregorio boqueó que no, lo único que le relajaría de verdad sería que Catalina dejara de llorar y de beberse los restos de las botellas que tenían en casa mientras sacaba y metía vestidos y zapatos en los baúles. ¡Aquello parecía una tragedia de Ibsen! Iba a volverse loco.

—¿Y qué sabes de María? —le preguntó entonces el poeta inocentemente.

Gregorio cambió su registro por otro más sosegado y doliente.

—Nos escribimos más que este tiempo atrás... Antes le decía que lo hiciera al Eslava por si Catalina..., ya sabes. Pero ahora, durante la gira, será más complicado. ¡Si es que nos vamos! —y le indicó con el bastón que subiría por la Carrera de San Jerónimo.

—¿Te acompaño caminando un rato? —le preguntó el poeta, y aprovechó para tirar de ese hilo prohibido con cautela.

Últimamente estaba celoso, le confesó Juan Ramón con inocencia, porque María se carteaba casi tanto con Zenobia como con él, y cuando estaba en Madrid, andaban siempre liadas en su Lyceum Club. ¡Menuda tenían montada! ¡Qué fieras! Había sido invitado a dar un par de conferencias, comentó admirado. Luego frenó en seco y le recogió a una señora el abanico que se le había caído. Tras ese gesto que aderezó con un seductor toque de sombrero, continuó: «¡Todo lleno!, y una audiencia de primer nivel...». Se había quedado muy gratamente sorprendido, mucho, del foro que habían creado en tan poco tiempo. Todo el mundo quería ir a hablar allí.

—A mí no me han invitado, así que no sé... —murmuró el director—. Ya le digo a María en mis cartas que me alegra mucho recibirlas, pero no quiero decirle demasiadas cosas cariñosas porque entonces me sale con que no son sinceras. En fin..., esta es una de mis grandes tristezas.

Siempre, siempre, siempre, cuando voy a hacer algo importante o insignificante, consulto contigo a distancia, y siempre, siempre, siempre, te llevo conmigo.

Le había escrito en la última. Y luego continuaba:

No creo que se pueda decir más, por eso me has dado una felicidad tan grande al leer tu última carta, porque yo sí que no dudo nunca de tu sinceridad. Repito que en todo momento te recordaré... Mándame los pequeños discursos que se te ocurran. Y yo te escribiré una dirección en América a la que me puedas escribir.
Cariños,
Gregorio

María cerró esa carta molesta y la echó al cajón de su escritorio con otras decenas más. Sí, claro, María, los discursos... Le contestaría más tarde, porque ahora tenía que escribir unos cuantos que corrían más prisa. Así que... ¡te esperas! Había pasado un año desde que Gregorio comenzó su gira y no podía recordar una sola carta en que, muy cariñosamente, no le pidiera acuciantemente discursos de gratitud en inglés o las traducciones de las obras que representaban allí. Ah, y también para anunciarle todos los éxitos de *Canción de cuna* en Nueva York, de *Mamá* en México y en Buenos Aires, que no es que no la alegraran, pero ahora mismo le quedaban tan lejos como uno de esos álbumes que te da flojera mirar y que sólo acumula polvo y nostalgia... Algo que irritaba a su querido Portnoff sobremanera, «tendrías que haber visto cómo estaba el Times Square Theater, *darling*», le escribió su agente, eufórico e indignado a partes iguales. Tenían que encontrar la manera, insistía, la que fuera, de conseguir que le repercutiera la parte que le correspondía de todo aquello, ya que no podía recoger los laureles sobre el escenario. Le estaba dando vueltas.

Y lo cierto era que María, por primera vez, también.

Caminó por el despacho de un lado a otro hasta que se encontró a sí misma en aquel espejo redondo que compró en Bruselas porque le recordaba al de *El matrimonio Arnolfini*. No sabía por qué, pero, a pesar de sus rostros pasmados de cera, fueron para ella el mismo símbolo de la felicidad. En su día les divirtió reflejarse juntos imitando aquel cuadro. Ahora, su rostro solitario de cincuenta y seis años fue quien se asomó cóncavo, curioso, y la observó con la cabeza en escorzo mucho más grande que el cuerpo, como los del parque de atracciones del Tívoli.

Sí, claro que le estaba dando vueltas, sobre todo desde que Gregorio se puso tan grave que casi no lo cuenta y tuvo que volver urgentemente a recuperarse a Madrid. Ya estaba fuera de peligro, pero seguía muy agotado y, aunque parecían animarle los cambios escenográficos del país —Primo de Rivera había tenido que dimitir y el rey había huido—, le había dicho por teléfono que todo seguiría hecho una ruina. De pronto, no supo por qué, si fue el agobio que le producía releer algunas de sus cartas con asuntos pendientes o la insistencia de Portnoff, María sintió que algo dentro de su cuerpo se le rompía. Una especie de hilo invisible como el que sujeta un globo. Se dibujaron por primera vez unas palabras nuevas y sencillas en su cabeza.

¿Y por qué no?

Qué caramba... Cargó el rodillo de su Yost, que carraspeó fastidiada como si acabara de despertarla de la siesta, y empezó a teclear:

Querido George:

Te voy a dar una alegría. Me han pedido «Canción de cuna» para estrenarla en el Teatro de la Comedia en Ginebra y estoy en tratos con el traductor y el empresario. Así que si se arregla, y como Gregorio sigue enfermo..., pienso ir yo a los ensayos y hacerme un poco de notar por una vez, para daros gusto a los que me queréis y deseáis verme famosa. A mí la fama me trae completamente sin cuidado. Con que dé dinero, tengo bastante. Me he vuelto yo también muy positivista. ¡Para lo que va uno a vivir!

Respiró un aire desconocido que le olió a combustible y volvió a sentir la adrenalina de la aventura palpitándole en las sienes. Frunció el ceño y volvió a teclear:

¡Por cierto! En la última carta que recibí me decías que estabas «un poco enamorado» y hasta tenías ciertas intenciones de casarte. Personalmente ya sabes que no soy muy partidaria del matrimonio. En realidad, a los hombres les conviene casarse y a las mujeres no. Es uno de los problemas irresolubles de la sociedad contemporánea. Pero bueno, en América el matrimonio no es cosa tan definitiva e irremediable como en Europa y puedes pasar unos cuantos años felices.

¿Y «tu» Collice? ¿Es americana?

Luego siguió preguntándole por su oído. Y le pidió que le prometiera buscar, en ese país de los adelantos, uno de esos aparatitos que le ayudaría a comprar.

Que yo soy como tu madre y como tal te quiero de veras, de veras. No soy muy rica, pero siempre tengo aparte una pequeña bolsa de ahorro y tendré una alegría grandísima repartirla contigo.

Y entonces sí, rubricó esa carta y la fechó en Madrid, 14 de abril de 1931, sin saber que ese día estaba a punto de ser uno de los más felices de su vida y quedaría impreso en las enciclopedias.

De pronto, una fiesta, un clamor humano que pasaba cantando le trajo Bruselas a la memoria de nuevo cuando siguió a aquella comitiva alegre hasta la Casa del Pueblo. Se levantó despacio y abrió el visillo con el mismo aplomo de un telón: qué impresión..., aquello no era un río, era una riada que se lo llevaba todo, banderas moradas, amarillas y rojas se alzaban en el aire, los niños a hombros, los ancianos en sus sillas, las gorras y los sombreros volaban como extraños pájaros. «¡Viva la República! ¡Vamos a la Puerta del Sol!», gritaban a los que se asomaban a los balcones.

«¡Viva la República!»

Se echó un chal por los hombros y salió a la calle dejándose la puerta sin abrochar. Entre la multitud sonaban los organillos. Sus melodías metálicas se mezclaban con otras canciones componiendo una música desconocida. Iba tan absorta que tropezó con una señora mayor y casi se fueron las dos al suelo. Unos brazos fuertes salieron de la nada y la levantaron desde atrás. Giró sobre sí misma, qué extraño es caminar por el centro de la calle, se dijo. Las cadenas humanas que impedían el paso de los coches le daban un extraño orden a aquella revolución. ¿Era una revolución? No podía saberlo. No había vivido ninguna. Algo se había desbordado. Como cuando ha llovido demasiado y un río se sale de su cauce. Era como si el mundo entero hubiera echado a andar. ¿Qué es esto?, María. ¿Será lo que imagino? No, no era el momento de hacerse preguntas sino de dejarse contagiar de la alegría sobrepasada en los rostros de la gente.

Intentó doblar por una bocacalle, pero se encontró a varios guardias urbanos que impedían el paso confraternizando extrañamente con los manifestantes. No supo por qué, pero se tocó las orejas y se sintió desnuda. Hasta se le habían olvidado los pendientes, y ella jamás salía de casa sin pendientes. Pero qué frívola eres, se riñó. ¿Cómo era posible que estuviera pensando en eso? Era como echar de menos los zapatos en un naufragio. Se dejó arrastrar por la riada hasta su desembocadura, la Puerta del Sol, y durante todo ese trayecto sintió ganas de gritar, de reír, y de llorar por instinto como un recién nacido. Porque sintió que algo estaba naciendo.

Por fin, algo se había movido de su sitio.

Por fin, algo que antes no estaba ahora sí.

Le sacudió la cara el aire nuevo de la primavera que venía del parque del Retiro y se dijo: María, por mucho que vivas, no olvides este momento. Ni la luz, ni la banda que componen los gritos y las risas, no olvides este momento. No olvides que te sientes rejuvenecer, ni cómo te has lanzado a la calle para presenciar la inclusión del pueblo. No, nunca olvidaré este momento único en la Historia.

Al llegar la noche, la Puerta del Sol servía de decorado para que aquella multitud asistiera, maravillada, a algo más que un cambio de escenario. María contempló a la muchedumbre anónima transformada en un ser único, como lo era ese público que ahora se llamaba España; respiró la misma expectación apasionada que le encendía el corazón y el cerebro cuando se preparaba un gran estreno, porque, por primera vez, se dijo,

343

por primera vez, María, va a representarse la libertad, ¡por primera vez desde que estás viva!, repitió María gritando. «¡Viva la República!», clamó junto al resto al unísono, como si lo llevaran ensayando años.

Qué gran función. El sol dirigió su último rayo hasta alumbrar su puerta con un color de primavera impaciente entre aplausos y vítores. Los madrileños, haciendo gala más que nunca de su fama de «gatos», se iban encaramando a los techos de los tranvías y autobuses parados, a las farolas, a los puestos de flores y periódicos. Todo estaba listo para que Niceto Alcalá Zamora saliera al balcón.

«En nombre de todo el gobierno de la República Española, saluda al pueblo una voz, la de su presidente.» María observó la bandera colgada del balcón, por primera vez con otros colores, y las manos de una mujer que tenía delante gritando en el lenguaje de los signos, y pensó en todos los años en que también ella había gritado en silencio, en que se había sentido presa como mujer, en por qué había querido casarse, o dejar de ir a la iglesia o seguir creyendo en Dios. Los vencejos empezaron a chillar sobre sus cabezas como si alguien hubiera querido contratar ese efecto para añadirle emoción a la escena, y un niño de pocos años se agarró a su falda para no caerse. «¿Te has perdido?», le preguntó. Pero en ese momento vio cómo una mano salvadora se abría paso entre los cuerpos. La madre le hizo un gesto agradecido y María siguió escuchando: «Estamos todos seguros de que servirá para hacer una España grande, sin que ningún pueblo se sienta oprimido, y reine entre todos ellos la confraternidad…». Cómo deseó María, con la mano en el corazón, que ese deseo fuera una realidad; cómo se acordó de sus compañeras, quizá las habría pillado reunidas en San Ginés tomando un chocolate, se juntaría allí con ellas. También le vino a la cabeza Lorca y tantos otros distintos pero iguales… «Con el corazón en alto os digo: ¡Viva España y viva la República!»

María tropezó de bruces con un hombre que le tiró el sombrero. Cuando lo recogió, le pareció reconocer la voz de la Nelken. Avanzó un poco. Frente al edificio de la gobernación en la Puerta del Sol, ante la multitud y decenas de periodistas, se abrió la puerta y vio salir a Fernando de los Ríos acompañado de una pequeña comitiva. A su lado, por primera vez, una mujer; ¿quién era esa?, preguntaba la gente a voces: alta, con la cara larga y plana, envuelta en un abrigo sobrio y elegante, bajo una boina negra. María sí la reconoció de inmediato cuando se puso de puntillas para verla entre las cabezas. No podía ser..., sonrió con los ojos llenos de lágrimas.

«En nombre del gobierno provisional de la República Española —comenzó don Fernando, moviendo la mano como un director de orquesta—, doy posesión a la señorita Victoria Kent del cargo de directora general de Prisiones. Por su talento, firmeza, modestia, recato.

»¡Viva la República!»

Victoria le dio un rápido y cauto abrazo de colega. Él le devolvió unas palmaditas cariñosas. Algunas de sus compañeras, menos reservadas, aplaudían llorando en primera fila. María zarandeó la mano enérgicamente para que la vieran y perdió el chal. La multitud la empujaba hacia delante, así que no trató de recuperarlo.

La nueva directora general de Prisiones se cruzó el abrigo. Con el dedo índice enguantado se secó con disimulo la única lágrima escapista que no pudo evitar y tomó un poco de aire. Tampoco pudo evitar que la primera sílaba galleara ligeramente en su boca: «Sean mis primeras palabras de agradecimiento a este gobierno de la República Española que de esta manera trae a colaborar a la mujer —expresó con su ligero ceceo—. Yo recojo en este momento el sentimiento de todas las mujeres españolas».

María sonrió ante los empujones de los periodistas que luchaban por fotografiarlos. Entre el gentío se estiró hacia ella la mano de Margarita Nelken, quien, bajo un sombrero morado, trataba inútilmente de agarrar la suya. «¡María! —gritaba—,

¡María!» Y detrás de ella, hipando, la Campoamor. Entonces sí comenzó la fiesta. Todo el mundo bailaba y cantaba, como si fuera Fin de Año, sin saber que tenían tan cerca la imagen de esa plaza vacía bajo el estruendo de las bombas.

Un rato después decidieron ir a San Ginés, como ya era su tradición, para brindar con sus chocolates por cosas importantes, y entonces vio a Fernando de los Ríos hacerle un gesto para que le esperara mientras intentaba librarse de los periodistas.

—María..., te voy a necesitar —le anunció poniéndose su chistera, con el cansancio pegado a los huesos de la cara y la alegría de un niño en los ojos.

—¿A mí?

—Nos gustaría nombrarte presidenta del Patronato de protección a la mujer —le anunció sin más rodeos.

Ella se quedó sin palabras y se frotó las manos, que de pronto sentía heladas. Le echó una mirada a Victoria, que observaba detrás con una sonrisa confiada.

—Necesitamos tu experiencia y tu valor, María.

—Y tu cerebro —añadió el otro.

No pudo evitar entrar en calor de golpe. Y, como una lumbre que revivía de un ascua muy antigua, también revivió algo aprendido que continuaba latente en su corazón desde niña, desde que su padre la subió por primera vez de un tirón diestro a la grupa de su caballo y se la llevó a visitar a los enfermos más pobres para dejarles dinero bajo la almohada.

—Entonces ¿puedo dar tu nombre, María Martínez Sierra? —preguntó Fernando de los Ríos, recordándole mucho al hombre bueno que la educó.

—Puedes decir que ha dicho sí María Lejárraga.

A unos metros escucharon cómo sus compañeras las jaleaban para que se les unieran y seguir celebrando lo que llamaron «la victoria de Victoria», pero antes formaron un círculo, abrazadas, y colocaron un pie simbólicamente sobre esa baldosa que indicaba el kilómetro cero de un país que estaba a punto de cambiar de signo.

21

Una zapatilla de deporte de suela gorda mucho menos femenina también pisaba la baldosa del kilómetro cero en otro siglo.
Entre el gorro de lana, una bufanda naranja que le daba tres
vueltas al cuello, las orejeras y que aún retumbaban en su cabeza los ecos del pasado, no le escuchó acercarse.

—¿Llevas mucho esperando?

El periodista le estrechó la mano a una Noelia aterida con la
nariz fosforescente de frío.

—No importa, Imanol. Estoy impaciente por saber qué es.

El otro entornó los ojos y fue a decir algo que no dijo. También dejó una sonrisa a medias. Sería mejor que fueran a tomar
un café, ¿tenía un rato? Ella asintió, sí, por Dios, se había quedado tiesa. Él señaló la calle Carretas, podían ir a la Fontana de
Oro. Noelia echó a andar detrás, uno de los favoritos del viejo
Galdós..., dijo, comentario que al otro pareció sorprenderle,
ya veía que estaba muy bien documentada.

—Bueno —se sorprendió ella también—, esa tampoco es
una pregunta para subir nota. Hemos investigado un poco y,
además, hay una placa en la puerta. —Su nariz empezó a gotear
como un grifo averiado.

El periodista arqueó las cejas, impasible, puede que algo
complacido, y siguió caminando con una sonrisa floja. Lo
cierto es que no era el colmo de la expresividad, pensó Noelia,

incluso verlo le daba frío. Ni siquiera se había cerrado ese guardapolvo gris con el que le conoció. Su cuerpo grande parecía llevar los huesos sueltos por dentro y su piel no sufría con aquella helada. Sus zapatos, eso sí, seguían llenos de polvo.

Entraron en una Fontana de Oro que de pronto le resultó desconocida e incómoda: ¿dónde estaba el humo de los cigarros?, ¿y esos dos hemisferios, el del café y el de la política, de los que hablaba Galdós en su novela? Le hubiera gustado que se conservara ese parlamento en miniatura, donde, en aquellos años de gobiernos espasmódicos, el dueño se vio obligado a instalar una tribuna para los oradores.

Dio una vuelta por el local antes de sentarse con aire decepcionado. No había entrado allí desde que era una adolescente. Los años, las modas y la demanda turística la habían disfrazado de irlandesa, con sus grandes grifos de cerveza que asomaban como narices fisgonas donde antes hubo toneles de vino. Eso sí, le reconfortó reconocer las columnas de hierro y las farolas antiguas de la Puerta del Sol que parecían haberse refugiado allí dentro huyendo de tanta modernidad. Por lo menos, sobre las botellas de whisky aún colgaban, como un elenco de santos, los retratos solemnes de los tertulianos que bebieron, declamaron y se insultaron entre aquellas paredes un siglo atrás: don Benito, Valle-Inclán, Juan Ramón..., tan asombrados como ella ante tantas y tan estrafalarias innovaciones. ¿En qué momento había dejado de reconocer su siglo?, se preguntó ella, y colgó su larguísima bufanda en el perchero.

Se sentaron a una de las mesas del fondo dentro de, quizá, los restos de la pequeña tribuna, aún separada por un balconcillo de madera que estaban preparando para el grupo de jazz de turno. Imanol abrió su cartera vieja de eterno congresista y sacó un sobre pequeño y manchado de tinta. De él extrajo con sumo cuidado una cuartilla de papel manuscrita. Se la entregó sin apartar los ojos de los suyos como si no quisiera perderse detalle.

Noelia leyó en una caligrafía pequeña e historiada:

Declaro para todos los efectos legales que todas mis obras están escritas en colaboración con mi mujer, D.ª María de la O Lejárraga y García. Y para que conste firmo esto en Madrid a catorce de abril de mil novecientos treinta.

Firmado:
Gregorio Martínez Sierra

Levantó los ojos, aturdida.

—Por Dios, Imanol... ¿Qué es esto? —Lo releyó una y otra vez como si no fuera capaz de procesarlo.

El periodista le sonrió paternal, se diría que hasta con ternura.

—Un documento de puño y letra ante testigos en el que Gregorio admite la colaboración de María Lejárraga en toda su obra. Ahí queda eso.

—¿Y desde cuándo lo tienes?

—Desde hace poco. —Cabeceó como si también tuviera la cabeza suelta—. Lo encontré en casa de su ahijada. Estaba pegado a otro documento por la humedad. Lo pedí para hacer una fotocopia.

Noelia lo sujetaba entre sus manos sin dar crédito, ¿cómo era posible? Pero ¿por qué firmaría Gregorio eso?

El periodista por su parte parecía estar disfrutando de verdad con su catálogo de reacciones. Tanto que pidió una cerveza y uno de esos boles de maíz de la barra como si estuviera en el cine. Le preguntó si quería otra, pero ella sólo pudo balbucear que prefería un vino, mientras intentaba encajar esa nueva y definitiva pieza en el resto del puzle que había compuesto. De repente le sobraba el abrigo con tal sofocón.

—Entiendo tu perplejidad —Imanol le hablaba con la espuma de la cerveza pegada a su labio superior—, yo me quedé igual. Porque esto demuestra que Gregorio sí admitió la colaboración de su mujer y, si me permites una opinión, quiso favorecerla cuando la dejó. Por eso le dio más derechos de los que quizá le correspondían.

Ella pegó un trago largo a su vino y se atragantó.

—Bueno... o menos. —Tosió con los ojos llenos de agua—.
¡Claro! Eso explicaría por qué en aquel programa de *Canción
de cuna* en Nueva York aparecían los nombres de los dos.

El periodista siguió hablando mientras picaba maíz como
un pollo y le explicó que por eso, cuando visitaron la Joy Eslava, le insistió tanto en que María podría haber llegado a un
acuerdo con Gregorio.

—Un momento, un momento..., frena, Imanol —le interrumpió abanicándose con una carta de snacks—, aunque fuera así, María no cobró ningún derecho de autor antes del año
treinta, ¿me equivoco?

Noelia volvió a leer el documento. María, ¿qué conseguiste
con este papel?, la invocó, necesito que me ayudes. ¿Por qué
no te divorciaste? Si tenías esto en tu poder, ¿por qué no nos ha
llegado tu nombre? Alzó la mirada y se encontró con la del
periodista devorador de quicos.

—No, hay algo que no me cuadra, Imanol: si este documento tuvo validez, ¿por qué desde el año 1930 hasta hoy, cada vez
que se estrena *El amor brujo* aparece sólo el nombre de Gregorio junto a Falla? ¿Por qué los créditos de la adaptación cine-
matográfica de *Canción de cuna* de 1994 siguen diciendo sólo
«de Gregorio Martínez Sierra»?

El otro se sacudió la sal de las manos con energía y sonrió
con aquella condescendencia suya que empezaba a sacarla de
quicio.

—No lo sé, Noelia; humildemente, no soy experto en derechos de autor. Lo que está claro es que desde el año 1930, María Martínez Sierra, como aún se hacía llamar, política y feminista, según este papel podría haber empezado a estampar su
firma en todas sus obras pasadas y en las que escribió con él ya
separados. Incluso podría haberlo llevado a juicio para reclamar su parte.

—¿Llevarlo a juicio? —le interrumpió de nuevo, y casi se le
fue el vino al suelo.

Sintió sus entrañas hervir dentro de una cacerola. Y, como si estuviera poseída, como si fuera María quien hablara por su boca y no ella, la abrió indignada para argumentarle que sí, claro que podría haberlo denunciado..., y entonces, ¿qué?, ¿quién la habría creído? ¿Benavente? ¿Valle? ¿La crítica? La obra habría salido perdiendo siempre. Todos habrían salido perdiendo.

—La realidad, Noelia, es que eso nunca lo sabremos. Ni tú, ni yo, ni nadie —añadió el otro, algo sorprendido por aquella inesperada vehemencia—. Ni por qué no lo hizo.

—¡Porque no podía hacerle daño! ¿Tan difícil es de entender? —Alzaba la voz y empezaba a hablar peligrosamente en primera persona—. Qué fácil suena todo desde esta primera ilusión de igualdad «real en la que vivimos ahora», ¿verdad? Pero aquellas mujeres vivieron en otro contexto, Imanol... No, no es sólo que no pudiera hacerle daño, es que tendría que haberle odiado mucho para destruirle. ¡No es sólo que protegiera su dignidad, como escritor y como persona, sino también la suya! —Clavó los ojos en los del impávido periodista—. ¿Qué crees que le pasa a un negro literario cuando sale a la luz hoy, Imanol? ¿Que el resto de los escritores y editores le hacen una fiesta?

El periodista se frotó la nuca, ya claramente incómodo.

—Supongo que lo rechazan... —respondió con voz jabonosa—. En el periodismo es muy habitual. Es injusto, pero es así.

Ella bebió otro trago largo de un vino que empezaba a darle ardores y fue consciente de que ya hablaba de aquella mujer como si fuera su tía María. Estaba perdiendo los papeles, la objetividad y las formas... y eso no podía ser bueno. Por eso se disculpó cuando vio que Imanol levantaba la mano para pedir la cuenta. Encima de que la había llamado para darle una información tan valiosa...

—Siento si te he parecido un poco vehemente —se disculpó.

Él entornó los ojos con aquel invariable relax suyo.

—Dejémoslo en apasionada —matizó, comprensivo—. Te

entiendo muy bien. Es un personaje desconcertante. A veces, cuando investigamos a una figura así, nos implicamos tanto que terminamos queriéndolo..., incluso justificándolo. —Se puso el abrigo sin abrochar—. Desde mi punto de vista, el mayor problema que tuvo María fue cuando Gregorio se murió. Por lo demás, mantuvieron un acuerdo que aceptaron ambos mientras vivieron y tuvieron muy buena relación.

Noelia luchó por contener aquella lava inexplicable que le subía de nuevo por la garganta. Por fortuna él se levantó, «esta la pago yo», dijo, y dejó sobre la mesa una copia del documento, el original quería devolvérselo a su sobrina. Antes de despedirse le advirtió que la próxima vez pidiera cerveza, allí el vino era malísimo. Ella le dio las gracias y lo observó cruzar la puerta con esa serenidad que llevaba la contra al pulso de la ciudad y que, aun así, le permitía ir siempre dos pasos por delante de ella. Empezaba a sospechar que disfrutaba viéndola equivocarse.

Miró el reloj. ¡Mierda! Hablando de pulso vital, llegaba tarde a su cita en las Cortes. ¡Con lo que le había costado que le abrieran el archivo! Corrió Carrera de San Jerónimo abajo por su acera más estrecha esquivando los socavones y vallas de sus obras eternas.

Fue entonces cuando le ocurrió por primera vez. Le pareció verla de espaldas, caminando acelerada también, cargada con unas carpetas. «¡María!», no pudo evitar gritarle. Algunos rostros gélidos de varias nacionalidades se volvieron. La vio cruzar hacia el edificio del Parlamento, pasó delante de sus furiosos leones de bronce y dobló la esquina como si fuera a darle la vuelta al edificio. Noelia giró detrás aun sabiendo que era una alucinación provocada por el exceso de datos, hasta que la frenó en seco un policía muy real en el arco de seguridad, ¿podía registrarse, por favor? María, sin embargo, pareció que saludaba al policía con una sonrisa muy cordial y se perdió caminando sobre la alfombra mullida. Antes de subir la escalera sí echó una última miradita atrás como si intuyera que la seguía alguien, y luego siguió su camino. Una confundida Noelia trató de conectar con el siglo XXI de nuevo donde un funcionario le explicaba que había llegado tarde a su cita, y que la persona encargada del archivo se había ido a comer y no volvería hasta dentro de una hora.

Se arrancó el gorro y dejó que su pesada mochila cayera al suelo. Vaya día llevaba, vaya día... Entonces escuchó que un hombre de unos setenta que estaba apoyado en el mostrador charlando con el guardia le sugería que quizá la señorita podía unirse a una visita guiada mientras esperaba. Era corpulento, iba vestido más informal que el resto, sin corbata y con una chaqueta gastada de cuero marrón.

Ella se levantó deprisa y la acompañaron hasta la sala donde un grupo de nórdicos contemplaba con atención desmedida un tapiz. Una guía circunspecta y monótona con aspecto de mopa puesta en pie les explicaba la simbología, el cómo y por qué se había tejido cada hilo en la Real Fábrica de Tapices... Año... Siglo... Luego siguió con el reloj de pared, ¡que también tenía su historia!, se emocionaba, y después de dedicarle veinte minutos, siguió con una silla de caoba en la que se habían sentado todo tipo de eminentes traseros.

Así había pasado una hora. Cuando iban ya por la quinta sala, analizando mueble por mueble a cuál más grande e historiado, Noelia se tragó como pudo un bostezo que le encharcó los ojos. Entonces descubrió que su benefactor los había estado siguiendo y la observaba, divertido, desde la puerta.

Se acercó a ella sigiloso.

—Te aburres mucho, ¿verdad?

—No... —disimuló—, ¡al contrario! Muchas gracias por dejarme pasar, de verdad.

Él pareció analizar su sinceridad como si fuera un polígrafo.

—¿Quieres hacer un recorrido especial de verdad? —y, sin esperar respuesta, le hizo un gesto para que le siguiera.

Cualquier plan sería más entretenido para hacer tiempo, así que no se lo pensó. Aquel hombre simpático al que iban saludando con una extraña familiaridad desde los de seguridad hasta los parlamentarios, resultó ser el jefe de mantenimiento de las Cortes, y el trabajador más antiguo de ese edificio.

—Nadie recuerda ya todo lo que yo he vivido. —Sonrió orgulloso—. Ay, si yo te contara... ¡Hasta tengo en mi casa balas del día del golpe de Estado! El otro día pillé a mis nietos jugando con ellas.

Subieron varios pisos como si fueran las capas del tronco de un árbol y, una a una, le fue diseccionando las reformas que había sufrido el edificio. Hablaba de él como si fuera su casa familiar, había entrado siendo tan chiquillo... Abrió una puerta con solemnidad. Frente a ellos, lo que parecía una fría sala de conferencias.

—Por ejemplo, aquí se firmó la Constitución —le explicó nostálgico—, pero entonces no era así, claro, ahora sólo se conservan los bancos...

Pasó la mano por uno de ellos. Noelia le entendía muy bien. También vivía últimamente en dos tiempos paralelos. Él, sin duda, sí la veía como entonces, y seguía recordando la taquicardia de esos días.

Reemprendieron su marcha por los pasillos de mármol blanco.

—¿Y qué querías buscar en el archivo?

—Busco información sobre una parlamentaria de la Segunda República: María Lejárraga...

—¿Socialista? —preguntó, empujando otra puerta.

Noelia asintió.

El hombre entró con la misma familiaridad con la que se colaría en la biblioteca de su casa. Rodearon un impresionante óvalo hueco de madera con varios pisos de estanterías que llegaban hasta el fresco del techo en el que huía despavorida una deidad en apuros. A continuación, la sala del archivo, moderna y acristalada, llena de ordenadores. El hombre tecleó.

—Me has dicho que su nombre era...

—Esa es otra —vaciló—. Pruebe a buscarla por María Lejárraga, o María Martínez Sierra o, quizá, María de la O Lejárraga.

Al hombre pareció divertirle e intrigarle porque hizo la búsqueda con soltura y no tardó mucho en encontrarla por su nombre «real», o el oficial, al menos, pensó la directora.

—Bueno, bueno..., ¡no perdió el tiempo tu amiga! Esta sí que hacía los deberes, no como algunos que yo me sé... —Le guiñó un ojo.

Mientras consultaba la pantalla, le informó de que la tal Lejárraga había sido la que más ruegos formuló a la Cámara en comparación con otros diputados del segundo bienio. Lejárraga participó en el 73 % de las votaciones posibles y asistió a un 86 % de las sesiones.

—Más cosas —le ofreció, encantado con su resultado—. Por ejemplo: qué otras mujeres formaban parte del Parlamento. A ver... —Tecleó de nuevo a gran velocidad con dos dedos—: Margarita Nelken, Victoria Kent, Dolores Ibárruri y Matilde de la Torre.

Le imprimió el documento y se levantó con energía del asiento a buscarlo.

—¿Algo más? —Ella negó con la cabeza y se guardó el papel—. ¿Quieres ver algo que no ha visto casi nadie?

Salió del archivo a paso ligero sabiendo que iba a seguirle. Ahora cruzarían el edificio de este a oeste. Las alfombras y los cuadros de los padres de la Constitución se transformaron en pasillos de museo con abstracciones coloristas de pintores desconocidos, hasta que se detuvieron frente a una pequeña e inesperada puerta de hierro, como de azotea, encastrada en la pared. Allí saludó a un guardia joven que estaba sentado a una mesa minúscula viendo vídeos de YouTube. «Viene conmigo, Manu», le dijo, y le dio dos cachetazos en los carrillos.

Cuando abrió esa puerta Noelia quedó hechizada. Fue como entrar en un faro gigante. Caminaron por un espacio semicircular con el techo atravesado de viejas y fuertes vigas de madera clara de las que colgaban cuerdas gruesas por todos lados, como si fueran tramoyas. El suelo de cristal estaba protegido por una barandilla redonda. Su guía la invitó a asomarse. El que ahora era su suelo y el techo del hemiciclo del Parlamento formaba un abanico gigante de hierro y cristal pintado con dibujos *art déco*. Una de las hojas permanecía un poco recogida, y dejaba entrever perfectamente la tribuna donde la guía y su grupo de aplicados y pacientes nórdicos seguían la explicación. Pero Noelia era ya incapaz de escuchar sus voces porque había una que se alzaba sobre las demás y que ya reconocía perfectamente, la de ella, apoyada con ambas manos sobre el tapete verde, como un verso libre entre aquellos escaños sólo ocupados por hombres:

—¿Me preguntáis qué es el feminismo? —exclamó con un tono maduro y firme—. El feminismo quiere sencillamente que las mujeres alcancen la plenitud de su vida, es decir, que tengan los mismos derechos y los mismos deberes que los hombres, que gobiernen el mundo a medias con ellos, ya que a medias lo pueblan...

La armonía de su voz era todavía musical, pero ahora sonaba a himno, a marcha, a danza visceral que no pretendía detenerse.

Madrid, 1931

Tres puntos de color en el hemiciclo blanco y negro como si los hubieran salpicado por error. Tres diputadas en las Cortes bajo la lupa implacable de sus compañeros: Victoria Kent por el Partido Republicano Radical Socialista, Margarita Nelken representando al Partido Socialista Obrero Español y, por último, Clara Campoamor por el Partido Republicano Radical. Toda la prensa se agolpaba como ganado en los palcos del último piso. Sólo algunos privilegiados alrededor del taquígrafo que les rogaba, agobiado, que le dejaran un poco de aire.

No se debatía cualquier cosa.

Fernando de los Ríos observaba minuciosamente a las dos

mujeres que tomaban notas antes de sus intervenciones como púgiles preparando el primer asalto: ordenaban las páginas, consultaban cada cifra. No era el único. Muchos diputados analizaban cada uno de sus movimientos, sonriéndose unos a otros, displicentes y burlones, incluso hicieron algún comentario en alto aprovechando la acústica perfecta del lugar. Pero ellas no se inmutaron. Sabían lo que se jugaban.

También María estaba expectante pegada a la radio en su despacho, donde, sobre el fondo de la bandera republicana, su secretaria dejó de escribir.

—¿La subo, doña María? —preguntó su joven asistente.

—Sí, Lacrampe. Creo que nos merecemos un par de horas para escuchar el debate. Al fin y al cabo, podría cambiarnos la vida.

La asistente se levantó emocionada recolocándose un poco el sostén y subió el volumen. Al hacerlo, se equivocó de ruedecilla y cambió la emisora, que fue a captar otro acontecimiento para algunos aún más histórico. Unas calles más allá y con la misma expectación se estrenaba la zarzuela *Las Leandras* en el Teatro Pavón y un público ajeno a todo ese revuelo político tomaba sus asientos. Lo único que tenían en común era que, al parecer, en uno de sus chotis se nombraba a la Victoria Kent.

Lacrampe siguió manipulando las ruedas con la precisión de una caja fuerte. Les dio tiempo a escuchar el último aviso del teatro antes de que las ondas volvieran a traerles la voz del presidente del Congreso, quien, impacientándose, frenó aquel molesto cuchicheo colectivo dando dos mazazos secos sobre el estrado.

—Señorías, tiene la palabra la señorita Kent.

Victoria se levantó. Fernando de los Ríos le apretó el brazo en señal de apoyo y, al pasar delante de Clara Campoamor, esta le hizo un gesto de complicidad que ella pareció ignorar. Caminó con la seguridad con la que desfilaba hacia el estrado cuando se disponía a defender a un reo, sólo que ahora tenía la certeza de que sería ella la juzgada.

—Señores diputados, pido en este momento a la Cámara atención para el problema que aquí se debate, porque no es nimio; se discute el voto femenino y es significativo que una mujer como yo se levante esta tarde a decir a la Cámara, sencillamente... —su voz tersa pero severa del sur se replegó como una ola por un momento—, que creo que el voto femenino debe aplazarse —estalló.

Aquella frase inundó la sala en segundos. Voces indignadas, otros gritaban «¡muy bien!». «¿Cómo?», exclamó Clara Campoamor desde su escaño, y buscó apoyo desesperadamente en los ojos claros de Margarita Nelken, quien los apartó de los suyos. Supo lo que significaba aquello. La dejaban sola.

Pegada a la radio, María dejó caer la frente sobre su mano. «Victoria, esta no es la manera...», murmuró ante la mirada atónita de su secretaria. «Sé lo que temes, pero esta no es la manera.» Escucharon al presidente del Congreso exigir de nuevo silencio y luego la voz de Victoria, que sonó disecada por el altavoz: «Creo que no es el momento de otorgar el voto a la mujer española. —Bebió agua pausadamente, como si le costara tragarla—. Lo dice una mujer que, en el momento crítico de decirlo, renuncia a un ideal y que opina diferente a otra compañera». Algunas risas en la bancada de la derecha, si eran dos y no se ponían de acuerdo..., ¡que imaginaran cuando fueran cincuenta!, soltó uno bien alto, tanto que hasta le llegó a María a través de algún micrófono, mientras la aludida observaba a su hasta entonces compañera Clara, meneando la cabeza en una negación, qué estás haciendo, Victoria, le preguntaba con los ojos incrédulos, pero esta, dirigiéndole una mirada resuelta, prosiguió: «Es preciso que las personas que sentimos el fervor republicano nos levantemos aquí para decir: es necesario aplazar el voto femenino».

Gran revuelo de aplausos en los bancos del Partido Socialista y abucheos en el del Radical, que se malmezclaron de nuevo con las ovaciones hacia los primeros compases del organillo en el Pavón. «¡Por Dios!», bufó María buscando de nuevo la emisora con ansiedad, también su asistente soltó algún improperio poco habitual en ella, pero ahora sólo podían escuchar a Celia Gámez: «Pichi, es el chulo que castiga, y es que no hay una chicuela que no quiera ser amiga de un seguro servidor».

—Déjeme a mí, doña María —se ofreció Lacrampe, acuclillada a su lado, que por edad estaba más acostumbrada a las nuevas tecnologías.

De nuevo volvió a ellas la voz de la Kent: «...porque para variar de criterio yo necesitaría, por ejemplo, ver a las madres en la calle pidiendo escuelas para sus hijos...». Aplausos en el hemiciclo y también en el teatro vecino: «¡Pichi! —seguía cantando Celia Gámez—, como no suelte la tela, dos *morrás* la suministro, que atizándoles candela yo soy un flagelador».

En el foro vecino, Victoria Kent seguía con su argumento alzando la voz, apoyada ya sobre el estrado con ambas manos: «Si las mujeres españolas fueran todas obreras, si hubiesen atravesado ya un periodo universitario y estuvieran liberadas en su conciencia, yo me levantaría hoy frente a toda la Cámara para pedir el voto femenino». De nuevo más aplausos enfebrecidos, la otra mitad del hemiciclo, como María, se había quedado helada. Cómo le hubiera gustado estar allí y decirle, es verdad, Victoria, sabemos que no llegamos a doce las que hemos defendido nuestros derechos, sabemos que ahora mismo hay en España más hombres que mujeres feministas..., miró de reojo a su secretaria, era verdad, les faltaba cultura, les faltaba vida, pero no, no, no..., el derecho a votar era innato. Y era el momento.

Celia Gámez volvió a sacarla de sus pensamientos: «Anda y que te ondulen, con la *permanén*, y *pa* suavizarte, que te den *col-crém*. Se lo *pués* pedir a Victoria Kent. Que lo que es a mí, no ha nacido quiéééén». María sonrió desganada. Efectivamente, su radio le estaba dando toda una lección de inteligencia electrodoméstica. Esa que se solapaba en sus ondas era la otra España. La España que tendrían que convencer.

Ajena a ser protagonista también del chotis más famoso de la Historia, Victoria tiró de sus últimas fuerzas para terminar el discurso más duro de su vida:

—Diputados, es peligroso conceder el voto a la mujer.

Aplausos en la sala.

Victoria descendió del estrado y tuvo que aguantar el rostro de la decepción profunda encarnado en su compañera cuando pasó frente a ella. El presidente del Congreso dio varios porrazos más para poner orden.

—Tiene la palabra, por alusiones, la señorita Campoamor.

Clara avanzó hacia la tribuna con sus grandes zancadas de rapaz. Sabía cuál era su presa y no podía fallar. Calma, Clara, calma... Bajo el toldo tupido de sus cejas deslizó su mirada por todos y cada uno de los rostros que tenía delante en absoluto silencio. Dobló sus papeles y los dejó sobre el atril, ya no los necesitaba: «Señor presidente, señorías: vengo a esta cámara a decirles que, por encima de los intereses del Estado está el principio de igualdad. Y las mujeres deben conseguir el derecho al voto en este mismo momento, sin aplazamiento alguno. —Hubo un aplauso prolongado y luego se dirigió, intimidante, a su compañera—: ¿Cómo puede decir usted, diputada Victoria Kent, que cuando las mujeres den señales de vida por la República, entonces se les concederá como premio el derecho a votar? —Victoria la escuchaba apoyada en una mano, como si le pesara ya su papel en la Historia. Clara prosiguió—: La disminución del analfabetismo es más rápida en las mujeres que en los hombres». Se hizo un silencio en la sala que nadie recordaba antes. María le dio unos golpes a su radio pensando que se había ido la conexión; el taquígrafo alzó los ojos con los dedos agarrotados como dos arañas; los periodistas habían dejado caer sus plumas; los diputados se habían despegado de los respaldos. Clara se llevó ambos puños cerrados al corazón como si estuviera dispuesta a arrancárselo y arrojarlo sobre el tapete para ser creída, y se imaginó a todas las mujeres que, detrás de esos muros, esperaban para poder expresarse, campesinas, profesoras, amas de casa, trabajadoras de fábricas, todas con sus papeletas en la cola. María murmuró un «vamos, Clara, vamos, díselo: que ser libre significa poder elegir; que la libertad no se discute, díselo...». Y entonces Clara, por ellas, por todas las que la escuchaban y las que no, dejó sus puños cerrados caer sobre el atril con aplomo, con suavidad.

—Yo, señores diputados, me siento ciudadano antes que mujer. No cometáis un error histórico que no tendréis nunca bastante tiempo para llorar.

Aquello no fue un aplauso. Fue un estruendo.

María y su asistente se sumaron a la ovación. Cuando se fue extinguiendo la euforia como el humo de unos fuegos artificiales, uno a uno y en silencio, los diputados fueron votando en una atmósfera de extraña comunión. Todos esperaban el recuento como un diagnóstico que marcaría un antes y un después.

El presidente del Congreso sujetó el papel y parpadeó muchas veces como si lo viera borroso: «161 votos a favor y 121 en contra, con un 40 % de abstención», anunció muy despacio por miedo a equivocarse. Antes de que hubiera terminado de leer empezó la fiesta de gritos, felicitaciones y bravos, sobre la cual tuvo que imponerse con la voz quebrada:

—Queda aprobado el artículo 34 y el derecho al voto de la mujer —sentenció, y lo selló con un porrazo.

María apagó la radio y se sentó en su silla de despacho, aturdida.

—¡Enhorabuena, doña María! —la felicitó Lacrampe con lágrimas en los ojos, y fue a abrazarla—. ¿Es que no está contenta? ¡Era lo que quería!

Ella asintió. Sí, claro, querida..., era un sueño hecho realidad. Uno de esos sueños que le dejaban a una sentimientos encontrados. Hasta la boca se le había quedado seca. Observó a su secretaria. Mírala, se dijo mientras desliaba un caramelo de menta, ella tiene estudios y no piensa como otras sólo en casarse. Bueno, de momento... Quién sabe si acabaría rechazando por amor la beca para la que la había recomendado en Londres. Ignorante, escéptica, inteligente, esa es la amalgama espiritual de nuestras mujeres, María. Pero quizá su Lacrampe no. ¿Por qué estás siendo tan prejuiciosa?, se recriminó. Quizá ella ya era el tránsito hacia esa otra mujer española. Es algo transitorio, eso era transitorio, sí, como había dicho Clara. Por eso las jóvenes como Lacrampe tenían que votar ya. A Lacrampe le gustaba recordarle que ambas se llamaban María. La consideraba un referente, asistía al Lyceum Club, quería ser su ahijada política en el partido y ni siquiera le había podido demostrar una emoción desbordante en un día como aquel. Esas jóvenes eran su esperanza. Aun así, había algo en el discurso de Kent que le preocupaba porque quizá era cierto. Ahora la mujer tenía que aprender a decidir. Pero ¿cómo hacerlo si no era decidiendo en libertad, igual que se aprendía a vivir?

—Ha llegado ya el señor Juan del Sarto, de la revista *Crónica*. —Su asistente le hizo una mueca divertida—. ¿Le hago pasar?

María suspiró. Sí..., qué remedio.

El periodista, un hombre altísimo y delgado con aspecto de cirio derretido, le tendió una mano afectuosa.

—No sabe cómo le agradezco que me reciba en un día tan importante. Es un honor, señora. Y enhorabuena.

—Gracias —respondió ella y le invitó a sentarse—, pero voy a rogarle que no escriba nada sobre mi persona. —El hombre abrió mucho los ojos—. Yo no importo aquí. Sólo soy un canal por el que fluye un discurso de muchos y muchas otras. No creo que un día mío tenga mucho de interés periodístico, en ninguno de ellos me ha ocurrido nada sensacional.

—Como usted quiera, doña María —se sorprendió, acostumbrado a que le contestaran los egos y no las personas—. De todas formas se necesitarían muchas cuartillas y mucho tiempo sólo para reseñar sus méritos y figura someramente.

Ella sonrió entre halagada y apurada.

—Usted dirá. —Se sentó frente al hombre y dejó entre ellos una bandejita con dos cafés.

El periodista se apoyó en su rodilla y la analizó con extrema curiosidad.

—Supongo que ha seguido el apasionado debate que se ha dado en este día histórico. Quería preguntarle su opinión sobre la polémica intervención de la diputada Victoria Kent. —Le dio un sorbito a su café—. Delicioso.

María observó ambas palmas de sus manos como si fueran una balanza. Ten cuidado, María, se dijo, pisas arenas movedizas...

—Sí, hoy es un día histórico. —Hizo una pausa reflexiva—. Se nos asigna igual responsabilidad a las mujeres en el gobierno de la República, y esta igualdad se ha logrado sin protesta por parte de los hombres. Algunos han puesto en duda nuestra capacidad, sí, pero ninguno, que yo sepa, se ha atrevido a negar nuestro derecho. Agradezcámoslo. Y después meditemos.

—¿Sobre qué?

—Sobre el hecho de que esta victoria la hemos logrado sin combatir por ella. —Dio vueltas con su cucharilla lentamente—. Quiero decir que las mujeres inglesas y muchos hombres que sostuvieron su causa pelearon por ella largos años con tesón heroico. Las mujeres norteamericanas la defendieron también largo tiempo.

—Entonces... ¿está de acuerdo con lo que dice la señora Kent cuando se queja...?

—Sólo con parte de su argumento —le interrumpió—. De hecho, creo que la propia señora Campoamor lo está. Es verdad que la idea de justicia no es innata. Se imprime en nuestra mente a fuerza de educación, de cultura. Y la incultura es la tragedia española.

El periodista escribía sin mirar su libreta.

—Entonces también era partidaria de retrasar el voto...

—No —respondió tajante—. Opino, como Campoamor, que es un derecho innato de hombres y mujeres. Pero es que la incultura en España afecta también a hombres y a mujeres. No creo que el voto femenino ponga en peligro la estabilidad de la

República. Porque no creo en el derechismo fundamental de la mujer española.

—Entonces ¿qué cree que va a pasar? —se interesó el otro echándose más azúcar.

Ella meditó unos instantes, abstraída por los colores republicanos que se derramaban tras su mesa.

—Creo que el pueblo más ignorante e inconsciente, para nuestra desgracia mayoría los dos, votará al dictado de la moda, es decir, de lo que se lleve con más garantía de ser bien visto. Y déjeme decirle que ahora viste bastante ser mujer de ideas avanzadas.

El periodista se echó a reír y escribió entusiasmado. Ella chasqueó la lengua, ya la has liado, María..., a ver ahora qué escribe este.

—¿Y qué podemos hacer en España para solucionar el problema de la incultura?

Ella suspiró recordando su primer viaje por Europa cuando aún era una maestra joven que quería cambiar el mundo y, sin embargo, terminaba cambiando la lección de ese día porque los niños le faltaban a clase y cíclicamente tenía que volver a empezar.

—¿Sabe usted cuál es el problema? El problema es que hemos entrado en la casa cuando la casa se hunde —sentenció—. Sí, me refiero a la situación mundial. La casa se hunde. Nosotros acabamos de llegar a la República, pero la Europa floreciente que yo conocí es ahora muy distinta. El sistema de arreglo social en que creemos seguir viviendo está en liquidación. La casa se hunde. Es indudable.

—¿Me está diciendo que también cree en la posibilidad de otra Gran Guerra?

Ella meneó la cabeza hacia los lados. Ojalá que no, pensó, ojalá.

—Sólo digo que hay demasiada tensión. Demasiadas verdades absolutas.

—¿Y cuál sería su deseo para estos tiempos, doña María?

Ella dejó sus ojos soñadores remontar el vuelo y escapar por la ventana, como cuando tenía que escribir una carta a los Reyes.

—Debilitar las doctrinas para fortalecer las conciencias... ¿Puede haber algo más profundamente deseable? —Hizo una pausa para pedir otro deseo—: Y suprimir infiernos. Hay tantos...

Unos días después le llegó el artículo, que encabezaba un retrato en palabras robado por la observación del agudo periodista:

> La amable feminidad de María Martínez Sierra nos pone en un aprieto, pues no quiere que se diga de ella... nada. No hablaré por tanto de esta gran mujer, de todos sus anhelos ni de su privilegiado cerebro, de su espíritu selecto, de su dinamismo asombroso, de sus ideales... ¿Para qué, después de todo?

Y llegaron las elecciones. Y la mujer votó: la cultivada y la analfabeta. Y el hombre votó: el educado y el iletrado. La derecha se presentó unida y ganó. Y la izquierda culpó a Clara de esa derrota. Ni ella ni Kent conservaron sus escaños, pero, antes de irse, a Clara le dio tiempo a hacer una brillante defensa del divorcio que volvió a ganar. Aún no había terminado el debate y ya lo habían solicitado Pastora Imperio del maltratador de su marido y Josefina Blanco de Valle-Inclán, de quien se despachó a gusto en la prensa diciendo que por fin no tendría que seguir aguantando «a ese tenorio averiado» que había hecho un personaje de sí mismo. Por su parte, el personaje en cuestión, quizá animado por la atmósfera convulsa o por el desamor, no dejaba títere con cabeza en sus artículos: «Para la próxima revuelta espero que las masas vuelen con dinamita el monumento a Cervantes...», rugió el Valle más iracundo desde el periódico *La Luz*.

Por culpa de aquel artículo Falla estuvo a punto de morir atragantado con un trozo de pan con aceite que se le fue por otro sitio mientras desayunaba en su patio de la Alhambra. Fue terminar de leer aquella barbaridad y decidirse a escribir una carta desesperada a sus ahora influyentes amigos granadinos —Alcalá Zamora y Fernando de los Ríos— para que como presidente y ministro de Justicia por favor tomaran medidas con urgencia. Estaba aterrorizado ante la quema y saqueo sistemático de conventos e iglesias y convencido de que gran parte de la culpa la tenían los mensajes que se lanzaban desde su gobierno. Cerró la carta y apartó el plato para que terminaran su desayuno los gorriones.

Por su parte, el joven Lorca ya estaba de vuelta en España y la República le reclamaba para tareas culturales variadas, aunque siempre que le preguntaban su preferencia política, él manifestaba que se consideraba «católico, comunista, anarquista, libertario, tradicionalista y monárquico». Quizá por eso se llevaba tan bien con María. El mismo genoma de moderación, libertad y bien común los habitaba, se decía ella, como si fuera un mismo ser ermitaño viviendo en distintos cuerpos. Por eso se decidió a hablarle a Federico esa tarde de la Cívica, su último gran proyecto social.

El poeta la escuchó caminando de ventana a ventana de su nuevo despacho. Se trataba de una asociación de mujeres, le explicó María, pero no como el Lyceum Club, allí todas eran burguesas, empezando por ella misma, bromeó. Esto hizo reír al poeta. Ella mojó un churro en aquel chocolate demasiado líquido. Este sería un club para las mujeres obreras donde pudieran recibir cursos de formación de las más diversas disciplinas si estaban desempleadas o deseaban prosperar.

Esperó su reacción. Él había buscado su propio trasluz en la ventana.

—¿Y yo en qué os puedo ayudar? —Sonrió divertido—. Lo digo porque, quizá no salte a la vista, pero no soy mujer ni obrera.

Ella se echó a reír.

—Tú podrías crear algo así como un club teatral. Una compañía amateur pero de calidad.

Entonces sí, al poeta se le iluminaron los ojos. De esa forma echó a andar Anfistora, como decidió bautizarlo la misma tarde en que sellaron su pacto. Luego le habló del contenido de esa carpetita que llevaba bajo el brazo, eran poemas sueltos, el manuscrito vomitado en Nueva York que no terminaba nunca de armar, pero cuyos poemas se asomaban ya surrealistas, humanos y furiosos a algunas publicaciones.

—Este es el mejor que te he escuchado —se admiró María y abrió la revista *Los Cuatro Vientos* donde lo tenía señalado—. Léemelo, Federico. Que te lo quiero escuchar.

Y él comenzó:

¡Ay, Harlem, disfrazada!
¡Ay, Harlem, amenazada por un gentío de trajes sin cabeza!
Me llega tu rumor,
me llega tu rumor atravesando troncos y ascensores...

Y, mientras leía, por los ojos del poeta vio desfilar la comparsa de los personajes que conoció en el Smalls donde el jazz se sacudía sus cadenas; se asomaron a sus ojos todos los ojos que veían pasar el mundo desde los asientos traseros de los autobuses, los que contemplaban agotados e impotentes los incendios de sus casas en el Uptown.

Cuando terminó, María estaba sin aliento.

—¿Qué vas a hacer con todo este material? ¿Por qué no lo has publicado aún?

—Es que estos poemas están vivos —sacudió la cabeza despeinándose cómicamente—, y están furiosos. Aún no soy capaz de meterlos en vereda y ponerlos en fila. No se dejan.

Y dicho esto, le pidió que le guardase esa hoja, ya que no recordaba bien dónde estaba el manuscrito de ese poema en concreto, y le gustaba el orden que habían encontrado las estrofas.

Se miró en él y se sintió reconocida. Federico parecía haber atravesado un desierto en Nueva York muy parecido al que ella cruzara en Niza. Quizá por culpa de ese impacto brutal había sido capaz de cantarle al amor oscuro. Su tormento se había mirado en el de esa ciudad deslumbrante y atormentada como él.

—¿Has llamado a Juan Ramón? —le preguntó el poeta de pronto—. ¡Necesitamos a Juan Ramón en la Cívica!

Sí..., sí que sería bonito, se ilusionó ella, aunque sólo fuera por el placer de volver a reunirse en un proyecto como Helios, qué jóvenes eran... Como si aquel recuerdo le hubiera aliviado el peso de los años, levantó el teléfono de su nuevo despacho y se dispuso a hacer su primera llamada. Marcó el número de la calle Padilla. Últimamente estaba de lo más hogareño y no salía de allí, le explicó a Federico, quien tamborileaba nervioso un ritmo sobre la mesa. Y sí, estaba su voz, aunque él se sentía ausente de la vida.

—¿Cómo estás, fiera, poeta del demonio?, soy María. Estoy aquí con...

—Muerta.

—¿Cómo?

—Está muerta.

Por un momento a María se le detuvo el reloj del corazón en seco, porque entendió que se trataba de Zenobia. Últimamente se quejaba de sentirse muy cansada todo el día. Pero no, quien había desaparecido para siempre, terrible, irremediablemente pronto, había sido una joven, genial y enamorada.

Cuando María llegó a la casa, se encontró a Zenobia calentando tila.

—Qué horrible, María. —Se le abrazó. Estaba helada como su propio busto de mármol—. Juan Ramón no sale de su despacho desde por la mañana. Está leyendo el diario de Marga una y otra vez. Ella se lo entregó, el diario, antes de...

Se acercó tambaleándose y María le indicó que se sentara. Luego le sirvió una taza temblorosa. Terrible, qué terrible..., justo en el momento en que su obra tenía tanto éxito. Se desmadejó a su lado, apoyó los brazos en la mesa de la cocina y envió a la empleada a dormir cuando esta apareció llorosa en la puerta. La otra noche, hacía una semana escasa, le contó que aquella periodista de *Crónica* había ido a verla. No podía creer que su *Adán y Eva* fuera la obra de una mujer y menos aún de una chiquilla de veintiún años. Quizá por eso le hizo esa pregunta estúpida que se les hacía a todas las chicas jóvenes, viniera al caso o no. ¿Y tenía novio? ¿Pensaba en casarse? La escultora dejó los brazos musculosos y cansados caer por su propio peso y cinceló en el aire un no rotundo como sus figuras. «¿Por qué?», se sorprendió la otra. Y Marga respondió con una de sus verdades inapelables: «Porque no creo en el amor simultáneo de dos corazones».

María le frotó las manos a su amiga porque sabía que en eso eran iguales, iban por la vida tomando los hijos que no tenían, «pero, escúchame, Zenobia, mírame, tú no eres responsable», le agarró el rostro entre sus manos con seguridad. ¿Vaticinio o sentencia?, se preguntó ella como si no la escuchara con el alma encarcelada en esa culpa sin motivo. Porque habían estado muy entretenidos preparando su viaje a Francia sin intuir, ni por lo más remoto, que Marga se preparaba para otro mucho más largo. Por Dios, María, ¿cómo no se habían dado cuenta?

Esa misma tarde había ido a despedirse de Juan Ramón y le entregó su diario envuelto en un papel de seda roja. «No lo abras aún —le advirtió—, tú sabrás cuándo ha llegado el momento.» El poeta se lo tomó como uno de sus juegos, por eso no le dio importancia. No imaginó que en su escritorio descansaba una bomba cuyo reloj ya descontaba los segundos de una vida y por eso siguió trabajando en su poemario. A continuación, Marga fue a su taller, donde destrozó a martillazos, una a una, todas sus esculturas; rasgó los grabados y rompió los dibujos en cientos de pedazos. Y cuando acabó con todo lo que temió que pudiera dejar atrapada su alma en la Tierra, liberó de ella al último y débil cordón de carne viva: su cuerpo latiente. Se pegó un tiro en la sien para matar su cerebro porque el corazón ya lo tenía roto.

Cuando sin poder resistirse Juan Ramón empezó a curiosear en su diario, ya era tarde. Al lado de su cuerpo y sobre un charco de sangre, encontraron su gran epílogo en tres cartas: una para sus padres, otra para su hermana y otra para Zenobia.

María le puso una mano en la espalda a su amiga, que temblaba entera como una gelatina mientras apenas podía sujetar el papel manchado:

> Perdóname, Zenobia. Me he enamorado de Juan Ramón... tú eres mi amiga... y de verdad te quiero mucho... creo mucho mejor matarme ya... que sin él no puedo... y con él no puedo... Perdóname, Azulita... por lo que si él quisiera yo habría hecho.
> Marga

Zenobia levantó sus ojos desteñidos de azul hacia María y sólo pudo musitar, desbordada por el dolor y la rabia:

—¿Por qué, María? ¿Por qué seguimos pensando que nuestra vida no vale nada sin ellos?

22

Niza, 1933

Todo había sucedido una mañana radiante de octubre en su casa de Cagnes-sur-Mer. Por fin había podido retirarse unos días a descansar de esa novia absorbente y celosa que estaba resultando ser la República. Tres años de relación y no le dejaba ni un fin de semana libre para sentarse a la sombra de sus olivos, oler una mimosa amarilla o asistir a cómo crecía ese naranjito inexperto que había brotado de pronto en su jardín otoñal como si fuera abril. Y es que la temperatura, en general, estaba subiendo de forma anómala, sobre todo al otro lado de los Pirineos. O al menos esa sensación tenía. Quizá porque su jardín florecía a destiempo por contagio o se había anticipado consciente de que si no, no llegaría a verlo en su apogeo. Cómo iba a imaginarse que esa sería la última tarde que lo contemplaría en años.

Mientras María realizaba un acto tan cotidiano como arrancar unas flores para hacer un ramo, no imaginaba que iba a cambiar el curso de su vida. Porque las vidas tienen un curso, como los ríos. ¿Y cuál había sido el suyo?: escribir para esa voz que le reclamaba seguir escribiendo. Una voz que sólo podría ser ahogada si ella se lanzaba a hablar.

—Señora, un telegrama —escuchó decir a Brigitte a su espalda.

María se incorporó entre las flores con su sombrero de

campesina bretona y la espalda le crujió como un mimbre. Leyó el dorso. El telegrama venía de España. Le dio la vuelta:

Las organizaciones de Granada proponen a usted como candidato. Si acepta, es preciso esté usted aquí el lunes.

Sobre su cabeza planearon dos gaviotas. Sus chillidos sobreactuados tenían tono de advertencia. Por un momento vino a su memoria la voz de su querido Galdós el día en que se despidieron. Le llegó transparente con su cadencia de mar e independencia de isla: «Intentarán valerse de tu talento para llegar a los corazones».

Era viernes, pensó María, nerviosa. Si aceptaba, había que prepararse a toda prisa, pero ¿vale la pena, María?: candidato, diputada y, después, probablemente propaganda, más trabajo y más esfuerzo sembrando un campo casi desconocido y que intuía tan árido como el desierto de los Monegros. Además, sus casi sesenta años empezaban a quejársele en los huesos. Por otro lado sintió cómo ese veneno paradójicamente le limpiaba la sangre. Se sacudió unos hierbajos del pelo: la posibilidad de conquistar un poco más de educación y libertad para ese rincón de España tan querido era un cebo imposible de ignorar... y en ese momento, quizá por cercanía geográfica o por la nostalgia que le había provocado su muerte repentina, también vino a visitarla el recuerdo de Colombine. Tú sí que nos has dejado huérfanas en el Lyceum Club, querida, tú sí que no vas a disfrutar de este sueño que compartimos.

Le buscó a su ramo un orden por colores para dedicárselo. Eso sí, había muerto con los zapatos puestos, concretamente, según el relato de la Nelken, con aquellos rojos de carrete que tanto le gustaban y en plena discusión sobre política escolar en la sede del Círculo Social Socialista. María dejó su ramo bajo el roble porque le recordó a ella. Tú sí que no empleaste ni un segundo de tu vida que no fuera en luchar... y en medio de esa lucha le falló ese corazón que no le cabía en el pecho. No era posible una despedida más épica.

No, se ordenó María, sacudiéndose la tierra de las rodillas. Tú me dirías que una tarea no se rehúsa, y menos cuando aún tienes vida que dar. Ver el mundo con ojos nuevos, se ilusionó. ¿Sería equivalente a ver un mundo nuevo con los ojos de siempre? Llamó a Brigitte casi a voces mientras caminaba hacia el interior a toda prisa.

Esa tarde, como despedida de una vida y bautismo de la siguiente, se tendió sobre el agua bendita del mar quieto. Flotando bocarriba, mientras se dejaba mecer sobre esa placenta cuyo líquido plomizo inundaba sus oídos, fue uniendo las estrellas para formar sus constelaciones aunque el sol aún no le dejaba verlas. No importa, María, se irán encendiendo una a una para que ni tú ni la noche tengáis miedo.

Granada.

Su objetivo: seducir y convencer a esa ciudad flamenco-mora que paría sin resuello chiquillos harapientos, hombres desocupados esperando a la suerte en los cafés... ¿Y las mujeres?, se preguntó al recorrer sus calles empedradas y pulidas por los siglos el día que llegó al hotel para comenzar la campaña.

—Las mujeres no están —le anunció indignada a Fernando de los Ríos cuando se encontraron en la recepción—. Las mujeres no existen. Ni en la Casa del Pueblo, ni en las calles, ni en los cafés.

—Sí..., está todo por hacer —sonrió con realismo su padre político—, por eso te necesito aquí conmigo.

Como si eso tuviera que animarla, aquel granadino que tanto conocía a su tierra de arrayanes le indicó la hora a la que se levantarían al día siguiente para comenzar la ronda: unas muy saludables seis de la mañana.

Esa noche María dio vueltas y vueltas entre las sábanas pegajosas, por la expectación y por el disgusto a partes iguales. Caminó dando tumbos hacia el baño. Contempló sus pies feos y desnudos sobre el suelo frío de azulejos morunos y le parecieron las raíces de un árbol que ya no encontraba su tierra. Se echó agua helada en la cara, ¿por qué habrían pensado en ella? Pero entonces vino a su cabeza la sonrisa axiomática de Fernando de los Ríos y supo que él la había propuesto. Y que le habían creído igual que le creía un juez.

Confiaba en ella. Y ella confiaba en él. Y él era Granada.

Quizá quería que fueran las granadinas, misteriosas como celosías, las que la siguieran. Que no cerraran las contraventanas al paso de la República. Que las convenciera de lo que podía hacer por ellas. A ellas..., claro, ¡a ellas! Volvió a la cama precipitadamente, encendió la lámpara de la mesilla, agarró un lápiz y empezó a garabatear el papel de cartas del hotel. No, ella venía cargada de armas feministas, y allí no le iban a servir. Tienes que mudar el disco, María, no puedes ser «Isis» hablando a «Evas». Tienes que ser «Eva» procurando convencer a esos «Adanes»... más o menos recalcitrantes. Y con ese pensamiento macerándose en la olla de su cerebro consiguió conciliar el sueño.

Su primer mitin sería en Guadix. Como no había dónde darlo, les prestaron un balcón estrecho y mordido por el óxido que amenazaba con venirse abajo. Allí salieron muy convencidos ella y don Fernando, mal resguardados del sol de mediodía por un paraguas medio tronchado de un lugareño. Dirigió una mirada a su mentor que la invitó a mantener la sonrisa y por dentro pensó: madre mía..., qué haces aquí, querida, si no van a escucharte ni los gatos. De hecho, dos que había tumbados a la sombra de un carro salieron pitando en cuanto los vieron. Don Fernando tiró de su pañuelito pulcramente colocado en el bolsillo de la chaqueta y se lo ofreció. Se fijó en que también sudaba a chorros.

—Es un público escaso pero suficiente —le susurró, animado.

Un público que habría acudido para escucharle a él, su benefactor, que esperaba ansioso la lluvia de sus palabras en la plaza con la misma esperanza incrédula con la que miraban al cielo durante una sequía.

Pero no pudieron escucharlas.

De pronto, campanas. Campanas estridentes y al vuelo como si fuera una boda que no cesa. Más tarde supieron que alguien había sobornado al campanero de la iglesia vecina.

Cuando bajaron de su tribuna improvisada, María tenía agujetas en los pómulos de tanto gesticular.

—Creo que no han escuchado ni una palabra —se lamentó desilusionada.

Don Fernando sólo le ofreció su brazo.

—Lo que tienen que escuchar ya lo llevan ellos en los corazones, María. Sólo necesitan ver que alguien se atreve a decirlo en voz alta por ellos.

En Castril, en cambio, las campanas no sonaron, pero el silencio era ensordecedor. Era la segunda parada de su campaña y la estrategia de los caciques era la que más movilizaba a un pueblo. El miedo. A María, sin embargo, le sorprendió que la escenografía fuera idéntica y por un momento se sintió parte de un carro de cómicos que fuera de gira siempre con la misma tragedia: la plaza deshabitada, el simpatizante que les ofrecía un balcón enclenque de su casa, al que, para aumentar un poco la emoción, le faltaba media barandilla y estaba cagado por un ejército de pájaros con diarrea.

Silencio total. Demasiado, pensó, pero como había que empezar, se lanzó a monologar al vacío. Sólo tres perros abandonados y medio calvos se sentaron en la plaza por si les caía algo y, llegado a un punto, comenzaron a aullar. ¿A quién? A ella. A la luna. Pasado un rato, quizá para premiar su fe de flautista de Hamelín, empezó a intuir unas sombras que se movían por las callejuelas, lánguidas como velas, y que se fueron congregando bajo el balcón.

Por fin la curiosidad había vencido el miedo.

María, hemos triunfado sobre los caciques, se dijo al principio, pero casi inmediatamente se escuchó un estruendo de cascos y relinchos cada vez más cercano y aquellos infelices se escabulleron de nuevo como liebres despavoridas. Sólo se trataba de cuatro burros arrastrando unos carros llenos de leña que alguien había atizado para dispersar a su asustadiza audiencia.

No supo por qué lo hizo. Tampoco de dónde surgió esa furia, pero sintió que algo nuevo le hervía en la garganta. Un grito que peleaba por salir y, sin pensarlo, lanzó un alarido:

—¡Cobardes! Sí, ¡cobardes! —repitió fuera de sí—. ¿De cuatro miserables borricos os asustáis? ¡Tiene razón el cacique en mataros de hambre! ¡Acercaos, cobardes!

A su lado, su compañero se había quedado mudo. No reconocía ni su voz.

—¿Qué pasa? En este pueblo, por lo visto, no hay hombres, ¿es eso? Entonces acercaos vosotras, mujeres, que seguro que tenéis más coraje que ellos.

Se quedó esperando con paciencia de cazador. Tenía que confiar en ellas. Esperó, auscultando cada paso que se fugaba calles arriba. ¿O acaso se acercaban?

Y empezaron a aparecer. Salieron decididas a escucharla con desesperación, cada una arrastraba a cuatro polluelos agarrados a sus faldas. Poco a poco, aquella plaza de Castril se convirtió en un lienzo sobre el que se pintó una imagen insólita. Una mujer se dirigía sólo a las mujeres por primera vez.

—Sí, vamos a hablar entre nosotras —comenzó María, mudando su voz por otra firme pero más amable—, vamos a hablar ya que por primera vez la República nos da a las hembras tanto derecho a levantar la voz como a los hombres. ¿Os dais cuenta? Ya somos tanto como ellos para hacer de España lo que debiera ser, para quitar el hambre a vuestras criaturas. —Las señaló, sin dejarse ninguna—. Contad, ¿sabéis contar?, pues contad con los dedos cuántos hombres y cuántas mujeres hay en este pueblo..., porque vosotras sois más. ¿Sabéis lo que significa eso? Que tenéis más votos. Porque por primera vez ya podemos votar. Así que por la fuerza ya no pueden convencernos.

Las escuchó reír con timidez como perdices y rió con ellas. Luego agravó el gesto para continuar:

—Compañeras..., el domingo se vota. Y votaréis vosotras por primera vez. Pero en esa lista también hay una mujer por primera vez, yo, que como vosotras soy mujer y que represento al partido que desde que hay República ha conseguido que se aumenten vuestros jornales —lanzó su voz hasta donde pudo—. Hasta ahora el Estado ha sido el enemigo nato de la mujer. Nos priva de todos los derechos y nos impone sus deberes. Nos somete a una tutela perpetua como si fuéramos niñas. Nos quitan a los hijos para inmolarlos cuando les place. ¿Os dais cuenta? Nos hace pagar tributos como a los hombres pero nos niega la posibilidad de intervenir en los asuntos públicos. Esto, ahora que podéis votar, cambiará para siempre.

Aplaudieron entusiasmadas y sus hombres, que habían vuelto a acercarse con ojos de perro apaleado, las imitaron. También su compañero, quien, al bajar de ese balcón, le confesó boquiabierto que no había visto algo así en toda su vida política.

Cuánto se acordó de su padre durante aquellos mítines. ¿De qué les hablo, papá?, se decía bajo la luz maloliente a estiércol de corral al enfrentarse a su público de esqueletos envejecidos; de mujeres con los niños colgados de tetas flácidas e improductivas; de bebés invadidos de moscas merendándoles los mocos. ¿De qué les hablo? ¿De Marx? A veces, durante sus mítines, presenciaba desmayos que no eran precisamente de emoción. Y como no podía hablarles de otra cosa, les habló del hambre. Hasta que un día, uno que no se le olvidaría jamás, se le ocurrió preguntarle a una mujer rodeada de chiquillos de todas las edades: «Pero ¿cuántos hijos ha echado usted al mundo?», y ella titubeó un momento como si tuviera que contarlos y le respondió con ojos agotados: «Veinte he tenido». María se quedó mirándola, primero con algo parecido al reproche, luego con pena, hasta que desembocó en la más absoluta hermandad. Pero, María, cómo te atreves a hacer esa pregunta, se reprochó, ¿quién te crees que eres?, si tú también tienes que contarlos igual que esa mujer. ¿O acaso no tienes que hacer inventario de todas tus obras igual que hará ella con todas sus greñudas cabezas que no tiene tiempo ni ganas de peinar? Porque tú, María, se increpó, si no te hubieras casado tampoco habrías echado tantas obras al mundo. ¿Cómo recordarlos a todos?, se dijo, ¿cómo?

Esa noche, ya en la soledad de su hotel, escribió algo tan doloroso como clarificador: «Toda mujer pobre concibe y pare más hijos de los que desea y todo escritor que hace del escribir su oficio compone más obras de las que hubiera debido, porque le ganan el pan, y no puedes cuidarlas igual a todas». Levantó la vista y descubrió su imagen agotada frente al espejo del tocador y continuó escribiendo: «Tú lo sabes, María, que si hubieras trabajado sola no hubieses escrito ni la cuarta parte de lo que ha lanzado tu máquina Yost. Pero el destino te unió a un marido ambicioso y emprendedor que tenía una compañía y un teatro, y el teatro son mil bocas que hay que cebar con tuétano de los propios huesos. En vista de lo cual, ¡a parir se ha dicho, sin tregua ni reposo!». Luego dibujó un círculo alrededor de ese pensamiento para que no se le escapase y apagó la luz.

Muy distinto era el periplo de Gregorio y Catalina en Hollywood.

En sus colinas no había niños hambrientos pegados a los ventanales, ni mujeres flacas desmayándose de hambre, si acaso alguna actriz que hacía méritos y una dieta demasiado estricta. Haber sido contratados por la Metro Goldwyn Mayer era un sueño con poco gas que se había ido deshinchando cuando Gregorio no pudo cumplir con los requisitos que se le presuponían como asesor de películas: simplemente, no hablaba inglés. Pero cuando Dios cerraba una puerta siempre abría una ventana, recordó Gregorio que decía su santa madre, y en este caso había sido un ventanal: a través de otro contacto, la Fox Film Corporation acababa de ofrecerle otro contrato para rodar guiones redactados en español sin tener que versionarlos para filmes anglosajones. El trabajo perfecto para él. Y, de paso, dentro de la oferta incluyeron tres proyectos. Las adaptaciones a la gran pantalla de tres comedias suyas ya escritas que protagonizaría Catalina: todo quedaba en casa. Y hablando de casas..., esa noche tenían cita en la que Scott Fitzgerald había bautizado como The House of Spain, o, en otras palabras: la mansión de Chaplin.

Tenían la suerte de que al actor, hastiado de la maldita Ley Seca, sólo le divirtiera saltársela en compañía de esos mediterráneos tan bebedores.

—¿Qué crees que debo ponerme? —le gritó Catalina desde el vestidor.

Gregorio, ya en la puerta con el bastón y las llaves, volvió a cerrarla. Reconocía ese tono estridente. Hollywood hacía de lupa sobre sus innatas inseguridades de actriz.

—Pero si haremos lo de siempre, niña... —Miró el reloj—. Jugaremos al tenis o nos bañaremos en la piscina... y luego todo el mundo acabará bebiendo en el jardín hasta que nos cansemos o Buñuel esté tan borracho que se duerma de pie como un tentetieso.

Ella resopló. Era terrible, terrible, terrible... Con jornadas tan largas no había quien guardara la etiqueta. Ya estaba empezando a sudar y se le estropearía el pelo. Se miró al espejo y su imagen desapareció tras una nube de laca. Le saldrían brillos. Se sujetó el tupé rubio con una pinza y se pasó la borla de pluma de avestruz por la frente. Luego sacó un pañuelo de papel secante y lo apretó contra sus axilas. Gregorio se abrió la chaqueta blanca de lino, también él había empezado a sudar, y dejó su cuerpo delgado caer en la butaca. Aquello iba para rato. Abrió el periódico.

Lo cierto es que era una suerte que el grupo de españoles tuviera sus rutinas, así no había que pensar en cómo relacionarse: para beber o ir a la piscina la mejor casa era la de Chaplin. Para la sauna, sin duda la de Pickford, en la que pasaban muchas tardes agradables. Y entre semana, como la mayoría trabajaban filmando *talkies*, podían encontrarse en los estudios.

Gregorio pasó las hojas del periódico con lentitud sin entender más que palabras sueltas.

—Catalina..., vaaaaaamos, mujer, vaaaaaamos... —se desesperó.

Lo de los *talkies* le había dejado de una pieza. Hacer un calco de cada película que se rodaba por la mañana, sacando partido a los mismos decorados para filmarlos por las tardes en castellano, ¡era una genialidad!

Cuando por fin llegaron a la casa los recibió en la puerta un mayordomo enguantado que, contagiado del espíritu de su dueño, los condujo al interior sin decir una palabra. Allí estaba Chaplin, dentro de su decorado íntimo y bajo aquella refinada bóveda blanca sostenida por vigas de madera clara y forma de caparazón. Los recibió como siempre: serio, protocolario e incapaz de mantener la mirada más de tres segundos. Gregorio no se acostumbraba al hombre que había detrás de la máscara: un rostro apingüinado y terso, los ojos mucho más pequeños y maliciosos que los de su personaje, la boca amable que guardaba una sonrisa como una flor que no terminaba de brotar, el pelo abundante y negro, las manos invariablemente en los bolsillos. Después de darles la bienvenida, le preguntó a Gregorio si le había hablado alguna vez de su colección de flamenco y cante jondo. Le encantaría enseñársela. Acababa de enterarse de que era el autor del libreto de *El amor brujo*.

—Y yo soy un gran admirador de Falla —confesó deslizando con sus dedos cortos el canto de los discos—. ¿Se lo dirá de mi parte?

Gregorio le aseguró que por supuesto que sí y prefirió omitir el pequeño detalle de que hacía años que le había perdido la pista, desde aquel día en que salió de su despacho en el Eslava, el muy desagradecido. Chaplin colocó escrupulosamente uno de los discos en el aparato. Dejó la aguja sobre la pizarra y de ella brotó esa danza antigua como el fuego que ahora a Gregorio le parecía tan lejana.

—¿Le suena? —Chaplin estiró esos labios que parecían haber sido concebidos para dejar el hueco de su bigote postizo y, tras un gesto misterioso, cerró los ojos.

Cuando salieron de su despacho se encontraron apoyado en el quicio de la puerta a Buñuel, con toda su oscuridad a cuestas. Aunque parco en palabras, como siempre, les dio el parte desde su peculiar ángulo de visión. Lo más reseñable de esa velada: que iban a venir Greta Garbo y John Gilbert.

—Pero al final Greta no puede y era el único motivo de que yo haya venido hoy. —Se dejó un cigarrillo desmayado en los labios.

—Bueno, seguro que también has venido a ver a los amigos y a nuestro anfitrión... —comentó Gregorio, apurado, y luego se volvió hacia el aludido—: *Charles, let me... introduce... you. Catalina* —tartamudeó en un inglés aún peor que el de Buñuel, que se comunicaba por mímica. Luego le hizo un gesto a la actriz para que se acercara.

El caso de Buñuel era aún más catastrófico que el de Gregorio y eso les había generado una cierta empatía. El turolense había viajado para incorporarse como guionista al French Department de la Metro. Cuando llegó, como no hablaba inglés, ni siquiera pasaba por los estudios a no ser que fuera para curiosear.

—¿Y en qué estás, Luis, que no te vemos? —le preguntó Gregorio buscándole las cosquillas.

—En cosas muy serias... —respondió peinándose el tupé—. Paseo en coche, juego al minigolf y bebo en la casa de Chaplin. —Alzó su vaso hacia el cómico haciendo tintinear el hielo—. No sé cómo dicen que hay Ley Seca, yo no he bebido más en mi vida que en California.

Según contó, para espanto de Catalina, nada más llegar le habían puesto en contacto con un *bootlegger*.

—En cristiano, un contrabandista. —Se rascó la nuca—. Mira, esa palabra sí la aprendí el primer día. ¿Que dónde me meto, Gregorio? Pues mira, en realidad, desde que llegué a Hollywood he pasado la mitad del tiempo tumbado sobre la arena mirando las estrellas, y la otra mitad, tumbado sobre las estrellas, mirando la arena. —Intentó un gesto fanfarrón que no le salió bien—. ¿Y tú, Gregorio? ¿Por qué este afán de querer llevar el teatro al *cinema*? Últimamente todos nos preguntamos por qué no ruedas algo nuevo...

Hubo un silencio tenso como la cuerda del violín que sonaba de fondo. Gregorio hizo como si no se inmutara y siguió jugueteando con su bastón, pasándoselo, distraído, de una mano a la otra, hasta que respondió:

—Bueno, supongo que lo ideal sería escribir directamente para el filme..., pero es peligroso.

—¿Peligroso? —siguió el otro tirando del hilo—. ¿Por qué, Gregorio? O mejor dicho..., ¿para quién?

—Muy sencillo: porque hay que crear al escritor.

—«Crear al escritor», interesante... —se sorprendió el otro, y luego continuó con aire misterioso—: Es que yo pensé que ya «estaba creado».

—Quiero decir que el cine tiene su técnica, su forma de hacer, como la tienen el teatro y la novela. Y hay que adaptarse a ella.

Buñuel frunció el ceño, claro..., y empezó a doblar con parsimonia el pañuelito de su chaqueta, claro...

—Entonces... ¿tú opinas que tienen que nacer escritores para el *cinema*?

—No, especializarse en él. Y yo quizá ya voy tarde para meterme en eso. —Luego le miró con arrogancia—. Por otro lado, lo que pasa, amigo mío, es que los productores se decantan por los títulos conocidos, y piensan que así les dará más dinero, aunque yo creo que están en un error. Los que sois más jóvenes y no tenéis el lastre de ser conocidos por obras anteriores tendréis más fácil escribir para el cine. —Y apretó el bastón para aplastar a una hormiga gorda y brillante de esas que a Buñuel le inspiraban tanto.

El cineasta arrugó el hocico en una sonrisa extraña y se colocó el pañuelo en el bolsillo con unos toquecitos. Gregorio miró a su alrededor y ahogó un bostezo sin disimular su aburrimiento. Ni atravesando un océano podía despegarse de la chepa a la envidiosa chusma española.

Esa fiesta de pronto se le parecía a tantas... con las estrellas maquilladas y enjoyadas sumergidas como apetitosos churros en un café gigante. Ahí estaba sólo una de las mitades de Hollywood. La de los que habían alcanzado la gloria del cine y trataban de mantenerse a flote aunque fuera sobre una patética colchoneta de plástico en forma de corazón, a costa de todos los esfuerzos imaginables. Y la otra, la representada por el joven camarero que acababa de dejarle una copa con su tarjeta como posavasos: los que esperaban con ansiedad su momento, que para muchos no llegaría jamás. Y mientras, la maquinaria no se detenía porque funcionaba con una sola misión: hacer más películas en menos tiempo. Ganar muchos miles de dólares y escupir muchos ejemplares de revistas con los rostros de las estrellas estampados en las portadas. Empezaba a darle fiebre ese ritmo de producción angustiosa.

Estuvieron varias horas más sentados al lado de la piscina sirviendo de cena a los mosquitos: Catalina ya había zambullido sus pies en el agua junto a Maurice Chevalier; pues no era nada petulante, ni atrevido, ni tan conquistador, le dijo a Gregorio. Muy al contrario, le había parecido un hombre encantadoramente tímido. La que parecía ir un poco de pose de mi-

383

sántropa era la Garbo, criticó Catalina, pero Gregorio opinó que no, le había llegado que estaba enferma. Esa languidez y la mirada misteriosa que enamoraba a las cámaras no era mérito suyo sino de una anemia invencible y por eso no se prodigaba mucho en las fiestas. Marlene, en cambio, era mucho más comunicativa, adónde iba a parar, aseguró Gregorio como si la conociera de toda la vida, aunque no era tan bella como en el filme. «¿Tú crees? —se sorprendió Buñuel—, eso es que ya te está fallando la vista, Gregorio», se burló. Luego buscó una nueva víctima:

—¿Y tú, Catalina? ¿Vas a seguir con el cine?

Ella le ofreció sus ojos verdes como dos manzanas envenenadas.

—Si te digo la verdad, Luis, es que mi proyecto aquí era sólo descansar de la vida intensa del teatro... y acompañar a Gregorio.

—¿Quieres decir que no te interesaba el cine? —se intrigó.

—Pues no, la verdad. Me daba miedo que peligrara el nombre que me he hecho en el teatro, pero como Gregorio y el director de la película insistieron tanto en hacerme una prueba..., acepté. ¡Aunque con el propósito de no hacer ninguna película! —siguió la diva, más ingenua que nunca; en ese papel no tenía rival—. Me puse ante la cámara y dije una escena de *El corazón ciego*. No me gusté. El caso es que a los directivos de la Fox sí y me propusieron un contrato. Entre todos me animaron y ya ves. Están muy contentos, pero yo sigo sin gustarme...

—No digas tonterías, mujer —se impacientó Gregorio, y dirigiéndose a los demás—: Es que Catalina es muy autoexigente. Quieren que haga cuatro más.

—¿Cuatro más? ¿Y todos tus filmes serán obras de Martínez Sierra? —preguntó Buñuel maliciosamente.

—De momento, sí.

Sí..., de momento, maldito insolente, pensó ella mientras le sonreía con su tradicional caída de ojos.

Y es que todo en Hollywood era un «de momento», pensó Catalina. De momento existes, Luis Buñuel, y quizá en un par de años no, se dijo. Así que decidió no dedicarles más atención a sus mamarrachadas. Entonces la actriz cayó en la cuenta de que nunca había pronunciado tantas veces «de momento» como en esa ciudad. Tenía ese aire de pueblo provisional, de gran feria ambulante que podría desmontarse al día siguiente. Un «de momento» que convivía con un «siempre», la ilusión de que todo era posible, aunque en el fondo fuera sólo una ilusión, un decorado de cartón piedra: las ruinas románicas falsas que decoraban los parques, los árboles de muchos jardines, las actrices que no envejecían, los pájaros de imitación llenando las ramas, el veraneo eterno. ¿Podría acostumbrarse de nuevo a España ahora que llevaba como las americanas el maravilloso pantalón?, se preguntó Catalina con las perneras remangadas describiendo círculos dentro del agua turquesa. ¿Podría volver a ese Madrid donde aquella absurda abuela propagandista de María se proyectaba como un fantasma sobre todo lo que emprendían?

En ese instante cruzó frente a ella Charles Laughton haciendo graciosos equilibrios para no caerse a la piscina, visión que le hizo abandonar cualquier otro pensamiento perturbador y levantarse con la rapidez de una cobra cortándole el paso: «No sé si me recordará, soy Catalina Bárcena —se presentó—, sólo quería agradecerle su amabilidad al no levantarnos de sus butacas el otro día cuando confundieron sus entradas con las nuestras en el ballet..., sobre todo ahora que sé que es usted el patrocinador».

—Al revés —respondió muy caballeroso—. El error era sin duda nuestro. Espero que lo disfrutaran.

Después, con la misma simpatía y al comprobar que por cuestiones idiomáticas la conversación no daría para mucho más, le dio la espalda y siguió saludando.

—¿Una fotografía? —preguntó un periodista que siempre hacía la ronda de retratos para las revistas de turno.

Catalina se acercó a Gregorio y posó como le había enseñado su agente: pierna izquierda atrás, hombro derecho delante, barbilla abajo. ¿Y si se iban ya?, le susurró, le estaba entrando frío.

Mientras Gregorio y Catalina posaban ante los flashes humeantes y aparatosos de Hollywood, otro mucho más modesto iluminaba a María al llegar de nuevo a Granada convertida ya en parlamentaria. La victoria había sido por los pelos, pero emocionante, muy emocionante. Tuvieron un poco de todo: pucherazo, impugnación de las actas electorales, pero había merecido la pena.

Levantó los ojos y se vio rodeada de aquella cáscara de nuez gigante que era donde se gestaba el futuro. Ocupó por fin su escaño. Qué maravilla..., se le escapó, y su voz se propagó sin esfuerzo. El Congreso tenía la acústica perfecta de un coliseo. Se le erizó la piel de emoción y de miedo. Por primera vez sus palabras no las había escrito para una comedia o para la ficción. ¿Te das cuenta, María? Hablarás en nombre de tu propio personaje no siéndolo y tu voz será la única intérprete de ti misma con otra materia prima: la realidad. «La realidad» de aquellos a los que representaba y de los que cargaba su voz. Su portavoz. Porque «la verdad» era tan frágil y tan flexible como el ala de una mariposa.

La situación en España la obligaba a subir a un estrado y hablar. Hablar en primera persona por primera vez: por eso esa noche en Granada se dirigía a los que la habían elegido para representarlos, sin imaginarse que entre los que depositaron ese papelito en una vieja caja de cartón de su ayuntamiento había treinta mil que serían fusilados. Ese pueblo que María miraba con tanta ternura por su resignación, por su inocencia, por su despreocupación, pagaría con sangre haberse atrevido por unos instantes a respirar, para luego tener que estar llorando medio siglo.

En la Casa del Pueblo de Granada no cabía un alfiler. En primera fila, Fernando de los Ríos observándola con orgullo de padre; a su lado, Juan Ramón y Zenobia, que habían hecho el esfuerzo para hacer coincidir su fin de semana en Granada y escucharla. Ella sonrió a su público conteniendo la respiración. Se dejó impregnar por sus rostros esperanzados para finalizar su discurso:

—Estudien. Busquen en los libros —dijo mientras las buscaba entre el público como pepitas de oro en un río—. Las quiero a ustedes, futuras mujeres de España, apasionadas e ilusionadas. ¡Hay algo tan grande que las está esperando...! —Sintió que le explotaba el corazón cargado de esa verdad que visualizaba—. Nunca el saber ha cortado las alas del ensueño. Aprenderéis a amar al pueblo, aprenderéis a indignaros ante la ignorancia, aprenderéis a aborrecer el privilegio aunque pertenezcáis a las clases privilegiadas, a detestar la guerra, a desear apasionadamente la igualdad. Se despertará en vosotras la aspiración de crear paz, cueste lo que cueste.

Los aplausos comenzaron cuando aún no se había extinguido el eco de su voz. A continuación se desató toda esa marea de felicitaciones que tanto la abrumaba. La falta de costumbre, le susurró a Juan Ramón cuando besó su mejilla. Un poco más allá, una mano salió de la multitud para tomar la suya por asalto.

—Esta noche estamos invitados en casa de García Lorca —anunció don Fernando—. Saldremos desde el hotel.

Cuánto le alegró ese anuncio y cómo le pesaba en esa ciudad la ausencia de Falla. Granada siempre los terminaba uniendo como una insistente celestina. Lo imaginaba recluido en ese precioso carmen al lado de su Alhambra, cocinándose en sus propios rencores. Ese oasis del que tanto le habían hablado Juan Ramón y Federico al que ella nunca sería invitada ni llegaría a conocer. Si al menos le hubiera dado la oportunidad de disculparse. Si hubiera contestado a alguna de sus cartas. Pero no. Dejaba que su hermana contestara por él, siempre muy cariñosa, informándole de los estrenos de sus obras y de su salud como si fuera el parte de un médico. La vida no era trágica ni cómica. La vida era irónica. Ahora estaban de nuevo en su Granada juntos pero más lejos que nunca.

No hay más vueltas que darle, María, se ordenó. Pero qué apetecible esa velada con Lorca. Hacía tanto calor que parecía que España había sido condenada al infierno.

Unas horas después, el coche les llevaba hasta la casa del poeta en Campo en la Vega. Allí los recibió como siempre, con su alegría de niño en los ojos y el entusiasmo de un pájaro que sabe cómo contagia su voz. Lorca era cariñoso y poeta a jornada completa, como decía María haciendo un pareado, así que su compañía la sintió como un oasis maravilloso que la apartó por unas horas del zarandeo político. Porque lo suyo no era cuestión de partidos. Su espíritu tenía una independencia anárquica de gitano y sus banderas eran la belleza y la libertad.

—Federico..., ¡qué sorpresa! No sabía que estabas en Granada. ¿Has visto a Juan Ramón?

Él la ayudó a bajar galante.

—Ay, María..., sí, le he visto, pero también la he visto y escuchado a usted hace unas horas... Cuánta fuerza, cuánta poesía y cuánta emoción.

Caminaron hasta un comedor grande propio de una gran familia, con las paredes blancas y los muebles recios de madera donde había hecho abrir un gran ventanal «para que el jardín entrara en todas las conversaciones con sus rumores de cuento de hadas». Allí salieron con sus sillas cuando terminó la cena, a refrescarse al huerto, como dijo Federico, y luego se acercó a María buscando un poco de intimidad.

—¿Se queda usted un instante conmigo? Quiero hacerle oír unas cuantas canciones que he recogido últimamente por esos caminos de Dios.

María asintió ilusionada, ¡claro!, estaría feliz de escuchar algo de música.

—¿Estáis locos? Os asaréis aquí dentro —les advirtió don Fernando, que cargaba su silla al exterior.

—María sabe lo que es bueno —le respondió el poeta a su amigo—. Id..., id a hablar de política, que nosotros hablaremos de lo intangible.

Durante un rato el poeta se hizo músico y, sentado al piano, armonizó para ella las melodías que le había dictado el pueblo. Pero hubo un momento en que se detuvo como si esperara una confidencia. Y entonces María posó una de sus manos sobre las suyas.

—Sólo te lo digo a ti, Federico: es posible que me nombren cónsul en Bélgica.

—Algo me imaginaba... ¡Enhorabuena, querida! —La abrazó.

Ella le miró fijamente.

—Federico, ¿por qué no pides tú un puesto fuera? En Estados Unidos, por ejemplo. Allí te ha ido muy bien. Y ya te conocen en la Universidad de Columbia. Yo podría ponerte en contacto con Portnoff, mi agente, que da clases allí... —El poeta la escuchaba como quien oye llover y sólo espera a que escampe—. Desde hace unos meses, tú lo sabes como yo, la República se desintegra, Federico.

Él la observó maravillado. Acarició su mejilla madura con el dorso de su mano y le retiró del rostro un mechón de pelo tan rebelde y blanco como ella.

—No, querida María... Acabo de volver. Y ya sabe que soy español integral, no como usted, ciudadana del mundo. —Luego entornó los ojos—. Aunque le confieso que también me entristecen cada vez más los que se sacrifican por una idea con una venda en los ojos.

Lo observó con la misma desesperación de las madres de su oración, como si fuera su hijo y se lo mandaran a la guerra.

—Pero prométeme que vas a cuidarte —y le apretó la mano sobre ese teclado.

—Me iré a Cádiz, que está tranquilo.

—Me ha llegado que te acompañas de gente peligrosa —casi le interrumpió.

Él hizo un gesto travieso.

—¿Lo dices por José Antonio? —Sonrió despreocupado—. Es un buen chico —y luego, algo irónico, mientras buscaba una melodía—: ¿Le han dicho también que todos los viernes ceno con él? Verás, solemos salir juntos del restaurante en un taxi con las cortinillas bajadas, porque ni a Primo de Rivera le conviene que le vean conmigo ni a mí me conviene que me vean con Primo de Rivera.

Federico se echó a reír. María le dejó hacerlo porque sabía que necesitaba desdramatizar la vida. Si no, no le era soportable.

Cuando salió de su casa esa noche, el poeta le dio un beso en la mejilla. «Véngase otra noche, María, y seguimos.» Pero ella no volvió y ese sería uno de sus grandes pesares. Nunca le volvería a ver.

Muchas noches lo recordó así en sueños: en la puerta de su jardín de verano, iluminado por un farol alrededor del que revoloteaban hipnotizadas polillas. Una metáfora de su existencia.

«Los que le asesinaron mataron una golondrina —escribió María tan sólo unos meses después—, heraldo de todas las primaveras.»

23

Madrid, 2018

—Estoy muy orgulloso de todo lo que has averiguado —aseguró.

Apoyado en una mesa de la cafetería del Ateneo, Regino Vals repasó con la mano derecha su pelo blanco cortado al uno, ¿no había un poco de corriente?, y levantó la otra para pedir un trocito de roscón de Reyes. Era el único vicio que no había podido quitarse después del infarto.

—Pero, Regino, no te he llamado para que me alientes en mis locuras. Tú sabes que no tengo tiempo, que Celso está pidiendo mi cabeza ¡y que probablemente tiene razón! Faltan sólo quince días, ¡quince!, para el estreno, y tengo una compañía histérica y llevamos ensayadas cuatro escenas de doce...

Él asentía tranquilizador, sí, todo eso ya lo imaginaba, sí, pero seguro que esas cuatro escenas eran geniales gracias a todo el trabajo previo. Entonces ella dejó de escucharle, como si le hubieran bajado el volumen de pronto, y sintió cómo la ansiedad le escalaba la garganta igual que un volcán. Apoyó su cabeza sobre las manos y retuvo las ganas de llorar. Sólo averiguar que María era la colaboradora *de facto* de toda la obra de Martínez Sierra —y, por lo tanto, de *Sortilegio*— le había llevado casi dos meses. ¡Dos meses de ensayos desperdiciados que se resumían en una mierda de documento de no más de una cuartilla!

—¡Pues ya me podrías haber enviado al simpático de Imanol un poquito antes!, ¿no? —Levantó los ojos enrojecidos, y luego añadió, más irónica—: Ella fue su coautora. Fin. Tremenda, terrible, ¡injustísima historia, sí! Lo diremos en la rueda de prensa, lo tendremos en cuenta en los ensayos, quemaremos las redes sociales con la noticia, pero ¿sabes qué?, cuando se abra el telón dentro de quince días y la obra esté a medio dirigir y mis actores anden como pollo sin cabeza por el escenario, a la crítica le va a importar una mierda y en ese momento tú también renegarás de mí. —Hizo el gesto de levantarse.

—Yo nunca te envié a Imanol Yanes —añadió él sin perder su serenidad habitual.

Ella se volvió boquiabierta.

—¿Cómo?, pero si él se presentó diciendo que...

Regino retiró la silla para que volviera a sentarse. Lo conocía, sí, y suponía que más tarde o más temprano aparecería en escena porque siempre estaba enredando en el mundillo. Regino se frotó la coronilla pelada. Hubo un estruendo de platos tras la barra. La camarera les ofreció más café que aceptaron sin mirarla.

—¿Y qué quiere, entonces?

—Bueno, él estará trabajando para algún medio o para alguien, supongo —y moduló aquella palabra de forma extraña—. Pero eso ahora es secundario, Noelia, sólo debes poner en cuarentena lo que te diga él y cualquiera que venga contándote que lo sabe todo sobre este tema.

—Pero el documento que me enseñó es real, ¿no? —quiso asegurarse retorciendo su gorro de lana como si quisiera exprimirlo.

—Seguramente sí.

Esta nueva intriga la dejó aún más desconcertada. Sacó su cigarrillo electrónico. Él observó el cachivache con curiosidad, ¿de verdad le gustaba chupar esa porquería? Entonces Regino comenzó uno de sus famosos cuestionarios socráticos que tanto la ayudaban a pensar: por ejemplo, ¿se había preguntado por qué hasta ahora no se reconocía la coautoría de Lejárraga si existía ese documento? Ella vapeó con ansia, ¿la censura?, murmuró, y Regino le pegó un mordisco al roscón, ¡seguro!, pero había otros factores.

—Por ejemplo, ese es un documento privado, no es el testamento oficial de Gregorio. ¿Has comprobado si mencionó a María en él? —Masticó a dos carrillos—. ¿Habéis averiguado cómo fueron registradas todas las obras en la Sociedad de Autores? ¿Sabes si a día de hoy siguen sólo a su nombre?

Es verdad..., ¿por qué sigues en el anonimato aún hoy, María?, le preguntó a su investigada, como si aquella duda pudiera llegarle navegando sobre las aguas del tiempo. ¿Por qué no ha trascendido tu nombre?, ¿por qué, María?, ayúdame, ¿qué pasó con ese documento?, ¿intentaste utilizarlo? ¿Por qué más de cuarenta años después de tu muerte aún no se ha demostrado tu autoría? Y como si se transparentaran sus pensamientos, Regino contestó:

—Yo creo, Noelia, que hay momentos en la Historia que son una puerta —y dejó que sus ojos vagaran por esa cafetería en la que María había conocido a Portnoff, y donde descansaría tantas veces después de dar una conferencia delante de un buen café solo. También Noelia se la imaginó, ya canosa y fondoncilla, leyendo a algún autor alemán en la mesa de al lado, el sombrerito colgado de la silla, simétrico a donde ella había dejado su boina.

—¿Una puerta? —preguntó, hipnotizada.

—Sí —sonrió él mirando en la misma dirección—, y quizá se está abriendo una ahora mismo. ¿Sabes lo que creo? Que las revoluciones sólo triunfan cuando eso ocurre. Querida Noelia..., un mensaje es una llave que tiene que encontrar una cerradura en el tiempo. Si no, no tiene fuerza. Tengo la sospecha de que ahora se está abriendo una de esas puertas para que una generación entera se cuele por ella.

—¿La de la Edad de Plata?

—No, querida, la tuya. La vuestra. Sois los que tenéis la

llave ahora. Piensa que perteneces a la generación de la democracia. Eres mujer, eres directora y has nacido tres días después del mismo mes, del mismo año en que ella murió. Junio de 1974. Justo antes de que volviera la libertad y la calma al país convulso en el que ella vivió. Lejárraga, sin embargo, nació cuando el mundo se desequilibraba y murió cuando se volvía a equilibrar. Sabes que soy el rey del agnosticismo, pero, como mínimo, es un símbolo muy bonito, ¿no crees?

Noelia sacó su libreta con decenas de interrogantes garabateados a lápiz, borrados y reescritos mil veces. Esa era otra, ¿por qué ahora le había dado por escribir a lápiz? Basta de esoterismos, se regañó e intentó concentrarse.

Regino abrió fuego. A ver, primera gran pregunta: el porqué de ese documento. Noelia contrastó las fechas: en 1930, Gregorio se había puesto muy enfermo y estuvo a punto de morir. Quizá su todavía mujer le vio las orejas al lobo, quiso curarse en salud y le pidió algo físico a lo que agarrarse, algo que la «autorizara». Regino entornó los ojos, nunca mejor dicho, complacido por el doble sentido y dio un sorbo largo a su café negro, muy buena teoría, sí señora, admitió, además de recordarle que la República aprobó la ley con la que se podía, por fin, reconocer legalmente a un hijo fuera del matrimonio.

Noelia levantó los ojos, pensativa.

—De modo que sería en ese momento cuando Gregorio dio por fin sus apellidos a Catalinita —dijo.

Él le robó el portaminas y dibujó un círculo sobre una fecha, 1931, el momento en el que aparecía legalmente una descendiente. Es decir, una heredera de los derechos de autor de Gregorio pero que, en realidad y aunque nadie lo sabía, eran los derechos de ambos. Algo que para María lo cambiaba todo.

—Porque la colaboración de María no constaba por ningún lado —añadió Noelia, emocionada.

Ambos se miraron a los ojos en silencio mientras sacaban las mismas conclusiones, hasta que ella soltó el lápiz sobre la mesa. «¡Eso tiene todo el sentido!», dijo, y apuró su café hasta los posos. Además, Portnoff, el agente de María, la presionaba desde Nueva York para que buscara cuanto antes la forma de que no se quedara desprotegida.

—Así que seguramente fuera María quien le pidió a Gregorio que firmara ese papel —concluyó Regino.

—Y tuvo que tragar, pero no como dice Imanol, no porque quisiera protegerla o darle más de lo que le pertenecía, sino porque necesitaba que siguiera escribiendo con él.

El otro dejó los ojos en blanco. Por eso le había advertido que desconfiara de las informaciones bienintencionadas de Imanol.

—Pero entonces... ¿por qué ella no se quiso divorciar? —Noelia se apoyó en su mano, agotada—. ¿Por qué seguir atada a él?

—Piensa un poço —Regino daba toquecitos nerviosos en la libreta con el portaminas—, ¿en qué le beneficiaba a María divorciarse?

—Claro... No es que quisiera seguir atada a él, es que ambos estaban atrapados irremediablemente por la firma. Que era ya una marca. Si se divorciaba ella, perdía cualquier derecho póstumo como viuda sobre las obras de Gregorio, aunque en realidad fueran de ambos...

A lo que Regino añadió que por eso era importante comprobar si las obras estaban registradas sólo a su nombre, que recordara que fue presidente de la Sociedad de Autores; sonrió irónico y trazó, arrastrando la mina por el papel, otra flecha. Por otro lado, de poco les habría servido divorciarse, porque la ley en cuestión se legalizó en 1931 y la anuló Franco en 1939, dando por nulos todos los que se habían formalizado, así que... —Regino tachó ese párrafo.

Noelia apartó la silla con un estruendo metálico y le dio un beso en la calva, «eres muy grande, Regino, ¿te he dicho que te quiero?». El otro se echó a reír y consultó la hora, no quería interrumpir este momento de exaltación amorosa, pero ¿no había dicho que el ensayo empezaba a las cinco?

Casi se le cayó la bebida. Recogió bolso, abrigo, gorro y

orejeras y se lo fue colgando todo encima como un árbol de Navidad, mientras monologaba sin puntos ni comas, ¡estaba claro!

—Gregorio, como todo hombre cobarde, rehuía el conflicto y las mantuvo atadas a las dos —siguió argumentando ya de pie—: a María porque necesitaba que siguiera escribiendo con él y a Catalina, a quien no podía reconocerle el vínculo «literario» que seguía uniéndole a su exmujer. Supongo que eso le devaluaría como hombre, de alguna forma, ante Catalina.

—Shakespeariana historia, ¿a que sí? —exclamó él, dándole un beso en la mano que también parecía venir del siglo anterior, mientras ella le mandaba otro por el aire.

Como si le hubiera cogido gusto a viajar en el tiempo, se materializó en la sala cinco minutos después. Al entrar se encontró algo conocido, esperado y temido por cualquier director reflejado en los rostros de sus actores: la histeria. Pero no había sido sólo culpa del estreno inminente. Para su sorpresa, estaban en pleno debate. «Ríete tú de los de la Kent y la Campoamor», le susurró Lola sobre los restos de una comida rápida que revelaba que llevaban allí desde por la mañana.

—¿Y me vas a decir que esa escena de *Sortilegio* la ha escrito Gregorio Martínez Sierra? —berreaba el rubio, envuelto en una bufanda larguísima y agitando los brazos como un molinillo.

—Si se la dictó María, ¡sí! —A Francisco también parecía que le iba la vida en ello.

—Aquí, según la cronología... —empezó a decir Lola.

—¡Al cuerno la cronología! —la interrumpió Augusto con su delicadeza habitual.

—No, al cuerno no —protestó Leonardo—, porque es evidente que a partir de la separación, María cada vez escribe menos y se vuelca más en el feminismo —y luego a Cecilia—. ¿Puedes sacar un momento tus discursos feministas?

Cecilia se volvió con pereza mientras se subía el pantalón de camuflaje.

—¿Ahora?

—No, mejor el mes que viene.

Ella levantó sus brazos, «oye, rubio, calma, ¿eh?», y engoló su acento castizo, «no te me pongas chulo». El otro ni la escuchó, porque siguió diciendo que ahora conocían el dato de que Gregorio en esa época no estrenaba nada nuevo, ¿por qué?, ¿eh?, justo cuando se había separado. ¿Por qué sólo reestrenaba lo que ya tenía? En ese momento, Augusto sacó sus invisibles canas a pasear: según él, esas eran preguntas superficiales, no era algo «demostrable». Y repitió esa palabra, su favorita. Sin embargo, sí le dejaba a cuadros que después de una separación tan, como decirlo, chunga, siguieran colaborando amigablemente.

—Quiero decir —continuó—, ¿por qué, si tenía ese documento, María no trató de reclamar su parte? —y se arrancó unas pelusas de esa americana de tweed que le hacía un poco mayor.

—¿Y quién dice que no lo hizo? —metió baza Noelia, aún dentro de su abrigo, disfrutando de lo lindo con aquel follón—. Ya veremos qué encontramos.

—No es tan fácil librarse de un vampiro —Lola mascaba chicle sin parar—, y lo digo por experiencia. Se lo había montado genial: tenía a su mujer, una de las mejores escritoras del momento, escribiendo con él.

—Bueno, y a su amante, la actriz más famosa de la época actuando en exclusiva en su compañía —añadió Noelia—. Tonto, lo que se dice tonto..., no era.

Augusto se reía a su lado por lo bajo. Se volvió hacia él, molesta.

—¿Qué?

—Que me hacen mucha gracia tus conjeturas. ¿No te estás tomando esto de forma demasiado personal?

Ella sintió cómo la sangre le subía a las mejillas. Entonces

397

escucharon la voz de Cecilia, en escorzo, detrás de esas botas militares que plantaba invariablemente sobre la mesa.

—«Por el amor de Dios, señoras» —leyó en alto—, «no hagan ustedes sacrificios inútiles: la felicidad es un deber, no es un derecho. Mientras la consideremos un derecho no haremos nada por conseguirla. No, señoras, no..., no crean merecer más por sufrir más.» —Asomó los ojos por encima de la encuadernación de piel vieja—. Mola.

—¿Mola? —protestó Augusto—. Perdonadme, pero no es coherente. ¡Que esta tía era política y les daba a las mujeres lecciones de libertad, joder!

—«No os convirtáis en máquinas pudiendo ser inteligentes» —siguió leyendo visiblemente interesada—: «no hagáis esos espantosos bordados de sedas. Dejad de bordar. Dejad de bordar... Curiosidad, curiosidad y sobre todo curiosidad...».

Leonardo le arrebató el libro, «claro..., por eso mismo», dijo, y Augusto se lo robó a él, «¿por eso mismo?».

—Sí, hijo, «por eso mismo» —le imitó el rubio, algo ofensivo—. ¿Qué quieres? ¿Que además de escritora fuera divorciada?

—Divorciada igual a transgresora, peligrosa, en resumen, no «autorizada» —matizó Lola.

El argumento de Augusto consistía en que estaba seguro de que María, siendo tan imaginativa como era, podría haber optado por otras fórmulas que no pasaran por anularse de esa forma y haberse emancipado de Gregorio.

Leonardo le increpó de lo más airado:

—¿Otras fórmulas? ¿Como cuáles? ¿El travestismo?

Aquello le encantó a Cecilia porque le dio la oportunidad de hacer un listado de todos los casos de travestismo literario que se sabía de memoria. «¡Esas sí que tenían cojones!», soltó, comentario que a Lola la sacó de quicio.

—¿«Tenían cojones»? Anda que... ¡Ese sí que es un comentario feminista, hija!

La otra ni le contestó. En su lugar siguió enumerando muy

ufana a sus mitos como un papagayo: George Sand, Víctor
Català, Fernán Caballero, George Eliot...

—... y muchas otras que simplemente firmaron sus novelas
y punto —concluyó—, como por ejemplo su compañera Emilia Pardo Bazán.

—Tú lo has dicho, Cecilia, «novelas» —matizó Noelia—.
He ahí una de las claves. ¿No os dais cuenta de la diferencia?
—Por fin logró que todos escucharan a la vez como un disci-
plinado corifeo—. En primer lugar, la Pardo Bazán se lo podía
permitir. María tuvo que empezar ganándose las lentejas. Y lo
segundo y aún más importante: María fue sobre todo dramaturga y, queridos míos, según lo que hemos averiguado, probablemente la primera dramaturga española y la más exitosa
dentro y fuera de España.

¿Cuál era la diferencia?, siguió explicando, pues que para
ser dramaturga había que alternar en los cafés, había que salir
por ahí con los actores, hacer vida nocturna..., y una mujer no
era bienvenida en aquellos ambientes. Pero ¿no se acordaban
de que tuvieron que montar el Lyceum Club para poder ir a
una tertulia? ¡Y las pusieron a caldo!

No hubo argumentos en contra de aquel, que parecía caer
por el mismo peso de la gravedad, pero Cecilia sí recuperó la
voz de María de esos años convulsos, la Lejárraga que había
empezado por fin a cautivarla y, posiblemente, a cautivarse a sí
misma; la que se subía a un escaño como parlamentaria a hablarles, sobre todo, a esas mujeres de Granada que le habían
dado su voto de confianza.

Aunque la actriz siguió leyendo, a partir de un momento
Noelia sintió cómo su voz subía una octava y se engrosaba de
años y autoridad.

María carraspeó un poco, le dirigió una mirada cómplice a su
audiencia, y continuó: «Esto quiero decíroslo en público pero
de corazón: casi todas las mujeres estamos acostumbradas por

tradición a poner la dicha en la carta del amor, que es la más insegura y caprichosa de cuantas existen. De ahí que haya muy pocas mujeres real y serenamente felices».

La parlamentaria recibió aquella traca de aplausos, como siempre, con un humilde caer de cabeza. Puedes hablar así porque eres consciente de tus propios errores, María. No lo era, sin embargo, de esa transformación que también había llegado a sus obras sin hacer ruido, en las que el amor ya no era el bien supremo, en las que sus protagonistas eran de pronto autónomas, fuertes, y sus antagonistas, en cambio, frágiles y dependientes damiselas. En el fondo sabía que Catalina siempre escogería el rol más inocente y de menor edad, así que caía sistemáticamente en la trampa de dar vida a aquellas degradaciones caricaturescas del tipo de mujer que María nunca había admirado. Incluso se había dado el gusto de matarla en alguna ocasión. Era una pena que la diva se empeñara tercamente en meterse a presión dentro de personajes jovencitos y superficiales. Era como obligarse a lucir un traje dos tallas más pequeño siendo una señora de edad, cuando había papeles mucho más interesantes en la obra, le decía a Juan Ramón, no sin cierta malicia. Algo que con frecuencia hacía reír al poeta. Le divertía mucho y le resultaba hasta exótico cuando su amiga sacaba su maldad a pasear.

Madrid, 1936

Se colocó el pañuelo de seda azul sobre el pecho, dejó los papeles mecanografiados encima de la tribuna y, un día más, después de agradecer la palabra al presidente del Congreso, alzó la voz más enérgica que nunca por los que la habían elegido: «Señorías, ¿qué estamos haciendo para proteger a los campesinos de los caciques? El primer aspecto de la esclavitud es la esclavitud física. No hay conciencia que pueda sentirse libre dentro de un cuerpo hambriento ni apaleado. Por eso quiero presentar ante la Cámara hoy una enmienda para evitar la rebaja de jornales e impedir la coacción a los obreros que profesen ideas políticas que no convengan al patrono. —Un murmullo perezoso se arrastró como un caracol por la sala junto a algún bostezo. "¿Una enmienda?", se burló alguien con fanfarronería, pero ella echó el lazo a cada una de sus miradas y endureció la voz—: Díganme, ¿queremos echar un remiendo en esta economía deshecha? ¿Por qué? Claro..., por este instinto humano de que se retrase el drama. "Hoy no, hoy no..., esperemos un día más" —dijo, aterrizando en el sarcasmo, y siguió con la misma severidad con la que se imponía a un aula—: No quieren ustedes conceder nada, no quieren escuchar la voz de la miseria, la voz del que trabaja y produce. Mejor para nosotros, ¿verdad? Cuanto más crueles, cuanto más necios, mejor, sí. —Respiró el silencio, bebió agua y echó a volar sus ojos oscuros—. Yo les entiendo, señorías, por eso les confesaré una flaqueza. Nunca he podido sobreponerme a la impresión dolorosa que me causa estrechar la mano de un campesino. Es verdad. Porque no está endurecida por el trabajo honrado como había leído a los poetas. No, está blanda, anormalmente blanda y fría, con los músculos fuera de su sitio, los huesos desviados, parece que la piel no la protege. Tengo que hacer un violentísimo esfuerzo por disimular mi estremecimiento. Respetemos esas manos. Eso he venido a decirles, porque llegará el instante, como llegó a Rusia, en que haya que recoger en una espuerta los restos de todo lo que se hunda, y tengan que ponerse a rehacer España los únicos que saben hacer algo por sí mismos».

A veces, como en esa ocasión, un diario portavoz de la derecha publicaba al día siguiente: «Escuchamos a una señora debutante y polémica del grupo socialista venir con una serie de cuentos y leyendas de miedo. Doña María Martínez Sierra suelta enmiendas para salarios con los romances de García Lorca. ¡Son los fantasmas del pueblo!».

María dobló el recorte y se lo entregó a Lacrampe, quien lo había leído entusiasmada.

—Mándaselo a Federico, que le hará gracia.

En su despacho invadido de torres de papeles, siguió revisando el periódico y casi le olió a papel quemado. Qué extraño olor a fósforo, sí, era como si alguien desde 1934 hubiera abierto una caja gigante de cerillas y las hubiera esparcido, millones, por todo el país. ¿Qué estaba pasando?... ¿Qué es lo que hueles, María? Y por primera vez mientras revisaba los titulares de ese día, supo lo que le preocupaba: que cada vez que prendía uno, siempre había otro cerca y fosforescía con un chasquido violento. Pasó las páginas con miedo y lo vio claro: Andalucía, Extremadura, más reyertas, más agitación y más huelgas, desde el campo hasta los centros industriales. Y detrás Cataluña y, finalmente, Asturias, donde prendió un incendio tan rabioso y fue sofocado con tal violencia que se escuchó un crujido.

El país se partió en dos.

Fueron muchos los que se quedaron manteniendo el equilibrio con un pie a cada lado de la brecha tratando de no mirar hacia ese abismo profundo y pavoroso, que cada semana se abría un centímetro más y cada vez se parecía más al infierno. Si algo tenía claro era que para ella, desde el verano de 1934, la República Española había dejado de existir. No lo pregonaba, pero sí se lo había confesado a Portnoff, quien cada vez estaba más preocupado por las noticias que le llegaban desde España; sobre todo por la Revolución de Asturias, según los titulares de la prensa de Nueva York, uno de los episodios más sangrientos que se recordaban.

«La necesidad y el hambre... —le escribió María a su agente—, qué malas compañeras, querido amigo, qué malas.» Los mineros y los campesinos no habían podido más y se veía venir. Trataba de no engañarse, sabía que era cierto que algunos cometieron auténticas atrocidades durante la revuelta, pero también que estaban pagando tantos justos por pecadores que se le rompía el corazón.

La forma de sofocar aquella hoguera fue bombardearla. Un aperitivo de sangre. Las grandes guerras también necesitaban sus ensayos generales, escribió en su diario, porque aquello ya no se atrevió a publicarlo. Asturias había sido un ensayo de catástrofe nacional. Y, como tal, tuvo sus consecuencias. Incluso para quienes no estuvieron allí. De pronto los que alguna vez defendieron a un campesino, quienes por alguna razón se conmovieron ante sus manos callosas, estaban bajo sospecha, como si fueran por ello enemigos del Estado con el riesgo de ser insultados, perseguidos y encarcelados.

Hasta tú estás bajo sospecha, se dijo un día al salir de la Cámara perseguida por las miradas de perro rabioso de algunos compañeros. ¿Por qué, María? Quién sabe. Puede que desconfíen de tus conocimientos de idiomas y tus contactos en el extranjero... Le había llegado que se rumoreaba que pudiera estar cebando la protesta internacional contra la represión y las torturas a las que estaban siendo sometidos los presos de la revolución. ¿Tan importante creían que era? ¿Tan eficaz? ¿Podía ser ella responsable de que Francia e Inglaterra lo hubieran condenado y de que pidieran libertad para esos presos? ¿Sólo porque hablaba idiomas? ¿Y de que en París le hubieran dedicado una exposición con fotografías de los bombardeos a la revolución de octubre, y la compararan con la Comuna de París? Quizá... Cuando bajó la escalinata del Congreso por un momento se visualizó como el César de Shakespeare. Si la apuñalaban, sería por la espalda y prefería no verlo venir. Qué delicia... Estás paranoica, María, frena esa cabecita tuya o te volverás loca, se ordenó al doblar la esquina con el pulso acelerado. Pero sabía que no exageraba tanto. Mira lo que le ha pasado a la Nelken, le han cargado el mochuelo de prender la mecha de Asturias y ha tenido que guardar su boina roja en una maleta y huir de la pena de veinte años de prisión... Qué locura, suspiró, y qué lejanas le parecían ahora sus divertidas reuniones en el Lyceum Club. ¿Sería verdad que Margarita había conseguido huir a la URSS de una forma tan teatral? Ni en un millón de comedias se le habría ocurrido una trama tan rocambolesca, aunque la creía capaz: se contaba que la actriz Margarita Xirgu la había caracterizado de venerable ancianita para ayudarla a cruzar la frontera. Si había hecho tal cosa, le parecía simplemente sensacional. La Campoamor también había optado por la caracterización, pero, en este caso, de su Asociación de Mujeres Antifascistas en la que ahora colgaba el cartel de «Asociación Pro Infancia Obrera». Todas seguían luchando desde distintos frentes, según su ideología, moderación o radicalismo, pero lo cierto era que cada vez más nombres de mujer se colaban en los mítines.

No pasaron los meses del año 1936. Se consumieron entre rumores de conspiración, arrestos y golpes de Estado y, dentro de aquel entreacto caótico en el que vivían, el «la vida sigue» rodaba de boca en boca por miedo a que no siguiera. Continuaban pensando en cómo defender derechos, ideales... Continuaban sopesando cuándo celebrar elecciones, como el que se empeña en celebrar una boda en un intento desesperado de que se cure el desamor, aunque los novios estén desahuciados y los invitados conspirando para asesinarse.

Pero las revoluciones iban abriendo llagas, imparables, y esa brecha que ya olía a infección. Seguían un guion invisible y espeluznante de un género desconocido hasta entonces: la calamidad. ¿Qué importaba si los partidos de izquierda se unían bajo el Frente Popular o si el partido de Lerroux pactaba con las derechas? Daba igual quién ganara, daba igual... porque iban a perder todos.

La tarde que María dejó su escaño sintió un dolor físico en el pecho. Sujetó una de sus manos al mostrador recién barnizado, no quieres hacerlo, María, pero tienes que hacerlo, y entregó su acta de diputada. Suponía renunciar a un ideal. Pero la posibilidad de correr la suerte de otros compañeros ya no era un cuento de miedo para niños. Tendrás que apoyar desde la clandestinidad, se dijo, y así lo hizo: pero a los huérfanos de las revueltas, a las familias de los fallecidos y de los presos, con la tensión agarrada al cuello como una soga invisible de la que cualquiera podía tirar si uno de esos días su casa fuera registrada por la policía.

Y entonces llegó la boda. Nuevas elecciones.

Qué distinta esa campaña a aquella primera en Granada.

Era verdad lo que le dijo Fernando de los Ríos el día que no les escuchaban porque lanzaron las campanas al viento. A veces da igual lo que diga el político, lo que importa es lo que lleva dentro el que lo escucha. Cuando ese primer día de campaña en 1936 salió al escenario y se enfrentó a su público, María creyó adivinar el combustible que les ardía en su interior. Y no era bueno. En su primera campaña miraba con ternura a su auditorio y trataba de convencerlos para que no le tuvieran miedo. Ahora era ella quien lo tenía.

De ellos.

No lo tengas, María, míralos de frente, se ordenó mientras vislumbraba el espasmo del fuego en sus ojos. Y es que un nuevo fósforo estaba a punto arder: el de Madrid. En los primeros mítines en la capital, Federico quiso salir a su lado para leer *Poeta en Nueva York* y *El romancero gitano*. Al menos su voz sembrada de olivos le calmaba un poco los nervios. Pero esa tarde era distinta. Esa tarde se colarían en la herida abierta, les había advertido don Fernando: Asturias. Y para ello habían escogido a tres mujeres casi opuestas.

Salieron al escenario del teatro de la Casa del Pueblo, un local curioso con forma de enorme vieira cuyas paredes estaban aún renegridas por las lengüetadas del fuego que dejaron los bombardeos durante la revuelta. «No las hemos querido pintar», le explicó el mozo de labios agrietados por el sol que las acompañaba. Ella no podía dejar de mirarle los labios.

A su derecha, Matilde de la Torre, su gran descubrimiento y

entrañable amiga desde que entraron juntas por la puerta del Parlamento, ella por Granada y Matilde por Oviedo. La observó maravillada. Mírala, se dijo, tienes tanto que aprender de ese cuerpo tan frágil... porque guarda un alma fuerte como un diamante. La otra le devolvió su mirada cómplice y misteriosa de miope.

Matilde fue la primera en abrir fuego. «Compañeros... por encima de cualquier otra doctrina vamos a ganar estas elecciones para que las cárceles asturianas suelten a su presa», proclamó su voz educada de violonchelo con un leve acento montañés. Aplaudieron unos pocos. Normal, pensó María, estaban agotados de tanta muerte, pero confiaba en esa Matilde tenaz como un elefante que nunca abandona su senda.

No le había tocado empezar como diputada en el mejor momento, no, y la recordó ese día en el Congreso, unos dos años atrás, cuando llegó directa de Asturias arrastrando su equipaje, sin dormir, rota de la tensión y del viaje, a informarlos sobre cómo estaban allí las cosas. Apenas podía sostenerse en pie, por eso apoyó la cabeza en la pared, cerró los ojos y habló... como ella hablaba cuando tenía el corazón herido. Fernando de los Ríos, sentado al lado de María, le susurró: «Pero esta mujer es admirable...». A lo que sólo pudo responder con una obviedad: «Claro. ¿Es que aún no se habían enterado ustedes?».

Y sí, por supuesto que lo era. Exactamente eso.

Allí estaban, por primera vez juntas en un mitin de campaña. También por primera vez en esa Asturias que Matilde tanto amaba, ya no revuelta pero aún muy herida. Era tan culta y tenía tal memoria que María solía decirle: «Matilde, ¡qué suerte ser tu amiga! Estando junto a ti no necesito libros de referencia». Eso la hacía reír, «anda, no seas gansa, que conmigo no te las puedes dar de sencilla», y contraatacaba con constantes bromas hacia sus obras teatrales. Aquella tarde, con su cuerpo delgado, vencido como un trigo en el escenario, hablaba como si hubiese hablado Savonarola, a quien tanto le gustaba citar..., y el auditorio que llenaba el teatro temblaba de emoción al escucharla como quien se postra ante una buena orquesta.

María se volvió hacia su izquierda, donde le tocaba hablar a su extremo opuesto: Dolores era hija del pueblo, madre de seis hijos, mujer de un minero, viuda sin serlo, siempre de negro, como si no pudiera sacudirse esas cenizas que guardaban luto por todo aquello a lo que había renunciado. Rostro pálido y ascético como sus montañas del norte; una voz modulada que iba agravándose a medida que hablaba, como si surgiera de la misma mina con la que tuvo pesadillas tantas veces. ¿Dónde la habrán encontrado?, se preguntó María, porque no era posible soñar con un instrumento de propaganda más apasionado para las masas. De ahí el nombre con el que todos conocían a Dolores Ibárruri.

Pasionaria levantó su cuerpo regio de montaña.

El pelo en un moño bajo que despejaba el rostro facetado: «¡Pueblo de España en pie! Mujeres, defended la vida de vuestros hijos. Defended la libertad de vuestros hombres. Vivan las fuerzas que luchan al lado de los trabajadores. Viva la democracia...».

Su voz afilada de risco y su discurso caótico e improvisado empezó a arrastrarlos como un río que se desborda. Era una fuerza de la naturaleza, pensó María, estremecida, no supo si para bien o para mal. Parecía forjada en ese magma abrasador oculto en el interior de la Tierra. Nunca había escuchado algo así. Su educación parecía elemental, pero en ella los lugares comunes sonaban nuevos y desconocidos, se dijo observándola con celo de crítico teatral: una campesina tomando el escenario con ese porte de primera actriz; cómo subrayaba de forma intuitiva los eslóganes corrientes con un trazo deslumbrante. «¡No pasarán!», relampagueó de pronto y los dejó cegados hasta que el primer espontáneo del público gritó con ella, «¡no pasarán!», y algunos otros empezaron a levantarse, «¡no pasarán!», y todos, embriagados, algunos llorando, formaron un coro extrañamente acompasado: «¡No pasarán! ¡No pasarán! ¡No pasarán!». Un eco que aún se escuchaba cuando abandonaron el salón de actos. Aún se escucha.

«La campaña de las mujeres», publicó la prensa al día siguiente con sus fotos. Y aquellas tres candidatas tan distintas pidieron el voto ese domingo. Y el domingo el Frente Popular ganó las elecciones.

Esa misma noche se abrieron las cárceles en Gijón y en Oviedo, pero las abrió el pueblo, sin esperar a que se hubiese constituido un nuevo gobierno. Cuando se enteró, María llamó inmediatamente a Matilde, alarmada: «Pasionaria tal vez aplauda esa demostración de voluntad del pueblo tan apasionada como ella, pero yo no puedo estar de acuerdo, Matilde... Nunca, nunca conviene en buena política faltar a la ley». Al otro lado de la línea, Matilde hizo uno de sus expresivos silencios: «Ay, querida María, la ley...», suspiró larga, hondamente, como si ya empezara a echarla de menos. «España es una buena chica, Matilde —intentó animarla—. Soy plenamente optimista. Se impondrá el buen sentido.»

Pero la tensión ya no podía calmarse. Al contrario. Aquellas elecciones fueron como echarle aceite a una hoguera. Azaña volvió a ocupar el cargo pero la guerra ya estaba en la calle. España habitaba en dos mitades de un cuerpo con esquizofrenia. Una mano no veía lo que hacía la otra: por eso la mano derecha asesinó al teniente de izquierdas José Castillo y, en respuesta, la otra acabó con la vida de José Calvo Sotelo, el líder de la oposición derechista.

El último fósforo de la inmensa caja de cerillas se había encendido. Esa noche soplaba el viento y estalló el incendio.

24

17 de julio de 1936

Una mujer de sesenta y un años vestida de negro subida a una mesa coja. Eso vieron los asistentes al Ateneo aquella noche. Cómo olvidarla. María no tenía estrado, así que pidió una mano, se subió como pudo y lanzó su voz lejos: «Los verdaderos peligros, compañeros, son los discursos inflamados, la carrera de armamentos, el espíritu patriotero de los ignorantes y, sobre todo, la vergüenza que impide a los dirigentes volverse atrás. Las guerras tienen siempre una motivación económica..., la ganancia abusiva es la causa de todos los males». Lo expresó como si anticipara el capítulo siguiente de una novela sangrienta.

Al salir hacía un calor sofocante, ¿qué es esto?... y levantó el mentón. No corría ni un poco de aire, pero no, el vendaval era otro, imperceptible, sigiloso como una enfermedad terminal. Qué silencio tan extraño había en la plaza de las Cortes y en la calle del Prado, siempre hirviendo en tertulias. Entonces se le acercó un compañero y le dijo algo al oído. Los que la acompañaban la vieron palidecer en segundos como si se le hubiera evaporado la sangre: en Marruecos se había sublevado el ejército.

De pronto todo se hizo pedazos.

Ningún dolor pasado tenía sentido. Los discursos se fueron ahogando por el estallido del cielo y la tierra se movió bajo sus pies. Los bramidos de las bombas por primera vez sobre Madrid. ¿La habría tomado una bandada de dragones?, se preguntó aquella noche bajo el somier de su cama, cuando aún no les daban tiempo ni a que sonaran las sirenas.

La primera destrozó la casa de Gregorio: el papel arde muy rápido, por eso los treinta y cinco mil ejemplares de toda su obra la convirtieron en una horrible chimenea. Qué rápido arde el trabajo de toda una vida, María, qué rápido..., se dijo al enterarse, reducida ella también a cenizas. La segunda fue arrojada sobre la Biblioteca Nacional: fue María Teresa León quien la avisó de que se iba con Alberti a organizar un grupo de voluntarios que, desesperados, formaron cadenas humanas para bajar, uno a uno, sus más de quinientos mil volúmenes a los sótanos, hasta que no pudieron sostener más los brazos de repetir el mismo movimiento durante horas. Cada poco, algo silbaba sobre la plaza de Callao que le hacía un arañazo al cielo y rebautizaba la Gran Vía como la «Avenida de las Bombas». Un obús, sólo uno y certero, estalló sobre el cementerio de la Almudena y la tumba de Marga Gil saltó por los aires. La escultura que se alzaba sobre la lápida, la única que ella misma no pudo destruir, se convirtió en una espesa nube de polvo.

Era preciso hasta matar a los muertos.

Gritos, canciones de soldado... A Cádiz llegaban los bombarderos italianos. Estos eran muy reconocibles porque volaban despacio como pelícanos gigantes con dos mil kilos de bombas en el buche que esperaban su objetivo. Unas horas después lo harían «las tres viudas», así bautizaron los madrileños a esos aviones alemanes tan negros que los visitarían cada madrugada como un mal sueño del que muchos no iban a despertarse.

Lo supo la primera mañana que entró en uno de los Hospitales de Sangre: esta será la tarea más insoportable de tu vida, María.

Se quitó los guantes para secarse la condensación de muerte que llevaba pegada a la piel y sintió un vahído. Hueles a muerte, María. ¿Cómo podré sacarme este olor a muerte? A los pocos días de iniciarse la contienda, el Partido Socialista la había designado como miembro de la comisión gubernamental creada para ocuparse de las indemnizaciones que se concedían a los heridos de guerra. Y cada día, ni su cabeza ni su corazón creían poder soportar una jornada más. Cuando se acercaba a un soldado sentía la tentación de preguntarle cuánto valía amputarle sus piernas, porque ella..., ella no podía saberlo. ¿Y su vida? ¿Cuántas pesetas valía su vida? Pasaba todas las tardes en compañía de los médicos para estudiar cada expediente y decidir quién la recibía y quién no, como cuando era maestra, aprobado o suspenso, y todas las mañanas, su obligación era entregársela en mano a cada hombre o a cada viuda, como si fuera una macabra trinidad: dios, juez y verdugo. Cuántas veces llegaba al hospital al mismo tiempo que las ambulancias acribilladas a balazos y se veía obligada a presenciar la descarga de cuerpos humanos destrozados por los explosivos. Una descarga cada vez más abundante. No te engañes, se decía, el país desagua cuerpos sin parar, y por un momento se preguntó: ¿quedará alguien al terminar este infierno?

Si en algún momento de su vida tuvo que sujetar sus nervios fue en esos días, cuando llegaba a casa con la ropa perdida de sangre de tantos seres distintos pero iguales que no conocía ni llegaría a conocer. Se la restregaba bajo la ducha con aprensión culpable, ¿por qué?, se preguntaba, si en el fondo sólo tienes que llevarles un minuto de alegría en forma de papel; ya sé que es una alegría insuficiente, exigua, absurda; un alivio que a veces ni le daba tiempo a comunicarlo, y se lo explicaba como podía a su inminente viuda o a sus huérfanos, con el cuerpo aún caliente.

Dejó la ropa en un barreño. Empapó la esponja y la restregó angustiada contra la pastilla de jabón hasta que hizo algo de espuma. Cuando se frotó la piel le olió a carnicería. Reprimió una arcada: no te quejes, maldita melindrosa, se reprochó desnuda frente al espejo del baño tratando de ignorar el olor, no se te ocurra quejarte porque tú no tienes que ver lo que todas esas pobres enfermeras improvisadas... Siempre recordaría sus rostros al borde del desfallecimiento, zurciendo la carne destrozada por la metralla, amputando miembros, llenando de trapos las heridas más espantosas para detener durante unos minutos una hemorragia sabiendo de antemano que esa vida se les iba. Pero la otra hemorragia de cuerpos, esa para María cada vez más evidente, se erigía como el termómetro cruel de que los medios del gobierno eran también insuficientes, exiguos, absurdos, ya no ofensivos, sino defensivos.

Dios mío, ¿cómo hemos llegado a algo así? ¿En qué mundo habías vivido hasta ahora, María?, solía repetirse su mente en cuanto se descuidaba. Nunca se imaginó que un gobierno sostenido por la mayoría no pudiera defenderse de unos rebeldes. Nunca. ¿Cómo hemos llegado a algo así?, murmuraba a veces hasta dormida, tras la metódica y puntual visita de las «tres viudas» que deseaban las buenas noches arrojando fuego desde el cielo sobre los mortales. Y como tal, morían. Todos los días escogían un buen puñado para su sacrificio.

Recordaría esos meses como si fueran horas de una pesadilla interminable. Tan larga pero tan corta. Entre los escombros de las marquesinas desprendidas, en los agujeros que sustituían los edificios del que había sido su mundo, buscaba con desasosiego pruebas de vida de quienes lo habitaron. Un día supo que Margarita Nelken había vuelto a Madrid y luchaba casi en primera línea alentando a los soldados; Juan Ramón, por su parte, decidió adherirse con valentía al manifiesto de intelectuales a favor del gobierno de la República. Ya le estaba costando caro. Él y Zenobia habían empezado a acoger huérfanos de la guerra en los pisos que tenían en Madrid, empeñaban joyas, vendían muebles y algunos cuadros para subsistir.

—Ahora el diario *Claridad* nos ha señalado en una lista de intelectuales... No sé qué vamos a hacer, María, las amenazas son diarias. —La voz de su aprensivo amigo imperfecto sonaba sin embargo espeluznantemente serena por teléfono.

—Sal del país, querido poeta —y abrazó el auricular como si lo abrazara a él—. Nos ocuparemos de que los huérfanos sigan en vuestro piso.

Él respiró larga y hondamente al otro lado como si la decisión ya estuviera tomada.

—Quizá ayude más desde fuera con mi poesía que haciendo balas. —La voz se le quebró como una copa de cristal muy fino.

—Por favor..., cuídate mucho, poeta del demonio —y colgó, porque sabía que no podría soportar otro llanto que no fuera el suyo.

Esa fue la última vez que hablaron desde España. En agosto, Juan Ramón habló con el presidente para que les ayudaran a cruzar la frontera. Azaña les proporcionó pasaportes y, con el cargo de agregado cultural bajo el brazo, se dispuso a ser un desterrado.

Valle-Inclán se había librado de todo aquello justo a tiempo. Tuvo el buen tino de morirse unos meses antes de asistir a aquel esperpento real, recordaron entre risas desganadas María y Juan Ramón durante aquella última charla. Sólo supieron que se había retirado a Santiago de Compostela, posiblemente ya muy enfermo, y solía pasear su barba cada vez más parecida a un ciprés bocabajo por las tabernas galleguistas, siempre acompañado de un rebaño de jóvenes. «No quiero a mi lado ni cura discreto, ni fraile humilde, ni jesuita sabiondo», había expresado según ellos antes de expirar, como si fuera una réplica de uno de sus esperpentos.

Benavente, sin embargo, parecía resuelto a vivir. La guerra le había cogido en Barcelona, zona republicana, por eso enseguida hizo unas exaltadas y contundentes declaraciones en favor del gobierno legítimo que tendría que reescribir, con su maestría habitual, cuando el viento soplara de nuevo en contra.

Huir.

Esa parecía la única palabra sensata y útil para la supervivencia. Independiente a cualquier ideología. Correr despavorido para salvar la vida, hacia el metro, hacia casa por si ya no había casa, huir del país por si ya no quedaba país, pero... ¿hacia dónde? Esa fue sin duda la única palabra que se grabó a tinta en la cabeza de Gregorio, quien había vuelto con Catalina a España para rodar *Canción de cuna*. Salieron de Madrid con escala en Francia tras ese verano infernal y no se supo mucho más. María esperaba cada vez más intranquila a que se pusiera en contacto.

Y tras el verano llegó ese otoño insomne.

La destrucción calculada y quirúrgica de Madrid, su ciudad-madre de adopción que tanto amaba, esa ciudad que había sido un organismo tan vivo, que los había criado como artistas y en la que todos habían crecido tanto, se había convertido en una tumba abierta. Los ataques masivos y metódicos contra la población civil: ese sería el titular de la prensa extranjera todos los días. Podrían haber aprovechado las planchas de las imprentas para la jornada siguiente, pensaba María al leerla; era como ir al teatro a hacer la misma función de una obra que te aterra, que te da arcadas, que querrías olvidar. Cada mañana salía hacia el hospital y atravesaba la calle aún humeante por los destrozos de la noche anterior y, al llegar, cualquier enfermera le soltaba la atrocidad de la jornada: «¿Se ha enterado, María?, qué espanto, sesenta niños murieron anoche en Getafe». Y cuando volvía, lo hacía casi corriendo por la calle para que no se le hiciera oscuro. Esa escena sufría pequeñas variantes en función de los nuevos peligros que le hacían improvisar y que cada vez le dejaban más miedo en el cuerpo, ese que no saldría por mucho que se frotara con la esponja.

Como esa tarde, concretamente, ya casi en la esquina de su casa, donde se topó con un grupo de mujeres arremolinadas como palomas hambrientas alrededor de un hombre tendido bocabajo. No te acerques, pensó, pero no pudo evitar hacerlo con cautela. Sobre él lloraba una niñita de unos tres años. Zarandeaba la mano flácida del hombre, se la dejaba en la mejilla como habría hecho tantas veces, pero caía al suelo en una caricia muerta. «Papá —lloraba desesperada—, despierta, papá...» Hasta ese instante María no se percató del riachuelo de sangre que fluía hasta la acequia. Una de las mujeres gritaba fuera de sí: «¿Y la simiente?, ¿no tendrían que librarse también de la simiente?». María se tapó la boca, pero no pudo evitar que se le escapara un «qué horror» que hizo a una de aquellas furias, a la que recordaba de uno de los puestos de flores de la plaza, volverse rabiosa: «¿Quién ha dicho eso?».

María bajó los ojos y empezó a caminar calle abajo, despacio y sin mirar atrás, como quien se encuentra con un animal salvaje en medio del campo. Ahora estaba en su territorio. ¿Era el hombre del quiosco?, se preguntó mientras doblaba la esquina. ¿Y ella?, ¿era la mujer de la pescadería? Dio dos vueltas a la llave, que Dios nos ayude... No le sujetaron las piernas. Que Dios nos proteja. Apoyada en la puerta se dejó resbalar hasta el suelo como un muñeco de guiñol al que le hubieran cortado las cuerdas. Necesitaba saber quién era, por Dios, María, piensa, y retuvo un grito en su boca. ¿Era el hombre del quiosco?, piensa, por Dios santo, piensa... ¿Tendría madre aquella criatura?

Pronto llegó a la conclusión de que cualquier actividad antes rutinaria suponía ahora un reto de la supervivencia. Abrir el balcón con la luz encendida, caminar por la calle cuando empezaba a oscurecer, ir a la compra. Esa mañana llevaba tres horas en la cola del mercado y nada hacía presagiar el peligro. La vieja que la atendió le dijo que podría llevarse una bolsa de garbanzos, algo de azúcar, poco más..., y escupió un gargajo al suelo. La leche era para los niños, le aclaró. Entonces ella hizo un gesto habitual, automático e intrascendente, se quitó un guante para que no se le escurrieran los alimentos al meterlos en la bolsa, estaba bien, le respondió, y en ese momento la vieja le agarró con una fuerza insólita la mano desnuda, bocarriba, como si fuera a leerle la buenaventura.

—Muy blancas tienes tú las manos para haber trabajado en tu vida, ¿eh? —Su rugido hizo que se levantaran de inmediato las miradas censoras de las demás como aves carroñeras—. ¡Esta tiene manos de señorita!

María vigiló sus movimientos evitando enfrentarlas directamente a los ojos. La vieja se echó a reír sin alegría —una risa cruda e intimidante que parecía pertenecerle a otro personaje—, y le llegó el aliento a muela podrida de aquel juez espontáneo que sin embargo podía sentenciarla a muerte.

—Pues he trabajado, señora —respondió en su defensa con toda la firmeza y la serenidad de que fue capaz—, desde muy jovencita y de sol a sol. Soy maestra.

En ese momento las deslumbró un fogonazo. Detrás, una joven castaña de unos veintitantos con aspecto de extranjera atrapó con su cámara aquel momento de tensión. El desconcierto hizo que la anciana abriera su cepo y la dejara ir, pero se sintió sobrevolada por sus miradas vengativas hasta que cruzó la puerta. Desde allí se volvió un momento hacia la joven, «*thank you so much*...», y la otra le guiñó un ojo. Cuando salió del mercado le temblaba hasta el alma. La joven siguió disparando, como un soldado que la estuviera cubriendo, y tuvo el tiempo justo para escabullirse.

La fotógrafa caminó hacia la plaza de Callao cargando su pequeña mochila, con idea de escribir su crónica en la habitación si es que no lanzaban una bomba hacia ella y tenía que dejarla otra vez a medias.

Desde el hotel Florida, cada uno contaba la guerra como la veía. Y se veía en primera línea. Pero a Martha Gellhorn no le interesaban los señores de la guerra. Para ella la guerra les sucedía a las personas, una por una, como a las de aquella cola del mercado que acababa de fotografiar, casi siempre mujeres y vestidas de negro. No entendió una palabra de lo que se dijeron, pero sí tenía olfato para la violencia. «Cae un obús al otro lado de la plaza. Vuelven la cabeza para mirar y se arriman un poco más al edificio, pero no abandonan la cola. Llevan tres horas esperando y en casa sus hijos aguardan la comida», escribió sentada en un banco que le pillaba de camino. Alzó la vista, observó la calle y se dejó contagiar por ese espíritu de los madrileños para llenar por la tarde los mismos bares que habían sido atacados por la mañana. Un recepcionista le había contado que ese había sido el hotel más valorado de la capital por sus hermosos atardeceres sobre la sierra y sus huéspedes ilustres. Qué ironía, pensó Martha, que ahora lo fuera también porque se veía con todo detalle el frente de los sublevados en la Ciudad Universitaria. A Martha sólo le parecía un burdel maravilloso donde convivían soldados, escritores, espías y prostitutas, «como una colección de abalorios raros ensartados en un hilo común: la guerra», le había leído a una tal Virginia Cowles en su última crónica.

Eso sí, vaya nochecita les habían dado los aviones. Ernest y ella habían tenido que salir despavoridos al pasillo, prácticamente desnudos, así que su relación ya no era un secreto para nadie, pero bueno, tampoco lo era ya la de Capa y Gerda Taro. Había sido la excusa perfecta para que su amante abriera lo que llamaba tan orgulloso «la 109 de Hemingway» con su dispensario de whisky y para que entraran en fila india Dos Passos, Malraux y Capa mientras Saint-Exupéry repartía pomelos en la puerta.

Gerda y ella habían preferido quedarse hablando en la terraza, contemplando el bello y espeluznante espectáculo del fuego que resplandecía tribal, aquí y allá, después del bombardeo nocturno. Hablaron de lo mucho que tenían en común: que se habían aireado sus *affaires* de guerra y que a ninguna de las dos ya nunca más se las tomarían en serio, a pesar de que se sabía que cuando a Robert le faltaba material, Gerda le pasaba fotos que nunca se publicaban con su nombre, y que a ella Ernest se dedicaba a darle lecciones periodísticas que no le había pedido delante de los colegas. ¿Por qué debería conformarse con ser la nota a pie de página del gran Hemingway?

Cuando reveló las fotos de ese día, Martha se quedó atrapada por los ojos de advertencia de aquella mujer a la que habían amedrentado las vendedoras del mercado, y no supo el motivo, pero sintió con ella una inexplicable hermandad, como si fuera su autorretrato futuro y tuviera algo importante que contarle. Sin saber por qué, lo guardaría en su cartera durante años y, en más de una ocasión mientras duró la guerra, se sorprendió buscando su rostro entre la gente.

Unas calles más allá, su retratada, aún con el susto en el cuerpo, consultaba la hora: esta noche parece que no tenemos visitas aéreas, y lo dijo como quien espera a unos invitados a cenar. Se estaban retrasando y no era propio de ellos pero le parecía bien, ya había tenido suficientes emociones por un día. Y es que por las noches la amenaza no estaba en tierra. Había aprendido que hasta las guerras tenían sus horarios. Los catorce aviones de la Legión Cóndor eran un reloj despiadado que marcaba el terror.

«Destruiré Madrid antes que dejárselo a los marxistas», al parecer había dicho el general Franco, y se estaba empleando a fondo. Pero había algo que a María empezaba a sorprenderle: cada vez intuía menos desánimo en los ojos de esos conciudadanos que intercambiaban el parte de destrozos durante el desayuno. De alguna forma morbosa y contradictoria, dormir abrazados a la muerte acrecentaba en los madrileños su determinación de resistir.

Fue entonces cuando empezaron los saqueos.

En su edificio crearon un «comité de casa» para controlar las entradas y salidas de todos los residentes durante los ataques aéreos. Era la única manera. Cada movimiento resultaba complejo y agotador. La población entera se había convertido en un vigilante nocturno. Pero, poco a poco, el cansancio les venció, y se fueron negando a bajar al refugio cuando sonaban las sirenas. A María no se le olvidaría la última vez que corrió a refugiarse en el metro. Cuando descendió las escaleras en esa semioscuridad con olor a orín sólo pudo reconocer una masa deforme de carne que se amontonaba al lado de las vías: pies y piernas, cuerpos a los que parecían faltarles las cabezas porque se las habían protegido con barreños de lata, sartenes, apenas cubiertos con abrigos y aquel hombre..., aquel hombre, flaco y mayor, tumbado de medio perfil, desvestido de cintura para abajo con el culo al aire. No volverás allí, se decía mientras echaba a correr medio sonámbula a apagar las luces y a colocar los colchones contra los cristales de las ventanas antes de que «las tres viudas» tronaran sobre sus cabezas bombardeando viviendas, hospitales y museos.

Ese mes de noviembre Madrid contó sus muertos por millares y, para celebrar el fin de año como algo especial, en la Puerta del Sol la artillería de los sublevados lanzó a la plaza del kilómetro cero un obús por cada campanada.

Pero María estaba a punto de recibir una visita que le salvaría la vida.

—Amiga —la voz aflautada de Matilde de la Torre como la de un ángel—, tengo otra misión para ti.

De esa forma, la que aún era directora general de Comercio se presentó en su casa a deshoras tras el toque de queda, jugándose la vida. Venía a entregarle un pasaporte diplomático. La enviaban a Suiza como agregada comercial.

—Desde allí podrás ayudarnos más que desde aquí.

Y luego su cuerpo frágil se le abrazó con fuerza.

—¿Y tú? —le preguntó a su amiga, sujetándole la cara entre las manos para frenar el temblor de sus mejillas.

—Yo tengo que quedarme, María. Pero estaré bien, te lo prometo. —Posó su mano helada sobre la de su amiga—. Y te buscaré, ¿me oyes?, dondequiera que te encuentres. Y leeremos juntas a Savonarola hasta que se nos caiga la lengua. Cuando esto acabe...

—Sí, cuando esto acabe —repitió como un eco—. Más te vale, porque eres mi biblioteca.

Ambas mujeres dejaron que sus ojos pintaran un retrato de la otra en el lienzo de sus memorias para guardárselo siempre. Y luego llegó un abrazo demasiado largo, demasiado doloroso, el de dos amigas que sospechaban que nunca se volverían a ver. Por unos segundos, la una pegada al pecho de la otra, latieron juntos sus dos corazones.

Cómo iba a imaginarse cuando salió de su casa de Madrid que tampoco volvería a ver su patria más que de lejos. En el porche se abrazó a su hermano y le dijo: «Hasta que Dios quiera», y Dios no iba a querer. Dios no quiso.

También invocaba a Dios Manuel de Falla ese día, encerrado a cal y canto, deshaciendo rezos como caramelos dentro de su boca. Tenía pesadillas premonitorias con todo aquello desde hacía al menos dos años. Quizá porque ya huyó de una gran guerra, su nariz se había encorvado para detectar el olor de la pólvora a mucha distancia y, tras aquellas gafas redondas, sus ojillos se habían hecho expertos en la falta de brillo detectable en los ojos de un ser humano que está dispuesto a matar. Por eso había pedido presupuesto para hacer un refugio antiaéreo, pero luego le entraron otros pánicos: ¿y si los obreros se iban de la lengua y la gente empezaba a decir que tenía algo que ocultar? ¿Por qué planeaba esconderse?

Se quitó las gafas, enrolló el rosario en sus manos temblorosas y, como todas las noches, antes de que empezaran a rebotar los primeros tiros en la tapia del cementerio, abrió la puerta de la despensa que había bajo la escalera y se escondió allí a rezar durante horas. Sólo en aquel lugar, sin apenas espacio para moverse, se sentía protegido: únicamente alumbrado por su fe y por la escasa luz de una celosía que le recordaba al momento en que se enamoró de Granada. Qué será ahora de María, pensaba a menudo. Y rezaba también por ella. Se escucharon los primeros tres tiros: «¡Ay, Dios mío, protégelos, protégeme!», exclamó.

Al llegar el día, continuaba en aislamiento absoluto escribiendo corcheas desquiciadas o intermediaba por algún amigo detenido. Sin embargo no supo a tiempo que a su más querido, a ese hijo que le había adoptado cuando llegó a Granada, a él no iba a tener la oportunidad de salvarlo.

«Como no me he preocupado de nacer, no me preocupo de morir», le había soltado Federico a María con despreocupación tan sólo unos meses atrás, pero poco después sí, sí que empezó a preocuparle. Ahora sí que le preocupaba. Sabía que regresarían esos matones de la Falange y no, no podría dormir desde que entraron en la casa. No se había matado de milagro cuando lo empujaron escaleras abajo, los muy animales. Cerró la puerta: le dejó un juego de llaves al jardinero y el sueldo de dos meses y caminó cargando una pequeña maleta. Le pidió a Luis Rosales, tan joven y tan poeta como él lo había sido, que por favor lo escondiera en su casa durante un tiempo. Y él, que lo idolatraba, le abrió la puerta sin pensárselo dos veces a pesar de haberse unido al levantamiento.

Unos dijeron que fue un hermano de Luis Rosales; otros que fue un politicucho de cuarta tratando de ganar galones con la Falange, pero esa tarde del 16 de agosto, cuando ya cantaban las cigarras, un convoy lleno de soldados rodeó la casa en la que se escondía. Federico apareció en la puerta temblando, desorientado.

Una noche sin luna en las colinas de la sierra de Alfaguara.

Un grupo de soldados aficionados que no saben ni agarrar

sus fusiles máuser escoltan a cuatro prisioneros: un maestro de escuela de pelo blanco que va cojeando delante, dos banderilleros que no abren la boca y un poeta en pijama que tiembla como una hoja. Caminan por el monte sólo alumbrados por los faros amarillos de dos coches que los siguen hasta llegar a un campo de olivos muy cerca de la carretera.

Federico busca la luna, pero no hay luna. Sólo intuye el campo negro y los olivos en formación que le parecen otro ejército de oscuros gigantes. Les pide ayuda a los árboles de su tierra.

Un soldado les grita que se detengan. El otro que va detrás llora que no podrá hacerlo. No son verdugos profesionales, piensa Federico, y una última esperanza le cruza el corazón como la más fugaz de las estrellas. Quiere decirles que matar no es tomar partido, quiere mirarlos a los ojos y decirles: «A vosotros se os ve que sois buenos chicos», pero en esa oscuridad no es capaz de encontrar ni sus ojos ni las palabras. Sólo intuye las siluetas al trasluz de los faros en los que revolotean las polillas, y de pronto, curiosa asociación, se ve a sí mismo iluminado por aquel cañón en el Teatro Eslava el día del estreno de *El maleficio de la mariposa.*

Quiere mirar a ese, su último público armado y decirles: «¿Qué motivo tenéis para rechazar lo más ínfimo de la naturaleza?», pero un relámpago ilumina la noche unos segundos antes de la explosión seca y metálica, y luego su única visión es la tierra, su amada tierra de perfil que huele como su jardín, a espliego y a verano.

Se retuerce. Sigue temblando. Sigue vivo.

«Tengo las alas rotas y mi cuerpo está frío... —susurra cuando la sangre empieza a nublar sus ojos oscuros capaces de encontrar versos en los rincones más escondidos del alma—, es una mariposa, medio muerta de frío.» Un segundo disparo y sus párpados se cierran para siempre con el leve temblor de cuando se sueña.

25

Madrid, 2018

Ochenta y dos años después, Noelia contemplaba su cuerpo de bronce delante del Teatro Español iluminado por la mañana soleada de un lunes. Encaramado a su pedestal con la mirada voladora y resuelta, parecía haber sido petrificado justo en el momento de ir a dar un paso adelante, como la paloma con las alas desplegadas que tenía entre las manos. Un Vesubio igual de destructor los había cogido desprevenidos con su lava abrasadora.

Alzó la vista hacia el frontón del teatro bajo ese tejado que en su siglo sólo hacía arder el sol del mediodía, y leyó los nombres tallados en piedra que alguna vez dejaron una obra sobre su escenario: Lope de Vega, Benavente, García Lorca... Ninguna mujer, no, ninguna.

Noelia imaginó entre ellos su nombre.

Se esforzó tanto como si así pudiera esculpirlo con su mirada. María ¿qué?, le preguntó a la estatua de Lorca, ¿tú qué crees, Federico? ¿María Lejárraga? ¿María Martínez Sierra? ¿Madame Martínez, como acababa de averiguar que se rebautizó durante su primer exilio? Antes de irse, le dejó a los pies una rosa de papel que arrancó de su cuaderno y siguió paseando hacia la plaza de Oriente.

Madrid bostezaba un aliento pegajoso a alcohol tras una noche de fiesta. Los cierres empezaban a abrirse, los camareros arrastraban las primeras mesas a la calle para los más valientes en esa primavera anticipada. De pronto la ciudad le parecía tan viva y despreocupada, con su aire de anciana divertida eternamente adolescente, de metrópolis de barrio...

Ni rastro de toda esa muerte. De aquella destrucción desesperada. Y, sin embargo, durante aquel paseo le fue imposible dejar de ver las calles melladas, los huecos grotescos en los edificios, los obuses cayendo sobre la Puerta del Sol donde ya tocaba una orquesta madrugadora de los países del Este. Al pasar por la calle Mayor no pudo evitar detenerse un momento en la puerta del Eslava, donde se anunciaba a bombo y platillo a DJ Carlo para el sábado siguiente. Cómo habían cambiado los tiempos...

Cuando llegó a la casa de Margarita le abrió Adelina. Había tenido unos días regulares, le advirtió la cuidadora, sólo un catarro fuerte, pero con tantos años... había que tener cuidado. Noelia le aseguró que no quería molestarla, sólo consultar algunos documentos en el despacho, pero lo cierto es que necesitaba estar entre sus cosas.

Entró como si lo hiciera por primera vez. Qué distinta sensación a aquella primera cuando iba buscando a un autor injustamente silenciado sin saber que encontraría a dos: reconoció cada objeto, cada libro, como si fueran suyos. Sí, qué extraña..., pensó sentada sigilosamente en la silla del escritorio. La hizo girar hacia un lado y hacia el otro, como supuso que habría hecho María tantas veces. Repasó con la palma de la mano el tapete de cuero y cogió con cuidado esa pluma, su favorita, la de la empuñadura de porcelana. Alzó la vista y fue enumerando cada uno de los lugares donde había comprado esos recuerdos: la lamparita Tiffany de París, ese cartel de madera tallado: BÉLGICA, EL PAÍS FELIZ, cuánto lloró al comprarlo..., los viejos tomos de Dickens que le habían servido de guía en Londres, con anotaciones para visitar cada una de sus tabernas, y de pronto se reencontró con sus ojos sonrientes al óleo, las manos amarradas a la rosa blanca y a punto de deshojarse que había

424

inspirado al joven Juan Ramón, «la que llevó al poeta como un niño a través de estos parques de llanto —recitó de memoria—, tendrá una rosa en vez de aquel violeta del corazón florido que la quería tanto». A su derecha, el autor de aquellos versos la observaba desde la seriedad plomiza e inalterable de su retrato y a su izquierda, ese dibujo a carboncillo de Gregorio en su pose favorita, el escorzo, como si luchara desesperadamente por despegarse del papel para cobrar otra dimensión. «Sí —murmuró con un insólito sentimiento de compasión—, Gregorio el anhelante...»

En ese cuarto estaba guardado todo lo que no destruyó la guerra y todo lo que se llevó al exilio. Eso le había comentado su sobrino aquel primer día cuando aún no sospechaba que era a ella a quien iba a seguir la pista. Y ahora se iba al exilio de nuevo tras su rastro.

¿Qué habría querido decir Regino con aquello de las puertas? Y si era cierto que se estaba abriendo una que comunicaba sus generaciones..., ¿qué iba a colarse por ella?

—¿Ha venido a ver a María? —preguntó una voz frágil y alegre a su espalda.

Se volvió y allí estaba Margarita, de pie, tan transparente que parecía una vidriera: recién peinada, con sus pantalones de pinza, la camisa perfecta y una rebeca fina azul cobalto sobre los hombros.

—Así es —le respondió sonriente—, pero no quiero importunarla. Me voy enseguida.

—Oh..., no, no..., no se preocupe, mi tía vendrá ahora mismo. A mi madrina le gusta tenerla a usted por aquí. Me lo ha dicho esta misma mañana —y le dedicó una mueca de complicidad infantil.

Noelia sintió un agradable escalofrío recorrerle la espalda. Margarita dio unos pasitos cautos dentro del despacho, como los gatos cuando planean una travesura, y repasó los cantos de los libros con la mirada.

—¿Le gusta leer, Margarita?

—Oh, claro..., me enseñó mi tía. Pero ella se queja de que no leo lo suficiente.

—¿Ah, sí? ¿Y qué más le enseñó?

—Oh, ¡tantas cosas! Ella lo explica todo tan bien... —Se mordió el labio y siguió inspeccionando la estantería—. Mi hermana dice que es como la enciclopedia. Siempre tiene una respuesta para cualquier cosa. Y nos corrige las palabras que decimos mal, «porque nuestro idioma es el tesoro más grande que tenemos» —repitió imitándola.

A Noelia no se le pasó por alto que Margarita había empezado a hablar en presente. Ese presente que, durante algunas horas mágicas del día, para ella no era pasado. La comprendió a la perfección porque también estaba ya allí, en 1939, con ellas.

—¿Vas a coger alguno?

—Sí... —se llevó un dedo a los labios con aire travieso—, sí, *Canción de cuna*, aunque ya me los he leído todos, ayer se lo dije a mi tía, que como no podemos salir, me los he leído ya. Pero no me cree. A mi hermana sí, porque ella sí que lee. Mucho.

Noelia observó conmovida a aquella anciana elegante y encantadora comerse los libros con los ojos como si fueran pasteles. Sin duda tenía a quien parecerse. Su cuerpo centenario y bello como un árbol se había quedado solo, aislado del bosque al que perteneció, pero seguía inquieto, ávido por seguir creciendo y vivir aunque fuera a otro ritmo, y por un momento a Noelia le pareció que sus ojos empezaban a redondearse, que se alisaban sus párpados y se desanudaban uno a uno los tendones de sus manos, que el pelo se sacudía las canas y su cuerpo menguaba hasta tener el tamaño de sus diez años.

—Tía —dijo Margarita desde su impetuosa inocencia y sin perder de vista los libros—, pero todo esto has tenido que escribirlo tú, ¿verdad? —y se volvió para esperar, como siempre, la contestación de quien tenía todas las respuestas.

María, concentrada en hacer un ramo con las flores que acababan de cortar en el jardín, ni levantó la vista.

—Pues seguramente, hija, seguramente... —suspiró, y siguió dedicada a su tarea.

Una frase que esa niña refugiada de la guerra nunca olvidó y se la estaba trasladando ochenta y dos años después a una mujer que ahora la observaba boquiabierta.

—Que dice mi tía que si ha visto ya su teatrillo —le preguntó a Noelia una Margarita con un pie en el presente y otro en el pasado donde le pedía a su tía que le alcanzara aquel juguete. Y luego, a Noelia de nuevo—: Y que si has leído *Sortilegio*.

—Dile que sí..., a ambas cosas —contestó Noelia, temblorosa, sin saber muy bien con quién hablaba—, pero pregúntale, Margarita, pregúntale por dónde tengo que seguir buscando y el qué.

La niña anciana volvió a insistir en si había visto su teatrillo, como si se hubiera quedado enganchada en un pliegue del tiempo, y mientras en el siglo xxi su yo de casi cien años volvía de pronto a meterse en su papel y le ofrecía cortésmente un té a su invitada, la Margarita niña corría ya con su libro en la mano y se sentaba en el jardín a devorarlo mientras su tía preparaba algo de comer.

Niza, 1937

María observó a su ahijada a través de la ventana de la cocina. Por lo menos había conseguido que empezara a leer con asiduidad aunque no tanto como María Teresa, que era un ratoncillo de biblioteca. Qué año agotador habían pasado en Bélgica.

Era una alegría tenerlas con ella, pero temía tanto por sus padres..., eso le robaba el sueño. Aun así, ¡no hay que perder el ánimo! Era cierto que al principio su yo de católica la hizo sentirse culpable cuando aceptó trasladarse a Bélgica, y ahora que la habían enviado a Niza a recuperarse, volvía a sentir lo mismo. Por lo menos, si podía protegerlas, tenía un sentido. Nunca, nunca podría pagarle a ese país que la había acogido por segunda vez lo que había hecho por ella y por sus refugiados. Sacó unos platos del aparador. Perdónate de una vez, enfermarse no estaba en tus planes, ya está; además, era complicado no hacerlo con tanta responsabilidad y tanto agotamiento, intentó tranquilizarse mientras se las ingeniaba para preparar un cocido con sólo cuatro ingredientes.

Escuchó a sus sobrinas discutir en el jardín. Soltó una risilla mientras le daba vueltas al caldo. Estaban hechas dos cacatúas: una siempre quería leer y la otra siempre quería jugar, esos eran todos sus problemas, por fortuna, sí..., qué fortuna, y el suyo, recuperarse cuanto antes y entretenerlas para que ni intuyeran cómo estaba la situación en España para sus padres.

Sacó los garbanzos del barreño, retiró los que flotaban, esos tendrían algo de carne dentro, se dijo asqueada, y es que últimamente era mejor no mirarlos. Todos venían agusanados. Cada vez que tocaba la comida no podía quitarse de la cabeza a aquellas criaturas de las colonias infantiles. Organizarlas y refugiar a los niños de ese horror le había dejado estampadas en la retina del corazón los recuerdos más bellos, pero también los más tristes y tiernos, inhumanos, turbadores y gélidos que había vivido.

Sobre todo le habían inyectado el impulso de vivir.

Porque su vida en aquellos días dejó de tener un sentido. Así, sin más. Como escribiría en su diario una de esas noches insomnes, «sin patria, sin familia, sin anhelo, ¿podré decir sin esperanza?, me acojo a esa inesperada tarea como a una justificación de vivir. Serviremos de algo ya que la vida no sirve para nada».

La olla empezó a hervir. Escurrió los garbanzos limpios y los fue echando con cuidado, igual que echaban en Bélgica a aquellas criaturas a un baño caliente cuando los recibían temblando.

Llegaban con tal confusión, con tal pavor escondido en los ojos, que algunos no recordaban ni su nombre. Otros, en cambio, sólo recordaban eso.

—Carmen —repetía agotada aquella pequeñina rubia de no más de cuatro años dentro de su abrigo de lana de oveja tejido por las mismas manos que la habían enviado tan lejos.

Desde que llegó, María la llevaba siempre agarrada a su falda, hasta el punto de que la apodó «su monito». Carmen sólo decía eso. Porque era todo lo que sabía de sí misma. Cómo sería el terror de aquellas madres del norte cuando se rumoreó que entraba el enemigo para enviar a sus hijos sin certificado de origen, sin indicación de familia, ni localidad... A algunos, como a aquella niñita, les fue imposible identificarlos.

Meneó la cabeza y el vapor del caldo le sacudió en la cara. Apartó un poco la olla. Volvió a mirar por la ventana. Por fin parecía que las niñas estaban entretenidas en escribir esa carta. Se quedó en jarras, anda que no les había costado. Las pobres..., eran tan inconscientes de la situación que hasta les daba pereza.

Luego estaban aquellos dos muñecos hermanos a los que fue imposible separar en mucho tiempo, recordó, como si fueran siameses: el de cinco iba soldado a la mano de su hermanito de tres. Ni para dormir ni para bañarlos lograron que lo soltara. Se lo había prometido a su madre, le explicó una noche a María, muy serio. «Cuida de tu hermanito y no le sueltes de la mano jamás», le había dicho. Y él cumplía su misión de hombrecito al pie de la letra.

María cortó algo de carne y echó también un hueso, le daría sabor y alimentaría más. Luego llamó por la ventana a sus sobrinas para que fueran lavándose las manos.

Pero lo que de verdad le llenó el corazón fue cuando la embajada le confió leer las cartas que los niños escribían a sus familias. Ahí sí que se sintió una invasora. ¿Cómo era posible que siendo tan pequeños le costara tanto vulnerar su intimidad? Sin embargo, era estrictamente necesario, le habían explicado, por si acaso decían en ellas algo que pusiera a sus padres en peligro. «En peligro», repitió María en alto, el único peligro que había en ellos era el de darles, como a ella, un motivo verdadero para resistir. En aquellas páginas mal escritas con sus letrujas y sus faltas sólo encontró la inocencia generosa, la alegría infantil y blanca con la que trataban de despreocupar a sus padres, o simplemente eran ellos quienes sentían la despreocupación feliz al disfrutar con las pequeñas cosas elementales que tanto les habían faltado. Iban llenas de exclamaciones gozosas y enumeraciones: todo lo que comían, las prodigiosas *tartines* cortadas y untadas con confituras; «Madre, comemos cuatro o cinco para el desayuno; madre, comemos carne todos los días... Padre, comemos queso». Y no decían «tengo», «como», «hago», como sería normal en cualquier niño. Los niños de las colonias lo habían abandonado por un «nosotros»: «comemos», «tenemos», ese plural consciente que los convertía en familia, que los empujaba a sobrevivir juntos: «Madre, tenemos una cabra y un conejo... y un pedacito de bosque».

Las niñas entraron persiguiéndose y riendo en el comedor y María le pidió su plato a su ahijada. Margarita olfateó el caldo, «¿lleva hueso, tía?», y ella se sonrió, «sí, lleva hueso, que alimenta más y está mucho más rico».

Mientras vertía la sopa caliente, María Teresa le leyó su carta, como aquellos niños de las colonias, con su cara tersa y redondita, y aquellas gruesas trenzas morenas de muñeca. Les aseguraba a sus padres que estaban muy bien y muy gordas. Que la casa era muy bonita y estaba enfrente del mar, así que estaba negra como una morcilla. Margarita, siempre más escueta y aventurera, les escribía que estaba aprendiendo a nadar y les daba las señas:

Madame Martínez Sierra
289 Promenade des Anglais
Nice (Alpes-Maritimes)

Cartas...

De pronto su vida volvía a ser de nuevo escribir, qué ironía, pero se reduciría a cientos de cartas. Una de las primeras fue para informarse de su paradero. Aún no se sabía nada de la desaparición de Federico. Escritores de todo el mundo, convocados por H. G. Wells, presidente del PEN Club en aquel momento, pedían explicaciones a ambos bandos; de Turina sólo le había llegado que estaba escondido en Madrid en la casa de un antiguo compañero y amparado por un carnet que le identificaba como empleado del consulado británico. Lo último que había sabido de Gregorio era que habían pasado por Niza e iban camino de París. Juan Ramón había conseguido llegar a Nueva York y estaba orquestando una campaña para conseguir alimentos y ropa para los huérfanos. Sin embargo, el poeta sentía desprenderse de su vida, como una isla. Le escribió a María que no escuchar el español del pueblo de España, al hombre, a la mujer, al niño, «... ese español que es el rumor de mi sangre, la razón de mi vida», eso era, para él, el verdadero destierro. Del pobre don Manué sólo sabría más tarde por su hermana que lloraba en silencio la muerte de Federico mientras empezaban a acosarle los emisarios de Franco para atraerle a su causa. José María Pemán incluso se le había presentado en casa para encargarle un himno, dándoselas de importante y con ínfulas de apoderado de Franco. Y allí se sentó frente a un Falla avejentado con los hombros encogidos, que lo escuchaba sin soltar su garrota, agarrotado, como un animal al que le están ofreciendo un cebo para cazarle y sólo busca la ruta más rápida de escape. Al día siguiente, los periódicos comentaban con gran entusiasmo la posible colaboración entre Falla y el gran poeta Pemán. Luego intentaron nombrar al compositor presidente del Instituto de España sin ser informado. Refugiado en la oscuridad de su cocina y temblando de ira y de miedo a partes iguales, escribió una nota escueta y cortés renunciando al puesto, alegando problemas de salud. Luego siguió rezando en su alacena protegido por la oscuridad y el silencio.

Y es que no, no todo el mundo servía para mudar la piel, aunque ello asegurara su supervivencia. Por eso, el mismo día que irrumpieron victoriosas las tropas de Franco en las ciudades, Falla empezó a planear la forma de huir. Porque para él, aunque era católico e ideológicamente comulgaba más con la derecha, la guerra seguía librándose dentro de su cabeza y las detonaciones en el muro del cementerio se colaban en sus partituras mientras se preguntaba, angustiado y roto, cuál de todas las que había memorizado había sido la de Federico. De modo que con la excusa de su compromiso para dirigir un ciclo en el Teatro Colón de Buenos Aires, decidió salir de España. Nadie debería pensar otra cosa, les advirtió a los íntimos, absolutamente nadie. Lo dejaría todo tal cual estaba. Les enviaría dinero para que siguieran pagando el alquiler. No se llevaría más que lo imprescindible. Y así se quedaron sus sombreros en el armario, las medicinas en la repisa de la cocina y la loza donde se afeitaba en el estante de la ventana, como si fuera a utilizarla a la mañana siguiente.

Cuando Falla cerró la verja árabe se detuvo a contemplar la Alhambra tras los cipreses para escuchar por última vez el rumor de los canales de agua que bajaban por la Cuesta de los Mártires. Y sí, trenzada con el agua, le llegó también la voz de su amiga: «¿Lo escucha, don Manué? Bajo el estanque duerme un corazón...».

Al día siguiente subió al buque *Saturnia* que le llevaría a Argentina, y nada más bajar del barco le estaban esperando para entregarle un telegrama del ya Generalísimo: si al poner un pie en tierras americanas decidía volver, el gobierno de Franco le ofrecía una sustanciosa pensión vitalicia, siempre y cuando lo hiciera en ese mismo momento. Falla se quitó las gafas, rompió el telegrama y dejó que el viento se llevara los trocitos hacia el agua turbulenta del puerto.

Benavente, sin embargo, sí volvió a mudar la piel. Se trataba de una cuestión de supervivencia, ¿quién podría echárselo en cara? Pero sus nuevos protectores no opinaron igual. Antes debía lavar su imagen. Les interesaba un gran dramaturgo para enaltecer al Régimen y todos los grandes nombres habían huido o habían muerto. De modo que *ABC* publicó la noticia de la entrada de las tropas nacionales en Valencia, y destacaba que en una de las primeras filas, brazo en alto, saludaba Benavente, «cuyo privilegiado cerebro ha permanecido lamentablemente tres años prisionero de los rojos». El «insigne autor», por tanto, había sido liberado. Siempre era útil contar con una muestra del teatro de los vencedores.

En Niza, donde le iban llegando todas estas noticias con intermitencia, María dejó caer el cazo del cocido sobre el plato de Margarita con tal fuerza que lo partió en dos al recibir el telegrama.

—¿Estás bien, tía? —preguntó la niña, alarmada, mientras la ayudaba a sentarse.

—Sí, cariño —respondió ella, irguiéndose como pudo—. Ha llegado el momento de mandaros a casa.

26

París, 1940

«Quedamos todos tan dispersos y envejecimos tan rápido...», escribiría al final de sus días al echar la vista atrás. Quizá ya no existían. Ya no eran. Quizá en el exterior ya no hubiera un París. Ni una España. Puede que ella misma fuera ya una sombra.

María Lejárraga había desaparecido sin dejar rastro.

María Martínez Sierra, también.

Y como sus dueños se habían desvanecido, empezaron a forzarse las puertas de aquellas casas abandonadas: la de Juan Ramón, la de Federico, incluso la del Lyceum Club, donde durante la guerra no había desaparecido ni una cucharilla y ahora salían por la puerta todos sus libros, los manuscritos, incluso las copas de vino y las tacitas de porcelana que llevó Colombine, como succionados por un tornado. Todas las pertenencias de una vida que dejaron sus dueños atrás como un último cordón umbilical con la esperanza de regresar —carpetas, archivos, plumas—; todo lo que una vez fue sentimentalmente valioso, ahora era una prueba potencial en su contra y, con el tiempo, una inversión que acabaría en una subasta en Christie's bajo la mirada golosa de cientos de fetichistas.

María Lejárraga había desaparecido sin dejar rastro. María Martínez Sierra, también. Sólo una luz demacrada iluminaba a una mujer de sesenta y seis años a las tres de la mañana, aunque siempre había sido madrugadora. Sus ojos que antes le servían para leer, ya no le servían para nada, por eso cosía alpargatas a tientas —a veinte francos el par—, con esas manos que aún conservaban, como un secreto, el callo del escritor en el dedo corazón de la mano derecha.

Madame Martínez se acercó a la estufa tiritando. El pelo blanco y greñudo, la carne amojamada adherida al esqueleto. Ya vendrán tiempos mejores..., se decía restregándose los ojos en la penumbra, sí, ya vendrán. Era mejor no encender la estufa hasta la madrugada, le había advertido madame Buch, su antigua asistenta, porque por el día podía llamar la atención de los vecinos de enfrente que pensaban que allí no vivía nadie. Madame Martínez había vuelto a mudar el nombre, pero no la piel. Porque los dos anteriores, tanto María Martínez Sierra como María Lejárraga, formaban parte de la lista negra enviada por la policía de Franco al gobierno colaboracionista francés y a la Gestapo, igual que el de Margarita Nelken, Victoria Kent y tantos otros, confinados como ratas en el París ocupado. Sí, como ratas, se dijo, e intentó sacarse con cuidado el hilo que había cosido sin querer en la piel seca de su dedo índice. Los que se han ido a América no saben de nuestras penalidades. No imaginan lo que estamos viviendo. Helios había sido escala y refugio de muchos de ellos antes de cruzar el océano. Tu casa, María, ahora convertida en un cuartel de los fascistas.

Con los ojos sucios de legañas por no pestañear durante horas, empezó a escribir a mano otra de esas cartas que enviaría, como un mensaje en una botella, a las personas que habitaron su vida sin saber si estaban vivos o muertos.

Querido Gregorio:
Hace meses que no tengo noticias tuyas. Eso no está bien. Te agradecí mucho esa caja de comestibles y jabón que he hecho durar lo que he podido.

Se sujetó la frente con la mano. Madre mía, qué dolor de cabeza. Eso es por forzar la poca vista que te queda. Eres deliciosamente idiota, querida. Observó el papel con desgana: ¿tenía sentido seguir escribiéndole a la nada? Y en el caso de que las recibieran, ¿le llegarían a ella sus respuestas? Muchos pensarían que había sido apresada por los nazis. ¿Cómo darán contigo si ni siquiera saben que estás en París? Era más seguro que estuviera aislada, le advirtió madame Buch apretando el monedero contra su pecho cuando la acompañó por las escaleras hasta el pequeño departamento. Que ni se asomara a las ventanas, siguió diciendo, algo acelerada, con sus labios rojos, arrugados y prietos. Ya no se podía confiar en nadie.

María volvió a sentarse cuando se fue y contó varias veces los francos que le había dejado a cambio de las zapatillas. ¿Y con quién vas a hablar?, volcó otra cesta y una montaña de alpargatas cayó a sus pies, pues contigo, como siempre. Todos sus conocidos que abandonaron España habían escapado a América o a Rusia, o estaban escondidos como ella en cualquier alcantarilla, ático o almacén, o los habían enviado a Mauthausen. La ironía quiso que a pocas calles de allí, Victoria Kent se estuviera haciendo la misma pregunta, ¿quedaría alguien en París? ¿En qué momento sonarían unos golpes en la puerta, en plena noche, y vería entrar en su escondite ese temido brazalete?

Se pinchó un dedo y ahora ya no era piel. La sangre brotó con esfuerzo. Se lo llevó a los labios. ¡No hay dos sin tres! Por un momento le alivió el sabor a hierro y sintió el deseo de beber un poco más de su propia sangre. De pronto se sacó el dedo de la boca, horrorizada. Vas a enloquecer, María, y no puedo dejar que enloquezcas, ¿entiendes? Caminó por el largo pasillo dando tumbos, no hagas ruido, María, no hagas ruido, y el espejo roto del baño le devolvió su rostro más roto aún. Su cara se había convertido en una complicada red de arrugas como si la hubieran caracterizado en exceso para ese drama y para ser vista de lejos. Dejó que un discreto hilo de agua corriera silenciosamente por la pila, esto de no ver es lo que más me preocupa, si al menos estuvieras encerrada con tus libros, si al menos pudieras escribir. Mi pobre Yost, cuándo podré recuperarla... Empeñar la máquina había sido como si le cortaran la mano y medio cerebro. El último recurso. Se sintió indefensa. Desprotegida. Porque sabía por experiencia que el trabajo había sido siempre el único consuelo eficaz para todos sus males. ¡Cuántas lágrimas habían caído sobre su Yost e, invariablemente, se habían ido evaporando sobre ella! En fin, paciencia..., y volvió a su tarea aburrida y metódica. Ya antes había empeñado la radio en el mercado negro: el vocabulario guerrero le revolvía las tripas, sólo salían por el altavoz «avances fulminantes» y «retiradas magistrales», una tortura para alguien que amaba las palabras, pero ahora echaba mucho de menos su caja embrujada. Al menos sería alguien que le hablara. Una voz, otra, que no fuera el eco de la suya propia retumbándole en la cabeza. «Como ahora ni radio tengo estoy hundida en el pozo del no saber. Antes, entre las mentiras de unos y otros, a veces lograba hacerme la ilusión de que llegaba a vislumbrar la verdad», le había escrito a su querida María Lacrampe, la única que tenía tristemente ubicada porque estaba presa en la cárcel de Ventas. Ya ves de qué le había valido a la pobre tomarte como mentora: «Bueno, queridísima, no me hagas demasiado caso y no te extrañe que vea las cosas demasiado grises. Es normal, porque has de saber que tengo cataratas en los dos ojos».

María volvió somnolienta a su tarea de coser alpargatas. Qué negro aburrimiento. Pero no hay que perder el ánimo. Era una suerte inmensa que madame Buch le hubiera encontrado la forma de trabajar para la fábrica desde casa. Nadie se imaginaba que las cosía ella. ¡Y menos mal que envió a las niñas a casa! Cada vez que lo pensaba... Unos meses más y se habrían quedado atrapadas con ella. Así que dentro de aquel horror también se podía tener suerte. Tienes suerte, María..., y volvió a su tarea con más ánimo. Ya la recuperaré cuando se pueda: la vista y mi vieja Yost. Ya las recuperaré...

Por un momento había temido que no pudieran llegar a

Madrid cuando quitaron las dos combinaciones de tren que había previsto para acompañarlas. Menos mal que sus padres pudieron llegar a Port Bou a buscarlas. Había otro cambio de tren y vista de pasaportes. ¿Y si surgían complicaciones? En Barcelona no había correspondencia de trenes y no conocía a nadie con quien dejarlas a pasar la noche. Vaya aventura, pobrecitas. A sus padres les envió los horarios fijos a los que llegarían al enlace. Si había cualquier retraso estarían perdidos. Ellos sólo deberían responder con un telegrama diciendo: conformes. Qué angustiosos fueron los días previos a enviarlas, aunque intentaba aparentar delante de ellas que no se la comían los nervios. Pero ya estaban a salvo y ahora sólo tenía que cuidar de sí misma, obligarse a sobrevivir.

La casa se fue quedando sorda y muda desde que se marcharon, su par de cotorrillas que tenían la radio en marcha todo el día. Echaba tanto de menos a la sota de Margarita, siempre tan flemática ordenándolo todo, y a María Teresa, con su cabeza anidada de pájaros y el humor tan cambiante como el clima de su Madrid, cantando *Frère Jacques* con su voz de hada mientras tendía la ropa. Pensar que su hermano Alejandro estaba al otro lado de aquel túnel y no pudieron hablar ni media hora, ni abrazarlo. Qué cosas, María. Cuanto menor es la distancia, más grande es tu pena. Una vez que llegaron todos a Madrid, de nuevo le pidió a Alejandro que se convirtiera en sus ojos y sus manos en España, que vendiera lo necesario, sus muebles, sus cuadros, para obtener cuatro mil pesetas, y se las girara a un contacto suyo en Barcelona.

Tal vez, cuando llegue esta carta, ya estarán las niñas con vosotros: imagino vuestra alegría por tenerlas y la pena por no saber qué darles de comer. ¿Tenéis siquiera con qué calentaros? ¿Cómo andáis de patatas? ¡Aquí las vemos con telescopio! ¡Si, como en el desierto sobre los hijos de Israel, pudiera caer sobre vosotros una lluvia de maná en forma de *beefsteaks*, *entrecôtes* o chuletas...!

La vida es absurda. Sí que es terrible estar separados unos de otros, pero no hay que perder el ánimo. Escribidme pronto. Vuestras cartas son el único lazo que me une al mundo exterior, a todo lo que fue nuestra vida. Parece que me he caído a un pozo...

Muchos cariños,
Maruja

Pasaron los años, 1941, 1942..., y todos parecían estar hechos de la misma materia prima. Este «¿qué comeremos hoy?», preocupación casi única en Francia entera, sentía que los iba idiotizando poco a poco. También empezaba a acusar algunos síntomas del confinamiento que esperaba no fueran una antesala de la locura. Por ejemplo, les había cogido una manía exagerada a los espejos porque cada vez que se reflejaba en uno le parecía llevar puesta una careta de cartón: me das un poco de miedo, María, ¡qué incómoda, espeluznante y desagradable cosa es la vejez! Y luego, cuando pensaba en el alivio para el alma y para el bolsillo que le supondría trabajar, mascullaba una letanía, siempre la misma: «Ya las recuperaré, cuando se pueda: la vista y mi vieja Yost. Sí, cuando se pueda...».

Y llegó 1942, y con él la certeza de que un día de esos desaparecería por evaporación absoluta; esa mañana se había pesado por curiosidad: no puede ser..., cincuenta y tres kilos, ¿lo habría visto bien? Cuando empezó la guerra pesaba ochenta. ¿Será una alucinación? Me dejas un poquitillo alarmada. Se bajó de la báscula tambaleándose un poco. Todo tiene sus ventajas. Estoy hecha una sílfide..., esto sí que es guardar la línea, ¡a buenas horas mangas verdes!

Otro de esos síntomas era que le aburría mortalmente escribir, sobre todo a mano, porque no podía revisar sus cartas. Le atormentaba la sola idea de que fueran llenas de faltas, ella que se había pasado la vida fastidiando a sus hermanos y sobrinas corrigiéndoles cada palabra, y además le aburría tanto hablar de comestibles... Colocó los nuevos retratos que le habían enviado sus sobrinas en dos marcos donde conservaba sus fotos de pequeñas y, de pronto, le afligió el alma haberlas tenido que enviar a España justo cuando empezaban a aprender y sacaban provecho del estudio en dos idiomas. Esa sería una preocupación que nunca iba a quitársela de la cabeza y que algunas noches hasta le robaba el sueño. Por eso les escribió una carta personal esa noche:

> Haced todo lo posible, hijas, para aprovechar los pocos o muchos medios de aprender que encontréis en Madrid, y aprended de verdad. Aunque no os acordéis de mí para otra cosa. La vida va a ser muy dura para todo el mundo a partir de ahora, pero al mismo tiempo, todo el que sepa algo «de verdad» podrá salir adelante, porque después de tanta y tan horrible destrucción, estará todo por rehacer en el mundo. ¡Ánimo y al estudio como un par de valientes!

El año 1943 fue el de la resistencia.

Para ello sólo encontró un pensamiento con el que se acostaba para recuperarlo al levantarse: «¡Quiero vivir! Quiero sobrepasar la desdicha». Ya ni siquiera pensaba en su vieja Yost ni en volver a ver. Todo había pasado a un segundo orden. Calma, María, calma: sólo necesitas replegarte sobre ti misma como hacen las plantas para resistir al frío y al temporal: vivir con el mínimo de una ración, dormir lo más que puedas, leer libros estúpidos con las letras gordas que no te hagan pensar. Eso es, no pensar demasiado y conservar la esperanza... cueste lo que cueste.

Sólo había una cosa que le preocupaba dentro de esa política de ahorro energético que se había planteado: no conseguía recordar la última vez que sintió una emoción. Ya ves, tú que no creías haber perdido demasiados latidos del corazón y que a la hora de cerrar los ojos definitivamente estabas segura de que no te podrías quejar del saldo de momentos emocionados.

Pero hubo un día en que no pudo más. Uno en concreto en que no sucedió nada extraordinario. O en realidad sí, considerando que siempre había sufrido la enfermedad del optimismo radical. De pronto empezó a perder la esperanza de que la guerra terminara algún día y de sobrevivir a ella. Cuando se despertó, el día no tenía nada de particular. Se levantó, aireó un poco las sábanas abriendo una rendija de la ventana, colocó los mismos dos cojines sobre el colchón húmedo, y al llegar a la cocina pisó algo blandito y suave con los pies descalzos. Tardó unos segundos en reconocer la figura de un ratoncito escuálido que se había quedado tieso en la cocina, patas arriba, cuando intentaba subir a la encimera. Lo cogió por la cola y enseguida lo tiró al váter. Pero de repente recordó ese otro momento en que no supo qué hacer con aquella abeja aplastada entre sus manos. Aquel acto tan mínimo como desapasionado hacia ese pobre ratón le dijo a gritos: has cambiado, María. La vida ya no tiene para ti ningún valor. ¿Es que no lo ves? Se ha muerto porque no encontraba comida. Como tú.

Se le quitó hasta el hambre.

Todo tenía sus ventajas..., pensó. Ese día no desayunó su trocito de pan con agua manchada. Dejó de sentir el hambre, pero estaba dentro de ella, porque derretía, hora a hora, el poco sustento que le quedaba a su cuerpo. ¡Qué delicia volver a los tiempos prehistóricos y tener por único interés en la vida el alimento!, ¿verdad, María? Empezaba a tener fantasías antropofágicas: si aquello duraba un año más, estaba segura de que los humanos volverían a salir a la caza de un semejante para convertirlo en tasajo. ¿Tantas muertes sólo para provocar una involución? Se echó a reír con más ganas de lo habitual. Sí, esta situación los había vuelto a todos deliciosamente primitivos. Pero qué animal tan imbécil es el hombre. Y volvió a meterse en la cama.

A veces los milagros suceden y la amistad es uno.

Mientras Francia era liberada y María buscaba la forma y el dinero para volver a su casa en Niza, en Cuernavaca Matilde de la Torre volvía al mostrador de la Cruz Roja Internacional de México buscando, desesperada, noticias de María.

El voluntario le dirigió una mirada mustia.

—No son buenas —le advirtió soltando el bolígrafo sobre una pila de informes—, hemos localizado a la persona que busca, pero ya no vive en el Paseo de los Ingleses de París porque el edificio fue bombardeado.

Matilde apretó sus labios delgados y luego sacudió la cabeza muchas veces.

—Mientras no haya pruebas de su fallecimiento seguiré buscándola. Usted no imagina de quién se trata.

El voluntario suspiró y estiró la espalda con agotamiento. Había escuchado esas mismas palabras tantas veces...

—¿Qué quiere poner en el telegrama?

Niza, año 1945

Un año después, las aguas, las sirenas o cualquier criatura mágica afín empujaban ese mensaje en una botella hasta Niza. Unos dedos débiles lo recogieron, pero se lo devolvieron al repartidor.

—¿No le importa leérmelo, querido? No veo bien.

Luchando contra las erres españolas, el chico acertó a decir: «Carlos y yo vivimos. Deseamos noticias tuyas con urgencia». María le corrigió su acento, «urgencia» era una palabra difícil para un francófono, le explicó llorando y riendo a la vez.

Al otro lado del océano, Matilde había vuelto a hacer la cola interminable de la Cruz Roja entre la espesa polvareda que levantaba el tráfico a esas horas. Pero el rostro que vio fue muy distinto. El voluntario le entregó el telegrama con una sonrisa que no le cabía en la boca: «Alegría inmensa. Vivo miserablemente. Yo casi ciega, catarata doble. Sin dinero, sin noticias de nadie. ¿Tenéis noticias de Gregorio? Abrazos. María Lejárraga».

Matilde salió corriendo del edificio y casi la atropellaron al cruzar hacia su casa. En un día solicitó la inmediata colaboración de miembros del Partido Socialista para enviarle una primera ayuda: «Hay que ayudar a María. Si ustedes saben de este canallita de Gregorio, que la abandonó económicamente desde el principio de la guerra, escríbanselo...».

Los milagros existen. Y sí, la amistad es uno.

De pronto le empezaron a llegar paquetes de comida a Helios, desde todos los rincones del mundo.

¡Amigos! [les escribía entre lágrimas], sólo saber que estáis vivos es un alimento del que se nutre el alma. No me mandéis más dinero, amigos, mandadme trabajo, traducciones del ruso, del inglés, del portugués, del francés, colaboraciones, lo que sea antes de que me quede ciega. ¡Qué ganas tengo de volver a ganarme la vida!

No era sólo pudor, no es que se le cayeran los anillos ante la caridad, porque si venía de los amigos no era caridad, se llamaba solidaridad. Era más bien la necesidad vital de volver a encontrar su centro, su esencia, esa raíz que volviera a sujetarla a la tierra para seguir viviendo. La mitad de los envíos llegaban menguados o desaparecían por el camino, pero algo llegaba, y cada uno era digno de hacer una fiesta. Ella les aconsejaba que los paquetes le fueran enviados por Hendaya y no por Cerbère, donde el robo estaba muy bien organizado. «Amigos, mandadme cepillos de dientes y guantes, y avellanas y almendras, que son nutritivas y son fáciles de racionar.» Y ella iba organizando meticulosamente las raciones por días, intentando comer lo justo para tenerse en pie, porque no podía prever cuándo llegaría el siguiente. «¡Cada vez que pienso que tantas veces se nos ha secado el queso en el aparador!... Eso no volverá a suceder», le confesaba a su sobrino en Madrid, al que empezó a escribir a la dirección de una notaría para evitar que las cartas fueran interceptadas. Y desde Madrid seguían con desesperación las noticias sobre su estado de salud, aunque ella se esforzaba en quitarle hierro para hacer a Margarita reír:

> Queridos míos:
> Esta semana he comprobado que el hambre es muy creativa y provoca sueños gastronómicos: hoy he soñado que venía rodando por la carretera una fila de quesos manchegos seguida de un tarrito de miel. Sueño con los comestibles más inverosímiles: bacalao o lentejas, que no me gustaron nunca. Sueño con pestiños y torrijas... Me da miedo que os asustéis al verme, así que os mando una foto de cómo me recordaréis cuando nos despedimos en la estación de Hendaya. Ahora ya seréis unas señoritas. Yo estoy muy elegante de línea porque he perdido casi treinta kilos aunque la risa, eso no me adelgaza. Estoy casi ciega por una doble catarata que no puedo operarme y parezco un poco más una bruja que un ser humano.

Las noches las pasaba soñando sin parar con sus viajes extraordinarios: la primera vez que vio Granada, cuando se la enseñó a don Manué desde esa ventana de la Sala de Embajadores de la Alhambra. ¿Qué sería de don Manué? ¿Y qué sería de Gregorio?

El día que volvió a aparecer en su vida como un personaje del que se ha olvidado el autor, estaba apenada y contenta. Triste porque hacía dos noches que Cookie había desaparecido —sin duda la habían robado para comérsela y la quería como a una persona—, pero por la mañana, y como para que se animase, le alegró el corazón la llegada de un paquete con queso y miel, y otro con una hermosa punta de jamón. Al principio le costó descubrir el nombre del remitente borrado por la lluvia, pero era de Fernando de los Ríos. Parecía venir de Nueva York. Casi sintió un acceso de nostalgia, pero ni su cuerpo ni su mente tenían energía ya para malgastarla en emociones. No podría agradecérselo por no tener sus señas, pero la grasa que había en ese paquete le mantendría un tiempo animados el cuerpo y el alma.

Estaba empezando a comer el jamón a pequeños mordiscos para que durara más, ¡Dios se lo pagara a todos!, cuando recordó de pronto que la mayoría de los remitentes de aquellas cajas se habían refugiado allí, huyendo de la guerra. Le pareció escucharlos aquel verano en que todo estalló augurando que la guerra terminaría para el otoño. «No quiero ponerme dramática y decir que me habéis salvado la vida —les contestaba a sus envíos—, pero la verdad, sí, porque la falta de grasa me había reducido a la categoría de esqueleto y yo iba teniendo un poco de susto. ¡Ya no sueño dormida con ser antropófaga!»

Observó la punta de jamón con la huella de sus dientes, se chupó la grasilla de los dedos con toda reverencia para no desperdiciar ni una gota y lo empaquetó todo con mucho cuidado. Sí, qué animal tan imbécil es el hombre.

Luego se fue al baño, untó un trapo con bicarbonato y limón y, cuando empezó a burbujear, se frotó con esmero los incisivos. La guerra tenía esas cosas desconcertantes que te hacían replantearte la existencia. Por ejemplo, que dejaran de existir los cepillos de dientes. ¡Ay, cómo sueño con ver uno de nuevo! Los médicos les habían aconsejado ese método sustitutorio. La verdad es que confiaba más en el viejo sistema. No eran tiempos para tener infecciones de muelas.

Volvió a sentarse ante la carta desesperada que había escrito en tres tiempos porque las moscas también parecían tener hambre y la estaban devorando viva. Entonces alguien llamó a la puerta; un telegrama, anunció alguien borroso de uniforme. Tras ocho años de silencio llegó por fin una prueba de vida. Las investigaciones de Matilde habían dado sus frutos. Lo habían localizado a través de la Unión General de Trabajadores con residencia en Quintana, Buenos Aires.

«Gregorio no ha escrito —decía Matilde en su carta—, pero nos ha enviado algún dinero.»

Caminó hacia el jardín como una brújula estropeada. Estaba vivo... Se sentó en su butaca de mimbre, ajada y crujiente como ella. ¿Qué habría sido de él en todos esos años? ¿Cómo no se había puesto en contacto? Un sentimiento por fin, ahora sí, pero muy confuso. Casi se alegró un poco, pero también sintió un arañazo en ese corazón que ya latía por inercia.

27

Madrid, 2018

—Qué triste... ¿Os dais cuenta? —Noelia repartió las cartas que acababan de leer sobre la mesa de dirección como si fuera un tarot.

—¿De qué? —preguntó Augusto, entretenido con su móvil.

—De que ya no habla de literatura, sólo de comida y de dinero.

Los observó en silencio, elucubrando. La reunión de esa tarde estaba siendo muy esclarecedora. Para algunos, como Leonardo y Lola, estaba claro que Gregorio había abandonado a María en París durante la Segunda Guerra Mundial. Otros, como Augusto o Cecilia, seguían empeñados en que, al estar escondida, no fue posible localizarla hasta que terminó la guerra. Pero a todos les había quedado el mismo sinsabor tras ese último capítulo.

—Las cartas a su hermano y sus sobrinos las firma como «madame Martínez». —Augusto las agitó en su mano—. Si no la descubrió la Gestapo, ¿cómo iban a encontrarla sus amigos o Gregorio?

—Otra vez ocultando su nombre..., qué ironía —murmuró Noelia, hipnotizada por su retrato.

Cecilia había encontrado una foto en uno de los sobres.

—¡Pero si parece una viejecilla irreconocible! —exclamó con una ternura que no le reconocieron.

Noelia caminó hacia el cronograma que ahora era una espesa alfombra de papelitos con fechas en rojo, nombres en amarillo, hitos profesionales en azul y defunciones en blanco. Siguiendo el hilo de los acontecimientos con su dedo índice, sólo se perdía el rastro de uno de los personajes desde 1937 hasta 1945.

—Entonces es verdad que Gregorio desapareció... —concluyó en jarras.

—Ocho años, ¡ocho! —comentó Lola a su lado—, en los que estuvo en Buenos Aires con Catalina y la niña.

Ambas se dirigieron una mirada de absoluta indignación.

—¿Y estuvo todo ese tiempo sin preocuparse mientras Francia seguía ocupada por los nazis? —Noelia se volvió hacia su ayudante, con el cigarrillo electrónico apagado colgando de su boca—. ¿Y cuándo se dignó a ponerse en contacto?

Leonardo, volcado sobre la mesa de los documentos, escarbaba como una excavadora entre las cartas. Había encontrado una, quizá la primera del «desaparecido» en 1945, ocho años más tarde. «Y después, también, de que le dieran el toque los amigos —añadió Lola—, que tampoco es que saliera de él», y sacudió las manos como si le quemaran. El rubio empezó a leer: «Niña mía: no me preocupaba porque creía que cobrabas de todas las obras la mitad, pero te aseguro que has sido y eres mi constante preocupación»... «¡Sí, claro!», le interrumpió Lola cada vez más encendida. Augusto, de brazos cruzados, la reprendió: ¿podía dejarle continuar? Gracias. Leonardo siguió mientras meneaba la cabeza incrédulo: «En todos estos años sólo he logrado hacer dos temporadas y con malos empresarios». «¡Y encima le cuenta sus penas!», volvió a interrumpirle Lola sin poder contenerse, a quien Noelia tapó la boca con la mano. «Me dejan volver a España y quizá lo haga porque no ando bien de salud, sigo procesado y me lo han quitado todo. Mándame "Sortilegio" con una revisión para que pase el corte. ¿Te imaginas volver a estrenar?» Leonardo levantó la mirada, «claro», y luego añadió muy irónico: «Y ya que hablamos, niña mía..., ¡mándame una obra, maja!».

Una chispa. La necesaria para que se formara un gran revuelo que se avivó aún más cuando Noelia continuó leyendo en alto, con su voz serena como una vela, esas pocas cuartillas en las que Gregorio justificaba su ausencia. Las leyó como las habría leído María, como el aparte de un personaje que ya no está sobre el escenario, pero sigue escuchándosele entrecajas, y se preguntó cómo era posible que en todo ese tiempo no la hubiera buscado, igual que había hecho Matilde de la Torre y la encontró. Vislumbró sobre cómo habría sido su vida en Buenos Aires a través de uno de sus famosos catálogos de quejas. «No paso días sin dolores en alguna parte del cuerpo: asma, reúma, intestino. Desde que llegué he tenido tres pulmonías y varias bronquitis, pero me cuido bastante.» Se preguntó cómo habría leído esa carta la mujer que, casi ciega, había tenido que empeñar su máquina de escribir y sobrevivía royendo una punta de jamón los días festivos y bordando alpargatas. «No dejes de enviarme "Sortilegio" lo antes posible. Mándamelo por avión, haciendo antes una copia porque la tuya es la única que existe.» Se preguntó cómo habría leído esa carta la persona que, por debilidad e invalidez, no podía salir de casa. Se preguntó cómo leería aquellas líneas la persona que había estado a punto de morir de hambre. Y, tras las enumeraciones tediosas de sus males que tan bien conocía, por fin llegó a lo que verdaderamente le importaba a María para sobrevivir. La promesa del próximo paquete: «Azúcar, dulce de leche, jabón nunca más de un kilo por paquete, extracto de carne, 10 latas de jamón, aceite, bastante cantidad de miel, café, sopa juliana, siete pares de zapatos»... y otra vez llegaba el inevitable y agotador recuento de síntomas, se los describía como cuando estaban casados, incluso los análisis de materia fecal cuyos resultados estaba esperando, para terminar con más peticiones: «Dime exactamente cómo está la cuenta de Suiza. Ojalá hayas mejorado de salud. Te aseguro que es constante mi preocupación, de verdad, a todas horas, todos los días. No sabes cuánto me preocupa lo de tu vista».

Pero hubo una carta que a Noelia le llamó especialmente la atención y saltó una alarma que había dejado en su cerebro Regino la última vez que hablaron:

Buenos Aires, enero de 1947

Querida María:
Te han enviado de la Société de Autores de París una carta mía avalada que se refiere a los derechos de autor. Por si se perdiera, te mando adjunto una copia también firmada. Para que puedas hacer uso de ella. Yo creí que de todas las obras cobrabas tú la mitad. No me he preocupado porque suponía que habría dinero en las cuentas.

Noelia caminó lentamente por el escenario hasta encontrar su foco:
—Es crucial que averigüemos a nombre de quién está registrada *Sortilegio* antes del estreno y que demostremos si la escribieron ambos.
Augusto se incorporó en la silla.
—¿Qué estás tramando?
Ella siguió prendida del infinito, de espaldas, recortada sobre el abismo rojo de las butacas.
—Voy a citar el Sanctus: «Algo justo y necesario».

Niza, 1945

Desde hacía una semana un ambiente juvenil se adueñaba de las calles. Francia había sido liberada. Qué cambio de registro, pensó María mientras deambulaba por la ciudad sin rumbo fijo: en los parques habían brotado norteamericanos rubios y ruidosos que caían del cielo como pompas de jabón. Ángeles salvadores escupidos por las nubes en paracaídas y que, al llegar a tierra, requebraban a cualquier mujer que veían pasar, llevaban en brazos a los niños, les regalaban caramelos de fresa y los invitaban a subir en los tiovivos. ¿Siempre había estado ese carrusel en el paseo marítimo?, pensó al cruzar la calle, últimamente parecían brotar como setas gigantes por todas partes.

Dejó atrás el griterío afilado de los niños girando en aquel fragmento de infancia que compartían con los soldados. A pesar de su euforia juvenil no habían finalizado su misión.

Pocas veces se divisa tan claramente la frontera entre el paraíso y el averno. Desde la parte alta de la ciudad María divisó los montes donde continuaba la pelea. A partir de allí, en Italia, se extendía el infierno. Apretó el paso cuesta abajo. Le había cogido miedo a la noche. Durante todo el camino de vuelta se fue cruzando con más grupitos de militares, míralos, descansan una semana aquí y se enganchan a la vida de la única forma posible: la diversión despreocupada de la carne joven y del alma sin arrugas. Desde luego, aquellos jóvenes norteamericanos también eran una savia nueva para esa Francia cansada, envejecida, medio muerta de hambre, hundida en el dolor sordo y avergonzado de la derrota. Dobló una esquina y cruzó el parquecito que daba a su bulevar en el que aún lloriqueaban algunos columpios vacíos mecidos por la brisa marina.

Hasta los niños franceses tenían alma de viejos.

Ya se escuchaban de nuevo las carcajadas insomnes de los soldados que hacían cola en los cabarets. Se imaginó a los camareros que les servirían esa copa con aire ceremonial por si aquella era la última. La mayoría, al día siguiente, habrían caído. Sí, Francia los observaba tan impávida como María, agradeciendo su gesto pero sin comprender del todo por qué ofrecían sus vidas para que los franceses no murieran de esclavitud.

¿Durante cuánto tiempo recordaría Francia lo que aquellos chicos heroicos hicieron por ella?, se preguntó al echar la llave. Esa era la gran cuestión. «Francia olvida siempre —escribió nada más llegar en su diario—, Francia era la "querida" del mundo y encontraba naturalísimo que el mundo entero muriera por su causa.» Era así. Pero de momento se mostraba agradecida. ¿Cómo? Por lo que había podido observar, las francesas perseguían a sus jóvenes libertadores, riendo muy fuerte y hablando por señas. Qué bárbaras, se decía al contemplar aquel desfile de juventud femenina en bicicleta con todo al aire. Ya no había secretos, se sorprendió a punto de ser atropellada por una jovencita en shorts. Pero no nos engañemos, el coqueteo no era sólo necesidad de diversión, sino la esperanza por un pedazo de pan blanco o una tableta de chocolate. Luego, de madrugada, los automóviles de la policía militar norteamericana iban recogiendo a las víctimas del whisky por las terrazas de bares y cafés. Flaquezas de los héroes, justificaban los vecinos de Niza, Dios los bendiga.

Unos golpazos en la puerta.

María se acercó con el mismo retortijón de intestinos que le provocaba aquello en los últimos cinco años. Pasarían muchos hasta que dejara de aterrarle escuchar el timbre. Pero ya no puede ser la Gestapo, tranquila, e intentó frenar el bailoteo de sus dedos al sujetar las llaves; tampoco podía ya ser alguien que, con el rostro espantado, le susurrara «a tus amigos se los han llevado». La pesadilla aún no había acabado, pero para Francia sí, María, tranquila..., y se frotó las manos para recuperar el calor.

Volvieron a llamar algo más fuerte.

Se armó de valor y abrió con los ojos casi cerrados, como cuando era niña y se levantaba de la cama para abrir el armario con la esperanza de que aquel monstruo colmilludo no estuviera dentro. Al otro lado, un soldado con uniforme de paracaidista sonriendo con timidez dio un nombre que no era el suyo sino el de una de sus vecinas. Por lo que pudo entenderle en su francés precario, parece que la noche anterior esta le había dado las señas de su casa con el pretexto muy decoroso de presentarle a su marido. María se imaginó que los cabellos blancos de la dama que le había abierto la puerta le estaban causando una gran confusión. Afortunadamente, María pudo hablarle en su idioma, aunque, como siempre, en su versión más shakespeariana. Cuando subió de dos en dos los escalones hacia el piso de arriba, María se quedó inexplicablemente triste. En el fondo le había hecho gracia la visita. Pero a los pocos minutos volvió a llamar: la vecina no estaba en casa y quería darle las gracias.

El caso es que lo hizo entrar y ese fue el preámbulo de dos charlas que los convirtieron en familiares. Es curioso cómo, a veces, el encuentro con una persona, aunque sea tan breve, se incorpora a tu memoria como un episodio importante en el conjunto de una vida. Era un ejemplar de su raza físicamente perfecto: alto, enjuto, elástico, fuerte, rubio, con ojos entre verdes y azules, con esa frente serena y pulida en la cual parece brillar un entusiasmo desapasionado. Le confesó a María que había vuelto porque, desde el primer instante en que le abrió su puerta, se había sentido extrañamente en casa. Se sintió halagada, ¿y eso? Entonces, vaya hombre, le reveló que le había recordado... a su abuela. ¡Ay, Dios! Se quedó impactada, ¿a su abuela? ¡Parece que fue ayer, María, cuando las señoras de edad te decían que les recordabas a su hija! En fin..., ¡pícara vida!

El caso es que durante aquella tarde, entre café y café, aquel soldado le abrió sus veintidós años de par en par. Una vida tan breve y tan apasionada como un chaparrón de verano.

Era soldado voluntario de la unidad de paracaidismo y se había embarcado en el tremendo crucero de la guerra por nada y por todo —por un ideal—, sabiendo de antemano que no tenía nada que ganar y olvidando todo lo que tenía que perder.

Ella le escuchaba hablar, sentado en esa butaca de piel vieja como ella, espantada de admiración.

—¿Y habrá dejado usted novia por allá? —preguntó por decir algo humano.

—Estaba casado —respondió.

Se pasó la mano por el cráneo rubio como el de un polluelo.

—¿Tan joven? —María se incorporó en su mecedora.

Él asintió.

—Ella también era estudiante.

—¿Y le ha dejado a usted marchar?

—Nos hemos divorciado antes de embarcarme —añadió más sorpresas a su historia—. Yo quería dejarla libre...

Se quedó pensativa, con los labios semiabiertos sin saber qué decir. Ni en cuarenta comedias habría podido imaginar una historia así entre un hombre y una mujer. Y entonces, para terminar de asombrarla, el joven, acodado en sus rodillas con el rostro quemado por ese sol implacable, le contó el acto de amor más puro que había escuchado en mucho tiempo. Por lo visto, su joven esposa había meditado todo lo que a su soldado le esperaría en la guerra —riesgos y *affaires* incluidos—, y no quería tener derecho legal a hacerle reproches ni a sentir el tormento de los celos. Se habían casado por amor y por amor se divorciaban. Eso sí, pactaron que si sobrevivía su historia y sobrevivían ellos, volverían a casarse al finalizar la guerra. Un paréntesis. Un armisticio amoroso en medio de la guerra de otros.

María se levantó para buscar algo que ofrecerle de su despensa vacía mientras reflexionaba sobre todo aquello. ¿Cómo iban a comprender el alma americana en Europa, donde reinaba el derecho a la propiedad del otro? Después de repasar los estantes semivacíos, le ofreció otra taza de café que él, tan sensible como guerrero, no quiso aceptar seguramente pensando en la escasez que padecían.

—Puede usted tomarlo sin escrúpulos de conciencia. Es americano. Me lo han regalado —le tranquilizó, adivinando su precaución, y dejó unas minúsculas tazas de porcelana fina en la mesita. Le aceptó el café con una condición.

—Cuando baje otro día le traeré a usted un paquete —y le tendió su mano robusta para sellar el pacto.

—Pagándolo, lo acepto, porque el café es mi vicio. —Le guiñó un ojo.

—Yo se lo traeré y usted se callará —respondió él con un gracioso empaque dictatorial.

Luego le preguntó si no tendría un libro inglés que prestarle. Eso sí que se lo agradecería de verdad. No había podido evitar fijarse en que tenía una buena biblioteca y allí arriba, en el frente, no tenía nada para leer. Era cosa difícil, le confesó ella. Los alemanes habían destruido cuanto se encontraban a su paso en librerías, bibliotecas y domicilios particulares ocupados como el suyo. Hasta que recordó de pronto los dos tomos de sus comedias traducidas y editadas en Nueva York.

Cuando se las dejó en las manos, él soltó un silbido tan excitado como si hubiera visto pasar a una de esas féminas ligeras de ropa.

—¿Ha vivido usted en América? —preguntó.

—Sólo en espíritu... —respondió, misteriosa.

Y en ese momento, a María le ocurrió algo extraordinario que nunca le volvería a suceder. No supo por qué, pero se atrevió a confesarle a aquel joven desconocido lo que no había verbalizado durante un lustro ni siquiera a sus más íntimos: cómo aquellas comedias «en parte» —subrayó con cautela— las había escrito ella aunque sin firmarlas. Él la escuchaba entre la perplejidad y el regocijo infantil. ¡Era el primer autor que había visto en carne y hueso!, repetía una y otra vez, analizándola como si fuera una aparición mariana. ¿De verdad había escrito aquellas obras? Se hincó de rodillas divertido y besó su mano.

Después fue él quien le relató algunas de sus batallas mientras lamía las gotas de café que se deslizaban por la taza: cómo había sido herido en Italia, cómo fue condecorado... De pronto frenó en seco y se quedó pensativo con los ojos verdes clavados en aquel libro, pero las suyas no eran cosas importantes, no como lo que hacía ella.

María le corrigió:

—¿Que no es importante? ¿Que no es importante dices, chiquillo? —Posó su mano experta sobre la suya—. Yo sigo viva y libre gracias a tus heridas. —Hizo una pausa rotunda—. Gracias. Muchas gracias...

A él le brillaron los ojos y apretó su mano entre las suyas, tan grandes, tersas y pecosas. En ese momento se fijó con más detalle en su atuendo de soldado, ¿y sus galones?, preguntó con inocencia, si le habían herido tendría sus galones. Antes de terminar la frase ya se estaba arrepintiendo porque él se ruborizó como una niña.

—Tenía mis galones..., pero los he perdido.

Habían llegado al quid de la cuestión. El motivo de aquella extraña visita. No quería seguir preguntando, pero, al fin y al cabo, ¿no era su abuela? El soldado tragó un poco de café y entornó sus pestañas rubias, doloridas, antes de confesarle que la otra noche, en el cabaret, había bebido demasiado y se los robaron. Por eso quería preguntarle a su vecina si recordaba con quién lo vio a última hora. Era incapaz de recordarlo. «Pero no importa», soltó con falsa arrogancia, disimulando el exceso de agua que amenazaba con anegar sus ojos.

Al despedirse, prometió que volvería la semana siguiente, y María le aseguró que le preguntaría a su vecina con discreción.

Ambos cumplieron sus promesas.

Esta vez apareció en su puerta con una máquina fotográfica. «Es para retratarla», dijo muy feliz, y entró como si fuera su casa.

—No, de ninguna manera. ¿Fotografiarme? —resumió—. ¡Horror de los horrores! —y caminó a pasitos rápidos hacia el interior, huida que él frenó sin hacer caso a sus protestas: la cogió suavemente por los hombros y, con autoridad de nieto, la sacó a la calle para hacer la fotografía a plena luz.

María siguió contemplando el aparato aterrorizada mientras le enumeraba un catálogo de excusas: nunca se había llevado bien con las lentes, querido, pero es que además se veía en el espejo más como una bruja que como un ser humano, las privaciones de los dos últimos años de ocupación, ya se imaginaría, la habían dejado en los puros huesos o ni siquiera, porque huesos tampoco había tenido nunca, y, además, no estaba vestida con demasiada elegancia, si hubiera sabido...

—Para mí es importante. Quiero recordarla sin perder ningún detalle —dijo con ternura. A continuación le disparó una foto en la puerta, rodeada de flores. Y luego otra más, los dos juntos—. La semana que viene le traeré las pruebas. Verá usted qué bien sale.

Ella no pudo negarse. Pero a la semana siguiente no volvió. María permaneció horas asomada a la ventana en la que se estrellaba el viento que venía del mar. Sobre la mesa, la bandejita pintada con dos tazas de café intactas y los galones que había recuperado gracias a un par de informaciones que le dio su apurada vecina. Como si hubiera escrito aquella historia, María se resistió a fabular sobre el posible final de su personaje, como solía ocurrirle cuando terminaba amándolos. Contempló ese cielo desnudo de nubes que ya empezaba a oscurecer y cayó en la cuenta de que nunca supo cómo se llamaba. ¿Cómo puede ser, María?, se dijo angustiada. ¿Tan convencida estabas de su esencia de ficción que no se te ocurrió preguntarle su nombre? Acarició aquellos galones con afecto. Podrías haberle puesto uno. O quizá su esencia angélica no lo necesitaba. Tampoco se te ocurrió escribir tus señas en los libros que le prestaste, cómo puedes ser tan torpe, María... De ese modo, al devolvérselos, al menos le hubiesen dado la triste noticia de que, como tantos otros jóvenes ícaros, sus alas se habían prendido al acercarse demasiado al sol. Eso sí, nunca le olvidaría aunque no tuviera su retrato. Nunca te olvidaré, mi nieto querido, se dijo al depositar con delicadeza aquellos galones en el cajón de su mesilla de noche.

28

Niza, entre 1946 y 1947

La niebla.

Se había acostumbrado a vivir entre la niebla.

Una que no se disipaba, que no respetaba las horas del día o de la noche. El médico le había advertido que las dobles cataratas de sus ojos amenazaban con solidificarse si no se operaba en el menor tiempo posible. Pero recuperar la vista era una gincana en la que, por mucha urgencia que tuviera, no podía saltarse una prueba. La primera era viajar a París. Para ello necesitaba trabajar más, pero ¿cómo?, si apenas podía comprobar lo que escribía, ni corregir o releer el resultado. Como truco se habituó a golpear las teclas con tal fuerza que casi taladraban el papel, de tal forma que luego podía repasar lo escrito con la yema de sus dedos como si fuera braille. Por eso sólo podía acometer encargos sencillos e ir juntando los pocos francos que ganaba en una hucha, dinero que iba enviando con gran dificultad a una cuenta para la operación. ¡Y pensar que tu primera hucha fue para comprar una estúpida capa!, recordó, queriendo zarandear a aquella María recién casada.

Sin embargo, como siempre ocurre cuando nos fallan unos sentidos, otros se agudizan, y quizá ese fue el motivo de que durante esos tres años cuyos recuerdos se licuaron en una nebulosa la visitaran, como en el cuento de su amado Dickens, cuatro fantasmas: el de la Ópera, el del Ballet, el del Teatro y el de la Política. Durante los años de la niebla y para comunicarse con ellos, María sólo escribió cartas de esas que no necesitan respuesta.

Así, un día abrió el periódico que le enviaba su sobrino desde España en el que ya apenas distinguía los titulares y leyó que se proclamaba la IV República Francesa y la República Italiana. Hay que ver, ¡cuántas repúblicas de repente!, se admiró una María de setenta y dos años sentada en su butaca de leer cerca de la ventana para que le diera el fresco al caer la tarde. En la página siguiente la Sociedad de Naciones condenaba la dictadura de Franco. Eso sí hizo a sus ojos ancianos chisporrotear como débiles fuegos artificiales para volver a apagarse bajo los párpados arrugados cuando vio la foto. Qué insensatos, musitó espantada ante las manifestaciones multitudinarias con las que en España intentaban lavarle la cara al dictador, y cuánto une el miedo. Pasó otra página con pereza. Fue al levantar el periódico cuando descubrió que había otra carta en el correo que no había visto. Venía de México. El corazón le latió como si le llamara a la puerta de las costillas porque sin duda era del compañero mexicano de Matilde o, con un poquitito de suerte, de la propia Matilde, en contestación a la que le envió pidiéndole noticias. No había contestado a sus últimas cartas: «Sabe usted que Matilde es para mí algo que está por encima de toda relación humana; no sólo por el cariño, sino porque me parece que forma parte de mi propia inteligencia. En fin, espero que usted me comprenderá y escribirá inmediatamente si sabe de ella».

Y sí, era la última carta de su amiga.

Era su esquela.

María sujetó aquel papel pequeño, frágil y pálido entre sus dedos trémulos y le recordó a ella. Porque existían pocas cosas más resistentes que el papel. Me lo prometiste, Matilde, que me buscarías, y has vivido justo para salvarme la vida. Alisó la

459

esquela sobre la mesa de la cocina. Ni siquiera había podido abrazarla para agradecérselo. Pero entonces, al invocar ese deseo, la vio dibujarse como una sombra chinesca surgida de la lámpara de pie que tenía delante. Se volvió hacia ella desde su butaca casi sin respiración.

—Mi querida, querida amiga..., ni el Partido Socialista al que te consagraste ha sabido al final estimarte como merecías. —Se levantó con esfuerzo y caminó despacio, dejando que su propia sombra se encontrara con ella—. Y yo sí puedo decir que has dado la vida por la causa. Para ti, tan frágil, no ha existido trabajo imposible por duro que fuese. Yo sí sé que la enfermedad que se te lleva fue consecuencia de aquel viaje de propaganda. —Las observó a ambas, adheridas a la pared como un aguatinta, unidas por un instante en otra dimensión plana del espacio y del tiempo—. Me gustaría no haber sabido que has muerto sola, pobre, con todos tus bienes confiscados. Me gustaría saber, sin embargo, si al menos fuiste atendida por otros desterrados como tú. —Acercó sus dedos al lugar donde estaría su cabeza—. Yo he sido demasiado amiga tuya como para poder hacer de tu muerte motivo de literatura. Sólo sé que ahora que has desaparecido hay para mí rincones del pensamiento en que nunca volveré a penetrar.

Dejó la palma de la mano sobre la pared fría y la sombra de la lámpara volvió a ser sólo eso, una sombra. María apoyó la cabeza sobre el yeso húmedo. Aún no sabía que el escindido Partido Socialista iba a expulsar a Matilde a título póstumo sólo tres días después de su muerte por ser leal a sus ideas, y que aquella maravillosa biblioteca suya de más de tres mil volúmenes iba a formar una macabra pira funeraria en el jardín de su casa solariega. Sobre los libros también hicieron arder su retrato al óleo.

Se escaparon los meses como azúcar por un roto y el planeta seguía agitándose como una gigante y absurda coctelera. Los norteamericanos se entretenían probando veintitantas bombas de hidrógeno que dejaron el Pacífico sembrado de cadáveres marinos: medusas, delfines y ballenas emergieron a la superficie durante meses como boyas tristes y putrefactas. Ni su olor atrajo a las gaviotas. Mucho más abajo, en el extremo sur del continente, un hombre moreno y peinado hacia atrás salía al balcón para observar cómo una plaza gigantesca coreaba su nombre. Acercó los labios al micrófono: «Que sea el coronel Perón un vínculo de unión. Yo seguiré luchando a vuestro lado por esa obra que es la ambición de mi vida: que los trabajadores sean un poquito más felices».

Aquella noticia sí había dado una brizna de esperanza a María, quien esa tarde pensó en su don Manué y en la suerte que tenía al haberse exiliado allí. Eso pensó, hasta que abrió la carta que le llegaba de Madrid.

MANUEL DE FALLA
Falleció el 14 de noviembre de 1946
en la ciudad de Alta Gracia.
El solemne funeral tendrá lugar en la Iglesia Catedral
antes del traslado de su cadáver a España.

Con el corazón escociéndole en el pecho pasó un rato hasta que consiguió tranquilizarse, y se quedó cabeceando medio dormida en la silla de mimbre del porche. No tardó mucho en verlo surgir entre los árboles hostigado por la *Danza del fuego*. Deambuló por el jardín con su sombrero de siempre como si buscara una ventana invisible por la que asomarse para ver la Alhambra.

—Ay, don Manué... —le dedicó una mirada tierna—, ¡cuántas obsesiones! Todo para ti era conflicto y angustia, todo en ti era duda dolorosa, pero cuánto me abrigaron tus cartas en momentos tan fríos, mi cómplice, mi amigo...

Él no se inmutó. Sólo la contemplaba con la serenidad de los muertos. María leyó de nuevo su esquela y se frotó los ojos cansados.

—¿Es verdad que has muerto en América y que han hecho volver tu cadáver a la patria aunque tú no querías volver? Aquí dice que te han recibido con honores de jefe de Estado aunque querías un entierro sencillo, y que tu nombre se alza en las marquesinas de los teatros, tarde, como es costumbre en los genios musicales... —Se acercó a él, cerró los ojos y dejó los labios suspendidos por si encontraban su mejilla en el aire—. Pero te prometo que cada vez que escuche el estruendoso aplauso que provoca tu arte, lo escucharé por ti. Descansa, atormentada sombra...

Una lechuza blanca que pudo venir de la Alhambra revoloteó sobre su cabeza y la vio alejarse detrás, flotando silenciosamente sobre los cantos rodados del jardín, para fundirse con el movimiento suave de los árboles, como si obedeciera a una orden.

Pasó el tiempo, poco, demasiado poco, pero sin embargo vino cargado de ansiadas novedades... Viajó a Londres para ofrecer una conferencia en la radio —aquello le dio la vida—, y durante aquel trayecto, sus ojos recorrieron esa Europa que ahora luchaba por desescombrarse. Afortunadamente para ti, cuentas con el filtro de esta enfermedad que no te permite recrearte en los detalles del infierno. ¡Todo tiene sus ventajas!, se decía al asomarse por la ventanilla sucia del tren que sólo le ofrecía una película borrosa de la catástrofe. Así recorrió de nuevo ese París que era ahora una gran bombilla fundida en cuyas plazas surgían puestos interminables de trastos viejos, platos rotos, ropa usada y libros a los que les faltaban páginas. París ya no era esa gran feria de las vanidades que ella bautizó, sino un inmenso y desdichado rastro donde se vendían dátiles al lado de aparatos de radio. Una radio, ¿para qué?, se preguntó plantada delante de una. En el fondo sólo habían servido para repartir el miedo y la propaganda. Pero la echaba tanto de menos... Al final se hizo con ella. Supo que había sido una mala idea cuando se enteró por su culpa de esa loca carrera de armamentos. Es que no aprendemos, se lamentó aquella noche, ya de vuelta en Niza, y eso que se sentía casi feliz porque había recibido un paquete con los ingredientes para hacer paella, ¡incluido el pimentón! También Gregorio le había avisado del envío de tres cajas de ropa que aún no habían llegado. El racionamiento en Francia no daba ese mes siquiera aceite, ni pastas, ni patatas. Chasqueó la lengua, fastidiada, ay, Dios, no se ve camino de mejoría por ninguna parte, hasta en Portugal han cortado las raciones.

Marcharme a América..., pensó por primera vez en serio. Aunque igual sucumbes antes. Si el viaje no costara un millón, desde luego, no nos engañemos, ya habrías tomado el camino. Estaba en la cama dándole vueltas a todo esto cuando vio entrar a Joaquín Turina arrastrando su música. Vaya..., así que ahora has sido tú. Bajó el volumen de su nueva radio. Él dejó caer la mano sobre la colcha que le cubría las piernas. Le miró con infinita dulzura.

—Dime una cosa, Joaquín, ¿por qué encajaban tan fácilmente mis palabras en cada una de tus corcheas, igual que encajaban nuestras risas...? Para mí siempre fue un misterio. Lo que sí sé es que todo lo arreglabas, hasta las maletas, hasta mi tristeza, hasta mis mareos, como en el barco a Tánger, ¿te acuerdas?, cuando me dabas a beber sorbitos de aguardiente en cubierta, ¿te acuerdas?

María se echó a reír y él la escuchó hacerlo embelesado como hacía siempre. Luego tarareó imitándola algo que le trajo recuerdos. Ella le acompañó brevemente hasta que le trastabilló la voz.

—No te lloro, Joaquín, porque no sé llorar por cosas de importancia. Me ha llegado sólo un recorte de *ABC* con una foto que no se te parece. Tú eras mucho más guapo. Pero yo guardo algo tuyo mucho mejor: el retrato que le hiciste a mi risa, ese que también es tu retrato y el de cuánto, cuánto nos quisimos.

Entonces él, sin darle tiempo para la tristeza, le dejó un beso en el aire y se evaporó sin más, con elegancia, sin aspavientos, tal y como había vivido los últimos años, tal y como había muerto, porque llamar la atención era llamar al peligro.

Durante ese año María empezó a echarles la culpa de todo a sus ojos. Para qué os voy a curar, se decía mientras regaba casi a tientas los geranios recién florecidos. En realidad, volver a ver... ¿para qué? Tu mundo entero, todos a los que una vez amaste, se han ido borrando y quizá no los volverás a ver de todas formas. Qué sentido tenía recuperar la vista para sentir aún más su ausencia. Qué ironía. Ahora que por fin había recuperado su vieja Yost del prestamista, cada vez le costaba más escribir. Sobre todo las cartas. Pero esa era otra cuestión. ¿Qué iba a contar? Que seguía invariable su vida ordinaria, como decía Benavente. Así, a tientas, había recibido la última de Gregorio en la que le daba un gran disgusto. Volvía a España, le había escrito a Juan Ramón, ¿podía creerlo? A pesar de todo, Gregorio volvía.

Buenos Aires, 7 de septiembre de 1947

Querida María:
No te he escrito últimamente porque sólo puedo contar desdichas: un conato de úlcera de estómago, de esófago, mejor dicho. En fin, no sé... El caso es que ya no puedo más y me voy a España, como sea. Sin renegar de mis ideas, por supuesto. Allí sé que habrá algo que hacer. Me juran que hay tolerancia. Me hubiera ido antes si hubiese tenido esos francos que te mandé. No quería dejarte sin fondos. Saldré dentro de una semana en avión. En fin, Dios dirá. Prometo escribirte de aquí en adelante sin falta. Yo no puedo aguantar más aquí. El clima me ha sentado muy mal. No he tenido satisfacción de ninguna clase. Repito que te escribiré. Pienso vivir en Barcelona, si puedo. Madrid me da miedo. Ahí está toda la politiquería y toda la comiquería.
Un gran abrazo,
Gregorio

Sólo seis días más tarde María estaba fregando los cacharros después de cenar. De fondo sonaba el murmullo afónico de la sintonía de Radio Londres. Qué verano tan húmedo y agotador habían pasado y el otoño no terminaba de llegar. No era capaz ni de coger la pluma, y según decía la radio, en España estaban casi peor. Le preocupaba pensar que su familia estaba comiendo tan poco con un calor tan terrible. «Pienso en vosotros a todas horas. En que podríais caer enfermos.» Preguntaba por sus sobrinos: ¿qué tal le iba a Margarita en la oficina de estadística?, ¿dónde tenía Teresa la suya? Sus cartas siempre iban emborrachadas de preguntas. Necesitaba conocer detalles de todo lo que se iba perdiendo por el camino: bodas, embarazos, trabajos, ilusiones, lo que habían comido por Navidad... ¡Qué se le iba a hacer! Ahora necesitaba que la vida de los suyos quedara registrada en pequeñas cuartillas de papel. Era como si se hubieran convertido en personajes de una novela absurda y por entregas.

También les preguntaba por Gregorio. Sus últimas noticias eran que había llegado Madrid. Qué foto tan horrenda la de *ABC*, horrenda, sí, qué lástima le había dado verlo tan envejecido...

Dejó que el agua fría le refrescara las muñecas. Contempló sus manos como si no fueran suyas. Ahora parecían dos cangrejos de mar cocidos y magullados, por culpa de su poca habilidad para los utensilios y herramientas las llevaba siempre llenas de moraduras y con las uñas rotas. Fue entonces cuando la voz del locutor se coló en sus tímpanos como una ráfaga de metralla: «*Today, in Madrid, the great playwright and director Gregorio Martínez Sierra has passed away. The 68 years old author has died of cancer only two weeks after he decided to accept the government offering to return to Spain*».

Cerró el grifo casi sin aliento y soltó el plato, que se hizo añicos sobre el fregadero. Caminó tambaleándose hacia el aparato y subió el volumen justo a tiempo para escuchar el final de la noticia. Luego dio unos pasos desorientados hacia el salón y deambuló desesperada como si buscara algo que había perdido para siempre hasta que se quebró por la mitad como una rama seca. Tosió un intento de llanto que se le atascó en la garganta. Cuando pudo incorporarse, fue hacia el escritorio y empezó a teclear en su Yost: «Para Gregorio Martínez Sierra, in Memoriam»... Entonces sí, ante el reclamo de las teclas lo sintió de nuevo, y como siempre, a su espalda:

—«A la sombra que acaso habrá venido, como tantas veces cuando tenía cuerpo y ojos con los que mirar, a inclinarse sobre mi hombro para leer lo que yo estaba escribiendo». —Hizo una pausa. Se enderezó como pudo y lo vio de frente, apoyado en su bastón, y sin dejar de mirarle a los ojos siguió escribiendo—: «Recojo con amor y dolor la pluma que has dejado caer con la vida y me dispongo sola, ¡hay que vivir! —por fin el llanto—, a continuar la tarea que nos unió durante medio siglo. ¡Hay que vivir! Sólo que de hoy en adelante, el trabajo será sólo trabajo. Y el desvarío a solas es locura harto amarga. —Levantó las manos de las teclas mojadas—. ¿Quién hallará por mí la palabra rebelde? ¿Quién dirá: ¡un poco más!? ¿Quién decidirá: ¡basta!? Ahora ¿cómo?, ahora ¿dónde? Ahora ya ¿para qué? ¿Ni qué importa? No hay ni siquiera adiós. No hay ni siquiera tiempo. Tu sombra se aleja camino del olvido. ¡Malcriado! ¿Qué modales son estos? Mira que apresurarte a entrar en el sepulcro antes que yo...».

Gregorio contempló a María con devoción, con amor, con apego, con ternura, con todo el inventario de sentimientos con que quiso ella, su autora, dotar a su muñeco. A su gran personaje. Cuando el martilleo de la máquina dejó de sonar, Gregorio levantó sus ojos, por primera vez vacíos de anhelo, y se alejó cojeando apoyado en su bastón hasta disolverse como una mancha de tinta en la oscuridad del pasillo.

29

Niza, octubre de 1947

Como todos los días, se levantó a las seis y media de la mañana, preparó su desayuno, después se lavó, se vistió y salió a la compra antes de que el calor fuera sofocante. Cenó lo mismo que a mediodía para no guisar más que una vez. Por la tarde arrastró la butaca hacia el pasillo donde hacía corriente y esperó a que se escondiera el sol para poder abrir las persianas. Luego leyó lo que le dejaron las brumas de sus ojos y se quedó dormida un ratito. Yo y mi negro aburrimiento..., murmuró en sueños.

Al día siguiente llegaba la única diversión de la semana: iría a ver al profesor de música que siempre le daba recuerdos para Margarita, ¿cómo estaba la niña? «Yo también la recuerdo así, ¡pero ya no es tan niña! —le advertía—, ¡y va a ser enfermera de cirujano!» Merendarían y escucharían discos, sobre todo de música moderna francesa. La semana anterior habían disfrutado a Fauré, Ravel y Dukas. Cuánto le gustaban y cómo le recordaban a Joaquín, «me gustaría descubrirle la música francesa», decía el muy coqueto y aquellos dedos de mago hacían una escala para llegar a los agudos hasta que su brazo rozaba el de ella. «¿Le desconcierta a usted?» Sí, claro que me desconcertabas, Joaquín, qué sinvergüenza, sonrió con picardía, pero no, no eran «las disonancias», como decías tú, sino más bien «las consonancias» que siempre tuvimos. Sus anfitriones franceses se habían quedado impresionadísimos cuando comentó de pasada que conocía al maestro Turina y le prometieron buscar *La oración del torero* para la velada siguiente. Ojalá la encontraran. Deseaba tanto volver a escucharla. A escucharle.

A las ocho en punto fregó los cacharros y se sentó donde trepaba su jazmín japonés. Era como abrir un frasco de perfume. Y a eso de las diez se fue a la cama.

¿Qué iba a contar de ella? Qué vas a contar tú, María. Si tu única motivación para escribir es que te contesten pronto. Le deprimía, te deprime el contenido de tu propia vida. Esa es la verdad. Sin poder casi escribir, todos los días se repetían en el siguiente, como una comedia loca en la que, en pleno desenlace, se parara la acción para representar siempre la misma escena. Sobre todo desde que no podía leer lo que quería. Eso sí habría convertido cada día en una experiencia distinta, ¿verdad? Ya lo decía Julio Verne, que para hacer viajes extraordinarios e inventarse un universo sólo necesitó recluirse en una biblioteca.

A la mañana siguiente abrió el *ABC*: vaya..., qué bonito. No solamente había sido borrada de las esquelas, sino también del homenaje que se le haría a Gregorio. Muy bonito, sí, muy bonito. Nada se había dicho de su colaboración con ella ni de su sola existencia a su lado. En el homenaje en cuestión que estaba previsto en el Teatro María Guerrero actuaría su hija, leyó, y apuró la pulpa del vaso de zumo recién exprimido que se le había atragantado ya dos veces. Ay, si la Brava levantara la cabeza..., se lamentó sentada a la mesa de la cocina, sorbiendo ceremoniosamente su café de las siete. Cerró las noticias de España y abrió el tabloide de Francia: el jefe de Gobierno pronosticaba que los alimentos serían sumamente escasos, ¡todo son buenas noticias! Lo cerró de nuevo y sacudió con él las migas del mantel de hule. Se sujetó las horquillas del moño, en fin, María..., ¡tendrás que comprarlo todo en el mercado negro!

Le sacó punta a un lapicero minúsculo que se partió dos veces, qué lata, últimamente todo se rompía, y empezó a escribir con esfuerzo en su libretita de cuentas: los garbanzos a 120 francos el kilo y de pan sólo 200 g diarios..., calculó. Buscó la luz que entraba por la ventana y sólo pudo distinguir una mancha deforme, borrosa. ¿Por qué justo habrás ido a perder tu herramienta de trabajo? En fin, paciencia..., y sustituyó el lápiz por una pluma suplente que vomitó sobre el papel un chorro de tinta.

Noviembre

Se levantó en medio de la noche espoleada por una idea: tenía que escribir a su sobrino Jaime, que estaba al tanto de esas cosas.

Una tormenta resquebrajaba el cielo y el viento aullaba tras los cristales como una jauría de furias. Nada, no había luz. Se sobresaltó a sí misma al pasar por el espejo. Con el camisón largo y toda desgreñada le pareció su propio fantasma. Menos mal que no podía analizar del todo los detalles de su deterioro. Se sentó delante del escritorio sólo alumbrada por la luz de los rayos que parpadeaban en el exterior.

A ver, escribió, primero pediría a Jaime que fuera a ver a don Manuel Aguilar, el editor, con una carta de su parte: «Me ha llegado que tiene usted interés en la publicación de nuestras obras completas, así que haré todo lo necesario para facilitarlo». Encendió una vela casi consumida que también iluminó su idea: escribiría el prólogo, una especie de larga dedicatoria que iría al principio de la edición y que se titularía «In memoriam». Aquella llama debió de encender también su cerebro porque soñó despierta toda la noche: ¿cómo sería ese tomo que reuniera cincuenta años de una vida literaria y artística? La obra de toda una vida escrita en medio de ese siglo sangriento y por tantas y tantas tierras... Dio vueltas y vueltas en la cama hasta deshacerla: al reunirlas seguro que te surgirían recuerdos de

emociones que poder plasmar. Podría ser una especie de prólogo a cada obra...

Volvió a levantarse, ¿dónde habré puesto las zapatillas? ¡O
dónde las habrá escondido Free! A la muy traviesa le divertía
empujarlas hasta lugares inexpugnables y luego se enfurecía
con ellas. Suspiró con cansancio. Claro que, a continuación,
llegará el conflicto de siempre: cómo iría firmado. Sobre todo
ahora con la censura. Quizá lo más sensato tal y como están las
cosas, María, sea firmar con el nombre de pluma que os contenía a los dos: Gregorio Martínez Sierra. Que a algunos muertos se les perdonaba. A los vivos no.

Unas ramas chocaron arañando el cristal.

Sí, ya lo sé, le contestó al viento, ya sé que hay otra censura
peor con la que lidiar: las Catalinas. Además, pensó para con-
tentarse, si en medio siglo de colaboración no he querido firmar a pesar de que Gregorio, oponerse, lo que se dice oponerse verbalmente, nunca se opuso a que yo firmase —digamos
que no lo sacó a colación...—, «no voy a ponerme a firmar
ahora que desgraciadamente él ya no está aquí», le escribió
justificándose a su sobrino.

Ya sentada en la cama, ahuecó las almohadas con una buena
zurra. Free hizo lo mismo a los pies con delicadeza felina sobre
su mantita preferida, y se tumbó tras dedicarle un dilatado
bostezo.

—Jaime lo entenderá, ¿verdad, Free? —la pequeña pantera
negra le dedicó un entornar de ojos tranquilizador—, firmar
yo con él ahora sería darles la razón a todos los maliciosos que
se han dedicado a insinuar que mi negativa a imprimir en mis
libros las cinco letras de mi nombre era una imposición suya...

La gata se pronunció de nuevo haciéndose una rosca de
pelo perfecta. María también cerró los ojos recluyendo en su
interior, como si fuera una perla, su nuevo proyecto y una pregunta: ¿cómo sortearía la carrera de obstáculos que veía acumularse delante?

Diciembre

Por fin Europa estaba unida por una cuestión de importancia mayor: el hambre. Cómo la envenenaba pensar que no había forma humana de enviar algo a Madrid. Esa tarde se había sorprendido relatándole a su hermano que algunos días comía un huevo recién puesto por la gallina de una vecina. Se detuvo casi con vergüenza, ¡qué estúpida te está saliendo esta carta, María! En fin, ¡ya vendrán tiempos mejores! Caminó hasta la habitación para echarse una manta sobre las piernas, Dios mío, ojalá que no haya otra guerra..., pero, por otra parte, ¿de qué servía llamar paz a lo que tenían si no se podía ni siquiera comer en ningún país? Cuando pensaba en la juventud de sus sobrinas y en lo mal que vivían «... se me parte el corazón. En cuanto tengo algo extraordinario que comer casi me da remordimiento disfrutarlo pensando que para tantos más jóvenes es un sueño irrealizable un poco de pan con mantequilla».

Se acercaba Fin de Año... Como siempre, se reunirían en casa del profesor de música y brindarían por que las siguientes campanadas que escucharan fueran las madrileñas en su Puerta del Sol.

Enero de 1948

En el río Ganges, una multitud arrojaba una lluvia de pétalos de caléndula mientras las cenizas de Mahatma Gandhi se disolvían en sus aguas turbias. Un asesinato para inaugurar un año que terminaría con la Declaración Universal de los Derechos Humanos y que para María comenzaba con un acontecimiento del mismo nivel: había llegado un paquete con el turrón de avellanas y bolsitas de piñones. Desde España le llegaba la noticia del rodaje de *Canción de cuna*, que Catalina había vuelto a trabajar y que Catalinita se casaba con un artista alemán, ¿sería cómico también? Bueno, parece que en España los duelos han terminado, María, así que hay que actuar deprisa. Escribió a su familia para que le informaran de qué comedias representaría Catalina, si eran de Gregorio y si tenían mucho éxito.

Qué penoso era estar pendiente de la testamentaría, se dijo mientras colocaba los alimentos en la alacena como si fuera una exposición. A ver si consigo no tener pleito de ninguna clase, pero habrá cosas en las que tengas que ceder porque no estás allí para defenderte. ¡Paciencia!

Febrero

Cómo tardaban en contestar los editores... Ni las guerras, ni la censura ni el hambre habían alterado ese vicio malísimo y endémico de su especie, daba igual el siglo y el país. Mientras no tuviera más que hacer pasaría las horas ilusionada pensando en la portada de sus obras completas. Por eso, durante toda esa semana su salón parecía estar de mudanza: cajas de zapatos llenas de polvo, baúles con las cerraduras oxidadas y archivadores roídos por la humedad, todos abiertos, y en el centro de aquel caos, María buscando entre sus fotos, dibujos y recuerdos.

¡Ah! ¡Aquí estás! Le pasó un trapo para quitarle el polvo y una araña correteó como una bailarina a esconderse entre las bambalinas de los libros. Al principio había escogido un retrato en fotografía, pero el que más le gustaba era ese, el dibujo de Ramón Casas, porque a pesar de los años era el único en el quedaba una hebra del espíritu de Gregorio. Por eso lo tuvo colgado en el despacho hasta que se enfadó con él durante su inexplicable silencio de la guerra. Ahora, sin embargo, le costaba desprenderse de esa imagen suya que, en el fondo, era tan de ella. ¿Y si se perdiera por el camino?

Sentada en una banqueta coja, releyó la última carta de su familia. Era normal que a su hermano le afligiera que Jaime se fuera a América. Pero ella sabía por experiencia que esa tristeza abisal que separaría a padre e hijo iba a disiparse con la primera carta que enviara. Así comenzaba la relación espiritual entre quien se iba y quienes se quedaban. Si lo sabría ella... Además, él siempre podría volver, pensó. Él siempre podría.

Se sacudió una telaraña del cabello. Y hablando de relaciones espirituales..., ¿será posible que la siesa de Margarita no sienta la necesidad de contarme un poco más de sí misma? ¡Qué criatura esta! ¡Cada vez parecía más británica! No podía culparla. Era una niña de la guerra y quizá había desarrollado una inteligencia para protegerse de la que su vieja madrina carecía. En ese momento horrible del mundo, en ese laberinto en el que habitaban, en esa confusión que los hacía dudar de todo, hasta de sí mismos, la primera tentación era poder agarrarse a algo. Pero no, no había que agarrarse a ningún ser humano. Tenía razón Margarita. Ni a ningún otro ser, le advirtió a Free, quien acababa de colarse como un saltimbanqui en la caja haciendo honor a su nombre. La sacó mientras se revolvía un poco, sobreexcitada por aquel nuevo escondite, y la soltó en el suelo. No, Free, ahora todos somos cañas muy frágiles y nos rompemos al menor empuje, no te engañes, gatita, ni siquiera tú tienes ya siete vidas. No hay que agarrarse a ningún otro ser, no, ¡hay que agarrarse a una filosofía! Su panterilla pareció reflexionar unos segundos, pero enseguida le dirigió un gesto de impaciencia y, de otro salto, salió despavorida derrapando en el pasillo con la esperanza inútil de que la persiguiera.

María empezó a cerrar las cajas. Vaya lío había formado en un momento. Es normal que estés susceptible con la distancia y la soledad. Era normal que el cerebro se le estuviera embruteciendo. De ahí la impaciencia por recibir cartas. ¿Qué otro combustible tenía para ir aguantando un invierno cada vez más pegada a la estufa? Cualquier día a sus huesos también le salían goteras.

Había recibido la copia del famoso testamento.

Los papeles legales no admitían una lectura entre líneas como un libreto ni segundas interpretaciones. Así que tendría que recurrir a su único as en la manga:

> Querido Alejandro. Incluyo una carta para que se la entregues a Rafael Guerra del Río, mi abogado, y conozcas mis argumentos. ¡No autorizo ni jamás autorizaré esa cesión! ¡Faltaría más! De eso, ni hablar.

Luego le indicaba que cuando cobrara en la Sociedad de Autores se quedara cinco mil pesetas. Bien se las había ganado el pobre con los disgustos y trajines que le proporcionaba esta negra historia. Podrían gastárselos en la cena de Navidad y así se acordarían de ella. Luego les encargaba dos guantes de piel y unas medias buenas de hilo. Llevaba recosiendo los últimos tres pares tanto tiempo que a su muerte ¡podrían donarlas a un museo de la guerra como obras maestras del zurcido!

Al escribir esa carta lo hizo pensando en su querido Portnoff. Qué orgulloso se habría sentido de verla tan combativa. Ay, María..., ¡a buenas horas mangas verdes! Siempre con el paso cambiado como cuando bailabas en la verbena. Aún no se había hecho a la idea de que se hubiera ido George. Qué sola te vas quedando, «qué sola me estoy quedando, querida Collice», le había escrito a su mujer. ¡Y pensar que le previno para que no se casara! Ellos sí que habían tenido esa unión intelectual y amorosa con la que María soñó siempre. Hasta el punto de que Collice quería tomar el relevo de George como su agente, además de ser su traductora. Pero ¿qué va a colocar la pobre mujer si no le escribo nada nuevo y lo viejo está aún en las garras egoístas de las Catalinas? Esa era la cuestión.

Para colmo, Aguilar retrasaba la edición de las obras completas hasta hablar con lo que llamó «la otra parte». Era el colmo. ¡Qué pintaba ahí la familia morganática!, le escribió. Cuando moría un colaborador, el que quedaba vivo disponía de la obra sin discusión y nadie podía intervenir en lo que hacer con ella. A lo único a que tenían derecho las Catalinas era a cobrar lo que la ley les concediera, que ya era bastante. Pero comprendía que, como editor, estuviera aburrido con esos jaleos.

Dejó su cabeza agotada descansar sobre las teclas. Su Yost hizo sonar la campanilla como si le diera la tregua de una siesta.

Mayo

Por fin en París.

Sentada en el sillón del oftalmólogo espero su valoración. Era un milagro. Los novecientos treinta kilómetros desde Niza sumados al precio de la operación lo habían convertido en un viaje imposible.

Un aguijón de luz y luego un ojo gigante la observó desde el otro lado como si fuera el del Todopoderoso. Y lo era. El único ser que podía obrar ese milagro. El médico meneó la cabeza hacia los lados.

—No son buenas noticias, madame —se lamentó tras la frontera de acero y cristal del aparato—. Como me temía, hemos descubierto unos microbios en la lágrima que, de operar ahora, le harían peligrar no uno sino los dos ojos.

—Pero yo vivo en Niza...

El oculista vio cómo la pupila borrosa que observaba tras la lupa se contraía un poco y del lagrimal surgía, blanda y transparente, la tristeza. La pondría en tratamiento y, si no lograban que desaparecieran, tendría que volverse a casa sin operar después de tantas esperanzas.

«Queridísimos, no escribo porque no veo. Así que quizá parte de la frase se quede en mi mesa.»

Se había vuelto a Niza operada, pero sin lentes porque tardaban un mes en fabricarlas, así que no tenían más remedio que enviárselas por correo. Se aburría mortalmente sin poder leer ni escribir ni ir sola por la calle, pero la esperanza de poder hacerlo de nuevo le dilataba el corazón. Aunque el profesor de música sí le leyó las últimas malas nuevas que le llegaban de España: había llegado respuesta del editor y, por lo visto, según le decía su hermano, «la señorita no quiere que tú figures para nada en las obras completas».

No se le había ido de la cabeza en todo el día.

Enfurecida, arrojó al sofá ese libro de Tagore que releía una y otra vez porque tenía la letra gorda. «¡¡¡Lo mismo da que quiera que no quiera, porque en este asunto no tiene que hacerse lo que a ella le salga de las narices!!!», garabateó con muchas exclamaciones, aunque siempre las había aborrecido. «¿Seguía teniendo ese documento bien guardado como le dijo?, sí, ¿verdad?» Y dobló la carta por la mitad, respirando agitada.

Abrió el ventanal. El magnolio empezaba a florecer con voluptuosidad y las golondrinas planeaban por el cielo en formación de guerra. Volvió a desdoblar la carta. «Además —continuó en uno de los márgenes—, para calmar los escrúpulos del editor, irá en primera página la fotografía del documento en cuestión.» Levantó la vista con malicia. Quién sabe, María, quizá eso le añada un pequeño y apetecible regusto de cotilleo literario a la publicación, ¿qué opinas? ¿No es eso lo que más les importa? Aunque la afirmación no será una novedad para nadie, tal vez ayude a la venta del libro. Utilicemos a nuestro favor las armas del enemigo ya que este va a disparar de todas formas.

Era increíble el cinismo, bufó, y al hacerlo Free le bufó también a su erizado reflejo. Qué graciosa e inocente criaturilla. Desde cachorra lo hacía siempre que se encontraba consigo misma, como si no se reconociera del todo. En eso se parecían bastante. Intentó calmar el fuelle enloquecido de sus pulmones, pero le resultaba imposible. ¿No es indignante, Free? —La gata atendió a su nombre sin quitar ojo al enemigo que seguía atrapado en el cristal de la ventana. María prosiguió, acariciándola—: Encima de que he consentido un reparto mucho más ventajoso para la niña de las narices de lo que la más republicana de las leyes hubiera podido darle si hubiera sido hija legítima mía... ¡y ahora esto! Volvió a abrir el sobre por tercera vez y añadió en esa carta que no se terminaba nunca: «Soy demasiado amiga de la paz —siguió ya a mano con una letra escarpada—, he querido respetar los deseos apenas expresados en el testamento de mi marido, pero, si quieren guerra, la tendrán». Y tras cerrar el sobre, ahora sí, se colocó el sombrerito de fieltro negro y salió con paso decidido por el boulevard lleno de flores antes de que se fuera el correo.

Ojalá hubiera algo para ella. Ahora, cuando le faltaba carta de un amigo, le daba por pensar que había muerto. Qué ironía... Por primera vez la falta de noticias era, casi siempre, malas noticias.

Noviembre

Decidida como pocas veces a hacer un poco de sangre, empuñó la pluma como un florete. Ciertas palabras merecían mostrar el estado de ánimo y la agitación de la caligrafía de quien estaba escribiendo: «Mi querido amigo... y defensor», le escribió a ese, su supuesto abogado en Madrid:

> Estoy un poco triste porque me parece que, como les sucede a los embajadores, le va tomando usted demasiado cariño al país extranjero —o sea, en este caso, a la parte con-

traria—, y eso no puede menos que dolerme. Mi hermano Alejandro me escribe que la hija de Catalina Bárcena tiene la pretensión de que le ceda la mitad de la pensión de autores y que usted no parece muy opuesto a esa idea. Y yo —que ya he cedido tanto, sólo porque no ande en lenguas la memoria de mi marido— en esto no estoy dispuesta a ceder.

¿En qué cabeza cabe que vaya yo a ceder la mitad de lo único que tengo seguro, puesto que los derechos de autor usted bien comprende que si no sigo escribiendo comedias, declinarán rapidísimamente a una señora que es mayor de edad, que está casada y con la cual no tengo lazo ninguno de afecto ni de parentesco?

He cedido considerando como gananciales mis propios derechos de autor, sabiendo que hubieran debido sacarse de la mitad correspondiente a mi colaborador y no de la mía, he cedido pagando la mitad de mis derechos reales, cuando en realidad no hay para mí transmisión de herencia puesto que nada heredo al cobrar lo mío. Pero ya he tenido bastante magnanimidad y se acabó. Usted sabrá hacérselo comprender con palabras más suaves que las mías. Le saluda con el más fiel afecto su excompañera de cámara y República.

María Martínez Sierra

Cerró la carta y trató de calmar su ira. Espero que no haya faltas, últimamente algunas letras juegan contigo al escondite; había decidido quitarse la placa negra de las lentes y esos primeros días aún no se habían adaptado los ojos. Lo veía todo doble y un poco fuera de su sitio por culpa de las cicatrices. Pero esa carta no admitía demora.

Se colocó las lentes gruesas que hicieron lupa sobre sus ojos oscuros. Recibirlas había sido su mayor alegría en años. Enfocó su retrato de Sala y le pareció que estaba un poco más vivo y que era mucho más feo de lo habitual. Al menos como cuadro tiene un valor mercante. Qué cosas..., con ellas puestas veía bien, demasiado bien, porque aumentaban tanto el tamaño de las cosas que todo estaba mucho más cerca de lo que estaba en realidad, así que iba dando tumbos por la calle como si estuviera borracha. Fue a dejar la taza de café sobre la encimera y se lo pensó dos veces. Ojo, María, ¡nunca mejor dicho! Se levantó las gafas como un toldo. Tenía que tener mucho cuidado para no soltar las cosas en el aire. Encima, por el lado estético era un desastre porque al no tener operado más que el ojo derecho, para evitar que las dos visiones le armaran un lío padre en ese cerebro más acostumbrado a imaginar que a ver, tenía que llevar el ojo izquierdo cubierto con un cristal negro como una vieja pirata. Aquello le había dado pie para construir una trama de comedia en la que una anciana en su situación lo veía todo dos veces y en lugares distintos. ¿Una anciana?, soltó una carcajada, ¡qué optimismo el mío! «Anciana» sonaba demasiado venerable, más bien una pobre bruja de las que piden limosna en las puertas de las iglesias, pensó colocándose sus gafas con parche.

Le hizo una carantoña a Free, que seguía increpándose a sí misma. Cómo te comprendo, gatita. Yo también me bufo cuando me veo. Tras cinco años de no observarse con nitidez, cuando se miró con las lentes de aumento casi le dio un pasmo. ¿Sabes, Free?, me he encontrado tan horrorosa que no he vuelto a repetir el experimento, ¡no te digo más!, creo que tú deberías hacer lo mismo, y se peinó a tientas mientras ella jugaba a cazarle el cepillo.

Diciembre

Sacó las cosas de la cesta de la compra. Bueno, no comerían pavo pero sí una gallina, y como ese año no había turrón, se regalaría a sí misma un cuarto de kilo de *marron glacé*. Gracias a Dios, por fin estaba terminado el asunto del testamento: sabía que, aun así, les habían hecho unas cuantas faenitas. Tu querido abogado es un guarro, María. No le des más vueltas. Pero no hay otro de momento. Se limpió las gafas del salitre y el mundo volvió a ser nítido de nuevo. Eso era, sin duda, lo más importante, como le había escrito a su querida María Lacrampe, ya en libertad, gracias a Dios: «Ay, querida..., por el momento me tiene tan contenta haber vuelto a ver y poder trabajar que no me dejo entristecer demasiado por la situación paradójica en que me encuentro de haber muerto en vida y tener que resucitar para seguir viviendo».

Porque con Gregorio había muerto también su firma.

La que los contenía a los dos.

Al ser casi siete años mayor que él, nunca se imaginó que lo sobreviviría. No, nunca lo pensaste, María... ¿Y ahora? ¿Cómo empezar de nuevo a los setenta? Y en otro país. Y con un nombre maldito en España. Vaya agradable aventura te has buscado a tu edad.

Había empezado a trabajar un poco, pero era muy difícil encontrar mercado: hasta ahora no había escrito más que algunas cosillas que Collice le colocaba en periódicos de América, pero tardaban tanto en pagarle... Ten un poco de paciencia, proyectos tienes muchos sembrados, pero a veces me das miedo, María, que ya sabes que tiendes a no separar la realidad de las ilusiones. De momento sólo les contó a Collice y a Lacrampe que había empezado a escribir unas memorias «con el muy noble propósito de ganar un poco de dinero con una bonita obra de arte» y de revisitar algunos episodios de su vida. Así estrenaría sus nuevos ojos aunque antes se dio el capricho de leer a los nuevos autores franceses. Ese Sartre que habría escrito un prodigio, pensó al cerrar *A puerta cerrada*. Con Saint-Exupéry le había ocurrido una curiosa aventura. Abrir el *Piloto de guerra* fue como abrir un espejo mágico porque escribía conteniendo la emoción como si le diera vergüenza sentirla pero no lo pudiera remediar. Como ella. Nunca se había encontrado escribiendo sobre el alma humana una tan afín. Abrió la puerta de la alacena blanca de la cocina que había forrado con malla de gallinero: así los turrones se conservaban mejor.

La verdad es que Europa cada vez es más desapacible, se lamentó mientras realizaba su ritual de colocar los alimentos. Ahora que por fin puedes escribir, si Collice te confirma el encargo de tus memorias con esa editorial de Nueva York..., ¿quizá deberías pensar en serio en intentarlo? Sería un libro muy blanco. Sólo los recuerdos infantiles, autobiográficos, pero sin referencias políticas. Porque ya le había advertido su sobrino que lo que ahora estaba escribiendo sería difícil que pasara la censura en España. Para empezar, el nombre de la autora y, para seguir, el título: *España triste*. No tienes remedio, María, se riñó, eres una optimista irredenta, y no pudo esperar a abrir una de las tabletas de guirlache.

Enero de 1949

Loca de felicidad, sacó los zapatos de la caja. Eran azules de rejilla con un poquito de tacón, justo los que le eran más cómodos. Introdujo el pie derecho y se levantó. Qué lata, me están un poquitito grandes, pero eran tan cómodos que sentía que caminaba sobre el paraíso.

Marzo

Había desayunado con la noticia de que Hispania Arte Films quería los derechos cinematográficos de *Las golondrinas*.

Un nuevo problema disfrazado de alegría.

Abrió su libretita de cuentas y empezó a escribir una lista de tareas: «Indagar si era una empresa solvente porque para dejarse robar y tener disgustos, ya bastantes había sufrido». Apoyó su frente en la palma de la mano y repasó sus arrugas tan concentrada como si las estuviera leyendo. Ay, qué complicado es en el exilio todo lo que ya era complicado antes. ¿Cuándo acabaría ese estado de incomunicación? Qué suerte la mía...

¡Paciencia! Algunos días llegaba a temer que se le quebraría la razón por fin y nunca volvería en sí. Contempló la portada de su manuscrito: *España triste*. Desde luego es un buen título, pero para tu país, pensó, porque a la censura no pareció entusiasmarle y lo habían prohibido. Intentó cambiárselo: *Una mujer por caminos de España*. Sonaba bien, pero como ya estaban sobre aviso, tampoco había colado. Al fin y al cabo eran recuerdos de propaganda política. Dejó el manuscrito sobre el escritorio y respiró hondo. No me importa gran cosa, la verdad.

Lo importante, María, es que has vuelto a escribir.

Ese libro para Estados Unidos la llenaba de ilusión. ¿Y si lo titulamos *Las horas serenas*? Sólo teclearlo en su Yost la llenó de paz. Entonces recordó de dónde lo había sacado: aquella postal que le enviaron una vez desde un lugar que esperaba conocer algún día. Sí, es un buen título, se convenció, porque en sus páginas no se trataba más que la vida literaria, sin política ni religión.

Cerró la libreta y se pegó a la estufa. Free se le subió encima de las piernas para darle su terapia diaria de ronroneos y calor. Parecía intuir que esa humedad le reblandecía hasta las ideas.

Julio

Ese fue el primer síntoma. Había dejado de contemplar el mar.

Justo ahora que podía distinguir con toda nitidez la espuma que hacían las olas, apenas se acercaba a la playa. De pronto se había vuelto casi insensible a todos los aspectos de esa belleza explícita de Niza que antes le entusiasmaban. Aquel día, caminando como tantas veces por el paseo marítimo, sintió que el alma se le esponjaba y el cuerpo empezó a pedirle a gritos un poco de novedad antes de morirse. ¿Qué me pasa?, se preguntó frente a la playa intentando vencer al viento como una bandera. Y en ese momento deseó con todas sus fuerzas morir con un poco menos de resignado aburrimiento. Sí, quizá ya había tenido suficiente mar y aburrimiento. Cómo duele no ser hombre en estos momentos, ¿verdad, querida?, porque si lo fueras, no tendrías miedo a caminar por la arena de noche, que en el fondo es lo que más te gustaba. ¡Sabe Dios a qué hora regresaría a casa!, se dijo, continuando su marcha por la Promenade casi a empujones. Miró hacia la derecha. En el muro de la playa había dos jóvenes untándose crema el uno al otro como si fueran dos tostadas. Ella llevaba uno de esos bikinis escotados de lunares blancos. Ahora aquellas bailarinas del Moulin habrían resultado recatadas, sonrió. Claramente, querida, perteneces a otro siglo. Seguro que te habrás quemado por salir sin sombrero y ahora, encima, vas a pelarte. Estarás preciosa, María, se burló. Y para animarse un poco se fue a comprar un heladito de nougat, como algunas tardes.

Agosto

¿Ahora intentaban quedarse con las obras en el extranjero? ¡Hasta ahí podíamos llegar! El mismo grito indignado que rebotó en las paredes de su vestíbulo fue a parar a la carta que escribió a su abogado. ¡No pensaba ceder! Dio la vuelta a la llave con una mano, la carta le temblaba de ira en la otra. Apoyó la espalda en la pared, agotada. ¡Precisamente en obras musicales en las que Gregorio sólo había intervenido para recibirlas! ¡Ni hablar! Si no fuera porque habían muerto todos sus colaboradores, porque no podía viajar para buscar los manuscritos para acreditarlo y porque seguía siendo una perseguida... ¡la iban a oír! ¿Por qué parecía que tenía que pedir perdón por que la estafaran o por no tener la misma autoridad moral? Para consolarse, se confeccionó una bata amarilla y blanca, vas a dar el golpe al ir a la compra, María, y después de coger la cesta y el monedero, salió de casa.

Se acercó a la ventana. Qué día más gris y sin poder gozar de la inspiración de la lluvia. Contemplaba con terror acercarse el invierno. El cielo estaba preñado de nubes como una parturienta que no termina de dar a luz. No quería llover y ya habían empezado las restricciones de electricidad. Subían las *baguettes*, las patatas, la leche y los huevos, y también Free subió al alféizar y le dio un cabezazo rotundo en el pecho. Luego se sentaron ambas a invocar la lluvia. Y al rato empezó. A Free le encantaba perseguir las gotas a zarpazos en su eslalon cristal abajo. La acarició detrás de las orejas: no te preocupes por mí, Free, es que cuando llueve me siento más vieja. Tomó asiento frente a la Yost. ¿Qué les escribo hoy? ¿Sobre mi libro de memorias? ¿Para qué? ¿Para regocijo de cualquier censor? A esta carta le arrancarán la ropa y será violada y manoseada por muchas manos antes de llegar a las del destinatario. No puedo hablar ni de lo que hago ni de lo que siento ni de lo que pienso con intimidad ninguna, ¿entiendes? Siempre hay alguien mirando. Y yo estoy un poquitito harta de contarme cuentos a mí misma y me da un poco de reparo contárselos a los demás. Finalmente tecleó: «Querida ahijada: Te diré que estamos en septiembre, ¡qué gran noticia! Que debiera hacer sol aún pero llueve. ¡Qué acontecimiento tan interesante! Que a pesar de llover, extrañamente se han abierto millares de rosas y que por las noches canta el ruiseñor en el huerto de enfrente y otras, las ranas. Y que compré un ramito de "muguet" el pasado primero de mayo...». Al verla tan aburrida y por hacerle un favor, Free saltó a la mesa y se interpuso entre María y la máquina, pero ella la esquivó para ver el papel y siguió golpeando las teclas con desgana: «Hoy he comprado un ramo de margaritas blancas, que es la flor carlista. ¿Habrá todavía carlistas en el mundo?». ¡No!, arrancó rabiosa el papel del rodillo, ¿ves? La gata tensó cada uno de sus músculos del susto. ¿Ves lo que te digo, Free?, suspiró. Esto último ya no puede ser.

Luego la acarició lentamente hasta que empezó a ronronear. No te preocupes, Free, ya sabes que soy un poco de corcho. Siempre emerjo. Escribiré esas memorias, sí, es lo único que me apetece de verdad, aunque no le interesen a nadie. Por lo menos conservo el don de hacerme ilusiones. ¿Sabes?, mientras escribo me parece que esta salud que tengo, gracias a Dios, me va a durar un siglo, y que siempre voy a poder valerme, que la inteligencia no se me va a nublar... Repasar mi vida, tirar de esa hebra finísima con libertad, me hace escribir con el entusiasmo de entonces. Pero contar mi vida desde esta vejez y en esas cartas que tienen un público invisible, indeseado, indeseable, me cuesta un triunfo.

Free se había quedado dormida en sus brazos. No le sorprendía nada, aburriría hasta a las ovejas.

Luego, además, estaban las buenas nuevas que le llegaban por carta, cortesía de su país. Pero ¿cuándo se va a cansar la gente de robarme?, se indignó. ¿Cómo era posible que se hubiera podido tratar la venta de *El amor brujo* para hacer una película? ¿Y sin contar con ella? ¡El autor del libreto tiene derecho a cobrar por la mitad en todo el uso que se haga de la obra! ¿Que habían entregado veinte mil pesetas? ¿Adónde habían enviado esa comunicación? ¿Adónde? Sería en un sueño. ¿Y a quién? Como no fuera a Catalina pensando que era ella... Esa tarde le pediría a su abogado que redactara un papel sin falta. Tenía razón, debía prohibir que se siguiera rodando la película y continuar cuando se pusieran las cosas en claro. Estaba ya un poquito harta. Tenía que defender sus intereses.

Noviembre

Ya no era un temor: se había adelantado el invierno y llovía desesperadamente las veinticuatro horas del día. La casa estaba tan húmeda que, en cuanto pasaron los calores fuertes del verano, empezó a tiritar y no paró hasta que encendieron la calefacción. También comenzaron los dolores en los huesos, incluso en aquellos que guardaba celosamente su esqueleto y no sabía que existían. A todo ello se sumaba la angustia por el papeleo interminable e improductivo porque seguía sin cobrar sus derechos desde la muerte de Gregorio. Y ya no podía más. No era mucho dinero, pero era el que le hacía falta. Se echó tres mantas de lana sobre las piernas. Se le quedaban tiesas en cuanto se acostaba. Esa noche soñó con marcharse a vivir a Egipto, donde no llovía nunca. Si no fuera por la peste y por el cólera..., pensó al despertar mientras desayunaba un poco de realidad.

Diciembre

No le gustaba nada que siguieran rodando esa película sin contar con ella, y si dejaba que la terminaran sin oponerse estaría perdida. Por lo tanto, le pidió a su sobrino Alejandro que se presentara en los estudios e interrumpiera el rodaje como apoderado suyo. Adjunto le enviaba una fe de vida y una autorización firmada. Su único motivo de felicidad era que la calefacción estaba fuerte y conseguía que se secaran un poco las paredes.

28 de diciembre

Cumpleaños feliz, María... Su reflejo de setenta y cinco años le devolvió un gesto agradecido tras su lavado matinal. ¡Y feliz día de los Inocentes! Mal día tuviste para nacer, querida... ¿No preferirías haber nacido el día de la Revolución francesa? Caminó arrastrando las zapatillas hasta la cocina. Esa mañana escribió a sus sobrinos para celebrarlo con ellos y les pidió que le contaran su cena de Navidad. Había pasado tanta escasez que ahora le gustaba saber lo que comía todo el mundo. Ella había tomado sopa y pasta con un poquitín de jamón, otro poco de turrón, un huevo y una naranja. Ese mes se sentía muy obsequiada, pero hacía un frío atroz y caía aguanieve. ¡Un parte meteorológico también formaba una parte fundamental de las cartas de una anciana!

Por otro lado, le llegó el rumor de que Catalinita se había separado del artista alemán. Poco le ha durado a la señorita la felicidad conyugal, entornó los ojos con malicia, y de pronto necesitó saber si la culpa había sido de él o de ella. No venía mal un poco de cotilleo de vez en cuando. Lo que sí le había llegado era que rezaba día y noche. Incluso se decía que estaba cerca de ingresar en algún tipo de comuna radical cristiana. Eso le vendría de la muy pía de su abuela, porque anda que si el positivista de su padre levantara la cabeza...

Revisó las cuentas que le llegaban desde España: qué ruina. Los derechos de autor de las obras antiguas no daban ni para pipas. Necesitaba estrenos. Como fuera. Donde fuera.

1 de enero de 1950

Feliz Año Nuevo, María. Otro año sin tus campanadas.

Finalmente, la película había sido embargada y el guion no se había cobrado. En la Sociedad de Autores estaban todos contra ella. Era un hecho. Se alineaban como un compás con el gobierno de Franco. No podría sobrevivir por mucho más tiempo. La cuenta de Londres no la había tocado. Lo que allí hubiera, junto con alguna pequeña ayuda, le permitiría dar el salto.

Abril

Y llegó esa primavera. Era una buena estación para los que pretendían resucitar. Pero para resucitar había que morirse

487

antes y ella había muerto —la mujer y la escritora, su firma, su vista y su nombre—, como le había escrito a María Lacrampe: sentía haber muerto en vida y ahora tenía que resucitar para seguir viviendo. Sería una novela sensacional, pero esa, precisamente, no la quiero escribir.

Le fue muy difícil comenzar aquella carta para su familia.

Les quería hablar de un asunto especial, comenzó. Algunos de los proyectos con los que contaba no habían dado resultado. No tardaría mucho en agotar sus reservas. La peseta se había desplomado, así que urgía tomar la decisión: tenía que ganar su dinero en moneda americana y no tenía más remedio que hacer lo que no había querido hacer nunca: «Irme a América», escribió con letra firme y mayúscula, y que subrayó varias veces. Debía irse y pronto. «Debo irme pronto porque soy vieja y la salud de que disfruto no puede durar mucho.»

Empezaría las gestiones para que la oficina de refugiados la ayudara a pagar su pasaje. Si no quería que la arrollara el carro de la miseria tenía que andar con las alas en el trabajo y los pies de plomo en el gasto.

Cerró su baúl. Sabes lo que estarán pensando, María, y es cierto. Que con tu edad debería haberte llegado la hora de descansar en paz, pero, por lo visto, no es tu destino: «¡Moriré en la brecha! —concluyó épicamente la carta—, y ojalá Dios me conserve los sesos despiertos». Con esta aventura, María, te harás la ilusión de que vuelves a tener veinte años.

Y así, con sus setenta y cinco se decidió a hacer las Américas.

Le aseguró a su familia que volvería en un año o a lo sumo dos, pero cuando el *Saturnia* se desprendió del puerto de Génova y vio caer los amarres al agua, hubo algo en ese zambullirse tan profundo, tan definitivo, que le pareció un grueso cordón umbilical que se estaba rompiendo.

Ahora sí que te vas al exilio, pensó desde la cubierta, porque Europa había sido para ella su patria, la placenta continental de la que se separaba, donde se engendraron sus comedias, sus viajes y sus sueños.

30

Madrid, 2018

—No nos dan los derechos para estrenar *Sortilegio*, así que os podéis ir todos a casa.

La voz de Celso les impactó como si fuera metralla. Luego se limitó a observar la reacción de Noelia con su sonrisa de seminarista violento y las manos sujetas a la hebilla del pantalón.

—Pero ¿no tenías ya los derechos? —preguntó Noelia, atragantándose con su propia voz—. No entiendo.

El productor se cruzó de brazos y le dirigió una mirada asesina.

—No lo entiendes, ¿eh? Pues yo te lo explico, «directora». Los derechos estaban pedidos, sí. Incluso me habían llamado de la Sociedad de Autores para que fuera a firmar, hasta que parece ser que «alguien» o «álguienes» —y se volvió hacia Lola, acusador— han empezado a remover el tema con una estúpida teoría de que «quizá» esta obra en concreto es de más de un autor.

Dio una fuerte palmada, aplauso *interruptus*, y se frotó las manos.

—Total, que como no hay pruebas pero sí una denuncia, hasta que se aclare la cosa no podemos estrenarla. Así que gracias, muchísimas gracias a las dos. —Juntó sus manos en un saludo sarcástico. Se dirigió al resto—: Y... vosotros también podéis darles las gracias por dejaros en la calle y haceros trabajar gratis, porque ahora mismo, si no hay estreno, tampoco puedo afrontar el pago de los ensayos, lo siento.

Celso hizo mutis dejando tras de sí la desolación estruendosa de sus pasos. En su formación de media luna sólo quedó el silencio. Ese silencio de teatro vacío que no va a llenarse.

Lola le ofreció la mano a Noelia en señal de apoyo, pero ella permaneció rígida; Francisco echó la cabeza hacia atrás boqueando en busca de aire como un pescado; Augusto se aprendía el suelo de memoria; Leonardo se levantó con las manos en la cabeza y se fue cara a la pared como si se hubiera castigado. Sólo Cecilia buscaba los ojos de Noelia con insistencia. La directora ya sabía quién sería su judas, pero no esperó a su crucifixión.

—Asumo toda la responsabilidad, chicos. —La voz quebrada sin apartar la vista del retrato de María—. De verdad que lo siento de corazón.

Cecilia soltó una risotada artificial propia de una gran actriz cuando no le da la gana actuar.

—¿Que lo sientes? ¡Que lo siente, dice! —Buscó el apoyo de los otros, indignada—. ¿Y ya está? ¿Eso es todo lo que tienes que decir? —Hizo una pausa dramática—. Pues me decepcionas, Noelia. Por un momento pensé que eras una directora de otro pelaje.

—¿Y qué quieres que diga?

Cecilia se levantó beligerante.

—Pues mira, la directora a la que yo admiro y que a la vez me pone de los nervios diría que ahora no nos podemos rendir; la directora con la que yo quería trabajar nos convencería de que, ya habiendo currado como animales dos meses, no vamos a parar hasta que encontremos las putas pruebas que hagan falta para conseguir estrenar esta obra la semana que viene. —A Cecilia le brillaron sus ojos de fiera—. La directora que creía conocer es terca como una mula y nos aseguraría que vamos a devolverle a la primera dramaturga de este país, línea a línea, todas las que hayan salido de su Yost, sean pocas o muchas. Porque si no lo hacemos, entonces sí que todo se irá al traste y será una gran mierda.

Leonardo no pudo más y se abrazó a su compañera por la espalda, «qué pico tienes», y le dio un beso sonoro en la boca.

—Ceci tiene razón —exclamó el rubio—. María no abandonaba nunca.

Francisco, enternecido hasta la comedia y con lágrimas en los ojos, dijo:

—Es verdad... —y aplaudió—. Ahí la hemos dejado. Una ancianita dispuesta a conquistar América.

Augusto se apoyó en sus rodillas meneando la cabeza y sonriendo a la vez.

—Noelia..., ¡no me jodas!, no podemos abandonar ahora, con lo poco que nos falta. Aunque sólo sea para que os demuestre que Gregorio era más autor que ella.

Una carcajada colectiva. Leonardo le tiró a dar con su bolígrafo. Lola le pidió un pañuelo a Francisco.

—¡Vamos, dire! —Su ayudante hipó cómicamente y anunció que se iba al baño a llorar un poco.

Noelia la detuvo y, temblando de emoción, ocupó el centro de su semicírculo por última vez. Con más sentido y sentimiento que nunca los convocó con una palabra:

—Compañía.

Se le acercaron con aire marcial hasta cerrar una circunferencia prieta, abrazados por los hombros.

—Por María —proclamó Leonardo.

Unos segundos después ya estaban todos manos a la obra: Lola empezó a repartir a toda prisa los últimos documentos del exilio a los que se había referido Patricia O'Connor. Sólo quedaban unas cuantas cajas acumuladas en un rincón, anunció, y cada uno buscó el lugar más cómodo desde donde explorar, entre líneas, cualquier evidencia que pudiera presentarse como posible prueba de su autoría.

Noelia observó orgullosa a su apasionada *troupe* reconvertida en agencia de detectives, contagiados por el espíritu de lucha de su protagonista.

—¿Y el documento que firmó Gregorio? El que te enseñó el periodista aquel —preguntó Lola—. ¿No es suficiente?

—Si fuera el original sí, Lola. Pero sólo me dejó una fotocopia porque iba a devolverlo a casa de Margarita, o eso dijo. Aunque allí no está y él no coge el teléfono.

—¿Y si el documento es falso? —preguntó Augusto—. ¿No dijiste que no te fías del tipo?

—No, el documento no es falso. —Leonardo agitaba un papel—. Escuchad lo que le escribe aquí a su hermano, nada más morir Gregorio —y empezó a leer—: «Alejandro, en uno de los cajoncitos de arriba de mi secreter hay un papel firmado por Gregorio y por dos testigos en el cual se reconoce que todas sus obras están escritas en colaboración conmigo. Por lo tanto, yo soy la única persona que, faltando él, puede disponer de ellas: recoge el papelito y guárdalo bien a mi disposición por si hay que utilizarlo. También me interesa saber qué ha dejado en su testamento...».

—¿Y qué decía en el testamento? —preguntó Cecilia—. ¿Dónde lo dejamos?

—¿El de Martínez Sierra? —preguntó Lola.

—No, el de Franco —saltó la otra—. ¡Pues claro!

—Aquí lo tenéis, tirado, como todo —refunfuñó.

Cecilia lo examinó con rapidez.

—No la menciona —confirmó.

Hubo un momento de ofuscación general. ¿Cómo que no la mencionaba?

Francisco pidió leer el documento también:

—¿Así que después de firmarle aquel documento a María, se echó atrás y la dejó sin nada? Acojonante...

—Tiene toda la lógica —el cerebro de la directora ataba cabos de nuevo—, por eso no se divorció, porque en el fondo no se fiaba y así heredaría como viuda si él no cumplía. ¿No lo veis? —Se quedó pensativa—. Aun así no recibía la mitad de lo que le correspondería como coautora, pero algo es algo.

—Y por eso hubo litigio con Catalina madre e hija —añadió Lola.

Y chocaron los cinco.

La madeja se iba desliando a medida que avanzaban por ese rastro de migas de pan que María había sembrado para ellos. Desde algún lugar de la platea se escuchaba a Leonardo reírse de satisfacción por el material que estaba encontrando.

—Escuchad esto, por favor:

> Querido Alejandro, soy demasiado amiga de la paz: he querido respetar los deseos apenas expresados por mi marido, he cedido dándole más ventajas que si hubiese sido hija legítima mía. Pero ya he tenido bastante magnanimidad y se acabó. Si quieren guerra, la tendrán.

—¡Ole ahí! ¡Esa es nuestra Lejárraga! —aplaudió Lola, entusiasmada.

—Pues espera que esto no es nada. —El otro avanzó por el pasillo buscando la luz:

> ¡Cuánta hipocresía hay en el mundo! Que Dios les perdone a todos y a mi maridito por añadidura, que si ha muerto tan santamente como afirma mi cuñada, a pesar de no haberse arrepentido por estafarme por los cuatro costados, tendrá que estar sentado a la derecha del Padre.

—¡Así se habla, doña María! —Francisco tenía ya esa mirada de grupi como cuando hablaba de Madonna.

—Anda que vaya último regalito les dejó Gregorio a todas... —Noelia meneó la cabeza—. Hala, allá os las apañéis entre vosotras.

Pero había algo que de pronto no le encajaba. Si fuera cierto, como le había advertido Regino, que podía surgir algún tipo de impedimento, alguien que por alguna razón pusiera obstáculos para que demostraran la coautoría de los Martínez Sierra..., ¿quién podría tener interés y por qué?

—Lola, ¿en qué años murieron los colaboradores de María incluyendo a Gregorio?

—Pues fueron muy seguidos. —Se acercaron al cronograma—: Falla en el 46, Gregorio en el 47...

—...y María los sobrevivió más de veinticinco años —siguió repasando las fechas delante del corcho.

Francisco, de pie a su lado, hizo como si llamara en la cabeza de la directora y abriera una puertecilla.

—¿Hola? —bromeó—, ¿me deja ver qué pasa ahí dentro?

Ella se agarró de su brazo.

—Creo que hay más gente interesada en que descubramos que María era la coautora de Gregorio que al revés —sentenció—. ¿Y si nos estuvieran dejando pistas en el camino?

Augusto se llevó las manos a la cabeza.

—Pero, tía, ¿tú qué tienes?, ¿doble personalidad? ¿Después de dos meses comiéndonos la cabeza vas a empezar a desconfiar de tus propias teorías?

—¡No! —exclamó—. ¡No lo sé! No estoy diciendo que ella no escribiera. Lo que digo es que si echáis cuentas, los derechos de autor de Gregorio expiran ya, como los del resto de sus colaboradores, y pasarían a ser de dominio público porque se cuentan ochenta años tras la muerte del autor. —La directora caminaba por el escenario y Lola apuntaba en su libreta intentando seguir el ritmo de sus conclusiones—. Pero si nosotros terminamos demostrando que ella era la otra mitad de la firma «Martínez Sierra»..., los derechos de toda la obra y de sus colaboradores seguirán vigentes porque se cuentan «a partir de la muerte del último coautor». Es decir, de la muerte de ella, en 1974. ¡Los sobrevivió a todos treinta años! Os recuerdo que no hace tanto se llevó al cine *Canción de cuna* y que *Las golondrinas* de Usandizaga se estrena en el Teatro de la Zarzuela cada dos por tres, por no hablar de *El amor brujo*... ¿Y si le diera a Netflix por resucitar una de sus noventa obras?

Noelia salió de la sala gritando un «¡ahora vuelvo!» y dejando a su compañía de una pieza. Detrás de ella correteaba su ayudante agitando la libreta, «¡dire!, entonces ¿cuál es la pauta?, ¡dire!, ¿se puede saber adónde vas?», pero la otra caminaba a grandes zancadas hacia el área de producción.

—La pauta es que, a partir de ahora, os cuestionéis cada posible prueba —respondió sin detenerse.

—¿Qué es lo que sospechas? Te conozco —insistió la otra plantándosele delante—. ¿A quién crees que le interesa que demostremos la autoría de Lejárraga?

—A todos, Lola. A todos.

Imanol podría trabajar para cualquiera o para sí mismo. Probablemente nunca lo sabrían. Pero eso no importaba ahora. Lo importante era acercarse lo más posible a la verdad.

—Me temo que nos pueden estar utilizando —y siguió caminando mientras la otra gritaba a su espalda: «¿Utilizando? ¿Para qué?». Desde el final del pasillo la directora levantó la voz—: Vosotros seguid con la revisión de todo lo que queda. Yo tengo que hablar urgentemente con Patricia O'Connor.

Todo empezaba a tener sentido, pensó Noelia sentada delante del ordenador haciendo una percusión nerviosa con el vasito de cartón de su chocolate mientras esperaba a que la profesora se conectara. Claro, reflexionó, por eso nadie se había preocupado hasta ahora de sacar a María a la luz, a pesar de que en su día hubo tantos rumores de que Gregorio no escribía solo... Pero ahora Lejárraga era un chollo. Ahora sí. Su longevidad era un regalo inesperado, pero, a fin de cuentas, si servía para devolverle a María lo que era suyo, lo mismo le daba.

A pesar de que lo estaba esperando, la música burbujeante del Skype la sobresaltó. Cogió la llamada y apareció Patricia pegándole un mordisco a una tostada.

—Oh..., lo siento, querida. Me has pillado desayunando. —Se sacudió unas miguitas de los labios.

—No, Pat, discúlpame tú por las horas, pero estamos en una situación crítica que amenaza el estreno.

A la profesora casi se le fue la taza al suelo, ¿el estreno? No, por Dios, ¿qué había pasado? ¿Cómo podía ayudar? Noelia meneó la cabeza. Era tan largo de contar...

—Puedes, Pat, si me ayudas a demostrar que María también escribió *Sortilegio*. Pero ya sólo me fío de Alda y de ti.

—Oh, ¡Alda! ¿Cómo está?

Noelia le hizo un rápido histórico de los últimos acontecimientos y le resumió sus dudas. Especialmente una. No quería que su pasión hacia el personaje de María la hubiera hecho seguir pistas falsas, regadas o no a propósito ante sus ojos.

—Así que ahora ya desconfío de todo y de todos. Incluso de que haya un misterio. —Encestó el vasito en la papelera—. No sé, quizá he querido verla, por todo lo que sufrió, como algo que no era, que nunca fue. —De nuevo esa presión en su garganta—. Encima van a despedir a toda la compañía por mi culpa, y se ha paralizado el tema de los derechos por mi culpa, el productor ha perdido pasta por mi culpa, por mis fantasías y mi estúpido sentido de la justicia y...

—Frena un segundo, Noelia. —La profesora se colocó unas coquetas gafitas de ver—. Primero, las cartas de las que te hablé, las importantes, me las enseñó Margarita. Estoy casi segura de que sólo las he leído yo. Segundo, es muy interesante la conclusión a la que has llegado sobre los derechos. Yo también me preguntaba en estos días por qué ahora de pronto se estrenaba *Sortilegio* con lo difícil que me lo pusieron en su momento, y por qué dejan a María resucitar de entre los muertos cuarenta y cuatro años después de su muerte para darle un pedacito de la tarta, pero claro, como tú dices, eso les devuelve a otros el resto de la tarta... —Deslizó las gafitas por su nariz puente abajo—. Pero no estoy nada de acuerdo contigo en que todo esto implique que no haya, en realidad, un misterio que resolver. Al revés. Creo que los árboles no te dejan ver el bosque. ¿Y si te digo que pudieras estar viendo sólo la punta del iceberg y que debajo hay sumergido un misterio mucho mayor? —Hizo una pausa intrigante—. El mayor misterio de la literatura española.

Dejó sus ojillos muy abiertos y sin pestañear durante unos

segundos, hasta el punto de que Noelia creyó que se había congelado la imagen. Pero le dio otro sorbo cauteloso a su té. Noelia respiró aquella pregunta. Sí, había dado con un iceberg. Más bien había chocado contra él, y le vino a la cabeza su compañía que seguía abajo, en esa sala sin decorados, ni vestuario, ni diseño de luces, leyendo cartas en un trasatlántico que sabían que se estaba hundiendo con la misma vocación que los músicos del *Titanic*. Pensó en Regino, quien había confiado en ella para recuperar una obra perdida. Pensó en Celso y en que había arriesgado su dinero... y finalmente pensó en María, de quien había dudado como Judas a última hora.

No podía más. La cabeza le daba vueltas esforzadas como una lavadora con demasiada carga. Estaba agotada.

—Pat..., necesito que me cuentes todo lo que sabes.

—Para eso estoy aquí, querida Noelia, pero hasta la verdad tiene su momento.

Lo primero que le preguntó a la profesora fue cómo dio ella con *Sortilegio*. ¿Por qué tenía ese manuscrito? Patricia se acodó en la mesa y lanzó al infinito una mirada soñadora. Le había interesado *Sortilegio* incluso antes de leerla. El manuscrito estaba perdido. Había localizado a Margarita, la ahijada de María, quien le pasó algún material. ¿Vivía aún María?, quiso saber la directora, y Patricia asintió.

—Aunque no puedo asegurar que ella supiera todo lo que me estaba mandando su sobrina, siempre tuve la sensación de que Margarita quería que a su madrina se le hiciera justicia. Fue mi gran cómplice.

De esta forma Patricia supo por las últimas cartas entre el matrimonio que Gregorio murió planificando sobre su lecho de muerte posibles puestas en escena para *Sortilegio*. Su cuenta pendiente fue estrenar en España su única tragedia, la última obra de la firma Martínez Sierra, algo que Patricia consideraba imposible, tal y como era la censura de Franco.

Ya en los años treinta le escribía a María lo entusiasmado que estaba con cómo había quedado la obra «original, atrevida, novísima». «La ensayaré con mucho esmero», le aseguraba. Eso fue un año después del éxito que obtuvo la obra en Buenos Aires, el único lugar donde se estrenó. Después Gregorio le pidió varias veces a María que le enviara el manuscrito de nuevo corregido. Quería que se representara en Nueva York. Estaba convencido de que allí gustaría mucho, a pesar de que el tema, la homosexualidad, era aún muy controvertido en todas partes. Aunque para Patricia ese no era el tema de la obra.

—¿Ah, no? ¿Y cuál es?

—La lucha con un amor imposible, por supuesto.

Mientras Gregorio esperaba anhelante ese ejemplar, incluso empezó a elucubrar cómo adaptarla a un guion cinematográfico, y le pedía a María los cambios que consideraba necesarios. Según él, el público del cine era mucho menos sofisticado que el del teatro. Luego vinieron las guerras y el manuscrito nunca llegó. Hasta que en 1947, un Gregorio reaparecido y desgastado por la enfermedad escribía por última vez a una María resucitada:

> Recibí contestación a mi cable sobre *Sortilegio*. Es la única *reprise* que puedo hacer con probable buen resultado porque nadie la ha vuelto a hacer desde que la estrenamos en Buenos Aires el año que se escribió. La espero con impaciencia.

Aquel proyecto seguía latiéndole dentro casi más que su corazón: deseaba estrenar en Madrid esa obra que nunca llegaba a sus manos porque, parece ser, traía la dirección equivocada.

—La verdad, acertaron con su primer título: *Maleficio* —concluyó Patricia—. Porque se murió sin estrenarla.

Gregorio el anhelante, tras tantísimos éxitos, se había ido con la angustia de no haber realizado un último gran anhelo.

—Quizá no se perdió —hizo una pausa—, quizá nunca se

despegó de las manos de María, pero entonces sigo sin entender cómo tenías tú una copia, Pat. ¿Te la dio ella?

La profesora sonrió de forma indescifrable y le dio otro bocadito a su tostada.

—No, y ahora llegamos al verdadero milagro. —Ladeó la cabeza, intrigante—. Yo me entrevisté con María cuando tenía casi cien años. Mi obsesión era que me revelara la forma en la que trabajaban juntos para poder dilucidar el peso específico que tenía cada uno como autor. Pero ella, aunque convertida en una ancianita encantadora, sabía bien cómo evitar una pregunta que no le apetecía —afirmó con la cabeza lentamente—. Yo sospecho que para entonces ya había llegado a la conclusión de que nadie la creería jamás. Porque no olvides, Noelia, cómo fue atacada por los intelectuales de la época cuando salieron sus memorias. ¡Fue terrible! De modo que sólo quería hablar de sus últimas comedias, las que había escrito ya con ese nombre de pluma que los reunía a los dos: María Martínez Sierra. Lógico, ¿no? Al fin y al cabo, había invertido en esa firma sesenta años de carrera.

Luego Patricia le siguió contando cómo, cuando ya había fallecido María, la casualidad o el destino quiso que estuviera en Madrid la tarde en que Margarita, «que estaba al tanto de que yo seguía investigando, me avisó de que acababa de llegar un baúl con las pertenencias de su tía y que quizá me interesaría verlo».

—Entre otros papeles importantes y cartas, ropa y algunos zapatos, ¡oh, milagro!, ese baúl contenía el manuscrito de *Sortilegio*, la famosa obra inédita que yo andaba buscando como loca.

—Y si pudiste encontrarla..., ¿por qué no la publicaste? —se extrañó Noelia.

—Quise hacerlo, claro —alzó las manos al cielo en un ruego no atendido—, en *Estreno*, la revista que yo dirigía por aquella época. Cuando la leí no daba crédito, Noelia. Fue entonces cuando entendí perfectamente la obsesión de Gregorio por estrenarla. A pesar de que los herederos estaban conformes, el problema fue que, aunque María había firmado el manuscrito con su nombre y el de Gregorio, como era su costumbre mientras él vivió, también, según un acuerdo entre los dos, Gregorio figuraría ante el público siempre como único autor. Lo que quizá ella ignoraba fue que él registró siempre todas las obras en la Sociedad de Autores sólo a su nombre. Al fin y al cabo, él fue presidente de la misma y sabía que eso lo convertía en el único propietario de los derechos. Para más inri en su testamento, y como ya sabrás, Gregorio no mencionó a María, de modo que todos los derechos de la labor de ambos pasaron a su hija, Catalinita.

—Y a María, pero como viuda, supongo —la interrumpió Noelia, recordando aquellas conclusiones con Regino.

Patricia asintió.

—Fue entonces cuando tropecé con un muro. Al pedir permiso a Catalinita para publicar y traducir *Sortilegio*, esta me informó, para mi sorpresa y a través de terceros, de que debía consultarlo con «su consejero espiritual».

—¿Con su consejero espiritual? —repitió Noelia como un eco asombrado.

Patricia le siguió contando que tras su divorcio supo que sus padres habían vivido toda la vida «en pecado» —quizá se enteró el mismo día que murió Gregorio porque el sacerdote que le dio la extremaunción se negó a que «aquella mujer entrara en su lecho de muerte por ser una adúltera»—, en fin... ¡aquella España! El caso es que al parecer esa revelación afectó terriblemente a su hija y acabó refugiándose en el Opus. El cura que la «aconsejaba», al leer la obra, se escandalizó por lo «escabroso» del argumento y le aconsejó que no viera la luz jamás.

—Me temo que esto debió de pasar con casi toda la obra de su padre. Y de María por extensión —se lamentó Patricia—. Por eso, a pesar del éxito que tuvieron en vida, fue prácticamente borrada durante cuarenta años.

Noelia quedó abstraída por el halógeno parpadeante que la iluminaba: así que la peor censura para Martínez Sierra no fue la de Franco, fue la de su propia hija... Tremenda paradoja, pensó mientras seguía llegándole la voz de Patricia sobre su imagen ahora pixelada. De modo que María terminó asistiendo impotente a cómo no sólo la dictadura, sino el Opus Dei, decidía sobre sus obras en España y luchaba desesperadamente contra ello desde el exilio a brazo partido.

—Y mi lucha tampoco terminó aquí —continuó, dando un golpe indignado con la palma sobre la mesa—. Me parecía todo tan injusto y tan kafkiano que, cuando se estrenó en cine *Canción de cuna* en 1994, también me puse en contacto con la productora para aclarar que la obra en la que se habían basado era una coautoría. Pero el director, como yo, no pudo hacer nada. Porque en todos los registros aparecía sólo Gregorio, y Catalinita nunca daría su consentimiento si aparecía el nombre de María.

Noelia la escuchó boquiabierta sin poder tomar una sola nota.

—Pero... ¿entonces? —Se restregó los ojos—. Entonces en tu tesis sobre María no pudiste demostrar que ella también fue la autora de las obras.

—A través de *Sortilegio*, no —la interrumpió—, pero en ese baúl que María dispuso que enviaran a su ahijada al morir y de cuya llegada me avisó Margarita, había un tesoro escondido para que llegara hasta nosotras.

—¿Las famosas cartas?

Sí, pero no las que habían leído ya, le insistió la profesora, ni las que se llevaron a esa fundación, aseguró tajante. ¡Eran otras! Estaba segura. Las únicas que María se llevó al exilio de país en país y que guardaba celosamente junto con sus documentos. Un salvoconducto que nunca utilizó pero que no quiso destruir.

—¿Y por qué estás tan segura de que son otras?

—Porque su contenido es tan escandaloso, Noelia, que

nunca se habrían depositado para su consulta en un lugar público. —Hizo un gesto como si fuera a contarle más, pero se arrepintió—. Noelia, lo he decidido. Voy a viajar a Madrid.

Llegaría el mismo día del estreno por la mañana, le dijo. Sabía que esas cartas eran reales porque basó su tesis doctoral en ellas, «¡imagínate!», pero en aquel momento a nadie le interesó lo que decía esa chiquilla de veintitantos años al otro lado del mundo sobre una exiliada. Unos años después fue a casa de Margarita y no las volvieron a encontrar.

—Aunque como la verdad, querida Noelia, tiene su momento, ¿sabes?, quizá ese momento ha llegado. ¡Estoy muy optimista! Iremos a ver a Margarita. Intentaremos que haga memoria y las buscaremos juntas, ¿te parece? Necesito que tú las leas con ojos nuevos sin pasar por mi filtro. Hace tantos años de esto...

Cuando la directora volvió a la sala, escuchó la voz aguda y juvenil de Lola abriéndose paso con un tajo limpio en la oscuridad: «Queridas mías: aunque esta carta la escribo en el barco, cuando la recibáis querrá decir que ya estoy en Nueva York puesto que no la puedo echar hasta que desembarque...».

De pronto le olió a océano y, a su espalda, una ola inmensa inundó el patio de butacas justo cuando subía la escalera del escenario, ese escenario cuyas tablas ya formaban una cubierta de madera barnizada mil veces que los marineros se afanaban fregando para evitar los temidos resbalones.

Nunca había estado rodeada de tanta oscuridad, se sobrecogió María apoyada en la barandilla al llegar la noche; tanta que se sintió en el espacio flotando entre las estrellas. Nunca había viajado tan lejos, y pronto, en el horizonte tan lejano, empezó a clarear una luz desconocida. Por fin algo nuevo.

31

En algún lugar del océano Atlántico, 1950

Qué distinto olía al mar, pensó cuando el océano le echó su aliento a desconocido. No había en él acentos a algas ni a tierra, ni a moluscos o pescado. Todo estaba a demasiada distancia. Tan sólo olía a agua viva.

Sacó el pañuelo bordado del bolsillo de su chaqueta y secó la humedad de su frente. Ahora comprendía por qué en el fondo no había querido cruzar el Atlántico. En cuanto hay lejanía, hay ensueño, se dijo, apenas hay obstáculo, hay ilusión. Había querido conservar la fantasía de esos imperios de ensueño, pero ahora «la otra orilla» empezaba a ser Europa. Irremisiblemente.

Estiró la espalda entumecida tirando de la barandilla. Qué difícil había sido la partida. O más bien deberías llamarlo el parto, María. Malditos bancos..., lo de la cuenta bloqueada de Londres había sido la puntilla, ¿bloqueada? Y tú atándote las manos para no tocarla en previsión del viaje. Cómo eran los malditos bancos, daba igual el país... ¡Siempre poniéndolo fácil! Que si con la muerte de un titular no podían darle el dinero si no era con no sé cuántas formalidades. ¿Formalidades?, ¿en la España de Franco? ¿Partida de defunción legalizada?

Respiró de nuevo el océano como si fuera un suero.

Escuchó voces. Una pareja se sentó en las tumbonas. Él sujetó la cabeza de ella y le ofreció, con ternura, un sorbito de licor. María sonrió nostálgica. Cómo echaba de menos a Turina y sus cuidados.

Volvió a concentrarse en las olas y en los problemas por resolver: Collice Portnoff también necesitaba los dichosos documentos y el papel en el que Gregorio reconocía la colaboración para poder cobrar derechos en América.

En veinte días llegaría a su destino. ¿Sería en verdad eso?, ¿su destino? Algo parecido a un delfín chapoteó delante del barco. Qué maravilla..., y se contagió de su libertad y su alegría.

El primer día a bordo fue el único que puso el despertador a las tres de la madrugada. Se dejó caer de costado sin desvestirse para poder subir a toda prisa a cubierta. Por fin, a eso de las cuatro lo vislumbró. Un sembrado de luces en medio de la noche oscura. Gibraltar. Era tan parecido a su recuerdo que temió estarlo soñando. Apoyada en la barandilla recordó a Gregorio, a Falla y a Turina porque con los tres había visitado aquel lugar mágico, y ahora todos habían desaparecido en la negra noche, la misma en la que poco a poco se perdían las costas de España. Cuando se hubo extinguido la última luz en el horizonte ya no volvió a mirar atrás y sintió ese último desprendimiento de su madre patria. Supo que era la última vez que la volvía a ver.

Luego les sorprendió un ciclón en las Azores que los tuvo presos en los camarotes varios días. Había recibido también un radiograma de su editor desde Nueva York diciéndole que no se preocupara por el retraso, que la esperaban al desembarcar. Collice Portnoff, por su parte, la recibiría en la Universidad de Arizona donde ya estaban ensayando *Es así*; un título de lo más enigmático, le había comentado su nueva agente. Antes de embarcar rumbo a Nueva York, le escribió a esta:

> No llevaré conmigo nada de Europa. Quiero empezar la vida completamente de nuevo. Imitando a Hernán Cortés, quemaré mis naves.

No era del todo verdad. Se llevó la mano al pecho y sintió el tacto del alfiler de bolitas de oro que su madre llevaba en un retrato de joven, la única pertenencia sentimental que viajaba con ella. Bueno, no te enfades, a ti ya no puedo llamarte posesión, dejó caer la mano para asegurarse de que aún estaba allí su vieja Yost, que descansaba bajo la cama en su maletín de piel ya pelado. No, su Yost no podía considerarse un instrumento de trabajo. Ni siquiera una pertenencia. Era una amiga.

«¡América!», gritaron en la cubierta. «¡América!», se extendió como un virus de boca en boca hasta las bodegas.

El sol brillaba como un cañón encendido sobre la silueta acerada de la ciudad. Todos los pasajeros corretearon escaleras arriba hacia la cubierta tras ese alarido que era siempre diferente y el mismo en cada barco cuando asomaba la Estatua de la Libertad en medio del agua, aunque aún midiera una pulgada escasa. Qué diferente era llegar a una urbe desconocida conociéndola. Apoyada en la barandilla, María le fue poniendo nombre a cada uno de los rascacielos. Qué distinta a aquella primera impresión de París y de Londres, planetas imprevistos por su imaginación de entonces. Sin embargo, el puerto bullicioso y alegre habitado por comerciantes de distintas razas y los cientos de pañuelitos blancos que se agitaban en señal de bienvenida le resultaron tan familiares que se sintió en casa.

Nueva York, 1950

—Es un honor, Mrs. Martínez Sierra. Bienvenida a New York. —Su editor le estrechó la mano cariñosamente para recibirla—. Espero que su estancia sea muy fructífera y agradable.

—Lo cierto es que ya me siento perfectamente *at home* —aseguró ella, perdiendo un poco el equilibrio.

Él la sujetó por el brazo, era normal, le aseguró, todavía su cuerpo tardaría un poco en entender que el suelo no se movía bajo sus pies.

El trayecto hacia el hotel no hizo sino solidificar la primera sensación que tuvo de esa ciudad. No podría perderse aunque quisiera porque el Empire State le resultaba tan conocido como el campanario de su parroquia. Llegaron al hotel Gramercy, un alojamiento elegante en una placita encantadora con su propio y mítico jardín privado del que le dieron unas llaves que recibió intrigada. Las casas parecían inglesas pero con otra luz más lustrosa, la del nuevo mundo. El editor le explicó que su secretaria vivía permanentemente en el hotel, así que estaría atendida. Iba a llevarla a cenar esa noche.

Cuando entró en esa habitación tan grande como un apartamento en Europa, le dio unos cuantos centavos al botones y, antes siquiera de quitarse la chaqueta y lavarse, escribió una carta a Alejandro:

> Ya estoy aquí. Mis señas estas primeras semanas son: Mrs. María Martínez. Lexington Ave. At 21st. Street New York. Estados Unidos de América.

Enseguida se hizo a la ciudad. Le gustaba Nueva York. Más allá de su bella cáscara que a través del cine le era tan conocida, la carne de aquella Gran Manzana era una jugosa sorpresa que nunca se habría figurado. Había temido encontrarse con un barullo espantoso «y aunque es verdad que en las calles hay mares de gente», le contaba a Alejandro, «nunca da aspecto de desorden, salvo en el metro —en el *subway*, sí, como le llaman aquí—, que no volveré a tomar nunca porque creí perecer aplastada». Por lo demás, no ofrecía dificultades mayores que las de cualquier otra ciudad, escribió. «Acostumbrada a Niza, donde todo el mundo habla a grito pelado y gesticula desaforadamente, Nueva York me parece la ciudad de la calma.»

Aquellas ocurrencias hacían a sus sobrinas desternillarse de risa. ¿Cómo era posible que la tía se apañara tan bien sola, con setenta y seis años y en cualquier rincón del mundo?, le preguntaba con admiración Margarita a su madre. Y luego la alarmaba asegurándole que ella sería igual de viajera que la tía cuando llegara a vieja.

Lo que parecía evidente, incluso para María, era que ese cambio de paisaje continental la había hecho salir de un limbo en el que su alma de exploradora estaba presa como un pájaro exótico en una jaula. Cada carta les llegaba más entusiasta, como si hubiera rejuvenecido veinte años:

> Hoy he subido, cómo no, al más alto de los rascacielos para ver el panorama de la ciudad, que es imponente. Los rascacielos parecen torres y tienen cierto carácter gótico. De noche, iluminados por las 100.000 ventanitas, parecen grandes rocas y me recuerdan al peñón de Gibraltar con sus centenares de luces.

Pidió un café y la cuenta, y se dispuso a escribir en la cafetería del hotel como cada tarde. Revisó el tíquet. Aún le sorprendía todo lo que había podido comer por poco más de un dólar: un plato de carne, otro de verduras, postre y café. Ay, si pudieras enviar un poco de esa carne asada a tus madrileños... Todavía no le parecía que estuviera en América. Desde luego en Niza, por ese precio, sólo habría comido unas aceitunas. Ahora lo imprescindible era empezar a ganar en dólares.

En una semana ya había ido sola al correo, al banco, al limpiabotas, el tinte, a mandar a arreglar una maleta... Los barrios tenían cierta sencillez de aldea, lo mismo que en Londres, algo que no había sentido en París ni en Madrid. Había muchas cosas que le llamaban poderosamente la atención: la amabilidad endémica de su gente quizá inoculada por su naturaleza emigrante, que nunca entrara un hombre en el ascensor sin quitarse el sombrero si había una señora, que le cedieran el paso en todas partes y el sitio en el autobús..., hasta en las apreturas del metro se lo ofreció con cortesía un negro, y era el lugar reservado para él, pobre hombre..., le contaba a María

Lacrampe: «Los hay por todas partes, limpios, presumidos y bien vestidos».

Aún pasarían unos días hasta reunirse con Collice en Arizona, que aprovechó —entre reunión y reunión con su editor— para visitar algunos museos. De algunos salió dolorida. Le dolía, sí, contemplar en ellos muchos tesoros de España con la etiqueta de «comprado en 1939». Tampoco pudo evitar una sacudida melancólica cuando tropezó con uno de aquellos simpáticos coches mosca como el que le descubrió Londres. Rodeó el pequeño carruaje de caballos negro de dos ruedas separado de ella por una catenaria y le recordó a su juventud, cuando aquella pareja aterida de frío salía de su pequeña paz de aldea a descubrir el mundo.

El mundo... había cambiado tanto desde entonces.

Hasta tú eras ya una pieza de museo, María. Y otros ya ni eso. Gregorio no existía. Sin embargo, había dejado un inesperado rastro en América que empezó a darle ardores, como una enfermedad antigua de la que no había sido del todo consciente. Poco a poco le iban llegando informaciones de lo que había dejado sembrado. Cosas que desconocía y difíciles de digerir sin un antiácido. Lo último habían sido esas cien mil pesetas en acciones hipotecarias de las que María nunca tuvo noticia y que al parecer él compró cuando aún estaban casados con los primeros ahorros que dieron sus obras. A saber en qué se habrían convertido ahora. El caso es que cada día se iba enterando por sus contactos comunes en América de más cosas desagradables: «El pobre, ¡Dios lo haya perdonado!, ha sido bien hipócrita conmigo —le escribió con aquella úlcera en el alma a su hermano—, y por lo visto me tuvo bien engañada hasta el último día». Luego le rogaba que consultara el valor actual de esas cédulas aunque hubiera que partirlas por la mitad con su hijita. Si no, se las apropiaría ella sin decir nada. Sería un robo más, y ya eran bastantes.

Esa noche, sentada al lado de la ventana contemplando el parque, escribió a Lacrampe: «Al recorrer las horas pasadas

siento rabia contra mí misma por las muchísimas que he desperdiciado en sufrir por amor. Ahora, a la clara luz de la ancianidad, veo que no valía la pena esa pena insolente y mal nacida
que no tiene consuelo ni remedio».

Hablando de fantasmas del pasado, también le llegaron noticias de Victoria Kent. Su barco había atracado a principios de
año en Nueva York y desde que descubrieron su talento en
Naciones Unidas trabajaba en el Departamento de Defensa
Social. Se alegró sinceramente por ella. De que estuviera viva,
sobre todo. Por algún truco del destino estaban recorriendo
un camino paralelo. Ella también había vivido escondida en el
París ocupado y cruzó el océano. ¿Debería ir a verla? Ese fue
su primer impulso, pero luego se lo pensó mejor. En aquellos
tiempos algunos preferían dejar el pasado atrás y reencontrarse con los que venían de él les provocaba el mismo terror y
desconcierto que ver un espectro. Lo que no supo fue que Victoria, en su sesentena, había hallado el amor en Louise Crane,
una millonaria americana que sería también su cómplice intelectual y con la que se encontraba trabajando en el proyecto de
publicar una revista con el expresivo nombre de *Iberia por la
Libertad*; con el tiempo, la gran fuente de comunicación para
los exiliados. Como ella, Victoria no tenía intención de volver
a la patria ni necesitaba que la perdonase nadie. «Yo no tengo
otra pasión que España —publicó en su propia revista en cuanto pudo—, pero no regresaré a ella mientras no exista una auténtica libertad de opinión y de asociación.» Siempre tan categó-
rica con la palabra y tan diáfana en tus valores, Victoria, y de
pronto María sintió que también le apenaría recordar con ella
su Lyceum Club mientras sorbían una Coca-Cola, recordar su
biblioteca expoliada y la preciosa casa de las siete chimeneas
ocupada por aquellas perseguidoras del pecado que entonces
les hacían tanta gracia y ahora se hacían llamar la Sección Femenina.

La llegada a Arizona volvió a ser cálida. Collice estaba en la puerta de su preciosa casa rodeada de verde, con el cuerpo más grueso, los labios más cereza, el pelo más corto y la sonrisa más deslumbrante que en las fotos. Sí seguía intacta aquella curiosa mancha de nacimiento con forma de continente en su mejilla derecha. La vivienda estaba ubicada dentro del campus, un oasis en pleno desierto enfermo de palmeras y naranjos, pinos y praderas. Al fondo le llamaron la atención un campo de tenis y un gimnasio. El pueblo era precioso, con casitas individuales y de madera encastradas como una joya en el centro de su pequeña pradera sin vallas, algo que a un europeo le desconcertaba por completo.

Las dos mujeres se abrazaron largamente.

—¡Por fin! ¡Mi autora favorita! —Collice la sujetó con su cuerpo de luchadora.

Estaban todos muy emocionados en el teatro con su llegada y había una gran expectación entre los estudiantes, comentó mientras la conducía amablemente del brazo. Les esperaba una buena agenda que cumplir entre charlas, encuentros y entrevistas antes del estreno.

Una desconcertada María tomó asiento en uno de los enormes y blandos sofás. ¿Entrevistas?, ¿sobre su obra? ¿Ella? Pero esa noche, compartiendo un café en la enorme cocina de su traductora, lo que más la fascinó fueron las maravillosas e inteligentísimas máquinas que había en ella:

> ¡Si vieras, Alejandro, los adelantos de electricidad de este país! Hasta para tostar el pan hay una máquina que echa a andar sola sin tomarte ni el trabajo de enchufarla. Cuando están tostadas, se separan con todo cuidadito por su propio impulso. Al abrirse el refrigerador y el armario de la cocina se enciende la luz dentro. Hay máquina de fregar, de lavar, el fogón es eléctrico y hay agua caliente todo el día en toda la casa sin tenerse que ocupar de ella.

Collice se sentó a su lado en el banco de la cocina y levantó sus ojos azules, cambiantes y desmayados.

—Al final he traducido el título como: *That's the way life is*. Aunque al principio *Es así* me pareció que sonaba muy enigmático en castellano, no funciona en inglés.

—Siempre es bueno crear un poco de misterio...

—A ti no te hace falta crearlos, Miss Mistery, los llevas contigo.

Por eso intentaba traducir también la mirada de la autora que por fin tenía delante. Aunque George siempre había sido muy discreto con las confidencias entre él y su amiga, sí conocía los detalles públicos de su ruptura sentimental, todos los avatares de la herencia y su extravagante unión literaria.

Collice se quitó las gafas y las limpió en su blusa.

—Me indigna tanto que Catalina se haya opuesto a que se publiquen vuestras obras y que no percibas los derechos de autor que moralmente son tuyos...

Razón por la cual, esa última obra de María le llamó poderosamente la atención. Para empezar, era la primera comedia escrita tras la ruptura de la unión literaria con Gregorio que no se dio hasta la muerte de este, *by the way*, y, sin embargo, guardaba tantísimas similitudes con las obras anteriores...

—A propósito, querida, ¿eres consciente de que algún periodista que se haya informado bien podría sacarte algún tema que tendrás que estar preparada para abordar? —Luego le pasó el azucarero y un tarro de crema de cacahuete—. ¿Un poco más?

María dio un sorbito a su café.

—¿Qué tema?

Collice se remangó la camisa blanca, empezó a abanicarse con una servilleta y se explicó:

—De nuevo un trío amoroso, pero, corrígeme si me equivoco, hay ciertas similitudes por las que quizá te pregunten: la protagonista es una mujer que escribe libros para su marido, un catedrático que tiene un *affaire* con una bailaora gitana.

¿Por qué abandona este hombre a una mujer tan brillante por otra tan inculta? A saber... Los hombres son hombres, *right?*, pero nuestra protagonista, viuda como tú, de pronto empieza a escribir bajo su propio nombre. —Sus ojos azules centelleaban llenos de curiosidad.

Para Collice la cuestión estaba clara. Sólo había dos variables que desgraciadamente no se cumplían en la realidad: que en la obra de María el marido traidor moría solo y abandonado por su amante, y que antes de eso expiaba su culpa legando a su mujer todos los derechos de la obra que no escribió. ¿Estaba en lo cierto?

—Y yo al leerla y, sobre todo, al traducirla, me preguntaba..., ¿qué es lo que tengo entre manos?: ¿la venganza literaria de María Martínez Sierra?, ¿un exorcismo?, ¿un reescribir su propio destino o quizá de corregir las inmoralidades, con perdón, de su santo marido? —y se echó otros tantos azucarillos en el café—. ¿Algo que decir al respecto, querida amiga?

Un silencio cómplice, un pacto entre damas, dos adolescentes juntando su dedo índice para mezclar su sangre. María, cruzada de brazos, lo rompió:

—Sí —afirmó tajante—. Que sólo espero que no haya periodistas como tú en Arizona.

Ensayos, encuentros, prensa... Por primera vez debía asistir a todos los ágapes que se celebraban en su honor. Collice le explicó que allí se hacían así las cosas: esa tarde irían a hablar a la radio, y en los días previos al estreno tendrían que volver dos veces más. Todo ello la mantenía en un estado de alerta que le daba energía, hasta que las preguntas de los periodistas empezaron a repetirse y ella a recitar las respuestas como hacía cuando era maestra y tenía que dar la misma clase, una y otra vez, intentando introducir pequeñas variables para no perder ella el tono de necesaria intensidad.

Todos los días los periódicos sacaban publicidad del estreno que Collice le mostraba orgullosa mientras desayunaban un tazón de leche con avena, «mira, María, sobre tu obra», y comenzaba a leer: «Doña María, la más eminente de las dramaturgas modernas españolas, llegó hace una semana desde Nueva York. Asistió al último ensayo de su última obra y se maravilló ante el trabajo que hizo el director y el casting», y en otro: «La famosa madame Martínez Sierra ha llegado para el estreno mundial de su última obra».

Allí se estilaba así, ¿qué te cuesta dejarte llevar por el entusiasmo de tu representante? Ella le insistía en que habría que hacer mucho ruido para que se interesara un agente bueno y moviera la obra en Nueva York, así que María lo recibió todo con una felicidad aturdida porque por primera vez se enfrentaba a esa otra parte que no era parir la obra, sino que se la reconociera como madre, que buscaran en ella sus parecidos genéticos y, llegado al extremo, tener que defenderla. Algo que hasta entonces le había quitado de encima Gregorio, ¡a Dios gracias! Porque a él aquello le encantaba.

El estreno fue todo un acontecimiento que le confirmó dos certezas: que amaba el teatro sobre todas las cosas y que no le gustaba ser la protagonista.

Nunca se le hicieron tan largos los escalones hasta un escenario. Allí, vestida con un sencillo traje dos piezas negro sólo atravesado por el alfiler de su madre en una solapa, recibió los aplausos en soledad, por primera vez, cuando la reclamaron los actores. Y si no hubiera sido porque te sujetaban con fuerza de las manos, habrías salido despavorida antes de que echaran el telón, ¿a que sí, María?

Los encuentros con los estudiantes, sin embargo, los disfrutaba de verdad. Eran amables, simpáticos y desenfadados. A pesar de pertenecer a universidades tan notables, tenían esa forma a veces tan inocente de discurrir, algo infantilizada y plena de asombro. Los europeos eran sin duda más adultos o más viejos o quizá su seriedad innata era impostada, sólo una pose. Después de todo, ella, que se recordaba tan natural en su juventud, había llegado a la conclusión de que al final su pose había sido alardear de no tenerla.

Hollywood, 1950

Unos días después, Collice y María emprendieron su viaje a Hollywood en coche. Saldrían temprano. Era un viaje largo pero sería agradable, le aseguró su agente. Planeaba acompañarla hasta la ciudad de las estrellas y estaría con ella una semana en la que iban a acudir juntas a las reuniones que le había pactado. Después la dejaría a buen recaudo en casa de unos amigos. Allí iba a pasar la Navidad. La intención era que se entrevistase con varios productores de cine, en especial con el señor Disney, porque se había interesado mucho por una comedia para niños que había escrito en forma de guion y en la que Collice tenía mucha fe, *Merlín y Viviana, o la gata egoísta y el perro atontado*.

Durante el tiempo que María vivió en Hollywood generó todo tipo de argucias para soportar mejor las evasivas de los productores. La única luz al final del túnel era que le habían pedido una autorización para rodar *El reino de Dios*, pero, ay, Gregorio, menudo jaleo le había dejado con los *copyright*, qué desorden, así que alternaba las traducciones con un trabajo de oficina de lo más tedioso. En esos días también se enteró de que habían vuelto a pagar por error los derechos en el extranjero íntegramente a Catalinita. ¿Por qué nunca se equivocará la Sociedad de Autores a tu favor?, renegó, y al hacerlo se recordó a las urracas de su pueblo.

Primera Navidad en el Nuevo Mundo con unos absolutos desconocidos y en un invierno veraniego bajo palmerales decorados con lucecitas. Como todos los años, escribió a su familia para que sacaran mil pesetas de su parte y se acordaran de ella en la cena de Nochebuena: «He pasado la Navidad solita y apenas me he dado cuenta de que existía», y luego les hablaba de lo mucho que se celebraba la Navidad en Estados Unidos: la iluminación profusa de todas las calles con esos colgantes luminosos de colores y figuras inimaginables; cómo en todas las casas encendían un árbol y dejaban las ventanas abiertas para que lo viera todo el que pasara; las cenas fantásticas con ese protagonista absoluto, el pavo; los grupos de cantores que iban de puerta en puerta entonando antiguos *christmas carrols*, «eso sí, aquí no hacen ruido con panderetas ni tambores ni otros discordantes instrumentos, ¡a Dios gracias!», se extrañaba, entre aliviada y divertida.

El día de Nochebuena, durante un concierto que ofrecía la radio en honor a sus empleados y a cuyo director había conocido mientras escuchaba la *Sinfonía de los Salmos* de Stravinski, recordó aquella otra Navidad en su casa, con Ígor y con don Manué, en la que sonaba de fondo un piano recién afinado con el embrión de esa misma pieza. Parecía pertenecer a otra vida.

No había vuelto a verle —como a don Manué y a tantos otros—, pero la vida no les dejó perderse del todo la pista, ya fuera por amigos comunes o por espacios compartidos a destiempo. La casualidad quiso que Stravinski se fuera de Niza justo cuando ella llegó y ahora había tratado de localizarlo en Nueva York, pero él se encontraba de gira, como le explicó su secretaria. En cualquier caso, le alegraba el corazón cada uno de sus triunfos y de sus amoríos. El último, se decía, con la enigmática Coco Chanel. ¿Te imaginas, María? Se rumoreaba que vivía en el Ritz de París, ¿y no había sido esa inteligentísima mujer la que había proclamado a los cuatro vientos que la arruga era bella? Bien por Coco, se dijo mientras repasaba su mejilla porque sentía que se le había plisado la piel como una falda.

María suspiró junto a los violines en aquella América que le permitía convertir «la otra orilla» en ensueño. Mientras la orquesta sudaba la gigantesca partitura del ruso no pudo parar de pensar en ellos. Siempre se había lamentado de que la guerra mundial truncara su relación con Ígor y no tuvieran tiempo suficiente para que se convirtiera en amistad verdadera. Si echaba la vista atrás, desde 1918 todos habían vivido en Europa, dispersos y deseosos, soñando cada día con recobrar el equilibrio perdido como si tuvieran un mareo de tierra que no acababa nunca. Ojalá en América todo fuera distinto. Ojalá.

Pasaban los meses y no llegaban propuestas concretas, ¡qué le vamos a hacer! ¡Paciencia! Walt Disney había devuelto el guion con un cortés «finalmente, no podremos acometer su proyecto, pero le invitamos a que nos haga llegar otros en el futuro».

Hora de levantar el vuelo, María. Tu periodo en Estados Unidos se ha agotado. Dejaría sus traducciones en manos de Collice y los posibles estrenos en la oficina de un agente en Nueva York. Sólo tenía sentido seguir la senda de esperanzadoras baldosas amarillas que marcaban en el mapa los éxitos de sus obras en el pasado.

México sonaba bien.

Mientras, seguiría traduciendo y escribiendo algunas colaboraciones en prensa. También había comenzado esa autobiografía que tenía en mente. De momento la tituló *Horas serenas*, en cuyas páginas había tomado la firme decisión de recordar sólo sus momentos felices. ¿Para qué más? Pero antes de alejarse de Estados Unidos tenía una visita pendiente.

Washington, 1950

La acompañó una bonita enfermera irlandesa que olía a regaliz. La mañana era extrañamente luminosa en aquella elegante clínica privada de Washington. Lo encontró en el porche, recostado en una butaca de mimbre como un pino delgado vencido por el viento sobre un jardín tropical al que no pertenecía. El tiempo y el destierro habían afilado sus rasgos como si lo hubiera pintado el Bosco y seguía luciendo aquella barba de triángulo isósceles ahora canosa. Arrastró hasta él una silla con sigilo. Posó su mano sobre la de su amigo perfecto.

—¿Cómo vamos, Juan Ramón?

Él abrió los párpados temblorosos y en su retina se dibujó aquel rostro tan amado. ¿Sería una visión? Entonces la percibió nítidamente. Sonrió.

—Aquí, María…, agonizando.

Entrelazaron los dedos de sus manos.

—¡Qué alegría me das! —soltó una risita nostálgica—, porque tu agonía lleva ya contigo medio siglo dándote frutos de lo más rentables.

Le besó la mano anciana y él se incorporó un poco, tratando de desanudar su cuerpo entumecido.

—No creas, hace meses que no trabajo nada. —Se peinó la barba y abrió mucho los ojos.

—No te quejes, fiera, que yo soy la más vieja de todos, «el decano de los conquistadores» —alzó su dedo índice con autoridad—, y a los setenta y seis años, ¡ya ves!, me he lanzado a descubrir América. ¿Qué te parece?

—¿Y adónde va ahora mi conquistadora? —Su voz, un temblor; sus manos, un terremoto.

—A Buenos Aires —respondió con seguridad.

—¿Estados Unidos no te ha tratado bien? —Se abrigó un poco con la manta.

—Alguna traducción…, pero no sirvo para venderles a los teatros —admitió, y le alcanzó un vaso de agua que estaba reclamando con la mirada—. Ya sabes. Ha muerto mi mánager.

—Qué curioso… —se sorprendió él bebiendo con una pajita.

—¿El qué, fiera?

—Que nunca te había escuchado hablar así de Gregorio… —Entornó los ojos subrayando las líneas de la vida.

A ella se le escapó una de sus risas más cristalinas y luego aclaró:

—Ante la necesidad, la muerte y los amigos, ¿para qué sirve

ya disimular? —Hizo una mueca irónica—. Pero me refería a Portnoff.

—¿Y tu agente en Nueva York? —se interesó el otro.

La bonita enfermera irlandesa se acercó para preguntarle si deseaba ya la merienda. Él sacó pecho y le respondió que un poco más tarde, si podía ser, Emma..., y luego le dio un buen repaso con esa mirada de lobo triste que ella conocía tan bien. María trató de ignorar el coqueteo, divertida, y prosiguió:

—Ya te comenté por carta: se puso en contacto con algunos productores, luego pasó lo de Disney, y el asunto del tratamiento que les envié y... que no les interesó.

—Ah, sí..., qué asunto tan desagradable. ¿Cómo se titulaba?

—*El perro Merlín y la gata egoísta* —respondió balanceándose en la mecedora.

—Nunca se te dieron bien los títulos... —y le guiñó un ojo con lentitud—. Menos mal que te los ponía yo.

Ambos se echaron a reír y un pájaro los imitó desde un árbol cercano.

—El caso es que se ha estrenado la película —concluyó María.

—Ya veo... —asintió con la cabeza como si le pesara—, qué feo asunto. ¿Y no hay forma de reclamarlo?

—Es difícil porque lo han transformado en dos perros —le explicó, y se encogió de hombros recordando aquella carta de rechazo.

—¿Cómo se ha llamado la película? —preguntó él.

—*Lady and the tramp*.

—¿La dama y el vagabundo? —Se peinó la barba reflexivamente—. Las cosas como son, el título es mucho mejor.

Ella le amonestó dándole un cachete en el hombro, afilado como una percha, pero luego se apoyó en él. Tantas veces, durante esos años, había necesitado sentirlo así de cerca...

—Dice Zenobia que está tratando de pasar tus poemas a limpio, pero que rompes uno de cada dos, ¡poeta del demonio!

—Debería abandonarme... —se victimizó.

—Estoy de acuerdo. —María sonrió e hizo una pausa intrigante—. Te he traído una sorpresa.

—¿Además de tu compañía?

—Además.

Y dejó entre sus manos un libro y un manuscrito, con delicadeza, como si temiera romperlo.

—Vaya... —Leyó una y otra vez, deslumbrado. Repasó el troquel de las letras en relieve—. Por fin... *Una mujer por caminos de España* —y luego leyó en el manuscrito—: *Gregorio y yo*... Veo que al menos te he servido de inspiración.

—¿Qué dices, fiera?

—*Gregorio y yo*, *Platero y yo*... —Ambos se echaron a reír con ganas—. En fin, seguro que son dos libros magníficos, ya no podré decirte que eres una española inofensiva. Aunque siempre supe que no lo eras.

—Que se lo digan a las listas del Régimen...

Aterrizaron en un rosario de silencios tristes y encadenados: uno por los amigos desaparecidos; otro por los amigos muertos. Por los que, empobrecidos, subsistían sin volver a crear. Otro por aquellos que, huyendo, quedaron tan dispersos por el mundo que ni siquiera se podrían recordar en su vejez.

—¿Sabes, Juan Ramón? —susurró María volviendo de ese limbo—. En las horas muertas pienso mucho en nuestra amistad, como siempre decías tú, «pluscuamperfecta».

—Yo nada he olvidado de ella, lo que tú llamabas «tu paz y mi tristeza»... —Él apoyó un codo en el reposabrazos. De nuevo, un conato de su antiguo donjuanismo—. ¿Sabes, María?... Cuando pienso en las horas que hemos pasado juntos, a veces me pregunto...

—...que juntos, los dos hemos callado tanto..., ¿verdad? —le interrumpió. Era incorregible. Y dejó descansar su cabeza anciana en el pecho esquelético—. Últimamente siento rabia contra mí misma por las muchas horas que he desperdiciado por amor.

El poeta triste suspiró y ella sintió aquel pequeño huracán colarse entre sus costillas y atravesarle el corazón, que también tenía en los huesos.

—Bueno —él le acariciaba el pelo plateado que en sus poemas era tan negro—, según tu teoría, quizá por eso hayas dado a luz algunas obras que merezcan la pena.

Se hizo un nuevo silencio entre los dos, esta vez lleno de palabras que no necesitaban ser pronunciadas.

—Sólo tengo una pregunta en honor a nuestra leal amistad —dijo el poeta de pronto.

—¿Cuál?

—¿Salgo guapo? —exclamó, y ella le observó sin comprender—. ¡En tus memorias!

María se le abrazó de nuevo y acarició su mejilla hundida con ternura. Luego dejó su rostro refugiarse del sol bajo la sombra de su barbilla. Ambos lloraron juntos, discretamente, como lo hacen los viejos que ya han llorado demasiado.

—Adiós, Juan Ramón —murmuró ella secándole las lágrimas con su pañuelo a su amigo perfecto.

—Adiós, escritora. —Besó su dorso—. Adiós, amiga.

Y allí lo dejó, despidiéndose con una mano, mientras con la otra acariciaba la portada de esos libros que contenían, por fin, el nombre de su amiga.

No volvieron a verse, aunque sí a escribirse. «Ahora eran ellos más viejos que el tiempo», le bromeaba María. Ella le escribía más, y él, de cuando en cuando, le respondía con versos erráticos y tan efímeros que parecían escritos con tinta china. Más o menos como siempre. A veces iba sólo uno cruzando un papel como una cicatriz. Solía ser Zenobia quien le daba noticias de su estado de salud: «Querida María, esta vez tardará en escribirte porque ha vuelto a internarse. No podía dormir. Y yo casi lo agradezco. El poder dormir yo también con las ventanas abiertas unas semanas, por una vez, ahora que hace tanto calor». Zenobia llegó a confesarle que no la dejaba abrir las persianas, vivían a oscuras como dos ciegos, y en la casa no entraba nadie desde hacía años. Por miedo a perturbar su sueño había noches que se esperaba en el baño durante horas y acababa durmiéndose en la bañera, tanta era su angustia y el calor. La atención que le demandaba el estado psicológico del poeta era tal, que Zenobia olvidó hablarle a María de su propia enfermedad. Quizá llegó ella misma a olvidarse. Hasta el día en que llamaron de la Academia sueca para concederle el Nobel a Juan Ramón. «Poeta de poetas —decía la noticia en la prensa de todo el mundo—, maestro de maestros. De los labios de Juan Ramón Jiménez habían salido algunas de las expresiones más conmovedoras de la desesperación. Había sido capaz de reflejar, en cada palabra, su propio reino interno.»

Ese día Zenobia decidió soltar amarras.

Pero ni siquiera entonces quiso lesionar su alegría con las quejas de una moribunda. Así que a los pocos días se murió. Simplemente. Y él observó su agonía desconcertado, sin haberla visto venir aunque se la había estado arrebatando un cáncer, como un amante tenaz, durante tanto tiempo.

En la oscuridad de cripta de ese despacho en el que ya se había enterrado vivo, Juan Ramón se incorporó con esfuerzo en su butaca de piel para redactar una carta:

Acepto con gratitud el honor inmerecido que esta ilustre Academia sueca ha considerado oportuno al concederme el Premio Nobel de Literatura. Asediado por la enfermedad y el dolor por la muerte de mi esposa, debo permanecer en América incapaz de participar directamente en las solemnidades. Mi esposa Zenobia es la verdadera ganadora de este premio. Su compañía, su ayuda, su inspiración hicieron, durante cuarenta años, mi trabajo posible. Hoy, sin ella, estoy desolado e indefenso.

Soltó la pluma, que se despuntó contra el suelo. «¿Adónde vamos? —susurró—, ¿de dónde venimos...?» Caminó arrastrando las zapatillas por el despacho, buscándola. A ella. A la mujer que siempre le sonrió desde las estrellas. Pero sólo encontró los poemas que estaba pasando a limpio, en los que había dejado su letra pequeña y elegante con notas y correcciones. ¿Adónde vamos?, ¿de dónde venimos...? ¿Era posible? ¿Era posible que le pareciera que llevaba años sin verla? Y es que sí, hacía años que no la veía aun teniéndola tan cerca. Casi desde aquellas excursiones en su Chevrolet, desde que cruzó el océano en su busca... «¿Adónde vamos?, ¿de dónde venimos?», se desesperó. Caminó sin rumbo por los pasillos, entró en el dormitorio, abrió su armario y revolvió entre sus vestidos sin cuerpo; dio unos pasos perplejos hasta la cocina donde ya no humeaba un estofado de carne, mientras recitaba esa letanía que ya nunca podría ser un verso sino un callejón sin salida porque los versos siempre le llevaban a alguna parte. Y siguió su caminar insomne buscándola hasta que por fin se reunió con ella, tan sólo unos meses después, tras cruzar otro océano mucho más inexplorado.

32

México D. F., 1951

Desde una ventana sucia del hotel Ontario, María contempló con desasosiego la riada en la que se había convertido su calle y luego la casa de enfrente, una baja con el porche invadido de dalias donde solía sentarse aquel matrimonio mayor en dos mecedoras de mimbre verde. Los pobres infelices eran ahora sacados en brazos por una cadena humana de vecinos con el agua hasta la cintura y, detrás de ellos, flotaban algunos de sus muebles. Al menos su habitación estaba en un piso alto del hotel, aunque se había quedado incomunicada de amigos y conocidos. Según le comentó la recepcionista repeinada con la raya al medio, la época de lluvias era así, a veces tocaba salir de casa sobre tablones que flotaban en el agua.

Tamborileó con los dedos sobre la ventana, no estaba mal como experiencia, ¿eh, María?, y puso en práctica su eterno ejercicio de extraer lo positivo como una vieja alquimista. Era como vivir por un tiempo en el México de Moctezuma cuando la ciudad era una Venecia azteca flotando sobre una laguna y recorrían las calles en canoa. Quién sabe, intentó sin éxito desempañar el cristal, quizá era el momento de volver a ponerlas de moda...

No, desde luego no era el lugar donde echar el ancla, nunca mejor dicho. El bello México —con su afabilidad y su calma a prueba de terremotos— le gustaría si no fuera tan horriblemente sucio... y, las cosas como son, no es para ti una ciudad cómoda, jovencita. Eso y el mal de altura, como llamaron a sus angustias, le habían hecho temer por su salud seriamente por primera vez.

Vamos a ver..., sacó unas píldoras de belladona de un frasco. Siempre había aborrecido las drogas, pero desde que se las recetó el médico y sintió que la calmaban unas horas, decidió que tampoco estaba ella para expiaciones.

Habían comenzado al mes y medio de llegar.

Se despertaba a las cuatro de la madrugada con un terror fisiológico, irracional... ¿A qué? No sabía. No era a morirse, desde luego. De hecho, prefería morirse a volver a sentirlas. Le habían realizado todo tipo de análisis, se había tragado cuatro veces una sonda, y nada. Vio reflejadas en el cristal sus pupilas como dos brillantes bolas de billar cortesía de la belladona. Pero... ¿qué querías, María?, llevas sujetando las riendas de tus nervios durante toda tu vida con la sonrisa en los labios, así que ahora que no tienes más preocupación que la de ganarte la vida, normal, se te habrán desbocado. Sí, se afirmó a sí misma con rotundidad de superviviente, sujeté los nervios para aguantar el hundimiento y la ruina de todo cuanto me importaba en el mundo.

Luego, para rematarlo, comiera lo que comiera por la noche, se le hinchaba el vientre de tal forma que parecía que iba a dar a luz. «A veces, hasta me da vergüenza ir por la calle en tan interesante estado», le confesaba con ironía a su ahijada Margarita, quien, a pesar de la preocupación, no podía evitar que le brotara una sonrisa al leerla.

Volvió a concentrarse en la ciudad inundada. Lo único que deseaba era vivir tranquila. Eso es todo lo que necesitas, María, porque si esta tensión de la herencia continúa y no encuentras dónde poner el huevo en América, no sé cuánto va a durarte la salud. Desde luego, nada parecía vencer el ingenio y el sentido del humor mexicano. Donde comenzaba el canal en el que se había convertido su calle, alcanzaba a ver a los vecinos cruzar por una pasarela de madera con absoluta naturalidad. En dos días habían aparecido muelles en las calles 16 de Septiembre y República de Uruguay, y ya estaban repletas de barqueros que suplían los medios de transporte; habían instalado rudimentarios puentes de madera para cruzar, y donde no los había se apostaban grupitos de «cargadores» improvisados que te cruzaban a caballito o en brazos por unos cuantos pesos. Pero no, querida, no estás tú para ser llevada en volandas por uno de esos amables *güeis*, tan delgados como espinas, que en cuanto la veían aparecer, le gritaban: «¡Doñita! ¿La cargo y la cruzo, doñita?».

Todo ello estaba siendo una gran aventura.

Por eso vas a mudarte a Argentina, se dijo estirando la espalda. A estas alturas de mi vida prefiero que las emociones sean sólo laborales, si puedo escoger. Allí hay teatros formales como en Madrid, y ya que el arte dramático era mi oficio... «Allá me voy para ganarme la vida y ahorrar algo para la extrema vejez», le comunicó a su hermano Alejandro, que no salía de su asombro. «¡Y voy por primera vez en avión!», cerraba aquella carta, ilusionada como una chiquilla. Como era un viaje muy largo, eso sí, se detendría en La Habana dos días para descansar...

Pero aún había mucho por rematar de lo sembrado en México antes de marcharse. Por eso, por muy interesante que fuera ese nuevo paisaje, se despegó de la ventana y empezó a ordenar el trabajo pendiente sobre su escritorio: lo primero, el contrato de venta de su primera película. El productor parecía una persona decente, cosa extraña entre los del cine y más en esta tierra donde parece ser que a robar le llaman «hacer la lucha». En fin, suspiró releyendo el contrato, allí a todo el mundo le parecía naturalísimo. Tomemos el riesgo, pues, se animó, y antes de estampar su firma en la autorización, dudó unos segundos con cuál de sus nombres hacerlo. Todo era tan delicado... Observó su letra secarse en el lugar en el que habría aparecido la de Gregorio.

Si le resultaba como le habían dicho, ya tenía la vida resuelta para dos años, aunque, desde luego, no estaba pagado como en Norteamérica. Luego se le ocurrió que era muy importante que no se enteraran las Catalinas antes de que comenzara el rodaje o intentarían algo para quedarse con todo. ¡Paciencia!, pensó cerrando el sobre, si pudieras ir a Madrid, María..., ¡lo pondrías todo clarito y armarías el gran escándalo!, ya voy estando un poquitito harta. Todos son bastante frescos... Luego firmó la emisión y traducción en Radio Tokio de *Canción de cuna*. Nada de ello la sacaría de pobre, ¡pero algo es algo!

Respiró hondo. Eso era todo. O casi.

Tiró de la última página del prólogo. Suéltala, le ordenó a su Yost, quien seguía mordiendo el papel con ansia como una mascota con un hueso. Suéltala, que se la tengo que dar a Aguilar o si no... no cobramos.

Y en ese momento ocurrió.

Escuchó el eco de unas trompetas y violines a los que se iban sumando, por contagio, algunas voces. Tenía tantas ganas de música que estarían dentro de su cabeza. Eso pensó, hasta que volvió a asomarse por la ventana y tuvo que restregarse los ojos cansados varias veces. El atardecer teñido de rosas, la luz de las velas prendidas en las azoteas para rezar en esos hogares improvisados se reflejaba en las aguas quietas e invasoras y, sobre ellas, una lancha surcando, lenta, la calle inundada: unos mariachis le rondaban a la catástrofe como a una amante violenta. Sus sombreros de lentejuelas doradas centelleando sobre la oscuridad del agua. Y entonces, como un exorcismo espontáneo y visceral a ese cielo destructor, desde cada ventana empezaron a sumarse voces sin cuerpo para acompañarlos en su rondalla alegre. Un rito ancestral a los dioses de la naturaleza, cada uno sobre su pequeña pirámide.

Para que calmaran su ira.

Para que aplacaran su hambre.

«De la Sierra Morena, cielito lindo, vienen bajando...», las voces de los mariachis se imprimían con esforzada alegría sobre el moho de aquella acequia, «un par de ojitos negros, cielito lindo, de contrabando...», más y más, venían volando desde tejados y ventanas, desde azoteas, más cercanas, más lejanas, débiles, roncas, nuevas, ajadas, ebrias... Hasta María abrió la ventana luchando contra el óxido y cantó a pleno pulmón como no recordaba haberlo hecho nunca. «Ay, ay, ay, ay..., canta y no llores», entonó uniéndose al coro improvisado, y desde la azotea de enfrente la saludaron meciendo unas velitas en el aire que volaban como luciérnagas extraviadas en la noche, «porque cantando se alegran, cielito lindo, los corazones...».

Uno de los mariachis, el más gordo, debió de escucharla, porque dejó de soplar su trompeta por un momento para mandarle un beso fatigado y sincero que ella cazó al vuelo con su mano derecha.

Tres días después por fin bajaron las aguas lo suficiente como para circular en unos carros anfibios, último y divertido invento de los mexicanos que no eran otra cosa que barcas con ruedas. Podían flotar si venía al caso o salir andando por las calles en que ya era posible. Así pudo llegar a su cita con Luis Aguilar. Desde que estaba en México no habían podido verse y de él dependían los dos asuntos que más podían ilusionarle y preocuparle a la vez.

Su editor se sentó frente a ella, sudando como un europeo bajo un ventilador de aspas del hotel Majestic. Le pidió al camarero un café con un chorrito de whisky y María se dispuso a disfrutar de su acento madrileño casi tanto como de su limonada.

—Tengo dos noticias, doña María, una buena y una mala.

Ella apretó un poco los labios y se abanicó enérgicamente.

—Empecemos con la mala, querido —le sugirió—, y así me quedo con buen sabor de boca.

Él tomó aire y dejó su sombrero en el asiento.

—Seguimos teniendo paralizadas las obras completas de toda su obra. —Parpadeó con lentitud de gato—. Don Manuel Aguilar hasta se pone enfermo cuando le hablamos de Catalinita, dice que es intratable y se niega una y otra vez a que seas la prologuista, incluso aunque no aparezcas en la portada.

Ella soltó su abanico sobre la mesa.

—Pero ¡por el amor de Dios! —se indignó—. ¡Son las obras de su padre! ¡Es la herencia que le ha dejado! ¿Qué quiere? ¿Que desaparezcan? ¿Es que no sabe que desde la guerra no queda un solo ejemplar de las ediciones antiguas de nuestras obras ni en la Biblioteca Nacional? ¡Fue todo reducido a cenizas!

Apartó la limonada con desgana y dejó que sus manos se desplomaran sobre ese mármol frío que le pareció una losa. Sesenta años de escribir sin descanso... Y mientras, la boba de Catalina tampoco movía un dedo para que se representaran, no fuera a rompérsele una uña. Dirigió una mirada de desesperación a su editor, que se había bebido medio café de un trago.

—Entonces, no entiendo lo que dice el abogado de doña Catalina —María alzó el mentón—, eso de que pierde dinero porque «no se ponen» obras. ¿Se ponen? ¿«Se»? ¿Qué quiere decir ese pronombre «impersonal» y pasivo? ¿Quién «se» las va a poner en España si no las pone ella? ¿Qué cree?, ¿que voy a trabajar yo para ella?, ¿que van a venir a buscarla a casa? ¿Dónde está? ¿Qué hace? Ya me las peleo yo en el extranjero ¡y, aun así, se benefician todos!

El editor le propinó un mordisco a una galleta de maíz dulce y entornó los ojos.

—Allí se dice que doña Catalina cada vez trabaja menos porque debe de haberse quedado completamente sorda.

María levantó las manos, cada uno tenía sus achaques, protestó sin un asomo de indulgencia en la voz, y la niña y su mamaíta sólo se ocupaban de cobrar, lo que les correspondía y lo que no.

—Aunque fuera verdad lo de su sordera, con todos los amigos cómicos que tiene, podrían mover el patrimonio teatral que les habían dejado, digo yo —y removió compulsivamente su limonada con una pajita, se había quedado todo el azúcar en el fondo y terminaría por darle acidez. Clavó los ojos en su editor—. En mi opinión, el problema es que a doña Catalina sólo le interesa ser la protagonista de las obras con papeles que hace mucho que no le calzan porque ya es una señora mayor, le guste o no... —meneó la cabeza, dejó los ojos descansar en ninguna parte—, en lugar de ser una buena empresaria y buscar para el papel principal a una actriz joven y talentosa, pero claro..., a ella no le hace falta ese esfuerzo, ¡ya tiene dinero de sobra!

El editor sonrió con disimulo claramente disfrutando de la ironía de su autora más veterana. En fin, siguió María encogiéndose de hombros, ahora lo que tenían que desear era que el diablo, que era su amigo, le diera buena suerte a doña Catalina en esa *reprise* que se había dignado a hacer de *Triángulo*. Sería bueno de cara a publicar las obras completas. ¡Si es que podían llegar finalmente a un acuerdo, claro!

—¿Se sabe ya dónde se va a estrenar? —preguntó para terminar cuanto antes con los asuntos de aquellas dos.

—Dicen que en el Teatro María Guerrero —respondió él, levantando las cejas.

Ella echó la mirada al cielo. Ay, María la Brava, la invocó, si levantaras la cabeza... Desde luego que la vida no era trágica ni cómica, claramente era irónica. Y luego le rogó mentalmente a la Guerrero que se le manifestase a Catalina en los camerinos después del estreno y le diera un sustito de muerte de su parte.

Lo que su editor no se atrevió a contarle fue que aquella reposición excepcional de *Triángulo* era cualquier cosa menos inocente y que Catalina no sólo pretendía obtener con ella resultados artísticos o económicos. Sería un homenaje a Gregorio en toda regla unos años después de su muerte, fríamente destinado a lavarle la cara ante el Régimen y, de paso, lavársela a la familia. Actuaría su propia hija y asistirían muy pocos amigos de verdad: la mayoría estaban muertos o escondidos, encarcelados o exiliados. Sin embargo, sí la acompañaría un público nuevo y muy conveniente, como José María Pemán, el perseguidor del pobre Falla, y autor favorito del Régimen. Por supuesto, en ningún caso tenían pensado mencionar a María, ni mucho menos su labor en las obras.

—Y, bueno, querida autora... —se impacientó el editor—, entonces... ¿no tienes algo para mí?

Ella levantó el mentón y dejó caer la mirada de lado con esa sonrisita intrigante y traviesa de cuando ya le era imposible disimular la emoción. Extrajo de una gran carpeta azul las trescientas cincuenta páginas del manuscrito y lo dejó sobre la mesa.

—«*Las horas serenas*» —leyó el editor—. Ya te dije que, en mi opinión, es un título precioso pero para un poemario. No para unas memorias. Y este es un gran libro de memorias, María. —Luego leyó debajo—: «*Gregorio y yo*»—. Bien..., ¿has tomado ya una decisión?

El editor se anticipó diciendo que la segunda opción era más comercial. Aun así, tendrían que publicarlo con la delegación de Aguilar en México. En España no pasaría la censura.

—Porque lo que cuenta en estas páginas, María, es de una trascendencia que va a levantar ampollas —concluyó, y pidió la cuenta al camarero.

—Supongo que tienes razón en lo de «comercial» —admitió ella, y luego bajando la mirada—: Aunque ese «yo» del título...

—Sí, habla por sí solo —insistió él, convencido—. Y encaja con lo que cuenta en sus páginas además de quedar mucho mejor en este tipo de portada. —Hizo una mueca simpática—. Doña María..., ¿no cree que quizá es el momento de hablar? Es más, yo le añadiría el subtítulo: «Medio siglo de colaboración».

Cuando Luis Aguilar la acompañó al coche a ella aún le temblaban las piernas. Un poco de emoción y otro poco de vértigo. Se sentía como si hubiera parido, no sólo porque ya no cargara con el pesado manuscrito en sus brazos, sino, sobre todo, porque se liberaba de un equipaje muy pesado que cargaba dentro de una cabeza que de momento le funcionaba bien. Pero a saber hasta cuándo.

Por eso, esa misma noche, animada por un nuevo combustible, escribió una carta a su hermano y a Margarita para que le buscaran los retratos que conservaban en Madrid de Galdós, Benavente, los Quintero, Rusiñol y uno de Gregorio. Quería que aparecieran en el libro. También aquellas fotos tan bonitas con Falla y Turina en su patio lleno de flores. «Y una antiquísima de familia, donde estoy de bebé en los brazos de mamá», añadió, ya a mano, antes de cerrar la carta.

Ese día también tomó la decisión que llevaba tanto tiempo aplazando. Cómo pesaban los secretos..., aunque el más inconfesable quizá se lo llevara a la tumba. Quizá cuando ninguno de los implicados estuviera ya vivo. Quizá cuando España fuera libre. Cuando no existiera la censura. Cuando los tiempos para la mujer fueran propicios. Además, su editor le parecía un poco exagerado. ¿Levantar ampollas? Tal y como había escrito esas memorias, tampoco creía que fueran a censurarlas en España..., digo yo. Sólo es un libro blanco de duelo por los amigos, vacío de intención política. Sólo hablas de colaboraciones artísticas y de las *Horas serenas*; la verdad es que el título le seguía gustando como concepto. ¿A quién podría levantarle ampollas que hables de tu colaboración con Gregorio, con lo que ha llovido desde entonces?

—¿Que a quién iba a levantar ampollas? —se escuchó decir a una voz modulada desde el futuro donde un actor acababa de encontrar los viejos recortes consecuencia de ese libro—. ¡Pues cada artículo es una y bien gorda!

Como llamados por una sirena de bomberos, se precipitaron al escenario desde distintos puntos de la sala. Lola fue sacando el contenido de esa última carpeta y repartiendo los artículos cuidadosamente forrados en plástico como si estuviera echándoles las cartas sin saber que había una oculta, una definitiva, traspapelada en el fondo de la caja, que podría dar un giro definitivo a los acontecimientos.

Madrid, 2018

En la sala a medio vestir del teatro, Francisco luchaba por seguir leyendo mientras Lola le obligaba a probarse una chaqueta.

—Tenéis que ver esto... —insistió, nervioso, con una mano atascada en la manga demasiado estrecha, y luego a Noelia—: ¿De verdad tiene sentido que nos probemos el vestuario considerando que nos han despedido? ¡Estamos en lo más interesante!

—Primero, Fran, aún no estamos despedidos oficialmente. Así que para nosotros hay estreno —dijo la directora—. Y hasta entonces, vamos a ver si conseguimos encontrar ese maldito documento o si podemos probar la coautoría de esta mujer de alguna otra forma.

—¡Así se habla, jefa! —se emocionó Lola tras una montaña de ropa—. Venga, probaos esto rapidito y si son vuestras tallas, las mando a planchar y terminamos con la última caja.

La directora giró sobre sí misma noventa grados y sintió que el negro del escenario se le colaba en el pecho. Aún faltaban las luces, el sonido, montar la escenografía, tantas cosas..., y sólo contaba con un texto prendido con alfileres a sus actores y con la llegada de Patricia O'Connor. Pretender encontrar algo en casa de Margarita sólo unas horas antes del estreno era de ese optimismo radical propio de María.

Caminó hasta esa última caja de documentos donde estaba

guardado el final de la vida de su investigada. Última oportunidad para hallar la evidencia que autorizaría a su nombre a subirse al cartel que ya colgaba en la marquesina del teatro; llave maestra, a su vez, para desbloquear el estreno. ¿Por qué no se habría quedado calladita?, pensó intentando recuperar el ritmo de la respiración, ¿por qué se había empeñado en remover aquel despacho? Pero en ese momento irrumpió en la sala Cecilia para poner un obstáculo más en sus caminos.

—¿Os habéis enterado de la noticia? —exclamó fuera de sí, arrancándose gorro, cazadora y guantes—. ¡Las redes están que arden! ¡Se está convocando la primera huelga feminista para el 8 de marzo!

El escenario se quedó en pausa y sus compañeros se fueron congelando uno a uno según entendieron lo que significaba. Sólo Cecilia caminó eufórica entre aquellas estatuas de sal.

—¿Qué pasa? —y luego a Noelia y a Lola—: ¿Es que no vamos a celebrarlo? ¡Esto es histórico! ¡Es la primera huelga feminista de nuestro país! —Echó una mirada cómplice al retrato—. ¿A que tú sí te alegras, María? ¡Esto es por lo que tanto luchaste!

Noelia se aproximó a la actriz arrastrando las zapatillas con los huesos blandos.

—Sí, Cecilia —chocó su mano con la suya—, claro que es una gran noticia, compañeras. Enhorabuena.

Lola también chocó su mano con las suyas, felicitación a la que se unieron inmediatamente sus compañeros.

—A María le habría encantado... —Cecilia sonrió, casi melancólica—. Pero ¿se puede saber a qué vienen esas caras de funeral?

Noelia se sentó en la silla giratoria años cuarenta que había dejado un utilero a su lado.

—Bueno, el 8 de marzo es el estreno, Cecilia..., así que yo no voy a presionar a nadie para que trabaje ese día. Cada uno de vosotros me comunicará su decisión al final del día y, en función de eso, estrenaremos o no.

La actriz fue reculando hasta que se dejó caer en su silla, desarmada. Con la emoción, no se había fijado en la fecha. «Mierda...» Su cabeza con una cascada de bucles desmoronada entre sus manos fuertes. Luego susurró sin mirarla:

—En mi caso, Noelia, ya sabes cuál va a ser mi decisión —y luego se dirigió a sus compañeros, con determinación y tristeza—: Siempre podemos estrenar un día más tarde, caso que al final nos dejen.

El resto continuó anclado en el silencio.

—Tú lo has dicho —la directora le dejó varios pares de zapatos a sus pies—, caso que nos dejen.

Claro que entendía sus razones, ella misma querría ir a esa manifestación si conseguían armarla. Y a la huelga. Por primera vez en la Historia, esa mayoría damnificada, esa mitad de la población que tanto defendía María, dejaba de trabajar y salía a la calle para defender sus derechos. Pero había que escoger, por desgracia: porque dudaba mucho de que la oficina de Celso siguiera adelante con el espectáculo si los llamaba para anunciar que harían huelga. Dudaba de que, ante tal cadena de impedimentos, fuera a hacer el esfuerzo de desconvocar y convocar a los periodistas para más adelante o a pagar los gastos de la sala un día más.

—Yo se lo diré a Celso —se ofreció Cecilia, leyéndole los pensamientos.

—No —respondió Noelia, tajante—, mi labor como directora es, entre otras cosas, comerme los marrones. A mí Celso ya no va a contratarme nunca más. Por lo menos que no os afecte a vosotros. Ya os he metido en suficientes líos.

Entonces Cecilia hizo algo insólito: la abrazó, con tanta fuerza que casi la rompe por la mitad, y sólo farfulló un «gracias» rasposo pero sincero que amenazaba lluvia. Fue Leonardo, ya vestido como su personaje en la ficción —pantalón de pinzas, chaleco y corbata beige—, quien los reclamó de pronto:

—Chicos, no sé por qué María escribió estas memorias, y serían muy blancas según ella, pero el caso es que, por lo que estoy viendo, encendieron la mecha —y leyó la primera reacción airada de un crítico de España—: «Como si a un hombre de letras de la talla de Gregorio le hubiera hecho falta algún tipo de colaboración».

Estaba claro que, aunque prohibida en España, la edición mexicana se coló de alguna forma en la Península porque, uno a uno, empezaron a encontrar el reguero de pólvora que dejó a su paso. Leyeron en alto encarnando por turnos aquellas voces fieras que se alzaban ahora contra «esa mujer», «esa exiliada» que, según algunos, además de haber ensuciado su prestigio poniéndose al servicio de la República, se atrevía ahora a manchar la memoria de «un gran autor», que sí había tenido la decencia de pedir perdón para volver a morir tan santamente a su tierra. «Muerto este, su viuda ha reivindicado para sí en este desdichado libro la paternidad de toda la producción escénica de Martínez Sierra», leyó Lola. «A nosotros nunca nos gustó María Martínez Sierra... ni a su marido tampoco.» Cecilia lanzó un silbido, pero serían cabrones... «Yo que conocí a los dos, puedo decir que doña María tenía un espíritu más viril que el delicado y sensibilísimo Gregorio», casi declamó Augusto tras una risotada triste.

Una tras otra, todas aquellas palabras fueron saltando como chispas de sus bocas hasta alcanzar la dimensión de una deflagración: «Menos mal que aún quedamos muchos vivos que sabemos a ciencia cierta que Gregorio es el autor único», decía otro... Tan encendidos estaban los actores al descubrir todos aquellos ataques, que no advirtieron cómo Noelia se había quedado atónita hojeando el contenido de un sobre que se había encajado entre las solapas mal dobladas de la caja.

—Un momento —articuló cuando pudo—. ¡Un segundo, por favor! —gritó—. Escuchad esto: «Gregorio Martínez Sierra jamás escribió nada que circulase con su nombre...».

Noelia, sin levantar la vista, con aquel documento que empezó a temblarle entre dos dedos, continuó:

Todos sabían que ella era la autora de las obras que firmó su marido. Eso es algo que Juan Ramón Jiménez, Pérez de Ayala y yo sabemos muy bien; eso es algo que Turina sabía, que el libreto de *Margot* era de María. Falla sabía que el libreto de *El amor brujo* era de María. Eso es algo que Marquina sabía muy bien. Que su *Pavo real* era de María y puesto en verso por él. Arniches lo sabía: que dos actos de *La chica del gato* eran de María...

—¿Cómo? Pero ¿qué locura es esta? —Augusto le arrebató la carta—. ¿Quién firma esto? No tenemos por qué creérnoslo.

—¿Obras de Marquina? ¿Arniches? —Leonardo se llevó las manos a la cabeza.

—Pero ¿que quién lo firma? Es una acusación muy grave —repetía obsesivamente Augusto una y otra vez.

—¡Lo firma Pedro González Blanco, y no es cualquiera! —afirmó Lola, rastreando al autor en Google—, ¡es uno de los fundadores de la revista *Helios*! ¡Trabajaba con todos ellos!

—¡Esto se está poniendo más caliente que el mechero de Colombo! —Francisco agitó las manos desquiciado.

Pero Noelia ya no los escuchaba. No podía. Con todo su cuerpo en tensión sacó de ese sobre el último escrito dirigido a su hermano Alejandro. La última carta de la baraja que alguien, quizá la propia María, había separado en una carpetita de piel, y empezó a leer:

Querido Alejandro:

Ya he sido lo bastante magnánima. Como sabes, tengo un documento firmado por Gregorio que acredita mi colaboración en todas las obras y, aunque después de esto todo es superfluo, quiero que sepas...

Noelia recogió todo el aire que pudo como si fuera a bucear. Una borrasca de recuerdos empezó a caer sobre su cerebro: la voz de Patricia, «esto es sólo la punta del iceberg»; la de Regino, «se está abriendo una puerta en el momento oportuno», «abrir el despacho de un escritor es como abrir su tumba, nunca se sabe lo que puede liberarse», escuchó decir a Antonio, su sobrino, el día en que se conocieron. Noelia intentó enfocar las letras que jugaban a desordenarse:

> ... quiero que sepas que tengo en mi poder numerosas cartas y telegramas que prueban, no sólo mi colaboración, sino que gran parte de las obras están escritas sólo por mí y que mi marido no tuvo otra participación en ellas que el irme acusando recibo, acto por acto. De esto no quiero que hables, pero sí quiero que lo sepas.

Todos se observaron sin asimilar lo escuchado. ¿Cómo?, ¿qué? ¿Cartas y telegramas que decían qué?

—Vuelve a leer eso —rogó Francisco.

—Déjame verla. —Augusto volvió a leer con la voz seca—: «Que gran parte de las obras están escritas por mí y que mi marido no tuvo otra colaboración...».

Leonardo caminaba por el escenario en círculos: «¡Madre mía!, madre mía...», y Francisco se levantó sobreexcitado: «¿Dice que tiene en su poder las cartas que lo prueban?». Cecilia avanzó hacia él: «Ya, pero ¿cuáles?, ¿dónde?», preguntó, y se volvió hacia Lola. «¿Queda alguna caja más?»

La ayudante, aún en shock, negó con la cabeza, «no...», respondió observando a Noelia, cuyos ojos seguían fijos como los de un muñeco, «no queda nada sin registrar», aseguró, «nada».

—El baúl —se escuchó decir entonces a la directora casi en trance—. Tienen que ser las de ese baúl del que me habló Patricia pero que nadie volvió a encontrar.

¿Qué baúl?, preguntaba uno, no habían visto ningún baúl, exclamó otro. Entre todo aquel barullo, Noelia intentaba poner orden a sus pensamientos. «Esta es sólo la punta del iceberg —le repitió la voz de Patricia dentro del cráneo—, puedes estar ante el secreto mejor guardado de la literatura española.»

Había que ir a ver a Margarita. Si el reencuentro con Patricia pudiera hacer que su cabeza viajara de nuevo al pasado y reviviera el momento en que ese baúl llegó a la casa de sus sobrinos... Si pudieran hacerla volver a aquel mes de julio tras la muerte de María... Era su única esperanza, la única forma de saber adónde habían ido a parar esas cartas.

Mientras tanto, en el escenario se había desatado, por fin, la histeria. Sólo que en este caso el detonante no había sido la cercanía del estreno sino la euforia de haber encontrado una pista que, si era cierta, apuntaba a un descubrimiento mucho mayor de lo que nunca imaginaron. «Pero no dejan de ser las palabras de María en un momento de cólera y las de un amigo suyo», escuchó decir a Augusto a su espalda, mientras Noelia seguía dándole vueltas y más vueltas. Todos estos argumentos flotaban en el aire mientras la carta iba pasando de mano en mano: «No, no..., habla de unas que se llevó al exilio. ¡Mierda!», rugió Leonardo, a lo que Francisco añadió que sí, porque ella decía que estaban en su poder y luego preguntó a Lola: «¿Dónde está lo que vino del exilio?». La otra respondió, casi chillándole, que cómo quería que lo supiera, ¡llevaban dos meses revolviéndolo todo!, y se sentó crispada, como siempre, tras la mesa de dirección. Sin embargo, Augusto tenía otra tesis: María, sin duda cabreada por el ninguneo de su nombre en el homenaje a Gregorio, habría dicho aquello en un calentón. «¿En un calentón?», protestó Leonardo. «No, no, no..., eso no tenía ningún sentido, la Lejárraga no era de calentones y, además, ¿le iba a decir algo así a su hermano en una carta privada? ¿Por qué? ¿Para qué?»

—Hay que encontrar esas cartas —dijo Noelia marcando un punto y aparte en todo ese monólogo desquiciado a seis voces.

—Pero ¿dónde? —se desesperó su ayudante—. Hemos tocado techo.

Se miraron extenuados. Perdidos. A su alrededor, papeles, objetos y carpetas componían un puzle descomunal y polvoriento de cien años de vida... y un hueco.

—Pero si esas cartas existen y son una prueba tan clara...
—reflexionó Francisco en alto—, ¿por qué no las utilizó María
para defenderse?

Noelia se tomó unos segundos en responder.

Sí, ella también seguía buscando en los ojos de su investigada una respuesta coherente a aquel último enigma. Se levantó
y caminó hacia su retrato. De un tirón diestro lo desprendió
del telón donde llevaba mal colgado dos meses.

—No lo sé... —admitió analizando aquella fotocopia turbia—. Por la memoria de Gregorio, porque pensó que nadie la
apoyaría, vete tú a saber. —La contempló con afecto—. Creo
que María pudo caer en su propia trampa. Una pigmaliona que
se inventó al hombre del que enamorarse. O al menos una parte. Y para poder admirarlo como quería le insufló su talento.
Quizá, desde que sus padres se quedaron impasibles ante su
primer libro y a Gregorio le hicieron una fiesta, tuvo un ensayo de las diferencias entre lo que supondría ser un escritor
hombre y mujer. Quizá sospechó que nunca accedería a los
grandes teatros si no era travestida.

—¿Y Gregorio? —preguntó Cecilia.

—Gregorio... —la directora sonrió con cansancio—, ¿quién
sabe? Quizá se acostumbró a ser «el gran autor».

—Yo creo que se aprovechó, simplemente —añadió Leonardo.

—O quizá sufrió el síndrome del traje nuevo del empera-
dor, como en el cuento —dijo Noelia, pensativa—. Hasta que
un día alguien se atrevió a decirle que iba desnudo. —La directora caminó entre ellos mostrándoles la foto de su investigada—. El problema es que cuando el pseudónimo tras el que te
ocultas es un ser vivo real, este puede divorciarse, puede trai-
cionarte, puede morirse, y entonces... ¿cómo seguir?

Dejó el retrato apoyado en su silla. Lo apostaste todo a una
carta, tu vocación y tus sentimientos, ¿verdad, María?, y esa carta se llamaba Gregorio Martínez Sierra. Por eso cuando él se
fue, se lo llevó todo con él.

Un foco que no terminaba de calentarse parpadeaba de forma molesta.

—En cualquier caso —se aventuró Augusto—, María quiso llevárselo a la tumba. Nunca sabremos en qué porcentaje fue la autora de lo que podríamos llamar «la firma Martínez Sierra».

Noelia suspiró asintiendo con aceptación porque supo que era verdad. Que quizá dio instrucciones a su familia para que destruyeran esas cartas. Que Patricia pudo malentender su contenido. Había tantas variables que oscurecían el camino hacia la verdad... Y, además, se habían perdido hacía cuarenta años... Lo siento, María, se disculpó dentro de su cabeza, lo he intentado. Hasta aquí llego. Te he fallado... Deslizó dentro de la última carpeta ese retrato que tanto la había acompañado esos meses e intentó contener la emoción como habría hecho ella, apretando los labios. Luego, con la voz más enérgica de la que fue capaz, se volvió hacia su *troupe*.

—¡Bueno, compañía! ¡Ánimo! Es hora de recoger todo este rastro, ¿no os parece? Que mañana tenemos que empezar a montar la escenografía.

Arrastrando los pies con la resignación de un ejército vencido, cada uno de ellos fue guardando la historia de ese personaje que ya sentían tan propio, tan familiar, incluso íntimo. Sobre el suelo de linóleo negro se desplomó el gran panel que contenía los nombres de los que lo habían habitado, con sus pequeñas y grandes peripecias vitales, sus secretos, pecados y creaciones, y poco a poco, ese siglo, el más apasionante y violento de aquel país suyo y una de sus grandes protagonistas involuntarias, se fue replegando dentro de todas aquellas cajas, como si se mudara de nuevo al limbo sombrío de donde la habían hecho salir.

Ya en el pasillo de la salida escuchó a Lola a su espalda preguntarle si se iba. Noelia se detuvo vapeando su cigarrillo con una mirada extraña que su ayudante intentó descifrar.

—Sí, me voy a Buenos Aires —anunció resuelta.

La otra se echó a reír con ganas apoyada en la pared del pasillo, a Buenos Aires, suspiró, no estaría mal exiliarse antes de la que se les venía encima, ¿verdad? Pero entonces se dio cuenta de que Noelia no se reía con ella.

—¿A Buenos Aires? —repitió, ahora sí, alarmada.

La otra le hizo bajar la voz. Que no se le ocurriera decirle nada a nadie o le arrancaría su melena rosa pelo a pelo, ¿estamos?

—¡Pero quedan seis días para el estreno!

—Suficientes.

—¿Y dónde les digo que estás?

—Enferma —dijo, y la zarandeó un poco por los hombros—. Lola, eres la mejor ayudante de dirección que he tenido y estás preparada de sobra para suplirme en estos últimos días de ensayo mientras montan la escenografía. ¿A que sí? —La otra asintió confusa—. Dilo. Soy capaz.

Que le mandara fotos de los avances. Que le enviara vídeos. Pero se iba a Buenos Aires. Patricia le había asegurado que podían quedar documentos de María allí. Incluso algunas obras inéditas. Pero, además, aunque le pareciera una sandez, una superstición, una locura...

—Necesito despedirme de María, como hizo Alda. —La otra la escuchaba sin pestañear—. Que decidiera llevarse sus secretos a la tumba, Lola, no implica que no haya dejado un rastro hasta nosotros tras su muerte... —concluyó, misteriosa—. Y su último rastro me lleva a Buenos Aires.

Sonó el timbre que avisaba del descanso. Los pasillos se empezaron a llenar de pasos y voces. Lola le entregó la carpeta que llevaba en la mano y que se disponía a guardar, con esas últimas cartas escritas por una María nonagenaria en el papel del hotel Lancaster.

—Vas a necesitar esto... —y la abrazó.

—Volveré a tiempo de estrenar. Te lo prometo.

Veinticuatro horas después, sentada en el avión con la misma carpeta de recortes sobre la exigua mesita de turista, vio filtrarse por la rendija de la ventanilla una potente luz naranja. Somnolienta, subió la persiana de plástico y quedó deslumbrada. Era la puesta de sol más ilusoria que había visto. El escenario que iluminaba no lo era menos. Hizo descender sus ojos hasta que rozaron la tierra donde, como si lo hubieran pintado unos dioses escenógrafos con una brocha empapada en plata, un inmenso árbol de la vida extendía sus ramajes en el horizonte sobre el lienzo liso de la tierra virgen.

—Señorita —la azafata morena y huesuda se detuvo en seco—, ¿eso es el Río de la Plata?

—Sí, señora —contestó esta orgullosa—. ¿Qué tal? ¿Ha disfrutado de su primer vuelo? —y le ofreció un café.

María negó con la cabeza y le dio las gracias, porque no quería perderse un solo segundo de su experiencia de pájaro por si acaso era la última vez. Luego esperó a que aquel ojo de fuego resbalara cielo abajo hasta derretirse sobre la tierra. Nunca antes se había sentido tan cerca del Creador.

TERCER ACTO

33

Buenos Aires, 1952

Habían querido borrar su nombre de la vida de Gregorio, habían querido tacharla de la política de su país, pero nunca consentiría que hicieran desaparecer su obra. Aquel homenaje en el que no estuvo presente ninguno de sus amigos, colaboradores o seres queridos fue para ella el verdadero destierro. Por eso al final había aceptado la sugerencia de su editor y titular su libro *Gregorio y yo. Medio siglo de colaboración.* Lo decidió tras leer el artículo que la prensa del Régimen le dedicó al evento, con aquellas fotos de las Catalinas posando en el Teatro María Guerrero rodeadas de..., ¿quién era toda esa gente? Desconocidos, absolutos desconocidos que se apropiaban grotescamente de un muerto y de esa obra honesta producto de toda una vida.

Honestidad.

Cuánto hace que no pronuncias esa palabra, María. Cuánto hace que no la escuchas. Pero nadie, ¿me oyes?, nadie podrá impedir que le rindas tu propio homenaje, ni que a él asistan todas aquellas personas que habitaron vuestra vida, se dijo rompiendo el periódico, dolorida, para no caer en la tentación de recrearse en aquella burla macabra. Tampoco podrían prohibirle que, aunque fuera desde las lejanas tierras de América, pusiera las cosas claras. Nunca imaginó que se armaría tanto jaleo, eso sí. ¿A quién podían interesarle las memorias de una señora mayor y exiliada?

Una vez que se escondió el sol, siguió recortando los artículos sobre la comodísima mesita del avión. Estaba valorando la posibilidad de subirse un rato a la salita de estar del piso de arriba sólo para verla. Nunca imaginó que ese artefacto volador fuera tan grande. Volvió a dejar sus ojos vagabundear entre las nubes y allí, en aquel espacio quimérico y esponjoso que le daba perspectiva, también tomó la decisión de que no volvería a escribir para España. En ese momento le vino a la cabeza aquel Gregorio joven, tuberculoso y anhelante por escribir alguna vez. Por escribir un drama. Y tú le prometiste que sí, que claro que lo haría, lo haríais juntos. Y sellasteis un pacto. Qué cosas, ¿verdad, María? Es curioso cómo, cuando aún no se ha vivido, el drama atrae, la tragedia fascina. ¡Escribir un drama!, decíais al unísono tan ilusionados. Sin embargo, ahora sabes que cuando la vida ya te ha dado sufrimiento, la comedia es lo único que quieres escribir para contrarrestarla, ¿verdad?

Sujetó uno de los recortes de un periódico español. Lo firmaba ese cretino de González Ruano: «Como si un hombre de la talla de Gregorio Martínez Sierra hubiera necesitado algún tipo de colaboración». María sonrió con desgana. «A nosotros nunca nos gustó María Martínez Sierra y a su marido tampoco.»

«Qué encanto...», dijo al pasar la página, pero sí le escoció un poco el corazón. Decían que estaba deshonrando la memoria de un muerto. ¿Y ellos? ¿Y su amante y su hija? ¡Por lo menos tú estás salvando lo que quedara de su alma en las obras que «sus herederas» no se molestan en proteger! Le parecía intolerable. Acarició el paquete de cartas amordazadas con un lazo de terciopelo negro, las únicas que llevaba consigo y que no habían servido para calentar unas manos ateridas durante la Guerra Civil. No tenían ni idea, no, de lo hartita que estaba, de las ganas que le entraban de romper de una vez por todas el silencio autoimpuesto ¡por esta estúpida lealtad tuya, María!, por el absurdo valor que sólo tú le das ya a la palabra, por tu respeto escrupuloso a la memoria de los que se han ido. Y esa era otra..., ¿por qué se hablaba siempre de respeto a los muertos y no de honrar a los vivos?

La estaban queriendo borrar del mapa, desde luego, pero ahora mismo tenía que ser práctica. Más importante que el orgullo era la necesidad. La falta de recursos y la actitud de Catalina al negarse a cooperar en la publicación de las obras producidas en equipo no le dejaban ya otro camino.

Demandarla.

De otra manera no percibiría los derechos de autor que moralmente le pertenecían. Recortó con cuidado otra hoja y releyó ese artículo firmado, esta vez, por Arturo Mori:

> El libro, que es una joya literaria, ofrece también una gran revelación. *El ama de la casa... Canción de cuna...* ¿De Gregorio Martínez Sierra? Pues no. De Gregorio y María. La Bárcena conocía el secreto, pero no lo admitió nunca. Los periodistas la interrogaban sobre el modo de escribir de Martínez Sierra y siempre contestaba la inminente actriz con gráciles evasivas tan ingenuas como su arte. Catalina Bárcena oía, leía y callaba. Los demás actores sabían tanto como nosotros. El secreto ha durado hasta ahora.

Mientras María lo guardaba en un sobre con cuidado para no romperlo, al otro lado del océano Catalina, fuera de sí, despedazaba ese mismo periódico hasta convertirlo en confeti. A su espalda estalló como un mortero la voz de su hija: «¿Es eso verdad, madre?». Una Catalina de sesenta y cuatro años se volvió sobresaltada llevándose la mano al pecho. Ya nunca escuchaba a nadie acercarse. Su hija caminó hacia ella con un gesto de suficiencia sacerdotal anclado en su rostro enjuto.

—¿Es verdad, madre? ¿Es cierto que además de engendrarme ilegítima y en pecado, mi padre siguió unido a esa mujer y trabajando con ella?

—Ni caso. Es sólo una vieja loca —respondió intentando serenar su voz.

Catalinita abrió los alveolos de la nariz como si detectara un olor repugnante. El del azufre. Sí, aquello era azufre.

—¡Será una vieja loca, pero irá al cielo porque siguió casada en santo matrimonio con mi padre, y tú no! —Las venas del cuello hinchadas como si fueran a reventarle—. ¡Mentirosa! ¡Adúltera! ¿Por qué me has hecho esto?

Entonces la diva no pudo más. Se rompió como una muñeca antigua de porcelana y la mujer de carne y hueso que llevaba dentro se echó a llorar. La mujer a la que nunca se reconoció. La mujer a la que no dejaron entrar, por impura, a sujetar la mano del que nunca fue ante Dios ni ante la ley su marido cuando este recibió la extremaunción. La compañera de un escritor que durante treinta años la presentó como su esposa con la boca pequeña, siempre contando un cuento sobre su viudedad. La mujer que sabía que el hombre que amaba era un cobarde que no se atrevió a divorciarse cuando pudo hacerlo. La que sabía que le ocultaba un secreto que sólo compartía con otra. La que no quiso decirse a sí misma que también había sido engañada.

«La mujer del gran autor»..., se echó a reír mientras las lágrimas se le colaban en la boca. «A tu salud, Gregorio, mi amor», y clavó sus ojos envenenados verde manzana en los del retrato que colgaba sobre la chimenea. «Tiene razón tu hija. Para todo este país seguiré siendo tu amante, y ella, una ilegítima. Gracias...» Le dedicó aquel trago con ganas, y como sabía que no le gustaba que bebiera, se sirvió otro enseguida.

Por su parte, Catalinita se había vuelto a casa a rezar mortificada, sintiéndose más impura que nunca, hasta que llegó a visitarla su compungido asesor espiritual. «Ahora cargas con dos terribles pecados, hija mía —se lamentó el sacerdote—, uno original y otro personal del que eres resultado, pobre hija...», y posó una mano fría como un pescado sobre la frente de la mujer mientras su voz gruesa, cargada de rezos, se arrastraba como una babosa penetrando en su cabeza. La misma que le advirtió que no se le ocurriera dar permiso para que se publicaran aquellas obras que hacían promoción al pecado, fruto, sin duda, de la mente extraviada de su padre y de aquella otra pervertida de su mujer. «¡Reza, hija mía, reza!» El mismo cura que, cuando murió Catalina, le ordenó a su hija de confesión quemar todos aquellos vestidos símbolo de la vida inmoral de su madre, pero ella, su hija, sintiéndose culpable de desobediencia, no fue capaz. Sólo consiguió tapiarlos dentro de sus armarios. Y así, todos aquellos Lanvin, Poiret, Dior, Loewe y sombreros Ferruccio testigos de las fiestas de la época dorada de Hollywood, en lugar de pudrirse como mártires emparedados en una cripta, quedaron protegidos del tiempo y los insectos, hasta que alguien tiró esa pared y se encontró el extraño tesoro escondido. Se subastaron en Christie's años después, previa escala en el Museo del Teatro de Almagro, cuando Catalinita dejó santamente este mundo.

Ajena al drama religioso de las Catalinas, María disfrutaba de sus últimos minutos de vuelo leyendo medio dormida ese artículo de Martínez Olmedilla donde, de momento, daba una de cal y otra de arena:

> Andando el tiempo se ha sabido que detrás de Martínez Sierra había otro escritor: su esposa María de la O Lejárraga. Mujer inteligentísima, de gran cultura y fina sensibilidad, que por una aberración inconcebible, durante nuestras revueltas políticas tomó partido por los rojos más avanzados y manchó su historial de dulzura y serenidad.

María rodó los ojos dentro de las cuencas y luego siguió leyendo:

> Para todo tiene una sonrisa de supremo desdén que desconcierta al observador porque no se sabe si hay en ella ab-

negación, escepticismo, renunciamiento o simplemente paradoja. Ni aún se conmueve ante la idea de estar estéril. Y sin embargo ha escrito con sangre del alma «que toda mujer, porque Dios lo ha querido, dentro del corazón lleva un niño dormido».

Pero ¡qué desfachatez! ¿Cómo se atrevía? Ay, qué peligroso era el juicio y qué bien se les daba a algunos ser juez y parte. ¿Cómo osaba ese completo extraño a intentar traducir lo que sólo ella guardaba dentro de su alma? El de *La Nación* le gustaba más, al menos trataba de ser objetivo:

> El sentimentalismo de esta espiritual mujer, como vemos en las obras teatrales escritas en colaboración con su marido, adquiere mayor hondura en las evocaciones de su peregrinación por España.

Cerró el sobre con la esperanza de hacer enmudecer durante un rato a aquel avispero que tanto sabía de ella y de sus razones. Lo único bueno era que la habían ayudado a decidirse. Me interesa ya muy poco mi aburridísimo país, se dijo. Por eso, una vez que pisara tierra argentina, sí, como Cortés, quemaría sus naves. Lo había decidido. Dejaría la casa de Niza. Qué manía todo el mundo con que la conservara. ¿Para qué? Es un absurdo, puesto que no piensas volver a Niza. Ya había sacado los permisos necesarios en los consulados para que los cuadros y todo lo que hubiera de valor volvieran a España.

Volver a España..., si la casi seguridad que ahora tenía de no volver le afligía tanto, la idea de volver con la certidumbre de no salir nunca de ella le sería intolerable. Siempre he necesitado y necesitaré la puerta y el camino abiertos. Si lo sabría mi madre.

De pronto se sintió liberada y triste. Acarició el alfiler de bolitas de su madre, única posesión sentimental que la acompañaba desde el pasado junto con su máquina Yost y ese paquetito de cartas.

Cuánto se acordaba de ella últimamente. La buscó entre las nubes y su imaginación la pintó leyendo sentada sobre una bien mullidita: ¿Adónde voy, mamá? Cómo te extraño..., apoyó la frente en la ventanilla, ¿sabes?, yo te admiraba tanto... Tu espíritu, tu inteligencia. ¿Te lo dije alguna vez? Pues es así. Fuiste mi mejor maestra. Todo lo que sé, todo, te lo debo a ti: leer, redactar lo que pensaba, a tener conciencia y consciencia. También a poner los sueños un poquitito por encima de las realidades. Y hablábamos, hablábamos tanto..., de política, de ciencia, de literatura, de filosofía, de todo hasta media hora antes de que te fueras, excepto de Gregorio. De lo que me estaba pasando. Quizá debería haberte hablado de Gregorio. Porque tú tenías eso que a muchos hombres les faltaba entonces: el mapa del mundo en tu cabeza. Es curioso, no recuerdo haberte visto apretujar a ninguno de tus ocho hijos, ¿sabes, mamá?, en eso soy como tú..., me sigue dando rubor expresar lo que siento. En fin, que en la región del pensamiento es donde más me faltas. Y hoy me estoy haciendo la misma pregunta que aquel día, cuando era pequeña y te dije que me iba de casa y tú me abrigaste y me abriste la puerta. ¿Qué será de mí, mamá?, le preguntó mientras le decía adiós con la mano. Como decías tú: no es que me importe la idea de la muerte, pero no me quiero morir hoy. Cerró la cortinilla con la emoción atascada en la garganta.

Cómo iba a sospechar María que más de medio siglo después una mujer morena se mordía las uñas afanosamente en el mismo número de asiento, entretenida con las notas que ella acababa de escribir. El continente americano y la ciudad por la que iba a seguirla también eran para Noelia una novedad. El avión tocó el suelo con un golpazo brusco que le hizo guardar precipitadamente toda la documentación en su carpeta. Luego continuó leyendo mientras esperaba en el control de seguridad: se la imaginó cargada con el maletín de su pesada Yost, vestida toda de negro con su alfiler dorado prendido cerca del corazón donde, de cuando en cuando, se llevaba la mano como si fuera un escapulario.

A continuación la vio subir a un coche que hasta un momento después no se fijó que llevaba taxímetro.

—¿Adónde llevo a la señora? —preguntó el conductor con un deje tan chulesco como el de su Madrid.

—Al hotel Lancaster —contestaron ambas a un tiempo.

María bajó la ventanilla y dejó que sus ojos vagaran con libertad para no perderse detalle y Noelia volvió a sumirse en la lectura de su cuaderno de notas de ese día. Una gincana que quizá le permitiría seguir sus huellas hasta el final. Así, empezó a ver esa ciudad a través de sus ojos.

Ya le gustaba Buenos Aires.

Le gustó desde que descendió por la escalerilla en el aeródromo esa mañana de sol. El primer aroma que subió de la tierra argentina fue a ganado y a heno recién cortado, el incienso más puro sobre la tierra. Aspiró con deleite. Lo conocía. ¡Era español! Era el de su infancia.

Hasta el taxista tenía el mismo descaro de los madrileños y enseguida le hizo un tercer grado para averiguar de dónde venía, «ah, española!, mis abuelos eran gallegos», comentó arrastrando la elle.

—¿Sabés vos que tenemos a la flaca enfermita?

—¿La flaca?

—Sí..., a la Evita —aclaró, pero sus ojos no aclararon, al contrario, se irritaron de pronto—. Estamos muy preocupados... ¿Sabe que fue quien nos hizo el sindicato a los taxistas?

María contempló esa Casa Rosada en la que se decía que la primera dama había pedido ser instalada en su vestidor, al lado del dormitorio, para no molestar a su marido durante su agonía. El taxista le seguía explicando el drama emocionado, «qué mujer... y qué triste», concluyó.

—Sí —murmuró María meneando la cabeza—, qué mujer..., no vaya a ser que le moleste. —Porque sin quererlo y habiéndole querido mucho, no pudo evitar que le llegara a la memoria su querida Zenobia.

Camino del hotel, vio casas altas como en Nueva York y lindos chalets como aquellos de Los Ángeles. Aquí y allá, árboles hermosos y estatuas feas como en Europa. Los monumentos le recordaban a Madrid y a Roma, y la plaza de San Martín era prima hermana de la rue de la Paix de Bruselas; también tenían trolebús y le recordó al que recorría con la lucecita azul los bulevares altos de la capital belga; la avenida del Obelisco le recordaba a París y hasta le pareció ver los puentecillos volantes de Italia en los que compraba flores. Más tarde, dando un paseo, le llegó el gemido de un tango melancólico que tenía mucho de la angustia del pueblo eslavo... Pero luego, calle sí y calle no, le gritaban a voces: ¡España!, ¡España! «Buenos Aires, espejo de Europa, espejuelo de España», escribió esa noche para terminar el relato de sus primeras impresiones, ya instalada en el hotel Lancaster. «Me he sentido en el mundo y me he encontrado en mi tierra. No he tenido ni un segundo de nostalgia mientras ha durado el día», leyó Noelia en su letra un poco tumbada y a pluma. Pero al llegar la noche, se asomó al balcón, levantó los ojos al cielo y se sintió perdida.

«Me sentí perdida», había escrito con muchos puntos suspensivos en su diario, aquella primera noche. Buscó con sus ojos deslumbrados el rastro de las estrellas que conocía: «Ni Estrella Polar, ni Casiopea, ni el tahalí de Orión, ni Pegaso, ni el centelleo malicioso de las Pléyades... ¿Qué es esto? ¿Adónde hemos venido a parar, María?». Y recordó las suyas, en el Peñón, aquellas últimas horas en que Joaquín y ella les ponían nombre y la noche en que flotaba entre esas mismas constelaciones sobre el mar de Niza. Por eso, aunque desde aquella madrugada pasarían más de veinte años con sus lunas, siguió sintiéndose el alma desterrada de su tierra y desprotegida por sus estrellas.

Noelia también atravesó como una sonámbula el hall del hotel sobre un suelo de damero pulido y beige. Parecía lujoso. Estaba en el centro de Buenos Aires, en el número 405 de la avenida Córdoba. Conservaba la clase de entonces: las lámparas señoriales, las columnas de alabastro con historiados capiteles de mármol naranja, los pequeños escritorios y las sillas tapizadas de raso a rayas que decoraban los rincones. Intentó identificar en cuál de ellas se habría sentado María a hacer tiempo, leyendo el periódico quizá, para esperar un coche; si se habría apoyado para pedir las llaves en aquel mostrador de madera encerada sobre el que colgaba un cuadro de Isabel de Borbón. A ella le quedaría un poco alto, porque era más pequeñita, pensó enternecida.

—¿Busca a alguien, señorita? —escuchó decir a una voz que se encarnó tras ella en un personaje anacrónico, vestido con un cuello mao y acento venezolano.

—Sí —afirmó traspasándole con la mirada—. A un fantasma.

Cuando el amable recepcionista escuchó el motivo de su visita, le proporcionó el número de la gerencia para que ayudaran a localizar el libro de registros. «Y cualquier otro vestigio que se haya guardado de la historia del hotel antes de la reforma», añadió solícito. Luego le entregó con toda ceremonia el número de habitación que había solicitado por email. «Ha tenido suerte —le informó muy emocionado—, hemos podido hacer un cambio de última hora. Ahora son suites pero conservan la misma forma de entonces, cuando se alquilaban como apartamentos.»

La habitación tenía al entrar una salita con una mesa ovalada en el centro en la que se imaginó un ramo de flores frescas que habría traído cuando salió a desayunar. A su sombra, un libro verde con un título que conocía de sobra, *Gregorio y yo*. Entonces cruzó delante de ella una periodista pequeña, delgada y paticorta como una perdiz, con más esqueleto que carne y el pelo sujeto en una cola de caballo gruesa rizada en la punta. Llevaba bajo el brazo el mismo ejemplar que se exponía en el recibidor. Olfateó las margaritas y, al hacerlo, extrajo una con disimulo y la escondió dentro de su libro. Luego localizó la vieja Yost en el escritorio al lado de la ventana y correteó hacia ella. Se sacó los guantes y repasó con fetichismo cada una de sus teclas como si quisiera que se le contagiaran sus huellas. Luego tomó asiento, cruzó y descruzó las piernas varias veces bajo la falda de vuelo con lunares mientras tomaba sus últimas notas. Noelia se sentó tras ella en un ángulo que le permitiera cotillear su libreta. Entonces ambas escucharon arrastrarse la puerta corredera y apareció.

Era ella. María y sus casi ochenta años aparecieron en el umbral. Saludó a la periodista sonriente, serena y enérgica.

—Señora María, es para mí un honor. Gracias por recibirme. —La voz temblona como una llama pareció conmoverla porque la observó maternal.

—Usted dirá qué quiere saber de esta señora de avanzada edad... ¿Quiere un café? —propuso para tranquilizarla—. Puedo empezar por confesarle que es uno de mis vicios.

Mientras preparaba la cafetera e iba contestando a las primeras preguntas, la periodista, sin quitarle ojo, comenzó a escribir algo que Noelia leía ahora desde el futuro: «Es una señora pequeña y de irradiante simpatía, vestida de negro, resuelta, segura de sí misma. Es ella: María Martínez Sierra. Cabeza canosa, rostro de piel fina, porte femenino y manos extraordinariamente bellas como si las hubiera pintado Velázquez».

—Le confieso que yo también escribo teatro —dijo replegando la voz como un ermitaño—, y quizá mi pregunta le resulte obvia. Pero ¿cuál diría que es la misión de un escritor?

María se acercó la taza a los labios y los contrajo como una ostra. Que tuviera cuidado, que quemaba mucho, y, sin titubear un segundo, sentenció:

—La tarea del escritor es dominar la vida, sondear las almas, aclarar los sentimientos —y luego añadió con autoridad—:

Pero si me permite un consejo: el arte requiere decisión y por lo tanto no se debe contar sólo con la inspiración, es preciso trabajar como labriegos y amar la tarea del oficio diario.

—¿Y tiene usted algún truco? —se ilusionó la aprendiz.

—Sí —afirmó echándose otro azucarillo—. Uno muy antiguo que ya le servía a Séneca para escribir sus cosas, así que se lo diré en latín: *nulla dies sine linea* —y luego aclaró—: «Ni un día sin escribir una línea».

—¡Qué gran fuerza de voluntad la suya! —se admiró la joven—. Le admito que a mí a veces me cuesta tanto...

—A mí también, se lo aseguro. —Le acercó un poco con complicidad—. Aquí entre nosotras, le confieso que soy perezosa, muy perezosa. En mi caso, mi voluntad es autoeducación. Manía docente. Ya que no tengo hijos que educar...

Noelia también la observaba divertida. Al hablar, alzaba la cabeza en un ademán gracioso y podía percibirse una bifurcación de sentimientos cuando miraba, escribió la joven, «los ojos pequeños con mirada franca, en paz, quieta y dulce; triste cuando recuerda y voluntariosa cuando habla sobre la vida y el arte. Porque vivir, como ser artista, para ella ha sido un trabajo. Sus palabras son como animales alados, lúcidos y tiernos, que vuelan con seguridad».

Era como se la había imaginado, ¡qué maravilla!, pensó. Hablaba como escribía.

—Doña María... —se interrumpió a sí misma—, ¿cree usted que el dolor es un alimento para el espíritu de la artista? —y luego fue un poco más lejos—: ¿Ha sufrido usted?

—¿Y quién no sufre, querida? —contestó interrogándola a la vez, y una marea inesperada se levantó al fondo de sus ojos sin cristalino—. En la guerra comí hambre y bebí lágrimas. Sí, creo que el dolor es indispensable para hacer madurar el espíritu.

La joven escribió con celeridad, pero de pronto se detuvo como si no pudiera asimilar ni una palabra más antes de preguntarle algo con lo que ya venía en la cabeza, algo que quizá tenía que ver con su propia historia:

—No quiero parecerle indiscreta, pero... ¿por qué? —La otra la observó interrogante—. ¿Por qué firma ahora sus obras?

La escritora sonrió con la autoridad que le daban sus canas, sus decepciones, sus guerras y su oficio. Ya le parecía a ella extraño que no le sacara el tema...

Suspiró con pereza.

—Porque si no firmo, no cobro. Y si no cobro, no como. Ahora, anciana y viuda, me veo obligada a proclamar mi maternidad para poder cobrar mis derechos de autora —y se encogió de hombros—. Quizá esperaba una respuesta más romántica, pero la vejez, por mucho fuego interior que conserve, está obligada a renunciar a sus romanticismos si quiere una seguir viviendo, aunque ya sea por poco tiempo —y le dio un sorbito a su café, ¡ahora sí que estaba rico!

—¿Y se arrepiente de no haberlo hecho antes?

María levantó la vista de su taza y la dejó sobre la mesita, muy despacio.

—¿Sabe, querida? Al llegar la vejez lo que más pesa es el recuerdo de las penas inútiles.

La periodista pareció incapaz de transcribir aquella respuesta. Prefirió asimilarla en la misma región de su cerebro donde guardaba un beso inesperado que no quería olvidar.

—¿Y qué piensa del mundo actual después de todo eso que ha vivido?

María fabricó sin remediarlo un gesto de preocupación.

—Pertenezco a otra época —esforzó una sonrisa—, pero creo que el mundo será más feliz cuando los hombres tengan alma de artistas.

¿Qué opinaba del mundo actual?, le preguntaban a menudo. Por anciana. Porque sabe más el diablo por viejo que por diablo. ¿Qué les iba a contar? Eso sí, prefería que no le preguntaran sobre España.

Se ponía triste. Se ponía enferma.

Había demasiado que amaba y demasiado que reprochar, por eso exorcizaba ese dolor en su diario. Y cómo le dolía la noticia de cada amigo que decidía volver, como Gregorio, sabiendo que lo hacían amordazados. Curiosamente, casi ninguno era mujer. «La Patria —reflexionó en su diario esos días— para los hombres es la madre y para las mujeres es hijo. Más la amo ahora que la he visto padecer, porque he visto a sus hijos morir y matar en una mezcla espeluznante de ferocidad y de ilusión; más la amo ahora, aunque no ciegamente, lo confieso.»

Le llegaban noticias de que Franco vendía a los norteamericanos las bases militares de Rota, Morón y Zaragoza para paliar el hambre. Guerra para alimentar el hambre para alimentar la guerra, María. Qué dislate. «Mantener, eso es lo que nunca hemos sabido hacer los españoles —siguió escribiendo—, maestros en morir por aquello en lo que no creemos. Ilusiones, sueños. Sí, por ellos muere el español. Mientras está viendo correr la sangre propia, vocifera para acallar la duda, grita como un insensato. Para poder morir por una idea hay que estar loco.» Le partía el corazón que los españoles, en lugar de educarse, algo por lo que tanto había luchado, emigraran para servir de mano de obra en Alemania, Francia o Suiza. Por eso les insistía a sus sobrinas hasta parecer un plomo:

> Margarita, María Teresa, nunca dejéis de estudiar. Prometédmelo. No abandonéis el camino que iniciamos juntas en Niza. Que cuando las cosas se pusieran feas, ese será vuestro único patrimonio para sobrevivir y para que seáis libres.

En el fondo, ¿qué era ella sino una emigrante un poco crecidita que intentaba realizar su oficio en un lugar donde no quemaran sus libros?

Se había adaptado rápidamente a su nuevo escenario. Su despertador era la sirena del puerto y a esa hora, como allí era invierno y todavía no había salido el sol, le gustaba espiarlo hasta verlo salir como una inmensa naranja sobre las aguas del río. Así volvía a recordar aquel momento mágico desde el avión. El hotel estaba en una esquina y como las casas de enfrente eran bajas, alcanzaba a ver el río sobre la dársena norte, justo donde amarraban los grandes trasatlánticos italianos. Le distraía ver entrar y salir los vapores. Luego leía el periódico en inglés que le echaban por debajo de la puerta a las 7.10 y después bajaba a desayunar a la calle. Se daba una vuelta y trabajaba. A veces iba a la plaza de San Martín desde donde disfrutaba de una bonita vista de la ciudad.

Noelia también se asomó a la ventana, pero sólo pudo escuchar los bramidos de dinosaurio de los barcos y olfatear un vago olor a musgo, combustible y gasoil entre la empalizada de edificios que tenía delante. María, sin embargo, apenas encendía la luz de la mesilla al llegar la noche porque los buques italianos, tan aparatosos y teatrales en todo, se quedaban iluminados con cientos de bombillas que se colaban en su habitación proyectándose sobre las paredes. Así que tenía su propio espectáculo de magia gratuito. «Realmente el hotel está un poco por encima de mi situación —le confesaba a su hermano Alejandro—, y estoy gastando mis ahorros, pero ya soy vieja para vivir incómodamente.» En cambio gastaba muy poquito en comer, nada en diversiones y trabajaba sin descanso. ¡Así que vaya lo uno por lo otro!

A las ocho y media de la mañana, sonó el teléfono de la habitación. Una Noelia aún bajo los efectos del cambio de horario y la melatonina lo descolgó. Era Lola. ¿Estaba todo controlado por allí?, preguntó ahogando un bostezo.

—¡Sí! —exclamó ella—, bueno..., como puedes imaginar, piensan que estás muriéndote porque de otra manera no entenderían que te pierdas los ensayos y ni siquiera puedas contestar al teléfono.

—¿Cuál es la versión oficial?

—Que tienes algo infeccioso que no te permite hablar sin ahogarte. Pero que empiezas a estar algo mejor...

Luego le preguntó si había encontrado algo de lo que había ido a buscar.

—No sé lo que he venido a buscar, Lola. Sólo sé que tengo que despedirme.

Cuando colgó, antes de bajar a desayunar y de quitarse las legañas, llamó a Alda Blanco. El círculo se cerraba. Parecía sorprendida y alegre a la vez de que hubiera seguido sus pasos hasta Buenos Aires.

—Quería darme el gusto de ir al estreno pero aún estoy buscando billete —reconoció la profesora con su voz aguda de eterna adolescente—. Es una lata. Me pilla en plenas correcciones de los exámenes.

—No estoy segura de que vaya a haber estreno —confesó Noelia, agotada.

Hubo un silencio. Al otro lado de la línea la profesora ataba cabos mientras giraba como un parabrisas en su silla.

—No os dan los derechos, ¿verdad? —Hizo otra pausa—. Ay, Dios..., ¡qué complicada eres, María!

Hablaron un rato de lo mucho que le había sorprendido a Noelia que tantos se hubieran levantado a insultarla y a defenderla al publicar sus memorias. En su despacho de San Diego, la profesora buscaba con desesperación el auricular del móvil entre montañas de exámenes. La llamada tenía pinta de ir a ser larga y se le recalentaba el cerebro.

—Ten en cuenta, Noelia, que si la modestia era el principal atributo de la mujer respetable de la época, al escribir sus memorias, María la perdió de golpe. —Arqueó sus cejas finas.

Había dedicado parte de su vida a estudiar las escasas memorias y autobiografías de mujeres invisibles y su conclusión, como la de Patricia O'Connor, era... ¿Había conocido ya a Pat?, Noelia le contestó que sí, que de hecho venía para el estreno que no iba a estrenarse, ironizó.

Alda emitió una expresión de júbilo:

—*Oh, nice!* ¡Entonces tengo que hacer lo posible por acompañaros!

—¿Y a qué conclusión dices que llegasteis ambas? —preguntó Noelia intentando retomar el hilo.

Alda rodó hasta la estantería sin levantarse de la silla y tiró de un archivador.

—Pues a que no había, Noelia. Mujeres. No había apenas mujeres que se atrevieran a escribir sus memorias. Por eso lo convertí en uno de mis objetos de estudio. Al igual que no había mujeres dramaturgas de esa época. Por eso fue el tema de la tesis de Pat —suspiró en tres tiempos—. Porque, hija, era una insolencia. Una arrogancia. ¿A quién podía interesarle la memoria de una mujer? Pero María..., ella hizo ambas cosas. Y en *Gregorio y yo* lo de menos es, irónicamente..., Gregorio. Para mí, en realidad, es la prodigiosa memoria artística e intelectual de la Europa de todo el siglo xx a través de los ojos de una mujer.

¿Por qué lo escribió?, siguió preguntándose retóricamente la profesora mientras Noelia la escuchaba teclear en el ordenador. Alda creía que un poco por necesidad artística y otro poco por supervivencia. ¿Quería resucitar? Quizá. ¿Quería ser recordada? Quién sabe. Pero era tan radical en su optimismo que tampoco creía que entendiera muy bien por qué lo prohibían en España. A pesar de todo lo que había vivido, Alda pensaba que María consiguió seguir creyendo en la bondad humana, y que no le cabía en la cabeza que el gobierno de Franco fuera tan cafre. «Soy sólo eso, memoria», recordó Noelia que había escrito cuando planeaba ese libro que contenía sus «horas serenas» y del que había tomado la firme decisión de exorcizar todo sufrimiento e inquina.

—Voy a ir a buscarla al Cementerio de la Chacarita —anunció Noelia de pronto.

—¡Pues buena suerte, compañera! —exclamó la profesora.

—Bueno, más que suerte, me vendría bien que me dieras la referencia exacta de la sepultura.

Hubo un silencio.

—Me temo que eso es imposible —respondió la profesora.

—No entiendo, ¿por qué?

—Porque nunca encontré su tumba.

Noelia se agarró al auricular con ambas manos.

—Pero... yo pensé que la primera vez que hablamos tú dijiste que venías precisamente de...

—Yo fui al cementerio a despedirme de ella, sí —aclaró—, llevaba tiempo intentando localizar su ubicación a través de su familia, pero no la encontré. Por eso creo que María no escuchó mi invocación y por eso tú y yo seguimos hablando de ella ahora.

Noelia no daba crédito. Había llegado hasta Buenos Aires porque sintió que debía seguir su rastro hasta su tumba, y ahora, ahora... era otro rastro perdido.

—¿Y su familia? —preguntó como si le hubiera caído encima todo el cansancio acumulado durante esos tres meses de golpe—, tendrán alguna idea de qué aspecto tiene la tumba o de dónde está.

Alda chasqueó la lengua.

—Me temo que no, querida. El único sobrino que vivía en Buenos Aires, Jaime, ya se había vuelto a España con sus hijos cuando ella falleció.

La directora se dejó caer en la cama revuelta.

—De todas formas... —añadió Alda con la voz briosa—, te aconsejo que sigas tu instinto. María decide cuándo quiere que se descubra algo. Y también cuándo despedirse. ¡Ánimo, campeona!

Y tras uno de esos misterios que Alda conseguía sembrarle en el cerebro y que siempre le hacían poner un pie en la magia, colgó, no sin antes asegurarle que compraría un billete esa misma tarde para acudir al estreno.

—Alda, no creo que vaya a haber estre... —Pero un pitido le anunció el final de la llamada.

«¿Seguir mi instinto?», repitió Noelia. Si le hacía caso a Alda, ya sabía adónde iba a llevarla.

34

Buenos Aires, 1964

Pasó una década entre golpes de Estado, hambre y pobreza, tres palabras por las que María ya se sentía perseguida. Como Perón, a quien también le tocó coger la maleta, y la dictadura militar —otra constante en su vida— tocó a su fin. Pero ella ya no tenía motivos ni ganas de huir. Ahora eres sólo una viejecilla que escribe y pasea sin parar, se decía a menudo. Andar, sí, la tierra tiene el tamaño preciso para recorrerla a pie en una vida, solía decirse, y eso llevas haciendo los diez últimos años. Una década en la que llegó a la conclusión de que su sueño de estrenar teatro en aquella meca de las artes escénicas sería un imposible.

En el fondo lo supo nada más llegar cuando visitó al productor teatral del San Martín, un individuo peinado hacia atrás y que olía a perfume de gardenias. Allí habían triunfado sus obras y supuso que Gregorio, durante su exilio en la ciudad, habría hecho alguna siembra que ayudaría. Y sí, había sembrado, pero otra cosa.

Por lo visto, la había matado.

Nunca se le olvidaría la cara de pasmo de aquel pobre hombre cuando su secretaria anunció que había venido a visitarle María Martínez Sierra, la viuda del autor.

—Señora, disculpe usted que se lo diga de esta forma, pero la daba por muerta y enterrada durante la ocupación nazi. De forma muy épica, eso sí.

Ella, plantada en la puerta del despacho, toda de negro y sujetando con ambas manos su bolsito de piel, no pudo evitar decirse en alto:

—¡Por lo visto me he convertido definitivamente en fantasma!

Luego le pidió al productor, ya por puro morbo, que le relatara con detalle su propio asesinato a manos de los nazis. Ante lo negro del caso, María, es necesario recurrir al humor, se dijo, porque intuyó que no sería la última vez. Por goteo se fue enterando de que Gregorio había hecho correr la noticia de que era viudo claramente para que Catalina pudiese figurar como su esposa sin temor a habladurías. A pesar de todo, era más fácil estrenar siendo un autor fantasma que siendo extranjero, le explicaba el gerente del Teatro Maipo. Por lo visto, en aquellos años se había aprobado una disposición para estrenar sólo teatro argentino. Así que todo apuntaba a que sus obras no encontrarían un hogar en Buenos Aires.

En cuanto a las publicaciones, también descubrió que Gregorio le había hecho otra jugarreta. Ella le había pedido al llegar la guerra que, además del documento privado en el que reconocía su coautoría, necesitaría firmar las obras con él, porque era el único modo de que también cobrara los derechos, le explicó. Al menos en el extranjero, donde no hiciera polémica. Cuál no sería su sorpresa cuando, tanto los empresarios de teatro como los editores que se iba encontrando, le enseñaban ejemplares de sus obras que Gregorio había publicado allí, firmados por «G. y M. Martínez Sierra». Así no había forma de que dieran con ella para pagarle. ¡Con razón no te llegaban los derechos! Dios lo haya perdonado..., e intentó no acumular más decepción en sus huesos que los hiciera crujir antes de tiempo.

Aun así, porque era obstinada en eso de conservar la ilusión y para no caer en tentaciones victimistas de pensar que el viaje había sido en balde, escribía sin parar: traducciones, artículos, adaptaciones para radioteatro. Y paseaba..., paseaba sin descanso. Como esa tarde de invierno —concretamente el día de los Inocentes—, en que decidió celebrar su cumpleaños con un viejo amigo al que llevaba todo el día recordando.

Durante todo el camino sintió que lo llevaba al lado. Porque eran muchas las veces que pensaba que habría recorrido alguna vez esas mismas calles.

—¿Sabe, don Manué? —iba hablándole mientras buscaba un lugar seguro por donde cruzar una calle que parecía una pista de carreras—. Ahora ya no se puede ir despacio por ningún camino. Los que poseen máquina devoradora de kilómetros sólo comprenden el placer de la carrera vertiginosa, y ya no hay quien se atreva a ser peatón, andariego, vagabundo, como éramos nosotros, por temor al polvo y al atropello. Las viejas metáforas, el «camino de la vida» y todo eso, han perdido su sentido. ¿Quién siente ya la tierra bajo sus pies? Pues nosotros hoy, dentro de un momentito. —Por fin divisó a lo lejos un semáforo—. No, la vida no es ya camino que lleva el bien ganado descanso. La vida es carrera, mi don Manué. ¿Suspiros de vieja? ¡Pues puede ser! Pero le digo una cosa: si me respondieran mejor las piernas, ¡me recorrería el mundo!

Cruzó por el semáforo casi corriendo, a pesar de su leve cojera, entre coches impacientes que lo ignoraban.

¿Cómo evitar pensar en él? Fue en su primera visita a Buenos Aires, mucho antes de que lo eligiera como su último refugio del exilio, cuando le envió esa postal con un reloj de sol: «Sólo las horas serenas». De forma inmediata se convirtió en la divisa de su vida. Hasta ese punto la conocía.

Hacia allí se dirigía esa tarde, ahora que por fin lo había localizado. Tampoco pudo dejar de pensar en él por cuestiones crematísticas. Acababa de recibir unas recaudaciones muy buenas de *El amor brujo*. Pobre don Manué..., tú que no pudiste ni descorchar una buena botella de champán, y ahora les llegan tus derechos por error, una de cada dos veces, a las Catalinas. Apretó el paso amenazada por los roncos acelerones de los coches que esperaban en el semáforo. La música siempre acababa ayudándote a ahorrar un poquillo, María, y se lo agradeció a su genio gruñón, porque el suyo había sido un inesperado regalo póstumo de Navidad y de cumpleaños a un tiempo que iba a salvarle unos meses.

Se adentró en el parque desierto y frío en busca de su reloj.

Resultaba tan irónico que hubiera escrito aquellas coplillas para que su amigo imperfecto no se muriera de hambre... ¡En la vida había habido obra de caridad mejor pagada, ahora que era ella quien necesitaba sobrevivir! Recordaba con ternura todas las veces que le giraba su sueldo, a espaldas de Gregorio, y él se lo aceptaba con el corazón en la mano y su ascetismo particular. Mi don Manué, le invocó buscando el cielo entre los árboles, te estarás revolviendo en tu tumba... porque pocas veces ha habido dos personas que se hayan odiado más violentamente que tú y doña Catalina. Bien se estará riendo ella al cobrar, ¿verdad? Anda que si pudieras venir a la Tierra como fantasma..., ya le habrías dado algún susto mortal. ¿A que sí?

Atravesó cojeando un poco ese parque asilvestrado que había sido el antiguo zoo de Buenos Aires y se preguntó si los espíritus de todas aquellas fieras aún estarían atrapados en él. Quiso pensar que sí, que al menos una de ellas, su fiera favorita, la estaría esperando delante de su reloj de sol. ¿Qué pudo inspirarle para enviar esa postal? Quizá nunca estuvo en ese parque y sólo la compró por la inscripción que le iba como anillo al dedo. Se detuvo conmovida y ordenó silencio a sus pensamientos.

Allí estaba.

La escultura de Diana, diosa de la luna y la naturaleza, se rendía ahora a ella dejando que un vestido de hiedras pudorosas cubriera su desnudo. Con una mano, como su observadora, se protegía los ojos pétreos del sol, y con la sombra de su dedo índice señalaba con cierta pereza la hora que marcaba el astro macho. Un rayo intransigente cayó sobre las doce del helado mediodía.

Qué demonio eras..., cómo supiste que me gustaría. Y entonces vinieron a su cabeza cada uno de sus estallidos, como si hubieran sacudido un álbum de fotos sobre su cabeza. Vaya celos que le tenías a Joaquín, con lo que lo querías. Se echó a reír, como si quisiera emular aquel momento en que tanto le enfureció cuando Turina retrató su risa. Ay, qué cosa tan triste es para una mujer haber llegado a vieja, aunque siga una riendo, por costumbre, tan cromáticamente como a los treinta años.

—Bueno, don Manué... —le invocó—, ¡que es mi cumpleaños! ¡Noventa ya! ¿No vas a felicitarme? Con todas las veces que te esperé yo, porque mira que eras lento en arreglarte, ¡y no me quisiste esperar tú un poquito! —Apretó los labios—. Eso me habría hecho feliz de verdad, verdad... Nos habría dado tiempo a reconciliarnos y a regalarnos un poquito de calor en el exilio y la vejez. Pobre amigo, no sé cómo tenías paciencia para tanto sufrir. Pero... ¡así es la vida!, y tras luchar un poco para que le obedeciera su rodilla derecha, emprendió despacito el camino de vuelta.

El resto de la mañana la dedicó a ver qué estaba pasando en el mundo antes de que la recogieran sus sobrinos para ir a comer a ese restaurancito donde la carne estaba tan tierna y te ponían una rosa en la servilleta.

No sabía si le daba espanto o risa leer los periódicos. Guerra para suprimir la guerra. ¿Podía imaginarse una paradoja más delirante? Para dárselas de pacifista, vender acero en forma de armas..., pero ¿qué sandez es esta? Aquella era la última y más sutil invención de la insensatez jactanciosa del hombre. ¿Podía ser fría una guerra?: todos los analistas con la «Tercera Guerra Mundial» en la boca. La nombraban de forma sensacional como si en el fondo les excitara su posibilidad, nos ha fastidiado, porque no han vivido ninguna en sus carnes..., y pasó la página horrorizada, como si fuera una cortina. Vaya..., hasta los hindúes, que no mataban un piojo por respeto a la vida, habían descubierto ya la voluptuosidad suprema de matarse unos a otros. ¡Qué delicia! También Mao clamaba por la lucha de clases violenta en nombre del comunismo, ¡uno más!, sin saber que la Revolución Cultural mataría a treinta millones de personas en la peor hambruna que conociera la humanidad. Esto no lo supo María, pero sí lo intuyeron sus ojos doctorados en guerras y privaciones.

¿Qué hemos aprendido de dos guerras mundiales, María?, se dijo repasando todos aquellos desastres atrapados en el papel. Pues nos han enseñado a alterar el ritmo secular del día y la noche. Hemos aprendido a estirar la luz para aprovechar el carbón y las cifras de las horas han danzado sobre la esfera del reloj durante años y años por decreto gubernamental. ¡Por decreto gubernamental! Ese es el monstruo nuevo que ha creado la trastornada voluntad del hombre en este medio siglo. El decreto. Se vive por decreto, se muere por decreto, el decreto nos coarta la respiración. ¿Puedo atreverme a suspirar? ¿Acaso no es delito? No hablemos ya de protestas. La protesta se paga con el pelotón. En fin..., ¿para esto somos hombres?

Cerró el periódico y casi lo arrojó sobre la butaca contigua.

El mundo se había desequilibrado mentalmente y no, de momento, no se quiere equilibrar. «¿Qué podemos hacer los socialistas?», le preguntaba María Lacrampe en su última carta ante semejante panorama:

> Lo que nos proponíamos hacer, querida, ya lo hemos hecho: dar a todos los trabajadores del mundo la conciencia de que son seres humanos y de que, por tanto, los que trabajan tienen tanto derecho a la vida y a los bienes terrestres como los ricos. Esto se lo debemos a Marx, pero el marxismo ya está superado. Debemos enseñar sobre todo, como asignatura única, la solidaridad humana. Será un trabajo rudo y yo lo estaré mirando desde una nube.

Todo estaba cambiando muy rápido, aunque, observando España desde la distancia, allí parecía acontecer la vida a otro ritmo. Según le contaba María Teresa, el recato seguía a la orden del día y las parejas no podían darse un beso un poco apasionado en público porque eran multadas. Eso sí, empezaba a ser un poco más accesible la vivienda: hacía una semana que en casa de Alejandro ya tenían gas butano, y con él la calefacción y el agua caliente. Pero lo que a María la había dejado perpleja era esa nueva habitación de la que le hablaba Margarita todo el rato. «¿Se puede saber a qué llamáis el cuarto de estar? —escribió intrigada—, ¿es que no "estáis" en toda la casa?» Aquellas ocurrencias de su madrina la hacían reír. «Es el cuarto de la tele, tía», le explicaba ella. Y luego seguía como buena cronista de la familia, dándole el parte con su entusiasmo habitual: «Ahora se baila suelto, tía». Algo que a María le costaba visualizar, qué comedidos, pensaba. «¿Te acuerdas, tía, de los bikinis que llevaban las francesas en Niza? Pues desde que Úrsula Andress ha aparecido con uno, en España los ves por todas partes.»

Esa España ya no la conoces, se dijo, ¿dónde habré dejado el lápiz de tinta automático? Últimamente lo prefería a la pluma. Caprichos de vieja.

Aquí sin embargo, queridos míos, vivimos una vida mágica como si estuviéramos en un cuento de Borges, fuera del tiempo y del espacio —por cierto, me gusta ese Borges—. Ya no sabemos si el verano es invierno o el rencor amor, trocados los signos del Zodiaco en el cielo y en el alma, entendiéndonos sin comprendernos, sin llorar ni reír porque las impresiones no perduran lo bastante para hacer estallar la risa ni cuajar el llanto, pero en suma, felices, optimistas, despreocupados, adeptos fervorosos del «porque vivir es mejor», mecidos, hechizados, embriagados, llevados en volandas sobre las asperezas de la realidad por la divina diversidad, sirena del mundo.

Y ahora, basta de poesía, Alejandro. Un encargo que me hace ilusión: como ya no salgo de tiendas y no conozco los gustos de nadie, quiero que los reúnas a todos antes de Reyes a mi cargo en una comida o cena en un restaurant que os guste, gastando lo que sea necesario para que ninguno crea que los he olvidado. ¿Lo harás?

Por fin, pasó página a tanta calamidad y llegó a la de su homenaje. Observó con curiosidad la foto de esa ancianita liliputiense que la observaba a su vez desde el periódico. ¿De verdad te has consumido tanto? Sin duda, aquella era una catástrofe más. Leyó:

> Buenos Aires agasaja a una escritora española:
> María Martínez Sierra cumple hoy, 28 de diciembre, noventa años de edad y la Radio Argentina rendirá un homenaje donde destacadas figuras de los medios artísticos, culturales y locales han comprometido su participación.

Qué barbaridad..., sonrió, qué importante eres, querida. Y se subió las lentes gruesas de operada de cataratas con una sonrisa irónica y la punta de la lengua pillada entre los labios.

> Llega a tan alta edad esta mujer admirable sin que el tiempo haya hecho mella en su inteligencia y en su lucidez. Atenta a todo cuanto pasa en el mundo, con un permanente sentido del humor finísimo, sigue trabajando: acaba de verter a nuestra lengua a todo Maeterlinck. «Y ahora estoy poniendo en castellano las últimas piezas de Ionesco», dice, «me divierte este Ionesco. Pero tengo para mí que pasará de moda en poco menos de 10 años. Ya lo veremos...».

Hombre, María..., se reprochó. No sé por qué condenas así a tu pobre Ionesco, con lo que lo quieres. Qué agorera.

No sabía por qué a todo el mundo le daba de pronto por hacerle homenajes. ¿Es que ya la querían poner en la carretera de salida? ¡Paciencia! Desde luego, al último fasto de la jornada, ese sí que no tengo alma para ir, aunque lo agradecía de corazón. Ese grupito de republicanos eran siempre tan amables, hasta se habían ofrecido a llevarla... Cada vez eres más gato, María, y más celosa de tus emociones. Pocas personas habrán amado tanto la soledad como tú, pero a mí no me engañas, lo que te pasa es que los discursos afectados te dan miedo. A cierta edad no sabe una qué puede alterarle más los nervios, si las penas o las alegrías.

—Ya, ya sé que me quieren, hasta donde se puede querer a una persona de mi edad —le explicó a Karina cuando la llamó por la mañana para intentar convencerla.

La periodista, que por fin acababa de publicar su primer libro de cuentos, la visitaba todas las semanas desde que se autoproclamó su discípula y ahora era ella quien le llevaba unas flores para su recibidor.

—Pero, María..., vos te merecés que se festejen tus noventa relindos años. Han dicho que será un acto «en honor a tu libertad de espíritu», ¿no es bonito? —e impostó la voz de forma graciosa.

—Me horroriza la mentira social —sentenció, y volvió a sentirse observada por su retrato envejecido como si fuera el de Dorian Gray—. Y me horroriza que me repitan «¡qué guapa está usted!, ¡da gusto verla!», cuando positivamente están pensando «vaya facha va teniendo esta pobre señora...».

Escuchó a la joven escritora reír dentro del aparato y por eso añadió:

—Ya sabes lo que te digo siempre, querida —y luego, las dos a coro—: «Para la soledad siempre hay alivio; la compañía no tiene remedio».

Lo cierto es que sí se sintió contenta cuando leyó en el periódico cómo hablaban de sus últimos trabajos. No está mal, María, no está mal..., y siguió escuchando el programa como si hablaran de otra persona: primero comentaron su adaptación para la radio de *Rinconete y Cortadillo*, la verdad es que te salió bastante bien, y luego todas esas felicitaciones de colegios, de institutos y universidades, recordó. También mencionaron que la Radio de Roma iba a poner su *Don Juan de España* y *Sueño de una noche de agosto*. ¡Es verdad!, ¡eso se me había olvidado! Subió la radio, pero el programa tocaba a su fin. «¿Y en España?», llegó a escuchar al locutor preguntarse. A ella se le escapó una sonrisa cansada. En España sólo le ofrecían silencio. Lo mismo que le habían regalado en los últimos treinta años. ¡Paciencia!

La verdad es que debería hacerse su propio homenaje, pensó, por si acaso. Empezó a dibujar estrellas de tinta sobre su cuaderno, le ayudaba a pensar. A ver..., ¿qué podía regalarse? Quizá podría recopilar en un libro las obras que había escrito para la radio y sus conferencias en América. Sólo que para eso hacía falta mucho trabajo y ahora no puedes trabajar tanto, María, porque luego te dan esos vahídos y tienes que quitarte las gafas y caminar un poco.

Pero a la tarde de ese mediodía de cumpleaños parecía que le hubieran cambiado la luz por otra más radiante. Hasta se le había abierto el apetito. Súbitamente ilusionada por aquel nuevo proyecto y tras consultar la hora en el reloj de porcelana, empezó a tomar notas a toda prisa: sería una edición de todo lo que tenía sin publicar, pero en una colección de libros baratos, escribió, Austral, por ejemplo, y rodeó con un círculo el nombre. No te interesa publicar libros muy elegantes que no puedan comprar sólo los que no leen. ¡No quiero tener lo que he pensado y escrito embalsamado en la biblioteca de un analfabeto!, reflexionó en alto y buscó en el pequeño joyero con forma de libro sus pendientes de perla gris, los más elegantes. No, no me interesa que me admiren, sino que me lean, y no quiero que el que compre mi libro tenga que hacer un sacrificio.

Se vaporizó un poco de perfume de violetas, abrió la puerta con esfuerzo, cada vez pesa más, y caminó sobre el mármol frío hasta el ascensor.

Así, de cumpleaños en cumpleaños, había pasado la década de los sesenta. Y un día, untando una tostada con mantequilla, se dio cuenta de que se acercaba peligrosamente a su centenario.

El mundo cada vez se parecía más a una película de Charlot. Todo parecía acontecer a cámara rápida, como le había escuchado decir al portero, porque allá cambiaban más de gobierno que de camisa. A ella empezaba a no importarle. Se alejaba de los bocinazos y de las proclamas y había llegado a una serenidad tal que se sentía una isla exótica entre tanta crispación. Una mañana encendió la televisión por darle una tregua a la radio, y todo eran chicos y chicas con los pelos largos y cartelones protestando contra la guerra de Vietnam; otros se liaban a pedradas contra los tanques soviéticos que desfilaban como si tal cosa por Checoslovaquia; París protestaba a su estilo y varios cientos de personas se sentaban en medio de los Campos Elíseos con un repollo en la cabeza, y luego los asesinatos, Kennedy, Malcolm X, Martin Luther King...

Con los años se dio cuenta de que había desarrollado una nueva habilidad: los días en que el destino del hombre le parecía más irremediablemente negro eran los que, incomprensiblemente, le traían esperanzas más grandes. Pero de lo que no se había curado era de la forma en que le espantaba la idea de la guerra. El recado sangriento que le había dejado en el estómago aún la hacía vomitar. Si ha de volver, se advertía una y otra vez, quiero que te mueras a toda prisa.

Aunque, a decir verdad, la experiencia de su «casi muerte» no es que le hubiera entusiasmado. Por fortuna, «el relojero bondadoso» le había dado cuerda para otro ratito. Su corazón cansado decidió pararse, no por lesión ninguna, sino, seguramente, por falta de ganas de vivir entre tanto ajetreo. No supieron muy bien. Pero lo peor fue la vida de reclusa a la que la habían condenado durante los dos meses que pasó en casa de sus sobrinos. Hasta se le había olvidado caminar y tuvo que aprender de nuevo. Un bebé de cien años dando sus primeros y atolondrados pasos. Quizá por eso, porque la vieron por primera vez tan frágil, le insistieron en que se quedara más tiempo, pero secretamente estaba deseando volver a su hotel. Si no empiezas a trabajar de nuevo, te morirás..., pero de aburrimiento. «Para romper la monotonía, eso sí, hemos tenido una revolución americana de generales a generales», les había escrito a sus madrileños para quitarle hierro al asunto.

Pero esa noche de verano, ya en su hotel de nuevo, iba a ser muy especial. María observaba la luna embelesada como si fuera distinta. También el astro se miraba sobre la superficie del río, plata sobre plata.

Esa misma mañana había recibido dos noticias que la empujaban a hacer balance: la primera era una bellísima carta de María Lacrampe en que la llamaba «inspiración». Aquello le había afectado de verdad, verdad... «Inspiración...», repitió, y se apoyó en la barandilla de hierro. Muy a lo lejos se peleaban dos perros o le aullaban al astro en nombre de sus ancestros. Y se sintió mal, porque hacía tiempo que no le enviaba una carta, «si vieras el trabajo que me cuesta escribir...», se había excusado, excusas de vieja:

> ...además, desde que no estamos seguros de la inviolabilidad de la correspondencia, ¿para qué escribir? Ya ves tú... ¿A quién le importa lo que sentimos o pensamos, lo que deseemos o lo que pudiéramos esperar? Y yo, con noventa y cinco años, ¡figúrate! Entretanto, aquí me tienes, divertida, cambiando de gobierno como de camisa, como dice mi portero.

Luego, de pronto, sintió una punzada venenosa que por primera vez le inyectó el pecho, ¿qué es esto, María?, ¿nostalgia?, se riñó, ¿no estarás pensando en morirte? Pero no, fue simplemente la conciencia clara de que a su querida discípula no la volvería a ver. Y la extrañó por anticipado. La extrañó tanto...

¿Te imaginas?, pasaríamos días y días enteros quitándonos la palabra de la boca. No para recordar tiempos pasados, sino para intercambiar sueños y esperanzas de porvenir. Querida ahijada, me moriré soñando y esperando...

Hazme caso en una cosa: siempre que te sientas desesperada, haz un bien a alguien que lo necesite y se te pasará la desesperación. A mí me ha funcionado.

Tragó saliva. Cambió el tono por otro más suyo, más festivo:

Te mando algunas publicaciones en prensa con mis noventa y cinco para que admires mi bello y amojamado rostro.
Un abrazo muy apretado,
María

P.D.: A veces me doy cuenta de que te escribo tales gansadas que pienso que si alguien lee dentro de cien años lo que quede de las correspondencias de esta época, dirán los lectores desafortunados: pero qué estúpidas eran las gentes del siglo xx.

Pero no, la lectora afortunada que la leía en esa misma habitación de una Buenos Aires futura y tropicalizada degustaba cada una de sus reflexiones y vivencias como una pieza literaria, un monólogo alumbrado con el foco preciso de su clarividencia. Ambas contemplaban el mismo astro, sí, con un espíritu afín.

En la noche de verano de María, donde los ventiladores sólo conseguían remover la humedad asfixiante del río, había llegado el hombre a la Luna. Entornó los ojillos y le pareció verlos, a ese Armstrong y a Aldrin, como pequeños insectos correteando felices por un trozo de queso. Precisamente acababa de releer *El aviador* de Saint-Exupéry: esa alma gemela con una muerte tan misteriosa... Desapareció tu avión y nunca más. Se habló de suicidio, pero yo no lo creo. Quizá a ti también te falló el amor, como a casi todo el mundo, se lamentó. Así que esa noche quiso rendirle un pequeño homenaje mientras observaba la luna que ya tenían a su alcance, y se convenció de que no había muerto sino que se había fugado a otro planeta como su *Petit Prince*.

¿Habré sido yo la luna para alguien?, apretó la carta de su discípula contra el pecho como si de esa forma pudiera llegarle su abrazo. Así se titulaba un capítulo del libro que dedicaba a las mujeres y que ya no sabía si llegaría a terminar. Se le ocurrió una noche en que la luna lucía muy clara sobre su jardín de Niza, y ella y Free la contemplaban con igual entusiasmo y atención, preguntándose su misterio. «Lo cierto es que una nunca se cree digna de atención misteriosa porque se ve desde dentro —le escribió a Lacrampe en su carta—, pero gracias.»

Esto hizo a Noelia reír y que se le empañaran los ojos, hechizada por aquella mujer sin nombre. Por aquel misterio que provocaba sus mareas.

Como la luna.

Y de pronto la sintió tan extrañamente cerca, tanto, que tuvo la certeza de que si estiraba la mano quizá pudiera rozar su brazo anciano que estaría apoyado en la baranda, como el suyo. La sintió tan clara dentro de su alma como si siempre la hubiera llevado dentro. «Y voy a seguir observándote como un astrónomo, María, hasta donde me dejes», la invocó.

—Con eso me doy por contenta —respondió, entonces, simpática—. Lo que pasa es me ves de lejos, por eso me atribuyes inspiraciones... En cuanto hay lejanía, hay ensueño. Pero tú ya conoces de sobra todas mis flaquezas.

—Sí, porque son las mías.

Ella sonrió recortada en su palco sobre el espectáculo de esa luna inmensa.

—Qué lástima, entonces —siguió con la voz dulce—. Si

estuviésemos juntas, podríamos irnos consolando un poco en el desierto de nuestra soledad. Fantaseando sobre que alguien, quizá, nos esté observando a ambas de lejos como ese gato a la luna. —Hizo una larga pausa. Alzó el mentón—. Yo también admiro la fortaleza de tu espíritu y la prueba tan dura que tendrás que soportar.

—¿Qué prueba? —preguntó Noelia.

María dejó de sonreír de pronto.

—La de aprender a ser libre.

Y bañada por el foco cenital de la luna que la convertía en una figurita de plata, añadió:

—De todo lo que he vivido... ¿sabes cuál es mi mayor mérito, Noelia? —La otra negó con la cabeza. María se observó las líneas de las manos—. La supervivencia. Durante mi vida he visto aparecer en España el teléfono, los colchones de muelles, la calefacción central, los ascensores, los aspiradores para limpieza, las ollas exprés, ¡creo que soy la primera española que la disfruté! ¡Y volar! —se entusiasmó. Volvió a perderse en la esfera lunar—, aunque no he volado hasta hace dos días..., pero en tu tiempo hacen falta tantos requisitos para emprender un viaje, ¡que vale más la pena andar en carreta!

Noelia se echó a reír, era verdad, los aeropuertos se habían convertido en una tortura, y entonces le dirigió una mirada expectante.

—María —se volvió, sonriente, al escuchar su nombre—, ¿te da miedo morir?

—No, sólo que no veo el momento —y su risa cristalina invadió la noche—. Lo siento..., soy como la vieja del cuento que no se quería morir porque cada día aprendía algo nuevo. ¡Pero es normal! ¿Por qué iba a querer morirme? No estoy triste porque tengo buena salud. No me olvido de nada ni de nadie. A mis pocos amigos leales los llevo dentro del corazón. Y sobre todo, y esto sí quiero que lo recuerdes, por fin puedo decir que disfruto de una agradable sensación que nunca hasta ahora había saboreado y me da rabia haberla vivido tan tarde.

—¿Y es...?

Le lanzó su mirada sólida e inesperada como un meteorito.

—Poder hacer a cada hora del día lo que quiero sin temor a afligir a nadie y, sobre todo, poder escribir lo que me da la gana. Mi mayor tortura al escribir ha sido procurar hacerlo sin claudicaciones y, al mismo tiempo, sin comprometer a quien iba a firmarlo. —Hizo una pausa misteriosa, sí, como la luna—. ¿Y por qué te cuento todas estas gansadas, Noelia? Pues, ya que estás aquí..., por hablar de algo.

Sonó el teléfono de la habitación con un pitido insufrible.

Los ojos de Noelia enfocaron a duras penas el despertador digital. Eran las ocho y media de la mañana. Aún bajo los efectos del cambio horario y de aquel sueño demasiado lúcido, descolgó. Era el gerente del hotel. ¿No la habría despertado? Ella carraspeó un poco. No, mintió. El otro se disculpó de nuevo por si acaso y luego le contó que por fin habían localizado el libro de registros donde aparecían los pagos de la habitación a nombre de María Martínez Sierra y su fecha de salida, aunque parecía que sólo había estado fuera del hotel unos meses... Noelia le interrumpió, sí, ya lo sabía, y trató de alcanzar el vaso de agua lleno de burbujas que había dejado en la mesilla. «¿Ya lo sabía?», se extrañó el otro. Y continuó confirmándole el año del *check-out*, que, por cierto, no coincidía con el de su fallecimiento. Según sus registros, la huésped pidió que se le enviaran todas sus cosas al Sanatorio de San Camilo.

—¿Es una residencia? —se extrañó Noelia incorporándose. También lo hizo la propia María, desde esa misma cama a la misma hora, contestando medio dormida a la voz que llamaba para darle información.

—Algo así —respondió la voz mansa, agradable—, preferimos llamarlo casa de reposo, pero tiene unos jardines inmensos y tendrá todos los cuidados y visitas que necesite.

Ambas colgaron aún prendidas de aquel sueño. Noelia consultó los mensajes de WhastApp de Lola, y María, como cada mañana, se preguntó qué hora sería en España. Luego bostezó y movió un poco las piernas, qué dolor... Ay, si no fuera por ellas, ¡te recorrerías medio mundo!, ¿eh, Phileas Fogg? Pero qué agradable aquella visita onírica y nocturna... Se calzó los pies blancos y gastados recordando el diálogo tan perspicaz y extraño que había construido su cerebro con esa mujer del futuro, que se decía inspirada por ella y que le estaba siguiendo la pista para llevar a escena *Sortilegio* en el María Guerrero medio siglo más tarde. ¡Nada menos! ¿Habrase visto argumento más rocambolesco? No tendrán otra cosa que hacer esas pobres gentes con el mundo que heredan..., y se echó a reír, dejándose caer de nuevo en la cama sin imaginarse que su interlocutora estaba a su lado. Noelia miró de reojo en su dirección como si en el fondo esperara que cediera la almohada por el peso de su prodigiosa cabeza y, sin salir de la cama, se dejó una nota de voz en su móvil para que no se le olvidara aquella última revelación que le había hecho María o su propio cerebro. Tenía mucha lógica: «La aparente suavidad de las primeras obras de Martínez Sierra lo era sólo en la superficie —dictó—, sólo hace falta escarbar un poco para comprobar que el fondo siempre ha sido demoledor (el conflicto de la maternidad, la doble moral, la hipocresía social, la importancia de la educación, la cárcel del matrimonio), y sin embargo a partir de *Sortilegio* y de la ruptura con Gregorio, empiezan a surgir con fuerza todos esos temas sin edulcorar». Dejó el móvil sobre las sábanas y corrió a la ducha.

María también pasó el resto del día pensando en ella. Le alegraba haber sido capaz de fantasear con la mujer del futuro porque en sus discursos la había soñado tantas veces... Le gustaba cómo era. Pensándolo bien, se dijo mientras tomaba algunas notas, aquel no era mal argumento para una novela.

35

San Camilo, Buenos Aires, 1974

«Treinta y tres años fuera ya...», murmuró pasando las hojas de ese libro de señas que le pareció un cementerio. No había carta que no trajera la noticia de alguien que formó parte de su vida y que no existía más. Dibujó una minúscula crucecita al lado del nombre del último esa misma mañana. No era capaz de tacharlos, le parecía una descortesía. Tampoco de pasar la agenda a limpio porque sería como limpiar su memoria y quedarse sólo con los amigos más recientes.

Un golpe amnésico en el alma.

Sí que la vida era curiosa, sí... Esa mañana había desayunado muy temprano y con apetito para continuar con la traducción de *Las Troyanas* de Eurípides, que le corría prisa a su editor, pero al final tuvo que interrumpir de nuevo la historia de esas pobres hembras sufridoras para escribir unas cuartillas sobre Benavente. Se conmemoraba su nacimiento hacía cien años. ¡Qué pocos te quedan a ti para alcanzarlos, querida!, se estremeció, y luego estuvo un rato fantaseando sobre quién haría por la radio su conmemoración, ¡si es que a alguien se le ocurría la feliz idea! Puede que en este tiempo tan corto que te queda se invente algo para poner a los muertos en comunicación directa con los vivos, ¿te imaginas?, y se abandonó en una risilla traviesa. Eso me gustaría de verdad, verdad... Porque entonces podría darle un sustito a mi comentarista si se le ocurría decir alguna mentira piadosa, ya sabes, sobre tu nombre y todas esas vainas. Dejó colgando sus gruesas gafas del cuello. Qué práctica esa cadenita que le había regalado Jaime. De todas formas, siguió elucubrando, una vez muerta, ya que te has molestado en resistir para enterrar a todos los protagonistas de este folletín, qué más da ya. Como le había escrito a su querida Lacrampe recientemente: «Sería una novela sensacional, sí, pero esa, precisamente, yo no la quiero escribir». Ya lo harían otros si en algo les interesaba. Y dejó el paquetito de cartas atado con su lazo de terciopelo negro en el interior del baúl de los documentos.

Escuchó el canto de un hornero. Estaba casi segura de que había anidado justo encima de su ventana como el año anterior. Le gustaba su trino metálico al que se sumaba el de su pareja con notas más definidas haciendo tresillos y que paseaba como una personita a su lado por el jardín, un poco cojo, como ella.

También le gustaba su nuevo hotel; había decidido firmemente no llamarlo «casa de reposo». Siempre le pareció más honesta la mentira que el eufemismo. En San Camilo tenía una habitación amplia que daba al sur, entraba el sol toda la mañana y desde su ventana veía muchos pájaros y árboles. Sólo escuchaba cantar al hornero y a una gallina que criaba un vecino en una azotea. Los animales siempre le dieron paz. Además, tenía muy buena calefacción, lo que no era moco de pavo, porque en Buenos Aires no se estilaba mucho. «Ya sabéis que para mí no hay cosa más triste que una casa fría... —escribió a sus sobrinas—, acordaos de aquellos inviernos en Niza que nos acostábamos las tres juntas con sendas bolsas de agua caliente o no entrábamos en calor ni a tiros. Siempre he dicho que el frío en el cuerpo es lo mismo que el miedo en el alma...» En ese momento recordó la ilusión juvenil con la que fueron a comprar la estufa al Rastro, recién casados. La alimentaban con tanto cariño como si fuera un ser vivo.

Entretanto, Noelia también había llegado a San Camilo para consultar los registros y averiguar de una vez por todas dónde estaba su lápida. Le quedaba sólo un día para despedirse de ella y no se toleraba perder la esperanza de encontrar algo, no sabía el qué: cualquier evidencia en sus últimos días que le permitiera llegar al final de aquel misterio.

Patricia O'Connor la había guiado hasta una librería de viejo que ahora era también café y que, según ella, María frecuentaba mucho en sus últimos años. Lo más interesante era que había donado a esta, al parecer, la parte de su biblioteca que no quiso enviar a España.

Bingo.

Sobre una mesita de espejo redonda en la que se reflejaban en escorzo sus ojeras, le dejaron gran parte del trabajo de su última etapa: un libro de teatro para niños, artículos en prensa, traducciones, incluso un par de piezas teatrales más: *Tragedia de la perra vida* —según Patricia, la predilecta de María— y *La muerte de la matriarca*, ambas fechadas en 1960. «Esa obrita corta es la última que escribió», le indicó Patricia con su voz serena a punto de subirse al avión. «Es muy interesante porque son bocetos, instantáneas teatrales de cómo percibe el mundo desde sus casi cien años.» Luego se escuchó de fondo la megafonía del aeropuerto en inglés. «Lo siento, debo dejarte», le dijo. No podía imaginarse la cantidad de trasbordos criminales que tenía por delante.

—Pero seguro que merecerá la pena. —Su voz clara y elocuente perdía cobertura por momentos—. Te deseo toda la suerte del mundo en el final de tu viaje, Noelia. Y... si la encuentras, dale un saludo cariñoso de mi parte. —Luego hizo una pausa apurada—. Nos vemos en casa de Margarita.

Noelia se sentó y al hacerlo el sillón hizo un ruido blando. Abrió un ejemplar. «*La matriarca*», leyó. La familia de la protagonista quería celebrar los noventa y cinco años de la abuela —justo los que tenía su autora cuando la escribió, apuntó en su pequeño blog de notas—, pero el personaje, algo supersticioso, prefiere no celebrar nada hasta llegar a los cien, consciente de que podría morir antes.

La Patricia de los años sesenta recién llegada a Buenos Aires también estaba leyendo ese mismo ejemplar antes de entrevistarse con la autora a la que había dedicado su investigación. Levantó sus ojos gatunos y delineados con pulcritud arquitectónica quizá intuyendo el vaticinio, porque justo seis meses antes de cumplir los cien años, el corazón de María iba a pararse como el de su personaje.

No podía creer que por fin fuera a conocerla, pensó cerrando su libreta. De hecho, no lo haría del todo. Sólo había aceptado su entrevista porque se trataba de una estudiante y le gustaban las estudiantes, pero por correspondencia, le comunicó a través de su sobrino. Tenía muchos dolores de huesos y la poca energía que conservaba la dedicaba por entero a su trabajo.

De modo que Patricia empezó a enviarle una carta diaria a San Camilo. A veces se la dejaba ella misma en la recepción, y al día siguiente le devolvían un sobrecito amarillo con la respuesta escrita a continuación como si fueran un par de enamorados.

Así, de forma epistolar, Patricia reconstruyó uno de sus últimos diálogos. Sabía que para indagar sobre aquello que nadie había investigado antes —la naturaleza de su colaboración por fin admitida—, no podía desligar la vida de María de su obra, por mucho pudor que sintiera al preguntarle. Así que el método de la carta quizá fuera menos agresivo para ambas.

Escribió su primera pregunta sin rodeos:

—¿Cómo se dividían el trabajo Gregorio y usted? ¿Escribía, por ejemplo, el diálogo de los personajes femeninos y su marido el de los hombres? ¿Un acto cada uno?

A lo que ella respondió con evasivas:

—No recuerdo la proporción de mi influencia en la obra.

Todas las obras fueron escritas en colaboración, pero algunas fueron casi exclusivamente escritas por mí.

Patricia leyó aquella respuesta a máquina sorprendida de su franqueza. No era grafóloga, pero echaba de menos su letra. Quizá se las dictaba a alguien porque no se sentía en condiciones de escribir.

—¿Las relaciones entre Gregorio y usted no se interrumpieron nunca?

—Nunca. Nos escribíamos frecuentemente. Además, Gregorio siguió necesitándome...

Aquella, aunque una sola línea, ya llegó a pluma, una que por su letra quizá había temblado entre sus manos cuando verbalizó su necesidad de ser necesitada. ¿Acaso no era eso lo único que, muy en el fondo, necesitábamos todos?, pensó Patricia con sus ojos separados y felinos prendidos de la nada. En su siguiente carta le pidió que le señalara cuál creía que era su mejor virtud.

María, sentada bajo una enorme jacaranda morada que le parecía de cuento, releyó aquella pregunta que le estaba haciendo pensar de más hasta que logró identificar, no supo si la mejor, pero sí la virtud que la había sustentado a lo largo de tantas decepciones.

—Mi ansia de trabajar, de escribir, sin tregua ni sosiego: ni un día sin una línea.

Patricia sonrió satisfecha y, en el mismo dorso de esa respuesta, escribió su última pregunta. Una a la que ella misma le daba muchas vueltas como estudiosa del teatro, ahora que en su país programaban un musical tras otro:

—¿Qué es para María Martínez Sierra el espectáculo?

Aquella respuesta sí que le gustó escribirla. Le gustó tanto que decidió incluirla como prólogo de su última colección de obras, y Patricia la recibió como oro puro, porque fue como escuchar al teatro hablando de sí mismo. Esa mujer era la esencia del teatro:

El espectáculo, o lo que ustedes los norteamericanos llaman *show*, es una de las necesidades fundamentales del ser humano. Sin espectáculo no podemos vivir espiritualmente, como no podemos subsistir materialmente sin alimento. La vida es, por lo menos en las dos terceras partes de su duración, triste, amarga o difícil para todos nosotros, y tediosa para la mayoría de los que no tienen la imaginación suficiente para crearse una diversión interior. En cuanto el niño empieza a tener leve conciencia de que está viviendo, comienza a representar comedias. Cuando juega es actor y espectador al mismo tiempo. Todos somos niños, de la cuna al sepulcro, porque si no podemos vivir sin la diversión que el espectáculo nos proporciona, también nos sería difícil la felicidad si no creyéramos que alguien está mirándonos, adentro de nuestro juego, ya que la vida comedia es.

Y antes de introducir esa última reflexión en su sobre amarillo, le pidió a una de las monjitas que por favor le hiciera una copia que ahora viajaba impresa en el libro que cargaba Noelia.

Cruzó a paso ligero el pequeño y ostentoso partenón de entrada al Cementerio de la Chacarita y se sintió tan perdida como estuvo Alda unos meses atrás. Pasó de largo la oficina de registros que seguía candada y se aventuró por la interminable avenida de tumbas que le parecieron más antiguas. Según el último mensaje de Lola, tenía a la familia de María revolucionada con Antonio, su sobrino nieto, a la cabeza. Este andaba preguntando a todos sus primos de la rama argentina si recordaban que sus padres hubieran hablado alguna vez del aspecto de la tumba en cuestión.

También había aportado una pista muy valiosa, le explicaba Lola en un mensaje acelerado con las letras cambiadas: aún no se habían cumplido cien años, de modo que no podía haber ido a parar a un osario común. Eso sí, las esquelas, tanto en Argentina como en España, coincidían en que se la había enterrado la mañana siguiente de su muerte en la Chacarita, pero la realidad era que, inexplicablemente, ninguno de los preguntados había visto esa tumba jamás, ni los investigadores la encontraron nunca.

«Otro de tus misterios, María...», murmuró Noelia, y al pasar saludó a ese Gardel chulesco al que habían vuelto a incrustar un clavel entre sus rígidos dedos. De cuando en cuando hacía un alto para sentarse sobre una lápida o bajo un árbol que compensara la temperatura de ese cuerpo que venía del frío.

Abrió el ejemplar.

—María —le rogó acariciándolo como si fuera una lámpara maravillosa—, no seas mala, por favor. Ayúdame a encontrarte y prometo hacerte justicia.

A continuación deseó con todas sus fuerzas que aquella última obra, aquel personaje de la matriarca que cumplía la misma edad que María cuando lo escribió, fuera un vehículo que la llevara hasta ella. Deletreó con sus dedos la grafía troquelada *Muerte de la matriarca* como si fuera el puntero de una güija. Un haz de sol se filtró entre las hojas de los árboles y fue a caer sobre la primera página. Noelia comenzó a leer el prólogo: «Respetable público. Vas a asistir al final de uno de esos dramas corrientes que es una vida humana. Como ya te hemos anunciado en el título de la obra, su protagonista, la matriarca, se está muriendo de su propia muerte. Sin otra enfermedad ni accidente que verse el corazón cansado de latir».

Noelia se sintió observada. Un apocalíptico ángel de alabastro negro no le quitaba ojo con un gesto lascivo de lo más inapropiado para su especie. A su lado, una extraña Virgen levantaba los ojos al cielo igual que la matriarca en la página en la que se había quedado, quizá reclamando lo mismo: «¡Oh, tú que me creaste y hoy me matas..., si me lanzas otra vez a vivir..., hazme hombre! ¡Hombre... para ser yo sin ataduras, para perderme si me quiero perder, para salvarme si me puedo salvar! Mi vida para mí, no para otros, siempre... los míos, los ajenos, siempre apagando el fuego del corazón... por no ofender, por no escandalizar... El hombre no escandaliza nunca, ¡le basta con triunfar! (...) Si ella triunfa alguien sufre, si llega a lo alto... calumnian... escupen... más vale no ser nada, no ser nadie...».

—No ser nada... —repitió Noelia, agarrotándose—. No ser nadie...

Pero esa era la cuestión, María, ¿qué era para ti «no ser»? Y persiguiendo esta reflexión como si fuera un conejo escurridizo que le decía que se le hacía tarde, retomó su marcha entre los muertos.

Fechas y nombres. A eso éramos reducidos al final. ¿Dónde residía nuestro yo, lo que somos y lo que fuimos?, se iba preguntando con el dedo pillado en aquella página, ¿en nuestro nombre? ¿En nuestro apellido? ¿Dónde residías tú, María? ¿Qué eras tú para ti? ¿Qué diferencia había entre el nombre que habitaba un ser humano y el de uno de ficción que habitaba dentro de un libro? ¿Era ella más real que don Quijote? ¿Quién era más real? ¿María o su matriarca?

Impresionada por la dureza de aquel discurso dejado en boca de una moribunda de papel, continuó su búsqueda. No, no estaba dispuesta a creer que María hubiese querido ser hombre, pero sí que quisiera poner en boca de su matriarca todo aquel catálogo de quejas. Tú no te querías morir, María, me lo dijiste en mi sueño. Querrías haber seguido viviendo por lo menos un siglo más. Que te hubiera tocado vivir otra época. ¿Qué habrías sido tú de haber vivido en la mía?, le preguntó. Se secó la frente con la camiseta, y mientras se hacía todos estos planteamientos, la matriarca seguía resistiéndose a morir como un gato panza arriba: «Esto no es una muerte... —había escrito María—, es un asesinato. Porque yo estoy viva, por dentro estoy viva. ¡Y este condenado corazón me estrangula!».

Noelia se sentó a leer ese último párrafo, agotada, abanicándose con el libro. Tenía la camiseta pegada al cuerpo y dos grandes ronchas de sudor bajo las axilas. Echó un vistazo alrededor. Aquella interminable ciudad fúnebre se le vino encima. De pronto supo que tampoco la encontraría.

Había fallado de nuevo.

Así que se tumbó sobre una lápida en la que se había borrado el nombre y, dándose sombra en la cara con el libro, decidió que esa sería la mejor forma de despedirse de ella y rendirle su propio y pequeño homenaje.

En su lecho de muerte, la matriarca sacaba ahora sus últimas fuerzas para dirigirse a su hijo: «A ti te encargo... Ya lo sabes. Que no me coman los gusanos». Noelia se incorporó de golpe. ¿Cómo? A continuación, el sacerdote la amonestaba suavemente: «Abuela, resígnate al sepulcro. Eres tierra». Pero la matriarca se rebelaba furiosa: «Sí, tierra..., y agua y aire y fuego, ¡todo!».

Un zumbido. Un mensaje de Lola había entrado en su móvil como un molesto espontáneo. Ahora no, pensó con el corazón encogido, mientras su cerebro trataba de unir veloz todos aquellos puntos. Pero no pudo evitar leer en la pantalla: «Es muy importante».

Y lo abrió.

Antonio González Lejárraga había encontrado algo insólito que a todos los había dejado estupefactos y que a todos se les había pasado durante años: «¿Te acuerdas de esas cartas desaparecidas de la Fundación? —le escribía Lola sin puntos ni comas—. Pues resulta que el padre de Antonio hizo fotocopias antes de que las depositaran... y las ha encontrado. Esta es la última. Por favor, léela».

Noelia abrió el PDF y lo agrandó todo lo que pudo luchando contra la luz del sol. Era la última carta dirigida a María Lacrampe:

> Queridísima ahijada:
> Esta es la foto más reciente que tengo: es de hace dos años, estoy igual, pero con el cabello mucho más blanco y brillante, como plata: en eso he ganado. En ser decidida-

mente venerable. Parece que estoy triste... pero es que estoy pensando... no en penas mías, esas ya las he enterrado, que vayan a pudrirse a la tierra. Yo he decidido que no me enterraré: tengo ya mi «boleto» para el horno crematorio y echarán mis cenizas al río.

Y lo decía como quien había comprado entradas para el teatro. Noelia sintió que no le llegaba el aire a los pulmones y en medio de aquella asfixia, su memoria recuperó aquel recuerdo imborrable desde el avión: el ocaso sobrenatural sobre el río. Un impacto parecido al que le causó a María con casi medio siglo de distancia. Porque algunos paisajes eran impermeables al paso del tiempo. Como la luna, habían sido esculpidos para ser eternos.

—Por fin —respiró profundo de nuevo cerrando el libro—, por fin te he encontrado, María.

Media hora después estaba frente a esa masa de aguas grises surcadas por criaturas de acero y le pareció el mar.

El Río de la Plata. Un árbol de la vida impreso como un tapiz plateado sobre una llanura yerma sin montañas.

Su tumba de agua. Su última escenografía.

En la mano le temblaba el último retrato que María envió: su figura pequeña y suave vestida de negro se recortaba sobre el río. Le lanzaba a la posteridad un último gesto de irónica e irradiante simpatía, esforzándose por ocultar esa tristeza íntima, profunda, que venía del pasado y que se clareaba tras la veladura de sus ojos muy a su pesar.

Noelia lo acarició conmovida. Si no quisiste dejar tu nombre sobre la portada de un libro, ¿por qué ibas a querer dejarlo tallado en una lápida, verdad? Le dio la vuelta. Estaba dedicado a lápiz con su letra cansada y divertida que también se resistía a borrarse:

Os envío mi última fotografía para que veáis qué guapa estoy a orillas de mi río. El viento haciendo volar el chal que enviasteis por mi cumpleaños me da un aire de Victoria de Samotracia.

Habían pasado dos años desde esa foto y María tomó la decisión de no sacarse ninguna más. La analizó, sentada en su mecedora en el porche de San Camilo frente al jardín, entre sol y sombra. Nunca le gustó retratarse, y aquella, aunque no podía dejar de estar vieja, la hacía sentirse tan libre... Has tomado una muy buena decisión, María. Se meció un poco. ¿Para qué vas a comunicarle tu decisión a la familia? Al fin y al cabo, eres tú la que te vas a morir. Además, ya todos estaban de vuelta en España y quizá aquello sería visto como la última extravagancia de su tía, la exiliada. Allí no tenían por qué enterarse. Podría ser incómodo para ellos socialmente. Por eso también se había alegrado de que el Vaticano admitiera las incineraciones. Aun así, no nos engañemos, en España no lo hace «la gente de bien». En fin, has hecho tantas cosas en tu vida que «la gente de bien» no hace, que por una más...

Escribir, sin ir más lejos.

De ese vicio tan impropio de una señorita de su edad, pensó, había seguido pecando. *Nulla dies sine linea*... Su Yost continuaba escupiendo artículos y traducciones de Thornton Wilder, Ben Johnson, J. M. Barrie, Maeterlinck, Sartre, Ionesco..., y pocos sabían que llegaban a España gracias a que pasaban antes por su cabeza y por su voz.

Nada de eso le importaba ya.

Sólo que su salud, dentro de los inevitables achaques de la ancianidad, era bastante buena. Su médico, un asturiano colorado y muy amable que visitaba la casa de reposo todas las semanas, terminó de tomarle la tensión.

—¡Qué bárbara! Si no fuera por lo de la pierna, ¡diría que tiene usted quince años! —y dejó los fonendos colgando de su cuello.

Ella rió coqueta. Era muy amable, doctor, pero también le

adivinaba un poco de talento para la actuación, protestó. Exageraba bastante:

—Porque la memoria para las cosas inmediatas me va fallando un poco, ¿sabe, doctor?, y a veces se me sube la sangre a la cabeza y tengo que dejar el trabajo... —El joven médico, cogido de su mano, escuchó encandilado el parloteo de aquella jovencita de noventa y nueve años, su paciente predilecta—. Y, además, en la máquina hago muchas faltas porque he olvidado un poco el mecanismo. Y como se me va desgastando la piel de los dedos, ya no tengo huellas dactilares —le mostró sus manos blanquísimas y suaves, lisas—, lo cual me importa poco, pero... como los pedacitos de la piel de los dedos los puso la naturaleza, no para la identificación policial, no, sino para sujetar bien lo que tenemos entre ellas, todo lo que cojo se me cae..., lo cual, no le mentiré, es bastante molesto. Pero ¿qué le vamos a hacer?

El médico le apretó la mano y, sin poder evitarlo, se echó a reír.

—Ay, doña María..., es que para llegar a centenario el ser humano tiene que resignarse a unas cuantas molestias —y le guiñó un ojo.

A unas cuantas molestias y a unas cuantas nostalgias, se lamentó ella. Y mira que trataba de evitarlas a toda costa.

Entonces recordó la última vez que había estado triste.

Fue en casa de su sobrino Jaime poco antes de que se volvieran definitivamente a España. Le mostraron fotos de su último viaje a Madrid con toda su buena intención y pudo ver a su familia en color por primera vez en tantos años, pero también, de fondo, todos los muebles que dejó, sus porcelanas compradas en distintos países, sus cuadros, con tanto color y con tanto realismo... Aquello sí le dio ganas de llorar. Porque su habitación allí, aunque bastante cómoda, no era nada elegante, y además, y sobre todo, porque se dio cuenta de que ya no los volvería a ver. Aquel pensamiento fugaz como un arañazo pero que dejaba cicatriz sólo se había atrevido a confesárselo a

Margarita. También lo de aquel sueño extraordinario que seguía volviéndole a la cabeza cíclicamente: «Figúrate, Margarita, que una joven, revolviendo entre sus cosas, encontraba el único manuscrito completo de *Sortilegio* y de pronto le daba por estrenarla —se sonrojó ante su propia ocurrencia onírica y egocéntrica—, porque en el cartel, debajo del título..., debajo del título ponía...».

Ay, María, qué gansadas se te ocurren..., se dijo meciéndose con condescendencia. Luego palpó la mantita fina de lana que le cubría las piernas. Pero ¿dónde estarán mis anteojos para leer? También se lo preguntó a esa monjita cilíndrica tan simpática del turno de tarde. «Las tiene aquí, doña María», le había dicho señalándole a la cabeza, y se las dejó con delicadeza en la mano. «Ay, querida... Tengo que tener tanta paciencia conmigo misma...» La otra se alejó sonriendo. Siempre la hacía sonreír.

Qué molestia también esta de unos anteojos para cada cosa. Cerró los párpados mientras se mecía empujándose suavemente con una pierna y luego con la otra para no cansarse. Una luz ámbar se filtró a través de sus finas persianas de piel, qué agradable, pensó, sí, qué agradable..., y entonces le ocurrió algo curioso. Le vino a la cabeza su recuerdo más antiguo.

Tenía tres años o tal vez menos, en ese San Millán perdido en la montaña que había transitado del candil a la luz eléctrica sin pasos intermedios. A su lado vio a su hermano menor Alejandro de niño, que ya había muerto. Llovía como sólo lo puede hacer sobre el campo en verano. Ella se dejaba arropar por los brazos de la niñera mientras destripaba con afición una muñeca para ver qué tenía dentro. «¿Por qué siempre haces eso, María?», la riñó. La niña se volvió muy tiesa sacudiéndose el serrín. «Porque me aburren», respondió. «Pero ¿sabes lo que me gusta aún más?» Salió despavorida y saltó sobre los charcos como un cabritillo mientras chillaba: «¡Lo que me gusta mucho es que me llueva encima!».

La niñera salió tras ella riéndose, «¡ven acá, María!», e intentó resguardarla de nuevo bajo el quicio de la puerta, y para que no se le volviera a escapar, empezó a cantarle: «Ea, ea, el sol de la aldea, que cuando llueve, bien chaparrea».

«Ea, ea... —canturreó la María anciana en su mecedora—, duérmete, niña, que viene el coco, a por todos los niños que duermen poco...», hasta que, de pronto, ¿quién era ese?, ¡Papá! Y lo vio aparecer a lo lejos sobre su caballo como si la esperara para subirla a la grupa y visitar a sus pobres. «¡Espérame, papá!,» gritó, ilusionada. A su lado, una enfermera levantó la vista, ya estaba doña María soñando, y siguió su camino hacia la sala de rehabilitación. Pero no, qué va, no estaba dormida porque la había escuchado pasar con sus zuecos. Sin embargo, también podía ver con nitidez la tersura de esa pradera de un verde imposible que creía haber olvidado ya, y la forma exacta de su reloj de sol que se dibujaba ahora sobre el mismo lienzo. «Sólo marco las horas serenas», leyó sobre la piedra. «Yo también», musitó María en alto, y una hojarasca borró de pronto aquellas letras. Así fueron incorporándose como un *collage* sobre el fondo de su tapiz botánico: la estufa que compró en el Rastro, un tranvía flamenco que se aproximaba con las luces prendidas, la primera partitura de *El amor brujo*, una celosía que proyectaba la luz de Granada, cada una de las estrellas que contó desde Algeciras, la alfombra sobre la que voló con Turina la noche mil y una, el telón abierto de *Canción de cuna*, la última farola que iluminó a Federico, el pasaporte que le entregó Matilde para salir de España, la mesita de caoba del Lyceum Club sobre la que solía trabajar, y ese diario en el que Juan Ramón le escribió su poema, hasta que, tras muchos otros retales desordenados de su memoria, que parecía empeñada en hacer mudanza, por último apareció ante ella su vieja Yost, como si la invitara a escribir un monólogo final. Posó sus manos sobre ella como tantas veces y se dispuso a escribir, pero en ese momento alguien arrancó la página del rodillo.

—Ahora no, María, es la hora —le anunció esa voz tan querida.

Ella se volvió intentando recuperar el papel.

—Devuélvemelo, fiera, poeta del demonio, ¡esto es privado!

Su amigo perfecto soltó el papel y este adquirió la forma de un ave vaporosa que en pocos segundos se perdió en el horizonte. Juan Ramón le ofreció su mano. Sobre ellos, suspendido en la nada, se dibujó un palco desde el que se descolgó un teclado de peldaños blancos y negros hasta formar una curiosa escalera. «Está bien, está bien...», aceptó ella, y la subió despacito de su brazo mientras sonaban a su paso algunas notas.

—Tu obra es magnífica, como tú, amiga mía —y la invitó a sentarse—. Ahora... disfruta.

Delante de ellos había aparecido un escenario y de la hierba empezaron a brotar unas butacas rojas como enormes frutos. María sonrió a su amigo perfecto tan ilusionada como aquella niña que empezó a soñar con una comedia de magia.

Se abrió el telón.

Sobre el escenario, su madre vestida de rosa pálido como aquel día y, escoltándola, su padre aún encaramado a su caballo tordo. Luego venían don Benito con un puro a medio fumar y Benavente disfrazado de fraile. A un lado, la Guerrero dándoles órdenes a todos de dónde colocarse. También Valle, más alto y con la barba más larga que nunca, refunfuñando, y Zenobia llevando un enorme ramo de rosas rojas. Entonces escuchó de fondo un piano en un extremo del escenario y al seguir el cristal de sus teclas encontró a Joaquín, que le lanzó un beso con la mano. Del foso, dirigiendo una orquesta invisible, surgió su don Manué, batuta en mano que se llevó al pecho al encontrarse con su mirada; Federico portaba una paloma que lanzó al vuelo y fue a posarse sobre el palco con un mensaje en el pico; Matilde la saludaba como hacía cuando terminaba un mitin, y así fueron saliendo a escena tantos otros, protagonistas, secundarios, añorados o inesperados, figurantes que no pensaba volver a ver, como su joven y rubio soldado, o aquel profesor de música que le endulzó tantas tardes de soledad en Niza con sus discos y del que ahora no recordaba el nombre.

Hasta que se volvió hacia Juan Ramón con una pregunta en los labios que no llegó a formular.

—Sólo vendrá si tú quieres darle un papel. Esta es tu obra.

Ella asintió indulgente.

Entró en el escenario como lo recordaba en aquel primer viaje a París. En sus horas serenas... Avanzó, apoyado en su bastón, aunque ya no lo necesitaba. Entonces Gregorio alzó la mano expresiva en el aire reclamando a la autora. Juan Ramón la ayudó a levantarse.

Todos los que estaban sobre el escenario comenzaron a aplaudir. También lo hicieron cientos de manos sin cuerpo que flotaban sobre las butacas y que, de pronto, se convirtieron en una bandada de palomas. María saludó tímidamente y, por otro juego de magia, se vio a sí misma en el escenario por primera vez. Con toda su vida, con quienes la habitaron a su espalda, y ante ella una tupida cortina de luces que le impedía ver más allá de la cuarta pared.

Se volvió hacia su amigo perfecto que sonreía con admiración a su lado.

—Ay, Juan Ramón, este repasar de viejas memorias se ha ido transformando de gozo en angustia —observó que sus manos empezaban a transparentarse—, a fuerza de evocar sombras me parece que soy una sombra también. No seguiré. No puedo seguir. No quiero seguir.

Hizo una pausa y tomó aire. No, María, se dijo, no es el momento de ponernos melancólicas... Levantó el mentón, decidida. A mí los fantasmas no me empavorecen. Se volvió hacia ellos.

—¡Juan Ramón, don Manué, Gregorio, Joaquín, Federico!, ¡amigos! —exclamó—, ¡vivamos!, ¡vivamos aunque el mundo nos tenga por muertos!

Un potente foco ámbar la iluminó en proscenio como un nuevo amanecer.

—Ah... —respiró aliviada—, esta persistencia en el existir, a pesar de tantísimos pesares, tiene ya un leve regusto de inmortalidad...

Entonces hubo un silencio que olía a desenlace. Uno que esperó a que se rompiera solo, pero no lo hizo.

—Matriarca —le susurró la Guerrero a su espalda—, te toca decir tu última línea.

«Ya no más...», murmuraron sus labios sin tensión. Avanzó hacia el proscenio hasta llegar a ese frágil límite de luces que caían en cascada separando ambos mundos; bajo sus pies oleaba la orquesta danzándole al fuego; reconoció ese olor a bosque y pronunció las últimas líneas que le había destinado a su personaje:

—La ceniza a la tierra, limpia... Que la lleve el aire, que la fije el agua para que nazcan espigas y amapolas —y en un esfuerzo supremo por sujetar la vida que sintió que se le iba, hizo una aspiración profunda—. Ya huele a primavera.

La encontraron sentada en su mecedora como si estuviera dormida. Entre sus manos para siempre jóvenes, *Tirano Banderas* abierto por la mitad y las notas para la traducción de Ionesco que estaba terminando. Sus amigos y discípulos hicieron volar sus cenizas sobre el río una noche de luna llena. Plata sobre plata. Y, como ella había pedido, enviaron su baúl de vuelta a Madrid sin abrirlo siquiera.

Como un féretro repatriado cruzó el océano en la bodega gélida de un avión, fue descargado a golpes por unos maleteros que le rompieron un asa, burló los controles de aquella dictadura intubada, fue introducido en un furgón negro que atravesó la ciudad a frenazos hasta que por fin llegó a su destino, la plaza de Oriente de Madrid, donde lo esperaba una Margarita de cincuenta años con la puerta entornada. Cuando se lo dejaron en el centro del despacho junto al resto de sus cosas, lo examinó durante un rato con esos ojos grises que tanto admiraba su madrina cuando era pequeña y en los que consiguió reprimir las primeras lágrimas. «Bienvenida a casa, tía...», musitó, con tanta nostalgia, tanta alegría y alivio, con la esperanza, en el fondo, de que al abrirlo fuera una última broma extravagante de las suyas y se la encontrara dentro.

Aquella fantasía le hizo tanta gracia que consiguió echarse a reír. «Ya sabes que en eso soy como tú —se disculpó—, y me cuesta demostrar las emociones.»

Se arrodilló ante él y lo abrió. Sí, allí estaba María.

Sujetó entre sus manos esos zapatos de rejilla que ella misma le envió en su penúltimo cumpleaños, los que decía que no le hacían daño; el pañuelo de seda con el que siempre aparecía en las fotos y del que iba prendido el alfiler de bolitas de oro de su abuela, algunos objetos y muchos papeles y documentos deteriorados por la humedad y el tiempo. Sentada en el suelo y tras dos horas de leer sin descanso, alzó los ojos irritados por el polvo y la nostalgia, y le rogó: «Tía, perdóname por lo que voy a hacer..., pero si no hubieras querido que diera a conocer esto, supongo que te lo habrías llevado al horno crematorio contigo...».

Descolgó el teléfono y marcó un número norteamericano.

36

Madrid, 8 de marzo de 1974 / 8 de marzo de 2018

Una voz amable le respondió en un castellano entrecortado y gangoso que, por pura casualidad, la profesora O'Connor se encontraba precisamente en Madrid para acordar unas traducciones. Algo que Margarita, poco dada a supersticiones, interpretó como una señal.

—Mi tía ha fallecido y ha llegado un baúl con algunas cosas que creo que le habría gustado que vieras —fue lo único que Patricia escuchó antes de parar un taxi y dejar a su querido Buero Vallejo plantado en un café.

Cuando entró en el despacho agarrada del brazo de Margarita, se sintió inmediatamente sobrevolada por su espíritu. Era inevitable: colgaba de las paredes en forma de retrato, de escenografía en acuarela, de cubierta enmarcada de cada uno de los libros de Martínez Sierra... En el centro, sobre una alfombra de colores vivos comprada en Tánger, su baúl de piel anciana con tantos años y arrugas, viajes y aventuras, guerras y exilios como su dueña. Ambas mujeres se arrodillaron delante de él y Margarita lo abrió como si fuera el Arca de la Alianza. De él, escarbando entre su ropa, Patricia empezó a sacar, uno por uno, los objetos que la habían acompañado toda una vida. Fueron revisándolos minuciosamente hasta que Patricia se detuvo. *«Sortilegio»*, leyó mientras sujetaba el manuscrito a máquina.

Cogió a Margarita de la mano.

—¿Tú sabes la importancia que tiene esto?

Ella, con esa flema que podía pasar por británica, le dirigió una mirada del color del hielo.

—También he encontrado esto otro. —Le mostró un paquete de cartas atado con un lazo de terciopelo negro.

Patricia lo observó con curiosidad sin imaginarse que el verdadero tesoro estaba allí dentro, y entonces sus manos le temblaron un poco de emoción y de edad, y empezó a cumplir años aceleradamente: su pelo encogió hasta rozarle la nuca y la experiencia se acumuló en su mirada como se acumulan los posos en un buen vino. A su derecha, una Margarita casi centenaria la observaba tan misteriosa e inquieta como aquel día, y al otro lado Noelia, recién llegada de Argentina, intentaba vencer la borrachera del jet lag.

Patricia y Margarita se asomaron al interior del baúl como si reconstruyeran aquella escena vivida más de cuarenta años atrás.

—Margarita, querida... —le susurró Patricia con su serenidad de gato—. Me gustaría que me mostraras las cosas que ha mandado tu tía para que también pueda verlas Noelia.

Las tres contemplaron el baúl ahora vacío.

Desde el Skype de su móvil que Noelia había colocado estratégicamente encima de una mesita, Lola y el resto de la compañía se apiñaban dentro de la pequeña pantalla. En sus rostros se reflejaban las huellas del cansancio y la adrenalina propia de un día de estreno, aunque este fuera cada vez más improbable.

—Vamos a ir sacando las cosas de tu tía y me vas explicando lo que son, tú que la conocías tanto, ¿te parece? —le sugirió Patricia. Luego se volvió hacia Noelia—. Necesitamos que recuerde qué hizo con esas cartas. Si no son las originales, no tendrás lo que necesitas.

La directora miró de reojo a la anciana preguntándose si aquella sonrisa que irradiaban sus ojos grises indicaba que les estaba siguiendo el juego o, en realidad, estaba ya en 1974 preguntándose quién era aquella intrusa que vestía tan raro.

—Muy bien —aceptó resuelta Margarita con una energía renovada.

Y así Patricia, volcada sobre el baúl, empezó a extraer objetos imaginarios, teatro en estado puro, pensó Noelia, guardándose aquella *performance* para siempre en su memoria.

«Aquí están sus zapatos», describió la profesora, y Margarita sujetó uno, invisible, como si fuera el de Cenicienta. Incluso les dio la vuelta. Casi no tenían la suela gastada de lo poco que caminaba ya la pobre, suspiró tiernamente, pero cómo le gustaban... «Y aquí está aquel chal tan bonito», le recordó Patricia. Margarita se llevó la seda a su bello rostro casi centenario, sí, era su favorito. Noelia también lo reconoció sin verlo, el de su última foto delante del río.

—Y esto es una joya, Margarita, ¿sabes lo que es? —Patricia lanzó un anzuelo invisible a la memoria de la anciana, pero esta negó con la cabeza—. ¿No lo recuerdas?

Entonces ella pareció iluminada por una idea. En el teatro y en aquel despacho se detuvo el tiempo. Margarita, por fin, asintió y dijo:

—Sí..., tú me lo has explicado. Es un original importante. Un tesoro, me has dicho. —Hizo como si leyera la portada del manuscrito—: «*Sortilegio*». Mi tía lo dejó aquí porque seguro que quería que lo leyeras y además tuvo un sueño y una mujer del futuro quería llevarlo a escena y debajo ponía algo que la hacía reír pero que no me dijo, y habló con ella...

Patricia levantó la vista hacia una Noelia que tuvo que apoyarse en el escritorio, mareada e incrédula. En su móvil había cinco pares de ojos como platos que no parecían poder asimilar más información.

La profesora sujetó a Margarita de las dos manos.

—No, querida, no es esto lo que busco. Es verdad, es un tesoro, pero hay más cosas aquí dentro que necesito que me muestres.

Entonces Margarita le señaló el interior.

—Esa es su máquina de escribir, su Yost —la sujetó con esfuerzo como si le pesara—, recorrió con ella el mundo...

—¿Y qué más ves que reconozcas?

—Aquello son contratos de sus traducciones y sus pasaportes...

—Pero hay más cosas —insistió Patricia.

—Sí —afirmó, dudando por unos segundos—, ¡y ese es su teatrillo! Era su juguete favorito cuando era niña. A veces nos dejaba jugar con él.

Noelia sonrió con los ojos brillantes y entonces Margarita se volvió hacia la profesora.

—Ya no queda nada más —sentenció.

Patricia se incorporó interrogando a aquellos ojos transparentes.

—¿Estás segura? —la analizaba ahora, por si no era un fallo de su memoria, por si mentía—. ¿Estás segura de que no hay un paquete de cartas?

Margarita la observó con cierto aire de misterio. «Ah..., ¿esas cartas?», le preguntó con una media sonrisa. «Sí —afirmó Patricia—, las únicas cartas que había en ese baúl atadas con un lazo...»

—... de terciopelo negro —añadió la anciana, y entonces dio unos pasos indecisos hacia atrás—. Tú me pediste que las guardara bien donde las hubiera encontrado para que no se perdieran nunca.

Patricia se impacientó.

—Sí, querida. Pero no llegaste a decirme dónde las encontraste.

Margarita las observó algo aturdida y como si se rompiera un hechizo, pareció recuperar su fragilidad de anciana.

—¿Les apetece una taza de té? —preguntó con una voz cuarteada—. No les he ofrecido nada. Qué despiste..., ya me disculparán..., es la edad —y salió a pasitos cortos de la habitación en dirección a la cocina.

Noelia y Patricia se observaron con desesperación.

—Lo siento..., lo he intentado. —La profesora se levantó apoyándose en sus rodillas.

En el teatro habían seguido aquella peculiar sesión cuasi mediúmnica con perplejidad, aunque los métodos de su directora no les dejaban ya capacidad de asombro. Noelia se acercó al móvil.

—Vamos, chicos, un último intento, pensemos: ¿dónde pudo encontrar Margarita ese paquete de cartas?

Lola acaparó el primer plano.

—Quizá dentro de un objeto que llevaría con ella de país en país —aventuró, y aquello desató la tormenta de ideas que Noelia empezó a dispararles.

—Augusto, tú eres profesor, ¿qué es lo que siempre llevarías contigo?

El otro la observó con su ceño más fruncido que nunca.

—No sé... Mi cartera..., mis libretas, algún retrato...

—¿Y tú, Francisco?

Sus ojos irritados se acercaron a la cámara con aspecto de haber desayunado una caja de ansiolíticos.

—Yo soy músico... Quizá mi instrumento.

Noelia se quedó pensativa. Y su instrumento era...

«¡La máquina Yost!», corearon a varias voces desde el teatro.

—¿Dónde está? —preguntó Patricia a su espalda.

En el escenario, recordó Noelia, se había quedado en el escenario como atrezo para el montaje.

A esas alturas Lola ya había dado con ella y la examinaban por debajo.

—Nada —confirmó la ayudante—. Tampoco en el maletín.

Y en ese momento fue la voz de la profesora la que ofreció un hilo definitivo del que tirar:

—Los investigadores tenemos un lema —dijo solemne.

—¿Y es...? —preguntó Noelia.

—Si has perdido un rastro, empieza a buscar por el principio.

603

Sintió que su cerebro empezaba a bullir uniendo cientos de puntos luminosos como aquella noche en que María se esforzaba en trazar constelaciones. Al mismo tiempo, oyó decir a Leonardo:

—Un segundo..., sí, su máquina era su instrumento, pero ¿con qué empezó a imaginar? —Justo cuando Margarita reapareció en la puerta con una pesada tetera y le preguntó algo que le había preguntado ya tantas veces:

—Que dice mi tía que si has visto su teatrillo.

El corazón empezó a golpearle las costillas. Noelia cruzó el despacho, se subió al sofá y rescató el teatrillo forrado en seda adamascada roja de lo alto de la estantería. Lo situó cuidadosamente sobre el baúl cerrado como si fuera a subastarlo. Margarita se acercó a él, maravillada.

—¿A que es precioso? Es una reproducción del Teatro Coliseum de estilo victoriano —les explicó, y luego movió, juguetona, a sus actores empalados en alambre.

Pero cuando parecía que iba a seguir con su demostración, tiró del proscenio y abrió un cajoncito que no era visible. La anciana las observó traviesa. Noelia extrajo un paquete de cartas atadas con un lazo de terciopelo negro que Patricia reconoció al instante.

—¿Quieres hacer los honores? —le ofreció.

Noelia alzó la vista hacia el retrato de María, que la observaba de nuevo joven y serena con aquella rosa madura cerca del pecho. ¿Es este de verdad el final de nuestro viaje, María?, ¿o vamos a tener que conformarnos con un final abierto? Era el momento de averiguarlo. Las fue extrayendo de sus sobres, una por una, y empezó a leer primero en silencio, cada vez con más incredulidad y desasosiego. Desde el teatro respetaron ese mutis, muy pendientes de la expresión cada vez más sobrecogida del rostro de su directora, como les había enseñado durante los ensayos, porque en las buenas obras teatrales también se escribían los silencios.

No era María quien iba a romper el suyo.

No era ella la que se confesaba por fin. Esas cartas encerraban, entre todas, el monólogo final de su compañero. Noelia se encontró con la media sonrisa de complicidad de Patricia. Margarita ocupó su butaca como si fuera la de un teatro y se dispuso a escuchar. La directora se sentó en el baúl y estiró el papel de la primera carta: «Niña mía: Me parece muy bien que no escribas si no te encuentras bien, o si deseas descansar después de haber trabajado tanto...», y poco a poco, carta a carta, Noelia se imaginó a Gregorio, de país en país, de año en año, durante medio siglo, escribiendo en una estancia parecida a aquella, primero repeinado y joven, luego más maduro, separado, tosiendo sin tregua, más recuperado, a veces dulce y condescendiente con el llanto de un bebé a su lado, otras imperativo, desde sus giras, desde su teatro:

... por eso, ni siquiera te he recordado esas breves y divertidas conferencias que es lo que habría necesitado, ni los monólogos que bosquejamos en París, ni el tercer acto de «Carola tiene suerte» que me hubiera gustado representar en Buenos Aires, cosa que allí habría sido muy apreciada. Tengo ganas de mimo. Te mando una atrocidad de besos.

Vida mía: Si trabajas, aunque sólo sea una hora diaria, sin prisas ni presiones, puedes escribir dos o tres comedias al año sin darte cuenta. Te aconsejo que escribas porque, después de todo, esa es nuestra profesión.

Niña mía: En París nos dedicaremos a las conferencias para dejarlas bien planeadas y así te costarán mucho menos trabajo. Te echo de menos horrorosamente... sobre todo a la hora de vestirme.

Niña mía: Se me olvidó decirte que ya tengo pactada la colaboración de cuatro artículos al mes en México, Mérida, Habana y Buenos Aires, 500 pesetas por artículo. Lo llamaremos «Cartas a las mujeres de América». Dime a la vuelta de correo si puedo seguir comprometiéndome en firme.

Acabo de leer el acto segundo de «Torre de Marfil» y me parece magnífico. Creo que será una de nuestras mejores comedias.

Vidita mía, un encarguito: Se ha muerto don Torcuato Luca de Tena. Todos los colaboradores de *ABC* y *Blanco y Negro* le dedican un artículo de alabanza. Escribe tú uno y mándamelo enseguida. No hay más remedio porque se molestaría seguramente la familia.

Niña mía: Me ha gustado muchísimo lo que se te ha ocurrido: cuando tú me cuentes el plan general de la obra, yo pondré los peros.

Hasta ayer no me entregaron «Hay que ser felices». Somos los únicos autores españoles, sin vanidad, verdaderamente modernos. Nuestros personajes viven y piensan al día.

Querida María: En vista de que tú no puedes o no quieres hacer nada, yo sigo trabajando con Marquina para nutrir nuestro repertorio. En fin: que no puede uno contar con nadie para nada. Estoy haciendo esfuerzos inauditos para escribir yo hasta que tú estés mejor o te decidas. Creo que lo conseguiré más tarde o más temprano. Ya voy perdiendo la timidez para dialogar, porque pienso que lo hago sólo para leerlo yo. Si no tuviese tantas preocupaciones de empresario lo conseguiría antes. Cuando vuelvas a estar del todo sana y en plena posesión de tus facultades físicas, harás obras maestras, si no te aburguesas demasiado ahora que empiezas a ser propietaria, que con ese documento que te he firmado recibes ya algunos derechos.

Queridísima María: «Sortilegio» te ha quedado una obra estupenda, original, atrevida. La ensayaré con mucho esmero. No podía esperar nada mejor. Si llegas al final así, tendremos una de nuestras mejores obras, a la altura de la mejor...

Las cartas resbalaron de sus manos y cayeron sobre el tapete de la alfombra bocarriba, expuestas como el destino, como la suerte, como el actor que sale a escena en soledad a pronunciar el monólogo final de su tragedia.

Noelia se volvió hacia su retrato: María en el espejo, María hablándose a sí misma siempre desde fuera, María la pigmaliona modelando a Gregorio como una prolongación más en la que contemplar su propio talento con perspectiva, menos expuesta pero también más libre.

En el teatro y a varias voces, sus actores citaron de memoria aquella otra carta que tanto les escandalizó tan sólo unos días atrás.

—Juan Ramón lo sabía —susurró Lola.

—Benavente lo sabía —añadió Leonardo.

—Falla lo sabía, Turina lo sabía... —terminó de citar Francisco.

—«Pero quienes mejor lo sabían eran los actores que andaban nerviosos cuando salían por América» —añadió Patricia—, eso escribió el apuntador de la compañía en un telegrama que encontré entre sus cosas: «El tercer acto que tiene que enviar doña María no ha llegado aún y tendremos que suspender los ensayos».

Sobre el escenario se contemplaban unos a otros como expedicionarios que han acabado una larga aventura.

—Bueno —suspiró Noelia con un hilo de voz recogiendo las cartas—, ya tenemos las evidencias que necesitábamos...

—¿Y necesitaréis algo más de mí? —preguntó Patricia mientras la ayudaba.

—Claro que sí —respondió la directora—, ¿nos acompañas al teatro?

Las vieron fundirse en un abrazo como dos eslabones bajo la mirada atenta de la mujer que, a través del tiempo y el espacio, las había unido para siempre.

Mientras, en el teatro, Leonardo se acercaba a un Augusto en estado de shock.

—No sé si decirte lo siento... —El rubio le dio una palmada sonora y condescendiente en la espalda.

—Yo prefiero decir: enhorabuena. —Francisco se sonó congestionado.

—Enhorabuena, compañeros —exclamó una Cecilia extrañamente cariñosa, abrazándose a ellos.

Augusto le dirigió una sonrisa vencida a la máquina Yost que ocupaba una mesita en un lugar privilegiado del escenario y murmuró—: Enhorabuena, compañera...

—¿Y ahora, jefa? —preguntó Lola con sus ojacos agigantados por la pantalla.

—Ahora... —les lanzó una mirada justiciera—, ahora ya sabéis lo que hay que hacer, ¿no?

Intercambiaron unas miradas de complicidad y sin decir una palabra salieron eufóricos del escenario como si tuvieran una misión. Minutos más tarde se encontraban ya en el sótano armados de brochas y se dispusieron a terminar a toda prisa lo que habían comenzado por la tarde. Debía estar listo cuanto antes.

Cuando Alda Blanco bajó del taxi delante del María Guerrero se sacó el gorro de lana para contemplar mejor el cartel. «*Sortilegio* —leyó con gran emoción, que se le agrió de inmediato al bajar la vista— de Gregorio Martínez Sierra.» También cuando consultó el reloj. Faltaban sólo cuarenta minutos para el estreno y el teatro más bello de Madrid lucía su fachada blanca y apagada. Ni rastro del hormigueo del público que a esas horas estaría haciendo cola para recoger sus entradas, ni de los saludos entre los habituales. Nada, ni un ápice de esa energía única, la de la excitación que debería estar a esas horas acumulándose en la sala como en un generador y que poseería a los actores nada más salir al escenario para que el milagro fuera posible. En la taquilla colgaba un cartelito discreto anunciando:

NO HAY FUNCIÓN

Caminó hacia la puerta de artistas, que encontró abierta, y se coló dentro. Sobre el escenario, sin embargo, se daba un diálogo que no pertenecía a la obra y al que Patricia O'Connor asistía como espectadora con gran interés.

—Entonces, ¿qué queréis hacer? —preguntó Noelia a su compañía.

—Por mí estrenamos y que sea lo que Dios quiera —opinó Augusto súbitamente ilusionado.

Leonardo levantó los pulgares con decisión.

—Nosotros ya sabemos la verdad —dijo sentado en proscenio con los pies colgando—, así que voto por que seamos coherentes.

Cecilia, desde una esquina, meneaba la cabeza incrédula.

—Estrenar ¿cómo? —Se quedó en jarras—. No se ha convocado al público, no hemos hecho rueda de prensa, no están los técnicos... Ni siquiera hemos puesto un triste post en redes —siguió enumerando sin puntos ni comas.

—Ya, Cecilia, pero si no estrenamos esta obra hoy, quizá mañana ya no nos dejen y no se estrene nunca —la interrumpió Noelia vapeando como una locomotora—. Una vez que salgamos de este teatro estaremos oficialmente despedidos.

La actriz descontracturó su cuello con un crujido y la enfrentó:

—Pero ¿estrenar para quién, Noelia?

—Para nosotras. —Una voz enérgica cruzó el patio de butacas—. Para Pat y para mí. ¡Hola, querida!, cuánto tiempo...

La profesora exclamó un «Alda...» y bajó el asiento contiguo al suyo para que se sentara a su lado. Se cogieron de las manos reconociéndose tras tantos años, ¿la última vez que se habían visto fue, dónde, en aquel congreso en La Rioja?, y luego se volvieron hacia el escenario con tal emoción acumulada en sus ojos que a los actores les pareció que el patio de butacas estaba lleno. Por eso fue Cecilia, arrastrada por su raza pura de actriz, la que no pudo resistirse a su instinto por más tiempo:

—Que conste que yo tendría que estar en la manifestación y que esto va contra mis principios porque estoy en huelga, pero como no voy a cobrar... —Luego pareció debatir con ella misma en silencio—. ¡Joder! ¡Vamos a terminar lo que hemos empezado!, ¿no?

Fuera estaba helando, pero no sintieron frío.

Bajo el único y poderoso foco de la luna que añadía matices dramáticos a la escena, dos mujeres que habían cruzado el Atlántico para ver una función observaban cómo un grupo de actores salía a la balconada del María Guerrero con un enorme cartel que luchaban para que no se les descolgara fachada abajo. Ayudados de unas cuerdas gruesas de telón, lo subieron con mucho esfuerzo hasta que casi rozó el título de la obra. Patricia y Alda contemplaron aquel sueño hecho realidad:

SORTILEGIO
de María Lejárraga

También lo hicieron los actores apoyados sobre la balaustrada blanca de la terraza, abrazados unos a otros con la sensación de estar actuando sobre la única realidad y el único espacio reservado para ellos: un teatro. Allí permanecería el cartel colgado por lo menos hasta el día siguiente, exhaló Noelia con una nube de vaho.

—Ahora sí, hasta aquí llegamos, María, esto es todo lo que

está en nuestra mano —susurró como despedida, aunque sonó a disculpa.

Contempló el nombre de su heroína romántica alzándose por fin sobre la marquesina de un teatro en ese cartel tan efímero. El nombre de ese personaje que conocía casi más que a sí misma y que, de no haber existido, alguien debería haberla escrito. A ella y a todas sus ellas, y la comprendió: a María la soñadora, a la optimista irredenta, a la que se autoanulaba, a María, la mujer florecida de la decepción, la emancipada, la superviviente del hambre, la surgida de la guerra, la resucitada que se lanzó a recorrer el mundo en soledad. Ay..., cómo voy a echarte de menos, paradoja viviente, aunque hayas estado a punto de volverme loca, siguió confesándole a su nombre pintado a brochazos aún frescos sobre el cartel. Al fin y al cabo, ¿no era esa la característica de cualquier humano extraordinario? La contradicción. Dulce e irónica, visionaria y realista, escéptica y divertida, anticlerical y creyente, feminista y femenina. Sí, María, echaré de menos ese sentido del humor a prueba de bombas que sólo te flaqueaba cuando te dolía el corazón; esa superioridad intelectual tuya pero tu ausencia absoluta de ego, tu dependencia emocional y tu independencia intelectual. Tu falta de instinto maternal, aunque no pararas de acoger hijos, tu forma de luchar por tus amigos y ese pudor desinteresado hacia ti misma. Tu espíritu aventurero y tu paciencia de gato. Tu amor pasional a la vida y a la palabra. Cómo voy a echarte de menos, María Lejárraga.

Entonces empezó a escuchar un rumor extraño, ¿qué es eso?, cada vez más cercano, como una ola que no estaba dispuesta a romper. Y no iba a hacerlo. Al contrario, la vieron avanzar lenta y poderosa hacia ellos desde lejos. Una impresionante riada de cabezas que empezó a anegar todas las calles que desembocaban en el teatro.

Eran mujeres. Cientos.

Jóvenes, viejas, de una en una, de tres en tres, agarradas de la mano, de los hombros, en pareja, bohemias, tradicionales, oficinistas, cajeras, actrices, algunas cargaban a sus hijos en brazos o a sus perros... y una chica muy joven y sonriente con la cara pintada con dos tiznones morados como una sioux que empujaba la silla de ruedas de una anciana. Disueltas en aquel ambiente de alegría liberada, Alda y Patricia lo contemplaban como si se hubieran colado en una escena de otra obra distinta. Hasta que por fin pudieron leer en una de las pancartas «8 de marzo». Fue en ese momento cuando la mujer que cargaba el cartel, haciendo un megáfono con sus manos, les preguntó a gritos a los actores que observaban tan insólita aparición si es que había en el teatro algún acto por el día de la Mujer.

Noelia, con los cabellos pegados al rostro por el viento helado y las mejillas rojas, asomó medio cuerpo fuera del balcón como en un palco.

—¡Sí! —exclamó desgarrándose la voz—, representamos por primera vez esta obra de María Lejárraga.

Lola asomó detrás de ella.

—¡Fue la primera dramaturga española! ¡Estáis invitadas!

Y al grito de «¡abrid las puertas!» de Leonardo se sumaron las voces de las dos norteamericanas que se erigieron espontáneamente en guías y acomodadoras. «¡Por aquí!», se escuchaba la voz aguda y juvenil de Alda. «¡Bienvenidas! —repetía una y otra vez Patricia—, pasad, vamos.» Luego alzó sus ojos gatunos hacia el cartel, erizada de puro entusiasmo, y sonrió: «Está a punto de comenzar la función...».

El María Guerrero abrió su gran boca de cetáceo para dejar que se colara un público no convocado, al menos no por medios conocidos, mientras los actores corrían escaleras abajo sin tiempo para cambiarse en los camerinos.

—No importa —dijo Noelia con la voz fatigada a su compañía ya en el *backstage*—. Saldremos con nuestra ropa. Confiad en la obra. Sabemos todo lo que hay que saber sobre ella.

—Yo me pondré en la mesa de luces —propuso su ayudante, y le dio un abrazo acelerado—. Mucha mierda.

A continuación, desapareció correteando como un duende

dispuesto a hacer magia. Tras el telón, en un escenario casi tan vacío como una página en blanco, los actores contemplaron cómo se llenaba la sala, palco a palco, butaca a butaca, hasta el último anfiteatro. Luego ocuparon las escaleras, se sentaron en el suelo por los pasillos, algunos se quedaron de pie atrás del todo en varias filas. Noelia convocó a sus actores y formaron un círculo estrecho cosido por los hombros. Así estuvieron unos instantes, cabeza con cabeza, hasta que empezaron a respirar como un solo animal. Lola dejó sus manos pequeñas sobre los mandos de aquella nave y con su dedo índice las hizo descender muy poco a poco hasta que se extinguieron por completo llevándose también todas las voces.

—Por María —susurró uno de ellos dentro de ese círculo mágico.

Consigna, hechizo, sortilegio que fue rodando de boca en boca hasta que deshicieron aquel lazo humano y cada uno ocupó su posición en el escenario.

Lola subió el telón.

Lo que ocurrió durante aquella hora y media lo recordarían cada una de las personas que lo vivieron de manera distinta. Eso sí, resonaría en sus memorias durante toda la vida. Porque la magia posee esa extraña naturaleza de ser única para cada alma que la percibe.

Igual que el teatro.

En ese escenario semivacío, con unos actores vestidos de calle y bajo las escasas luces que Lola acertó a disparar sobre sus cabezas, surgieron atardeceres en jardines perfumados, tardes lluviosas en París, tabernas habitadas por personajes grotescos y la intimidad de un dormitorio en el que penetraba para siempre la tragedia. Y tras esa cuarta cegadora pared escucharon al público reír ante el descaro de Cecilia, sufrir por el amor platónico de Francisco, indignarse con las provocaciones de Leonardo y escocerse con las lágrimas que Noelia le prestó a Paulina cuando esta fue consciente de haberse inventado el amor.

Habían llegado al desenlace. Noelia salió de escena y dejó a su compañero de reparto solo ante el público para su monólogo final, como había previsto la autora. Transfigurado en el protagonista de aquella traición inevitable como lo es siempre la verdadera tragedia, Augusto dejó caer sus brazos, vencido, y sintió en cada poro de su piel el roce del silencio absoluto que esponjaba el aire.

—¡Olvídame!... Deprisa... Absolutamente... ¡Olvídame! —sollozó aquel hombre acabado, arrepentido—. Si me quedo dentro de ti en recuerdo, en piedad, en dolor, en odio o en desprecio... Si algo de mí persiste en tu memoria, ¿de qué habrá servido que yo quiera dejarte el paso libre? ¡Olvida, olvídame! ¡Tienes toda la vida por delante y quieres ser feliz! No te pido perdón, ¡porque perdonarme sería recordar! Olvida... Olvídame..., deprisa...

Desde el *backstage*, el resto de sus compañeros escuchaban sin respirar esas últimas palabras flotar en el vacío. Noelia caminó bajo la frágil luz que alumbraba esa zona oscura, la cara oculta de la luna, el truco del mago, y contempló los bastidores desnudos que sujetaban puertas de mentira, los espejitos que colgaban de cualquier lado para retocarse, las cuerdas que subían y bajaban todo aquello que parecía volar y por un momento se imaginó que las manos de María los sujetaban a ellos también, desde arriba, prendidos de un alambre. Fue entonces cuando sintió que alguien se le acercaba por la espalda. Se volvió. Nadie. No podía haber nadie, Noelia. ¿Es que no los veía a todos asomados contemplando el último monólogo de la obra? Sin embargo, algo había entrecortado el único haz de luz que cruzaba el *backstage* a su espalda. Habrá sido tu retina deslumbrada por la luz del escenario que ha dejado impresa una sombra en la nada. Aun así, no pudo evitarlo y susurró: «¿Eres tú?», pero no le dio tiempo a recibir una respuesta porque en ese momento estallaron en la sala los aplausos y alguien, esta vez real, tiró de ella hacia fuera.

Salió al escenario con la sensación de que acababan de parirla en otro mundo. Mientras la compañía saludaba a un público que vitoreaba entusiasmado, Lola proyectó aquella imagen de María que durante esos meses tanto los había acompañado: con los ojos de media luna, dulces, inteligentes y serenos, peinada con su moño alto y un camafeo cerrándole la camisa.

La compañía se volvió hacia la autora para inclinarse ante ella, al mismo tiempo que en Buenos Aires y haciendo honor a su nombre, una ventisca barría las hojas de un viejo reloj de sol que marcaba el inicio de un nuevo día. Y entonces, como otro remolino que se mezclaba con el de los aplausos, acudieron a la memoria de Noelia otras memorias que ya formaban parte de la suya:

Un día, en un olvidado jardín del mundo, vi un reloj de arena con un lema escrito en latín: sólo las horas serenas. Esta ha sido también la divisa de mi vida. *Nisi serenas...* He sabido conservarlas en la memoria. Sólo esas. Todo lo demás, ¡al horno crematorio del olvido! ¿Rencores? ¿Toxinas en la sangre? ¿Para qué? ¿Con qué derecho? El perdón sugiere que has juzgado. ¿Yo juez? Ni siquiera de mí misma.

Las luces del escenario parpadearon varias veces, un guiño que hizo a Noelia sonreír. Observó su rostro joven ahora proyectado como un bello fantasma por obra y gracia de la tecnología, y luego reconoció a Antonio, que aplaudía entusiasmado entre los que iban poniéndose en pie, al lado de Patricia y Alda, quien levantaba un pulgar con lágrimas en los ojos. «Abrir el despacho de un escritor es como abrir una tumba —le recordó decir aquel primer día—, nunca se sabe lo que puede liberarse.» La voz de María, su voz ya imparable y transparente como un chaparrón, siguió reproduciéndose en su cabeza hasta que las luces fueron extinguiéndose igual que el murmullo del público que se perdió en la noche en busca de otro lugar en el que refugiarse.

—Ha sido un placer, María de la O. —Augusto le hizo un saludo militar.

—Hasta siempre, Lejárraga. —Leonardo le tiró un beso.

—Hasta pronto... —carraspeó Francisco, luchando por no romperse—, espero.

Noelia los fue abrazando por turnos y, por último, a Lola, quien lloraba y reía a un tiempo como cuando llueve con sol.

—¿Y qué pasará ahora? —preguntó Augusto, volviéndose hacia Patricia y Alda—. ¿Qué harán con todo lo que hemos descubierto?

Noelia se encogió de hombros.

—No lo sé —admitió, volviéndose hacia aquellas dos mujeres, sus guías, sus antecesoras, ahora eran tres eslabones generacionales de una misma cadena—. Espero que hagan justicia.

Justicia..., repitió Noelia mientras iba recogiendo sus cosas regadas por el *backstage*. ¿Acaso la mayoría de la gente conocía el significado de ser autor? ¿Ni cuál era su único patrimonio? Después de haber conocido a uno íntimamente, ella sí, por fin lo sabía. El escritor era quien realizaba el acto de escribir. Pero, más allá de eso, ser escritor era una mirada ante el mundo. Escritor era quien tomaba la realidad y la secuestraba en su cabeza hasta convertirla en literatura. El escritor nace y al abrir los ojos para mirar al mundo ya empieza a transformarlo. Como tú, María, le dijo a su imagen de luz, como tú. Ahora sabía que su obra, la propiedad intelectual de María Lejárraga, había sido expropiada. ¿Por mujer? ¿Por amor? ¿Por exiliada? ¿Por una serie de decisiones tomadas demasiado pronto? Daba igual. Lo único diáfanamente claro era que debería serle devuelta.

Una vez que hubo recogido todo, Noelia comenzó su ritual de siempre. Ya sentada en el centro del escenario vacío, tal y como había comenzado esa aventura, se percató de que alguien había dejado sin recoger la mesita donde aún descansaba, silenciosa, la vieja Yost. De modo que decidió hacerle compañía. Se sentó tras ella. Desde ese ángulo contempló la sala ya vacía, pero impregnada de toda la energía vital que cada espectador había derramado en su butaca. En el fondo eres bastante vampírica, se sonrió. ¿Estaría por allí también la Guerrero?

Respiró su olor a resina, a cera, a bosque. No, no había silencio igual al de un teatro vacío. Era tanto que podías escucharte por dentro. Sólo que en este caso, por primera vez, la voz que empezó a escuchar no fue la suya. Era una voz heredada que acudía a su memoria sin haber sido aprendida. Era una voz que reproducía fielmente algo no ensayado, que venía de otro espacio y otro tiempo. Una voz de una ella que no era ella, o tal vez sí.

Éramos todas.

Llevada por un impulso, dejó sus manos sobre las teclas desgastadas por unos dedos en los que volvían a dibujarse, veloces, las huellas dactilares y empezó a escribir como si fuera al dictado: «La memoria es arca sellada y mágica: una vez entreabierta, deja escapar recuerdos inagotables, pero... ¿vale la pena?». Alzó el mentón como cuando pensaba y continuó ya muy decidida: «Claro que sí, María, qué caramba...». Presionó el tabulador unas cuantas veces con la energía de entonces y continuó escribiendo: «Y tú volverás, María, cuando hayas descansado de la fatiga de vivir»... Se detuvo unos instantes ilusionados ante esa idea fugaz, contempló aquel teatro que tanto había llegado a amar y se imaginó el cielo de Madrid que volvía a protegerla con sus estrellas.

Tras un siglo por fin se sintió en casa.

Empujó el carro de la máquina y sonrió liberada: «No ando

lejos de pensar que la muerte es sólo un descanso temporal del espíritu..., pero he ahí el enigma: ¿cuánto tiempo necesitará el alma para descansar de una vida?».

Presionó un punto y aparte.

Un punto final.

Pero de pronto se arrepintió y añadió, divertida, unos cuantos más hasta que fueron suspensivos... Luego dejó que traqueteara el tabulador hasta que casi se acabó el papel, y en aquella frontera imprecisa entre la obra y la nada, entre la realidad y la ficción, entre un siglo y otro, firmó, uno a uno, con todos sus nombres.

Los que habitó durante su vida.

Los de aquellas que la precedieron.

Los de las que estaban por llegar.

Hasta que la luz de la sala se fundió con la última campana de su máquina de escribir.

Oscuro final.

Terminada en Madrid el 18 de junio de 2020

Agradecimientos

Me encerré con la protagonista de esta historia en mi apartamento de Madrid durante el confinamiento de marzo a junio de 2020 por la pandemia que asolaba el mundo. Tuve mucha suerte de que fuera con ella, porque ya nos conocíamos íntimamente desde que empecé a seguir sus pasos un año atrás, y su personalidad y su vida fueron una inmensa inspiración en el momento justo; una lección de supervivencia y superación que me enseñó a resistir. Por eso mi primer agradecimiento es a María Lejárraga.

Aproximarse y reconstruir este personaje único, tan rico como longevo, es una tarea titánica e imposible sin la ayuda de las siguientes personas: en primer lugar quiero agradecerle a Antonio González Lejárraga el haber conservado el legado de su tía abuela y haberme abierto tan generosamente su archivo para que me sumergiera en él. Sin su afecto, su sensibilidad y su labor minuciosa y desinteresada durante años, nunca habría llegado hasta nosotros.

Por el mismo motivo quiero agradecerles a Patricia O'Connor y a Alda Blanco sus valiosísimas investigaciones, todas esas charlas nuestras que tanto iluminaron mi camino, sus ánimos constantes y, sobre todo, su cariño.

Nunca olvidaré tampoco mi visita a la Fundación Manuel de Falla. Gracias, Elena García de Paredes, por la impresionante conservación de ese archivo Manuel de Falla, por todas las anécdotas de tu tío abuelo que compartiste conmigo y por mostrarme Granada a través de tus ojos; a la Fundación Juan Ramón Jiménez por poner a mi disposición esas maravillosas cartas del autor; a la magnífica escritora y periodista Celia Santos por cederme todos esos libros que había recopilado durante años; a Mari Luz González Peña, apasionada investigadora, quien durante años ha recopilado ese increíble epistolario, junto con Juan Aguilera, entre María y Manuel de Falla, y a Antonina Rodrigo por su generosa colaboración y sus estudios sobre el exilio.

Por último quiero dejar aquí un agradecimiento de corazón a las personas que han compartido conmigo y con *La mujer sin nombre* este extraño y caótico paréntesis en el tiempo: gracias a mis editores, Alberto Marcos y David Trías, por su apoyo constante y por su visión y su sensibilidad al proporcionarle a María Lejárraga a través de la literatura el espacio de reconocimiento que nunca pudo disfrutar; a Concha Martín por todos esos días oscuros en que me iluminó con su amistad y su alegría para que siguiera escribiendo; a Cuca Escribano, Ana Belén Castillejo y Nuria García Humanes por todas esas risas, vinos online y lecturas de capítulos a deshoras; a mi madre Pilar Écija y a Lucía Écija, por nuestras radionovelas nocturnas y ese final recitado frente al mar del norte; a Jorge Eduardo Benavides por ser, una vez más, compañero y guía en mis aventuras literarias; a Mónica Miguel Franco por sus certeros comentarios a través del océano al primer borrador y, especialmente, a Miguel Ángel Lamata por su minuciosa lectura de este manuscrito, por ilusionarme siempre y por proporcionarme el oasis que necesitaba para escribirlo, y a Carmela Nogales, la mejor documentalista que nadie podría soñar tener, gracias por tu pasión, por todas esas horas de trabajo insomne y por ser la mejor compañera para este viaje en el tiempo.

Nota: Quiero dejar constancia aquí de que cualquier opinión o conclusión en boca de los personajes de esta novela no ha sido extraída de las personas o instituciones que tan generosamente me han ayudado a documentarme. Sólo aquellas que aparecen en boca de personajes reales. El resto pertenecen al territorio de la ficción y, en todo caso, a mis conclusiones personales. Por lo mismo, la cronología de algunas fechas ha sido levemente alterada en favor de la narración de la historia.